# MLYSS

ZWEITER TEIL DES DRITTEN BANDES DER

>ZWISCHEN LICHT UND DUNKEL<

TRILOGIE

Anja Berger

# MLYSS

## Zwischen Licht und Dunkel 2

## Impressum

© 2020 Anja Berger

Bibliografische Information der Deutschen Nationalbibliothek: Die Deutsche Nationalbibliothek verzeichnet diese Publikation in der Deutschen Nationalbibliografie; detaillierte bibliografische Daten sind im Internet über http://dnb.dnb.de abrufbar.

Lektorat: Susanne Esch
Korrektorat: Susanne Esch
Coverdesign: Yvonne Less Art4Artists
Bildmaterial: Yvonne Less Art4Artists / Anja Berger
weitere Mitwirkende: Peter Berger, Korrekturlesen.
Herstellung und Verlag: BoD – Books on Demand, Norderstedt
ISBN: 978-3-7528-7945-2

*Dies ist eine fiktive Geschichte. Ähnlichkeiten mit real existierenden Personen oder Gegebenheiten sind rein zufällig und nicht beabsichtigt.*

# Inhaltsverzeichnis

# Was bisher geschah

## Für alle neuen Leser

Bei einer Reihe ist es natürlich am sinnvollsten, sie mit dem ersten Band zu beginnen. In diesem Fall wäre das »**Catron – Die Melodie der Sterne**« worauf »**Quo – Die Dunkelheit hinter den Sternen**« folgt. Der vorliegende dritte Band »**Mlyss – Zwischen Licht und Dunkel 2**« beginnt genau dort, wo »**Mlyss 1**« endet - Kira landet gerade mit einem Boot der Nemokatarer in der Meeresbucht vor Martell - Andoran. Leider musste der dritte Band aufgrund seines Umfanges geteilt werden.

Wer sich nicht mehr genau an die Geschehnisse in Band 1, 2 und im ersten Teil von Band 3 erinnert oder mit diesem Band der »**Zwischen Licht und Dunkel - Trilogie**« beginnt, für den habe ich hier eine Kurzzusammenfassung erstellt. Alle anderen starten einfach in Kapitel 1 »**Andoran**«.

## Catron

Als die Studentin Kira Sanders einen verzweifelten Hilferuf hinter einer geheimnisvollen Melodie wahrnimmt, hält sie diesen zunächst für ein Produkt ihrer Fantasie. Kurz darauf findet sie sich jedoch in einer mittelalterlich anmutenden, halb zerstörten Stadt wieder, die von grauenerregenden Kreaturen heimgesucht wird.

Zunächst will sie nur zurück nach Hause, lässt sich dann aber überreden zu bleiben und zu helfen. Mit Skjaldan, der es sich zur Aufgabe gemacht hat, ihre magischen Fähigkeiten auszubilden, begibt sie sich auf die Reise nach Quo, der Schule des Lichts. Doch Skjaldan ist nicht der Einzige, der sich für Kira interessiert. Unterwegs werden sie von Shadar abgefangen, der alles daran setzt, Kira in die konkurrierende magische Schule, Catron, zu holen.

Von Skjaldan getrennt, ist Kira bei ihrer Flucht vor Catrons Magiern auf sich allein gestellt, findet aber Hilfe bei einer Gauklertruppe, die sie bei sich versteckt. Ihre Tarnung fliegt bei einem Auftritt der Truppe auf und es gelingt Shadar, Kira nach Catron zu holen. Dort bemüht man sich, ihr die Kraft der Dunkelheit nahezubringen, was erst glückt, nachdem sie einige Zeit im dortigen Tempel verbracht hat. Bei ihrem Aufnahme-Ritual kommt es zum Eklat, als ein Ratsmitglied von ihr verlangt, dem Licht abzuschwören.

Kira sieht in dieser Situation keine andere Möglichkeit, als den versammelten Magiern die Melodie des Lichts vorzuspielen, um sie von der Richtigkeit ihres Tuns zu überzeugen. Damit weckt sie unbeabsichtigt den seit vierhundert Jahren in Catron ruhenden Stein der Dunkelheit, der sie vor eine schwerwiegende Entscheidung stellt. Mit der Erweckung des dunklen Steins hat Kira Anspruch auf das Amt des »Magiers der Weltenkraft«, einen politisch wie magisch einflussreichen Posten, den zuletzt vor vierhundert Jahren der Erschaffer der Steine, Laon dei Savren, inne hatte. Einerseits wächst dadurch die Hoffnung, ihre Fähigkeiten könnten es ihr ermöglichen, die Aufgabe zu erfüllen, für die sie in diese Welt gerufen wurde, nämlich, das magische Gleichgewicht zwischen den Welten wiederherzustellen, andererseits wird sie auch immer tiefer in den Konflikt der beiden magischen Schulen hineingezogen.

## Quo

Somit rückt Kira ebenfalls in den Fokus der Herrscher verschiedener Länder und der ohnehin labile Frieden zwischen den Reichen Aidris und Andoran droht zu kippen. Zudem fühlt sich Quo von der Aktivierung des dunklen Steins bedroht und befürchtet die einstmals prophezeite Zerstörung des lichten Steins, der sich in der Obhut der Schule befindet. Während Kira in Catron den Rat der Schule davon zu überzeugen versucht, sie nach Quo reisen zu lassen, da sie inzwischen zu der Erkenntnis gelangt ist, auch den lichten Stein aktivieren zu müssen, um ihr Amt in vollem Umfang antreten zu können, setzt man ihrem Erscheinen in Quo erbitterten Widerstand entgegen.

Auch Skjaldan, entsetzt von Kiras scheinbaren Verrat am Licht, reagiert zunächst ablehnend, geht aber dennoch auf deren Wunsch ein, ihn in Aidris zu treffen. Dort gelingt es Kira, Skjaldan davon zu überzeugen, dass sie den Frieden mit Quo will und weiterhin bereit ist, dem Land gegen die Dunklen beizustehen. Shadar rät ihr jedoch ab, sich mittels eines magischen Transports nach Quo zu begeben. Stattdessen erklärt er sich bereit, die Reise, die er mittlerweile selbst für nötig hält, gemeinsam mit ihr und Skjaldan anzutreten, um ihr zu helfen, die Schule unbeschadet zu erreichen.

Zusammen planen sie die Flucht aus Aidris, denn der Herrscher des Landes will Kira aus politischen Gründen nicht gehen lassen. Ihr Weg führt die Gefährten durch eine unterirdische Mine im Kheralis Massiv. Dort wird Kira von Laon dei Savren angegriffen. Er versucht, in ihren Geist einzudringen, was Skjaldan glücklicherweise zu verhindern gelingt. Die Aktion indessen offenbart, dass der ehemalige Magier der Weltenkraft einen Anker zur Ebene der lebenden besitzen muss, um auf diese Weise agieren zu können. Wenngleich das Entkommen aus Aidris gelingt, setzen nicht nur politische Intrigen, Winkelzüge und Misstrauen der Gruppe zu. Erst ein durch Kira abgewehrter Angriff der Dunklen bringt einige Magier auf ihre Seite.

Nachdem sie aus eigener Kraft die Brücke nach Quo überschreiten konnte, kann ihr nicht einmal mehr der Erzmagier den Besuch verwehren und Kira gelangt zum Stein des Lichts. Hier erst erfährt sie, welchem Betrug sie alle aufgesessen waren. Kira wurde nicht gerufen, um die Welt zu retten, sondern um dem einstigen Magier der Weltenkraft als Gefäß für dessen Rückkehr zu dienen. Zwar erklärt sich Laon dei Savren bereit, das Gleichgewicht der Kräfte zu richten, doch fordert er als Gegenleistung, dass Kira ihm nach Ablauf eines Jahres ihren Körper für seine Wiederkunft zur Verfügung stellt. Obwohl Kira mittlerweile erkannt hat, dass dieser selbst die Dunklen in die Welt geschickt hat, willigt sie mit einem bindenden Versprechen ein, um Drawahr vor dem endgültigen Untergang zu bewahren. Sie bittet sich jedoch aus, von ihrem Vorgänger zu lernen, wie das Gleichgewicht eingerichtet werden kann und hofft, innerhalb der gesetzten Frist die Bindung an Laon dei Savren lösen zu können, ohne ihren Teil der Abmachung erbringen zu müssen.

# Mlyss-1

Kiras Hoffnung, durch eine Rückkehr in ›ihre Welt‹ den Anker, der ihr Vorgänger auf sie gelegt hat, lösen zu können, zerschlägt sich am Weltentor. Somit bleibt ihr nur die Option, die Stian-Kar zu zerstören um Laon dei Savren endgültig zu verbannen, denn einzig die in den Steinen gespeicherte Kraft ermöglicht es diesem, über den Tod hinaus Einfluss auf die Welt der Lebenden zu nehmen. Je mehr Kira und ihre Freunde die Macht des ehemaligen ›Magiers der Weltenkraft‹ zu spüren bekommen, desto entschlossener setzen sie alles daran, Laon dei Savrens Wiederkunft zu verhindern.

Während in Aidris die Ethialla d'Eartha, ein uralter Geheimbund, dessen Ziel die erneute Herrschaft ›des Meisters‹ ist, immer hemmungsloser agiert, gelangen auch die Magierschulen Catron und Quo allmählich zu der Einsicht, dass es sich bei dem lichten sowie dem dunklen Stein keineswegs um geheiligte Artefakte handelt, obwohl man sie Jahrhunderte lang dafür hielt.

Unter Kiras Vermittlung sowie tatkräftiger Unterstützung von Skjaldan und Shadar entwickelt sich eine vorsichtige Zusammenarbeit beider Schulen, obwohl das gegenseitige Vertrauen durch einen bösen Verrat und eine Entführung Kiras abermals nachhaltig erschüttert wird.

Wenngleich ihrer magischen Kräfte beraubt, gelingt Kira eine waghalsige Flucht, die sie letztendlich in das sagenumwobene Land Nemokatar führt. Einigen glücklichen Zufällen geschuldet lässt man sie am Leben, obwohl die Eingeborenen ansonsten jeden Magier töten, der es wagt, ihr Land zu betreten. Mit der Zustimmung des Lain, des Ältestenrates der Nemokatarer, wird Kira nach Andoran gebracht, muss dafür jedoch eine lange, abenteuerliche Reise hinter sich bringen, während der sie sowohl viele neue Erkenntnisse gewinnt als auch in ihrem Entschluss, ihren Weg auf ihre Weise weiter zu gehen, bestärkt wird.

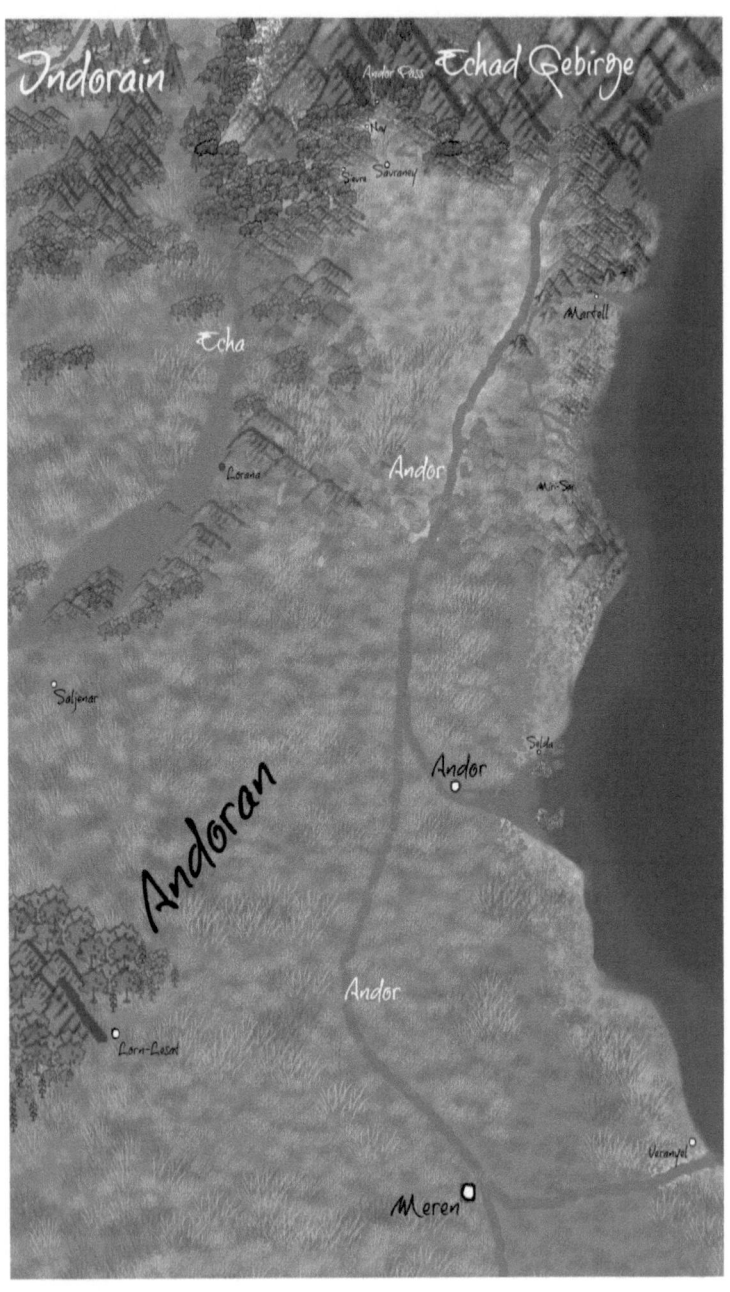

Indorain

Echad Gebirge

Andor Pass

Ilu

Sterre Savraney

Echa

Martell

Lorana

Andor

Min-Sur

Saljenar

Selda

Andoran

Andor

Lorn-Lusod

Andor

Veranyel

Meren

# Andoran

## Kira

*»Einen Schmied finden, das Armband loswerden und Skjaldan,
Shadar oder Kael kontaktieren. Hört sich nach einem guten Plan an.«*
Kira Sanders, Küste, Andoran

Mit einem kratzenden Schaben schob sich das Boot auf den steinigen Untergrund.

»Hier endet unsere gemeinsame Reise.« Narien sah fast so aus, als täte ihm dies leid.

Kira sprang aus dem Boot ins flache Wasser und watete an den Strand. Sofort stieg die Kälte ihre Beine hinauf und ließ ihre Füße gefühllos werden. Sie bereute es jetzt schon, bis auf den Umhang alle Kleidung zurückgegeben zu haben, die sie auf dem Schiff getragen hatte. Die Wolltunika und die Leinenhose wärmten nicht annähernd so gut. Die fehlenden Schuhe jedoch waren das Schlimmste.

»Kommt ihr mit an Land?« Rasch hüpfte sie von einem Fuß auf den anderen, um das Blut in Bewegung zu halten. *Hoffentlich ist das nächste Dorf nicht zu weit entfernt!*

Narien schüttelte den Kopf und lachte. »Für uns geht es zurück nach Nemokatar. Wenn du über diesen Kamm gestiegen bist, solltest du einen Pfad sehen, der zum nächstgelegenen Dorf führt. Es ist nicht weit, aber noch nicht Martell, das liegt höher an der Flussmündung.«

Kira blickte den Hang hinauf. Wenngleich Schnee den Strand und die Büsche bedeckte, war dieser weitestgehend frei davon. Allzu steil wirkte er ebenfalls nicht. »Gibt es dort eine Schmiede?«

Ein Schulterzucken war die Antwort. »Diesen Reif nimmt dir notfalls auch ein Bauer mit einer Zange ab. Viel Erfolg.«

Er stieß das Boot mit einem Ruder zurück in tieferes Wasser. Der Tätowierte nahm das zweite Ruder auf und half.

Kira beobachtete, wie sie sich aus der Brandung heraus ins stillere Wasser manövrierten. Auch für sie wurde es Zeit aufzubrechen. Zwar hatte sie sich inzwischen an das Laufen ohne Schuhe gewöhnt, doch anders als in Nemokatar war es hier in Andoran immer noch Winter.

Die Krusten des teilweise überfrorenen Schnees schnitten schmerzhaft in ihre Füße, als sie über das schmale Strandstück zur Böschung lief. Als sie diese zur Hälfte erklommen hatte, setzen die beiden gerade das Segel.

Das Dorf bestand aus wenigen, strohgedeckten Katen. Ein paar Schweine und Ziegen liefen dazwischen umher und aus den Schornsteinen stieg Rauch. Bei einem Brunnen, der die Mitte eines freien Platzes zierte, standen drei Frauen. Hier würde sie nach einer Schmiede oder jemand anderem fragen können, der den Armreif entfernte.

Obwohl Kira, als sie auf sie zukam, die Arme ausbreitete, damit jeder sah, dass sie harmlos war, und das freundlichste Lächeln zeigte, das sie zustande brachte, starrten die Frauen sie an wie einen Geist.

»Einen schönen guten Abend, ich suche einen Schmied.«

Wie auf Kommando deuteten alle in dieselbe Richtung – zur einzigen Stelle, an der kein Haus stand.

»Der nächste Schmied ist in Martell.« Anschließend wandten sie sich von ihr ab und gingen zielstrebig auf ihre Katen zu.

»Bitte wartet, ich kann doch unmöglich so bis Martell laufen. Ich würde mich gerne ein wenig aufwärmen und ...«

Die Türen flogen zu. Offenbar mochte man in Andoran keine Fremden – oder zumindest nicht solche, die im Winter ohne Schuhe herumliefen.

Fröstelnd blickte Kira sich um. Dem Brunnen gegenüber stand ein etwas größeres Haus mit angrenzender Scheune. Mit zusammengepressten Zähnen ging sie darauf zu. Barfuß konnte sie bei dieser Witterung niemals bis Martell laufen. Sie benötigte entweder Schuhe oder jemanden, der ihr half. Ich brauche nur eine Zange. *Wenn die Leute mich nicht hineinlassen wollen, können sie mir auch vor der Tür helfen.*

Einen Türklopfer gab es nicht, also schlug sie mit der Faust gegen das Holz und wartete. Nichts rührte sich. Erst als sie ihr Klopfen wiederholte und zuletzt mit einem Stein an die Pforte schlug, wurde die Tür einen Spalt weit geöffnet. Der Mann dahinter hielt eine Mistgabel in der Hand.

»Scher dich weg!«, herrschte er sie an und wollte die Tür wieder zuknallen, aber Kira hielt geistesgegenwärtig den Stein dazwischen.

»Bitte! Ich benötige Eure Hilfe. Dafür ist nicht viel zu tun. Leiht mir eine Zange und Ihr könnt diesen Armreif als Lohn behalten.« Sie streckte das Handgelenk mit dem silbernen Reif vor den Spalt. Die Augen des Mannes weiteten sich. Kira dachte, nun würde er die Tür öffnen, er hingegen stieß ihren Stein mit dem Stiel der Mistgabel zur Seite und knallte sie zu. Von innen hörte sie sich eilig entfernende Schritte.

Prima! Frustriert trat Kira mit dem Fuß gegen das Holz. Zu allem Überfluss begann es zu schneien. Zitternd zog sie die Kapuze ihres Umhangs über den Kopf. Der wenigstens würde sie warm und vor allem trocken halten. Er hatte ihr auf dem Boot bereits hervorragende Dienste geleistet. Soll ich vielleicht doch besser nach Martell laufen? Wenn ich mich bewege, wärmen sich meine Füße ja eventuell auf.

Die Tür öffnete sich erneut und eine massive Zange wurde durch den Spalt gesteckt. Dieses Ding sah in der Tat so aus, als könne ihm das Silber wenig Widerstand entgegensetzen.

»Würdet Ihr den Armreif durchtrennen, guter Mann?«, bat sie und hob abermals ihre Hand. »Ich kann die Zange kaum mit einer Hand bedienen.«

»Du wolltest eine Zange. Da ist sie. Ich werde dich nicht berühren.«

»Ich tue Euch ganz sicher nichts.«

Der Bauer knurrte etwas Unverständliches und vergrößerte die Lücke. Erleichtert machte Kira einen Schritt darauf zu, was ihr Gegenüber dazu veranlasste, sie rasch wieder zu verkleinern.

»Bleib da stehen, wo du bist.«

Kira seufzte. »Wovor habt Ihr so große Angst?« Und mehr zu sich selbst fuhr sie fort: »Man sollte nicht meinen, dass ich in dieses Land zum Frühlingsfest eingeladen wurde.«

»Zum Frühlingsfest?«, wiederholte der Bauer ungläubig. »Dann musst du nach Martell. Der Herr dort wird wissen, wie du weiterkommst.«

»Ich werde den Herrn von Martell aufsuchen. Aber zuerst muss ich diesen Armreif loswerden.«

Der Mann hielt den größtmöglichen Abstand, kam jedoch aus seiner Tür und setzte die Zange an. Kira versuchte, sich innerlich auf das vorzubereiten, was kommen mochte, wenn er den Reif abnahm. Abedin wollte sie nicht töten. Trotzdem konnte es sein, dass die Entfernung des Armbands sie zunächst außer Gefecht setzte. In dem Fall wollte sie nicht hier draußen im Schnee liegen gelassen werden. Kurzentschlossen trat sie um den Mann, der ihr hektisch auswich, herum. Nur ein weiterer Schritt zurück und sie stände in der schmalen Diele.

Wahrscheinlich beobachtet das ganze Dorf die Aktion aus den Fenstern ihrer Häuser, schoss es ihr durch den Kopf, als sie auch schon den Bauern

»Da, der Reif ist ab. Ihr könnt nun gehen«, sagen hörte. Mehr konnte sie nicht mehr verstehen. Froh, sich bereits in die richtige Position manövriert zu haben, fühlte sie ein Rauschen in ihren Ohren. Ihre Knie gaben nach und sie rutschte auf das Stroh hinter der Tür. Wenigstens drinnen, nicht draußen, waren ihre letzten Gedanken, ehe es schwarz um sie wurde.

## Shadar

*»Andoran also.«*
*Shadar von Catron, Catron, Aidris*

Ein brennender Schmerz riss ihn aus seinem Schlaf. Abedins Armreif, den er sich selbst locker um sein Handgelenk gelegt hatte, um jede Veränderung sofort zu bemerken, glühte beinahe vor Energie. Rasch zog er ihn von seinem Arm und konzentrierte sich auf die Kraft. Schnee, Kälte, hektische Betriebsamkeit – und Angst brandeten auf ihn ein. Der ungefilterte Ansturm der Empfindungen war so intensiv, dass er einige Zeit benötigte, um sich in der Szene zu orientieren.

Anscheinend lag Kira im Flur eines Bauernhauses. Ein Mann stand neben ihr – eine Zange in der einen, eine Mistgabel in der anderen Hand – der Armreif daneben auf dem Boden. Das Bild war detailliert genug, um dort hin zu transportieren. Sollte er? Der Ort, an dem sich Kira befand, lag offenbar tatsächlich in Andoran. Das war weit, doch mit der Unterstützung eines zweiten Magiers machbar.

Trotzdem zögerte Shadar. Sein plötzliches Auftauchen würde den Mann im Flur nur noch mehr ängstigen. Des Weiteren kannte man ihn in Andoran. Seine Anwesenheit würde Kira eher gefährden, als ihr helfen. *Es ist wohl besser, ich warte, bis es ruhiger um sie geworden ist und ich sie erreichen kann.*

Shadar wandte sich von den Bildern ab, die das Armband ihm offenbarte, und kontaktierte stattdessen Akifs Magier.

»Die Nachfolgerin ist wo?«

*Nachfolgerin?* Shadar konnte ein Schmunzeln nicht unterdrücken. Wie müde Levren war, ließ sich dank seines inneren Schildes nicht sagen, doch die Wortwahl zeugte von Unachtsamkeit. Bisher hatte der Magier Kira nie so bezeichnet.

»In Andoran. Nach dem, was ich feststellen konnte, im Norden, möglicherweise nahe Martell. Die Bilder deuteten auf ein Bauernhaus hin. Sie wird wohl dort übernachten.«

»Ihr seid nicht zu ihr transportiert, Mael?«

»Das wäre unserer Sache wenig dienlich. Das letzte Mal, als ich mich in Andoran aufhielt, wollte man mich öffentlich hinrichten.«

»Das ist ungünstig.« Akifs Magier rang spürbar um Fassung. »Ich werde den Shaki in Kenntnis setzen und weitere Instruktionen einholen. Haltet Euch bereit, notfalls zu handeln. Wir müssen ihre Sicherheit dort garantieren. Eventuell wird es nötig sein, sie zu holen.«

Shadar schwang die Beine aus seinem Bett, nachdem Levren den Kontakt beendet hatte. An Schlaf war jetzt nicht mehr zu denken. Vorsichtig streckte er seinen Geist nach Kira aus, erreichte sie jedoch noch nicht. Sobald er mehr wusste, würde er Skjaldan kontaktieren.

# Kira

*»Es gibt Momente, in denen es etwas nützt, bekannt zu sein.«*
*Kira Sanders, ein Dorf in Andoran*

»Der Umhang ist aus gutem Leder. Er könnte von dort stammen, aber die restlichen Kleidungsstücke?« Jemand schob ihre Kapuze zurück. »Zudem hat sie dunkles Haar. Und … wohin, hat sie gesagt, wollte sie?«

»Zum Frühlingsfest, Melen.«

Ein Lachen ertönte. »Falls sie vorhatte, zu Fuß nach Andor zu laufen, ist sie dafür nicht mal so viel zu früh. Barfuß würden ihr allerdings noch vor Miri-Ser die Zehen abfrieren.«

Vorsichtig blinzelte Kira in das helle Licht einer Kerze, die vor ihr Gesicht gehalten wurde. Die Stiefel dahinter waren mit schmelzendem Schneematsch und Schlamm überzogen. Der Mann vor ihr roch eindeutig nach Pferd. Als er merkte, dass sie wach war, nickte er ihr zu.

»Wo kommst du her, Mädchen, und wo hast du den Umhang gefunden? Lass dir eine gute Erklärung einfallen, der Herr von Martell hat es nämlich gar nicht so gern, wenn man seine Bauern erschreckt.«

»Das war nicht meine Absicht.« Vorsichtig setzte Kira sich auf und der Mann ließ sie gewähren. »Die Kleidung habe ich in Nemokatar erhalten. Von dort komme ich gerade.« Sie brach ab, als sie das entsetzte Gesicht des Bauern sah.

Der Mann vor ihr schien weniger beeindruckt. »Aber dieses Land ist nicht deine Heimat?«

»Nein.« Kira schüttelte den Kopf. »Ich wurde nur bis zur Küste mitgenommen.«

»Warum?«, hakte er, deutliche Anzeichen von Ungeduld zeigend, nach.

»Ich bin auf dem Weg zurück zu meinem Lehrer.« *Inzwischen müsste ich Kael doch kontaktieren können*, dachte sie und tastete vorsichtig nach ihrer Magie.

»Und wer ist das?« Die Stimme des Mannes klang jetzt eindeutig gereizt. »Bevor du mir einfach einen Namen nennst, will ich wissen, was du lernst, wo du wohnst und wo du die Ware hast, die sicherlich irgendwo ihren Weg an die Küste gefunden hat. Der Schmuggel aus Nemokatar freut unseren Herrn nämlich ebenfalls nicht sonderlich.«

Kira sammelte sich. Sie brauchte Zeit, denn ihre Kraft war noch nicht vollständig wiederhergestellt. *Also gut.* »Mein Lehrer ist Kael von Quo«, begann sie so bestimmt und sicher, wie es ihr möglich war. »Ob er sich gerade dort oder womöglich in Drawahr aufhält, ist mir unbekannt. Ich werde ihn jedoch kontaktieren, sobald ich mich ein wenig besser fühle. Was Waren aus Nemokatar angeht, weiß ich nicht, wo und wie diese ihren Weg an die Küste finden, ich habe damit nichts zu tun.«

Der Mann trat einen Schritt zurück und pfiff leise durch die Zähne. »Mael Kael von Quo. Und Ihr seid seine Schülerin? Darf ich Euren Namen erfahren?«

Welches Risiko ging sie ein, wenn sie sie sich zu erkennen gab? *Ich hoffe, eine Offenbarung bringt mir eher Respekt als Probleme. Wenn nicht, kann ich immerhin anführen, dass ich von Pagon dei Lorana höchst persönlich im Namen Mayedan Alrons dei Nayandor zum Frühlingsfest eingeladen wurde.*

»Mein Name ist Kira Sanders«, erwiderte sie lächelnd, und an der Reaktion des anderen war unschwer abzulesen, dass ihm ihr Name etwas sagte. Er verneigte sich.

»Verzeiht, Mlyss. Erlaubt mir, Euch nach Martell zu begleiten. Dort werdet ihr alles erhalten, was ihr benötigt.« Dann wandte er sich an den Bauern. »Schick deinen Sohn noch einmal zur Stadt. Und du Frau, treib, bei den Göttern, Schuhe auf!«

Letztendlich trug Kira zwei Paar dicke wollene Socken übereinander, als ihr der Mann half, sein Pferd zu besteigen. Er selbst nahm es am Zügel und hielt mit großen Schritten auf den Weg zur Stadt zu. Es war nicht weit. Bereits nach kurzer Zeit wurde hinter einer Flussbiegung die Stadtmauer ebenso sichtbar wie vier Reiter, die ihnen in raschem Tempo entgegenkamen. Schon bald erkannte sie, dass alle rostbraune, mit Lederriemen und Metallnieten verstärkte Überwürfe trugen. Ihre Umhänge hatten dieselbe Farbe. *Womöglich eine Art Uniform?*

Ein mittelgroßer Mann mit lebhaften braunen Augen lenkte sein Reittier nach vorn und verneigte sich. »Melyad dei Martell, zu Euren Diensten. Verzeiht, dass Euch hier ein so unzureichender Empfang bereitet wurde, Mlyss, doch wir haben Euch nicht erwartet.«

Er sprang von seinem Rappen und die anderen taten es ihm nach. Kira fragte sich gerade, ob sie auch absitzen sollte, als der Mann sich erneut verneigte.

»Zumindest ein passenderes Reittier kann ich Euch anbieten.«

Ein zusätzliches Pferd wurde nach vorn geschoben. Es war schlank, hellbraun und wirkte freundlich. Der Sattel wies auf einer Seite zwei seltsame Hörner auf, die Kira noch nie gesehen hatte. Irritiert kniff sie die Augen zusammen. Kein anderer Sattel besaß solche Zusätze.

Melyad war ihre Verwirrung nicht entgangen, nur deutete er sie falsch. »Ich helfe Euch gern beim Absitzen, Mlyss. Das Tier ist das Pferd meiner Frau und wird Euch sicher bis zu meinem Haus tragen. Sofern Ihr es wünscht, werde ich Eure Zügel übernehmen.«

Kira schüttelte den Kopf. »Das ist es nicht, Melen. Ich habe lediglich nie einen solchen Sattel gesehen. Wie sitzt man darauf?«

Überraschung huschte kurz über das Gesicht ihres Gegenübers. Dann lächelte er. »Wenn das so ist, bleibt sitzen. Meret wird die Stute sicher zurückbringen.«

Kira glaubte, ein Grinsen bei einigen der Männer wahrzunehmen. Der Mann, der bisher ihr Pferd geführt hatte, wirkte nicht allzu glücklich, nickte dem Sprecher allerdings bestätigend zu. Sie erwartete, dass er aufsteigen würde, er nahm jedoch lediglich das zusätzliche Tier am Zügel und blieb bei ihrem stehen, während die anderen wieder aufsaßen.

Melyad dei Martell lenkte sein Pferd neben ihres. Ob er der Hausherr selbst war oder einer seiner Söhne? Er wirkte nicht viel älter als Elmaryn. Sein Lächeln war gewinnend. »Was ist geschehen, Mlyss, dass Ihr ganz allein reist? Gab es einen Überfall? Ich werde umgehend den König informieren, sollte Euch auf Andorans Straßen etwas zugestoßen sein.«

»Nein, Melen.« Was konnte sie dem Mann sagen? Dass sie auf der Flucht war, erwähnte sie besser nicht. »Ich habe mich bereits in Aidris von meinen Begleitern getrennt. Ich war alleine in Nemokatar, denn dort ist nicht jeder Besucher erwünscht. Nun bin ich nach Andoran gereist, um hier meinen Lehrer wieder zu treffen.« *Ich sollte Kael so schnell wie möglich davon unterrichten. Er wird hoffentlich kommen, wenn ich ihn darum bitte.*

»Bis dahin betrachtet mein Haus als das Eure, Mlyss.« Melyad verneigte sich erneut im Sattel. »Es ist mir eine Ehre.«

Am Eingang des Hauses hatte man Fackeln entzündet und Melyads Frau sowie seine beiden Töchter standen an der Treppe, um Kira zu begrüßen. Im Anschluss daran brachte Navea dei Martell sie selbst zu ihrem Zimmer.

»Wollt ihr Euch umkleiden oder baden und soll ich Euch etwas zu Essen bringen lassen?«

Kira schüttelte den Kopf. »Macht Euch wegen mir keine Umstände, Mlana Navea. Wenn Ihr mich nur kurz allein lassen würdet? Ich möchte meinen Lehrer kontaktieren.«

»Selbstverständlich«, willigte sie nickend ein und zog sich sogleich zurück. In der Tür wandte sie sich noch einmal um. »Ich werde etwas für Euch richten lassen, Mlyss. Sollte Mael Kael herkommen wollen, wäre es uns eine Ehre, ihn ebenfalls zu beherbergen. Lasst es uns lediglich wissen, dann richten wir ihm das Zimmer neben Eurem.« Hierauf zog sie die Tür hinter sich zu.

Aufatmend ließ Kira sich auf einen Stuhl fallen und konzentrierte sich. *Zuerst Kael, danach Skjaldan und anschließend Shadar.*

»Kira!« Kael beantwortete ihren Kontakt sofort. »Wo bist du?«

»Ich bin in Martell, mir geht es gut.«

»Skjaldan hat mir erzählt, was geschehen ist. Ich komme sofort zu dir. Gib mir ein Bild. Dann reden wir.«

Kira erhob sich, um den Riegel vor die Tür zu legen. *Besser, es kommt jetzt niemand herein.*

Kael erschien zusammen mit Skjaldan, beide hatten sich offensichtlich keine Zeit zum Packen genommen.

»Gut, dass du hier bist! Ich habe mir unglaubliche Sorgen um dich gemacht.« Skjaldan schloss sie in die Arme und gab sie nur widerwillig frei.

»Ich mir um dich auch. Wieso bist du hier? Ich dachte, du seist in Aidris bei Shadar? Zumindest hat man mir in Nemokatar ein Bild gezeigt, wie ihr beide mich gesucht habt. Ich habe so sehr gehofft, dass man euch dort nichts tut! Ist mit Shadar alles in Ordnung?«

»Als ich ihn das letzte Mal gesehen habe, war er munter genug, mich gegen meinen Willen nach Quo zurück zu schicken. Wenn ich ihn das nächste Mal treffe, wird sich zeigen, ob er das überlebt!«

»Ich bin froh, dass du hier bist. Danke Kael, dass ihr so schnell gekommen seid. Jetzt, da ihr hier seid, fühle ich mich bedeutend wohler!«

»Ich mich auch. Weiß man hier im Haus, dass wir kommen, oder hast du mich unangemeldet kontaktiert?«

»Die Frau des Hauses hat dir sogar das Zimmer neben meinem angeboten. Es ist alles in bester Ordnung«, fuhr sie eifrig fort, ehe sie bis zu den Haarwurzeln errötete, abrupt innehielt und beschämt den Kopf senkte. »Außer meinem Verhalten Euch gegenüber«, murmelte sie schließlich. »Verzeiht, Mael, in meiner Euphorie habe ich es Euch gegenüber am nötigen Respekt mangeln lassen.«

Kael stutzte, denn auch er wurde sich erst jetzt, da seine Schülerin es ansprach, des vertraulichen ›du‹ bewusst, mit dem sie nicht nur Skjaldan, sondern auch ihn bedacht hatte. »Das macht nichts«, gab er versöhnlich zurück. »Mittlerweile weiß ich, dass dein Verhalten ein Vertrauensbeweis und keine Respektlosigkeit darstellt. Lassen wir es also dabei.«

Erleichtert atmete Kira auf. Kael nickte ihr zu.

»Auch muss ich feststellen, dass du aufmerksamer geworden bist. Trotz allem hatte ich gehofft, wir könnten sofort nach Quo aufbrechen, aber nachdem du Martells Gastfreundschaft angenommen hast, wäre es sehr unhöflich, nicht wenigstens die Nacht hier zu verbringen. Öffne die Tür. Ich denke, wir sollten unsere Gastgeber begrüßen.«

»Einen Moment noch, bitte!«, hielt Kira Skjaldan, der bereits zum Ausgang strebte, am Arm zurück. »Ich will erst Shadar mitteilen, wo ich bin. Er macht sich sicherlich genauso viele Sorgen wie ihr.«

»Tu das.« Kael nickte ihr zu und Kira war überrascht, nicht die übliche Ablehnung zu sehen, als sie Catrons Magier erwähnte.

»Du hast nichts dagegen?«

Skjaldan prustete leise. »Die Tatsache, dass Shadar mich nach Quo zurückgeschickt hat, hat ihn schwer beeindruckt. Die beiden werden noch Freunde, warte es ab!«

Kael schüttelte auf Skjaldans Erwiderung hin nur müde den Kopf. »Ja, dafür bin ich ihm dankbar, und das solltest du auch sein. Jetzt kontaktiere den Mann, Kira. Wir wollen in diesem Haus nicht mehr Ärger verursachen als nötig.«

## Shadar

*»Einen Dank an die Götter für Kiras Vertrauen!«*
Shadar von Catron, Sandara, Aidris

Gerade als er einen erneuten Anlauf nahm, Kira zu kontaktieren, spürte er, dass sie ihn zu erreichen versuchte. Erleichterung überspülte ihn wie eine Welle. Mit ihren ersten Worten hingegen brachte sie ihn sofort auf den Boden der Tatsachen zurück.

»Es geht mir gut. Ich bin in Andoran und erst einmal in Sicherheit, Shadar. Mach dir also keine Sorgen.«

Wie immer verkannte Kira die politische Situation vollkommen. »Wer ist bei dir?«, fragte er daher mit etwas mehr Schärfe als üblich.

»Skjaldan und Kael. Es ist wirklich alles gut – der Herr des Hauses ist sehr zuvorkommend!«

Shadar seufzte und ließ Kira seine Skepsis deutlich spüren. »Wenn der Führer eines Hauses in Andoran freundlich zu dir ist, kann das viele Gründe haben. Einer davon wäre womöglich, dich in Sicherheit zu wiegen, bis er dir vergifteten Wein zum Nachtmahl reicht. Sei vorsichtig! Wie schätzt Mael Kael die Lage ein?«

»Er würde gerne mit mir nach Quo zurückreisen, hält es aber für zu unhöflich, das heute Abend schon zu tun.«

»Der Mann hat ein gutes Einschätzungsvermögen. Höre auf ihn. Wann kommst du zurück nach Aidris? Dein Anhänger wartet in Catron auf dich.

»Ich spreche nachher mit den anderen. Kann ich mich dann wieder bei dir melden? Kael meint, wir müssen uns noch beim Handelsherrn sehen lassen und ich bin bereits jetzt furchtbar müde.«

»Rede mit ihnen. Es ist schön, dass du mich informiert hast und ich hoffe, weiterhin von dir auf dem Laufenden gehalten zu werden.«

»Auf jeden Fall!«

Kira beendete den Kontakt und Shadar lehnte sich an Wand des Herbergszimmers. *Ich kann nach Catron zurück. Kael und Skjaldan werden auf Kira achtgeben. Hoffentlich gut genug, denn auch andere fühlen sich für ihre Sicherheit verantwortlich.* Er schloss die Augen und streckte seinen Geist nach Levren aus, um ihn von den neuesten Entwicklungen in Kenntnis zu setzen.

Akifs Magier nahm den Kontakt sofort an, doch Shadar registrierte überrascht eine zweite Präsenz in dessen Geist. Obwohl diese durch einen inneren Schild gut geschützt war, kam ihm die Kraft vage bekannt vor. Er vermochte nur nicht klar zu benennen woher.

»Nun, es scheint, sie vertraut Euch tatsächlich immer noch und Quo tut dies offensichtlich ebenfalls. Werdet Ihr nach Andoran reisen, Mael Shadar?«

»Ich halte das weiterhin für wenig förderlich, es sei denn, ich erhalte eine ausdrückliche Einladung. Ich nehme jedoch an, dass Mael Kael und Skjaldan sie spätestens Morgen nach Quo bringen werden. Für ihre Sicherheit wäre das die beste Lösung.«

»Dem kann ich nur bedingt zustimmen.« Levrens Stimme klang kühl. »Sollte man sich in Quo doch noch dazu entschließen, gegen sie vorzugehen, besitzen wir kaum Möglichkeiten, ihr zu helfen.«

›Kaum Möglichkeiten?‹ Shadar registrierte diese Worte mit Überraschung. ›Keine Möglichkeiten‹ hielt er selbst für den passenderen Ausdruck. Hatte Levren lediglich unbedacht formuliert oder reichten die Kontakte der Ethialla bis nach Indorain?

»Es wäre besser, sie bliebe in Andoran und käme – statt nach Quo zu gehen – schnellstmöglich zurück nach Aidris. Könnt Ihr nicht entsprechend auf sie einwirken? Sie bitten, Euch einzuladen?«, fuhr Levren fort.

»Ich bezweifle, dass das ihrer Sicherheit dienlich wäre.« *Ich muss es anscheinend deutlicher formulieren.* »Man schätzt mich dort nicht und das könnte sich auf Kira übertragen. Sie hat, was Andoran betrifft, gefährliche Pläne, und wenn davon etwas durchsickert, ist sie in diesem Land in höchster Gefahr. Sollte der König einen Anlass suchen, sie bei der Bevölkerung unbeliebt zu machen, könnte ich genau dieser Anlass sein.«

»Es wird nicht nötig sein, dass Mael Shadar die Nachfolgerin aufsucht«, meldete sich die zweite Präsenz in Levrens Geist zu Wort – schwach und eindeutig unzureichend abgeschirmt.

Shadar lächelte. Diese Nachricht war ganz sicher nicht für ihn bestimmt, und dass er sie vernahm, lag ausschließlich an Levrens Müdigkeit. So unauffällig wie möglich richtete er seine Konzentration auf die Worte jenes anderen. »Trotzdem wäre es gut, sie bliebe noch ein wenig in Andoran. Der zweite Anker des Meisters befindet sich dort und wird auf sie achtgeben. Es ist nicht nötig, dass du dich sorgst, Levren.«

Als Akifs Magier wenig später den Kontakt beendete, atmete Shadar betont langsam aus. *Der zweite Anker.* Wie es schien, begannen die Dinge, sich zu bewegen.

## Kira

*»Mit diesem ganzen formellen Kram werde ich mich nie wohlfühlen! «*
*Kira Sanders, Handelshaus Martell, Andoran*

Kira erwachte von einem Klopfen. Noch vollkommen schlaftrunken schwang sie die Beine aus dem Bett, da ertönte es abermals. Jedoch kam das Geräusch nicht vom Gang, sondern von der Verbindungstür zu ihrem Raum.

»Ja?«, murmelte sie zerstreut.

Kurz darauf stand Kael im Rahmen. Er sah ein wenig zerknittert aus und seiner Robe sah man an, dass er darin geschlafen hatte. »Kira, wer außer mir und Skjaldan weiß noch, dass du hier bist?«

»Nur Shadar – und natürlich die Leute in diesem Haus. Wahrscheinlich auch die Leute in jenem Dorf, wo ich angekommen bin.«

»Du selbst hast niemandem in Andoran Bescheid gegeben?«

»An wen hätte ich mich wenden sollen? Die wenigen Personen, die ich hier kenne, gehören zum Hof, und denen würde ich bestimmt nicht verraten, wo ich bin.«

»Dann hat der Herr von Martell das wahrscheinlich getan«, seufzte Kael und ließ sich auf einem Stuhl nieder. »Ursprünglich hatte ich vor, dich heute mit nach Quo zu nehmen, doch da draußen ist ein kompletter Zug angerückt. Diesen einfach zu ignorieren, wäre ein diplomatischer Affront sondergleichen. Wie wach bist du?«

Kira atmete einmal tief durch. »Wie wach muss ich sein?«

»Ich habe nur die Königsgarde gesehen. Skjaldan ist nach unten unterwegs, um vorsichtig nachzusehen. Wenn er zurückkommt sagt er dir, wen Mayedan Alron geschickt hat, um dir eine Eskorte zu stellen. Egal wer es ist, du solltest mit der entsprechenden Person zumindest frühstücken. Wahrscheinlich wird man dich an den Hof laden wollen.«

»Kann ich das ablehnen?«

Kael schien zu überlegen. »Du hast Dhravannor besucht. Weiß hier jemand, dass du gerade aus Nemokatar kommst und davor in Aidris gewesen bist?«

»Dass ich aus Nemokatar komme, habe ich erwähnt, als der ...«

»Melyad dei Martell?«

»Genau. Als er mich fragte, weshalb ich ohne Eskorte reise.«

Kael rieb sich mit der Hand über die Stirn. »Du könntest ablehnen, sofern du der Meinung bist, dass du das nicht durchstehst. Aber du bist nach Andoran gereist, ohne das Land vorher davon in Kenntnis zu setzen. Das allein ist schon äußerst befremdlich. Jetzt, nachdem das aufgefallen ist, zu gehen, ohne ein Mindestmaß an Höflichkeitsbesuchen zu absolvieren, wäre mehr als nur unhöflich – in etwa so, als käme ich ungeladen in dein Haus, nähme mir etwas zu essen und verschwände danach ohne ein Wort.«

»In dem Fall muss ich da wohl durch?«

Kael musterte sie ruhig. »Es wäre besser. Und sprich auf keinen Fall von deinen Plänen. Erwähne nicht, was du mit den Stian-Kar vorhast. Das wäre fatal!«

»Gut. Meinst du, dass dieser Melyad mir etwas zum Anziehen zur Verfügung stellen kann?« Sie deutete auf den Stuhl, auf dem die Lederkleidung aus Nemokatar trocknete. »Ich bezweifle stark, dass ich mich damit am Hof sehen lassen kann, wo Hosen in Dhravannor schon seltsam waren.«

»Ich regle das«, beschied ihr Kael, ehe er zu einem der Schränke ging und dessen Türen öffnete. »Bis dahin zieh das hier an.« Er warf ihr ein helles Leinenkleid und kurz darauf einen wollenen Überwurf ohne Ärmel zu, tiefgrün mit roten Kanten. »Du kannst Melyad schließlich nicht im Nachthemd gegenübertreten. Ich gebe den Wachen Bescheid, dass sie ihn benachrichtigen«, fügte er hinzu, bevor er sich in das angrenzende Zimmer zurückzog.

Kira ging zum Bett, schlüpfte rasch aus dem Nachthemd, das Navea dei Martell ihr gestern überreicht hatte, streifte sich das leinene Unterkleid über und legte anschließend den angenehm wärmenden Überwurf an. Sie war gerade im Begriff, selbst die Schranktür zu öffnen, als Kael erneut durch die Tür trat.

»Melyad ist unterwegs. Was suchst du?«

»Schuhe«, erwiderte Kira lakonisch, während sie an der Schranktür zog. »In Nemokatar trägt man keine.« Das letzte Wort war noch kaum verklungen, als sie erschreckt einen Schritt zurück wich.

Im selben Moment spürte sie, wie Kael einen Schild um sie legte. Mit drei Schritten war er an ihrer Seite. »Was ist?« Forschend sah er in das Innere des Schranks.

»Nichts.« Benommen schüttelte Kira den Kopf. »Ich war nur überrascht von der Auswahl. Wer schläft normalerweise in dieser Stube? Die Königin?«

»Meine Frau«, ertönte es in diesem Moment von der anderen Tür her. Melyad dei Martell stand dort, ein Lächeln auf dem Gesicht. »Ihr wünscht mich zu sprechen, Mlyss?«

»Eure Frau besitzt sehr hübsche Kleider, Melen«, gab Kira freundlich zurück. »Ob ich mir von ihr ein Paar Schuhe ausleihen dürfte?«

»Wie unachtsam, verzeiht! Ich werde sofort eine Dienerin anweisen, Euch etwas Passendes zu bringen. Ich bin nur nicht sicher, ob wir hier Eurer Farbe gerecht werden können.«

Kira hielt ihn mit einem hastig gesprochenen »Wartet« zurück, als er sich anschickte, den Raum zu verlassen, denn Kael hatte wissen wollen, wer die königlichen Truppen begleitete. »Mir wurde berichtet, es seien Gäste angekommen.«

Melyad sah zu Boden.

*Täusche ich mich oder ist der Hausherr tatsächlich errötet?*

»Mlyss, ich sah mich gezwungen, nach Eurer Ankunft den Hof zu verständigen. Mein Haus ist nicht in der Lage, Euch eine angemessene Eskorte zu stellen. Auch gebe ich besser gleich zu, dass Ihr hier in Andoran bisher nicht so bekannt seid, wie es sicherlich in Kürze der Fall sein wird. Zwar hat man mir Eure Beschreibung zugetragen, allerdings nicht im Detail. Zudem seid Ihr unter sehr ungewöhnlichen Umständen angekommen und ich war mir nicht sicher, wie weiter zu verfahren sei.«

Kira konnte sich denken, was er eigentlich sagen wollte. »Ihr wolltet sichergehen, dass sich nicht einfach jemand für mich ausgibt, Melen. Das verstehe ich gut. Ich weiß, mein Auftreten gestern war unkonventionell.«

Melyad wirkte erleichtert. »Ich werde Euch, solltet Ihr mein Haus erneut mit Eurer Anwesenheit beehren, nicht noch einmal verwechseln.«

»Wer ist denn gekommen?«

»Melen Amyu dei Lorana. Er sagte mir, Ihr kennet ihn bereits und es würde Euch möglicherweise freuen, ein bekanntes Gesicht zu sehen.«

Am liebsten wäre Kira aufgrund dieser Aussage sofort nach Quo transportiert, stattdessen gab sie sich Mühe, liebenswürdig zu lächeln.

»Das tut es in der Tat. Der König scheint sehr um meine Sicherheit besorgt.«

»Selbstverständlich, Mlyss. Ich habe in der Halle die Tische decken lassen. Ihr seid, so Ihr es wünscht, an meinen Tisch geladen. Oder soll ich Euch mit der Kleidung etwas bringen lassen?«

Kira warf einen flüchtigen Blick zu Kael, der eine vollkommen reglose Miene zur Schau stellte. Er hatte ihr ja bereits eröffnet, was er für richtig hielt. »Wir kommen in die Halle«, antwortete sie daher höflich.

Navea dei Martell hatte ihre Garderobe durchsucht und einige Kleider in gedeckten Farben aufgetrieben. Eines davon wies ein helles Beige auf und hatte schmale Ärmel. Nachdem sie dieses gegen die zuerst angelegte Kombination ausgetauscht hatte und ein dazu passender Überwurf in dunklem Braun das Gesamtbild zierte, fühlte sich Kira angemessen gekleidet. Selbst für Skjaldan hatte man etwas Hübscheres bereitgelegt. Kira war froh über die Auswahl, zumal sie auch ihren eigenen Umhang dazu tragen konnte, dessen Leder nahezu wasserdicht, warm und trotzdem überraschend leicht war.

Lediglich die Schuhe waren eine Katastrophe. Navea besaß in einer passenden Größe ausschließlich Slipper, die zwar aufgrund ihrer Fellfütterung warm wirkten, einen Spaziergang durch den Schnee jedoch niemals überleben würden. Da Kira fand, der Familie durch ihr unerwartetes Auftauchen schon genügend Ärger bereitet zu haben, sah sie davon ab, nach Stiefeln zu fragen. Gerade wollte sie mit den anderen in die Halle zum Frühstück aufbrechen, als es im Hof unvermittelt laut wurde.

Kael sah aus dem Fenster der Stube und pfiff leise durch die Zähne. »Hast du Leandar gesagt, wo wir sind?«, wandte er sich überrascht an Skjaldan.

Kira sah irritiert zu ihm herüber. »Leandar ist hier?«

»Dann warst du es also auch nicht.« Kael drehte sich zu ihr herum. »Somit wird er durch seine eigenen Kanäle erfahren haben, dass du angekommen bist. Er weiß, wie man seine Arbeit macht. Mir ist bewusst, dass du ihn nicht besonders magst, doch in diesem Fall bin ich froh über sein Erscheinen. Ich habe es gestern nicht angesprochen, aber du solltest dich in Andoran nicht allzu sicher fühlen.«

Kira wurde kalt. »Gibt es die Ethialla d'Eartha hier etwa auch?«

»Die Ethialla?« Kaels Gedanken schienen in eine völlig andere Richtung zu gehen. »Selbst wenn! Das ist es nicht, was mir Sorgen bereitet!«

»Du solltest diese Verrückten besser sehr, sehr ernst nehmen, Kael!«, mischte sich Skjaldan frustriert schnaubend ein. »Die brauchen Kira nur in irgendeinem Raum festzuhalten, bis das Jahr um ist.«

»Schon gut!«, besänftigte ihn sein Freund. »Ich dachte lediglich, dass Andorans Krone die konkretere Gefahr darstellt. Wo Skjaldan es aber gerade anspricht: Du solltest das Amulett, dessen Gegenstück ihm gehörte, abnehmen. Seines wurde in Sandara entwendet und niemand weiß, wer das getan hat und in wessen Händen es sich nun befindet. Und … Kira«, fuhr er eindringlich fort, »erinnere dich an das, was ich dir gestern eingeschärft habe: Erwähne niemals, was du in der nächsten Zeit tun musst. Nicht einmal, wenn du mit jemandem allein bist, dem du vertraust. Du weißt in Andoran nicht, wer hinter der nächsten Tür steht und lauscht. Ein Gespräch mit Leandar kann uns womöglich Aufschluss darüber bringen, was bereits bekannt ist.«

Kira seufzte. »Der Tag beginnt nicht gut. Zuerst Amyu dei Lorana und jetzt auch noch Leandar. Wenn ich das gestern gewusst hätte, wäre ich gleich nach Quo transportiert.«

»Leandar steht auf deiner Seite, Kira.« Auf Kaels Gesicht erschien ein halbherziges Grinsen.

»Schon gut! Ich werde mich benehmen.«

Skjaldan lachte leise. »Dann können wir ja essen gehen. Ich zumindest habe inzwischen nämlich wirklich Hunger.«

Als sie den Saal betraten, kam für Kira die dritte unangenehme Überraschung des Morgens. Nicht nur Amyu war gekommen! An der Seite des Raumes, halb hinter einer Säule, lehnte Rugan Dary.

Kael folgte ihrem Blick. »Da Melen Rugan hier unten im Saal ist, bedeutet das wohl, dass er uns oben zumindest nicht belauscht hat«, bemerkte er leise in ihre Richtung.

Kira verdrehte die Augen. »Ich wäre mir da nicht so sicher. Dieser Mann ist erschreckend schnell!«

Wenngleich er seiner Schülerin recht geben musste, setzte Kael ein unverbindliches Lächeln auf und steuerte auf Amyu dei Lorana zu, der ihnen entgegenging. Rugan war im Moment nicht so wichtig. Jetzt war es nötiger, so zu wirken, wie es von ihnen erwartet wurde.

Der militärische Berater des Königs verneigte sich und reichte zuerst Kira, danach Kael beide Hände. Dann wandte er sich an Kira. »Es freut mich, Euch noch einmal wiederzusehen, Mlyss. Das letzte Mal bin ich ja leider nicht dazu gekommen, Euch zu verabschieden.«

War das Ironie oder Unhöflichkeit? Amyu wusste genau, wie sie das letzte Mal aus Andoran verschwunden war: gegen den Willen des Königs. Kira entschied sich für Ironie. Darauf war es einfacher zu antworten. »Wären Euch die Dunklen lieber gewesen, Melen? Ihr wisst, dass ich es damals aus verständlichen Gründen eilig hatte.«

Amyu dei Lorana verengte leicht die Augen. Kira überlegte, ob sie ihn verärgert hatte, stellte dann jedoch fest, dass es eher Überraschung war, was sie in seinem Gesicht las. »Selbstverständlich, Mlyss. Ich bin beauftragt, Euch im Namen unseres Königs den aufrichtigsten Dank auszusprechen. Werdet Ihr bis zum Frühlingsfest im Land bleiben? Mayedan Alron betrachtet es als eine Ehre, Euch in Andor willkommen zu heißen.«

»Ich bin noch unsicher, ob sich das einrichten lässt, doch ich freue mich über die Wiederholung der Einladung.«

»Es wird voraussichtlich ein komfortablerer Aufenthalt als in Nemokatar, zumindest nach dem zu schließen, was man über das Land so hört …«

Der militärische Berater des Königs machte keine Anstalten, das Gespräch zu beenden. Kira blickte sehnsüchtig zu den Tischen hinüber. Nicht nur Skjaldan hatte inzwischen Hunger.

»Ich durfte die andoranische Gastfreundschaft ja bereits erleben«, entgegnete sie – vielleicht ein bisschen zu zynisch. *Freundlich bleiben,* ermahnte sie sich daraufhin selbst und lenkte – bedeutend höflicher – ein: »Ich bin hier sehr zuvorkommend aufgenommen worden und hätte mir kaum einen besseren Empfang wünschen können. Wir sollten unseren Gastgeber daher nicht mehr allzu lange mit dem Frühstück warten lassen. Es sieht köstlich aus.«

Dieser dezente Hinweis verfehlte seine Wirkung nicht. Amyu trat zur Seite und Kira ließ sich von einem der Diener zu dem leicht erhöhten Tisch führen, an dem der Hausherr bereits neben seiner Frau saß, genauso wie Leandar von Quo, Kael und Skjaldan. Alle standen ehrerbietig auf und verneigten sich, als sie an den Tisch trat. Kira erwiderte die Geste mit einem Nicken und nahm Platz. Amyu wurde ein Stuhl ihr schräg gegenüber zugewiesen.

Es war Navea, die das Tischgespräch begann und sie schaffte es mit Bravour, jedes auch nur im Ansatz politische Thema gekonnt zu umschiffen, wofür Kira ihr unendlich dankbar war. Ansonsten bestritten Amyu und Kael die Konversation. Leandar schwieg genauso wie Skjaldan und antwortete lediglich auf direkt an ihn gerichtete Fragen. So fiel auch Kiras Schweigen nicht auf. Sie hätte ohnehin nicht gewusst, was sie zu den verschiedenen Themen beisteuern sollte. Klatsch und Tratsch aus den unterschiedlichen andoranischen Handelshäusern interessierten sie wenig, obwohl sie wusste, dass dies möglicherweise ein Fehler war. *Alles, was du über andere weißt, kannst du irgendwann benutzen,* hatte Shadar bei solchen Anlässen oft angemerkt.

»Und Ihr könnt mir wirklich nicht im Voraus mitteilen, wann in diesem Jahr in Mery-Karen die Pferdeauktionen stattfinden werden? Euer Bruder hält sich sehr zurück, den Termin bekannt zu geben.«

Dieser Satz erregte unvermittelt Kiras Aufmerksamkeit. Sprach Amyu über Kaels Familie? Stammte ihr Lehrer aus Andoran? Sie hob gerade zu einer entsprechenden Frage an, als sie Leandars Blick auffing und dessen nahezu unmerkliches Kopfschütteln registrierte.

Dann beugte er sich zu ihr herüber. »Ich muss Euch nachher dringend sprechen, Mlyss. Es ist sehr wichtig.«

»Sofort?«, flüsterte sie.

»So bald wie möglich. Nur Ihr und Quos Magier.«

Schlagartig fühlte Kira sich unwohl. Leandars Stimme hatte ernst geklungen. *Was mag er herausgefunden haben? Oder ist das nur eine Spielerei, um sich wichtig zu machen?* So sehr sie ihn verabscheute, das passte nicht zu ihm. Um das Verbergen ihres Gemütszustandes bemüht, leerte Kira ihren Becher mit Tee. *Soll ich gleich darum bitten, mich zu entschuldigen? Nein! Wenn Leandar das gewollt hätte, hätte er mich auch vor dem Essen darum bitten können. Es ging ihm gewiss nur darum, mich diskret um eine Unterredung zu ersuchen. Also erst fertig essen und danach reden.*

Sie nahm ein weiteres Stück Brot und Navea reichte ihr unaufgefordert den Käse. Es gab auch andere Speisen auf dem Tisch, aber allein bei dem Gedanken, bereits zum Frühstück Braten oder eine der opulenten Süßspeisen zu essen, drehte sich ihr der Magen um, zumal der sich nach ihrer Zeit in Nemokatar ohnehin erst wieder würde umgewöhnen müssen.

Trotzdem war ein Kompliment, das Essen betreffend, angebracht. »Danke, Mlana, dieser Käse schmeckt wirklich vorzüglich.«

»Ich werde es mir merken, solltet Ihr uns noch einmal besuchen kommen, Mlyss. Hier in der Region werden gute Sorten hergestellt.

Soll ich eine größere Auswahl bringen lassen?« Sie winkte eine Dienerin zu sich heran.

»Nein, nicht meinetwegen, bitte. Ich habe genug gegessen.«

»Dann für das Nachtmahl – sofern Ihr nicht bereits heute aufbrecht?«

»Gern.« Kira lächelte Navea an.

Auch die anderen hatten aufgehört zu essen. Amyu beugte sich leicht in ihre Richtung.

*Sicher wird er mich gleich ansprechen. Besser, ich komme dem zuvor und schaffe Tatsachen, ehe ich mich seinem Diktat beugen muss.* Sie wandte sich an Leandar. »Mael Leandar, ich würde, ehe ich weitere Pläne mache, gerne mit Euch sprechen.« Selbstsicherer als sie war, schob sie ihren Stuhl nach hinten und stand auf.

Die anderen erhoben sich ebenfalls. Amyu musterte sie mit zusammengepressten Lippen, sagte aber nichts. Auf Kaels Gesicht hingegen lag ein feines Lächeln.

»Ich würde mich freuen, wenn Ihr«, dabei nickte sie ihrem Lehrer zu, »und Skjaldan ebenfalls dabei sein könntet.« Zwar hatte Leandar von Quos Magiern gesprochen, doch Kira beschloss, diesen Teil seines Wunsches zu ignorieren.

»Selbstverständlich«, bestätigte Kael, während Leandars Miene keinerlei Regung zeigte. Skjaldan ging lediglich um den Tisch herum, den Blick bereits auf die Treppe gerichtet.

»Wünscht Ihr, mein Kontor zu benutzen, Mlyss?«, erkundigte sich Melyad ehrerbietig. »In dem Fall werde ich entsprechende Anweisungen geben.«

»Macht Euch keine Umstände, Melen. Ich werde das Zimmer nutzen, das Ihr mir so freundlich zur Verfügung gestellt habt, sofern das recht ist?«

Melyad dei Martell verneigte sich erneut. »Wie Ihr wünscht, Mlyss«, bekundete er seine Zustimmung – und das war es auch schon.

*So einfach kann es gehen*, dachte Kira, als sie hinter Skjaldan die Treppe hinaufstieg.

Kira spürte die Änderung der Kraft, gleich nachdem sie sich gesetzt hatten. Fragend sah sie die anderen an.

»Ich habe den Raum geschützt, Mlyss, und ich habe meine Motive dafür.« Leandars Miene war ernst. »Es besteht Grund zu der Annahme, dass man Euch in Andoran nach dem Leben trachtet.«

»Was?« Entsetzt blickte Kira zu Kael hinüber, der jedoch nicht allzu überrascht wirkte. »Hast du das gewusst?«

»Nicht gewusst, aber befürchtet. Was du zu tun vorhast, wird in Andoran auf keine Gegenliebe stoßen.«

»Ein Frieden zwischen Quo und Catron wird den Handel begünstigen. Was für ein Problem sieht man in Andoran?«

»Die Häuser Nyandor sowie Lorana handeln mit Edelsteinen«, klärte sie Leandar mit auf seinem Schoß gefalteten Händen auf. »Aus dem Echad und aus den kleineren Bergen um den Lorayer-See. In Lorana findet sich in geringen Mengen auch Silber, während es im Echad vorwiegend Gold gibt.«

»Das ist doch gut«, unterbrach ihn Kira. »Edelsteine werden sich ohne Krieg besser verkaufen lassen, weil dann jeder genügend Geld zur Verfügung hat.«

»Der Frieden ist nicht Andorans Problem. Du hast vor, das Kheralis-Massiv wieder begehbar zu machen. Dort liegen Aidris' wichtigste Silberminen – und nicht nur das. Der Vertrieb von Steinen aus Andoran ist überhaupt erst aufgekommen, nachdem das Massiv nicht mehr zugänglich war. Was dort einst gefunden wurde, übertrifft die Vorkommen im Echad um ein Vielfaches und die Lorayer Steine sind dagegen eher Kuriositäten. Es wird sich nicht mehr lohnen, in Lorana weiterhin nach Silber zu graben.«

»Also trete ich sowohl dem König als auch seinem militärischen Berater gehörig auf die Füße«, wurde Kira bewusst. »Sie müssten den Handel komplett umstellen!«

»Die Häuser Nyandor und Lorana sind durch diese Geschäfte erst groß geworden. Vor ihrem Aufstieg stellten die Familien Meren und Doret die Könige in Andoran.«

»Mist.« Kira schloss für einen Moment die Augen. »Aber ich muss dem Massiv die Kraft zurückgeben, wenn ich verhindern will, dass Laon dei Savren zurückkommt.«

»Und genau diese Tatsache ist in Andoran bekannt«, fuhr Leandar unbarmherzig fort. »Was Euch, Mlyss, extrem gefährdet.«

Kiras Frühstück machte sich unangenehm in ihrer Speiseröhre bemerkbar.

»Wie ist das bekannt geworden?«, begehrte Kael zu wissen.

»Der Hof weiß es«, antwortete Leandar knapp. »Und das seit Längerem – bevor ihr in Aidris wart, Mlyss.«

»Bedeutet das, sie werden versuchen, mich umzubringen? Und ich frühstücke gemütlich mit Amyu?«

»Ihr werdet noch öfter solchen Gefahren ausgesetzt sein, Mlyss.« Leandars Stimme blieb vollkommen ruhig. »In Eurem Amt bleibt es nicht aus, die eine oder andere Fraktion zu verärgern.«

»Habe ich erwähnt, dass ich dieses Amt nie wollte? Was jetzt? Ich kann mich kaum für den Rest meines Lebens in Quo verstecken!«

»Handeln!« Kaels Hand war zur Faust geballt. »Ich hatte gehofft, wir hätten mehr Zeit, aber sobald Tatsachen geschaffen sind, lohnt es nicht mehr, dich zu töten.«

»Das heißt, wir verschwinden so schnell wie möglich aus Andoran und gehen mit den Steinen zum Massiv?«

»Nach der nötigen Vorbereitung«, pflichtete Kael ihr bei. »Im Augenblick bist du noch nicht so weit, mit dieser Menge an Energie umgehen zu können. Weiterhin musst du in der Lage sein, deinen Schild in jeder Situation aufrecht zu erhalten – außen wie innen. Solltest du auf irgendeine Weise angegriffen werden, ist das unter Umständen ausschlaggebend.«

»Dann gehen wir nach Quo. Am besten sofort. Wenn man mich hier umbringen will, brauche ich wohl kaum auf Höflichkeit zu achten, oder?«

»Ganz generell stimme ich dir da vollkommen zu«, bestätigte Kael, »zumal ich inzwischen eine Theorie habe, bei welcher Gelegenheit Andoran von deinen Plänen erfahren haben könnte, was wiederum den Schluss nahelegt, dass im Auftrag des Königshauses bereits Anschläge auf dein Leben stattgefunden haben. Es fing damit an, dass mir der Torwächter, Edvik Challis, als wir noch in Dhravannor weilten, von einer seltsamen Krankheit seiner Hunde berichtete. Diese Sache mit der eingestürzten Höhle sowie des geschmolzenen Eises kurz darauf war ebenfalls sehr verdächtig. Daraufhin habe ich mir das Loch im See angesehen.«

Kira starrte ihn fassungslos an. »Warum hast du mir nie etwas davon gesagt?«

»Du warst mit dem anderen belastet genug. Und was hättest du tun können? Ich habe Aki informiert und danach sind wir sofort nach Quo aufgebrochen. Dort warst du sicher. Erst recht als meine offizielle Schülerin.«

Kira fuhr sich mit der Hand über die Stirn, um die Bilder zu verscheuchen, die ungebeten vor ihren Augen erschienen: Skjaldan, wie er in dem Loch im Eis trieb. »Dagegen ist mir die Ethialla d'Eartha ja noch freundlich gesinnt.«

»Deren Mitglieder werden Euch nicht töten, Mlyss.« Leandar sah sie über seine gefalteten Hände hinweg an.

Kira seufzte. »Das brauchen sie auch nicht. Laon dei Savren wird es für sie übernehmen, sobald das Jahr um ist.« Unruhig stand sie auf und ging im Zimmer umher. »Was wird geschehen, wenn ich wieder hinunter gehe?«

»Man wird Euch mit ausgesuchter Höflichkeit empfangen.« Leandars Gesicht zeigte keine Regung. »Niemand wird auch nur im Ansatz erkennen lassen, wie er wirklich zu Euch steht. Am wenigsten Amyu. Obwohl der sich wahrscheinlich denken kann, dass ich Euch in diesem Gespräch informiert habe.«

»So viel zur Diplomatie!«, stöhnte Kira. Seit sie hergekommen war, hatte es immer wieder Situationen gegeben, in denen ihr Leben in Gefahr gewesen war. Trotzdem war die gegenwärtige Sachlage etwas Neues. »Jetzt, da mir die politischen Gegebenheiten bekannt sind, müsste ich eigentlich irgendetwas tun. Ich weiß nicht, ob das verständlich ist, aber ich will diese Attentate nicht einfach auf sich beruhen lassen. Gleichzeitig habe ich keine Ahnung, was ich unternehmen kann. Gibt es denn irgendwelche Beweise, dass die Anschläge in Dhravannor von Andoran ausgingen? War das Rugan Dary?«

Kael schüttelte den Kopf. »Rugan Dary war möglicherweise an der Planung beteiligt. Die Tat ausgeführt hat jemand anderes. Rugan ist kein Magier. Insbesondere um das Eis des Sees so großflächig zu schmelzen und zwar derart, dass die dünne Stelle von oben nicht zu erkennen ist, benötigt man Magie.«

»Das heißt, wir wissen nichts Konkretes?«

»Wir haben niemanden, den wir dafür anklagen können.«

»Dann kann ich nichts tun, außer nach Quo zu gehen, weil ich da in Sicherheit bin.« Kira presste die Zähne zusammen. »Und damit hätten diese Leute ihr Ziel erreicht. Sie hätten gewonnen.«

»Sie haben gewonnen, sobald Ihr tot seid, Mlyss«, widersprach Leandar ruhig.

»Aliard hat mir gesagt, dass ich mit allem, was ich tue, Zeichen setze«, sinnierte Kira. »Wenn ich jetzt nach Quo verschwinde und mich dort verstecke, kommen sie zwar nicht an mich heran, aber was für ein Zeichen setze ich auf diese Weise?«

»Es ist vollkommen legitim für dich, nach Quo zu gehen und deine Studien fortzusetzen«, deutete Kael seine Zustimmung zu einem dahingehenden Entschluss an.

*War es das jetzt?* Kira biss sich auf die Lippe. Ihr Blick suchte den Skjaldans, der ihr aufmunternd zunickte. Er hatte sich während des ganzen Gesprächs sehr still verhalten. Sicherlich passte ihm die Situation genauso wenig wie ihr, doch jetzt lächelte er grimmig herausfordernd, was Kiras rebellischen Gedankengängen neue Nahrung gab.

»Mein Lehrer ist hier«, begann sie, ihre Überlegungen in Worte zu fassen. »Kannst du mich schützen, Kael?«

Dieser sah sie mit einem seltsamen Ausdruck in den Augen an. »Nicht allein …«, antwortete er bedächtig.

»Was brauchen wir, damit ich hierbleiben und die nötigen Höflichkeitsbesuche absolvieren kann?«

»Mael Leandar«, konstatierte er prompt. »Er muss bleiben! Des Weiteren benötigst du eine Eskorte, der du vertrauen kannst.«

»Aki? Meinst du, er kommt her?«

»Garantiert!« Skjaldan stieß sich von der Wand ab und rieb sich die Hände. »Wenn nicht, werde ich ihm persönlich den Kopf waschen, sobald ich das nächste Mal in Dhravannor bin. Lade auch Shadar hierher ein. Der Mann hat Talente, die du brauchen kannst. Ich durfte einiges davon in Aidris erleben.«

Kira hörte Leandar scharf einatmen, während Kael leise auflachte.

»Aliard wird herausfinden, ob Dhravannors König Aki zu kommen erlaubt und wenn ja, wie viele Männer er ihm mitgibt. Sie hierher zu transportieren ist kein Problem. Was Mael Shadar betrifft, sieht das anders aus. Dass dieser Mann in Andoran unbeliebt ist, trifft es nur teilweise. Du weißt, was geschehen ist, als er das letzte Mal herkam. Ihn in dieses Land zu bringen ist eine Provokation – und keine geringe.«

Mühsam unterdrückte Kira ihre Enttäuschung. Sie hätte Shadar gerne ebenfalls an ihrer Seite gehabt, aber wahrscheinlich war das unmöglich.

»Wenn du indessen Andoran wirklich den Kampf ansagen willst«, fuhr Kael langsam fort, »ist das ein Zeichen, das unmissverständlich klarmacht, dass die Herausforderung angenommen ist.«

Kira musste schlucken. »Ehrlich gesagt habe ich nicht die geringste Lust dazu, mich mit Andoran anzulegen. Ich habe sogar eine Heidenangst davor, das zu tun. Jedoch haben sie damit angefangen. Ich kann mich also entweder verstecken oder ...«

»Kämpfen!«, bekräftigte Kael. »Sprich es ruhig aus, Kira, denn genau das wird es sein: ein Kampf. Nicht mit Waffen, sondern mit deinem Mut.«

Kira blickte zu Leandar hinüber, der dem Gespräch mit unbewegter Miene zugehört hatte. »Könntet Ihr mit Mael Shadar von Catron zusammenarbeiten?«

Dieser zögerte einen Moment. Kira vermeinte, die glatte Maske von seinem Gesicht verschwinden zu sehen und stattdessen eine Mischung aus Sorge und Widerwillen auf seinen Zügen erkennen zu können. Doch als er ihr antwortete, war der undeutbare Ausdruck zurück. »Ich habe geschworen, mein Leben in Euren Dienst zu stellen, Mlyss. Wenn Ihr es für erforderlich haltet, dass Mael Shadar hierherkommt, werde ich mit ihm zusammenarbeiten.«

Einem spontanen Impuls folgend umarmte Kira Shadar, kaum dass der Transport beendet war.

Der schob sie auf Armeslänge von sich und wetterte los: »Eine Episode wie die mit Nemokatar wird nicht wiederholt, ist das klar? Du betrittst dieses Land nur noch mit einer Armee hinter dir!«

»Ich bezweifle, dass das nötig ist. Eigentlich waren sie dort recht nett zu mir.«

»Warum muss deine Antwort wahrhaftig so genau meiner Annahme entsprechen?«, stöhnte Shadar resigniert. »Unter ›nett‹ verstehe ich etwas anderes, als dich mit dem Tod zu bedrohen und daran zu hindern, ein Land zu verlassen, das du unwissend und mit guten Absichten betreten hast. Ich bin überrascht, dass du ›diese Bedrohung hier‹ jetzt nicht auch als ›durchaus verständlich‹ abtust und tatsächlich handelst.«

»Es ist verständlich, aber falsch, und hier in Andoran habe ich die Chance, etwas zu unternehmen.«

»Bist du sicher, dass du diese Möglichkeit besitzt? Es ist nicht unwahrscheinlich, dass dich Andorans König vorführt und gegen deine Ziele benutzt, falls er nicht gleich einen Unfall arrangiert.«

»Eventuell ist das so«, lenkte Kira ein, »und trotzdem kann ich nicht so weitermachen wie bisher. Wenn ich überleben will, muss ich mein Amt annehmen und es auch ausfüllen. Also werde ich agieren.«

»Erfreulich klare Worte.« Nun grinste Shadar und erst jetzt fiel Kira auf, dass keiner der anderen in das Gespräch eingegriffen hatte. Ihr Blick glitt unwillkürlich über Quos Magier. Kael wie Leandar fixierten Shadar abwartend, als würden sie von ihm den nächsten Schritt erwarten.

Lediglich Skjaldan zwinkerte ihr zu. »Was nun? Lassen wir diesen Worten Taten folgen und konfrontieren unsere Gastgeber mit der Situation?«

Shadar lachte leise auf und schenkte dem Magier ein warmes Lächeln.

»Wie gehen wir das jetzt am besten an?«

»Vorsichtig!«, konstatierte Shadar und musterte Leandar kühl. »Bist du sicher, dass jedem in diesem Raum zu trauen ist?«

Kira seufzte. »Nach Berat und Abedin möchte ich die Vertrauenswürdigkeit von Personen nicht mehr garantieren. Davon einmal abgesehen hat mich jedoch Mael Leandar überhaupt erst bezüglich dieser Probleme in Kenntnis gesetzt. Außerdem haben wir ein gemeinsames Ziel.«

Shadar atmete hörbar aus.

»Ein Ziel, nun gut. Was weiß man unten bereits?« Er deutete mit dem Kopf zur Tür.

»Sofern ein Magier sie begleitet, haben sie die Energie des Transportes bemerkt«, merkte Kael an.

*Es wäre gut, das zu wissen,* überlegte Kira. *Ich kann es überprüfen!*

»Das finde ich heraus.«

»Wie?«, fragten Kael und Shadar nahezu gleichzeitig.

Sie grinste. »Ich suche nach Magie. Sollte ein Magier anwesend sein, hat er sicherlich einen inneren Schild.«

»Such erst meinem Schild«, forderte ihr Lehrer sie auf. »Ich will sichergehen, dass es nicht auffällt.«

Kiras Grinsen wurde breiter. »Habe ich schon.«

»Bei wem?« Shadar sah sie mit amüsiert gehobenen Brauen an.

»Bei allen hier.«

»Auch bei mir?« Leandar wirkte überrascht, als Kira nickte. »In dem Fall besteht Hoffnung.«

Kira sah irritiert zu ihm hinüber, aber der ehemalige Erzmagier machte keine Anstalten, seinen Einwurf näher zu erklären. Sie wollte sich gerade auf die Suche konzentrieren, als Shadar ihr die Hand auf den Arm legte.

»Ich würde gerne sehen, wie du das machst. Mael Kael sicher ebenfalls.«

»In der Tat.« Kael ließ sich auf einen Stuhl fallen.

Kira wartete, bis beide sich auf ihre Magie konzentriert hatten, dann dehnte sie ihr Bewusstsein aus. Sie spürte den Schutz, den Leandar um den Raum gelegt hatte, als sie ihn passierte. Dann fühlte sie die einzelnen Mitglieder aus Amyus Gesellschaft. Nichts. Vorsichtig weitete sie den Radius aus. Außerhalb des Anwesens befanden sich weitere Personen, jedoch war kein Magier darunter. Kira modifizierte ihre Suche leicht, sodass sie, wie sie hoffte, magische Gegenstände mit einschloss. Jetzt wurde sie fündig. Diverse Dinge im unteren Teil des Hauses bargen Magie. Zwei der Anwesenden umgab eine Art Hülle. Sie spürte, dass Kael etwas fragen wollte.

»Ja?«

»Du suchst unspezifisch mit sehr geringer Energie. So, wie du auch nachsiehst, ob Menschen in der Nähe sind. Ich verstehe, weshalb es nicht auffällt. Wie weit kannst du es ausdehnen?«

»Keine Ahnung, das müsste ich ausprobieren.« Behutsam strich sie mit ihrem Bewusstsein über die Landschaft.

»Was ist das?« Shadars unerwarteter Kommentar brachte sie fast aus ihrer Konzentration.

Sie fokussierte erneut. »Das sind ganz schön viele!« Kira schätzte, etwa vierzig Personen. »Und zwei Magier. Glaube ich. Das ist nicht so klar, ich müsste es mir genauer ansehen.«

»Stopp.« Die Aufforderung kam von Shadar und Kael gleichzeitig. »Wir sollten unseren Vorteil nicht dadurch schmälern, dass wir uns jetzt verraten.«

Kira nickte und brach ihre Konzentration ab.

»Diese Leute sind nördlich von uns in den Bergen.« Kael verengte die Augen. »Ich bezweifle, dass sie von dort den Transport gespürt haben. Das wissen sie aber, sobald wir nach unten gehen. Wahrscheinlich schützen die Magier Amyu und Rugan.«

»Das würde ich zumindest mit meinen Leuten machen.« Shadar rieb seine Handflächen aneinander. »Wer könnten die beiden sein?«

»Delsjen?«, wandte sich Kira direkt an Skjaldan. Ihr selbst fiel es schwer, sich den eher behäbigen Mann mit einer Truppe in den Bergen vorzustellen.

»Das bezweifle ich. Da Amyu dei Lorana da unten ist, tippe ich auf seinen Hausmagier. Der wäre bedeutend effektiver, sollte es zu einem Kampf kommen – und um einiges skrupelloser als Delsjen.«

»Was genau verstehst du unter skrupellos?«, wollte Shadar wissen.

»Das fragt der Richtige!«, ätzte Kael.

Kira schnaufte ungehalten. Sie war nicht in der Stimmung für solche Plänkeleien. ›Du führst‹, hat Shadar gesagt. Gut. Dann konnten ihre Lehrer sich gleich darauf einrichten. »Das bringt uns nicht weiter«, fuhr sie dazwischen. »Skjaldan, bitte erkläre uns, was du meinst.«

»Gerne«, begann dieser. »Delsjen würde niemals eines der magischen Gesetze brechen. Auch nicht für Andorans König. Und ihm fehlt der Einfallsreichtum, um sie der Situation anzupassen oder auszulegen. Er würde sich einem Mord an dir nicht entgegenstellen, womöglich sogar dabei helfen, sich jedoch an die Gesetze halten.«

»Ich weiß, was du meinst«, bekundete Shadar.

»Ich nicht!«, stellte Kira mit einem ungläubigen Kopfschütteln klar. »Wie kann man sich bei einem Mord an die Gesetze halten? Es ist doch garantiert verboten, jemanden umzubringen.«

»Nicht, wenn der König das befiehlt oder befürwortet.« Ein ironisches Funkeln trat in Shadars Augen. »Sofern er allerdings, wie es sich in diesem Fall wahrscheinlich verhält, gar nichts von solchen Plänen weiß, ist Melen Delsjen der falsche Mann.«

»Ich bezweifle, dass der König nichts davon weiß! Ich glaube eher ...«

»Genau das ist es aber, was er dir unter Eid versichern wird, solltest du ihn darauf ansprechen. Amyu übrigens auch.«

»So etwas würde wohl keiner zugeben!«, räumte Kira resigniert ein.

»Nur dass du einen missglückten Anschlag mit etwas Geschick zu Amyu zurückverfolgen kannst. Zum König niemals.«

»Der Pate lässt grüßen!«, murmelte Kira und fuhr sich mit den Händen durch die Haare. Shadars fragenden Gesichtsausdruck ignorierte sie. Um ihn in die Klassiker der Filmgeschichte einzuführen, fehlte ihr die Nerven.

»Hat jemand Vorschläge, was wir jetzt tun sollten?«

»Wir nehmen die Einladung des Königs an den Hof an« empfahl Kael. »Du überprüfst bitte, ob uns der Trupp aus den Bergen folgt und ob er näherkommt. Während der Reise bist du niemals allein. Auch nicht, wenn du austreten musst. Halte bitte einen Schild. Immer. Fang gleich damit an! Nimm ihn eng um deinen Körper, dann fällt er nicht auf, und schütze beim Reiten dein Pferd ebenfalls. Ich kontaktiere Aliard und frage, ob Aki in Dhravannor entbehrlich ist. Es ist Melen Amyu schließlich auf keinen Fall zuzumuten, dir seine Haustruppen längerfristig zur Verfügung zu stellen.«

»Gut«, stimmte Kira zu und sah zu Shadar hinüber.

Der nickte. »Dem ist erst einmal nichts hinzuzufügen.«

»Skjaldan?«

Der hob überrascht den Kopf. »Verlass dich, was Strategie angeht, auf Kael. Er weiß, was er tut.«

»Mael Leandar?«

Auch er wirkte erstaunt, dass Kira ihn ansprach. Dann lächelte er. »Sollte Aliard bei Dhravannors König nichts erreichen, soll er mich kontaktieren. Es gibt noch Dinge, die ich dort einfordern kann.«

# Rugan

*»Hätte Leandar von Quo nicht noch ein wenig warten können,*
*um hier aufzutauchen?«*
Rugan Dary, Handelshaus Martell, Andoran

Sobald Kira abermals die Treppe zum Hauptraum herunter kam, würde sie wissen, wie Andoran tatsächlich zu ihr stand. Leandar von Quo war nur aus einem einzigen Grund nach Martell gekommen: um sie genau darüber aufzuklären. So sehr diese Tatsache Amyu missfiel, so wenig konnte er das vor Melyad dei Martell zugeben. Also würde die junge Frau mit ihrem Lehrer nach Quo transportieren, ohne die Stube noch einmal zu betreten. Kira Sanders war nicht der Typ, der eine Herausforderung dieser Art annahm. Das war auch dem Herrn von Lorana bewusst und es gelang ihm nur unzureichend, seine Wut zu verstecken. Jetzt winkte er mit einer herrischen Geste Rugan zu sich heran.

»Woher, beim Dunkel, wusste Leandar, dass das Mädchen hier ist? Und seit wann?«

»Er ist vor knapp einer Woche in Andor aufgebrochen und nach Norden gereist. Ob das Zufall war, ist schwer zu sagen. Fest steht, dass er rechtzeitig hier war.«

»Dann hatte sie mit ihm Kontakt? Ich dachte, der seltsame Armreif, den sie an der Küste unbedingt loswerden wollte, hat genau so etwas verhindert.«

Das zumindest hatte Amyus Magier bestätigt, bevor er sich zur Reserve in den Bergen zurückzog.

»Wir wissen nicht, wie lange sie ihn getragen hat.«

»Und warum überhaupt?« Amyu presste die Zähne zusammen. »Welcher Magier lässt sich freiwillig in seiner Kraft einschränken?«

Das hatte Rugan sich ebenfalls gefragt. »Was wisst Ihr über Nemokatar, Melen?«

Amyu schnaufte. »Wenig. Man ist dort sehr eigen.«

»Ich meine speziell, was Magie betrifft.«

»Ich kenne nur die Gerüchte.« Amyu klopfte ungeduldig mit den Fingern auf den Tisch.

»Viel mehr als Gerüchte dringen nicht durch«, bekannte auch Rugan, »doch wenn nur die Hälfte davon wahr ist, hat Kira den Armreif angelegt, um dorthin reisen zu dürfen.«

»Im Grunde ist es egal, wer Leandar informiert hat. Damit hat sich unser Vorhaben – zumindest für den Moment – erledigt, fürchte ich. Wir können nur warten, bis sie Quo verlässt, um mit dem lichten Stein nach Aidris aufzubrechen – vorausgesetzt, sie transportiert sich die Strecke nicht einfach«, zischte Amyu verdrießlich.

»Sie ist im Auftreten sicherer geworden«, murmelte Rugan nachdenklich. »Zumindest am Tisch hat sie die Führung in ihrer kleinen Gruppe übernommen.« *Wahrscheinlich in Absprache mit den anderen.* Er hatte sie jedoch während des Essens genau beobachtet und keine Hinweise auf einen geistigen Kontakt bemerkt. *Was kann sie in Nemokatar gewollt haben? Verbündete? Um gleichzeitig ein Bündnis mit Aidris zu schließen? Eigentlich geht das gar nicht. Doch Kira vereinte auch Catron und Quo und schaffte es, dass sich Mael Aliard mit Shadar von Catron traf. Fest steht: Kira ist in Aidris und danach in Nemokatar gewesen. Ihre Kleidung zeugt davon und sie hat es selbst gesagt.*

»Was tun wir, falls sie nach Quo transportiert? Vorschläge?«

Amyus Bemerkung riss Rugan aus seinen Gedanken. »In Quo ist sie nicht angreifbar. Wir können höchstens versuchen, sie zu zwingen herzukommen. Nehmen wir an, es erhebt sich allgemeiner Unmut gegen sie, der es dem König leider unmöglich macht, sie zu unterstützen … Sie hält einen Anker zu Laon dei Savren. Sobald die Häuser sicher sind, dass sie keine Kooperation mit Andoran sucht – und das werden sie sein, weil wir entsprechende Gerüchte streuen – hat sie ein Problem. Dass sie Aidris favorisiert und Laon dei Savren in diese Welt zurückholen möchte, wie es die Prophezeiung sagt, wird man uns problemlos glauben. Sie kann es sich nicht leisten, dass sich das Land gegen sie wendet.«

»Ach nein?« Amyu lachte trocken. »Wenn sie Aidris das Massiv zurückgibt, ist sie in der Lage, einen Feldzug zu finanzieren. War sie vielleicht deshalb dort und hat das als Bedingung genannt?

»Ich habe keine Nachricht erhalten, dass sie am Hof war.«

»Du hast nicht einmal eine Nachricht darüber erhalten, dass sie in Aidris war! Skjaldan war allerdings dort, bei einem der wichtigen Berater des Khalid! Und er stand offensichtlich unter Catrons Schutz. Du selbst hast davon berichtet.«

»Ich schätze Kira trotzdem nicht so ein, dass sie einen Krieg plant.«

»Sie könnte Leute haben, die für sie planen.«

Rugan hob die Schultern. »Das ist immer möglich.«

»Und da kriegen wir sie!« Amyu hieb mit der Faust auf einen der Tische. »An ihre Berater kommen wir heran! Die können sich nicht alle in Quo verstecken! Auch eine Mlyss d'Eartha braucht Informationen und ohne Ratgeber ist sie aufgeschmissen.«

»Wir wenden uns also gegen Mael Aliard, Mael Leandar, Skjaldan und gegen Dhravannors Krone?«, resümierte Rugan. »Damit brechen wir allerdings – lass mich das überschlagen – deutlich mehr als ein Paar Bündnisse«, schob er sarkastisch hinterher.

»Was bleibt uns sonst übrig?«, gab Amyu frustriert klein bei.

»Ihre Verbindung zu Laon dei Savren öffentlich zu machen. Selbst in Quo wird sie dann Zuspruch verlieren.«

»Der Anker dürfte dort bekannt sein.«

»Ja, einem kleinen Kreis, aber ich gehe davon aus, dass man die Personen, die darüber informiert sind, an den Fingern einer Hand abzählen kann. Der Erzmagier, Skjaldan, Kael, vielleicht Mael Leandar, doch da bin ich mir nicht einmal sicher. Aliard war bei dem Treffen dabei, also weiß er es auch. Man hat Kira nicht umsonst zu Kaels Schülerin gemacht und das öffentlich verkündet. Damit ist sie für Quo und alle Verbündeten unantastbar. Ein Problem in der Größenordnung eines freiwilligen Ankers zum Erzfeind der Schule, mit dem Zweck, ihn zurückzubringen, stellt das jedoch infrage. Zumindest bringt es Gran Mael Nolan in gehörige Erklärungsnot. Ob er unter diesen Umständen seine Unterstützung für sie aufrechterhalten wird?«

»Hoffen wir, dass er es nicht kann! Ich werde die Reserve instruieren, sich zurückzuziehen.« Amyu schickte sich eben an aufzustehen, als im Nebenraum Stimmen laut wurden.

»Macht Euch keine Sorgen um solche Dinge, Mlyss. Es ist mir eine Ehre, Euch sowie Eure Begleitung in meinem Haus zu beherbergen. Es gab ja bereits Gerüchte, Ihr würdet einen Frieden zwischen Quo und Catron anstreben.«

Das war eindeutig Melyads Stimme. Wenn es Kira war, mit der er sprach, war die Unterredung im Obergeschoss anscheinend beendet.

»Es ist Euer Haus, Melen Melyad. Ich bin hier nur zu Gast. Daher empfinde ich es als meine Pflicht, um Eure Erlaubnis zu bitten.«

»Sie ist Euch gewährt, Mlyss, und falls ich Weiteres für Euch tun kann, müsst Ihr Eure Wünsche nur äußern.«

»Ihr habt mich bereits sehr freundlich empfangen und aufgenommen. Obwohl Ihr nicht sicher wart, wer ich bin. Ich möchte Eure Gastfreundschaft nicht über die Gebühr strapazieren.«

Amyu atmete hörbar aus. Rugan nickte ihm zu. *Das war es dann. Kira verabschiedet sich gerade höflich von Melyad.*

»Das tut Ihr nicht. Im Notfall werde ich Zelte aufstellen lassen. Eure Sicherheit steht weit über meiner persönlichen Bequemlichkeit. Das ist überhaupt keine Frage.«

»Zelte?« Entgeistert starrte Amyu auf den Durchgang zum Speisesaal. Rugan bewegte sich vorsichtig ein wenig näher zur Tür. Das versprach interessant zu werden.

»Ihr nehmt mir eine große Angst.« Kira klang erleichtert. »Als mir mein Lehrer bestätigte, dass es Melen Amyus eigene Haustruppen sind, die er hergebracht hat, um mich zu schützen, war ich doch in Sorge. Ich möchte es ihm wirklich nicht zumuten, sein Gut zu meinen Gunsten zu vernachlässigen.«

»Seid versichert, jeder in Andoran würde das für Euch tun, Mlyss. Ihr habt uns von den Dunklen befreit.«

Die Stimmung im Nebenraum war mit der Erwähnung der Dunklen plötzlich eine ganz andere geworden. Rugan konnte es förmlich spüren.

»Es tut mir leid, dass ich nicht schneller damit war, das Gleichgewicht zu finden. Hat Martell sehr unter den Angriffen gelitten?«

»Ich habe zwei Schiffe und einige Dörfer verloren, doch es ist, nach dem, was man von dort hört, nicht mit Dhravannor zu vergleichen. Ihr wart vor Ort, um die Angriffe abzuwehren und Ihr wart dort sicherlich vonnöten.«

»Würde es helfen, wenn ich diese Dörfer besuche? Ich möchte den Menschen versichern, dass ich alles dafür tun werde, dass so etwas nie wieder vorkommt.«

»Das würdet Ihr tun, Mlyss?«

»Ich denke, das gehört zu den Aufgaben meines Amtes.«

»Ich werde Euch mit Freuden begleiten!«

»Was ist das jetzt?« Amyu warf Rugan einen irritierten Blick zu.

»Es hörte sich wie eine sehr spontane Entscheidung an. Anscheinend bleibt uns die Mlyss noch einige Tage erhalten.«

Amyu grinste. »Wenn es nach mir geht, nur kurz.«

## Kira

*»Da ich es ohnehin nicht schnell genug schaffe, die Politik Andorans zu durchschauen, werde ich einfach handeln, wie ich es für richtig halte.«*
*Kira Sanders, Handelshaus Martell, Andoran*

»Diese Entscheidung war riskant Deine Dorfbesuche bieten diverse Möglichkeiten für einen Anschlag.« Kael sah sie mit zusammengezogenen Brauen an.«

»Daran habe ich nicht gedacht. Ich hatte lediglich das Gefühl, es sei richtig.«

»Du hast dir damit zumindest Melyad dei Martells Respekt verdient.« Skjaldan legte ihr eine Hand auf die Schulter. »Die Bauern werden es zu schätzen wissen – vorausgesetzt, du verlangst keinen großen Empfang. Sie hassen es, plötzlich aus ihrer Arbeit herausgerissen zu werden, für die hohen Herren parat zu stehen und hinterher Ärger zu bekommen, wenn an einem Haus die Tür nicht neu gestrichen war. Vermeide das und sie werden dich lieben.«

»Die Leute hier müssen gar nichts für mich tun! Besondere Feierlichkeiten sind nicht nötig.«

»Dann schau, dass Melyad das nicht veranlasst.«

»Kannst du dich bitte darum kümmern, Skjaldan?«

»Aber gerne doch«, feixte er. »Melyad wird es zwar kaum verstehen, aber sobald er dich näher kennengelernt hat – was bei ihm schnell geht – wird er deinem Wunsch ohne ein schlechtes

Gewissen zu haben nachkommen. Er ist verträglich und ich bezweifle, dass er in das Spiel des Königs eingeweiht ist. Er mag dich, was gut ist. Hast du Martell auf deiner Seite, hast du auch Elvian. Beide Herren sind gut befreundet.«

»Wenn ich etwas dazu bemerken darf?« Leandar sah Kira fragend an.

»Selbstverständlich.«

»Es ist klug, sich die Gunst der Häuser und des Volkes zu erwerben. Die Tatsache, dass du einen Anker zu Laon dei Savren hältst, ist dem König bekannt. Er kann und wird womöglich versuchen, dies gegen dich zu verwenden. Das wird ihm jedoch schwerfallen, sofern du bei den Häusern beliebt bist.«

»Fest steht, dass ihr hier alle willkommen seid.« Kira nickte Shadar zu. »Auch du.«

»Glaubst du?«, entgegnete dieser leise lachend. »Der Herr von Martell wagt nur nicht, dir etwas anders zu sagen, aber glücklich ist er darüber bestimmt nicht! Andererseits hast du ihm gegenüber die Höflichkeit besessen, ihn bezüglich meiner Anwesenheit um Erlaubnis zu fragen. Wenngleich dies nur eine hohle Geste war, weiß er das durchaus zu schätzen. Jetzt lass uns in dem Empfangsraum gehen und Amyu sowie Rugan vor vollendete Tatsachen stellen. Sag ihnen, du würdest gern am Frühlingsfest teilnehmen, hieltest es allerdings für angemessen und notwendig, dir ein Bild von den Schäden zu machen, die Andoran durch die Dunklen erlitten hat. Es ist dein Amt, wie du treffend bemerkt hast. Amyu braucht nicht für deine Sicherheit zu garantieren. Morgen hast du eigene Leute hier. Du bist besser darin, das einfache Volk für dich einzunehmen, als den Adel. Nutze es.«

Die Pferde trotteten durch den schmelzenden Schnee und hinterließen eine breite Spur. Der Tross kam Kira vor wie eine bunt zusammengewürfelte Gesellschaft, in der lediglich Amyus Männer Professionalität vermittelten. Zumindest hatten sie die prächtigsten Uniformen. Aki und seine zehn Mann wirkten dagegen wie einfache Söldner. Dennoch waren das ihre Leute und sie wusste, dass sie sich auf jeden Einzelnen verlassen konnte.

»Diese Männer waren während der Angriffe in Drawahr. Die meisten haben Euch in der Festung gesehen, Mlyss. Sie wissen, wo Ihr wart und wie hart Ihr gearbeitet habt, um die Festung zu schützen. Sie haben Euren Schild gesehen und fünf von ihnen waren auf dem Eis mit dabei. Sie werden ihr Leben für Euch geben, Mlyss, und ich ebenfalls.« Das waren Akis Worte direkt nach der Ankunft gewesen.

Fast schien es Kira, als sei er stolz, dass sie speziell nach ihm gefragt hatte. Elmaryn war mit ihm gekommen, was sie unglaublich freute.

Auch Melyad war offensichtlich begeistert gewesen und hatte sich lange mit dem Barden über dessen Reise nach Aidris unterhalten. Anscheinend hatte er ihm und Melian damals die Überfahrt ermöglicht. Jetzt ritt Melyad dicht bei Elmaryn, in ein Gespräch über das Gut Savraney vertieft, das momentan unter königlicher Verwaltung stand.

Kira überlegte, ihr Pferd zu ihnen zurückfallen zu lassen, als Aki sein Tier neben ihres lenkte.

»Darf ich Euch etwas fragen, Mlyss?« Als Kira nickte, fuhr er fort: »Was haben wir in diesen Dörfern zu erwarten? Ich meine, abseits von mehr oder weniger dankbaren Bauern. Mael Kael erwähnte eine Truppe in den Bergen …«

»Ja, dort sind etwa vierzig Leute und zwei Magier. Ich weiß nicht genau, wo sie sich befinden, aber ungefähr da.« Kira deutete grob in die entsprechende Richtung.

»Nicht zeigen! Nennt mir Landmarken! Einen Felsen, eine Baumformation.« Akis Kopf senkte sich minimal zu einer Baumgruppe rechts von ihnen hin. »Könnt Ihr mir auch Informationen über das Dorf zukommen lassen? Ich meine ... ob sich jemand darauf zu oder davon fortbewegt?«

»Das ist kein Problem. Moment …« Rasch fokussierte Kira ihre magische Suche auf das neue Ziel. »Jetzt habe ich das Dorf. Die andere Gruppe ist weiter fort, aber es ist schwer zu sagen, ob sie näherkommen. Relativ dicht um das Dorf herum sind viele Leute in Bewegung, wobei das auch die Einwohner sein könnten.«

»Wenn es keine größeren geschlossenen Gruppen sind, die sich dort bewegen, ist das wahrscheinlich.« Aki rieb sich über die Stirn.

»Seid Ihr in der Lage, mir die Entfernung zwischen dem Dorf und dem Trupp zu zeigen?«

»Wartet, ich nehme Euch in meine Gedanken.« Kira konzentrierte sich. Gleich darauf fühlte sie Akis Verwirrung und dann seine Angst. Überrascht brach sie den Kontakt ab und sah zu ihm hinüber. »Ist alles in Ordnung? Ich wollte Euch nicht erschrecken.« Ob ihre Worte zu dem Mann durchdrangen, wusste sie nicht.

Aki hatte die Farbe aus dem Gesicht verloren und keuchte. »Einen Moment, Mlyss!« Um Sammlung bemüht atmete er hörbar tief ein und dann wieder aus. »Es geht gleich wieder.«

»Was ist geschehen?« Shadar lenkte sein Pferd neben Akis. »Was beunruhigt Euch, Njaldan?«

»Ich glaube, das war ich.« Kiras Blick war schuldbewusst. »Ich wollte ihm etwas zeigen und habe ihn in meine Gedanken genommen.«

»Ohne Vorbereitung?« Shadar schüttelte konsterniert den Kopf. Dann wandte er sich wieder an Aki: »Geht es Euch gut?«

»Es geht, Mael.« Aki rieb sich mit einer Hand über die Stirn und sah zu Kira. »Macht genau das mit einem Gegner, sofern Ihr ihn wirkungsvoll außer Gefecht setzen wollt. Gibt es eine andere Möglichkeit zu beschreiben, wie weit diese Einheit vom Dorf entfernt ist?«

»Ich bin schlecht im Schätzen von Entfernungen, aber wenn wir hier sind und das Dorf da«, sie zeigte die Spanne mit zwei Fingern auf ihrem Bein, »ist diese Truppe dort.«

»Also nah genug, um uns Ärger zu bereiten, falls sie das wollen.« Aki schwieg einige Sekunden, ehe er sich erneut explizit Kira zuwandte. »Das, was Ihr eben getan habt, Mlyss, … habe ich in dem Moment gesehen, was Ihr denkt?«

»Was ich Euch zeigen wollte, ja.«

»Magier können über Gedanken miteinander sprechen. Das ist richtig, oder?«

»Ja.« Kira fragte sich, worauf Aki hinauswollte.

»Könntet Ihr in Gedanken auch mit mir sprechen?«

»Ja, schon … nur möchte Ich Euch nicht wieder erschrecken.«

»Das wird kaum ausbleiben, bis ich daran gewöhnt bin.«

»Ihr wollt, dass ich Euch kontaktiere?«

»Allerdings. Sofern es Euch nichts ausmacht und Ihr es für statthaft haltet, Mlyss«, fügte er rasch hinzu. »Die Tatsache, dass Ihr in Gedanken mit mir sprechen könnt oder in der Lage seid, mir etwas zu zeigen, ist viel wert. Diesen Vorteil sollten wir nicht einfach verschenken.«

»Ich beginne zu begreifen, weshalb du den Mann hier haben wolltest, Kira.« Shadar nickte Aki zu. »Es ist am Anfang vielleicht besser, dass ich oder, falls Euch das lieber ist, Mael Kael mit Euch üben. Kira ist manchmal etwas ungestüm in diesen Dingen.«

»Mir wäre es trotz allem lieber, die Mlyss täte es selbst, sofern ich nicht zu viel verlange«, widersprach Aki höflich. »Sie ist es, mit der ich später Kontakt halten werde, also müssen wir in diesem Punkt zusammenfinden.«

»Ich werde vorsichtig sein«, versicherte Kira.

»Und du wirst beim nächsten Mal Bescheid geben, bevor du solche Versuche unternimmst!«, bestimmte Shadar. »Du selbst bist derzeit in diesem Moment abgelenkt und der Mann, den du mit deiner Sicherheit beauftragt hast, ist es genauso.«

»Wir sind bald da, Mlyss.« Melyad trabte zu Kira nach vorn und Skjaldans Pferd schloss ebenfalls auf. »Wollt Ihr mit den Bauern sprechen oder soll ich das übernehmen?«

»Natürlich spreche ich mit ihnen.« Kira sah den Landesherren verblüfft an. »Sonst hätten wir doch nicht herzukommen brauchen.«

»Wie Ihr wünscht, Mlyss. Es wäre allerdings besser, wenn ich Euch zuvor vorstellte.«

»Gerne.« Es war gewiss sinnvoll, dass die Menschen im Dorf zuerst von jemandem angesprochen wurden, den sie kannten.

»Mlyss?« Amyu hatte angehalten. »Im Dorf werden meine Männer um den Platz herum Aufstellung nehmen. Njaldan Aki kann mit seinen bei Euch bleiben, die Zwei, die Melen Melyad mitgenommen hat, bei ihm. Haltet Euch in unserer Mitte auf, dann können wir für Eure Sicherheit sorgen.«

»Sind das auch Eure Befehle?«, wollte Aki von Kira wissen.

»Ich denke schon, oder würdet Ihr einen anderen Vorschlag machen?« Kira nickte ihm aufmunternd zu.

»Was ich gesagt habe, war kein Vorschlag, Mlyss.« Amyu warf ihr einen Blick zu, der seine Geringschätzung nur schlecht verbarg. »Und nichts, was ich mit Untergebenen zu diskutieren gedenke.«

Bewusst richtete Kira sich auf. Diese Arroganz machte es ihr leicht, entsprechend zu antworten. »Ich bezweifle, dass ich zu Euren Untergebenen gehöre, Melen«, gab sie ihm indigniert zu verstehen.

»Verzeiht, Mlyss, ich sprach über Njaldan Aki.« Amyu sah nicht so aus, als täte ihm sein Ausrutscher wirklich leid.

Wut kroch in Kiras Magen. »Njaldan Aki empfängt seine Befehle von mir und ich habe ihn gefragt, ob er einen anderen Vorschlag hat, als den Euren. Das ist nichts, was ich diskutieren werde.« Demonstrativ wandte sie sich erneut an Aki. »Habt Ihr andere Vorschläge, Njaldan Aki?«

»Nein, Mlyss. Melen Amyu verfügt über mehr Männer als ich und kann deshalb auch die größere Fläche abdecken. Ich halte seinen Plan für sinnvoll.«

»Dann bin ich damit einverstanden.«

Amyu ließ das unkommentiert und begann, seinen Leuten die entsprechenden Befehle zu erteilen.

Kael schloss zu ihnen auf. »Womit hast du Amyu verärgert?«

Shadar grinste hinter vorgehaltener Hand und kicherte leise. »Allmählich, denke ich, bist du soweit, an Aidris' Hof eingeführt zu werden, Kira.« Zu Kael sagte er: »Es gab gerade einen kleinen Streit, wer auf wessen Befehle zu hören hat. Mein Eingreifen war nicht vonnöten.«

»Was sicherlich besser war! Ich stelle mir gerade vor, wie Amyu darauf reagiert hätte.« Auch Kaels Stimme hörte man die Erheiterung an.

Shadar lachte erneut verhalten. »Schlechter als auf Kiras Zurechtweisung, dessen bin ich mir sicher.«

»Lass uns die Götter bitten, dass es nie dazu kommt«, seufzte Kael. »Amyu ist jemand, der eine Kränkung so schnell nicht vergisst.«

Kira hob die Schultern. »Ich kann doch wohl kaum zulassen, dass er Aki Befehle erteilt. Was hätte ich sonst tun sollen, als ihm zu sagen, dass das so nicht geht?«

»Du hast richtig gehandelt, Kira«, beschwichtigte sie ihr Lehrer. »Ich habe bei seinen ausgesuchten Unverschämtheiten ohnehin das

Gefühl er testet, wie weit er damit kommt. Bleib freundlich, aber bestimmt. Einen anderen Rat kann ich dir nicht geben. Außer, dass du mich im Zweifelsfall jederzeit kontaktieren darfst, wenn du unsicher bist.«

## Rugan

*»Ich hätte Kira eher so eingeschätzt, dass sie öffentlicher Aufmerksamkeit aus dem Weg geht, wo sie kann. Ich lasse mich jedoch gern überraschen.«*
*Rugan Dary, Bezirk Martell, Andoran*

Die Dörfler erwarteten sie auf dem Platz bei ihrem Brunnen. Die von den Attacken der Dunklen angerichteten Schäden waren weitestgehend behoben, jedoch konnte man die neu errichteten Mauern gut von den alten unterscheiden. Manches war nur provisorisch geflickt. Ein Haus an der Seite des Platzes war vollständig zusammengebrochen.

Amyu lenkte sein Pferd neben Rugan. »Das hat wohl nicht so funktioniert, wie sie sich das gedacht hat. Kein jubelnder Empfang für die Mlyss d'Eartha«, flüsterte er mit spöttisch verzogenen Mundwinkeln.

In der Tat standen die Bauern nur stumm um den Brunnen herum – zu eingeschüchtert von der Menge an Soldaten und den beiden Magiern in schwarz und weiß. Kira selbst starrte auf das zerfallene Haus und wirkte, als sei sie mit ihren Gedanken an einem vollkommen anderen Ort.

Melyad versuchte, die Situation zu retten, und ritt in die Mitte des Platzes. »Was ist los? Begrüßt ihr so die Frau, die unser Land von den Dunklen befreit hat?«

»Ich fürchte, für dieses Dorf bin ich zu spät gekommen.« Kiras Stimme trug in der auf Melyads Worte folgenden Stille über den ganzen Platz, obwohl sie leise gesprochen hatte. Jetzt sprang sie von ihrem Pferd, ohne auf die überraschten Blicke ihrer Bewacher zu achten. »Für die Menschen aus diesem Haus auf jeden Fall.« Sie ging zu den Trümmern hinüber und legte die Hand auf einen der Steine. »Wer hat hier gewohnt?«

»Stepan, Mlyss. Mit seiner Frau und den Kindern«, erwiderte einer der Männer.

*Wahrscheinlich der Dorfsprecher. Oder ein Freund der Familie,* vermutete Rugan.

Kira zuckte merklich zusammen. »Lebt noch jemand aus dieser Familie?«

»Nicht mehr seit dem zweiten Angriff.« Nun war es eine Frau, die antwortete. »Seda wollte die Kinder holen, sie hatten sich im Zimmer unter dem Tisch versteckt. Sie wollte sie rausbringen, da ist das Haus über ihnen zusammengebrochen. Stepan ist am nächsten Tag in die Schlucht gesprungen.«

Kiras Gesicht hatte bei der Beschreibung die Farbe verloren. Sie wirkte genauso grau wie die Robe, die sie trug.

»Das läuft aber auch so gar nicht nach Plan«, kommentierte Amyu den Dialog ironisch. »Kein Jubel und auch kein Empfang. Warte ab, als Nächstes entschuldigt sie sich dafür, dass sie die Dunklen nicht schneller vernichtet hat.«

»Ihr habt nie einen Angriff erlebt, Melen?«

»Zum Glück nicht.« Amyu verzog spöttisch den Mund. »Da! Habe ich es dir nicht gesagt?«

Kira hatte sich den Dörflern zugewandt. In ihren Augen standen Tränen. »Es tut mir leid, dass ich für dieses Dorf zu spät gekommen bin und nicht verhindern konnte, was hier geschehen ist.« Ihre Stimme klang brüchig. »Ich kann euch nur bitten, mir zu verzeihen und versichere euch, es ging nicht schneller. Ich habe alles getan, was ich konnte. Bitte glaubt mir das.« Dann wurde ihre Stimme fester. »Und nun ist es definitiv vorbei. Die Dunklen sind fort und, ich werde weiterhin alles, was das Gleichgewicht bedroht, genau so hartnäckig verfolgen wie sie. Ich werde mein Leben dafür einsetzen, wie ich es bereits getan habe, damit so etwas nie wieder geschieht.«

Die Stimmung auf dem Platz veränderte sich. Die Bauern wie auch der Herr von Martell und sogar einige von Amyus Soldaten hingen an Kiras Lippen. Sie glaubten Kira, was sie sagte, weil es schlicht die Wahrheit war – und weil sie es selbst glaubte. Jubel brach los, als sie endete.

Amyu warf Rugan einen Blick zu, der seine Frustration ausdrückte. »Mir war gar nicht bewusst, dass diese Frau reden kann.«

Rugan zog es vor zu schweigen. Nachdenklich blickte er auf Kira, die zwischen den Dörflern stand und Hände schüttelte. Eine Frau, die weinend auf sie zutrat, nahm sie sogar in den Arm.

Und dann trat dieser verfluchte Barde nach vorn.

Rugan stöhnte. Es war vollkommen klar, was Elmaryn vorhatte, und er bezweifelte nicht, dass der Mann ein passendes Lied für diese Situation kannte – etwas, das die Menschen begeisterte und ihnen letztendlich doch noch die Heldin gab, die Kira so hartnäckig nicht sein wollte.

»Das hier läuft in die vollkommen falsche Richtung!«, zischte Amyu zornig.

»Je schneller wir das beenden, umso besser«, pflichtete Rugan ihm bei. »Entweder wir organisieren so rasch es geht Einladungen in größere Städte, wo sie hoffentlich mit dem anspruchsvolleren Publikum überfordert ist, oder wir setzen an einem anderen Punkt an. Sie geht auf die Leute zu, sucht Körperkontakt. Dadurch kriegen wir sie, sobald sie ein wenig abgelenkt ist!

### Elmaryn

*»Kira wird mich für dieses Lied nicht lieben, aber es wird ihr helfen!«*
*Elmaryn dei Savraney, Bezirk Martell, Andoran*

Die Stimmung auf dem Platz rief nach einem Lied, nach etwas, das den Leuten Hoffnung gab, sie aufrichtete und begeisterte. Sie suchten Sicherheit und jemanden, der sie garantierte.

*Es wird Kira nicht gefallen, aber die Erwartungen der Menschen richten sich auf sie.* Elmaryn hatte den Text des Liedes in Drawahr gedichtet, nachdem Kira nach Quo aufgebrochen war und in die Melodie einige Elemente der Musik aus Kiras Welt eingebaut. In der Festung hatte er damit innerhalb kürzester Zeit alle begeistert, doch wie er Kira kannte, war ihr das eher unangenehm. *Egal! Sie wird dieses Lied ohnehin früher oder später zu hören bekommen, da es in Drawahr dermaßen beliebt geworden ist, dass die die Hälfte der Garde inzwischen den Refrain auswendig mitsingt.*

Der Applaus für Kiras Rede ebbte ab und der Barde nahm die Laute von seiner Schulter. Kael sah überrascht zu ihm hinüber, nickte dann jedoch mit einem Lächeln, als er die ersten Töne vernahm. Hatte es die Weise also tatsächlich bereits bis nach Quo geschafft? *Womöglich über Mael Aliard, der kurz nach Skjaldans Verschwinden ein paar Mal zwischen der Schule und der Festung hin und her gereist ist.*

Das Gemurmel auf dem Platz verebbte und die Menschen wandten sich Elmaryn zu, als er nachdrücklicher zu spielen begann. *Soll ich? Ja. Kira hat es verdient, ob sie es in dieser Situation zu schätzen weiß oder nicht.* Er konnte ihr helfen und würde das auch tun, mit allem, was ihm zur Verfügung stand.

Er schloss die Augen und lauschte neben seinem Spiel auf die Stimmung der Menge, suchte nach der vorherrschenden Melodie, um sie mit seiner zu verbinden. Alle hier auf diesem Platz sollten ein Teil dessen werden, was er mit seinem Lied erzählen wollte. Sofern sie ihm zuhörten, würden sie sehen.

Als er zu singen begann, wurde es auf dem Platz vollkommen still. Lediglich ein gelegentliches Seufzen war zu hören, als er die Angriffe der Dunklen auf die Festung beschrieb, die Schrecken, die man auch in diesem Dorf kannte, die Verzweiflung und Hilflosigkeit. Er sang über den Mut der berittenen Garde, Skjaldans Bemühungen, die Wesen abzulenken und anschließend über Kiras Einsatz: Wie sie den ersten Angriff abwehrte, danach den zweiten, wie sie Leandar von Quo vor diesen Wesen rettete und wie das Gleichgewicht zurückkehrte.

In die letzten Töne ließ er die Freude einfließen, die er empfunden hatte, als er selbst bemerkte, wie alles wieder an seinen Platz floss. Für einen winzigen Moment würden seine Zuhörer das über die Melodien selbst fühlen können.

Als Elmaryn endete, hätte man eine Münze auf Sand fallen hören können, jedoch nur kurz. Dann applaudierten die Dörfler und riefen Kira begeisterte Glückwünsche zu.

*Ja, genau das war es, was alle hier gesucht haben. Bei aller Ehrlichkeit und Sympathie, die Menschen wollen einen Helden, zu dem sie aufsehen können und der sie beflügelt, ihm zu folgen.* Sein Blick ging zu Kira hinüber, die mit hochrotem Kopf zwischen Shadar und Kael stand.

Sie wirkte, als wolle sie sich am liebsten verkriechen, um der Begeisterung zu entkommen. Jetzt schien sie froh um Akis Leute, die alle Hände voll zu tun hatten, ihr zumindest ein wenig Freiraum zu schaffen.

Waren die Menschen auf dem Platz vorher noch zurückhaltend gewesen, drängten nun alle zu ihr und versuchten, sie zu berühren, einen Zipfel ihrer grauen Roben zu erhaschen – grau, die Farbe, die sie mit diesen Menschen verband, den einfachen Leuten, die weder Zeit noch Geld dafür hatten, die Wolle für ihre Kleidung zu färben.

Auch als der Dorfvorsteher zu Tisch bat, blieb die Stimmung ausgelassen. Elmaryn beschloss, später zu essen. Jetzt ging es darum, weiter zu spielen.

## *Kael*

*»Kira hat keine Wahrnehmung, wann sie ihre Beschützer mit ihrem Verhalten in Schwierigkeiten bringt. Das muss sich ändern.«*
*Kael von Quo, Bezirk Martell, Andoran*

Die Familie des Dorfvorstehers hatte darauf bestanden, sie in deren Stube unterzubringen. Dort saß Kira nun, die Lider gesenkt, mit dem Rücken zur Wand des Raumes. Sie war blass und wirkte ein wenig erschöpft.

Kael, der sie schweigend beobachtete, war klar, dass ihr Zustand nicht nur den hinter ihr liegenden Feierlichkeiten geschuldet war. Sie begann vielmehr langsam zu begreifen, was sie mit ihrer Rede auf dem Dorfplatz erreicht hatte. Die Menschen hatten gejubelt! Spätestens nach Elmaryns Gesang waren sie auf ihrer Seite gewesen, hatten nach und nach eigene Instrumente hervorgeholt und mit der tatkräftigen Unterstützung des Barden hatte sich ein ausgelassenes Tanzfest ergeben. Immer wieder hatte er das Lied über Kira vortragen müssen. Besser hätte es für sie kaum laufen können, lediglich über die Sicherheit mussten sie sich noch einmal unterhalten. Kael wollte sie gerade darauf ansprechen, als rasche Schritte auf dem Gang laut wurden.

Alle Köpfe wandten sich zur Tür und Aki zog sein Schwert. Kurz schien es, als wolle Kira etwas dazu sagen, dann sah sie aber nur betreten zur Seite. Sie gewöhnte sich nur schwer daran, dass sie verteidigt werden musste. Immerhin stand ihr Schild, wie Kael befriedigt feststellte.

Die Tür flog auf und Skjaldan stürmte in den Raum. »Verdammt noch mal, Kira, was hast du dir dabei gedacht, dich so von den Leuten einkreisen zu lassen? Das ist Wahnsinn.«

Kael konnte ein Schmunzeln nicht unterdrücken. Das Höchste, was sein Freund in dieser Situation an Diplomatie zuwege brachte, war, dass er sie nicht bereits auf dem Dorfplatz angeschrien hatte.

Kira sah kleinlaut auf. »Ich habe einen Schild gehalten.«

Skjaldan nickte grimmig. »Immerhin. Du hast jetzt auch einen, oder?«

»Ja.«

»Schön, dann leg jetzt mal deine Hand auf den Tisch.« Er zog seinen Dolch. Kael blickte ihn an und schüttelte den Kopf, aber Skjaldan ging nicht darauf ein. »Eine Demonstration erklärt es bedeutend besser, als viele Worte«, begründete er dennoch sein Handeln. »Dein Schild steht, Kira?«

Aki trat vor Skjaldan und legte ihm die Hand auf die Brust. »Ich kann mir denken, was du tun willst, werde es jedoch nicht erlauben. Nur einer von euch beiden braucht einen Fehler zu machen und schon haben wir ein Problem.«

Skjaldan schnaubte unwillig. »Ich weiß durchaus, was ich tue.«

»Ich gehe davon aus, dass mir von den Anwesenden keiner Böses will. Skjaldan, willst du andeuten, dass ich mit einem Schild nicht sicher bin? Falls ja, weshalb?«

»Das wollte ich dir gerade demonstrieren.«

»An meiner Hand?«

»Ja, aber nicht damit.« Skjaldan legte den Dolch auf die Tischplatte und öffnete seine zweite Hand. Darin lag eine dünne Nadel, wie sie zum Nähen verwendet wurde. Während sich in Kiras Gesicht Unverständnis ausbreitete, begann Aki zu grinsen. Von Shadar, der sich bisher nicht an den Gesprächen beteiligt hatte, war ein leises Lachen zu vernehmen.

»Könnte mir bitte jemand erklären, was ihr so komisch findet?« Irritiert sah Kira von einem zum anderen.

»Leg deine Hand auf den Tisch und halte den Schild. Es wird nicht allzu weh tun.«

»Gar nicht, sofern du den Schutz hältst«, kommentierte Shadar amüsiert.

Kael bemerkte, dass Kira Kraft in ihren Schild lenkte und auch, dass sie nicht lediglich ihre Hand schützte. *Gut, sie beginnt mitzudenken.* Ihr Schild hielt, als Skjaldan einige rasche Stöße mit dem Dolch auf ihre Hand ausführte und ebenfalls, als er den vierten mit Schwung auf ihre Schulter lenkte. Nun drängte er sie mit einem Angriff seitlich vom Tisch fort, duckte sich und führte einen Hieb von unten nach oben. Kira blockierte auch diesen. Skjaldan stand auf, nickte anerkennend und reichte ihr die Hand. Kira schlug ein, während sich ein Lächeln auf Skjaldans Gesicht ausbreitete. Kurz darauf weiteten sich seine Augen in Überraschung.

Erneut lachte Shadar leise auf. »Schön Kira. Aber ich hoffe, du weißt, was mit dieser Demonstration bezweckt wurde?«

»Ja! Hätte ich nicht gewusst, dass Skjaldan die Nadel einsetzen würde, wäre ich in ernsthafte Schwierigkeiten gekommen. Es ist gar nicht so einfach, eine derart kleine Spitze zu abzublocken.«

»Womit man eine solche Nadel präparieren muss, dass selbst ein Kratzer tödlich sein kann, weißt du?« Jegliche Ironie war aus Shadars Stimme verschwunden.

Zu Kaels Überraschung reagierte Kira nicht entsetzt oder ungläubig, sondern nickte lediglich. »Ich wette, Rugan Dary weiß genau, wie das geht.«

»Allerdings. Das haben schon einige lernen müssen. Deshalb solltest du die wichtigsten Substanzen kennen.«

Kira schüttelte den Kopf. »Ich sehe ja ein, mich notfalls verteidigen zu müssen, aber jemanden vergiften … Nein! Da hört es definitiv auf.«

Shadar verschränkte die Arme vor der Brust. »Ich dachte eher daran, dir zu vermitteln, verschiedene Gifte am Geschmack oder Geruch zu erkennen. Notfalls an den ersten Anzeichen, solange du noch etwas tun kannst.«

»Du kennst dich damit aus?« Kiras Interesse war geweckt.

Skjaldan schnaubte und fing von Shadar einen belustigten Blick ein. Kael fragte sich, wie viel vom Ruf des Ratsmagiers in Andoran der Wahrheit entsprach und was davon seiner Schülerin bekannt war.

»Alchemie gehört zu meinen Interessen, falls du dich erinnerst?«

Für einen Moment wich alle Farbe aus Kiras Gesicht, jedoch fing sie sich rasch wieder. Trotzdem blieb ihre Haltung angespannt. »Ich erinnere mich noch gut an das Verhör durch deinen Schüler in Radost Amron. Ich bin wohl aufgefallen, obwohl ich versucht habe, genau das zu vermeiden.«

»Dafür, dass du angeblich aus Dhravannor stammtest, sprachst du die Sidran viel zu schlecht. Und du wusstest Dinge, die nur wenigen bekannt sind. Das hat mich aufmerksam gemacht. Du hast einiges gelernt seitdem, aber Marees' oder Rugans Arbeit würde ich dir nicht anvertrauen.«

*Sehr diplomatisch ausgedrückt.* Kael schmunzelte, als Kira sich schüttelte.

»Deren Aufgabe würde ich nicht wollen, trotzdem nehme ich dein Angebot gerne an.«

»Ich ebenso, sollte es für mich gleichermaßen gelten«, wandte sich Aki mit einer höflichen Verneigung an den Magier.

»Selbstverständlich.« Shadar ließ seinem Blick kurz auf Aki ruhen, dann wanderte er weiter zu Skjaldan. »Dieser Mann war, was Kiras Schutz betrifft, eine sehr gute Wahl!«

»Autsch!« Kira zog ihren Arm aus Skjaldans Reichweite und rieb sich den Muskel.

Der Magier grinste bloß.

»Bevor du das nicht sicher beherrschst, wirst du dich nicht in die Menge stellen«, gab Kael ihr bestimmt zu verstehen.

Frustriert seufzte Kira auf. »Ich hatte es fast!«

»Fast reicht nicht.«

Kira legte den Kopf in den Nacken und rollte die Augen zur Decke. »Ja, Herr Lehrer.«

Kael warf ihr einen vernichtenden Blick zu. »Was diesen Punkt betrifft, erwarte ich von dir Gehorsam.«

*Wunderbar!* Kira beeilte sich, ihre Unzufriedenheit in den Griff zu bekommen. Lehrer-Schüler-Beziehungen waren in dieser Welt etwas gänzlich anderes und sie wusste es.

»Entschuldige Kael. Ich habe nicht nachgedacht. Ich werde versuchen, meine Emotionen besser zu kontrollieren und unangemessene Äußerungen zu unterlassen.«

»Bleib bitte aufmerksam.« Kaels Stimme war fest, doch er wirkte nicht wütend. »Vor allem, sobald gefeiert wird. Ich weiß ja, dass du nicht gerne im Mittelpunkt stehst, aber versuch, selbst dann auf deine Umgebung zu achten, wenn du gerade am liebsten im Erdboden verschwinden würdest.«

»Elmaryn, wieso musstest du auch unbedingt dieses Lied singen? Du kennst doch bestimmt noch genügend andere«, tadelte Kira den Barden.

Shadar unterdrückte ein belustigtes Prusten, als Elmaryn betreten zu Boden sah. Er wollte gerade antworten, als es klopfte und alle ihre Gesichter zur Tür drehten.

»Mael Leandar«, verkündete der Wächter und öffnete diese vollständig.

Leandar verneigte sich leicht, als er den Raum betrat. Kira hatte versucht, ihm das auszureden, aber er bestand weiterhin darauf.

»Mlyss, bei der Garde findet gerade eine Besprechung statt, welches Dorf als nächstes besucht und welche Route gewählt werden soll. In unmittelbarer Nähe gibt es zwei, die ebenfalls von den Angriffen betroffen waren. Möchtet Ihr daran teilnehmen?«

»Niemand hat mich eingeladen.«

»Das ist kein Hindernis für Euch, Mlyss.« Leandar lächelte, als er weitersprach. »Ich habe Njaldan Aki bereits Bescheid gegeben.«

»Heißt das, ich muss dort hingehen?«

Kael erhob sich. »Nicht unbedingt du, doch einer von uns sollte wissen, welchen Weg wir nehmen. Davon hängt die Koordination der Sicherheitsmaßnahmen ab. Ich kann gehen.«

»Moment«, hielt Kira ihn zurück, denn ihr war ein Gedanke gekommen. »Ist Rugan Dary bei diesem Treffen?«

»Nein.« Leandar schüttelte den Kopf.

»Dann ist es besser, Ihr selbst, Mael Leandar, oder Skjaldan geht.«

»Warum?« Kael sah sie fragend an und auch Shadar lehnte sich auf seinem Stuhl nach vorn.

»Wenn Rugan nicht dort ist, ist er anderweitig beschäftigt. Womöglich damit, mich zu beobachten. Falls wir ihn dabei erwischen würden ...«

»... würde er dir sagen, er fühle sich für deine Sicherheit verantwortlich«, erklärte Kael grimmig.

»Die Idee ist trotzdem nicht schlecht«, meinte Shadar nachdenklich. »Rugan überwacht dich und ich im Gegenzug ihn. Skjaldan? Wie gut kennst du diesen Mann? Soweit ich weiß, habt ihr bei Hof zusammengearbeitet.«

»Hin und wieder«, bestätigte der.

»Dementsprechend wäre es gut, wir könnten in Kontakt bleiben.« Shadar rieb die Hände aneinander. »Sofern Mael Kael mit Kira übt – Magie, Kampf, was auch immer – ist das bestimmt interessant genug um zuzusehen. Ich wüsste gern, an wen Rugan in dieser Angelegenheit berichtet. Ist es Amyu dei Lorana, ein Magier in den Bergen oder der König?«

Kael nickte langsam. »Keine schlechte Idee.«

»Dann los«, forderte Skjaldan ihn auf. »Solange ich mit dir Kontakt halte, muss ich wenigstens nicht zu dieser Besprechung.«

## Shadar

*»In den nächsten Tagen wird etwas geschehen. Eher früher als später. Einen offenen Angriff durch den Trupp in den Bergen kann ich mir eigentlich nicht vorstellen – obwohl vieles darauf hindeutet.«*
*Shadar von Catron, Bezirk Martell, Andoran*

Das kleine Spielchen erwies sich als äußerst aufschlussreich. Rugan hatte Kira nur sehr kurz beobachtet, als wolle er lediglich in Erfahrung bringen, wo sie sich aufhielt. Einen ebensolchen Überblick hatte er sich über sämtliche Mitglieder ihrer Entourage verschafft und sich anschließend in Richtung der Berge aufgemacht. Wohin er tatsächlich ging und was er unternahm, sollte Kira nun überprüfen, daher trat Shadar aus seinem Versteck und ging zu ihr hinüber.

Besonders spektakulär wirkte ihre Übung nicht, zumindest von außen betrachtet. Kira stand Kael gegenüber, der versuchte, sie auf unterschiedliche Weise in Bedrängnis zu bringen. Abwechselnd griff er mit Magie oder normalen Waffen an und zielte mitunter auch auf ihren inneren Schild. Erleichtert erkannte Shadar, wie viel sicherer sie damit geworden war. Aus einer Laune heraus schickte er selbst ein wenig Energie in ihre Richtung und registrierte erfreut, dass sie im Reflex abwehrte, wenngleich die Magie sie nie erreichte. Kael hatte sauber abgeschirmt und sah ihn jetzt aus verengten Augen an.

»Was sollte das?«

»Ich brauchte Eure Aufmerksamkeit.«

»Wäre es Euch möglich, mich dazu beim nächsten Mal einfach anzusprechen? Was, wenn ich nicht lediglich abgewehrt hätte?«

»Ja, das werde ich«, beschwichtigte ihn Shadar. »Dennoch beruhigt mich Eure Schnelligkeit.« Dann wandte er sich an Kira: »Würdest du für mich nachsehen, wo Rugan Dary ist? Er hat eben das Lager verlassen.«

»Ich nehme an, dass er es nicht bemerken soll?«

»Genau. Du bist vertrauter mit dieser Methode als ich.«

Kira nickte und konzentrierte sich. »Er scheint es eilig zu haben, denn er ist schon ein ganzes Stück weg. Wusstest du, dass er nicht allein ist?«

»Nein. Wer ist bei ihm?«

»Das kann ich dir nicht sagen. Ich weiß auch nicht sicher, ob es wirklich Rugan ist, der da läuft, aber zwei Personen haben das Lager verlassen und sind in Richtung der Berge unterwegs. Der Magier dort steht mit einer dieser beiden Personen in Kontakt. Daher würde ich nur genauer nachsehen, wenn ihr das unbedingt für nötig haltet.«

»Lass es, beobachte nur!« Rasch legte Shadar Kira seine Hand auf den Arm.

Kael sog geräuschvoll die Luft zwischen den Zähnen ein.

»Darf ich mir das ansehen?«

»Komm in meine Gedanken, dann kannst du mir gleich auch sagen, was ... Wow Damit hätte ich jetzt nicht gerechnet! Einer der beiden ist gerade transportiert worden, wenn mich nicht alles täuscht.«

»Und der andere bleibt vor Ort, um ihm ein Bild für den Rückweg zu geben«, folgerte Kael. »Das passt.«

»Also stehen sie in Kontakt mit dem Trupp in den Bergen – und wir reiten morgen in diese Richtung.« Shadar rieb sich über das Kinn. »Ich frage mich, weshalb Rugan dort hin muss. Der Magier könnte doch gewiss auch mit Amyu Kontakt aufnehmen.«

»Vielleicht soll etwas übergeben werden? Ein Transport aus dem Lager fällt auf und wenn der Magier den Gegenstand nicht kennt, ist ein persönlicher Besuch wohl notwendig.«

»Falls es ein magischer Gegenstand ist, kann ich das überprüfen. Der müsste Amyu ja dann fehlen.«

»Du hast dir die Anzahl der magischen Gegenstände aus Amyus Truppe gemerkt?« Shadar pfiff anerkennend durch die Zähne. »Dann schau nach! Jede Information ist wertvoll.«

*Wenig später wussten sie, dass tatsächlich zwei der stärkeren magischen Quellen aus Amyus Besitz fehlten.*

## Kira

*»Diese Dorfbesuche bekommen eine Dynamik, von der ich nicht weiß,*
*ob sie mir gefällt.«*
*Kira Sanders, Bezirk Martell, Andoran*

»Habt Ihr den Menschen nicht gesagt, sie bräuchten keinen Empfang zu auszurichten, Melen Melyad?« Irritiert starrte Kira auf die Menschen, die ein Stück weit vor dem Dorf die Straße säumten. *Was halten sie da in den Händen? Tannenzweige?*

»Meine Männer hatten die Order, das auszurichten. Dies jedoch ist eine Initiative der Leute. Sofern Ihr wünscht, kann ich jemanden hinschicken, der sie zerstreut.«

»Nein, bitte lasst sie gewähren«, widersprach sie. Aus den Augenwinkeln sah sie, wie Aki die Hand hob. Ihre Eskorte schloss sich enger um sie, während Amyus Männer hinter diese zurückfielen. Kira suchte Kontakt zu Kael, der im Gespräch mit Skjaldan ein Stück hinter ihr ritt. Er lächelte und sie spürte seine geistige Berührung.

»Ist etwas?«

»Warum hält Amyu seine Leute zurück?«

»Es ist dein Empfang, nicht seiner.«

»Das hat ihn bisher nicht gestört.« Bislang hatten Amyus Männer den Zug stets eingerahmt und flankiert. Jetzt ritten alle hinter ihr.

»Bisher hat auch niemand etwas organisiert. Sei trotzdem wachsam.«

»Das bin ich.« Kiras Aufmerksamkeit richtete sich erneut auf den Weg. Die Bauern hielten tatsächlich Tannen- und Kiefernzweige in den Händen. Das Grün hob sich deutlich von den gelblich bräunlichen Wiesen sowie den letzten Schneeresten ab.

Unvermittelt trat ein Mann nach vorne. Das Pferd des Gardisten vor ihr tänzelte einen Schritt zur Seite, als er seinem Zweig vor dessen Hufe auf die Straße legte. Eine Frau tat es ihm nach und damit brach ein Damm. Nacheinander legten alle ihre Zweige nieder, bis die Straße nahezu darunter verschwand. Der aufsteigende Duft war intensiv, aber angenehm.

Während sie langsam weiter ritten, beobachtete Kira die Menschen, die die Straße säumten. Die meisten hielten den Kopf ehrfürchtig gesenkt. Nur Einzelne schielten verstohlen unter den Haaren hervor und versuchten, einen Blick auf sie zu erhaschen. Ein kleines Mädchen starrte sie mit offenem Mund an, bis die Mutter es mit einem raschen Griff an sich zog. Melyads Miene verriet ihr, dass dieser die Bauern ebenfalls musterte. Kira berührte ihn leicht am Ärmel. »Es nützt wahrscheinlich wenig, wenn ich versuche, den Leuten zu erklären, dass es unnötig ist, den Kopf zu senken, oder?«

Melyad sah sie überrascht an und lächelte. »Ich fürchte, sie würden es trotzdem tun. Dass sie Euch Zweige zu Füßen legen, ist eine große Ehre und etwas, das man hier weder verordnen noch verbieten kann. Das Volk im Norden hat seinen eigenen Willen. Sie würden auf Anordnung jubeln, aber sie ehren nur, wen sie dessen würdig erachten. Das Neigen der Köpfe ist der Ausdruck des Respekts, den sie für Euch empfinden. Ebenso wenig, wie Ihr es befehlen könnt, könnt Ihr es verbieten.«

Unwillkürlich straffte sich Kira im Sattel. Nein, diese Geste der Wertschätzung würde sie nicht unbedacht zurückweisen.

Gemächlich näherten sie sich dem Dorf und Kira nutzte die Zeit, ihre Augen wandern zu lassen. Nur wenige Meter hinter den letzten Häusern erhoben sich bereits die Berge. Zwischen vereinzelten größeren Steinblöcken registrierte sie noch vertrocknetes Gras vom Vorjahr, rechterhand zog sich ein geduckt wachsendes Tannenwäldchen den Hang hinauf. Auch dieses Dorf hatte unter den Dunklen gelitten. Melyad hatte von zwei Angriffen berichtet. Einer davon war beim herbstlichen Abtrieb der Herden erfolgt und hatte vielen Menschen das Leben gekostet.

Ein kalter Wind wehte ihr entgegen und unbewusst zog sie ihren Umhang enger um die Schultern. *Irgendwo dort oben befindet sich der Trupp, mit dem Rugan Kontakt hält. Ob sie wohl planen, uns hier anzugreifen?* Kira zwang den Gedanken beiseite und richtete ihre Aufmerksamkeit auf den Empfang, den die Menschen ihr bereitet hatten.

Auch der Dorfplatz war mit Tannenzweigen belegt und hinter ihrem Zug strömten die Menschen herbei, verteilten sich und verharrten in stummer Aufmerksamkeit. Man wartete darauf, dass sie sprach.

Tief durchatmend sammelte Kira sich. »Ihr habt mir mit eurem Empfang eine große Ehre erwiesen, denn ihr habt mir durch euer Verhalten etwas geschenkt, das man weder kaufen noch erzwingen kann. Diese Anerkennung berührt mich sehr. Ich bin dankbar für das mir entgegengebrachte Vertrauen und wünsche mir von Herzen, dass ich dem gerecht werden kann.«

Während sie weitersprach spürte sie, wie die Dorfbewohner Trost und Hoffnung aus ihren Worten schöpften.

»Wie gerne würde ich euch allen die Gewissheit zukommen lassen, dass etwas wie die Dunklen nie wiederkommen wird – aber das kann ich nicht. Was ich euch aber versprechen kann, ist, dass ich mein Möglichstes tun werde, um es zu verhindern!«

*Jeder kann nur das tun, was er vermag,* erinnerte Kira sich an Elmaryns Worte, was sie automatisch nach ihm Ausschau halten ließ. Er stand am Rand der Menge und sah in die Berge hinauf. Ob er Savraney vermisste?

»Wir alle haben durch die Dunklen Verluste erlitten. Vieles, was wir für sicher gehalten haben, verschwand oder wurde vernichtet.

Es scheint, als löse sich die Welt um uns herum auf und wir befänden uns wie im freien Fall. Jetzt gilt es, neuen Halt zu finden – in dem, was nicht zerstört ist, in den Freunden, die da sind. Gemeinsam können wir jenen zur Seite stehen, die alles verloren haben und Neues schaffen für die, denen nichts geblieben ist. Das ist unsere Aufgabe.«

Unvermittelt erschien Moanirs Gesicht vor ihr, und einer Eingebung folgend sprach sie weiter: »Mael Moanir hat mich gerufen, um ein Licht in der Dunkelheit zu sein. Eines allein ist jedoch klein spendet nur wenig Helligkeit, doch mit einer Flamme kann man viele Kerzen entzünden. Manche brennen nur schwach, andere stärker, aber jede verscheucht ein Stückchen Finsternis. Jeder von uns vermag es, ein Licht für andere zu sein und damit Angst, Wut, Hass oder Verlorenheit zu vertreiben.«

Für ein paar Atemzüge blieb es still, dann brandete Jubel auf.

Einer der Männer rannte in sein Haus und kam kurz darauf mit einer Fackel zurück, die er hoch über seinen Kopf hielt. »Wir tragen Euer Licht weiter, Mlyss!«

Fassungslos starrte Kira auf den sich leerenden Platz, der sich gleich darauf mit weiteren Fackelträgern wieder zu füllen begann.

»Wir stehen für Euer Licht, Mlyss! Wir geben nicht auf und sorgen dafür, dass im ganzen Norden Eure Fackeln brennen!«

»Eine gute Idee!« Leandars Stimme ließ sie zusammenfahren. Von den Ereignissen überrollt hatte sie gar nicht bemerkt, dass der Magier hinter sie getreten war. »Wenn die Menschen etwas für Euch tun, fühlen sie sich besser. Ihr macht die Opfer der Katastrophe zu Beteiligten und befähigt sie dadurch, sich selbst zu helfen«, erklärte er lächelnd. »Ich nehme an, im nächsten Dorf werden die Bauern Fackeln tragen, um Euch zu begrüßen.«

Kira musste schlucken. »Ich habe nie damit gerechnet, dass meine Bemerkung einen solchen Effekt haben könnte!«, murmelte sie benommen. Sie hatte die Dörfer besuchen wollen, um die Zeit bis zum Frühlingsfest sinnvoll zu nutzen und Amyu klar zu machen, dass sie sich nicht einschüchtern ließ. Inzwischen entwickelte das Ganze eine Dynamik, die sich verselbstständigte. Ihre Augen suchten nach Skjaldan. Statt diesem fanden sie Amyu, der den

Blick auf die Fackelträger gerichtet hielt. Die Wut auf seinem Gesicht ließ sie unwillkürlich frösteln.

»Ja, Melen Amyu ist nicht erfreut.« Leise lachend trat Shadar neben sie. »Ich würde vorschlagen, dass du das in Zukunft noch ein wenig ausbaust. Elmaryn kann das Thema sicherlich ebenfalls verwenden, wenngleich ich zugeben muss, dass mich das Bild mit dem Licht ein wenig befremdet.«

»Ohjeh, daran habe ich gar nicht gedacht! Ich hoffe, du weißt, wie ich das gemeint habe?« Dass sich Shadar auf die Füße getreten fühlte, weil sie nur das Licht erwähnt hatte, war das Letzte, was sie gebrauchen konnte.

»Es ist das Bild, das die Menschen hier kennen«, beruhigte er sie, doch vollkommen glücklich wirkte er nicht.

Zaghaft griff Kira nach seiner Hand. »Ich bin Licht und Dunkelheit – zu gleichen Teilen. Ich kann gar nicht anders sein.«

»Ich weiß das, du weißt das, aber den Spionen des Khalid ist es möglicherweise unbekannt.«

»Der Khalid hat Leute hier in Martell?«, stammelte sie ungläubig, verstummte aber, als er warnend die Hand hob.

»Natürlich. Wie Andoran auch seine Leute in Aidris hat. Was hast du erwartet?«

»Wer ist es?«, wollte sie wissen. »Hier sind nur die Bauern, oder glaubst du, er hat Leute in Amyus Garde?«

Shadar schüttelte den Kopf. »Spione in diesem Dorf halte ich für unwahrscheinlich. Aber das hier wird die Runde machen und nach Aidris gelangen. Ich schlage vor, ich berichte vorab nach Catron.«

»Tust du das nicht sowieso?«

»Nicht ohne dein Einverständnis. Das hier ist eine Angelegenheit, die keine Eigenmächtigkeiten zulässt.«

»Ich bin irgendwie davon ausgegangen, dass du es einfach tust.«

»Erlaubst du mir also einen Bericht nach Catron?«

»Ja, natürlich!« Kira nickte ihm zu. »Und … kannst du es in Zukunft halten wie Aki und Vorschläge machen, wenn du etwas für wichtig hältst?«

# Shadar

*»Dass die Ethialla wenig Verständnis für meine Situation in Andoran hat überrascht mich kaum.«*

Shadar von Catron, Bezirk Martell, Andoran

»Der Shaki lässt Euch wissen, dass er regelmäßigere Berichte erwartet, Mael.«

Shadar ließ Akifs Magier seine Gereiztheit spüren. »Dann muss er damit rechnen, dass unser Austausch bekannt wird. Es befinden sich Magier hier, die jeden meiner Kontakte verfolgen können und dies auch tun. Unter anderem Leandar von Quo.« Welche Vorstellungen der Shaki auch haben mochte, so naiv konnte er nicht sein. Als er Levren von den Ereignissen in Andoran unterrichtete, spürte er erneut die zweite Präsenz in dessen Geist. Wer war der Magier, der sich dort ebenfalls seine Schilderungen anhörte? Kurz ertappte er sich bei dem Gedanken, Kira in den Kontakt zu holen. Sie würde den Mann aufspüren und sichtbar machen können, aber natürlich war das unmöglich.

»Könnt Ihr eine Projektion von dem heutigen Empfang zeigen, Mael Shadar?«

Shadar stöhnte innerlich auf. In Catron hatte man Kiras Bild des weitergegebenen Lichts nicht mit allzu großer Freude aufgenommen. Was würde die Ethialla dazu sagen?

Wenn Levren etwas unangenehm war, ließ er das in seinem Kontakt nicht erkennen.

»Wie wird Andorans Reaktion darauf ausfallen? Was wird man gegen sie unternehmen?«

Die Frage kam nicht von Levren und Shadar fokussierte seine Aufmerksamkeit auf den zweiten Magier, scheiterte jedoch an Levrens innerem Schild. Hier kam er nicht weiter, sofern er Akifs Magier nicht angriff, und das stand nicht zur Debatte.

»Ich denke, dass wir bald mit einem Anschlag zu rechnen haben. Wir sind den Soldaten in den Bergen jetzt recht nahe gekommen und nach den Ereignissen heute wird Amyu kaum noch gewillt sein, länger zu warten.«

»Achtet auf sie. Im Notfall bekommt Ihr ein Bild für den Transport, Mael, ich stehe zu Eurer Verfügung.«

Jetzt hatte Levren erneut die Konversation übernommen. Shadar bedauerte es fast. Zudem hatte keiner der beiden etwas über die Pläne der Ethialla verlauten lassen, auch nicht über den zweiten Anker, der in Andoran war. Shadar überlegte kurz, ob er diesen Punkt ansprechen sollte, ließ es dann aber. Es war besser, wenn niemand sein Interesse zu deutlich wahrnahm.

## Kira

*»Höflicher Smalltalk ist einfach nicht mein Ding.«*
*Kira Sanders, Bezirk Martell, Andoran*

Elmaryn hatte sich bereits vor einiger Zeit vom Tisch verabschiedet. Überhaupt wirkte der Barde heute seltsam abwesend. Kira schien es, als lausche er auf etwas in den Bergen. Zwar war es ihr gelungen, ihn kurz darauf anzusprechen, doch er hatte nur den Kopf geschüttelt, da sie nicht allein waren. Kira wäre ihm gerne gefolgt, doch das hatte Amyu unmöglich gemacht. Der militärische Berater des Königs hatte es sich an diesem Abend in den Kopf gesetzt, mit ihr Konversation zu betreiben. Wenngleich es unhöflich war, sich dieser zu entziehen, setzte Kira alles daran, das Essen möglichst rasch zu beenden und dessen Gegenwart zu entfliehen. Bei der ersten sich bietenden Gelegenheit erhob sie sich. Kael und Shadar taten es ebenfalls.

Skjaldan und Aki befanden sich bereits in dem extra für sie aufgebauten Zelt, als die drei es betraten, doch Elmaryn, den Kira unbedingt fragen musste, was ihn umtrieb, war nirgends zu sehen. Als sie sich diesbezüglich gerade an Skjaldan wenden wollte, schritt Leandar auf sie zu.

»Fünf Männer – und zwar solche, die Amyu sehr schätzt – haben das Lager verlassen«, kam er übergangslos zur Sache. »Ich habe nachgefragt. Offiziell sollen sie sich in den Bergen über dem Dorf umsehen und sicherstellen, dass sich dort kein Gesindel versteckt. Angeblich hat es in dieser Gegend schon Ärger gegeben. Sie werden uns morgen auf dem Weg entgegenkommen, den wir zum nächsten Ort nehmen, um diesen dabei zu kontrollieren.«

Aki wiegte den Kopf. »Würde ich ähnlich machen, falls ich mehr Leute hätte. Vorausgesetzt, es stimmt tatsächlich.«

Skjaldan schnaubte. »Wann kriegen wir den Ärger? Morgen auf dem Weg oder heute Nacht?«

»Schwer zu sagen.« Kael rieb sich die Stirn. »Hier sind – meiner Meinung nach – zu viele Zeugen. Andererseits … warum schickt er fünf seiner Männer weg? Damit sie seine Leute in den Bergen alarmieren und ihnen bei der Vorbereitung eines Hinterhaltes helfen? Die Nachricht über unseren morgigen Weg überbrächte Delsjen weit unauffälliger, und wenn wir morgen unterwegs angegriffen würden, könnte Amyu sich problemlos mit der gesamten Truppe gegen uns wenden. Dazu müsste er niemanden fortschicken.«

Kira schloss für einen Moment die Augen. Die Kälte, die in ihre Knochen kroch, kam nicht von außen. Jetzt war es also soweit. »Soll ich überprüfen, wohin die Männer unterwegs sind und was mit den Leuten in den Bergen ist? Kael, achtest du darauf, dass ich vorsichtig genug bin?«

»Gern. Leandar, schirmst du uns ab?«

Als der Magier nickte, warf Kira Shadar einen Blick zu. »Suchst du bitte Elmaryn? Ich habe ihn vor dem Essen das letzte Mal gesehen und er sah nicht wirklich glücklich aus.«

Aki sog scharf die Luft ein und Skjaldan hob alarmiert den Kopf. »Mir gegenüber hat er eine störende Melodie erwähnt, die er vom Hang am anderen Rand des Dorfes wahrnähme. Ich werde mich Shadars Suche anschließen, während du Amyus Leute im Auge behältst.«

Kira sammelte sich und spürte nahezu sofort Kael in ihrem Geist. Langsam dehnte sie ihre Wahrnehmung aus. Die Männer, die Amyu losgeschickt hatte, fand sie rasch. Sie befanden sich tatsächlich in den Bergen, knapp oberhalb des Dorfes. Die Gruppe, die sie schon in den letzten Tagen aufgespürt hatte, lagerte ebenfalls dort. *Hoffentlich ist Elmaryn nicht genau in diese Leute hineingelaufen!*

»Lass dich nicht ablenken«, mahnte Kael leise. »Du sollst nur beobachten!«

»Jemand wirkt Magie«, teilte sie kurz darauf ihrem Lehrer mit.

»Nicht zu sehr fokussieren«, instruierte er sie. Gleichzeitig spürte sie Kaels Hand auf ihrer Schulter. »Sollten sie dich bemerken, könnten sie deine Verbindung nutzen, um dich anzugreifen.«

Kira nickte abwesend. Was immer der Magier in den Bergen tat, sie konnte keinen Sinn darin entdecken. »Er nutzt seine Energie, um Wasser in den Boden zu leiten, dabei ist ja nun wirklich alles schlammig genug!«

Die Erde am Hang war locker, durchsetzt mit Felsbrocken und kleineren Steinen, kein massiver Fels. Instinktiv richtete sie ihre volle Konzentration auf den Untergrund – und stieß einen erstickten Schrei aus: »Kael, der Boden! Es fühlt sich an, als wäre er flüssig!«

Ein Zittern lief über Oberfläche und plötzlich geriet überall die Erde in Bewegung. Kira ließ jede Vorsicht fahren und konzentrierte sich darauf, den Hang zu festigen, das Rutschen aufzuhalten. Am Rand ihrer Konzentration spürte sie Kaels Gedanken.

»Das kannst du nicht aufhalten! Wir müssen transportieren! Skjaldan hat Elmaryn gefunden und bringt ihn in Sicherheit.«

*Transportieren? Wir müssen die Leute warnen, die in den Häusern am Hang wohnen und mit irgendetwas Festem den Hang stabilisieren.* Kira visierte die großen Felsbrocken an. *Wenn es mir gelingt, die zu fixieren …* Im selben Moment gewahrte sie das Ausmaß der Katastrophe in einer Deutlichkeit, die sie aus der Konzentration fallen ließ: Nicht nur die Oberfläche war in Bewegung, der komplette Hang war im Begriff, auf das Dorf zu rutschen! Die Felsbrocken schienen das Ganze mit ihrem Gewicht sogar noch zu beschleunigen.

Kael rüttelte sie sachte. »Kira, wir transportieren jetzt. Leandar gibt dir ein Bild. Er ist mit Elmaryn, zwei von Akis Männern und Skjaldan bereits unweit von hier bei einem Freund. Shadar kümmert sich um Melyad. Du transportierst Aki und seine Leute.«

»Kael, das ganze Dorf wird verschüttet werden! Alle hier werden sterben! Es ist unglaublich viel Erde!«

»Du kannst es nicht aufhalten, Kira. Das weißt du.«

Alle fuhren herum, als vom Berg ein mahlendes Krachen zu hören war. Ein Blick aus dem Zelt ließ sie erstarren. In einer riesigen Schlammlawine rutschte der gesamte Hang auf sie zu. Wenngleich deren Tempo auf die Entfernung behäbig wirkte, war sie bei Weitem zu schnell, um zu fliehen. Auch das Wäldchen konnte ihr keinen Widerstand entgegen setzen. Wie Streichhölzer knickten die Stämme der Bäume. Inzwischen hatten auch die ersten Dorfbewohner begriffen was vorging und flüchteten aus ihren Häusern.

Kael hatte absolut recht. Die Wucht war zu groß. Sie würde alles wegdrücken oder überrollen – es sei denn, man könnte sie umleiten.

»Ich weiß, dass ich es nicht stoppen kann, aber vielleicht kann ich es an einem Schild abgleiten lassen, wenn ich ihm eine Spitze gebe! «

»Halte dich bereit zu transportieren, sollte das unmöglich sein.«

Kael sprach weiter, doch Kira hörte ihm gar nicht mehr zu. Sie griff nach ihrer Magie, stemmte sie den Erdmassen entgegen. Der Druck war unglaublich. Ihr erster Schild brach, ihr zweiter, dessen Form sie korrigiert hatte, ebenfalls. Die Gewalt war einfach zu groß. Wenn sie hier etwas ausrichten wollte, musste sie die Macht der Steine nutzen – aber genau das durfte sie auf keinen Fall tun, denn es würde Laon dei Savrens Anker zu ihr festigen. Kaels Gedanken streiften ihre: *Es ist Zeit zu gehen*, aber sie ignorierte seine Warnung. *Ich kann die Menschen hier nicht ihrem Schicksal überlassen. Ob es wohl möglich ist, die Energie der Masse selbst einzusetzen?* Sie versuchte, nach den festen Bestandteilen zu greifen, ihnen die Bewegungsenergie nehmen … und wurde im gleichen Moment mitgerissen. Wie hatte sie auch nur annehmen können, darüber die Kontrolle zu erlangen? Die Vorstellung war genauso abwegig wie jene, ein Bach versuche, den Lauf des Flusses zu lenken, in den er mündete.

Kira schnappte erschreckt nach Luft als sie erkannte, wie rapide ihre eigene Kraft abnahm und in den mahlenden Strom der Lawine integriert wurde. Für einen winzigen Augenblick packte sie die Verzweiflung, dann riss sie sich zusammen. Ihre Macht war zwar im Vergleich zu der des Erdrutsches gering, doch sie setzte sie denkend ein. *Es ist mir unmöglich, die gesamte Strömung zu beherrschen, aber ein kleiner Bereich davon genügt. Ich brauche nur so viel Energie, wie erforderlich ist, um meinen Schild zu speisen.* Mit diesem Vorsatz richtete sie ihre ganze Konzentration auf ihr Vorhaben, formte erneut einen Keil, lenkte behutsam die Wucht der Masse um. Nur am Rande ihres Bewusstseins nahm sie wahr, wie die Lawine die ersten Häuser verschlang, doch dann stand ihr Schild – und hielt! Zunächst blieb die Veränderung fast unbemerkt, dann aber wichen die Massen zur Seite und strömten rechts und links am Dorf vorbei.

Zeit, ihren Erfolg zu genießen, blieb Kira jedoch nicht. Sie musste fokussiert bleiben, Herr über ihre eigenen Gedanken, durfte sich nicht mitreißen lassen, sondern musste einen stetigen Energiestrom in ihren Schild zu lenken.

Erst nach einer gefühlten Ewigkeit ließ der Druck nach, bis endlich ihre eigene verbliebene Kraft die andere überstieg. Erleichtert löste sich Kira aus dem Erdrutsch und ließ sich auf den Boden fallen.

Skjaldans starke Arme griffen unter ihre und rissen sie gleich wieder nach oben. »Hörst du mich, Kira?«

»Ja, es ist alles in Ordnung.« Zwar fühlte sie sich wie unter der Lawine hervorgezogen, aber sie lebte.

»Schön!« Skjaldan bugsierte sie auf einen der Stühle und baute sich vor ihr auf. »Dann kannst du meinen Worten ja folgen. Meine Frage ist einfach: Bist du vollkommen verrückt? Es gibt Menschen in dieser Welt, die sich auf dich verlassen! Die versuchen, dir zu helfen, eine verdammt wichtige Aufgabe zu lösen. Wie kannst du eine derart selbstmörderische Aktion starten und dich mit einem so starken Kraftstrom verbinden? Das war der totale Wahnsinn! Willst du unbedingt sterben?«

Erschöpft sah Kira auf. Alle standen um sie herum, sogar Leandar und Elmaryn. *Sind die nicht bereits an einem sicheren Ort gewesen, um mir ein Bild für den Transport zu liefern?* Sie suchte Shadars Blick.

Der musterte sie mit erhobenen Brauen. »Skjaldans Ausführungen ist wenig hinzuzufügen. Es ehrt dich, dass du das Leben der Menschen hier derart schätzt, dass du dafür dein eigenes aufs Spiel setzt, aber auf lange Sicht gesehen bringt es der Bevölkerung hier mehr, wenn du lebst. Ich nehme allerdings an, dass du gehandelt hast, ohne vorher zu denken.«

»Es war verdammt wenig Zeit, um zu denken!«, verteidigte Kira sich.

»Dein restliches Leben wird noch weniger Zeit beanspruchen, sofern du dir nicht endlich angewöhnst, dir die Zeit zum Denken zu nehmen.«

»Ich weiß«, seufzte Kira. »Ich bin nicht davon ausgegangen, dass es so schwierig ist.«

»Wie bitte?« Kael starrte sie ungläubig an. »Dein Schild war zwei Mal zu schwach. Das sollte für eine Einschätzung doch wohl reichen!«

»Das schon, aber ich wusste doch nicht, dass es mich mitnimmt.«

»Wenn du fremde Kraft zu deiner eigenen machst, ist es eine Frage des Willens, wer die Kontrolle besitzt«, erklärte Shadar mit vor der Brust verschränkten Armen.

»Das war mir nicht bekannt. Aber die Kontrolle zu erlangen hat funktioniert – also über einen Teil der Energie, ich konnte jedoch den Strom nicht verlassen, ehe er sehr schwach war.«

»Der Stärkere muss erlauben, dass der Schwächere geht. Das hättest du wissen können, da du es mir in Catron erlaubt hast, den Strom deiner Kraft zu verlassen. Erinnerst du dich an deinen Transport nach Quon Umran?«

Als Kira nickte, atmete Shadar geräuschvoll aus und sein Ton wurde unvermittelt scharf. »Schön. Und nun erklär mir bitte noch, wie du auf die vollkommen irrsinnige Idee kamst, eine Variante von Magie zu nutzen, über die du rein gar nichts zu wissen scheinst!«

»Ich habe es Laon dei Savren einmal tun sehen. In einem Traum. Daher war ich ziemlich sicher, dass es funktioniert.«

Shadar verzog gequält das Gesicht und schüttelte frustriert den Kopf.

»Ja, ich weiß, wie sich das anhört. Trotzdem! Es musste irgendwie funktionieren, denn ansonsten hätte dieser Mann so etwas wie das Kheralis-Massiv niemals erschaffen können!«

»Und das«, Shadars Ton klang eisig, »hältst du für ein gutes Beispiel, um es selbst einmal auszuprobieren?«

»Ich habe doch nicht die Energie aus der Erde oder dem Boden selbst genommen, sondern nur die aus der Bewegung. Das hatte zusätzlich den Vorteil, dass alles langsamer wurde. Ich will ganz sicher kein zweites Kheralis-Massiv!«

»Kraft aus der Bewegung?« Jetzt spiegelte Shadars Blick Neugier. »Darf ich mir ansehen, was genau du getan hast?«

»Ich kann es projizieren.« *Besser, Shadar hat Interesse an der Art meiner Magie, als dass er mich weiterhin über meine Unachtsamkeit belehrt – obwohl er damit recht hat.* Sie sah zu Kael hinüber.

»Willst du mir auch noch etwas dazu sagen, oder soll ich für Shadar projizieren?«

»Nein, es ist alles gesagt«, erwiderte Kael. »Allerdings beginne ich allmählich zu begreifen, weshalb du diese Prüfung im Labyrinth bekommen hast. Du wirst nicht immer alle retten können, Kira. Ich hoffe, du erkennst im Ernstfall rechtzeitig, wo deine Grenzen liegen. Wir brauchen dich hier.«

Einen Moment war es still im Zelt und Kira sah betreten zu Boden. Stimmen, die draußen laut wurden, erlösten sie.

Einer von Akis Soldaten steckte den Kopf durch die Zeltklappe. »Melen Melyad steht hier und wünscht die Mlyss zu sprechen. «

»Kann die Projektion warten?«, wollte Kira von Shadar wissen.

»Ja«, grinste dieser. »Aber lass dich nicht zu lange feiern. Du kannst mir kaum erzählen, dass das eben nicht anstrengend für dich war!«

»Feiern?«, wiederholte Kira irritiert. »Wieso feiern?«

»Herrjeh, Mädchen!« Skjaldan griff sie an beiden Schultern »Du hast es geschafft, die meisten Leute hier zu retten! Vor einem massiven Hangrutsch! Das ist ein Wunder.« Er schüttelte den Kopf und zog sie vom Stuhl in seine Arme. »Auch wenn wir uns verdammt dringend über die verantwortungsvolle Nutzung von Magie unterhalten müssen, war das absolut großartig!«

# Rugan

*»Ich beginne Kira zu bewundern und zu mögen. Keine gute Grundlage.«*
*Rugan Dary, nördliches Andoran*

»Die Fackeln des Nordens!« Schnaubend ging Amyu im Raum auf und ab. »Langsam reicht es! Wenn sie so weitermacht, wird uns niemand glauben, dass diese Frau schlecht für Andoran ist!«

*Was ja auch nicht der Fall ist. Das Land würde durch einen Frieden mit Aidris aufblühen und der Handel sicherer werden. Einzig die Regierung verlöre ihre Haupteinnahmequelle.* Rugan konnte nicht umhin, eine gewisse Bewunderung für die neue Mlyss d'Eartha zu empfinden. Was harmlos mit einer Rede begonnen hatte, war inzwischen eine Bewegung geworden, die mit ›Fackeln des Nordens‹ nur noch unzureichend beschrieben werden konnte. Der Norden Andorans brannte lichterloh für Kira Sanders und ob ein Handelsherr oder Verwalter einen Empfang für die Mlyss in seinen Dörfern befahl oder verbot war unerheblich. Die Menschen säumten die Straßen mit Fackeln und Zweigen. Ja, sie reisten ihr sogar entgegen, um den Tross zu begleiten. Das hatte zur Folge, dass sowohl Amyus als auch Kiras Soldaten schon mehr als einmal durch Ochsenkarren oder zum Reiten umfunktionierte Lasttiere behindert worden waren. Rugan wurde aus seinen Gedanken gerissen, als Amyu gegen ein kleines Tischchen trat.

»Ich hätte nicht übel Lust, diesem Pack mit ihren eigenen Fackeln die Dörfer anzuzünden! Ich hoffe, dass sich genau diese Leute gegen die Mlyss wenden werden, sobald herauskommt, was sie wirklich ist.«

Rugan schloss für einen Moment die Augen. Amyus Wut war verständlich, wenn man bedachte, dass seinem Haus massive Einbußen drohten, wenn Kira ihre Absicht tatsächlich umsetzte. Trotzdem würde er mit dem König sprechen müssen, da es dessen militärischem Berater immer schwerer fiel, die Fassade zu wahren und an Kiras Seite als ihr Beschützer freundlich und zuvorkommend aufzutreten. Wenn er jedoch die Kontrolle über sich verlor, gab er der Mlyss womöglich Beweise an die Hand, die ihn als Drahtzieher mancher Hinterhalte entlarvten.

»Geduldet Euch noch ein wenig«, richtete er schließlich das Wort an sein Gegenüber. »Alles ist vorbereitet. Überbringt ihr heute die Einladung, in Andor zu sprechen, und lasst es dabei bewenden. Die wenigen Wochen bis dahin werden wir überstehen.«

»Jemand, der aus der Gosse kommt wie Ihr, kann das vielleicht gelassen sehen!«, ätzte Amyu. »Gebt es zu, Melen Rugan, Ihr schätzt sie für das, was sie für das Volk tut!«

Rugan seufzte, ehe er beherrscht antwortete. »Ja, was sie tut ist zu bewundern. Das ändert allerdings nichts an meiner Loyalität zum König. Euer Verhalten hingegen ist unprofessionell. Hasst sie von mir aus abgrundtief, aber handelt bedacht und überlegt. Sobald wir ihr eine einzige Möglichkeit geben, uns als die Bösen hinzustellen, wird sie diese nutzen.«

»Ihr haltet uns für die Bösen in diesem Spiel?« Amyus Stimme war gefährlich leise. »Diese Frau ist dabei, einem Land wie Aidris Macht zu geben. Ausgerechnet Aidris! Was das für Andoran bedeutet, liegt ja wohl auf der Hand.«

»Melen Amyu!« Rugan war einen Augenblick lang versucht, seinen Gesprächspartner an den Schultern zu packen und zu schütteln. »Ich stehe – wie Ihr – auf der Seite unseres Königs. Vergesst das nicht. Außerdem habe ich gesagt, ›sobald sie eine Möglichkeit findet‹, und wir sollten davon ausgehen, dass sie nach einer solchen sucht. Diese Frau ist die Mlyss d'Eartha! Als solche müssen wir sie inzwischen ernst nehmen. Das verängstigte und naive Mädchen, das wir mit ein paar leeren Drohungen am Hof festhalten konnten, ist Geschichte. Also verhaltet Euch ihr gegenüber auch so.«

»Was erlaubt Ihr Euch?« Wütend funkelte Amyu Rugan an, bevor er aus dem Raum stürmte und die Tür hinter sich zuknallte.

Rugan blieb indessen gelassen. Er ging davon aus, dass der militärische Berater sich auch wieder beruhigen würde und selbst zu dem Schluss kam, dass sein – Rugans – Vorschlag durchaus sinnvoll war. Da Pagon bereits eine Einladung zum Frühlingsfest ausgesprochen hatte, war es nur logisch, dass Kira nach Andor kam. Ebenso einleuchtend war es, dass sie bei dieser Gelegenheit auch am Hof sprechen würde – jedoch, und darauf gründete sich Rugans Hoffnung – abseits ihrer gewohnten Umgebung und in einem Kreis von Adeligen, die größtenteils von den Angriffen verschont geblieben waren.

# Kira

*»Schon wieder am Hof.«*
*Kira Sanders, königliche Residenz in Andor, Andoran*

Die Zimmer, die man ihr sowie ihren Begleitern im Palast zu Andor zugewiesen hatte, waren geräumig und erlesen eingerichtet. Kira zögerte, mit den von der Reise beschmutzten Schuhen die weichen Teppiche auf dem Flur zu betreten. Die Männer Akis, die jeden Raum in Augenschein nahmen, bevor sie einen Fuß hinein setzte, hatten da weniger Skrupel.

Trotzdem wich Kira unwillkürlich zurück, als ihr aus dem Zimmer, auf das sie zusteuerte, eine leise gesummte Melodie entgegen klang, was Aki sogleich veranlasste, die Hand an den Schwertgriff zu legen und vor sie zu treten.

»Was gibt es, Mlyss?«

»Nichts. Allerdings würde ich dieses Lied nur zu gerne eine Zeit lang vergessen! Ich hoffe nur, dass Elmaryn nichts geschieht! So, wie Amyu ihn in letzter Zeit angesehen hat, befürchte ich das Schlimmste.«

Der Barde war in der Stadt unterwegs und sie machte sich Sorgen um ihm, da dieser sich mit seinen Liedern ganz offensichtlich gerade die Gunst des Königshauses verspielte. Auch am Abend des Erdrutsches war er alleine zum Hang gegangen, denn er hatte gespürt, dass etwas nicht stimmte. *Er wäre schon damals beinahe gestorben, weil er niemanden mitgenommen hat, um Kontakt zu halten und notfalls zu transportieren – nun ist er schon wieder alleine auf dem Weg. Was, wenn das Amyus Männern, oder schlimmer, Rugan Dary, aufgefallen ist und sie verhindern wollen, dass ihm noch einmal ›etwas seltsam vorkommt‹?*

Kira erinnerte sich sehr deutlich an den Jubel, der den Barden zuerst in den Dörfern, zuletzt aber auch in den Städten begrüßt hatte, durch die sie auf ihrem Weg in die Hauptstadt gezogen waren. Genauso gegenwärtig war ihr, dass Amyu, was Elmaryn betraf, bereits mehrfach die Beherrschung verloren hatte – und tatsächlich beinahe explodiert wäre, als die Menschen auf dem hiesigen Marktplatz den Refrain seines neuesten Liedes ›Die Fackeln des Nordens‹ intoniert hatten.

»Ja, der Herr von Lorana gerät langsam an die Grenzen seiner Geduld«, bestätigte Shadar. »Wir sollten jedoch weitere Gespräche hinter verschlossenen Türen in einem gesicherten Raum führen.«

Kira seufzte und nickte dem Hauptmann zu, woraufhin dieser die Tür öffnete.

Die Magd schlug erschrocken die Hände vor den Mund und knickste tief. »Mlyss, Melen, verzeiht meine Anwesenheit.« Rasch nahm die Frau ein Tuch auf, das sie auf einem Stuhl abgelegt hatte. »Gibt es etwas, das ich für Euch tun könnte?«

»Nein, danke, nicht für mich«, antwortete Kira freundlich. »Wollt ihr etwas?«, wandte sie sich an Shadar und Aki.

»Ja, Tee und süßes Gebäck, wenn in der Küche etwas zu entbehren ist.« Der Magier lächelte und das Mädchen knickste ein weiteres Mal, ehe es loslief, um rasch das Gewünschte zu besorgen.

»Süßes Gebäck?«

»Warum nicht? Das hier ist nicht der Haushalt eines Bauern, der es sich kaum leisten kann«, erwiderte Shadar und begann, sich konzentriert im Raum umzusehen und ihn nach Gefahren abzusuchen. Kira verband sich mit ihm und folgte seinen Gedanken, denn sie beherrschte diese Technik bisher nur lückenhaft.

»Achte auf kleine Unregelmäßigkeiten«, wies er sie kurz darauf an. »Beobachte, wie du es sonst auch tun würdest, nur mit deiner magischen Konzentration dahinter. Lass dich von ihr führen, dann machst du Kleinigkeiten ausfindig, die dir ansonsten entgangen wären, wie zum Beispiel das hier.« Er bückte sich und griff zum Fuß ihres Bettes. Als er sich wieder aufrichtete, hielt er eine kleine weiße Kugel in der Hand.

»Was ist das?« Das Ding sah aus wie eine gewöhnliche Perle.

»Nichts Gefährliches, zumindest nicht für uns, aber genau solche Kleinigkeiten musst du aufspüren, wenn du einen Raum durchsuchst. Nimm zur Übung nur den Teppich. Ich habe fünf Dinge gefunden, die nicht hierher gehören.«

Kira hatte eine zweite Perle und drei Haarnadeln gefunden, als das Mädchen, begleitet von zwei weiteren Dienerinnen, erneut den Raum betrat. Nachdem sie Konfekt, verschiedene Kuchen, kandierte

Früchte sowie Tee und Wein auf zwei Tischchen verteilt hatten, verließen sie rückwärtsgehend wieder das Zimmer.

Aki pfiff leise durch die Zähne. »Damit können wir eine halbe Armee verpflegen!«

Shadar grinste und griff sich einen der kleinen, mit Creme gefüllten Kuchen.

»Hast du keine Angst vor Gift?«, stieß Kira überrascht aus, als er ein wenig Sahne von seinem Finger ableckte.

»Doch. Deshalb untersuche ich es gerade.«

Shadar stellte das Törtchen auf das Tablett zurück und setzte sich auf einen der Sessel. »Obwohl es mir – zugegebenermaßen – bei Zitronencreme außerordentlich schwerfällt, die angemessene Zeit zu warten.«

»Du fürchtest Gift und probierst das Ding?«

»Die erste Untersuchung hat kein Resultat ergeben. Geschmacklich ist ebenfalls nichts daran auszusetzen – im Gegenteil – aber da es Substanzen gibt, die langsam wirken und nach nichts schmecken, warte ich lieber.« Lächelnd deutete auf die anderen Sessel. »Setz dich her, und Ihr auch, Njaldan Aki. Ihr wolltet etwas über die subtilen Methoden des ›aus-dem-Weg-Räumens‹ von Problemen erfahren. Nun, süßes Gebäck ist bestens geeignet, um gewisse Mittel darin zu verstecken. Darum lässt man bei offiziellen Anlässen besser die Finger von dem Zeug.«

Kira starrte mit neuer Skepsis auf die Leckereien, als Shadar mit seinen Erklärungen begann. Kurz darauf nahm sein Unterricht ihre gesamte Aufmerksamkeit in Anspruch.

## Elmaryn

*»In Andor habe ich lange nicht mehr gespielt. Nun aber ist an der Zeit!«*
*Elmaryn dei Savraney, Andor, Andoran*

Der Wirt winkte Elmaryn begeistert herein, als dieser mit der Laute über der Schulter an der Pforte der Schenke erschien. »Suchst du ein Zimmer? Eine Kammer kannst du umsonst haben. Auch Essen, wenn du meine Gäste unterhältst.«

»Ein Zimmer brauche ich nicht, aber gegen etwas Trinkbares hätte ich nichts einzuwenden. Spielen werde ich gerne.« Elmaryn lächelte den Mann an, der sich daraufhin einen Weg durch die dicht stehenden Tische bahnte und ihm schließlich einen Platz zuwies.

»Was trinkst du, Barde?«

»Wein.«

Elmaryn setzte sich und legte die Laute auf einen zusätzlichen Stuhl neben dem seinen. Der Schankraum war nicht allzu voll, aber warm geheizt. Er würde das Saiteninstrument neu stimmen müssen. Daher griff er zuerst nach seiner Flöte und spielte eine gut bekannte Melodie. Die Gäste wandten sich ihm fröhlich zu und einige zusätzliche kamen von draußen herein. *Gut so. Sie wollen etwas hören.* Als der letzte Ton verklang, stand bereits ein Becher Wein auf seinem Tisch. *Sehr gut. Wenn der Abend so läuft, wie ich es mir erhoffe, wird der Wirt mir keinen weiteren Becher spendieren müssen.* Die Gäste würden sich darum kümmern, solange er sie gut genug unterhielt – und genau das hatte er vor. Nach einem Tanz, dessen Melodie er ebenfalls der Flöte entlockte, griff er zu seiner Laute.

Kurze Zeit später war der Schankraum prall gefüllt und die Gäste begannen, ihm Wünsche zuzurufen. Elmaryn spielte zwei der gewünschten Lieder, dann endlich sprach jemand das aus, was er insgeheim ersehnt hatte.

»Kennst du ›Der Dunklen Bann‹, Barde?«

Natürlich kannte er dieses Musikstück, das er selbst über Kira und die Angriffe der Dunklen auf Drawahr gedichtet hatte. Daran würde er sein neues, ›Die Fackeln des Nordens‹, anschließen und – falls die Stimmung passte – vielleicht auch noch das über den Erdrutsch. Kira konnte jede Hilfe gebrauchen, die ihr das Wohlwollen des Volkes sicherte.

Wie immer verstummten die Menschen, sobald er über die Dunklen sang. Zwar vermied er es, hier in der Taverne vollkommen in den Strom der Melodie einzusteigen, doch die Worte fanden trotzdem Gehör. Die Dramatik ergab sich in diesem Lied nicht aus speziellen Effekten, sondern aus der Schilderung des Geschehens. Alle lauschten gebannt und applaudierten begeistert, als es endete. Elmaryn ließ ihnen wenig Zeit, sich zu erholen. Seine Stimme riss die Anwesenden mit und sein eigener Enthusiasmus sprang auf sie über, als er den eingängigen Refrain ›Entzündet die Flamme in euren Herzen, tragt sie hinaus in die Welt‹ intonierte, ein Element aus Kiras Rede, das er als dessen Grundlage ausgewählt hatte. Die Melodie der ›Fackeln des Nordens‹ war absichtlich einfach gehalten, denn es war explizit dafür gemacht, die Massen zu begeistern, Sympathie für Kira zu generieren und die junge Mlyss bekannter zu machen.

Elmaryn spielte das Lied an diesem Abend noch drei Mal, tatkräftig unterstützt von den Stimmen der Schenkenbesucher, die den Refrain lautstark mitsangen.

Der Wirt war mehr als zufrieden, als Elmaryn die Taverne, bereits etwas unsicher auf den Beinen, durch die weniger belagerte Hintertür verließ. Er hatte den Barden beschworen, jederzeit wieder zu kommen, und ihm ein reichlich mit Fleisch und Käse belegtes Brot für den Heimweg geradezu aufgedrängt.

Es war ein ganzes Stück Weg bis zum Palast. Zwar machte die kalte Nachtluft seinen Kopf ein wenig klarer, trotzdem hätte er weniger trinken sollen. *Nicht so leicht, wenn die meisten Gäste der Taverne damit wetteifern, einem Wein, oder schlimmer – gewürzten Honigwein – zu spendieren.* Die beiden Männer bemerkte er erst, als einer von ihnen neben ihn trat und seinen Arm ergriff.

»Komm, Singvogel, wir wollen ein Lied.«

Elmaryn schüttelte die Hand des Mannes unwillig ab. »Für heute ist Schluss. Morgen könnt ihr wieder fragen.«

»Wir wollen aber jetzt ein Lied.« Der zweite Mann lallte schwer und stank nach der Art von Getränken, die Elmaryn an diesem Abend abgelehnt hatte. Sein Griff jedoch war überraschend fest. Irgendwie passte das nicht richtig zusammen. »Los, sing was!«

Ein Stoß traf Elmaryn in den Rücken und ließ ihn zur Seite taumeln. Gerade als er sich gefangen hatte, krachte ihm die Faust des anderen im Magen, dann fegte ein Tritt seine Beine zur Seite. Er schaffte es gerade noch, die Hände nach vorn zu strecken, um nicht direkt mit dem Kopf auf das Pflaster zu schlagen. *Die sind nicht betrunken.* Elmaryn rollte sich zur Seite, um einem weiteren Tritt auszuweichen. *Verdammt, die Laute!* Rasch schlüpfte er mit seinem Arm aus dem Trageriemen und gab seinem Instrument gerade in dem Moment einen Stoß, als ihn ein Stiefel in der Seite erwischte. Aufstöhnend krümmte er sich zusammen. *Hoffentlich ist wenigstens das Instrument aus der Gefahrenzone heraus!*

»So, Singvogel, jetzt können wir Spaß haben«, erklang eine unangenehm nüchterne Stimme an seinem Ohr. Gleich darauf vernahm Elmaryn das Schaben einer Klinge, die aus einer Scheide gezogen wurde. Das metallische Blitzen konnte er aus dem Augenwinkel sehen. *Verdammt! Wenn ich es wenigstens schaffen würde, auf die Füße zu kommen.*

»Weg von ihm! Auf den Boden und die Hände hinter den Kopf!«

*Was?* Elmaryn versuchte, der Aufforderung nachzukommen und sich gleichzeitig von der Waffe wegzurollen. Undeutlich vernahm er einen Schrei, dem das Geräusch rennender Füße folgte. Jemand packte seinen Arm, zog ihn zur Seite und half ihm auf die Beine.

»Geht es Euch gut, Melen?«

Elmaryn starrte den Mann an. *Graue Kleidung, ein Lederharnisch … ein Mann von Kiras Garde?* »Ihr kommt wie gerufen«, bedankte er sich keuchend.

»Wir wären früher zur Stelle gewesen, hättet Ihr nicht die Hintertür genommen, Melen Elmaryn. So mussten wir zuerst das Haus umrunden und Euch finden.«

»Wenn ich gewusst hätte, dass ich eine Eskorte habe, wäre ich nicht durch die Hintertür gegangen.«

»Leider hattet Ihr Euer Vorhaben lediglich Melen Skjaldan mitgeteilt. Als die Mlyss davon erfuhr, hat sie uns geschickt. Sie wollte noch mehr Schutz für Euch, doch Aki war dagegen, weil er die anderen am Hof braucht. Wir wären hinein gekommen, wenn es nicht schon so voll in der Gaststube gewesen wäre.«

»Hier in Andor überfallen zu werden … damit hatte ich nicht gerechnet.« Der Soldat stützte den Barden, als dieser mit unsicheren Schritten zu seiner Laute hinüberging, sich vorsichtig bückte und das Instrument aufhob. Der Korpus hatte ein paar Kratzer abbekommen, doch davon abgesehen schien alles intakt. Erleichtert atmete er auf.

Soeben bog auch der zweite Gardist am Ende der Gasse wieder in diese ein und kam auf sie zu. »Die zwei sind leider entkommen, Melen. Die hat jemand beauftragt, möchte ich wetten.«

Elmaryn seufzte. »Es scheint, ich singe die falschen Lieder.« Behutsam schob er seinen schmerzenden Arm durch den Trageriemen der Laute.

»Könnt Ihr laufen?«

»Ich denke schon«, gab sich Elmaryn zuversichtlich, wenngleich sein Bein höllisch schmerzte, als er los humpelte. Auch beim Atmen verspürte er ein unangenehmes Stechen in der Brust, das sich jedoch verringerte, als er sich bewegte.

»Bei den Göttern, geht es dir gut?« Skjaldan stürzte an Elmaryns Seite führte ihn achtsam zur nächststehenden Sitzgelegenheit.

Kira, die bei Shadar an einem der Tische saß, schreckte bei seinem Ausruf aus tiefer Konzentration auf. Ihre Augen weiteten sich und ihr Gesicht verlor jegliche Farbe.

»Es sieht schlimmer aus, als es ist!« Elmaryn versuchte sich an einem Lächeln, nachdem er ächzend auf dem bequemen Sessel Platz genommen hatte. Das noch immer auf den kleinen Tischchen herumstehende Gebäck ließ seinen Magen knurren. Sehnsüchtig dachte er an das gut belegte Brot, dass jetzt wohl in der Gosse verdarb.

»Was ist passiert? Waren das Amyus Leute?«

»Zwei sehr nüchterne Betrunkene waren auf Ärger aus. Ob sie tatsächlich auf Anweisung des königlichen Beraters gehandelt haben, wird kaum nachzuweisen sein, denn sie konnten entkommen«, gab er eine kurze Erklärung ab, ehe er hungrig nach einem der Kuchen griff.

»Nicht! Die sind vergiftet!«

»Wie bitte?« Ungläubig starrte Elmaryn auf das Gebäck in seiner Hand und dann auf Shadar, der genüsslich ein identisches Törtchen vertilgte.

»Nur eines dieser drei, doch Kira scheint sich nicht darauf festlegen zu wollen, welches.«

Der Ratsmagier lehnte sich lächelnd in seinem Sessel zurück und klopfte sich ein paar Krümel von seiner Robe.

Kira stöhnte und deutete auf eine zweite Platte. »Nimm eines von diesen. Ich bin mir zwar ziemlich sicher, dass Shadar das hier vergiftet hat, aber deins habe ich noch nicht überprüft und ich traue ihm zu, zwei zu nehmen, obwohl er nur von einem gesprochen hat.«

»Damit könntest du recht haben.« Elmaryn griff nach dem Gebäck auf der anderen Platte und stöhnte unwillkürlich auf, als er den Arm ausstreckte.

Kira zuckte zusammen. »Sollten wir nicht nach einem Arzt schicken lassen?«

»Das ist nicht nötig«, wiegelte Elmaryn ihr Ansinnen ab, lehnte sich in seinem Sessel zurück und schloss die Augen. »Was ich brauche, ist ein heißes Bad und ein Bett.«

»Ich kümmere mich darum«, erbot sich Skjaldan. »Sowohl um das Bad als auch um einen Heilkundigen. Sieh du zu, dass du das mit dem Gift hinbekommst und dich dann ausschläfst. Denn wenn du schon morgen hier sprechen darfst, solltest du dazu auch in der Lage sein.«

## Kira

*»Jetzt gilt es«*
*Kira Sanders, Residenz des Königs in Andor, Andoran*

Alle Versuche, zur Ruhe zu kommen, waren vergeblich. Sie hatte das hier nie gewollt, war aber, wie sie sich eingestehen musste, selbst schuld an diesem Ausgang. Es war die logische Konsequenz aus dem, was in dem Dorf bei Martell begonnen hatte. Jetzt befand sie sich in Andor und würde schon bald auf den Balkon der königlichen Residenz treten, um zu allen zu sprechen, die auf dem Platz versammelt waren. Zwar hatte Andorans Herrscher zuerst vorgeschlagen, dass Kira in der Banketthalle vor den Häuptern der Handelshäuser sprach, was sie aber, mit der nicht unerheblichen Hilfe der Handelsherren des Nordens, zum Glück hatte abwenden können.

*Unangenehm wird es trotzdem werden.* Erschöpft legte Kira den Kopf in die Hände. Übelkeit ließ ihren Magen rumoren und nur die Tatsache, dass selbst im Palast des Königs die hygienischen Einrichtungen sehr zu wünschen übrigließen, hielten sie davon ab, sich zu einem Abort zu begeben. Ein nervöses Kichern stieg in ihr auf, als sie sich ausmalte, wie ein Diener ihr stattdessen einen Holzeimer brachte und, ohne eine Miene zu verziehen, daneben wartete, bis sie ihn gefüllt hatte. Seufzend zwang sie ihre Gedanken zu dem zurück, was ihr bevorstand.

Aliard wie auch Leandar hatten versucht, sie auf das vorzubereiten, was sie durch Andorans Herrscher erwartete. In der Hauptstadt zu sprechen erlaubte der König ihr nur aus einem einzigen Grund: Weil er davon überzeugt war, dass sie scheitern würde.

Leandar hatte ihr geraten abzusagen. Ein dringender Grund, nach Quo, Dhravannor oder sogar Catron reisen zu müssen, ließe sich finden, hatten alle versichert. Skjaldan war ohnehin seit dem Erdrutsch der Meinung, dass sie sich in eine der Schulen zurückziehen sollte. *Und was Elmaryn gestern widerfahren ist, bestätigt ihn in seiner Ansicht.* Dessen ungeachtet war der Barde schon wieder dort draußen, ›um die Stimmung aufzufangen‹, wie er es bezeichnete. Nichts hatte ihn davon abbringen können. *Wieso habe ich nicht einfach auf Leandar gehört und bin abgereist?*

Stattdessen hatte sie den anderen ihren Plan unterbreitet. »Einer der führt, gibt keine Fehler zu und gesteht keine Schwächen ein«, war die trockene Erwiderung des ehemaligen Erzmagiers gewesen. Kael jedoch hatte nachdenklich angemerkt, dass sie bisher mit diesem Kurs Erfolg gehabt hätte. Die Diskussion war lang gewesen, doch Kira hatte ihre Idee durchgesetzt.

Jetzt bereute sie es. *Ich hätte gehen können! Nur mein Starrsinn, Amyu und die anderen nicht einfach gewinnen zu lassen, hat mich davon abgehalten.* Ein resigniertes Seufzen entwich ihrer Kehle. »Nein!«, rief sie sich selbst zur Ordnung. »Letztendlich nützt es gar nichts, wenn ich fliehe! Der König würde meine plötzliche Abreise genau als das hinstellen, was sie war: Flucht. Und er würde seinem Land den Grund präsentieren: Meinen Anker zu Laon dei Savren. Genau deshalb muss ich jetzt sprechen!«

Als sie die Tür zum Nebenraum öffnete, waren alle anwesend – bis auf Elmaryn und Skjaldan. Kira hatte darauf bestanden, dass der Barde diesmal nicht allein unterwegs war und Skjaldan hielt es am Hof ohnehin kaum aus. Die Lippen zusammenpressend versuchte sie, zuversichtlich in die Runde zu blicken – was kläglich misslang.

»Mlyss, die heute Anwesenden werden Eure Rede kaum gut aufnehmen. Haltet Ihr das durch, falls sie Euch nicht so folgen wie geplant oder der König Euch zuvorkommt?«

»Ich muss!«, gab Kira standhaft zurück. »Ich habe mich entschlossen, nicht zu fliehen, sondern Andoran die Stirn zu bieten. Wenn ich jetzt gehe, verliere ich alles!«

Kael trat neben sie. »Es kann sein, dass du trotzdem alles verlierst, Kira. Doch ich stimme dir in einem zu: Solltest du heute nicht sprechen und das Feld dem König überlassen, verlierst du sicher. Bleibst du, besteht eine Chance! Aber du musst stark sein, um sie zu nutzen und noch stärker, falls es nicht gelingt.«

Kira sah zu Shadar herüber. Als sich ihre Blicke trafen, lächelte er.

»Tu es! Es ist an der Zeit, dass du angreifst.«

## Rugan

*»Heute wird sie fallen.«*
*Rugan Dary, Andor, Andoran*

Dicht gedrängt stand die Menge auf dem Platz vor der Residenz. Einige Bürger von Andor waren sogar auf die festen Marktstände und die Brunneneinfassung gestiegen, andere drängten sich in den Fenstern der angrenzenden Kontore.

Rugan hatte seine Leute platziert. Jetzt hieß es warten. Der Erfolg, den Kira mit ihren Reden in den Dörfern und Städten beim Volk gehabt hatte, würde ihr heute zum Verhängnis werden. Beinahe tat sie ihm leid. Was sie versuchte hatte Größe. Ein Frieden würde Andoran zugutekommen und sicherlich standen nicht wenige der Handelsherren deshalb auf ihrer Seite. *Dumm nur, dass sie mit ihrem Plan die Interessen des Königs und der mächtigsten drei Häuser des Landes kreuzt.* Allein aus diesem Grund war sie zum Scheitern verurteilt, obwohl das voraussichtlich auch das Aus für den Frieden bedeutete.

Unvermittelt verebbten die Geräusche. Auf der anderen Seite des Platzes war der König auf den Balkon seines Führungssitzes getreten, neben ihm Amyu, Mael Kael und Kira. Offensichtlich, um ihre Verbundenheit mit Andoran wirksam zu unterstreichen, trug Kira ein Gewand, das aus den Stoffen gefertigt war, welche Pagon ihr zu Mittwinter als Geschenk überreicht hatte. Sie wirkte nervös, doch Rugan nahm nicht mehr an, dass sie einen Fehler begehen würde. Sie hatte bereits öfter fahrig gewirkt und trotzdem, oder gerade deswegen, gut gesprochen. Sie würde höchstens versagen, falls ihre Rede zu gut vorbereitet worden war. Die Menschen glaubten ihr, weil sie sagte, was sie dachte – aber diese Ehrlichkeit würde heute fallen. Rugan empfand Respekt, da sie das wissen musste und dennoch jetzt dort oben stand.

Die Menge verstummte, als sie an die Brüstung trat.

»Ich freue mich, heute vor so vielen Menschen zu sprechen«, begann sie und Rugan sah für einen Moment zu Boden. *Gegen Ende der Veranstaltung wird es mit der Freude vorbei sein.*

»Es ist mir eine Ehre, hier in Andor derart freundlich empfangen zu werden, obwohl der eine oder andere womöglich schwere Verluste durch die Dunklen erlitten hat. Vielleicht haben einige überlegt, weshalb ich nicht in Andoran geblieben bin, um zu helfen – und diese Frage ist durchaus berechtigt. Darum will ich Euch die ehrliche Antwort auch nicht vorenthalten: Ich musste zunächst lernen, wie ich dieser Bedrohung entgegentreten konnte.«

»Immerhin hab Ihr es geschafft, Mlyss! Das zählt, nicht die zwei oder drei gesunkenen Schiffe meiner Konkurrenz!«

Lachen brandete auf. Rugan wandte den Kopf, um zu sehen, wer die respektlose Bemerkung gerufen hatte, konnte ihn jedoch nicht ausmachen.

»Wenn ich von Verlusten rede, spreche ich von Menschen«, gab Kira so schneidend zurück, dass es auch unmöglich eine von ihr selbst angeregte Aktion sein konnte. »Und dass ich es geschafft habe, liegt nicht an meinen Fähigkeiten in magischen Dingen.«

Ein Raunen lief über den Platz.

Was Kira da gerade gesagt hatte, war das perfekte Stichwort, um später darauf zurückzukommen. Nicht ihr eigenes Können war ausschlaggebend gewesen, um das Gleichgewicht zu richten.

Unwillkürlich musste Rugan lächeln. Ohne ein Mindestmaß an Macht hätte das Mädchen allerdings niemals beide Schulen hinter sich vereint.

»Ich verfüge über Talent und ein großes Maß an Kraft, wie mir inzwischen bewusst ist«, fuhr sie nun fort. »Was mir jedoch fehlt, ist Erfahrung, und der letzte Magier der Weltenkraft, mein Vorgänger, hat diese Welt vor vierhundert Jahren verlassen.«

Erneut kam Unruhe unter den Zuhörern auf. Besser konnte es eigentlich nicht laufen. Kira persönlich gab die Referenz zu Laon dei Savren, auf die der König nachher aufbauen konnte. Was mochte sie damit bezwecken? Oder war es nur ein weiterer Versuch, der Bewunderung zu entgehen, indem sie ihre Taten kleinredete? Wenn dem so war, tat sie es diesmal in größerem Stil.

»Das Gleichgewicht der Kräfte, das diese Welt vor dem schützt, was sich zwischen den Ebenen befindet, ist etwas, das nicht leicht zu beschreiben ist. Ich fürchte, niemand hier weiß tatsächlich, was ich damit meine.«

Rugan verengte leicht die Augen. Kira hatte die Hände auf das Geländer gelegt und ihre Augen geschlossen. Sie tat etwas, was er indessen zuerst nur anhand der Reaktionen der Leute vor sich wahrnehmen konnte.

Ausgehend vom Balkon klang das Gemurmel ab, richteten sich die Zuhörenden auf. Etwas schien sie wie eine Welle zu erfassen. Dann erreichte es Rugan selbst. Die Veränderung war minimal, aber das Gefühl, das sie mit sich brachte, war faszinierend. Er spürte eine Verbindung mit den anderen Menschen auf dem Platz – und nicht nur das. Die Erde unter seinen Füßen, die Luft um ihn herum, alles wurde eins. Er konnte Ströme von Energie spüren, die jeden gleichermaßen durchdrangen. *Ist es das, was man als Magier fühlt? Aber das ist doch weder Licht noch Dunkelheit ...* Es gab nur eine einzige Kraft, die ihn und alles um ihn herum erfüllte. Sie stärkte ihn, brachte ihn dazu, sich ausgeruht und im Einklang mit der Welt zu fühlen. *Das ist es! Gleichgewicht! Geht es den anderen genauso?*

Es kostete Rugan einiges an Überwindung, sich aus dem Strom zu lösen, um wieder nur zu beobachten, doch es gelang ihm, Kiras Einfluss abzuschütteln. Das Resultat war ernüchternd. Seine Sinne erschienen ihm plötzlich stumpf und er musste sich eingestehen, das Gefühl der Verbundenheit zu vermissen.

*Ich bin nicht hier, um mich von ihr überzeugen zu lassen. Ich habe eine Aufgabe.* Unzählige Menschen blickten gebannt zu ihr hinauf, jedoch nicht alle. Manche hatten sich, wie er, Kiras Einfluss entzogen. Unweit von ihm ging ein Taschendieb seiner Arbeit nach und ein Mann beruhigte ein Kind, das zu weinen begonnen hatte. Kira zwang, was immer sie tat, also niemandem auf. Trotzdem war es ungemein effektiv.

Als ihre Demonstration endete, lief ein wehmütiges Raunen durch die Menge. Niemand wollte, dass es vorbei war.

Ein Blick zum Balkon allerdings offenbarte, weshalb Kira ihre Demonstration abgebrochen hatte. Selbst aus der Entfernung wirkte sie entkräftet und müde.

»Das, was die meisten gerade fühlen konnten, war das Wirken des Gleichgewichts.« Die Erschöpfung war ihrer Stimme anzuhören. »Ich wünschte, ich wäre dazu in der Lage, jedem zu zeigen, wie es sich über die Welt erstreckt, alles trägt und hält. Leider ist das nicht möglich. Ich hoffe aber, dass deutlich geworden ist, warum wir diesen Zustand erreichen wollen und müssen.«

Der Geräuschpegel auf dem Platz schwoll abermals an. Erste Jubelrufe waren zu vernehmen. Als Kira erneut zu sprechen begann, wurde es jedoch schlagartig wieder still.

»Das Gleichgewicht ist es, was die Stabilität unserer Welt ausmacht. Nicht nur wir fühlen uns unwohl, sobald Zustand der Ausgeglichenheit verloren geht. Wenn die natürliche Balance verschoben ist, gerät das Leben in Gefahr. Ist sie nachhaltig gestört, verlieren wir unseren Schutz.«

Aufgeregtes Getuschel drang in Rugans Ohren. Jeder wusste, wovon Kira sprach. Die Erinnerung an die Dunklen war zu frisch, um bereits unter den Problemen des Alltags begraben worden zu sein.

»Die Dunklen kamen aus dem Raum zwischen den Welten und es gelang ihnen nur, weil das Gleichgewicht gestört war. Aber sie erschienen nicht einfach so! Sie wurden geschickt!«

*Wie bitte?* Es fiel Rugan immer schwerer, die Konzentration auf seine eigentliche Aufgabe zu richten. Er ertappte sich dabei, wissen zu wollen, was Kira vorhatte und musste sich aktiv zurücknehmen, um ihr nicht zu intensiv zuzuhören. Keinesfalls durfte er den richtigen Zeitpunkt verpassen, um ihre Verbindung zu Laon dei Savren aufzudecken – aber Kira schien sich dem idealen Punkt langsam zu nähern.

»Um diese Wesen zurückzudrängen und ihr erneutes Auftauchen zu verhindern war es nötig, das gestörte Gleichgewicht wieder zu richten.«

Rugan straffte sich. *Jetzt! Hier können wir einhaken, denn nicht Kira, sondern Laon dei Savren hat das getan.*

»Jubel indessen ist vollkommen unangebracht, zumindest, wenn er sich auf mich bezieht, ...«, ließ Kira diesen erst gar nicht aufkommen.

Rugan suchte Augenkontakt zu einem seiner Männer, um das verabredete Zeichen zu geben. Seine Geste hingegen fror auf halbem Weg ein, als er Kiras nachfolgende Worte vernahm.

»... denn ich habe das Gleichgewicht nicht selbst eingerichtet.«

## Shadar

*»Wer angreift, macht sich stets auch selbst angreifbar.«*
*Shadar von Catron, Andor, Andoran*

Shadar pfiff leise durch die Zähne. Kira hatte sich in der Tat dazu entschlossen anzugreifen – und sie tat es kompromisslos. *Was immer der König ihr hatte vorwerfen wollen, sie hat es gerade selbst zugegeben. Hoffentlich geht ihr Plan auf. In Andoran ist Laon dei Savren immer noch ein ganz heikles Thema.*

Leandar hatte sie am Vorabend noch darüber aufgeklärt, was ihr Vorgänger dem Land angetan hatte und doch musste sie ihn erwähnen, bevor der König dies tat.

»Mir fehlte die Erfahrung, um es selbst zu tun. Ich hätte noch Jahre der Übung benötigt – Zeit, die ich nicht hatte,« fuhr sie fort.

Shadars Gedanken nahmen eine abrupte Wendung, als er den Kontakt spürte. *Kael von Quo kontaktiert mich?* Dafür konnte es nur einen Grund geben.

»Kira will, dass Ihr euch jetzt bereithaltet! Und sie braucht auch Elmaryn. Bitte kontaktiere Skjaldan, dass er ihn hierher transportiert.«

Shadar atmete vernehmbar ein. Dass er sich bereithalten sollte, um im passenden Moment neben Kira zu erscheinen, war abgesprochen. Elmaryns Erscheinen nicht. Dass Kira Zeit fand, in dieser Situation zu improvisieren, beeindruckte ihn. War das ein gutes oder ein schlechtes Zeichen? Er konzentrierte sich auf den Kontakt zu Skjaldan. »Vorbei mit dem Versteckspiel in zwielichtigen Tavernen. Kira wünscht sich Elmaryn auf dem Balkon der Residenz. Ich gebe dir ein Bild für den Transport.«

# Kira

*»Entweder sie lynchen mich oder sie werden mir folgen.*
*Oder etwas völlig Ungeplantes geschieht.«*
*Kira Sanders, königliche Residenz in Andor, Andoran*

Jetzt war es soweit. Es gab kein Zurück mehr. Beinahe fühlte Kira in diesem Moment nichts als Erleichterung. Sie würde es aussprechen und fortan gäbe es kein Geheimnis mehr, das sie umständlich verstecken musste.

»Weder Quo noch Catron konnten mir bei der Einrichtung des Gleichgewichtes helfen. Daher war es nötig, jemanden zu finden, der Erfahrung damit besaß … und der Einzige, der dafür infrage kam, war Laon dei Savren.«

Für einen Moment herrschte atemlose Stille. Dann redeten alle durcheinander. Mit gesenkten Lidern atmete Kira ein weiteres Mal tief durch, ehe sie erneut ihre Stimme erhob. »Ich weiß, was der Name meines Vorgängers in Andoran bedeutet.« Ihr Blick fing den Amyus ein und der abgrundtiefe Hass, der in seinem lag, gab ihr seltsamerweise die Hoffnung, auf dem richtigen Weg zu sein. »Mir ist gleichfalls bewusst«, fuhr sie fort, »dass er in seiner Zeit das Land mit Krieg überzogen hat und dafür verantwortlich war, dass

Kinder von ihren Eltern getrennt wurden. Ich werde seine Taten nicht wiederholen.«

Einige Menschen applaudierten, andere blieben skeptisch. Ein oder zwei wandten sich zur Seite und spuckten auf den Boden. Irritation und Unmut mischten sich mit Angst. Jetzt war der Augenblick gekommen, alles in die Waagschale zu werfen, um damit die Menschen wieder auf ihre Seite zu ziehen – ansonsten schaufelte sie sich gerade ihr eigenes Grab.

»Manchmal bleibt einem nur die Wahl zwischen zwei Übeln. In meinem Fall waren das die Dunklen oder er. Ich verabscheue, wie ihr, was dieser Mann getan hat! Dennoch war ich auf seine Hilfe angewiesen. Dafür forderte er einen Preis.«

Die Ruhe auf dem Platz wirkte beinahe gespenstisch. In einer Nation aus Kaufleuten kannte jeder die Situation, die Kira gerade beschrieben hatte.

»Ich musste geloben, ihm nach Ablauf eines Jahres in meinem Körper die Rückkehr in diese Welt zu ermöglichen. Dies war um die Mittwinterzeit. Es bleibt also eine Frist bis zum nächsten Mittwinter um zu verhindern, dass dieses Ereignis eintritt.« Ein Bild des ehemaligen Magiers der Weltenkraft, wie er mit einem überheblichen Lächeln auf seine Fenster wies, drängte sich in ihren Geist, und mit aller Inbrunst beschwor sie die Anwesenden: »Laon dei Savren darf niemals zurückkehren! Nicht nachdem, was zwischen den Welten aus ihm geworden ist! Nicht nach den Dunklen, die er geschickt hat! Sind wir uns darin einig?« Einen Moment lang wagte Kira kaum zu atmen. Das Areal war still wie die Krypta einer Kirche.

»Ja«, sprach sie, den Schock der Zuhörer ausnutzend, weiter. »Ihr habt richtig gehört. Nicht Catron hat die Dunklen geschickt, sondern Laon dei Savren. Sein ursprünglicher Plan sah vor, mithilfe dieser Kreaturen aus dem Raum zwischen den Welten zurückzukehren. Meinen Körper in absehbarer Zeit als Gefäß nutzen zu können, machte deren weiteren Einsatz überflüssig, weshalb es für ihn nicht einmal einen Rückschlag darstellte, mir zu helfen. Dennoch war und ist es mein erklärtes Ziel, seine Wiederkehr zu verhindern! Quo steht in dieser Angelegenheit hinter mir.« Sie winkte Kael an ihre Seite. »Catron ebenfalls.« Shadar trat an ihre andere Seite und nickte ihr anerkennend zu. Sie hätte ihm gerne kurz die Hand gedrückt, einfach um sich ein wenig sicherer zu fühlen, aber dafür war keine Zeit. »Das«, jetzt winkte sie Elmaryn, der, von Kael instruiert, ebenfalls neben sie trat, »ist es, was es zu schützen gilt.«

Elmaryn begriff sofort und hob seine Flöte an die Lippen. Kira ergänzte die Melodie: Licht und Dunkelheit. Die Töne strichen nur kurz über den Platz. Länger waren weder er noch sie in der Lage, die Kraft zu halten, doch es reichte. Die Menschen hatten das Gleichgewicht bereits einmal gespürt, die Melodie rief das Gefühl wieder wach.

»Laon dei Savren sollte seit vierhundert Jahren tot sein! Lasst uns dafür sorgen, dass sich sein endgültiger Übergang endlich vollzieht! Habe ich dafür Andorans Unterstützung?«

Nun jubelte die Menge. Arme reckten sich ihr entgegen und eine Welle der Erleichterung durchspülte sie. Sie hatte es geschafft. Kira ließ ihren Blick über den Platz gleiten. Das Gefühl war erhebend, bis der König zu ihr an die Brüstung trat. Der Mann, der da neben ihr stand und nach ihrer Hand griff, wollte ihren Tod. Unwillkürlich verstärkte sie den Schild, den sie um ihren Körper gelegt hatte. Umso überraschter war sie, als der König ihre Hand mit seiner umschloss und zusammen mit seiner in die Höhe hob.

Seine Stimme war tief und ausdrucksstark, als sie, durch Delsjens Magie verstärkt, über den Platz getragen wurde. »Das Königshaus Andorans versichert hier und jetzt der Mlyss d'Eartha seine volle Unterstützung in dieser Angelegenheit.«

Der erneut einsetzende Jubel war ohrenbetäubend.

## Skjaldan

*»Ich habe Personen, die nach Ruhm streben, nie verstanden!«*
*Skjaldan Briskfadar, königliche Residenz in Andor, Andoran*

Seit sie den Balkon der Residenz verlassen hatte, war der Strom der Menschen, die sie unbedingt sprechen, ihr gratulieren oder sie einfach nur sehen wollten, nicht mehr abgerissen. Letztendlich war es Kael gewesen, der höflich aber bestimmt Gehör in einer wichtigen Angelegenheit eingefordert hatte. In ihren Räumen angekommen, hatte er ihr unmissverständlich vermittelt, dass sie in absehbarer Zeit recht spektakulär vor dem gesamten Hofstaat zusammenbrechen würde, wenn sie nicht endlich eine Pause einlegte. Kira hatte lediglich genickt, sich auf ihr Bett fallen lassen und das Gesicht in den Händen verborgen. Jetzt blickte sie auf und warf ihrem Lehrer einen beinahe verzweifelten Blick zu.

»Können wir nach Quo aufbrechen? Jetzt?«

Skjaldan war spontan geneigt, ihr das zuzusagen, Kael hingegen schüttelte den Kopf.

»Ich würde davon abraten. Du bist gerade dabei, hier etwas aufzubauen. Sofern es dir möglich ist, solltest du alles daran legen, bis zum Frühlingsfest durchzuhalten. Danach sehen wir weiter.« Nach einer kurzen, nachdenklichen Pause fuhr er bedächtig fort: »Meiner Meinung nach wäre es am besten, den Stein des Lichts so rasch wie möglich nach Aidris zu bringen und nicht bis zum Ende des Jahres zu warten. Der Anker wird mit der Zeit stärker werden und obwohl Mayedan Alron sich heute offiziell auf deine Seite gestellt hat, schwebst du weiterhin in Gefahr, bis wir im Kheralis-Massiv Tatsachen geschaffen haben. Dass der König nicht meint was er sagt, ist dir bewusst, nehme ich an?«

Kira nickte. »Das ist es, was mich so fertigmacht. Alle grüßen freundlich, wünschen mir Glück, lächeln, schütteln meine Hände – und das Einzige, woran ich denken kann, ist, meinen Schild zu halten und mir zu vergegenwärtigen, dass jeder von denen ein potenzieller Mörder sein könnte.«

»Du solltest versuchen, dich an solche Dinge zu gewöhnen«, riet ihr Kael. »Und du musst lernen, trotzdem ruhig und besonnen zu handeln. Zumindest das lässt sich üben.«

Skjaldan seufzte. Kira wirkte nicht, als ob sie solche Übungen begrüßen würde.

Ihr Gesicht verzog sich und für einen Moment wirkte es, als würde sie gleich in Tränen ausbrechen. »Üben?« Ihre Stimme zitterte. »Ja, bestimmt sollte ich das üben! Neben den ganzen anderen Dingen wie Tischmanieren an der königlichen Tafel, beim Reden mit vielen Worten nichts zu sagen, nett zu lächeln ... Kael, ich habe das Gefühl, ich müsste das alles bereits beherrschen, nicht erst lernen, und das Verhalten am Hof ist dabei unser kleinstes

Problem. Nimm allein die Magie! Ihr lehrt mich eine Menge, aber es kommt mir so vor, als sei das kaum mehr wie ein Tropfen Wasser auf einem heißen Stein!«

»Richtig.« Kaels Stimme war vollkommen emotionsfrei.

Skjaldan starrte ihn fassungslos an. *Kira braucht Zuspruch, nicht noch mehr, was sie dazu bringt, sich unzureichend zu fühlen!* Am liebsten hätte er seinem Freund diese Worte mit einem geistigen Kontakt ins Hirn gebrannt.

»Für dich wäre es ideal, in dieser Welt aufgewachsen und völlig mit ihr vertraut zu sein«, fuhr Kael fort. »Du hast jedoch andere Qualitäten und danach hat dich dein Vorgänger ausgesucht.«

»Damit ich ihm möglichst wenige Schwierigkeiten bereite, wenn er meinen Körper übernimmt!«, entgegnete Kira bitter.

»Das auch«, bestätigte Kael, zog einen Stuhl heran und setzte sich. »Aber ebenso, weil du ein großes Talent für die Magie und Verantwortungsgefühl besitzt. Dir ist diese Welt nicht egal, obwohl du sie kaum kennst. Du bist nicht ideal, Kira, aber du bist diejenige, die eine Chance hat, es zu versuchen. Ich für meinen Teil sehe lieber dich in diesem Amt als Laon dei Savren.«

»Er verfügt über sämtliches Wissen und Können, das mir fehlt.«

»Garantiert!«, schnaubte Skjaldan, dem es nicht mehr gelang, sich zurückzuhalten. »Das sieht man an seinen unglaublichen Errungenschaften: Das Kheralis-Massiv, ein Krieg, der seit etwa vierhundert Jahre andauert und als Krönung die Dunklen. Danke! Da verzichte ich doch liebend gern!«

»Er hat auch gute Dinge getan … das Gleichgewicht gerichtet …«

» … das er selbst erst aus den Fugen gebracht hat! Kael, überprüfst du bitte ihren inneren Schild? Das sind ja wohl kaum ihre eigenen Gedanken!«

»Manchmal schon«, gestand Kira leise, »besonders, wenn ich so müde bin wie jetzt. Ich will ihn nicht in diese Welt lassen, das ist klar, aber dann denke ich, er könnte tun, was erforderlich ist, wenn die nächste Katastrophe ins Haus steht. Er ist ein grauenhafter, egomanischer Tyrann, doch er kann diese Welt retten, sollte es nötig sein. Was nützt es, dass ich nett und freundlich bin, wenn ich im Ernstfall einfach versagen werde?«

»Womit wir bei der Frage wären, in welcher Welt man leben möchte. Ich habe für mich die Wahl getroffen, auf dich zu vertrauen, Kira. Und auch darauf, dass nun, da das Gleichgewicht gerichtet ist, die nächste Katastrophe noch lange auf sich warten lässt. Zumal wir das nach deiner Aussage größte Risiko für dieses Gleichgewicht demnächst vernichten werden: Die Stian-Kar!«

»Wenn das mal nicht die nächste große Katastrophe wird!«

Kael lachte leise auf, blieb jedoch ernst. »Um das zu verhindern, richten wir unsere volle Aufmerksamkeit auf genau diese Angelegenheit. Alles andere – wie Hofetikette und Kleidervorschriften – ist nebensächlich. Nicht unwichtig, aber genauso wenig unser erstes Ziel. Das kannst du perfektionieren, wenn dein Anker vernichtet ist. Versuche durchzuhalten, Kira«, kam Kael wieder auf den Ausgangspunkt ihres Gesprächs zurück. »Es wäre schade, die Arbeit der letzten Wochen für fünf Tage am Hof zu verschenken. Wir sollten unseren Besuch hier wirklich nur dann abbrechen, wenn du gar nicht mehr kannst.«

Kira rieb sich fröstelnd die Arme, dann atmete sie einmal tief durch und nickte. »Wenn ich bis zu dem Bankett heute Abend noch etwas schlafen kann, wird es gehen.«

»Gut«, ließ sich nun auch Shadar vernehmen, der sich bisher in Schweigen gehüllt hatte. »Ich gebe zu, ich hätte euch nur äußerst ungern nach Quo begleitet! Aber wenn du dich ausruhen möchtest, bleibe ich gerne hier und sorge dafür, dass dich niemand stört.«

»Das ist nett«, seufzte Kira und wandte den Kopf in seine Richtung.

Der Ratsmagier schmunzelte. »Deinen Schlaf zu behüten bietet mir eine vortreffliche Gelegenheit, mich den Feierlichkeiten zu entziehen. Vergiss nicht, dass das ganze Land für mich, als Magier Catrons, ähnliche Gefühle hegt, wie der König für dich.«

»Ich hätte dich nicht bitten sollen herzukommen.«

»Doch, es ist gut, dass du das getan hast. Allein schon, damit ich heute Abend als einer deiner Lehrer neben dir am Tisch sitzen und dein Essen überprüfen kann.«

# Kira

*»Wäre ich nur ein Zuschauer, ginge es mir bedeutend besser.«*
*Mlyss d'Eartha, am Hof von Andoran*

*Lächeln und winken.* Kira hätte bedeutend lieber am Straßenrand gestanden und sich die Prozession angesehen, als ein Teil von ihr zu sein. Was das betraf, gab es jedoch ein festes Protokoll. So saß sie neben dem König in der offenen Kutsche und fühlte sich ein bisschen wie im Straßenkarneval – nur dass keine Kamelle, sondern Blüten geworfen wurden. Hauptsächlich Löwenzahn, aber auch andere Frühlingsblumen flogen in ihre Richtung und lagen inzwischen überall in der Kutsche. Sie hätte sich einen zweiten, womöglich sogar einen dritten Kranz winden können.

»Jede Blüte symbolisiert einen Wunsch nach Glück, Freude und«, so hatte ihr Leandar erklärt, »Fruchtbarkeit der Felder.«

Kira drehte sich in ihrem Sitz halb nach hinten zu Kael und Shadar, deren Aufmerksamkeit allerdings auf der Menge lag. Beide sahen in ihren offiziellen Roben einfach fantastisch aus, zumal der König ihnen passende Pferde zur Verfügung gestellt hatte: einen Schimmel für Kael und einen Rappen für Shadar. Kael war von beiden eindeutig derjenige, der mehr bejubelt wurde, doch auch dem Ratsmagier warf man Blumen zu. Als hätte er ihren Blick gespürt, sah er in diesem Moment zu ihr herüber, zupfte sich eine goldgelbe Blüte von seiner Robe und steckte sie hinter Catrons Brosche.

Kira konzentrierte sich auf einen Kontakt. »Bist du unter die Blumenfreunde gegangen oder hat es mit der Blüte etwas Besonderes auf sich?«

»Abgesehen von der Tatsache, dass man mich in diesem Land ausnahmsweise einmal nicht mit Steinen bewirft? Nein, aber ich fand die Geste passend.«

Er grinste und Kira tat es ihm unwillkürlich nach.

»Wenn ich das richtig interpretiert habe, hat es Skjaldan in Aidris schlechter getroffen. Er hat heute Morgen irgendeine Bemerkung über

Gemüse gemacht und gesagt, sein Bedarf an Menschenansammlungen sei fürs Erste gedeckt.«

Shadar sah zur Seite und bedeckte rasch seinen Mund mit der Hand. »Das hat er erzählt?«

»Erzählt trifft es nicht ganz. Er hat mir Brocken davon als Entschuldigung hingeworfen, jetzt nicht hier zu sein. Dabei bin ich froh, dass er Elmaryn begleitet, wenngleich ich am liebsten Akis Männer mit ihm losgeschickt hätte.«

»Die brauchst du hier.« Shadars Blick wurde sofort scharf. »Hast du das tatsächlich vorgeschlagen?«

»Aki hat sehr deutlich gemacht, dass das nicht infrage kommt, bevor ich irgendetwas vorschlagen konnte. Während der Parade braucht er jeden Mann bei mir, waren seine Worte. Machst du dir gar keine Sorgen um Elmaryn?«

»Doch, aber der Barde weiß, was er tut und welches Risiko er eingeht.«

»Ich habe überlegt, es ihm zu verbieten.« Eine Blüte fiel auf Kiras Schoß. Gedankenverloren hob sie sie auf und strich mit dem Finger darüber.

»Du musst Menschen erlauben, etwas für dich zu tun«, erwiderte Shadar jetzt vollkommen ernst. »Es sind nicht nur die Bauern, die aus Dankbarkeit dein Licht weitertragen wollen. Du hast Freunde. Erlaube ihnen dasselbe.«

## Shadar

*»Etwas zunichte zu machen ist mitunter deutlich einfacher,
als aus Nichts etwas zu schaffen.«
Shadar von Catron, königliche Residenz in Andor, Andoran*

Shadar schloss die Augen. Das Gespräch, das vor ihm lag, würde sicherlich nicht leicht werden. Die Offenlegung von Kiras Anker zu Laon dei Savren und ihre Distanzierung von seinen Taten in Andoran konnten die Ethialla kaum freuen. *Achtet darauf, dass sie keine zu großen politischen Fehler begeht, die der Meister hinterher richten müsste,* so ungefähr hatte es Akifs Magier ihm gegenüber formuliert. Shadar bezweifelte, dass er sich aus dieser Angelegenheit gut würde herausreden können, zumal er sich nicht einmal besondere Mühe gegeben hatte, Kira zu überzeugen, von ihrem Ansinnen abzusehen – ganz im Gegensatz zu Mael Leandar.

Warum hatte der so vehement dagegen argumentiert, dass Kira über ihren Anker sprach? Er hatte sie geradezu dazu gedrängt, nicht in der Hauptstadt zu sprechen, sondern direkt nach Quo zu reisen. Welche Gründe mochten dafür ausschlaggebend gewesen sein? Persönliche Sturheit oder tatsächlich die Überzeugung, dass jemand, der führte, keine Fehler zugab?

Wenn das der Fall war, taten Shadar Quos Magier leid. Kael hatte von Beginn an auf Kiras Seite gestanden. Auch entsprach es eher seinem Naturell anzugreifen, als sich lediglich zu verteidigen, und seine Taktik war aufgegangen. Skjaldan ging es weniger um Strategie als darum, Kira zu helfen. Er wollte sie aus den politischen Ränkespielen heraushalten und sicher in Quo wissen.

Elmaryn dagegen … Shadar musste bei dem Gedanken an den Barden lächeln. *Der Kerl ist erstaunlich gut darin, seine Motivation zu verschleiern, wenngleich er zweifelsohne auf Kiras Seite steht. Obwohl er die Aufmerksamkeit, die er mit seinen Liedern in Dörfern und Städten erzielt, sichtlich genießt, hat er die Entscheidung bezüglich ihres Vorgehens Kira überlassen.*

Gedankenverloren massierte Shadar seine Schläfen. Es galt, eine Balance zwischen dem zu finden, was er berichten musste und dem, was er berichten konnte. Gab es Details, die die Ethialla interessieren würden und mit denen sich die wenig erfreulichen Nachrichten ein wenig abmildern ließen? Einzelheiten, auf die Akifs Magier reagieren würde und vielleicht auch der stille Zuhörer im Hintergrund seines Bewusstseins?

Seine Position in der Ethialla hatte eine Stärkung dringend nötig – zumal er Kira kaum nach Quo begleiten konnte, wenn sie nach dem Frühlingsfest dorthin zurückging. Er würde warten müssen, bis sie mit dem Stein nach Catron aufbrach – in Aidris.

Shadar atmete einmal tief durch und konzentrierte sich auf den Kontakt. Diesmal musste er der Ethialla etwas bieten – und ein ausführlicher Bericht war zumindest ein Anfang.

# Elmaryn

*»Die Anerkennung, die ich im Moment in meinem Heimatland erlebe,*
*kommt mir wärmer vor als mein Winterumhang.«*
Elmaryn von Savraney, Schenke in Andor, Andoran

»Wein für den Barden!«

Elmaryn stöhnte innerlich auf. Kaum ließ er die Laute auch nur für einen Moment sinken, fühlte sich jemand dazu aufgefordert, ihm ein Getränk zukommen zu lassen. Wenn das so weiterging, würde er nicht einmal bis zum späten Nachmittag, geschweige bis zum Einbruch der Dunkelheit, durchhalten. Vielleicht war es angebracht, für drei oder vier Tänze zu pausieren und das Feld den anderen Musikern zu überlassen. Als ihm jemand einen Becher in die Hand drückte, stand er auf, um sich zu den Tischen durchzuschlagen, auf denen etwas zum Essen angeboten wurde. Skjaldan erschien nach nur wenigen Schritten an seiner Seite.

»Hör mal, ich weiß, dass du das wahrscheinlich dämlich findest, aber ich möchte, bevor du etwas isst, prüfen, ob jemand etwas anderes daran getan hat als normale Gewürze. Naja, du weißt schon. Hast du in der letzten Zeit einen von den Blicken registriert, die Amyu dir zuwirft?«

»Ja«, antwortete Elmaryn bestätigend. Auf dem Fest vor der Stadt war der militärische Berater des Königs zwar nicht anwesend, doch er hatte sicherlich seine Leute, die ihn beobachteten – und womöglich auch mehr taten.

»Den Wein habe ich mir immer angesehen, aber ich bin nicht so gut wie Shadar und ich wollte mein Misstrauen nicht zu offen zeigen.«

»Ich sollte ohnehin besser Wasser trinken«, bekannte der Barde.

»Morgen sind wir in Quo«, versicherte ihm Skjaldan. »Da können wir alle etwas entspannen.«

Ja, dort wären sie erst einmal sicher – vor allem Kira. Was ihn selbst anbelangte, war sich Elmaryn keineswegs schlüssig. Konnte er Kira nicht besser unterstützen, wenn er in Andoran blieb? Hier konnte er das Feuer weiter schüren und ihre Beliebtheit untermauern. Ehrlicherweise musste er zugeben, dass er auch den Ruhm genoss, der ihm, dem verstoßenen Sohn des Hauses Savraney, hier in seiner Heimat zuteilwurde. Die Menschen liebten seine Lieder! Hatten die Andoraner ihn bislang eher wenig beachtet, erhielt er inzwischen sogar Einladungen in die großen Häuser.

Skjaldan brach etwas Brot von einem Laib und angelte nach ein Stück Käse, das er Elmaryn reichte. »Das kannst du essen. Ich bin sicher, dass es in Ordnung ist.«

Elmaryn musterte seinen Freund. Seit seinem Ausschluss aus der Schule hatte Skjaldan Quo eher gemieden. Jetzt jedoch wirkte er beinahe beschwingt, bald aufbrechen zu können. Daher fiel es ihm nicht leicht, die Frage zu stellen, die ihm seit Längerem auf der Zunge lag. »Würdest du hier in Andor bleiben, Skjaldan, wenn Kira nach Quo aufbricht?«

»Wieso das?« Irritiert blickte der Magier den Barden an. »Wenn es darum geht, Informationen zu sammeln und herauszufinden, was der König plant, ist jeder andere besser geeignet als ich!«

»Ich könnte jemanden brauchen, der sich mein Essen ansieht.«

»Du willst hierbleiben? Jetzt, wo der König und seine engsten Berater wirklich so richtig schlecht auf dich zu sprechen sind?«

»Deswegen frage ich dich, ob du auch bleiben würdest. Du könntest mir wirklich helfen zu überleben.«

Skjaldan stöhnte auf. »Diese Idee ist denkbar dämlich, Elmaryn! Mit ein bisschen Pech hetzt uns der König Rugan Dary auf den Hals. Ich kenne den Mann und weiß, wie er arbeitet! Kira hingegen wird uns für verrückt erklären, uns ihre Garde anhängen oder die ganze Angelegenheit schlichtweg verbieten.« Rein formal gesehen konnte sie ihnen zwar gar nichts vorschreiben, aber Kira ging es nicht um Formalitäten.

»Uns ... « Elmaryn gelang es nicht, sein erfreutes Grinsen zu verbergen.

Skjaldan seufzte, nickte jedoch. »Bevor du hier alleine untergehst, bleibe ich. Kira wird ohnehin nicht lange in Quo sein, wir können also schon einmal vorfühlen, welcher der so von ihr begeisterten Handelsherren bereit ist, uns und dem Stein des Lichts eine Überfahrt nach Aidris zu ermöglichen.

# Rugan

*»Meine Beziehung zu unserem König basiert auf absoluter Loyalität.*
*Im Moment bin ich jedoch nicht sicher, ob ich ihm dies beweisen kann,*
*indem ich seinen Anweisungen folge.«*
*Rugan Dary, königliche Residenz in Andor, Andoran*

Während der gesamten Zeit von Kiras Aufenthalt in der
Residenz waren ihre Räume hervorragend gegen unerwünschte
Zuhörer abgeschirmt gewesen. Jetzt allerdings, zum Zeitpunkt
ihres Aufbruchs, hatte man das augenscheinlich vergessen.

Kiras Stimme drang deutlich in den Gang, der für die
unauffälligen Verrichtungen von Dienstboten hinter den Zimmern
angelegt war. »Was soll das heißen, ihr bleibt hier? Elmaryn, hat es
dir nicht gereicht, was vor meiner Rede hier passiert ist? Was,
wenn sie das nächste Mal Messer benutzen statt ihrer Fäuste?«

»Dafür bin ich dann ja dabei.«

*War das Skjaldans Stimme? Wollen die beiden bleiben, während Kira*
*nach Quo aufbricht? Um was zu tun?* Bei dem Barden war das klar:
Er würde Kira mit seinen Liedern beim Volk in lebhafter
Erinnerung halten. Rugan verzog gequält das Gesicht, als er sich
ausmalte, was der König zu seinem diesbezüglichen Bericht sagen
würde. *Amyu wird sich darum reißen, diese Angelegenheit erledigen zu*
*dürfen. Seit Kiras Rede befindet der sich in einer Stimmung, die dem*
*Begriff ›blinde Rache‹ eine neue Dimension verleiht – mit der Betonung*
*auf blind.*

Ihm fehlte jegliche Lust, sich mit den völlig überzogenen Plänen
des militärischen Beraters zu befassen und in mühsamen
Diskussionen den Sinn – oder Unsinn – seiner Absichten mit dem
Mann zu besprechen. Amyu wollte Kira vernichten und bis sich
dafür eine Gelegenheit ergab, ging es ihm darum, sie so
empfindlich wie möglich zu treffen. Dabei vergaß er in seiner Wut
vollkommen, dass eine Feindschaft mit der Mlyss d'Eartha für sein
Land fatal enden konnte. Kira hatte Andorans Herrscher
gegenüber den Schein gewahrt und war freundlich aufgetreten. Sie
hatte Dinge wie den Erdrutsch am Hof nicht einmal erwähnt,

obwohl sie wusste – und sogar hätte beweisen können – dass dieser aus keiner natürlichen Ursache heraus entstanden war und es durchaus Gelegenheiten gegeben hatte, das zu tun. Einer der beteiligten Magier hatte Rugan entsetzt berichtet, dass er in den letzten Sekunden, bevor der Hang zu rutschen begann, Kiras Kraft gespürt hatte. Sie hatte die Magie von Amyus Männern untersucht und ein zweites Bewusstsein war dabei in ihrem Geist gewesen.

Trotzdem hatte sie, wie erwartet, ihr Leben riskiert, um die Dorfbewohner zu retten. Nur, dass ihr dies auch tatsächlich gelang, damit hatte keiner gerechnet. Hätte sie darauf bestanden, ihre Erinnerung und die des zweiten Magiers von einer neutralen Person vor einem Gericht projizieren zu lassen, wäre das fatal gewesen.

Rugan konzentrierte sich wieder auf das Gespräch im Raum.

Kira war definitiv nicht glücklich über die Entscheidung des Barden, und auch Skjaldan hätte sie lieber in Quo in Sicherheit gewusst. Sie verweigerte jedoch ihre Zustimmung nicht, erteilte keine Anweisung, sprach kein Verbot aus, sondern diskutierte stattdessen mit dem Hauptmann ihrer Garde über einen Schutz für die beiden.

Kira führte auf vollkommen andere Weise, als Andorans König es tat. Sie ordnete nicht an und sprach keine Prohibitionen aus. Diejenigen, die sie begleiteten, blieben frei in ihrer Entscheidung. Soweit er wusste, verlangte sie keinen Eid auf Treue oder Gefolgschaft. Trotzdem begaben sich Personen, wie Shadar von Catron oder Leandar von Quo, für sie in Gefahr und waren sogar zu einer Zusammenarbeit bereit.

Ein Grinsen schlich sich auf Rugans Züge, als im Raum nebenan sein Name fiel, wenngleich in keinem angenehmen Zusammenhang. Er hoffte, dass man ihm nicht auftrug, genau das zu tun, was Kira dort gerade andeutete, fürchtete jedoch dasselbe wie sie.

Elmaryns Lieder hatten eine fatale Wirkung – für die Führungsriege Andorans. Das Volk im Norden hingegen liebte Kira Sanders bereits. Wenn diese Liebe auf den Rest des Landes überschwappte und das Haus Meren-Doret sich hinter sie stellte, war die Regierung in Gefahr. Der König hatte seine Frau nicht umsonst während Kiras Aufenthalt auf den Landsitz ihrer Familie geschickt. Immerhin hatten die Häuser Meren und Doret die Könige des Landes gestellt, bevor das Haus Nyandor durch den Handel mit Silber und Steinen so reich geworden war. Wenn es Kira tatsächlich gelang, das Kheralis-Massiv wieder zugänglich zu machen, würden diese ihre alten Rechte vielleicht wieder einfordern.

*Musik und Lieder verbreiten sich fast so schnell wie Gerüchte und Elmaryn von Savraney versteht seine Kunst, was das Singen betrifft. Wenn nur Skjaldan bei ihm bleibt, der Intrigen etwa so gut durchschaut wie ein Fisch den Erzabbau, kann ich selbst nicht viel mehr tun, als für eine möglichst schmerzfreie Abwicklung zu sorgen, sofern ich den Auftrag erhalte, den mir sogar die Mlyss bereits andichtet. Überlässt der König die Angelegenheit Amyu, wird das wohl anders ausgehen.*

Rugan entschloss sich, in diesem Fall nicht mit dem militärischen Berater zusammenzuarbeiten, sondern vorzuschlagen, die Aktivitäten Leandars von Quo zu überwachen, der, wie gerade klar wurde, ebenfalls in Andoran zu bleiben gedachte. Auf diese Weise würde es zwar für den Barden und Skjaldan unangenehmer, doch hätten beide zumindest eine Chance. Amyu ging selten subtil vor und Elmaryn war ein aufmerksamer Beobachter. Skjaldan hatte sich insgesamt als klug und erfinderisch erwiesen und konnte hervorragend improvisieren.

## Kael

*»Ein Schiff ist im Hafen am sichersten. Für Kira wäre es gut, hierbleiben zu können, doch genauso wie Schiffe nicht für den Hafen gebaut werden, nützt es uns nichts, länger zu warten als nötig.«*
*Kael von Quo, Quo, Indorain*

Am liebsten wäre Kira direkt nach ihrer Ankunft in Quo zur Halle des Lichts marschiert und hätte den Stein eingepackt um aufzubrechen. Insgeheim stimmte Kael ihr zu. Auch passte es ihm gar nicht, dass Skjaldan sich mit Elmaryn noch in Andoran aufhielt, obwohl der Sinn der Aktion auf der Hand lag. Hätte sich Leandar den beiden angeschlossen, wäre er beruhigter gewesen, doch dessen Pläne waren andere. Er hatte sich vorgenommen, mögliche Intrigen der Andoraner gegen Kira aufzudecken, eine Aufgabe, für die er hervorragend geeignet war. Somit bliebe nur noch Shadar, um auf Skjaldan und Elmaryn zu achten, doch der Ratsmagier war zurück nach Catron transportiert. Interessanterweise hatte er darüber beinahe unglücklich gewirkt, wenngleich der Gedanke, dass dieser Mann ohne Kiras Gesellschaft in Andoran willkommen sein könnte, illusorisch war. Dafür war die Zeit noch nicht reif.

»Wie lange, denkst du, wird es noch dauern, bis ich hinreichend Energie leiten kann?« Kiras Frage riss Kael aus seinen Gedanken.

»Nicht allzu lange«, antwortete er und bedachte sie mit einem, wie er hoffte, aufmunternden Lächeln. »Vielleicht ein – zwei Wochen. Wir können und sollten uns aber in der Zwischenzeit auch damit beschäftigen, wie wir den Stein des Lichts am besten transportieren.«

»Jetzt?«

Ihr Lehrer nickte bestätigend.

»Wie zerbrechlich sind Speichersteine? Vielleicht wäre ein Kistchen mit einer Polsterung gut? Er ist etwa so groß.« Sie umriss die Form des Steins mit ihren Händen.

Kael lachte leise auf. »Ich vermute die Schwierigkeiten weniger bei der Unterbringung als vielmehr beim Abschirmen der Energie. Aber ja, dieses Problem können wir in der Tat sofort angehen.«

## Kira

*»Bei dieser ganzen Angelegenheit hätte ich wirklich nicht gedacht, dass gerade der Transport der Steine das größte Problem werden könnte!«*
*Kira Sanders, Quo, Indorain*

»So wird es nicht funktionieren.« Kira sah auf, direkt in Kaels abwartendes Gesicht. »Wenn du nicht einmal in der Lage bist, durch diese Tür zu gehen, was geschieht, sobald ich den Stein dort herausbringe?«

»Wir werden es sehen. Wichtig ist, dass du die Energie sicher abschirmst. Bist du dazu in der Lage?«

Kira zuckte mit den Schultern. *Wie auch immer Vea das auf ihrer Flucht hinbekommen hat … War der Stein damals bereits aktiviert? Müßig, darüber nachzudenken.*

Inzwischen war er es und die Kraft, die er allein aus diesem Grund ausstrahlte, hielt Kael nun davon ab, ihr zu folgen. Wie würde es jemandem ergehen, der nicht über Möglichkeiten verfügte, sich selbst zu schützen? Aber ... konnte tatsächlich eine simple Tür ihren Lehrer vor Schlimmerem bewahren?

»Kael? Stell dir einen Speicherstein vor, etwa dreimal so groß wie der im Gewächshaus und nimm an, er sei aktiviert. Würde es reichen, die Tür zu dem Raum, in dem er aufbewahrt wird, geschlossen zu halten, um alles abzuschirmen? Könnte jeder gefahrlos das Haus betreten oder gäbe es Probleme?«

Kael zog scharf die Luft zwischen den Zähnen ein. »Allerdings gäbe das Probleme! Entschuldige, Kira, ich bin es noch nicht gewöhnt, diesen Stein lediglich als Energiespeicher zu sehen, aber du hast recht. Ein derart großer aktivierter Stein würde für eine Menge unterschiedlichster Schwierigkeiten sorgen. Einfach die Tür zu schließen wäre bei Weitem kein ausreichender Schutz.« Der Magier trat einen Schritt nach vorne und legte die Hand auf das Holz. »Wie sieht dieser Gang von innen aus?«

»Ich muss zugeben, ich habe bisher nicht darauf geachtet, weil ich meist schon in Kommunikation mit Laon dei Savren war, kaum dass ich durch die Tür getreten bin.«

»Das sollten wir heute vermeiden! Nutze deinen inneren Schild und zusätzlich einen, der die Energie von dir fernhält.«

Den Schutz zu rufen war nicht schwer. Komplizierter wurde es allerdings, den Einfluss des Steins abzuschirmen, nachdem sie eingetreten war. *Wenn ich das während unserer gesamten Reise tun muss, kommen wir nicht weit. Zumal mich niemand ablösen kann!* Ob Laon dei Savren ihre Anwesenheit wohl bemerkte? Und ... würde er es registrieren, wenn sie den Stein mitnahm? *Spätestens dann, wenn ich beide Steine zusammenbringe, wird er irgendetwas mitbekommen. Die Ethialla ist ohnehin über meine Pläne informiert, und falls die Mitglieder direkt mit Laon dei Savren in Kontakt stehen ...* Kira fröstelte. *Ich selbst habe Mala Vea in der Geisterwelt getroffen und brauchte dafür lediglich ihren Namen zu nennen. Inwiefern ist sich Kael der Tatsache bewusst, dass jeder magisch Begabte dies auch mit IHM tun könnte?* Für einen Moment packte sie eiskalte Verzweiflung. *Ich muss diesen Gedanken loslassen*, ermahnte sie sich, denn schließlich war sie aus vollkommen anderen Gründen hier.

Vorsichtig fuhr sie mit der Hand über die Innenseite der Tür. Was sie fühlte, war definitiv nicht das Holz. Ein glatter, metallisch schimmernder Belag überzog es, genauso wie Wände und Decke. Der Boden war mit einem Teppich belegt, doch als Kira sich nach unten beugte, um eine Ecke davon von der Wand zu lösen, bemerkte sie, dass sich das Metall auch über den Boden zog. *Also ist der gesamte Gang, der zu dem Raum führt, in dem der Stein des Lichts aufbewahrt wird, gänzlich mit dieser silbrigen Substanz ausgeschlagen.* Als der Korridor nach einen leichten Knick in eben jene Kammer mündete, kniff Kira die Augen zusammen, denn das Licht des Steins wurde von den silberüberzogenen Wänden vielfach zurückgeworfen, was die Kammer in eine blendende Helligkeit tauchte. Um den Stein berühren zu können, musste sie ihren Schild noch einmal verstärken. Bedächtig streckte sie beide Arme aus, legte ihre Hände darum und hob ihn leicht an. *Gut, das geht schon einmal. Wenn ich jetzt nicht mich abschirme, sondern den Stein ...*

Ein lautes Klopfen riss sie aus ihren Überlegungen. Rasch setzte sie den Stein wieder ab und lief zur Tür zurück. »Kael, was ist?«

»Ich wollte nur sichergehen, dass es dir gut geht.«

»Ja, das tut es. Tritt zur Seite, ich komme heraus.«

Ein wenig atemlos stand sie kurz darauf neben ihm. »Du lagst richtig mit deiner Vermutung, dass es einen zusätzlichen Schutz geben müsste. Sowohl die Innenseite dieser Tür als auch sämtliche Flächen dahinter sind mit einem silbrigen Material ausgekleidet, das wir näher untersuchen sollten. Ich gehe dort gleich noch einmal hinein. Aber diesmal nehme ich etwas mit, um ein wenig von dem Zeug abzukratzen und raus zu bringen.«

»Sei vorsichtig. Du weißt nicht, wie dick diese Schicht ist und ob es weitere Sicherheitsvorkehrungen gibt, falls diese beschädigt wird.«

»Du könntest mitkommen, wenn ich dich abschirme.«

Die Farbe wich sichtlich aus Kaels Zügen und er schnappte hörbar nach Luft.

» ... aber du musst nicht«, lenkte Kira unsicher ein.

»Doch, ich denke, ich muss«, erwiderte Kael nach einem tiefen Atemzug mit grimmiger Entschlossenheit. »Allein schon deshalb, weil ich gerade bei deinem Angebot eine unbändige Freude gespürt habe, diesen Stein einmal sehen zu dürfen – trotz allem, was ich mittlerweile darüber weiß. Unter Umständen ist genau das nötig um zu erkennen, dass es sich wirklich nur um einen Speicherstein handelt und nichts darüber hinaus.«

## Kael

*»Die Suche nach einer einfachen Lösung wird immer komplizierter.«*
*Kael von Quo, Quo, Indorain*

Die lebhaften Stimmen, die bis auf den Gang vor Mael Breccans kleiner Werkstatt zu hören waren, verstummten abrupt, als Kael den Raum betrat.

Kira, die knapp hinter ihm eintrat, verzog das Gesicht. »Scheint so, als ob es sich doch nicht bloß um Silber handeln würde.«

Breccan lachte leise auf, während Nolan gequält aufstöhnte.

Der Erzmagier sah aus, als habe Quos Schmied ihn aus tiefem Schlaf geholt. Der Blick, den er Kael nun zuwarf, wirkte resigniert und müde. »Ich hätte darauf bestehen sollen, dass du Quos Führung übernimmst, Kael. Seitdem ich das Amt von Leandar übernommen habe, jagt eine Katastrophe die nächste. Eure Metallprobe ist jetzt die Krönung.«

»Schlimmer als Laon dei Savrens mögliche Rückkehr?«, fragte Kira zaghaft.

»Nahe dran!« Nolan strich sich die Haare aus dem Gesicht. »Sag du es ihnen, Breccan. Du bist der Einzige, der wenigstens etwas Begeisterung dafür aufzubringen vermag.«

»Natürlich!« Der Schmied klopfte auf den Tisch. »Ich habe zunächst versucht, die Bestandteile mithilfe von Magie zu bestimmen, doch dieses Metall hat jeden Ansatz sofort blockiert. Dann habe ich einige Späne erhitzt, um zu sehen, wie es sich dabei verhält, und es hat seine Eigenschaften völlig verändert. Nach dem Erhitzen konnte ich es problemlos magisch untersuchen. Es handelt sich um eine simple Silber-Kupfer Mischung mit Silber als Hauptbestandteil. In einem weiteren Versuch habe dann darauf geachtet, wann die Fähigkeit erlischt, meine Magie zu blockieren. Es braucht dafür einiges an Wärme, doch irgendetwas verschwindet aus dieser Mischung, bevor das Ganze schmilzt. Also habe ich eine kalte Metallplatte über die Späne gehalten, um zu sehen, ob sich etwas darauf absetzt. Nichts. Leider. Ich bräuchte mehr Material oder ich müsste einen anderen Test machen. Möglicherweise ist das, was entweicht, Fließsilber, ein Metall, das bei normalen Temperaturen flüssig ist. Es ist selten, aber ich hatte schon einmal ein wenig davon hier.«

Kira pfiff überrascht. Sie ahnte, um was es sich handelte. »Kennt Ihr Euch damit aus, Mlyss?«

»Wenn es das ist, was ich annehme, ist es zudem ziemlich giftig und verdampft, wenn es warm wird.«

»Genau!« Breccan schlug erfreut die Hände zusammen.

»Wo ich herkomme, heißt diese Substanz Quecksilber.«

»Es gibt noch ein paar Möglichkeiten, Fließsilber nachzuweisen – der Saft aus Ampfer und fein gemahlenes Steingold – womöglich kennt Ihr das Verfahren?«

»Leider nicht, Mael Breccan. Meine Kenntnisse der Alchemie sind recht gering.«

»Schade!«, seufzte dieser. »Ich habe nämlich einen Verdacht, um was es sich handeln könnte.

»Ein wenig mehr von dieser Substanz könnte ich bestimmt noch abkratzen, ohne Gefahr zu laufen, das Ganze zu beschädigen.«

»Das wiederum hört sich gut an. Jene Eigenschaft, meine Magie abzuweisen und der Ort, an dem sie genau zu diesem Zweck eingesetzt wird, erinnert mich nämlich an etwas. Es ist mir durchaus bewusst, dass wir uns jetzt ins Reich der Legenden begeben, aber ich vermute, dass es sich bei der Mischung, aus der Eure Späne bestehen, um Arcugam handelt.«

Kael sog scharf die Luft ein. Er kannte Breccan als nüchtern denkenden Mann, der mit beiden Füßen fest im Leben stand. Jetzt allerdings leuchteten seine Augen mit der Leidenschaft eines Kindes. Arcugam? Konnte das sein?

Auch Nolan verzog gequält das Gesicht. »Wahrscheinlich könnt Ihr Euch nun vorstellen, weshalb ich es für schwierig halte, mehr davon zu besorgen.«

»Ich kenne dieses Material nicht«, gestand Kira. »Wenn wir jedoch wissen, was es ist … Können wir es womöglich herstellen lassen?«

»Genau dort liegt die Schwierigkeit, Mlyss.« Breccan rieb sich mit einer Hand über das Kinn.

Die Geste und der darauffolgende Blick erinnerten Kael an einen Schüler, der kurz davor stand, etwas auszuprobieren, was ziemlich dumm, aber womöglich spannend war.

»Die Bestandteile der Mischung sind überliefert, doch das Verfahren der Herstellung ging vor langer Zeit verloren. Genauso wie die exakten Mengenangaben. Alchemisten suchen danach und es heißt, man erlange den Zugriff auf höhere Sphären, wenn man diesen Stoff herzustellen vermag. Üblicherweise enden diese Alchemisten aber als früh gealterte Verrückte. Daher habe ich bisher angenommen, die wahre Feuerprobe bestünde darin, die Gier nach Ruhm zu überwinden und die Finger von solchen Versuchen zu lassen.« Der Schmied lächelte verhalten. »Jetzt, da ich diese Späne jedoch vor mir sehe, muss ich meine Ansicht möglicherweise revidieren.«

»Ihr habt keinen Zweifel daran, dass es sich wirklich um dieses Arcugam handelt?«

»Doch! Sogar viele!« Breccan lachte leise auf. »Trotzdem passt alles. Wir müssten Orte suchen, wo altes Wissen erhalten wurde«, sprach er enthusiastisch weiter. »Nur … bei diesem Thema Scharlatane zu entlarven, könnte schwierig werden.«

*Wenn der Stein des Lichts derart abgeschirmt wird, verhält es sich mit dem Gegenstück in Catron wahrscheinlich genauso*, überlegte Kael. *Laon dei Savren, der Erschaffer der Steine, muss sich darüber ebenfalls Gedanken gemacht haben. Womöglich haben Quos Gründer den Raum für den lichten Stein nach dem Vorbild in Catron gestaltet.*

Kira schien denselben Gedanken gehabt zu haben. »Catron! Shadar interessiert sich für Alchemie. Vielleicht weiß er etwas!«

»Er könnte womöglich in Erfahrung bringen, ob dort ältere Dokumente aufbewahrt werden als hier. Nolan, ist dir diese Angelegenheit in den Gründungschroniken schon einmal aufgefallen? Dokumente, die aus Veas Zeit stammen und etwas mit dem Bau dieser Schule zu tun haben?«

»Bisher nicht, aber ich kümmere mich darum. Leandar weiß vielleicht mehr, er besitzt eine längere Erfahrung als Erzmagier.«

»Die Ethialla!«, warf Kira vorsichtig ein.

»Wie bitte?« Nolan wie Breccan fuhren zu ihr herum.

»Die Ethialla d'Eartha«, wiederholte sie gefasst. »Als ich bei Abedin war, hat er mir Bücher aus Laon dei Savrens Zeit zum Lesen gegeben. Eine Chronik der Feldzüge in Andoran und auch etwas über die Gründung Catrons. Vielleicht besitzt er auch Aufzeichnungen zur Herstellung dieser Legierung. Immerhin ist Abedin ebenfalls Schmied.«

»Die wird man uns kaum zur Verfügung stellen.«

»Nicht freiwillig, aber Shadar sagte mir, Abedin sei in Catron in Gewahrsam. Die Bücher befanden sich in seinem Haus. Womöglich hat man die ebenfalls in die Schule gebracht.

»Das wäre großartig!« Breccan hieb mit der Faust auf den Tisch. »Könnt Ihr auf Catron einwirken, dass sie uns dieses Wissen zur Verfügung stellen? Fragt den Mann, ob es Rezepte oder Zutatenlisten in den Papieren gibt. Am besten etwas, in dem dieses Zeichen auftaucht.« Er nahm seine Schreibfeder und zeichnete ein Dreieck, auf dessen nach oben weisender Spitze eine gekrümmte Linie wie eine Schale balancierte. »Die meisten Alchemisten verwenden dieses Symbol für Arcugam, manche jedoch auch eine zweite Version.« Er zog eine gerade Linie durch die Schale bis zur Basis des Dreiecks, das dadurch in zwei gleichgroße Hälften geteilt wurde. »Alle Texte, die dieser Shadar dazu findet, sind in meiner Werkstatt willkommen und er selbst auch, sofern er sich mit der Materie auskennt.«

Nolan schnappte heftig nach Luft. »Du willst ihn nicht im Ernst einladen!«

»Gran Mael, wenn der Mann uns Dokumente aus Catron besorgt, ist er dort nicht mehr willkommen. Wir müssen ihm etwas dafür anbieten.«

»Dieser Mann ist Ratsmagier!«

»Dann wird er uns niemals helfen!«, seufzte der Schmied resigniert.

»Doch, das wird er«, widersprach Kira. »Ob ich ihn allerdings überreden kann, nach Quo zu kommen, ist fraglich. Sofern Gran Mael Nolan dies jedoch erlaubt, hielte ich es in der Tat für die beste Lösung, denn hier haben wir mit Sicherheit weniger Störung durch die Ethialla zu erwarten als in Catron, wohin ich Euch einladen würde, Mael Breccan, wenn sich hier keine Möglichkeit ergibt.«

»Nach Catron? Ich?« Jetzt wurde auch Breccan blass.

Kael zog sich einen der Stühle heran, nahm die Bücher, die sich darauf befanden herunter und setzte sich. »Ich würde vorschlagen, dass Kira Mael Shadar erst einmal kontaktiert, damit wir erfahren, was er weiß oder herausfinden kann. Danach beraten wir, ob es möglich ist, Arcugam herzustellen oder ob wir es tatsächlich von den Wänden des Raums gewinnen müssen.«

## Shadar

*»Langsam gewöhne ich mich daran, dass in Kiras Umfeld
außergewöhnliches geschieht.«*
Shadar von Catron, Catron, Aidris

»Du sagst nichts dazu, wie verrückt dir die Idee erscheint? Oder wie unwahrscheinlich es ist, dass dieser Stoff überhaupt existiert?« Kiras Verblüffung war sogar im Kontakt deutlich zu bemerken.

Shadar lachte leise auf. Was sie sich zu ihren Ideen hatte anhören müssen, konnte er sich lebhaft vorstellen.

»Ich bin außergewöhnliche Vermutungen von dir inzwischen gewohnt und eine erstaunliche Anzahl davon hat sich bereits als korrekt erwiesen. Zudem sagtest du, ein ganzer Raum sei mit Arcugam ausgeschlagen? Das heißt, die Tatsache, dass etwas mit diesen Eigenschaften existiert, ist bewiesen. Fragt sich nur, ob es sich wirklich um Arcugam handelt und ob wir in der Lage sind, die Herstellungsweise herauszufinden.«

»Du würdest kommen, um es dir anzusehen?«

»Man würde mich nach Quo in die Halle des Lichts lassen?«

Kira zögerte merklich, bevor sie antwortete. »Darüber diskutiere ich gerade mit Nolan und Kael. Zeigen kann ich dir das Metall aber auch in Catron. Ich möchte ohnehin wissen, ob der dunkle Stein genauso abgeschirmt wird wie der Lichte. Mael Breccan will auch eine Probe von dort untersuchen und du könntest ihm dabei helfen.«

»Mael Breccan ist also bereit, nach Catron zu kommen?«

»Nicht ganz. Ich habe den Gran Mael inzwischen dazu gebracht, dich in Lijandel im Gästehaus zu dulden. Ich arbeite noch daran, dass er sich bereiterklärt, das Labyrinth für dich aufzuheben, damit ihr Breccans Werkräume nutzen könnt. Er, Leandar und Kael sitzen gerade zusammen und diskutieren über mögliche Bedingungen. Ich glaube aber, dass sie es erlauben werden, sofern du dich bereit erklärst, nur beaufsichtigt in der Schule unterwegs zu sein. Zumindest war das der Stand der Dinge, nachdem ich gegangen bin, um dich zu kontaktieren.«

Shadar pfiff leise durch die Zähne. Entweder war Nolan als Erzmagier Quos bedeutend liberaler eingestellt als Leandar oder Kira lernte in großen Schritten, ihren Willen durchzusetzen. Nachdenklich rieb er sich über das Kinn. So gut die Ansätze waren, die Kira in Andoran gezeigt hatte, vermutete er eher ein Entgegenkommen des neuen Erzmagiers.

»Wer spricht außer dir dafür, mich dort zu empfangen?«

Erneut entstand eine Pause, bevor Kira antwortete: »Kael ist in diesem Punkt auf deiner Seite. Du hast ihn sehr damit beeindruckt, dass du Skjaldan aus Aidris zurückgeschickt hast.«

Shadar musste lächeln. »Und Skjaldan selbst? Wird man seinen Ausschluss aufheben und ist er inzwischen bei euch oder noch in Andoran?«

»Er wäre hier willkommen und Nolan hat Kael auch nach Skjaldans Meinung zu der Angelegenheit gefragt. Er kennt dich immerhin länger. Ob man ihn allerdings wieder aufnimmt, weiß ich nicht. Ich wollte mit Nolan darüber reden, aber Skjaldan hat es mir verboten.«

Shadar nickte langsam. Das passte zu dem Mann: Stur wie ein Kamel und bisweilen ebenso bissig, jedoch auch klug und sehr ausdauernd.

»Die beiden also. Glaubst du, ihre Stimmen haben genügend Gewicht?«

»Es sind nicht nur Kael und Skjaldan«, erwiderte Kira gedehnt. »Auch Leandar spricht für dich.«

»Leandar?« Überrascht stieß Shadar die Luft aus. Der ehemalige Erzmagier hatte ihn schon bei der Reise durch Andoran damit erstaunt, dass er ihm nicht mit offener Feindschaft begegnet war.

Dass er jedoch dafür sprach, einen Ratsmagier Catrons in Quo willkommen zu heißen, hätte er niemals für möglich gehalten.

»Leandar hat sich sehr verändert, seitdem er einen Angriff der Dunklen erlebt hat. Ich glaube, er will wirklich helfen.«

»Vertraust du ihm?«

»Ganz ehrlich? Nein, das heißt, ich bin mir nicht sicher. Aber ich denke, wir brauchen ihn – und ich weiß auch, dass sich das unglaublich egoistisch anhört.«

Shadar nickte. Wahrscheinlich war das tatsächlich der Fall. Trotzdem gefiel ihm diese Angelegenheit nicht. Folgte er Kiras Bitte und kam nach Quo, begab er sich in die Hand des neuen Erzmagiers. Stellte man ihm dort eine Falle, hatte er keine Chance. Skjaldan war nach Aidris gekommen. War es jetzt an ihm, Shadar, seinerseits zu vertrauen?

»Ich muss darüber nachdenken, Kira. Komm her und nimm deine Probe. Ich würde gerne mit dir gehen und mir das ansehen. Wenn du Breccan und Kael in den Raum mitnehmen konntest, sollte das auch für mich möglich sein. Was deine Anfrage über Abedins Schriften betrifft, werde ich nachsehen.«

Wie Levren reagieren mochte, wenn er ihn in dieser Angelegenheit kontaktierte? Immerhin hätte die Ethialla mit ihm dann einen Mann in Quo oder zumindest in Kiras Nähe. Das und die Möglichkeit, dem legendären Arcugam ein wenig näher zu kommen, waren als Anreiz hoffentlich ausreichend, um ihm Zugang zu entsprechenden Dokumenten zu ermöglichen, sofern diese existierten.

Shadar lehnte sich an die Wand und schloss die Augen. Arcugam. *Wer danach sucht, der wird es nicht finden. Erst wenn du bereit bist, wird es dir selbst den Weg zeigen.* Er hatte diese Worte bisher für die typischen Floskeln gehalten, mit denen die Scharlatane unter den Alchemisten ihr Unwissen kaschierten, doch gerade im Moment war er geneigt, tatsächlich daran zu glauben. Laon dei Savren selbst hatte Catron erbauen lassen, die Steine geschaffen und damit auch den Raum, in dem sich der dunkle Stein jetzt befand. Wenn dieser Raum genauso ausgestattet war wie sein Gegenstück in Quo, musste zumindest jemand in seinem Gefolge gewusst haben, wie man Arcugam herstellte. *Die Substanz selbst wird mir den Weg zeigen. Nur, bin ich bereit, ihn zu gehen, wenn er mich nach Quo führt?*

# Akif

*»Es wäre nicht das erste Mal, dass wir Kira in einer wichtigen
Angelegenheit unterschätzen. Diesmal allerdings hoffe ich es fast.
Arcugam – damit ließe sich vieles anfangen.«*
*Shaki Akif Sedell Ahnret, Hyderavar, Aidris*

»Was hältst du von dieser Entwicklung, Levren?«

Akif nahm sich, scheinbar unbeteiligt, einige Trauben, dabei war er alles andere als ruhig. Was Mael Shadar soeben berichtet hatte, klang beinahe zu fantastisch, um wahr zu sein. Trotzdem war er geneigt, dem Ratsmagier zu glauben. Arcugam – in einer Menge, dass man einen Raum damit auskleiden konnte. Sollte sich tatsächlich ein Herstellungsverfahren finden, war es vielleicht möglich, Rüstungen mit diesem Material zu beschichten und Magier hätten es nicht mehr so leicht, in einem Kampf den Vorteil zu behalten.

»Ich bin immer noch der Meinung, Nahen Shaki, wir sollten zugreifen, sobald Kira nach Catron kommt, um die Probe zu nehmen. Das ist morgen, wenn ich den Ratsmagier korrekt verstanden habe. Der Mann soll sie am besten gleich nach ihrer Ankunft festsetzen und herbringen. Die Nachfolgerin wäre dann in Sicherheit und wir müssten – das Arcugam betreffend – keine Informationen an Quo geben.«

Akif schnaubte überrascht. »Das heißt, innerhalb des Ordens existieren diesbezüglich tatsächlich Informationen?«

»Das wird Evron uns sagen können, sobald er hier ist«, wich Levren einer konkreten Antwort aus.

Betont langsam atmete Akif wieder aus. Die Nachricht war dem Großmarshall also so wichtig, dass er sie selbst überprüfen wollte. »Wird er Shadar befragen?«

»Auf keinen Fall.« Levrens Gesicht verzog sich in Abscheu. »Er möchte nicht, dass der Ratsmagier von seiner Rolle im Orden weiß. Er wird der Unterhaltung über mich folgen.«

Akif nickte bedächtig. *Also vertraut Evron Shadar nicht oder zumindest nicht weit genug.* Falls auch er darauf bestand, Kira in Aidris zu behalten, wäre dies das Ende, auch, was das Arcugam betraf.

»Du hältst es also nicht für sinnvoll, dass die Nachfolgerin den Stein des Lichtes nach Aidris holt, bevor wir sie in eines der sicheren Häuser bringen?«

»Das kann der Meister auch später selbst erledigen.«

»Er wird auf bedeutend mehr Widerstand stoßen. Quo ist gewarnt, sobald das Mädchen verschwindet.«

»Ich bezweifle, dass ihn dieser Widerstand lange aufhalten wird«, winkte Levren verächtlich ab.

Obwohl Akif Levrens letzte Aussage bezweifelte, hielt er sich mit weiteren Äußerungen zurück. *Brächte Kira den Stein des Lichts nach Aidris, gäbe es eine Hürde weniger, die Mael Laon nach seiner Übernahme zu meistern hätte … und Kira Sanders würde man diesen Stein freiwillig aushändigen. Wenn man keinen Krieg führen muss, tut man das auch nicht. Zudem wäre es mehr als schade, die Chance dieses Arcugam in die Finger zu bekommen, verstreichen zu lassen.*

## Shadar

*»Das Kapital in diesem Spiel ist der Verstand.*
*Ich hoffe, ich habe genügend davon, um am Ende zu gewinnen.«*
*Shadar von Catron, Hyderavar, Aidris*

Shadar atmete einmal tief durch. Dieses Gespräch, für das Akif ihn extra in sein Haus gebeten hatte, forderte seine gesamte Aufmerksamkeit, vor allem, um das zu erkennen, was zwischen den Zeilen oder gar nicht ausgesprochen wurde. Er konnte nur hoffen, dass niemand von ihm verlangte, Kira an die Ethialla auszuliefern, wenn sie später am Tag nach Catron kam.

Dass Levren mit jemandem in Kontakt stand, der das Gespräch über seine Augen und Ohren mitverfolgte, hatte Shadar vermutet, als ihm Fragen gestellt wurden, die er zuvor bereits beantwortet hatte. Als er jetzt in das überraschte Gesicht von Akifs Magier sah, hatte er darüber Gewissheit. Ungeachtet der Tatsache, dass Levren sich rasch wieder gefangen hatte, war Shadar sich sicher, dass es nicht an seinen Ausführungen zu Kiras Plan lag, dass dem Mann das Gesicht entgleist war. *Wer hört uns noch zu und was hat derjenige gesagt, das Levren solchermaßen irritiert?*

Als er kurz danach gebeten wurde, Akif und seinen Magier allein zu lassen, um auf deren Entscheidung zu warten, befolgte er die Bitte widerspruchslos. In dem ihm zugewiesenen Raum allerdings nahm Shadar auf einem der Kissen Platz, sammelte sich und erweiterte seine Aufmerksamkeit. Kiras kleiner Trick, zu erkennen, ob in der Umgebung Magie gewirkt wurde, ließ sich hier gut anwenden. Überrascht stellte er fest, dass das gesamte Zimmer vor seinem inneren Auge aufleuchtete. Jemand hatte den Raum geschützt, aber ein Kontakt nach außen war nicht zu erkennen. *Würde man einen Kontakt auf diese Weise überhaupt wahrnehmen? Geistige Gespräche nutzen die Verbindung eines Menschen zur astralen Ebene, meine Suche hingegen betrifft die physische Welt.* Magie auf der astralen Ebene zu verfolgen war nicht nur gefährlich, sondern womöglich auch hoffnungslos, denn die Ebene selbst war Magie. *Kira hat jedoch schon einmal einen Kontakt erkannt, als sie nach Personen suchte …*

Shadar veränderte seine Aufmerksamkeit und richtete sie von der Magie auf die Anwesenden im Raum. Zum Glück war dieses von Kira erdachte Spielchen noch nicht so bekannt, dass der Schutz des Raumes auch auf diese niedrige Energiemenge ausgelegt war. Kurz darauf hätte er sich trotzdem beinahe verraten, als er instinktiv versuchte, Genaueres zu erkennen. *Da sind drei Personen. Hat Akif einen Diener rufen lassen?* Gleichwohl blieb der Dritte, und als Shadar vorsichtig die Suche nach Magie und Anwesenden kombinierte, stellte er fest, dass zwei Personen im Raum mit der Kraft hantierten. Zwei Magier? *Ist derjenige, mit dem Levren in Kontakt stand, jetzt anwesend?* Anders war die Sache kaum zu erklären. Wenn Levren den Shaki schützte, war der zweite Mann für den Schutz des Raumes verantwortlich.

Shadar zog sich aus der Beobachtung zurück und konzentrierte sich erneut, diesmal auf die Kraft, die den Schutz aufrechterhielt. *Na also! Ich wusste, dass ich dir bereits begegnet bin.* Lächelnd zog er sich abermals zurück. Derselbe Mann war in Levrens Gedanken gewesen und hatte die Bemerkung über den zweiten Anker fallen lassen. Jetzt schien er hier zu sein. *Ich hoffe doch sehr, er ist noch anwesend, wenn man mich wieder hereinruft.* Doch Shadar wusste, dass diese Chance recht gering war. Wenn er also wissen wollte, wer da bei Levren und Akif saß, musste er versuchen, sich selbst einen Überblick zu verschaffen.

## Akif

*»In dieser Angelegenheit fallen interessante Tabus.*
*Etwas, das ich später vielleicht nutzen kann.«*
*Shaki Akif Sedell Ahnret, Hyderavar, Aidris*

»Ihr macht Euch keine Sorgen, dass diese Versuche, das Arcugam betreffend, in Quo stattfinden werden?«

Akif sah interessiert zu Evron, der lediglich nickte.

»Es schafft Vertrauen und Mael Shadar hat sich, was Quo betrifft, eine interessante Position erarbeitet. Wenn wir die ein wenig ausbauen, kann uns das nützen. Längerfristig wird selbstverständlich keiner der an diesen Versuchen beteiligten Magier überleben. Das gilt, sofern ich die Wünsche des Meisters korrekt interpretiere, ohnehin für alle Magier Quos. Ihre Experimente werden sie jedoch aufhalten. Und in Quo ist die Nachfolgerin so lange sicher, wie es mit der Vernichtung des Ankers vorangeht. Sie müssen weiterhin denken, dass ihnen das möglich ist.«

»Und dafür seid Ihr bereit, ein solches Wissen aus der Hand zu geben?«

Evron lachte leise auf. »Wenn eine Chance bestünde, dass sie es tatsächlich schafften, ganz sicher nicht. Der Meister selbst hat mir versichert, dass die Herstellung von Arcugam die Kraft eines Elementaristen erfordert. Diese Kunst hingegen wird in keiner der beiden Schulen gelehrt. Die Fähigkeit, die Elemente zu lenken, ging nach Mael Laons Zeit mehr und mehr verloren. Heute gilt sie als nahezu unmöglich. Kira Sanders wurde nicht in dieser Art der Magie ausgebildet und kann niemanden hinzuziehen? Sie wird daher rasch an ihre Grenzen stoßen und nach anderen Möglichkeiten suchen. Dann bietet der Hof Hilfe an und wir holen sie nach Aidris.«

»Die Nachfolgerin war in Nemokatar – und sie verfügt über intuitive Magie. Ich habe gehört, einem solchen Magier sei vieles möglich.« Akif beobachtete Evron aufmerksam. Der Großmarschall des Ordens wirkte nach außen hin völlig sicher, doch Akif hatte seine Zweifel, ob irgendjemand die Entwicklungen der letzten Zeit mit Ruhe betrachtete. An manchen Dingen musste auch dieser Mann zweifeln und Akif wollte wissen, welche das waren. Kiras magische Fähigkeiten freilich schienen es nicht zu sein.

Evron lachte leise auf. »Ja, das Mädchen verfügt über erstaunliche Kraft und einigen Einfallsreichtum. Sie ist erfinderisch und bereit, Risiken einzugehen. In der Magie fehlen ihr allerdings Jahre an Erfahrung. Was die Kunst betrifft, die Elemente zu lenken, bezweifle ich, dass die Nachfolgerin die Geduld aufbringt, diese lange genug zu beobachten, um sie wirklich zu verstehen. Das ist ein Studium von Jahren und selbst wenn wir ihr außerordentliche Fähigkeiten zusprechen, hat sie doch zu wenig Zeit, was auch für die anderen beteiligten Magier gilt. Sie können nicht ihre an Licht oder Dunkel gebundenen Kräfte nutzen, um zu den Elementen vorzudringen. Aus diesem Grund wird keiner von ihnen in der Lage sein zu helfen.«

Akif nickte verstehend. *Es ist schon verrückt, dass Magier benötigt werden, um ein magieabweisendes Metall herzustellen. Trotz alledem hätte ich dieses Arcugam gerne in einer Menge, dass ich damit einen kleinen Raum auskleiden könnte. Ich würde bedeutend ruhiger schlafen.*

Als Evron aufstand und Anstalten machte zu transportieren, erhob sich auch der Shaki.

## Skjaldan

*»Je öfter sie uns Steine in den Weg legen, umso geschickter lernen wir,*
*ihnen auszuweichen. Dumm nur, dass auch die Geschicklichkeit*
*unserer Gegner mit der Praxis wächst.«*
Skjaldan Briskfadar, Andor, Andoran

Schlaf war alles, was er jetzt wollte. Skjaldan seufzte und drehte sich auf die andere Seite. Heute nächtigten sie in einem Gasthaus am Rande der Stadt, das seinen Namen kaum verdiente. In den letzten Tagen war es ihnen gelungen, den Trupps auszuweichen, die Amyu ihnen schickte. Zumindest nahm er an, dass es Amyu und nicht Rugan war, der die Aufträge erteilte. *Rugan wäre effektiver. Ihn würden wir nicht bemerken, wenn er es darauf anlegt, und er hätte sich schon lange etwas Neues einfallen lassen, als immer wieder herauszufinden, wo Elmaryn spielt und dann seine Schläger hinzuschicken. Obwohl er inzwischen Magier einsetzt, die seine Männer unterstützen.* Eine magische Suche abgleiten zu lassen gelang Skjaldan jedoch inzwischen in jeder Situation.

»Ich habe etwas zu Essen von unten heraufgeholt.« Elmaryn stellte eine Schale auf das wackelnde Tischchen vor seinem Bett. Der daraus aufsteigende Geruch war nicht dazu angetan, ihm Appetit zu machen.

»Was ist da drin? «

»Der Wirt sagte Kartoffelsuppe mit Fleisch.«

Skjaldan begutachtete die Schale mit schräg gelegtem Kopf. Dann schnupperte er noch einmal. Der Geruch war ihm seltsam vertraut. Vorsichtig stippte er den Finger in die Brühe und leckte ihn ab. »Wir sollten den Gasthof wechseln!«

»So schlimm?«, fragte Elmaryn. »Der Mann hat noch Brot dazu gegeben. Ist das wenigstens genießbar?

»Nein«, bekundete der Magier, setzte sich auf und begann zu packen. »Die Suppe ist mit Loca versetzt. Ich dachte schon, dass der Geruch seltsam ist, aber da ich mir keineswegs vorstellen kann, dass es hier in Andoran üblich ist, Suppe damit zu würzen, ohne seine Gäste davon in Kenntnis zu setzen, hat jemand den Wirt dafür bezahlt. Fleisch und ein paar andere Würzkräutern überdecken den

Geschmack fast, aber der Geruch bleibt. Wenn man es bereits vermutet, schmeckt man es auch.« Er hielt Elmaryn die Schale hin und konzentrierte sich auf das Brot. Es wirkte normal, aber wenn der Mann sich zu Loca in der Suppe hatte hinreißen lassen, war möglicherweise etwas bedeutend Unauffälligeres ins Brot gemischt worden.

Mit geschlossenen Augen tastete Skjaldan nun auch die Umgebung magisch ab, fand allerdings nichts Ungewöhnliches. *Entweder der Angriff erfolgt später oder ich übersehe etwas.*

»Elmaryn, weshalb würdest du mir Loca in die Suppe mischen?« Der Barde runzelte die Stirn. »Um deine Magie auszuschalten oder um dich aus diesem Haus herauszuholen.«

»Was nützt es Amyu oder Rugan, uns hier heraus zu treiben?« Elmaryn hob die Schultern. »Es ist recht spät. Wenn wir uns jetzt noch eine andere Bleibe suchen wollten, müssten wir zum Hafen. Er könnte uns auf dem Weg dorthin überfallen lassen oder dort etwas vorbereitet haben. Außerdem ist am Hafen die Gardepräsenz recht hoch – und deren Berichte gehen an Amyu.«

»Du würdest also eher hierbleiben?«

Elmaryn schüttelte den Kopf. »Wir sollten von hier verschwinden, aber nicht in ein Gasthaus am Hafen. Kennst du jemanden in dieser Stadt, der uns etwas vermitteln könnte?«

Skjaldan stöhnte. »Hier? Außer Delsjen fällt mir gerade niemand ein, und der arbeitet für den Hof. Leandar ist derjenige mit Kontakten in Andoran.« *Moment, ist das nicht eine Möglichkeit?* »Was spricht dagegen, den ehemaligen Erzmagier zu kontaktieren und darum bitten, uns jemanden zu nennen, dem er vertraut?« Bei diesem Gedanken legte sich ein Grinsen auf seine Züge. »Möglicherweise muss dann ja keiner von uns beiden in dieser Nacht Wache halten.«

# Kira

*»Den anderen kennenzulernen und mit ihm zusammen zu arbeiten, ist ein hervorragendes Mittel gegen Vorurteile. Für beide Seiten!«*

Shadar erschien mit einem Schild, in den er einige Energie gelegt hatte. *Wenn er damit sein Vertrauen in Quo – insbesondere diese Angelegenheit betreffend – zum Ausdruck bringen will, ist das wahrlich kein guter Start. Aber immerhin ist er gekommen.* Er hatte sich sogar bereit erklärt, die Schule auch zu betreten, sofern sich Kael für seine Sicherheit verbürgte, wie er selbst es für Skjaldan in Aidris getan hatte.

Nicht allen in Quo war das recht. Nolan sah immer noch so aus, als würde er den Ratsmagier am liebsten gleich wieder zurücktransportieren. Letztendlich hatte Leandars Stimme in der rasch einberufenen Versammlung aus Nolans engsten Vertrauten den Ausschlag gegeben.

Der ehemalige Erzmagier war dafür extra nach Quo gekommen und hatte den entscheidenden Vorschlag gemacht: »Shadar könnte während seines Aufenthaltes in der Schule Kiras Grau als Farbe wählen. Somit träte er, formal gesehen, nicht als Ratsmagier Catrons, sondern als Gast der Mlyss d'Eartha auf.«

Damit konnte Kira problemlos leben, wenn es alle glücklich machte. Fest stand, sie brauchten Shadar, seine Erfahrung in der Alchemie und die Aufzeichnungen der Ethialla über das Arcugam, die Catron nur zur Verfügung gestellt hatte, solange Shadar diese Schriften beaufsichtigte und nicht aus der Hand gab. Trotzdem war sie sich nahezu sicher, dass sie die Einzige war, die sein Kommen wirklich guthieß – vielleicht abgesehen von Breccan, der seit dem Eintreffen des Ratsmagiers die Augen nicht mehr von der großen Tasche aus gewachstem Leinen genommen hatte, die Shadar trug.

»Willkommen in Lijandel«, begrüßte Kira Shadar lächelnd und reichte ihm beide Hände. Als dieser seinen Schild modifizierte, um seinerseits ihre Hände zu greifen, bemerkte sie überrascht, dass Kael einen neuen Schild um sie beide legte.

Der Ratsmagier lachte leise auf und beugte sich ein wenig vor. »Jetzt weißt du, weshalb ich Kael gebeten habe, für meine

Sicherheit zu sorgen, nicht dich.« Er schenkte ihr ein halbherziges Grinsen und wandte sich dann mit bedeutend ernsterem Gesicht an die anderen Anwesenden. »Ich bin auf Wunsch der Mlyss d'Eartha hierhergekommen, um bei einem alchemistischen Problem zu helfen. Alles, was wir bei den von der Ethialla sichergestellten Dokumenten zu diesem Thema finden konnten, habe ich dabei. Ich selbst habe in Catron einige Experimente mit einem Teil der von Kira dort genommenen Probe angestellt und teile Eure Einschätzung, Mael Breccan. Ich hoffe, dass uns das hier«, er klopfte leicht auf seine Tasche, »hilft, das Problem zu lösen.«

»Wenn nicht, müssten wir versuchen, aus dem Belag der Wände im Raum des Steins ein Kästchen herzustellen – was wahrscheinlich schwierig wird, da dieses Material nicht erhitzt werden darf.«

Kira warf Nolan einen raschen Seitenblick zu, der sein Unbehagen inzwischen jedoch gekonnt versteckte.

Jetzt sah er auf und richtete seinen Blick auf Shadar. »Zu exakt diesem Zweck erlaube ich Euch den Zutritt zur Schule, Mael Shadar.« Die Stimme des Erzmagiers klang kühl, jedoch nicht so offen feindselig wie noch am Morgen. »Ihr dürft Euch in Mael Breccans Arbeitsräumen sowie in seinen oder Mael Kaels privaten Räumen aufhalten, sofern Ihr dorthin eingeladen werdet. Ich möchte informiert werden, wenn Ihr Quo verlasst oder betretet. Eure eigenen Räume befinden sich hier im Gästehaus. Ich werde jemanden stellen, der sie in Eurer Abwesenheit bewacht, Mael.«

»Das ist sehr freundlich«, gab Shadar höflich zurück und wirkte dabei nicht einmal ironisch, obwohl auch ihm aufgefallen sein musste, wie sehr Nolan daran gelegen war, ihn zu kontrollieren. »Das Material können wir gewiss hier sichten und müssen die Schule dafür nicht betreten. Für spätere Experimente jedoch wäre der Zugang zu einem gut eingerichteten Labor definitiv von Vorteil.«

Breccan blickte entschlossen in die Runde: »Wann werden wir damit beginnen?«

»Sofort, wenn Ihr das wünscht, Mael, sofern der Grand Mael damit einverstanden ist.« Shadar sah den Erzmagier mit leicht geneigtem Kopf an, der mit einer knappen Bewegung ein Nicken andeutete.

»Ich verlasse mich dann auf Euch, Mael Kael. Gebt am Tor Bescheid, falls Ihr die Schule betreten möchtet. Ich werde Euch einlassen.«

Überrascht sah Kira auf. Sie hatte es bisher nur sehr selten erlebt, dass Nolan Kael mit vollem Titel ansprach. *Natürlich hält er die Situation sehr förmlich! Er hat einem Ratsmagier den Zugang nach Quo gestattet, den ich eingeladen habe.* Nach einem tiefen Atemzug schenkte sie dem Erzmagier das freundlichste Lächeln, das sie in ihrer Anspannung zuwege brachte, und legte all ihre Erleichterung darüber hinein: »Herzlichen Dank, Gran Mael.«

## Shadar

*»Da, wo wir neben Routine und Können Inspiration oder Intuition benötigen, liegen Kiras Stärken.«*
*Shadar von Catron, Quo, Indorain*

Mael Breccan schob eines der Pergamente in Shadars Richtung und stöhnte leise auf. »Das Kupfer-Silbergemisch herzustellen ist leicht. Ich frage mich nur, welche Mittel den Magiern damals zur Verfügung standen, um dann die weiteren Schritte auszuführen. Gibt es in Aidris oder Catron Apparaturen, die in der Lage sind, gleichzeitig die Luft zu kühlen, das Metall jedoch zu erhitzen?«

Shadar war diese Passage ebenfalls aufgefallen und allmählich begann er zu begreifen, weshalb die Ethialla Kiras Wunsch so bereitwillig stattgegeben hatte. »Ich habe die Beschreibung so verstanden, dass dafür Magie verwendet wurde.« Er zog den Bogen zu sich heran. »Spätestens hier: Nun schließe das Metall in eine Sphäre ein und erhitze es sodann, bis es sich verflüssigt und bereit ist, das Fließsilber aufzunehmen. Luft erweist sich hierbei als hinderlich, also achte gut darauf, sie außerhalb der Sphäre zu halten.«

Breccan seufzte leise und nickte. »Wahrscheinlich habt Ihr recht. Ich hatte so etwas beinahe befürchtet. Das macht es nahezu unmöglich.«

»Weshalb?« Kira sah überrascht auf. »Wenn man nun einen Schild undurchlässig für Luft macht, ihn eng um das Metall zieht und das Ganze danach über einem Schmiedefeuer platziert? Man wird den Schild vergrößern müssen, wenn sich das Metall beim Erwärmen ausdehnt, aber auch das hinterher beschriebene Mischen könnte funktionieren, indem man den Schild verformt.«

Sie hob die Hand und ließ einen faustgroßen Schild über dem Tisch entstehen. Für einen Moment stand er als perfekte Kugel in der Luft, dann begann er sich zu falten, bildete Beulen und verformte sich in alle Richtungen. »Wenn sich darin das Metall befindet, müsste man es auf diese Weise mischen können, ohne dass Luft herankommt.« Sie ließ den Schild verschwinden und reichte Shadar einen anderen Bogen. »Das hier macht mir bedeutend mehr Sorgen. Hier steht, dass das Metall völlig gleichmäßig erhitzt werden soll. Wie bekommt man das mit einem Feuer hin?«

»Gar nicht.«

Ein leiser Fluch Breccans bestätigte, dass der Schmied denselben Gedanken gehabt haben musste.

»Ich fürchte, dieses Verfahren setzt die Beherrschung der Elemente voraus, Kira. Etwas, was zu Laon dei Savrens Zeit noch gelehrt wurde, jedoch nach der Erschaffung der Stian-Kar in Vergessenheit geriet.«

»Was genau bezeichnet man in dieser Welt als Element?«

»Was?« Der überraschte Ausruf ließ Shadar schmunzeln. Breccan hatte eindeutig noch keine Erfahrung mit Kiras seltsam löcherigem Wissen, sobald ihre Kenntnisse aus ihrer eigenen Welt stammten.

»Nach den üblichen alchemistischen Lehren gibt es fünf Elemente, von denen sich jeweils zwei als Gegensätze gegenüberstehen: Feuer zu Wasser, Erde zu Luft und das Leben, als fünftes Element, verbindet alle anderen miteinander.«

»Leben?«, wiederholte Kira ungläubig. »Sag mir jetzt bitte nicht, dass ein Magier, der alle Elemente beherrscht, Leben schaffen oder beeinflussen kann!« Ihr Blick wanderte von Shadar über Breccan zu Kael.

»Was glaubst du, wie es deinem Vorgänger gelingen konnte, sein Leben mit den Stian-Kar zu verknüpfen, um vierhundert Jahre zu überdauern?«

»Das ist absolut grauenvoll!« Kira schüttelte sich.

»Es beruhigt mich, dass das deine erste Assoziation ist, was diese Kräfte betrifft«, mischte sich an dieser Stelle auch Kael ein. »Allerdings gab es laut mancher Aufzeichnungen auch durchaus vertretbare Anwendungen. Wer in der Lage war, die Kraft des Lebens zu verstehen, galt als erleuchtet. Ein solcher Magier konnte sich mit jedem Element verbinden und zum Beispiel Wasser reinigen, die Erde reicher machen oder Kranke heilen.«

»Oh ja!«, bestätigte Shadar. »Es gibt einige Überlieferungen, die solche Magier betreffen, doch nicht jeder erreichte diesen Status. Die meisten begannen nach der magischen Ausbildung ihr Studium der Elemente mit dem Wasser. Dann folgen Erde oder Feuer, am Ende Luft. Wie viele Jahre jemand studieren musste, um eines der Elemente zu meistern, variierte. Konnte man mit diesen Vieren umgehen, war es möglich, sie zu kombinieren. An das fünfte Element haben sich die wenigsten Magier gewagt.«

»Von euch ist keiner dazu in der Lage, diese Form der Magie anzuwenden? Ihr kennt auch niemanden, der es könnte?« Kira zog die Unterlippe zwischen die Zähne und seufzte, als alle Anwesenden die Köpfe schüttelten. »Mist! Dann werden wir improvisieren müssen!«

»Improvisieren?« Breccans Augen weiteten sich in Entsetzen. »Bei allem Respekt, Mlyss, um ein Element manipulieren zu können, muss man es sehr genau kennen. Man muss seine Struktur verstehen – bis ins Innerste. Um Metall zu erhitzen, müsstet Ihr Feuer mit Erde kombinieren. Zudem benötigt Ihr möglicherweise auch Kenntnisse über Wasser und Luft.«

»Struktur!«, murmelte Kira. Ihr Blick richtete sich nach innen, wie sie es immer tat, wenn sie intensiv nachdachte. Dann nickte sie.

»Ihr habt mich gerade auf eine Idee gebracht, Mael Breccan, obwohl ich mit improvisieren eigentlich meinte, ein Kästchen aus der Wandverkleidung im Raum des Steins zu fertigen. Über die Struktur könnte es gelingen. Insbesondere die des Wassers kenne ich die ziemlich gut. Shadar, erinnerst du dich an die Energie, die ich genutzt habe, um die Schlammlawine in dem Dorf in Andoran aufzuhalten?«

»Du sagtest, du hättest die Energie aus der Bewegung genutzt, nicht die der Erde selbst.«

»Genau. Alles hat solche Energie. Auch Wasser oder Metall.«

»Metall bewegt sich nicht«, widersprach Beccan resolut.

»Doch, nur nicht so, dass wir es sehen! Es gibt sowohl im Wasser als auch im Metall Teilchen – und die können sich bewegen. Schnell, wenn es warm ist oder langsam, wenn es kalt ist. Sofern ich es hinbekomme, diese Teilchen in Bewegung zu bringen, muss ich gar nicht so viel über den Rest wissen. Das hoffe ich zumindest.«

»Wie genau willst du das ausprobieren?« Kael stellte diese Frage sehr ruhig, doch Shadar war klar, dass diese Ruhe Fassade war. Experimente mit Elementarmagie galten als äußerst gefährlich und es gab in der Geschichte mehr als ein Beispiel für deren spektakuläres Scheitern.

»Ich dachte daran, Wasser in eine Schale zu füllen und zu versuchen, die Bewegungsenergie von den Teilchen abzuziehen. Das Wasser sollte dann eigentlich gefrieren. Wenn das klappt, könnte ich probieren, es auf die gleiche Weise zu erhitzen. Dann testen wir das an Metall.«

»Und du bist dir sicher, was diese Teilchen betrifft?«

»Dass sie existieren? Ja! Wie sie im Einzelnen aussehen, weiß ich nicht, aber ich denke, das bekomme ich hin. Bei Wasser habe ich eine sehr genaue Vorstellung, was die Struktur betrifft.«

»Eine Vorstellung? Dir ist klar, dass jede Ungenauigkeit in deinem Wissen Kraft kostet? Sind diese Abweichungen zu groß und du bist nicht in der Lage, dein Experiment zu stoppen, bringt es dich womöglich um.« Kael legte die Hände zusammen und fixierte Kira mit seinem Blick. »Ist es das wert?«

»Ich weiß, was du meinst, Kael.« Kira erwiderte den Blick ihres Lehrers. »Das mit dem Erdrutsch war knapp. Wenn ich jedoch mit sehr wenig Wasser beginne, ist das Risiko, dass es zu viel Energie kostet, recht klein.«

»Und was genau verstehst du unter ›wenig‹?«

»Wir könnten mit ein paar Tropfen beginnen.«

# Skjaldan

*»Bisher sind wir ganz gut klargekommen, aber ausgerechnet Rugan Dary hat*
*mir einmal gesagt, dass es erst richtig gefährlich wird,*
*sobald wir uns sicher fühlen.«*
Skjaldan Briskfadar, Gasthaus vor Andor, Andoran

Mit einem wohligen Seufzen verschloss Elmaryn die Stalltür und streckte den Rücken, die Arme hoch über den Kopf haltend. »Heute war ein guter Tag! Das Bett haben wir uns verdient! Die Einladung, in einer Woche auf einem Fest der Veranyel zu spielen, sollten wir annehmen. Es brächte uns in den Süden, und auch da ein wenig bekannter zu werden, schadet gewiss nicht.«

»Wann müssten wir aufbrechen, um rechtzeitig dort zu sein?«, erkundigte sich Skjaldan mit einem halbherzigen Grinsen.

»Von mir aus können wir gleich morgen los. Die Riemen am Sattelzeug sollten inzwischen erneuert sein.«

Vor zwei Tagen hatte jemand die Gurtriemen an ihren Sätteln angeschnitten, nachdem sie die Tiere an einem der Stadttore untergestellt hatten. Elmaryn hatte den feinen Schnitt unter dem Leder jedoch bemerkt und Skjaldan vorgewarnt. Die Riemen ließen sich provisorisch überbrücken, doch es war eindeutig, dass dies ein erneuter Versuch gewesen war, ihnen zu schaden. Der letzte Kontakt, den Leandar ihnen in Andoran vermittelt hatte, war ein Wirtshaus etwas außerhalb der Stadt. Es war hervorragend geeignet, um nachts seine Ruhe zu haben und Skjaldan fiel es leicht zu erkennen, ob ihnen wieder ein Trupp von Amyus Leuten auflauerte. Während kleinere Gruppen an den belebteren Stellen der Stadt nicht auffielen, war es hier draußen einfach, Ärger rechtzeitig aus dem Weg zu gehen. Trotzdem hielten sie sich seiner Meinung nach bereits zu lange in dieser Herberge auf.

»Das Einzige, was mir Sorgen macht, ist der Weg.« Elmaryn gähnte herzhaft und schloss die Tür zu ihrem Zimmer auf. »Wenn Amyu oder Rugan auf die Idee kommen, eine Räuberbande zu organisieren, die uns unterwegs überfällt, haben wir ein Problem.«

Schwungvoll warf er die Satteltaschen auf sein Bett. Eine feine Staubwolke wirbelte auf, trieb auf den Barden zu. Dieser stutzte, hustete und krächzte noch: »Skjaldan, das ist nicht normal!«, ehe er wie eine verlöschende Kerzenflamme zusammensackte.

»Was bei allen Welten ...«, fluchte Skjaldan, nachdem er den bewusstlosen Barden in einer leeren Box des Stalles abgelegt hatte. Geistesgegenwärtig hatte er, als dieser zusammengebrochen war, einen Schild um sie beide gelegt, sich Elmaryn über die Schulter geworfen und in Ermanglung einer Alternative hierher verfrachtet. *Vielleicht wäre es sinnvoll, auch unsere Taschen hierher zu bringen,* überlegte er noch, als ihn ein leichter Schwindel erfasste. »Und ich sollte mich definitiv beeilen ...«, brummte er vor sich hin, ehe er sich auf den Rückweg machte.

Der Raum drehte sich um ihn und er musste sich mit beiden Händen abstützen, um nicht umzukippen. Nur mit äußerster Kraftanstrengung gelang es ihm, ihre Satteltaschen aufzunehmen und den Weg zu den Pferdeverschlägen ein weiteres Mal zu bewältigen.

Als er die Stalltür hinter sich zugezogen und die Box erreicht hatte, lehnte er sich erleichtert an deren Rückwand. Dann kratzte er seine letzte verbliebene Konzentration zusammen, um sich sowie den Barden gegen magische Kontakte oder eine Suche abzuschirmen und Silvén zu kontaktieren.

## Kira

*»Mitunter kommt es mir so vor, dass mein gesamtes Wissen eigentlich bloß der Versuch ist, meine Unwissenheit so gut wie möglich zu interpretieren.«*
*Kira Sanders, Quo, Indorain*

Hochkonzentriert, mit geschlossenen Augen, saß Kira in Breccans Labor. Das Ganze war komplizierter, als sie gedacht hatte. Ihre Vorstellung der Struktur von Wasser war, in der Praxis betrachtet, mehr als rudimentär, aber immerhin half dieses Wissen, sich an die tatsächlichen Zustände heranzutasten. Als sie endlich an dem Punkt angekommen war, sagen zu können, ein Versuch sei zu verantworten, und langsam die Augen wieder öffnete, bemerkte sie überrascht die extrem veränderten Lichtverhältnisse. Die Zeit war ihr vollkommen entglitten.

»Ich glaube, jetzt kann ich es probieren«, informierte sie die anderen.

»Sei vorsichtig«, mahnte Kael.

»Vielleicht wäre es besser, wenn einer von uns deine Energie überwacht«, verlieh auch Shadar seiner Besorgnis Ausdruck.

Kira überlegte kurz und nickte dann. Sie war es inzwischen gewohnt, mit einer zweiten Person in ihrem Bewusstsein zu arbeiten. Sowohl Kael als auch Shadar hatten sie bereits auf diese Weise unterstützt, meist in beobachtender Funktion. »Wer möchte?«

»Am besten Ihr, Mael Shadar«, schlug Kael vor. »Ich kümmere mich um Eure Sicherheit.«

Nach einem kurzen Zögern nickte dieser. Wenig später spürte Kira ihn in ihren Gedanken. »Ich bin mehr als nur neugierig, was es mit deinen Teilchen auf sich hat, das ist dir bewusst?«

»Edvik bringt mich wahrscheinlich um, wenn ich ihm gestehe, dass ich Kenntnisse der modernen Physik an jemanden aus dieser Welt vermittele und auch noch mit Magie vermische, aber es ist der einzige Weg, den ich im Moment sehe.«

»Es ist auf jeden Fall hochinteressant! Wann beginnst du?«

»Jetzt!« Kira rief sich das Bild des Wassers vor Augen, wie sie es gesehen hatte, und tauchte mit ihrem Geist in die Struktur ein. Diesmal fand sie die Energie, die sich suchte, bereits leichter, und fokussierte ihre Konzentration darauf: weniger Bewegung, Ruhe, Erstarrung. Sie fühlte, wie die Energie das Wasser verließ und zu ihr strömte, was sie als beinahe erfrischend und belebend empfand. Wie viel konnte sie nehmen? Ohne die Konzentration zu unterbrechen, öffnete sie vorsichtig die Augen und blickte in die kleine Schale. Ihr Boden, den nur eine winzige Menge Flüssigkeit bedeckt hatte, war war jetzt mit einer dünnen Eisschicht überzogen und ein Hauch von Raureif zeigte sich auf ihren Wänden. Sie brach die Konzentration ab und Shadar zog sich aus ihrem Geist zurück.

»Faszinierend!« Vorsichtig berührte Breccan das Eis und rieb dann nervös die Hände aneinander. »Die alten Geschichten von Magiern, die Flüsse umleiten oder Gänge in massivem Stein schaffen konnten, erscheinen mit einem Mal nicht mehr halb so unglaubwürdig.«

»Ich fürchte, davon sind wir noch weit entfernt«, seufzte Kira. »In der Tat frage ich mich, was ich mit der Energie anfange, falls ich eine größere Wassermenge gefrieren möchte.«

»Das ist eine berechtigte Frage. Zu viel Kraft selbst zu verwalten kann gefährlich sein.« Ohne weiter auf dieses Thema einzugehen, fuhr er fort: »Du bist also in der Lage, Energie zu nehmen. Ist es dir auch möglich, sie in das Wasser hineinzugeben?«

»Das gedachte ich, als Nächstes herauszufinden. Ich vermute, dass ich etwa dieselbe Energiemenge benötige, die ich eben genommen habe, um das Eis wieder zu schmelzen. Zumindest würde das dem Energieerhaltungssatz entsprechen, aber ob der auch für Magie gilt, weiß ich nicht.«

Es war ein wenig mehr, doch nach einigen Versuchen in beide Richtungen gelang es Kira relativ zuverlässig, Wasser in den gewünschten Aggregatzustand zu versetzen.

## Shadar

*»Jemanden für unwissend zu halten wird genau dann gefährlich, wenn derjenige über genügend Kreativität verfügt, um andere Wege zu finden.«*
*Shadar von Catron, Quo, Indorain*

»Ihr meint, es könnte ihr gelingen?« Levren brachte seinen Unglauben deutlich zum Ausdruck. »Ich dachte, sie hätte keinerlei Kenntnisse über die Elemente!«

*Womit sich die Theorie bestätigt, die Ethialla habe gar nicht vorgehabt, Kira tatsächlich zu helfen.* Ein Lächeln huschte über Shadars Gesicht. Bei all ihren Fehlern – Kira zu unterschätzen war immer gefährlich. »Das ist auch so.« Er gab sich Mühe, in diesem Kontakt vollkommen neutral zu bleiben. »Sie hat mich sogar gefragt, welche Elemente es überhaupt gibt. Trotzdem ist es ihr gelungen, im Verlauf eines Tages Wasser sowohl zu gefrieren als auch zu erhitzen.«

»Wie kann das sein? Dazu ist ein umfassendes Verständnis der Struktur, des Aufbaus, des Verhaltens und der Art des Elements erforderlich.«

»Soweit ich das beurteilen kann, ist von einem ›vollkommenen Verständnis der Eigenschaften‹ nicht die Rede. Kira scheint indessen aus ihrer eigenen Welt Kenntnisse über die Strukturen bestimmter Elemente zu besitzen und sie traut sich zu, das, was sie mit dem Wasser getan hat, auch mit Metallen zu erreichen. Über genügend Kraft verfügt sie voraussichtlich und Quos Magier können ihr helfen, die nötigen Sphären zu halten.«

»Wer in Quo hat Kenntnisse über dieses Verfahren? Wer ist an den Versuchen beteiligt und kennt die Papiere?«

»Vornehmlich Mael Breccan. Er ist der dortige Schmied und besitzt solide alchemistische Kenntnisse. Des Weiteren nimmt Mael Kael an allen unseren Experimenten teil, ebenso wie meine Wenigkeit. An welchem Projekt wir hier arbeiten wissen zudem Leandar von Quo sowie der neue Erzmagier. Bisher haben beide den Versuchen nicht beigewohnt, das wird sich jedoch ändern, wenn wir tatsächlich Erfolge erzielen.«

»Haltet den Kreis der Beteiligten so klein wie möglich. Was ist mit Skjaldan Briskfadar?«

»Er befindet sich noch in Andoran und trifft unter anderem Arrangements für unsere Überfahrt nach Aidris. Er wird wahrscheinlich davon wissen, da Kira ihn regelmäßig kontaktiert.«

»Er darf auf keinen Fall darüber berichten! Könnt Ihr das sicherstellen?«

»Nein. Ich bin mir allerdings sicher, dass er die Situation entsprechend einschätzt und den Mund hält.«

»Findet heraus, ob Eure Einschätzung der Realität entspricht oder nicht.«

Shadar seufzte. »Melen Levren, Ihr solltet in dieser Angelegenheit nichts überstürzen.«

»Wir müssen sicherstellen, dass die Existenz des Arcugams sowie das Herstellungsverfahren dieser Substanz geheim bleiben!«

»Genau deshalb solltet Ihr diese Angelegenheit äußerst diskret behandeln. Sofern auch nur im Geringsten der Verdacht besteht, dass Personen, die mit dieser Angelegenheit zu tun hatten, etwas zustößt, wird Kira, genauso wie sie es in Andoran bereits getan hat, in die Offensive gehen und Tatsachen schaffen, damit ihren Freunden nichts geschieht. Ich halte es für sinnvoller, ihr die

Brisanz der Lage zu verdeutlichen, damit sie selbst es ist, die ihre Freunde und Quos Magier um Stillschweigen bittet. Was ich im Übrigen bereits getan habe.«

»Schön. Es scheint, dass Personen, die Kira Sanders am Herzen liegen, mit allen Mitteln von ihr beschützt werden. Ihr seid sicher, dass sie das Wissen um die Herstellung von Arcugam öffentlich machen würde, um das zu gewährleisten?«

»Ja, das würde sie!«

Eine Zeitlang hörte Shadar nichts, obwohl Levren den Kontakt nicht beendet hatte. Dann sprach der Magier erneut, diesmal hingegen mit vollständig abgeschirmten Gefühlen. »Nun, Mael Shadar, verstehe ich, weshalb Ihr Euch für unsere Seite entschieden habt.«

## Kira

*»Wie soll ich mich ›auf die Sache‹ konzentrieren,*
*wenn ich mir die ganze Zeit Sorgen mache?«*
*Kira Sanders, Quo, Indorain*

»Mist!« Es klirrte, als unzählige kleine Metalltröpfchen von Kaels Schild abprallten und erkaltend zu Boden fielen. »Es ist ganz schön schwierig, das Zeug in dieser Menge gleichmäßig zu erhitzen!« *Und wenn mir, wie gerade, die Konzentration auch nur für einen Augenblick entgleitet, weil ich ständig daran denken muss, dass ich Skjaldan seit gestern nicht erreichen kann, ist das auch nicht gerade hilfreich.*

»Wir haben das Lenken von größeren Energieströmen geübt. Dies hier ist eine bessere Vertiefung, als ich selbst sie mir jemals hätte ausdenken können. Die Konzentration trotz Ablenkungen zu halten ist essenziell.« Kael verzog den Mund zu etwas, das ein Lächeln hätte werden sollen, einer verzweifelten Grimasse jedoch deutlich ähnlicher sah. Auch er hatte mehrfach vergeblich versucht, Skjaldan zu kontaktieren. Elmaryn war ebenfalls nicht zu erreichen gewesen und das beunruhigte Kael genauso wie sie. Trotzdem drückte er Kira jetzt den Besen in die Hand.

In diesem Moment öffnete sich die Tür und hinter Breccan betrat der Erzmagier den Raum. »Die Experimente schreiten fort?«, erkundigte er sich.

»Mal besser, mal schlechter«, bekannte Kira, »aber ich bin zuversichtlich, dass ich es schaffe.«

»Glaubt Ihr, dass es Euch gelingt, tatsächlich Arcugam herzustellen?«

*Solange sich das Ganze mit dem Quecksilber nicht erneut vollständig anders verhält als das Silber- Kupfergemisch … und wenn ich endlich Sicherheit habe, was Skjaldan betrifft … vielleicht …* »Ich hoffe es sehr, Gran Mael.«

Nolan lächelte, doch Kira war unsicher, ob er tatsächlich so glücklich darüber war, wie es den Anschein erweckte.

»Mir ist bewusst, Mlyss, wofür Ihr dieses Material benötigt. Dennoch rate ich Euch, im Falle eines Erfolges sehr vorsichtig mit dem Wissen bezüglich der Herstellung umzugehen. In den falschen Händen sind diese Kenntnisse fatal.«

Beinahe hätte Kira laut gelacht. *Wir haben die Anleitung zur Herstellung von der Ethialla d'Eartha erhalten. Wessen Hände könnten noch weniger gut geeignet sein?* Doch sie riss sich zusammen. Shadar hatte sie bereits darauf angesprochen und ihr klargemacht, dass mit der Fähigkeit zur Herstellung von Arcugam eine große Macht in ihren Händen lag, die es weise zu nutzen galt, denn womöglich gab es tatsächlich Schlimmeres als die Ethialla. »Zurzeit ist es sicherlich besser, über diese Angelegenheit zu schweigen. Darum habe ich Skjaldan und Elmaryn ebenfalls gebeten.«

»Das ist gut!« Nolan atmete erleichtert aus. »Zumal, sofern ich richtig informiert wurde, die Beherrschung der Elemente für die Herstellung erforderlich ist?«

»Ja. Und genau das ist es, was mir bisher die größten Probleme bereitet.«

»Das wundert mich nicht. Werdet Ihr heute noch weitere Experimente durchführen?«

Kira nickte. »Sobald ich das hier«, sie deutete auf das Metall zu ihren Füßen, »wieder in die Schale gefüllt habe.« *Und falls ich es schaffe, mich zu konzentrieren, obwohl ich nicht weiß, was mit Skjaldan und Elmaryn los ist!*

## Kael

*»Wahrscheinlich ist es seine Sturheit, die Skjaldan irgendwann umbringt.«*
*Kael von Quo, Quo, Indorain*

»Skjaldan hat dich kontaktiert und über Gifte befragt? Wann war das und was genau wollte er wissen?« Panik schwang in Kaels Stimme mit. Silvén hatte nicht allzu besorgt ausgesehen, als sie Kira gefragt hatte, wie es Skjaldan ginge. Als die ihr jedoch eröffnet hatte, dass sie seit zwei Tagen keinen Kontakt zu ihm aufbauen konnte, hatte Silvéns Gesicht merklich an Farbe verloren. Anschließend hatte sie von Skjaldans Anfrage berichtet.

»Er hat mir versichert, es ginge ihnen gut und sie hätten auch nicht viel davon geschluckt. Ich habe ihm geraten, viel zu trinken.«

»Hat er dir gesagt, wo er ist?«

»Nein.« Die Heilerin schüttelte den Kopf. »In einem Wirtshaus, nehme ich jedoch an. Er sprach von seinem Raum und einem Pulver auf den Betten.«

»Hat er das Pulver genauer beschrieben? War es fein oder grob, hell oder dunkel? Haben sie es geschluckt oder eher eingeatmet, vielleicht auch berührt? Hatte es einen Geruch oder Geschmack?«, hakte Shadar konzentriert nach.

»Allzu viel hat er mir nicht mitgeteilt«, gestand Silvén. »Er sprach von einem Pulver, wie Staub, das ihnen aufgefallen sei, als Elmaryn seine Tasche auf die Strohsäcke in den Betten geworfen hat. Er sagte, sie hätten aus Versehen etwas davon geschluckt und es hätte leicht säuerlich geschmeckt. Sie haben den Raum danach sofort verlassen. Er versicherte mir aber, es ginge ihnen beiden gut, er wolle nur wissen, ob es etwas gäbe, das sie zusätzlich tun könnten.«

Shadar zog scharf die Luft zwischen den Zähnen ein. »Hat er Übelkeit erwähnt? Schwindel? Probleme mit dem Atmen oder Blut beim Husten?«

»Nicht mir gegenüber.« Die Magierin seufzte. »Aber es ist Skjaldan. Der meint mitunter, solange man noch stehen und laufen kann, sei alles in Ordnung. Ich hätte genauer nachfragen sollen, doch er wollte den Kontakt rasch beenden und ich bin einfach davon ausgegangen, dass keine Gefahr bestünde.« Sie brach ab und fuhr sich mit einer Hand durch die Haare. »Ich hätte genauer nachfragen sollen!«

»Wie gefährlich ist das, was du vermutest, Shadar?«, erkundigte sich Kira besorgt, wobei sie nervös den Saum ihres Ärmels knetete.

Auch in Kaels Eingeweiden brodelte es. Hätte sie die Frage nicht gestellt, hätte er es getan. *Skjaldan, du sturer Bock, es ist kein Zeichen von Schwäche, körperliche Probleme zuzugeben! Bei allen Göttern, wenn dir etwas passiert sein sollte.*

»Was Silvén beschreibt, könnte auf zwei Mittel zutreffen, die ich kenne.« Die Stimme des Ratsmagiers klang betont ruhig, was den beiden anderen einen kalten Schauer über den Rücken jagte. »Das eine wirkt vorrangig über den Kontakt mit der Haut. Zunächst juckt es lediglich, doch wenn man kratzt und das Pulver auf diese Weise unter die Haut bringt, greift es das Gewebe an. Zunächst gibt es einen bläschenähnlichen Ausschlag, als hätte man in Nesseln gegriffen. Gelangt etwas von der Mischung ins Blut oder durch Reiben in die Augen, kann man nicht mehr viel tun. Auch wenn man dieses Pulver einatmet wirkt es tödlich, es greift die Lunge an. Würde Skjaldan es erwähnen, wenn er oder Elmaryn Blut husteten?«

»Das hoffe ich doch wohl!«, ereiferte sich Kira und warf Silvén einen fragenden Blick zu.

Die Heilerin wiegte nachdenklich den Kopf, dann zuckte sie mit den Schultern. Auch Kael war sich alles andere als sicher. »Wäre er in der Lage, uns zu kontaktieren?«

»Ja. Das unangenehme an diesem Mittel ist, dass man bis zum Ende bei recht klarem Bewusstsein bleibt.«

»Dann hätte ich ihn erreichen können – oder wenigstens Elmaryn!« Kira begann, im Raum auf und ab zu gehen. »Ich hatte aber eher das Gefühl, dass er sehr tief schläft. Beim letzten Mal, als ich es versucht habe, kam ein leichter Widerstand hinzu. Ich hätte ihn brechen können, aber das wollte ich natürlich nicht.«

»War es sein eigener Widerstand?«

»Ja, sonst wäre mir das egal gewesen – zumal ich ihn heute Morgen noch immer nicht erreichen konnte.«

»Vielleicht solltest du es trotzdem tun! Einfach, um sicher zu gehen. Tiefer Schlaf passt übrigens bedeutend besser zu meiner zweiten Vermutung«, fuhr Shadar bedächtig fort, »einem Gift, das vorrangig darüber wirkt, dass man es einatmet. Wer schon etwas erschöpft ist, kann dabei auch schon einmal anfänglich das Bewusstsein verlieren. Es verursacht zunächst Symptome wie ein schweres Fieber, Schwindel, Übelkeit, Erbrechen, dazu schwitzt man – oder friert. Zudem bricht es die Konzentration. Wenn Skjaldan es inzwischen schafft, sich gegen Magie abzuschirmen, könnte das ein gutes Zeichen sein. Offenbar hat zumindest er nicht so viel davon abbekommen, um nicht mehr handeln zu können.«

»Was, wenn er mehr davon eingeatmet hätte?« Kiras Stimme klang dünn.

»Beide Gifte sind in der richtigen Dosierung tödlich«, erklärte Shadar unumwunden. »Um jedoch sicher beurteilen zu können, ob die vom mir vermuteten Präparate auch zum Einsatz kamen, müsste ich eine Probe nehmen oder Skjaldan und den Barden sehen. Wer könnte wissen, wo sie sich aufhalten?«

»Leandar! Skjaldan sagte mir, er würde ihnen vertrauenswürdige Personen nennen, bei denen sie unterkommen könnten.«

»Ich kontaktiere ihn!«, bekundete Kael, ehe er in Konzentration versank.

»Dann versuche ich noch einmal, Skjaldan zu erreichen«, teilte Kira mit gepresster Stimme ihr eigenes Ansinnen mit. »Sein Widerstand war nicht allzu groß.«

»Lass mich deine Magie überprüfen, wenn du das tust«, bat Shadar, wobei er ihr warnend eine Hand auf die Schulter legte. »Du möchtest sicherlich möglichst wenig Schaden anrichten und ein ungeübter geistiger Angriff ist das Letzte, was der Mann braucht, sofern er durch ein Gift geschwächt ist.«

## Skjaldan

*»Könnte nicht endlich mal jemand das Gewummer einstellen*
*und aufhören, den Kreisel zu drehen?«*
*Skjaldan Briskfadar, in einem Verschlag, möglicherweise in Andoran.*

Das Klopfen wurde immer hartnäckiger, doch Skjaldan fühlte sich zu müde, um zur Tür zu gehen. Sollte er die Wirtin rufen? Dann registrierte er, dass es nicht die Tür war, an die geschlagen wurde. *Jemand will in meinen Geist!* Im ersten Schreck produzierte er eine instinktive Abwehr, doch sein Angreifer war gut geschützt. Skjaldan wurde vollends wach. Die Energie kam ihm vage bekannt vor.

»Kira?«

»Skjaldan! Ein Glück, du kannst antworten. Gib mir ein Bild, ich komme mit Shadar zu dir! Er will dich untersuchen und feststellen, was genau du da in deinem Zimmer abbekommen hast!«

»Das ist nicht nötig, mir geht es gut.«

»Ach ja? Davon würden wir uns gerne persönlich überzeugen. Auch davon, wie es um Elmaryn steht!«

»Elmaryn ist in Ordnung. Mach dir keine Sorgen um uns. Wir kommen zurecht. Wie weit seid ihr mit diesem Arcugam-Zeug gekommen?« Dass Kira sich Sorgen machte, war das Letzte, das sie gebrauchen konnten.

»Du zeigst mir jetzt ein Bild von Elmaryn. Sofort! Ansonsten kontaktiere ich euren Wirt. Leandar hat mir mitgeteilt, bei wem ihr untergekommen seid.«

»Ist ja schon gut.« Skjaldan konzentrierte sich auf den Barden.

Er wirkte blass und tiefe Schatten zeichneten sich unter seinen Augen ab. Er grinste jedoch. »Ich sehe zwar noch manches doppelt und der Boden bewegt sich, als wären wir auf einem Schiff. Ansonsten kann ich nicht klagen. Nur …wo sind wir hier? Wollten wir nicht nach Veranyel?«

»Wir sind noch in der Herberge – besser gesagt in deren Stall«, bemühte sich Skaldan um eine vernünftige Erklärung. Offenbar war er eingeschlafen, nachdem er Silvén kontaktiert hatte. Was die Wirtin wohl gedacht haben mochte, als sie das Zimmer leer vorfand?

»Ich finde nicht, dass Elmaryn gut aussieht!« Kiras Stimme riss ihn aus seinen Überlegungen. »Was ich ansonsten von deinen Gedanken mitbekomme, beruhigt mich auch nicht gerade!«

»Hör zu, Kira, du musst dir wirklich keine Sorgen machen. Hier ist alles unter Kontrolle ... «

Kira ließ ihn deutlich spüren, wie unzufrieden sie mit dieser löchrigen Auskunft war, doch nachdem sie ausdrücklich betont hatte, dass sie später mit Shadar zu ihm transportieren würde, zog sie sich – zumindest für den Moment – aus seinem Geist zurück.

Immerhin blieb ihm bis dahin die Zeit, den Wirtsleuten zu erklären, dass sie keineswegs Hals über Kopf und ohne Bezahlung die Herberge verlassen hatten.

## Shadar

*»Es ist nicht immer leicht zu erkennen, was Glück ist. In diesem Fall ist aber hervorragend zu erkennen, was Glück war!«*
*Shadar von Catron, Wirtshaus vor Andor, Andoran*

»Falls jemand es ernsthaft darauf anlegt, dich zu töten, wird er damit früher oder später erfolgreich sein. Es gibt wenig Sicherheit gegen einen guten Meuchelmörder und auch der König wird nach genügend Fehlschlägen den richtigen Mann beauftragen.«

Das Gesicht des Barden verlor bei Shadars Worten merklich an Farbe.

*Gut! Dann denkt der Mann womöglich darüber nach.* »Du hast zusätzlich ein zweites Problem.« Der Ratsmagier lächelte Elmaryn an, der daraufhin unwillkürlich einen halben Schritt zurücktrat. »Öffentliche Auftritte sind eine gute Möglichkeit zu wissen, wann du dich wo aufhältst. Im Fall einer Einladung durch das Haus Veranyel gibt es deinen Gegnern eine hervorragende Gelegenheit, im Voraus zu planen. Möglicherweise sogar einen Verrat. Wie loyal ist dieses Haus der Krone gegenüber und wie mächtig ist es? Hätte es womöglich lieber einen höheren Status?«

»Skjaldan, wir reisen nicht nach Veranyel!« Die Stimme des Barden zitterte leicht. »Jetzt, wo Ihr es sagt, ist es vollkommen logisch,

Mael.« Elmaryn schüttelte frustriert den Kopf. »Wenn es nicht um mich selbst geht, sehe ich solche Intrigen normalerweise rascher. Es ist nur so, dass ich in meinem Heimatland als Barde noch niemals gefragt war. Bei den Göttern, ich habe es ganz offensichtlich zu sehr genossen, um die Gefahr klar zu erkennen.«

»Jetzt, wo du sie siehst, kommst du mit uns nach Quo?« Kiras Stimme war leise, als versuche sie, das strittige Thema so vorsichtig wie möglich anzusprechen.

Der Barde wich ihrem Blick aus. »Wenn du es ausdrücklich wünschst ...«

»Natürlich! Ich will, dass ihr beide in Sicherheit seid!«

Shadar bemerkte, wie Elmaryn Luft holte, um zu antworten, doch Skjaldan war schneller.

»In dem Fall müssten wir uns nach Dhravannor zurückziehen und dortbleiben.« Der Magier verschränkte die Arme vor der Brust. »Entschuldige Elmaryn, du wolltest das Reden übernehmen, aber das hier muss einmal gesagt werden: Kira, ist dir klar, dass niemand jemals irgendwo vollkommen sicher ist?«

»Du willst mir doch wohl nicht erzählen, dass ihr in Andoran weniger gefährdet seid als in Dhravannor?«

»Nein. Hier jedoch können wir dir nützlich sein.«

»Das nützt mir aber nichts, wenn ich mich vor Sorge nicht konzentrieren kann!«

»Dann übe das! Kira, bei den Göttern! Was wird geschehen, wenn wir deinen Anker vernichten und dabei auf Widerstand stoßen? Kannst du dich dann auch nicht konzentrieren, weil vielleicht einer von uns kämpfen muss, um dir den Rücken freizuhalten?«

Shadar konnte ein leises Lachen nicht zurückhalten. Es war gut, dass Skjaldan in dieses Gespräch eingegriffen hatte. Elmaryn hätte, um Kira dieselben Tatsachen klar zu machen, bedeutend länger gebraucht.

»Dann wollt ihr weiterhin in Andoran bleiben? Elmaryn?«

»Ja, Kira.« Jetzt sah der Barde sie an und ergriff ihre Hände. »Wir können hier mehr für dich tun, als in Quo oder Dhravannor. Sieh es so: Keiner von uns wird mehr sicher sein, wenn es Laon dei Savren schafft zurückzukommen. Selbst wenn ihm das nicht gelingt, weil du vorher stirbst, gibt es noch den zweiten Anker und wir wären ohne einen Magier der Weltenkraft weiterhin nicht sicher vor den Dunklen oder Ähnlichem. Wenn wir Sicherheit wollen, und ich bin, das wissen die Götter, kein mutiger Mensch, müssen wir jetzt etwas dafür tun. Das kann ich nicht, wenn ich in Quo oder Dhravannor sitze.«

Kira nickte. Es war ihr nicht recht, aber sie würde lernen müssen, damit umzugehen.

»Einigen wir uns aber bitte darauf, dass du dich bei weiterer Problemen, die Gifte betreffen, sofort an Shadar wendest?«

»Von mir aus.« Skjaldans Stimme klang nicht allzu überzeugt.

Shadar lächelte. Er hatte die Giftwirkung recht ausführlich beschrieben und zumindest der Barde hatte begriffen, dass sie nur mit Glück an einer bedeutend kritischeren Dosis vorbeigeschrammt waren. Er würde dafür sorgen, dass sie beim nächsten Mal die richtigen Nachrichten erhielten – sofern es ihm dann noch möglich war. Dass Andorans Hof inzwischen zu potenziell tödlichen Giften griff, um Elmaryn von Savraney aus dem Weg zu räumen, und dabei auch keine Rücksicht auf einen Magier Quos nahm, war erschreckend. *Einen ehemaligen Magier Quos, aber Skjaldan hat immerhin einige Jahre mit dem Hof zusammengearbeitet. Man sollte eigentlich meinen, dass ihn das schützt.* Vielleicht steckte aber auch noch mehr dahinter als nur unliebsame Lieder. Elmaryn war der letzte Nachkomme des Hauses Savraney, der nicht wegen Hochverrats in Haft saß und demnach im Moment dessen Handelsherr. Auch das mochte die einen oder anderen Begehrlichkeiten wecken.

»Komm, Kira, lass und nach Lijandel zurückkehren«, wandte sich der Ratsmagier nun an diese. »Je schneller wir nach Aidris aufbrechen können, umso besser.«

# Skjaldan

*»Moanir sagte gerne, man müsse die Küste seines Heimatlandes erst aus den Augen verlieren, damit etwas Neues beginnen könnte.«*
*Skjaldan Briskfadar, Gegend um Andor, Andoran*

Er saß in der noch leeren Schankstube, als Kiras Kontakt ihn erreichte.

»Wir sind soweit. Hast du ein Schiff für uns gefunden?«

»Einige!« Skjaldan lachte leise.

Als klar wurde, für wen er eine Überfahrt suchte, hatten die Handelshäuser ihre besten Kapitäne vorbeigeschickt, um Hilfe anzubieten. Er wollte Kira gerade fragen, ob es ein Haus gab, das sie bevorzugte, als ihm aufging, was sie gesagt hatte. »Soll das heißen, du hast es geschafft?«

»Ja! Gestern haben wir die Kästchen gegossen! Breccan feilt gerade die letzten Grate ab, damit der Deckel dicht schließt. Dann kann es losgehen.«

»Das … das ist großartig! Den Rest schaffen wir jetzt auch noch!«

»Ich hoffe es! Leandar hat angedeutet, Andorans Herrscherriege plane möglicherweise einen Überfall auf unser Schiff. Es hat wohl Aktivitäten in diese Richtung gegeben. Auch sollen wir gut auswählen, welches Handelshaus sich nicht von der Krone bestechen lässt, wenn es um die Überfahrt geht. Aber selbst wenn wir das hinbekommen, ist da immer noch der Hof des Khalids, um den ich diesmal kaum herumkommen werde – und die Ethialla. Wirklich beruhigt bin ich erst, wenn wir die Steine zerstört und dem Kheralis-Massiv die Energie zurückgegeben haben.«

»Langsam, Kira. Natürlich sollst du dein Ziel nicht aus den Augen verlieren, aber du musst dich ihm mit kleinen Schritten nähern. Das ist sicherer, als durch große Sprünge einen Fehltritt zu riskieren.«

»Der nächste Schritt ist unsere Rückkehr nach Andoran. Man kann dieses dämliche Arcugam nämlich nicht transportieren. Ich möchte gar nicht darüber nachdenken, was uns auf dem Weg dorthin möglicherweise erwartet!«

»Wir kommen zu euch!«

»Gut!« Ungefiltert ließ Kira ihre Erleichterung in den Kontakt fließen.

»Kannst du mir ein Bild aus Lijandel geben?« Einen Lidschlag später sah Skjaldan den Raum vor sich: eines der größeren Zimmer im Gästehaus. Shadar war ebenfalls anwesend und las. »Der Kasten auf dem Tisch, ist das ... ?«

»Nein. Die stehen beide sicher in Breccans Labor. Shadar hatte jedoch die Idee, identische Behälter aus normalem Metall anzufertigen. An denen habe ich das Gießen geübt. Dieser enthält Gebäck.«

Skjaldan lachte leise. »Wir packen und dann kontaktiere ich dich noch einmal für den Transport.«

## Kael

*»Wer das Ziel kennt, kann entscheiden, was zu tun ist. Wichtig ist nur, die nötige Ruhe aufzubringen, seine Entscheidungen zu betrachten, um sie dann zu verbessern. Kein Plan ist perfekt.«*
*Kael von Quo, bei Elyvian, Grenze zum Bezirk Martell, Andoran.*

Kael beobachtete den kleinen Tross vor sich: Kiras Garde, Leandar, Skjaldan, Elmaryn, Shadar, ein Wagen für das Gepäck, Zelte und eigene Vorräte. Der Wagen verlangsamte ihre Reise, doch nach Skjaldans und Elmaryns Erlebnissen hielt er es für sinnvoller, nicht auf Gasthäuser angewiesen zu sein. Obwohl sie auf ihrem Weg bislang lediglich den äußersten Norden Andorans gestreift hatten, war die Gefahr allgegenwärtig. Kael brauchte dabei nur an den Erdrusch zu denken ...

Weitere Sorgen bereitete ihm der Stein des Lichts, der sich gut verpackt in seiner Satteltasche befand. Sie waren übereingekommen, den Stein täglich jemand anderem zur Aufbewahrung zu überlassen, daher trug – mit Ausnahme von Kiras Schutzeskorte – jeder von ihnen ein identisches Kästchen. So, das hofften sie jedenfalls, würde es – wem auch immer – so gut wie unmöglich gemacht werden, das den richtigen Behälter zu finden, denn sollte die Ethialla ihn in ihre Gewalt bekommen, war das Vorhaben gescheitert. Ohne die Stian-Kar ließ sich der Anker nicht lösen.

Das Einzige, was Kael ansatzweise beruhigte, war die Tatsache, dass sich Kira, die Schiffspassage betreffend, für das Haus Martell entschieden hatte. In den nördlichen Regionen war sie nach wie vor sehr beliebt, was einen Anschlag erschwerte, und Melyad dei Martell war von allen andoranischen Handelsherren einer der vertrauenswürdigsten. *Ich hätte am liebsten meinen Vater um ein Schiff gebeten, doch der lebt so weit im Süden, dass wir dann gleich über Kherravar hätten reisen können.* Er seufzte. In der Tat hatte sein Vater genau das angeboten: ihm mit seinen Haustruppen entgegen zu reiten und Pferde für den gesamten Tross zu stellen. Kael dachte an die Tiere, die seine Familie an der Grenze zu Kherravar züchtete und ein Grinsen huschte über sein Gesicht. Obwohl er jetzt gerne auf einem dieser wendigen, schnellen Energiebündel geritten wäre, hätte er Kira damit ganz sicher keinen Gefallen getan. Sie würde froh sein, mit dem Betreten des Schiffes die Pferde hinter sich zu lassen.

Elmaryn ließ sich zu ihm zurückfallen. »Bis zum Abend können wir Elyvian erreichen. Aki fragt an, ob du es für klüger hältst, heute den Andor zu überqueren oder erst morgen.«

»Dazu muss ich den Fluss sehen. Es ist Frühjahr und die Schneeschmelze im Echad könnte für hohes Wasser sorgen. Auch wenn der Fluss an der Stelle eine gute Furt hat, ist er dann gefährlich.«

»Ich weiß, was du meinst«, stimmte der Barde ihm zu. »Zumindest hat es die letzte Woche nicht mehr geregnet.«

»Aber davor fast ununterbrochen«, gab Kael zu bedenken.

Er hatte für Kira eine Übung daraus gemacht, den Tross mit einem Schild zu versehen, damit sie trocken blieben. Das half jedoch, was die Flüsse anbelangte, wenig. Auch die Echa war deutlich über ihre Ufer getreten und an einer Stelle hatte Skjaldans Pferd schwimmen müssen. *Alle anderen können wir transportieren, doch derjenige, der den Stein mit sich führt, muss durch das Wasser.*

»Mir wäre es lieber, den Andor heute noch zu queren, wenn es zu verantworten ist. Wie weit liegt das Dorf vom Fluss entfernt?«

»In Sichtweite, wenn ich mich korrekt erinnere. Und … es könnte sein, dass wir erwartet werden.«

Kael fluchte verhalten. Bisher hatten sie Dörfer weitgehend vermieden, doch der Fluss ließ sich zu dieser Jahreszeit nicht ohne größeren Umweg an einer anderen Stelle überqueren. Auch war die Chance, nicht erkannt zu werden, hier im Norden mehr als gering.

»Dass wir den Fluss bei Elyvian queren, kann sich womöglich auch der König denken«, setzte Elmaryn seinen Gedanken fort. »Die Furt liegt auf direktem Weg. Alles weiter nördlich ist für ein gutes Vorankommen mit dem Wagen zu dicht am Gebirge. Natürlich könnten wir auch auf dieser Seite des Flusses bleiben, bis wir uns etwas unterhalb von Martell befinden ... doch dort ist der Andor schon bedeutend breiter und wir müssten zum Übersetzen die Fähre nehmen.«

»Bis wir dort ankommen, gelingt das auch jedem, der in Elyvian auf uns warten könnte.« Kael schüttelte frustriert den Kopf. »Wir müssen eben vorsichtig sein und hoffen, dass es nur Bauern mit Fackeln sind, die uns begrüßen.

## Kira

*»Inzwischen bin ich sogar Menschen bekannt, die mich nie gesehen haben.«*
*Kira Sanders, Furt bei Elyvian, Grenze zum Bezirk Martell, Andoran.*

Das Licht der Fackeln spiegelte sich im Fluss und drängte die einbrechende Dämmerung zurück. Die Furt war gesäumt von Menschen – einige waren sogar in das flachere Wasser hineingeritten.

»Das sind nicht alles Bauern«, flüsterte Shadar, während er die Menge vor ihnen kritisch musterte. »Zwei der Reiter in der Furt sind bewaffnet und nur wenig entfernt sehe ich weitere.«

Kira kniff die Augen zusammen, um gegen das tanzende Licht etwas sehen zu können. Im gleichen Moment registrierte sie, wie ihre Eskorte sich enger um sie formierte. Aki hatte die Bewaffneten also auch bemerkt. Als er ihren Blick spürte, nickte er ihr zu, ohne jedoch seine Aufmerksamkeit von den Menschen auf der anderen Seite des Flusses abzuwenden.

»Haltet einen Schild, Mlyss, sofern Ihr das nicht ohnehin bereits tut. Ich bin mir nicht sicher, wer da kommt!« Aki verstummte, als zusätzliche Reiter an die Furt drängten, während die Dörfler zurückwichen.

»Das ist ja Melyad!«, rief Kira erstaunt, als die den Mann in deren Mitte erkannte. »Hat er vor, uns von hier bis nach Martell zu eskortieren?«

»Möglich ist es«, beteiligte sich jetzt auch Kael an der Unterhaltung. »Der Andor ist die Grenze seines Bezirks zu den Ländereien von Lorana.«

»Zum Glück ist Amyu nicht auf dieselbe Idee gekommen!« Kira schüttelte sich bei dem Gedanken und Shadar lachte leise auf.

»Wir sind nicht lange durch Lorana geritten und haben keines seiner Dörfer besucht. Zudem hält er sich am Hof auf, nehme ich an«, fuhr Kael fort. »Was nicht heißt, dass er nicht genau weiß, wo wir uns befinden. Ich gehe, ganz im Gegenteil, davon aus, dass auch ein paar seiner Leute dort an der Furt stehen.«

Kiras Blick verharrte auf den beiden bewaffneten Männern, die ihre Pferde jetzt – offensichtlich in der Absicht, den Fluss zu überqueren – weiter in diesen hinein trieben. Das Wasser reichte den Tieren etwa bis zum Bauch, doch die Strömung war stark, sodass die Reiter schon bald völlig durchnässt waren. Der Wagen würde Schwierigkeiten bekommen, wenn sie ihn nicht transportierten.

»Der Herr von Martell lässt fragen, ob Ihr über die Furt transportieren wollt, Mlyss«, wandte sich einer der beiden Boten direkt an Kira, nachdem beide – wieder auf dem Trockenen – aus den Sätteln gesprungen waren und sich tief vor ihr verneigt hatten. »Er hat einen Magier mitgebracht, der Euch ein zuverlässiges Bild geben kann. Falls nicht, wird er Leute auf diese Seite schicken, die beim Abladen des Wagens helfen. Die Strömung ist zu stark, um ihn sicher auf die andere Seite zu bringen.«

Kira lächelte die Männer an. Das Angebot war freundlich, doch sie konnte sich vorstellen, was Shadar dazu zu sagen hatte. Außerdem musste Kael mit dem Stein des Lichts ohnehin über die Furt reiten. »Ich werde den Wagen transportieren, doch wäre es mir lieber, wenn einige meiner Männer vorausritten. Kael, Skjaldan, würdet ihr das mit dreien von Akis Männern übernehmen? Es ist nicht so, dass ich dem Herrn von Martell misstraue, aber ich bin es gewohnt, mit meinem Lehrer zu arbeiten und würde mir lieber von ihm ein Bild geben lassen, um den Wagen zu transportieren.«

»Er hat etwas in dieser Art vermutet, Mlyss, wollte das Angebot jedoch trotzdem unterbreiten, da es der Höflichkeit entspricht.«

Erleichtert atmete Kira auf. »Wer befindet sich noch an der Furt?«

»Die Leute aus dem Dorf, Mlyss, und andere, die gehört haben, dass Ihr kommt. Sollen wir sie bitten zu gehen?«

»Nein! Dennoch benötigen wir Platz für den Transport.«

»Vielleicht solltet Ihr zudem die Leute auch auf das vorbereiten, was sie sehen werden«, sprach nun auch Aki die Boten an. »Ich erinnere mich noch sehr genau daran, wie es mir ging, als ich das erste Mal transportiert wurde. Ein paar meiner Leute reiten seit dieser Erfahrung lieber durch eiskaltes Wasser, als das noch einmal zu erleben.«

»Ein guter Punkt!«, stimmte dieser zu. »Wenn wir etwas ganz sicher nicht gebrauchen können, ist das eine Panik unter den Zuschauern.«

»Es werden zwölf Personen mit ihren Pferden sowie ein Wagen mit Zugtieren verschwinden und inmitten dieser Menschen wieder auftauchen«, erläuterte Kael. »Ich bezweifle, dass allzu viele von ihnen so etwas schon einmal gesehen haben. Sie wissen selbstverständlich, dass du Magie wirken kannst, Kira, aber es zu erleben, ist etwas anderes.« Er ließ den Satz ausklingen und wandte sich Aki zu. »Welchen deiner Männer wird die Flussquerung denn solche Freude bereiten?«

## Shadar

*»Der Arm des Khalid ist lang in diesen Tagen.*
*Oder ist es der Arm der Ethialla? Gibt es überhaupt einen Unterschied?«*
*Shadar von Catron, Elyvian, Bezirk Martell, Andoran*

Elmaryn sang und Shadar ertappte sich dabei, den Refrain mitzusummen. Natürlich waren sie um eine Feier im Dorf nicht herumgekommen und was diese betraf, hatte sich Melyad dei Martell große Mühe gegeben. Einige der Speisen musste sein Tross mitgeführt haben, um sie jetzt anbieten zu können. Trotzdem wirkte der Mann nicht völlig entspannt und Shadar hätte zu gerne gewusst, was ihn beunruhigte. Er warf einen Blick zu Kael, der den Handelsherren ebenfalls eingehend musterte.

Skjaldan ließ sich neben dem Herrn von Martell auf einen Stuhl fallen »Was beunruhigt Euch, Melyad?«, fragte er unumwunden.

Shadar versteckte sein Grinsen rasch hinter seiner Hand und sah aus dem Augenwinkel, wie Kael für einen Moment bemüht auf seinen Teller blickte. Auf Skjaldan war Verlass, wenn es galt, Dinge zu klären. Zu seiner Überraschung wirkte Melyad beinahe erleichtert über die Frage des Magiers.

»Sagt mir ehrlich, Skjaldan: Ist es noch der Wunsch der Mlyss, mit einem meiner Schiffe nach Aidris zu segeln?«

»Ja«, bestätigte Skjaldan. »Deshalb sind wir hier. Wieso fragt Ihr?«

»Sie hat keine anderen Arrangements getroffen? Mit Aidris zum Beispiel? Ich könnte es verstehen, wenn sie der Flotte des Khalid eher vertraut, als einem Händler wie mir, zumal jener auch in der Lage ist, Kriegsschiffe zu stellen. Ich kenne die Situation in Andoran, ich bin ja nicht blind, aber habe keinen Anteil an dieser Verschwörung und hatte gehofft, dass dies der Mlyss bewusst ist.«

»Aus genau diesem Grund hat sie sich entschieden, mit Euch zu fahren, Melyad. Wie kommt Ihr darauf, dass sie sich umentschieden haben könnte?«

»Weil fünf verdammte Schnellsegler aus Aidris vor meiner Küste kreuzen!«

»Was?« Skjaldan starrte Melyad ein paar Lidschläge lang entgeistert an, dann ging sein Blick zu Shadar. »Weißt du etwas darüber?«

»Bislang nicht. Seid Ihr sicher, dass es sich um Schiffe aus Aidris handelt?«, sprach er daraufhin den Handelsherren direkt an. »Wäret Ihr bereit, ein Bild davon projizieren zu lassen?«

»Das ist nicht nötig! Mit Schiffen kenne ich mich aus! Auch ist es die typische Bauart: schlank und schnell, mit Platz für zwei Reihen Ruderer, sollte der Wind nicht günstig stehen. Die Bewaffnung ist offensichtlich. Zudem führen sie die Flagge des Khalid.«

»Was tun die dort?«, verlieh Skjaldan seiner Verwirrung Ausdruck.

»Ich hatte gehofft, die Mlyss wisse das. Meinen Boten haben sie geantwortet, dass sie auf sie warteten. Die Schiffe kreuzen ein gutes Stück vom Land entfernt und haben bisher keine Anstalten gemacht, vor Anker zu gehen. Wenn allerdings die Mlyss darüber nicht informiert ist ...«

»Das ist sie nicht, soweit mir bekannt ist, aber ich werde sie fragen«, versicherte Skjaldan und erhob sich.

Shadar hingegen stellte seine eigenen Überlegungen an: *Schiffe aus Aidris. Ein Geleitschutz oder eine Maßnahme der Ethialla, um Kira in ihre Hand zu bringen?* Leandar hatte von Plänen Andorans berichtet, ihre Überfahrt zu verhindern. Kannte man in Aidris diese Pläne ebenfalls und wollte ihnen vorbeugen? *Zufällig sind die Schiffe des Khalid mit Sicherheit nicht hier, und wenn sie tatsächlich seine Flagge führen, müssen sie auch mit dessen Billigung vor Ort sein. Also hat entweder der Hof oder die Ethialla ihre Hände mit im Spiel, wobei sich beides nicht zwangsläufig ausschließen muss. Einige hohe Berater des Khalid sind Mitglieder der Ethialla ... der Herrscher des Landes womöglich ebenfalls? Am besten ich kontaktiere zunächst Sunnaras.*

Der Führer von Catrons Rat hatte gute Kontakte zum Hof und würde ihm eine erste Einschätzung geben können. Akif mit einem gewissen Vorwissen gegenüber zu treten war deutlich geschickter.

»Ich wollte es dir mitteilen, doch der Khalid hat in den letzten Tagen ein sehr aufmerksames Auge auf Catron geworfen.« Sunnaras' Unbehagen darüber, diese Information zurückgehalten zu haben, war unverkennbar. »Unser geliebter Herrscher will dieses Mal absolut sichergehen, dass er Kiras Ankunft in Aidris bemerkt und sie auch tatsächlich an seinem Hof erscheint – also stellt er ihr Geleitschutz.«

»Die Schiffe haben keine Weisung, Kira an Bord zu nehmen oder in die Route unserer Fahrt einzugreifen?«

»Für gänzlich ausgeschlossen halte ich das nicht.« Sunnaras ließ ihn erneut seine Beunruhigung über die Angelegenheit spüren. »Ich besitze lediglich Information darüber, dass er, was Kiras Sicherheit sowie ihre Ankunft in seinem Palast betrifft, Tatsachen schaffen möchte. Solltet ihr Anstalten machen, nicht Kherra-Des anzulaufen, sondern einen anderen Hafen, halte ich es für gut möglich, dass ihr daran gehindert werdet. Ich bezweifle jedoch, dass seine Kapitäne Anweisung haben, Kira gegen ihren Willen an Bord zu nehmen. Trotzdem werden sie es eventuell anbieten.«

»Und was erwartet uns am Hof?«

»Ein großer Empfang und mit Sicherheit ein Fest zu ihren Ehren. Der Khalid wird wissen wollen, was die Mlyss d'Eartha zu tun gedenkt, wie sie zu seinem Land steht – das Übliche eben.«

»Das ist mir klar. Etwas Genaueres weißt du nicht? «

»Nein, leider. Catron hat es im Augenblick in Aidris nicht leicht. Der Khalid ist der Meinung, die Schule hätte in letzter Zeit zu häufig gegen seine Anordnungen gehandelt und ihre eigenen Ziele verfolgt. Es birgt ein großes Risiko, zu viele Fragen zu stellen.«

Shadar nickte gedankenverloren. Für alle, die die Macht des Herrschers infrage stellten, wurde in Aidris die Luft knapp – besonders jetzt, wo mit Kira eine unbekannte Größe auftrat, die alles umwerfen konnte. »Weißt du, wie der Khalid zur Ethialla, oder allgemein zur Rückkehr Laon dei Savrens, steht?«

Es dauerte einen Moment, bis Sunnaras antwortete. »Das ist eines der am besten gehüteten Geheimnisse des Hofes, würde ich sagen. Etwas, das auch die Ethialla sehr gerne wüsste, nehme ich an. Nachdem du Abedin nach Catron zurückgeschickt hast, hat der Hof zwei Magier gesendet, die den Befehl hatten, seine Gedanken einzusehen. Wir haben es erlaubt.«

Für einen Moment erfasste Shadar Entsetzen. Abedin wusste um seine eigene Beteiligung an dieser Angelegenheit! Wenn dies jetzt auch dem Hof bekannt war, blieb ihm nur noch wenig Spielraum. »Ich nehme an, ihr hattet keine andere Wahl?«

»Wir hatten vorher gesehen, was er weiß, und Eluana hat den Vorgang kontrolliert. Sie haben sich an unsere Bedingung gehalten, ausschließlich nach Informationen zu suchen, die die Ethialla betreffen.«

»Das bedeutet, dass dem Khalid jetzt einige Mitglieder der Organisation bekannt sind. Wer weiß davon?«

»Es wurde uns untersagt, über diese Angelegenheit zu sprechen.«

»Was glaubst du selbst? Will der Khalid Laon dei Savren zurück?«

»Das kann ich mir nur schwer vorstellen. Er teilt seine Macht nicht gerne. Ohne einen Magier der Weltenkraft herrscht er allein über Aidris. Unter Laon dei Savren wäre das fraglich. Für mich wäre es – im Gegenteil – durchaus nachvollziehbar, dass er sichergehen will, dass dessen Rückkehr auf jeden Fall verhindert wird. Seid vorsichtig auf See und am Hof. Ich nehme zwar an, dass der Khalid zunächst mit Kira sprechen will, bevor er irgendetwas unternimmt, doch falls ihm das Resultat nicht gefällt, kann ich nicht sagen, was geschieht.«

Wenn es in irgendeiner Weise möglich ist, muss ich während der Überfahrt dafür sorgen, dass Kira auf diese Gespräche gut vorbereitet ist.

»Da ist noch etwas.« Sunnaras sprach nicht sofort weiter und Shadar biss sich vor Nervosität auf die Lippe. »Wir haben ein weiteres Mitglied der Ethialla gefunden und in Verbindung mit den Magiern des Hofes auch dessen Gedanken angesehen. Das Abedin dich für ein Mitglied der Ethialla hält, ist dir möglicherweise bekannt. Der zweite Magier war ebenfalls davon überzeugt. Wir wissen, dass es Gespräche mit Akif gab, die darauf hindeuten, dass man zumindest versucht hat, dich zu rekrutieren. Der Mann ist gleichwohl überzeugt, dass dieses Ansinnen Erfolg hatte. Was kannst du mir dazu sagen?«

Jetzt war es also so weit. Sunnaras wollte seine Bestätigung, dass diese Vermutungen nicht der Wahrheit entsprachen! Für einen Moment schloss Shadar die Augen und atmete tief durch, um sich zu sammeln. So vieles hing nun von einer überzeugenden Auskunft ab. »Vertrau mir, Sunnaras. Ich tue das Richtige und wir haben dieselben Ziele. Ich verspreche dir, dass ich dir alles erklären werde, nur ist das jetzt im Moment noch unmöglich.«

Dass der Führer von Catrons Rat diese Aussage als absolut unzureichend empfand, nahm Shadar überdeutlich war, zumal Sunnaras seine Gefühle nicht abschirmte. »Der Rat ist stark geschrumpft, seit Kira Sanders diese Welt betreten hat. Ich möchte nicht noch ein Mitglied verlieren und ich sähe dich ungern in einem der Verliese im Palast! Die Tatsache, dass Kira – und offensichtlich auch Quo – dir vertrauen ist schön und macht mir Hoffnung. Aber ich erwarte deine Erklärung, sobald wir uns am Hof persönlich treffen.«

## Kira

*»Ein Sprichwort sagt, man solle die Dinge nehmen, wie sie kommen.*
*Trotzdem wäre es zur Abwechslung auch einmal ganz schön,*
*wenn die Dinge so kämen, wie ich sie nehmen will!«*
*Kira Sanders, Küste vor Martell, Andoran*

Die Schiffe sahen auf den ersten Blick gar nicht so gefährlich aus, doch Shadars wie auch Kaels besorgte Miene und der leise Fluch Melyads belehrten Kira eines Besseren. Fünf waren es, kleiner und wesentlich schmaler als die Savletta, die Meylad für ihre Fahrt hatte bereitmachen lassen.

»Solange sie dort sind, ist es ein Risiko für Euch, den Hafen zu verlassen, Mlyss. Selbst wenn ich meine anderen beiden Schiffe seeklar mache und sie nicht wissen, auf welchem Ihr Euch befindet, ist es nahezu aussichtslos, diese Blockade zu überwinden. Zwar könnten wir es nachts versuchen, doch auch das verspricht wenig Erfolg.« Resignation und verhaltene Wut schwangen in der Stimme des Handelsherren mit.

Kira verstand ihn gut. Hilfesuchend sah zu Shadar hinüber.

»Ich denke, sie werden einen Boten schicken, um uns mitzuteilen, was genau sie hier wollen«, beschwichtigte dieser. Nichtsdestotrotz schien den Magier irgendetwas zu beschäftigen, was dessen nächste Worte ihr bestätigten. »Bevor dieser eintrifft, würde ich allerdings gerne mit dir allein sprechen, Kira. In einem abgeschirmten Raum.«

»Weshalb?«, hakte Kael sofort alarmiert nach.

»Das werdet Ihr möglicherweise nachher von Kira erfahren, Mael. Ich werde ihr bei unserem Gespräch weder in irgendeiner Weise Schaden zufügen noch eines der magischen Gesetze brechen. Kira, du kannst und solltest, während der gesamten Zeit, in der wir miteinander sprechen, einen inneren Schild aufrechthalten.«

»Das tue ich, seitdem ich den Anker angenommen habe, ohnehin, wenn mich nicht gerade ein magisches Schmuckstück oder ein anderer Bann daran hindert«, gab sie mit ironischem Unterton zurück. »Aber weshalb rätst du mir gerade jetzt dazu?«

»Damit dein zweiter Lehrer das überprüfen kann, sollte er es wünschen.«

»Was wisst Ihr über diese Schiffe, das Ihr uns nicht mitgeteilt habt, Mael Shadar?« Eine unverhohlene Drohung schwang in Kaels Stimme mit und Kira bemerkte, wie er unwillkürlich eine Position einnahm, die er oft auch bei Übungskämpfen anwandte.

»Nicht allzu viel. Dass sie aus Aidris stammen und dass der Khalid sie geschickt hat, wisst Ihr selbst. Den Rest werde ich Kira mitteilen und ich bin sicher, dass sie Euch danach alles darüber berichten wird.«

Shadars Betonung signalisierte eindeutig, dass da noch mehr war. Auch Kael hatte das bemerkt. Seine zusammengezogenen Brauen und die aufeinander gepressten Lippen machten das mehr als deutlich.

Kira seufzte. »Ich vertraue dir, Shadar, das weißt du. Also werde ich selbstverständlich mit dir allein sprechen. Auch abgeschirmt.«

»Für Kaels Vertrauen in dich ist das hier eine ordentliche Belastungsprobe, das sollte dir bewusst sein, Shadar. Was also hast du mir bisher verschwiegen und was muss ich jetzt unbedingt wissen, bevor wir mit diesen Schiffen zusammentreffen?«

»Die Schiffe sind nebensächlich. Der Khalid hat sie geschickt, damit du diesmal auch ganz sicher in Kherra-Des bei seinem Palast ankommst. Offiziell sind sie als dein Geleitschutz hier. Was ich dir zu sagen habe, betrifft die Ethialla d'Eartha.«

»Wissen die, wo ich bin?«

»Ja! Und es befindet sich auch mindestens ein Mitglied dieser Organisation auf einem der Schiffe dort draußen.«

Kira wich das Blut aus dem Gesicht. »Mist! Könntest du etwas gegen dieses Mitglied unternehmen?«

»Vielleicht, je nachdem, um wen es sich handelt. Doch das werde ich auf keinen Fall tun, Kira. Ich arbeite für die Ethialla d'Eartha.«

Einen Moment lang herrschte in Kiras Geist vollkommenes Chaos. Das konnte Shadar nicht ernst meinen! Er würde sie niemals verraten! Mit offenem Mund starrte sie ihn an, unfähig, irgendeine Maßnahme zu ergreifen. Dann setzten ihre Gedanken wieder ein.

*Sein Blick, die Ruhe in seiner Stimme ... es ist ihm tatsächlich Ernst. Ich brauche einen Schild, selbst wenn es nicht stimmt. Ich muss die Abschirmung fallen lassen, den anderen Bescheid geben ...* Doch nichts von alledem konnte sie tun.

»Nein!«, krächzte sie stattdessen nur heiser.

»Doch! Und deine Reaktion zeigt mir, dass meine Motive, mich entsprechend zu entscheiden, die richtigen waren. Du tust nichts, außer mich sprachlos anzustarren. Was bei den Göttern hat Kael dir beigebracht? Ich habe umfangreiche Vorkehrungen getroffen, um auch nach meiner Ankündigung weitersprechen zu können und nichts davon ist jetzt nötig?«

»Das ... das glaube ich dir nicht!«

»Dass ich für die Ethialla arbeite oder dass ich Vorkehrungen getroffen habe?«

»Shadar – nein!« Die Worte waren kaum mehr als ein Flüstern. *Ich muss einen Schild schaffen, jetzt! Sollte es stimmen und er berührt mich ...* Noch immer arbeitete ihr Verstand wie in Zeitlupe, aber es gelang ihr, den Schild zu formen.

Ihr Gegenüber nickte. »Aha, allmählich kehrt also nach dem Schock dein Denken zurück. Zur Abwehr einer realen Bedrohung zu spät, wie dir jeder bestätigen wird, dem du diese Erinnerung zeigst. Wenn du so etwas nicht bald in den Griff bekommst, halte ich das, was du dir vorgenommen hast, für absolut aussichtslos. Wir werden täglich daran üben.«

»Dann war das eben nur dafür gedacht, meine Reaktion zu testen?« Kira hätte Wut erwartet, doch alles, was sie fühlte, war Erleichterung. Daher traf sie auch Shadars nächster Satz wie ein Guss kalten Wassers.

»Nein, Kira. Ich arbeite für die Ethialla. Dein Schock wäre nicht halb so groß, wenn dir nicht instinktiv klar gewesen wäre, dass ich die Wahrheit spreche.«

Eine eisige Kälte ergriff von ihr Besitz. »Wenn du glaubst, dass ich nach dieser Ankündigung friedlich mit dir auf eines der Schiffe gehe und mich dem Willen der Ethialla beuge, liegst du vollkommen falsch!«, fuhr sie ihn an.

»Das erwarte ich nicht«, bleib Shadar erstaunlich ruhig. »Verrätst du mir, weshalb du weiterhin die Abschirmung aufrechterhältst und bisher weder Kael noch einen der anderen Magier informiert hast?«

»Weil ich zuerst deine Erklärung hören will.« Ganz langsam kehrte die Kraft in Kiras Stimme zurück.

»Es beruhigt mich zu hören, dass du nicht annimmst, allein mit mir fertig zu werden.«

»Ich neige nicht zur Selbstüberschätzung. Also, weshalb hast du das gemeinsame Ziel, das wir bei unserem Treffen in Dhravannor am Weltentor vereinbart haben, verraten?«

»Das habe ich nicht.«

»Bitte, Shadar, ich habe in dieser Angelegenheit keine Lust, Rätselraten zu spielen«, herrschte sie ihn ungeduldig an. »Das hier ist zu ernst. Wenn du wissen willst, was ich annehme ... Ja, ich wundere mich, weshalb du mir diese Eröffnung jetzt und vor allem hier gemacht hast. Meine einzige Idee ist, dass jemand auf diesen Schiffen davon weiß und es mir möglicherweise mitteilen wird. Andererseits wärst du mit einem zweiten Mitglied der Ethialla bedeutend stärker und da du dann das direkte Überraschungsmoment hättest ausnützen können, um zu handeln ... aber wieso sollte ich dann noch mit dir üben?« Verwirrt blickte Kira den Magier an.

»Wir haben immer noch das gleiche Ziel, Kira.«

»Willst du mir sagen, du arbeitest für die Ethialla, teilst aber ihre Ziele nicht?«

»Genau! Ich habe die Ethialla mit Informationen versorgt, Skjaldan in Aidris für sie aus dem Weg geschafft, als wir dich gesucht haben und ich werde ...«

»Du hast Skjaldan in Aidris vergiftet und ihm seine Kette abgenommen?«

»Ich habe dafür gesorgt, dass er überlebt und nach Quo zurückkehrt. Ich werde dir gerne alles ausführlich berichten, aber ich fürchte, jetzt haben wir nicht die Zeit dazu. Die Schiffe werden Boten aussenden, die mit dir sprechen wollen. Sollten diese von unserer Unterhaltung erfahren, könnte man unangenehme Schlüsse ziehen. Ich habe nämlich vor, auch weiterhin für die Ethialla zu arbeiten.«

»Damit wir im Gegenzug Informationen von ihnen bekommen? Lohnt sich das Risiko? Was hast du herausgefunden?«

»Das Wichtigste zuerst, Kira. Der zweite Anker Laon dei Savrens befand sich in Andoran in deiner Nähe, als wir dort waren. Ich weiß nicht, wer es ist, aber das gibt uns zumindest einen Anhaltspunkt. Versuche, dich an alle Personen zu erinnern, die dort mit dir Kontakt hatten. Eventuell sind welche darunter, die ich nicht bemerkt habe oder die dir schon von deinem ersten Aufenthalt her bekannt waren. Der zweite Anker könnte jedoch auch in unserer Gruppe sein! Das ist einer der Gründe, weshalb dieses Gespräch unter vier Augen stattfindet.«

»Seit wann weißt du das?«

»Ich habe es erfahren, kurz bevor ich in Martell zu euch gestoßen bin.«

»Und das erzählst du mir erst jetzt?«

»Du neigst mitunter zu überstürzten Handlungen und ich war mir nicht sicher, inwieweit du dein Wissen hättest verstecken können. Ein Fehler Amyu gegenüber oder ein falsches Wort zu Rugan wären fatal gewesen.«

»Aller Wahrscheinlichkeit nach hätte ich mich in Kenntnis dessen dazu überreden lassen, nach Quo aufzubrechen. Ich hätte die ganze Reise nie unternommen!«

»Genau deswegen habe ich dich nicht informiert. Die Reise war wichtig.«

»Aber du hättest es mir in Quo sagen können«, begehrte Kira auf.

»So, hätte ich das?« Shadar lachte leise. »Und riskieren müssen, dass Kael etwas bemerkt und dich ausfragt? Kira, ich hätte es dir nicht einmal jetzt gesagt, wenn ich nicht fürchten müsste, dass es ein anderer tun könnte.«

»Du gehst aber schon davon aus, dass ich dir jetzt noch traue?«

Shadar stützte den Kopf in die Hände und wirkte plötzlich sehr müde. »Ich hoffe es sehr, denn ansonsten war das alles umsonst«, gestand er leise.

Kira schloss für einige Sekunden die Augen. *Vertraue ich ihm noch? Die Antwort ist eindeutig, auch wenn sie mir nicht gefällt.* Als sie wieder aufblickte, bemerkte sie Shadars flackernden Blick. *Er hat tatsächlich Angst, was meine Antwort betrifft.*

»Ehrlich, Shadar, gerade würde ich dich am liebsten verprügeln! Aber ja, ich vertraue dir immer noch! Und das Schlimmste ist, dass deine Befürchtungen gerechtfertigt sind. Trotzdem habe ich noch eine wichtige Frage: Hast du es niemals in Erwägung gezogen, dass Laon dei Savren eventuell doch die bessere Wahl sein könnte?«

»Es gab durchaus Augenblicke, in denen ich gezweifelt habe, aber das war vor langer Zeit«, gestand er. »Doch es sind diese Momente der Einsicht, die mir helfen an dich zu glauben.« Unverkennbar fiel eine riesige Last von ihm ab. »Dennoch hast du in der Tat noch viel zu lernen.«

Ein Klopfen an der Tür ließ Shadar innehalten.

»Ich fürchte, die Boten kommen«, nahm er dann jedoch hastig das Gespräch wieder auf. »Hör zu. Ich habe dieses Gespräch mit voller Absicht nicht in einem geistigen Kontakt geführt, weil diese sich leicht und gut beobachten lassen. Man wüsste auf den Schiffen, dass wir geredet haben und zu viele Absprachen zwischen uns beiden würde Misstrauen erwecken. In einem abgeschirmten Raum hingegen könnten wir auch alle gemeinsam sitzen und Strategien besprechen. Halte, solange wir auf dem Schiff sind, deine Kontakte zu mir kurz und kontaktiere mich nicht übermäßig. Du riskierst sonst in Aidris mein Leben und deine Freiheit.«

»Wenn der zweite Anker noch bei uns ist, wird ihm das auffallen.«

»Er wird sich möglicherweise wundern, das ist wahr. Ich hoffe aber, er glaubt, ich habe dich lediglich darüber aufgeklärt, dass es das Gerücht gibt, ich würde für die Ethialla arbeiten. Das wird sich bestätigen, wenn du mir vertraust und nichts Unüberlegtes tust.«

»Ich tue mein Bestes.«

»Übe. Wir haben keinen Spielraum für viele Versuche. Lass dich auf keinen Fall dazu überreden, auf einem der Schiffe des Khalids zu fahren. Ich weiß nicht, wer von der Ethialla an Bord sein wird. Akif hat es mir, als ich ihm von den Schnellseglern berichtete, nicht gesagt. Beobachte gut. Es kann sein, dass du denjenigen erkennen musst, bevor ich es dir sagen kann.«

Es klopfte erneut und Kaels Stimme war von draußen zu hören:

»Eines der Schiffe fährt gerade in den Hafen ein. Wenn ihr dort sein wollt, sobald es eintrifft, müssen wir jetzt los.«

Kira sah Shadar an und ließ die Abschirmung fallen, als dieser nickte. »Ja, wir kommen.«

Als sie zur Tür strebte, ergriff er dennoch ihren Arm. Obwohl seine Stimme kaum mehr war als ein Flüstern, schirmte er sie noch einmal ab. »Kael wird sehen, dass wir kein leichtes Gespräch hatten. Auch wird er wissen wollen, worum es ging. Gib ihm die Informationen, die du verantworten kannst. Ich wäre dir jedoch dankbar, wenn du ihm nicht alles erzähltest.«

»Wegen des zweiten Ankers?«

»Wenn du befürchtest, dass er es ist, haben wir ein Problem.«

»Kael? Niemals!«

»Gut.« Shadar ließ die Abschirmung fallen und ging zur Tür. »Dann treffen wir jetzt am besten die Abgesandten des Khalids.«

## Shadar

*»Vertrauen wird dadurch aufgebraucht, dass man es in Anspruch nimmt.«*
*Shadar von Catron, Küste vor Martell, Andoran*

»Auf ein Wort, Mael.«

Der Bote verneigte sich leicht und trat in Shadars Weg, als er sich gerade den anderen anschließen wollte, die zu Melyads Kontor zurück strebten. Sofort hielten auch Kira und Kael inne. Der Blick, mit dem Letzterer ihn bedachte, sprach Bände: Kael von Quo war an den Grenzen seines Vertrauens angelangt. Wenn er es nicht bereits getan hatte, würde er spätestens im Hafenkontor von Kira verlangen, den Rest der Dinge zu berichten, die sie mit ihm gesprochen hatte.

»Was gibt es noch?«, fragte er daher mit deutlichem Unwillen.

Der Mann trat einen Schritt zurück und deutete mit einer Hand auf das im Hafen liegende Schiff.

»Wenn Ihr mir folgen wollt, Mael, ich habe ein Geschenk, das ich Euch übergeben soll.«

Shadar seufzte. Das konnte wichtig sein. Er heftete seinen Blick auf Kira und nickte ihr kurz zu. Den geistigen Kontakt vermied er bewusst, doch er legte alle Zuversicht, die er aufbringen konnte, in seine Augen: *Vertrau mir noch einen Moment länger und beruhige Kael so gut du kannst.* Dann wandte er sich erneut an den Boten. »Von wem kommt dieses Geschenk?«

»Shaki Akif sendet euch diese Aufmerksamkeit, Mael.«

## Skjaldan

*»Eine Katze? Den Sinn dieses Geschenks verstehe ich nicht. Allerdings sollte Shadar sich endlich erklären, bevor Kael ihn dazu zwingt.«*
*Skjaldan Briskfadar, Küste vor Martell, Andoran*

»Wie niedlich!« Kira blickte begeistert auf das winzige nachtschwarze Kätzchen, das Shadar gerade auf den Tisch des Handelskontors gesetzt hatte. »Weshalb schickt dir Akif eine Katze?«

»Das möchte ich auch wissen. Ihr erlaubt, Mael Shadar?« Sein Ton ließ wenig Spielraum für eine Verneinung. Ohne auf eine Erwiderung zu warten streckte Kael die Hand nach dem Tierchen aus. Zum Glück nickte der Ratsmagier lediglich und zog seine eigene Hand zurück. Das Kätzchen fiepte leise und duckte sich auf die Tischplatte, als Kael es in einem Schild einschloss. Für einen Moment sprach niemand, aber nachdem er den Schild aufgehoben hatte, tapste das Tierchen eilig über den Tisch zurück zu Shadar und verkroch sich im Ärmel seiner Robe.

»Keine Magie, allerding ist dieses ›Geschenk‹ mit Sicherheit nicht einfach nur eine nette Geste. Welche Botschaft steckt dahinter?«

»Es ist eher eine Erinnerung als ein Geschenk. Ein Hinweis auf eine Verpflichtung, die nun eingefordert wird, wie es scheint.« Sein Blick ging zu Kira, deren Gesicht merklich an Farbe verlor.

Kael war Kiras Nervosität ebenfalls nicht entgangen. Was wusste sie über diese Angelegenheit? »Ich denke, es ist jetzt an der Zeit, dass ich alleine mit meiner Schülerin spreche!« Er erhob sich und winkte Kira, ihm zu folgen.

Sie wirkte nicht glücklich, kam seiner Aufforderung jedoch nach.

Der besorgte Blick, den Shadar ihr hinterherschickte, entging Skjaldan nicht. »Akif schickt dir also ein Kätzchen? Was soll das, Shadar? Was hat es damit auf sich? Auch Kira verschweigt uns etwas – und das tut sie sehr schlecht. Kael wird – wie ich ihn kenne – jetzt wahrscheinlich herausfinden, was es ist, also erzähl!«

»Bitte vertrau mir noch ein wenig länger«, beschwor ihn Shadar, wobei er abwesend über seinem Ärmel strich, unter dessen Stoff sich das Kätzchen abzeichnete. »Ich weiß, wie das auf euch wirkt, doch wir verfolgen weiterhin dieselben Ziele.«

Skjaldan stöhnte frustriert auf. »Wenn das so ist, sprich. Welche Art Gefallen kann Akif von dir fordern? Was hat er dir gewährt? Wohl kaum die Suche nach Kira! Der Mann hat uns kein Stück vorangebracht. Ich hatte eher das Gefühl, er behinderte uns absichtlich!«

»Kira weiß es, Skjaldan. Das muss für den Moment genügen.«

»Ich soll dir vertrauen, du tust es im Gegenzug jedoch nicht?«, presste Skjaldan zwischen zusammengepressten Zähnen hindurch.

Shadar hob beschwichtigend die Hand. »Ich vertraue dir, aber noch kann ich nicht mehr sagen.«

»Das Wort ›aber‹ in deinem Satz ist sehr deutlich. Und was meinst du mit ›noch‹? Machst du deine ›Eröffnungen‹ abhängig von dem, was Kira Kael verrät?« Aufgewühlt fuhr sich Skjaldan mit der Hand über die Stirn. Eigentlich sollte er jetzt wütend werden, doch er fühlte nichts als Verzweiflung. Würde ihre Allianz an Shadars Geheimniskrämerei auseinanderbrechen? An diesen verdammten Schiffen aus Aidris und an einem Geschenk, das gerade begonnen hatte, im Ärmel seines Gegenübers vernehmlich zu schnurren? Wenn Kael Kira gegenüber gerade offen sein Misstrauen aussprach und ihr eine Entscheidung aufzwang, war alles in Gefahr, was sie mühsam aufgebaut hatten. »Welches Interesse hat Akif daran, uns auseinanderzubringen? Was für einen Vorteil zieht er daraus?«

»Muss ich diese Fragen beantworten?«, murmelte Shadar.

Skjaldan fluchte verhalten. Das war in der Tat nicht nötig. »Weshalb hast du dieses ›Geschenk‹ nicht einfach abgelehnt?«

Shadar strich sich erneut über den Ärmel, aus dem sich eine schwarze Pfote heraus gewagt hatte, um nach dem Saum zu angeln. »Weil das das falsche Signal wäre.«

# Kael

*»Die Wahrheit zu kennen heißt nicht, sie auch zu lieben. Lediglich Teile*
*davon zu erfahren, ist hingegen mehr als nur unbefriedigend!«*
Kael von Quo, Küste vor Martell, Andoran

Kira war sichtlich angespannt, als sie ihre Roben anlegte und Kael fragte sich zum wiederholten Mal, was sie ihm verschwieg. Auch allein, ohne Shadar, hatte sie nicht mehr sagen wollen als das, was er über die Gesandten aus Aidris ohnehin bereits wusste. Immerhin hatte sie zugelassen, dass er sie daraufhin auf eine Beeinflussung überprüfte. Er hatte nichts feststellen können und Kira vertraute Shadar immer noch so sehr, dass sie sich auf sein Wort verließ und weiterhin einige Aspekte ihres Gesprächs mit dem Ratsmagier vor ihm geheim hielt. *Vielleicht hätte ich sie doch zwingen sollen, ihre Gedanken offenzulegen. Als ihr Lehrer ist dies mein Recht!* Doch ein solcher Eingriff hätte möglicherweise mehr zerstört, als die erhaltenen Auskünfte ihm nutzten.

»Bist du sicher, dass wir nach dem Essen mit Aidris' Botschafter das Schiff wieder verlassen können?«

Bei dieser Frage Kiras lief es Kael kalt den Rücken hinunter. *Was erwartet sie von diesem Treffen?*

»Falls jemand Schwierigkeiten machen sollte, transportieren wir«, versicherte ihr Shadar ruhig und bestimmt.

Unmöglich zu erkennen, ob er diese Möglichkeit tatsächlich in Betracht zieht oder nur auf Kira eingeht, um sie zu beruhigen.

»Skjaldan und Leandar bleiben an Land und können uns jederzeit ein Bild geben«, fuhr der Ratsmagier gelassen fort.

»Ich hätte sie lieber dabei!«

*Falls es Shadars Absicht gewesen ist, Kira zu beruhigen, hat er versagt.* Kael musste sich dazu zwingen, den möglichst unbeteiligten Zuhörer zu mimen.

»Du bist mit deinen Lehrern eingeladen, Kira, und das sind nur Kael und ich. Trotzdem bezweifle ich, dass etwas geschehen wird.«

Kira nickte und setzte ein Lächeln auf, das jedoch lediglich Fassade war.

Kael war sich vollkommen sicher, dass sie die Einladung der Boten rundweg abgelehnt hätte, sofern sie diesbezüglich eine Möglichkeit gefunden hätte, die nicht ganz und gar unhöflich gewesen wäre. Er ging zu ihr hinüber und legte ihr sanft eine Hand auf den Arm.

»Solche Treffen, wie dieses formale Abendessen der Schiffsführer mit dir und dem Gesandten aus Aidris, sind durchaus üblich. Er wird dich begrüßen und offiziell in sein Land einladen. Gut wäre es zu erreichen, dass deine Begleiter ebenfalls als Gäste akzeptiert werden. Sofern das wirklich alles ist, droht dir keine Gefahr.«

Kaels Blick fixierte Shadar, der mit gefurchter Stirn den Kopf neigte. »Das hoffe ich auch. Dennoch sollten wir umsichtig agieren. Ich denke, dass man versuchen wird, Kira zum Bleiben zu überreden. Einen Angriff auf ihr Leben schließe ich hingegen aus.«

Kael schnaubte leise. Dass die Ethialla die ›Nachfolgerin‹ lebend wollte war bekannt.

Jetzt zog Shadar einen schmalen Dolch aus seinem Gürtel und reichte ihn Kira. Als sie ihn nahm, entwickelte die Klinge ein seltsames Eigenleben und sie schrie auf, als sich auf ihrem Daumen ein deutlicher Schnitt zeigte.

Kael sprang auf, doch das Messer lag bereits wieder ruhig in Shadars Hand und verschwand kurz darauf in einer Tasche an seinem Gürtel. Wütend funkelte Kael ihn an. »Was sollte das?«

»Das frage ich mich auch!«, donnerte der Ratsmagier, wobei sein Blick sengend auf Kira ruhte. »Wie oft habe ich dir gesagt, du sollst alles aus Silber oder Kupfer überprüfen, das dir jemand in die Hand gibt? Davon abgesehen, wo ist dein Schild?«

Beschämt senkte Kira den Blick. »Ich … ich habe ihn in meiner Aufregung vergessen. Es tut mir leid, Shadar. Das hätte nicht passieren dürfen.«

»Allerdings!«, gab Shadar, noch immer aufgebracht zurück, ehe er mit deutlich weicherer Stimme fortfuhr: »Dieser Schild ist wichtig. Immer und überall, Kira. Er gibt dir im Notfall die Zeit zu überlegen, was du tun solltest. Daher muss er bereits da sein, bevor etwas geschieht.«

# Kira

*»Mir nichts anmerken lassen? Die Hoffnung, nach Andoran endlich etwas*
*Ruhe zu haben, war wohl zu naiv!«*
*Kira Sanders, vor der Küste von Martell, Andoran*

Es war das größte der fünf Schiffe, an dem der Segler, der sie im
Hafen abgeholt hatte, letztlich anlegte. Eine breite Planke wurde so
zwischen die Schiffe gelegt, dass sie bequem hinter Shadar an Bord
gehen konnte. Kael folgte ihr.

Wo sich auf Melyads Schiff der Laderaum befand, hatte man hier
einen großzügigen Aufenthaltsraum geschaffen – zumindest für
die Verhältnisse auf einem Schiff. Selbst die Kajüte des Kapitäns
auf der Lilje Lys hatte weniger Komfort geboten. Kira erblickte eine
mit Kerzen und Obstschalen bestückte, reich gedeckte Tafel. Um
diese herum waren bequeme Kissen drapiert. Ein gut gekleideter
Mann kam ihnen entgegen und warf sich dann vor Kira auf den
Boden. Zum Glück hatte Shadar sie auf dieses Prozedere vorbereitet
und ihr erklärt, wie sie darauf reagieren sollte. Des Weiteren hatte
er dargelegt, es sei in Aidris üblich, dass zuerst die hochgestellten
Personen Platz nahmen, bevor die anderen den Raum betraten.
Daher war außer ihren Begleitern und dem Kapitän noch keine
weitere Person anwesend.

Kira hatte seinen Namen von einem der Boten erfahren, und
sprach ihn nun freundlich an: »Erhebt Euch, Seran Halid. Es freut
mich sehr, auf Eurem Schiff zu Gast zu sein.«

Respektvoll kam dieser ihrer Aufforderung nach. Anschließend
geleitete Halid sie zu dem Kissen an der Stirnseite der Tafel. Hier
würde sie während des gesamten Abendessens sitzen, egal, wer
den Raum betrat – es sei denn, sie wollte sich erheben, um jemandem
besondere Ehre zu erweisen oder zu gehen. Dann mussten es ihr alle
im Raum gleichtun. Das war ihre letzte Option, wenn die Gespräche
nicht so verliefen, wie sie es sich wünschte.

Der Raum füllte sich langsam. Diener brachten Speisen und die
Schiffsführer der anderen Schiffe trafen ebenfalls ein. Nur, dass
nun der Geringste zuerst den Raum betrat.

»Der Erste und der Letzte zählen«, hatte Shadar ihr erklärt. »Derjenige, der sich als erster im Raum befindet, ist der, dem sich alle anderen unterordnen. Der Letzte, der den Raum betritt, ist der Wichtigste von ihnen.«

In ihrem Fall war das ein schlanker, bereits älterer Mann mit leuchtenden goldbraunen Augen und einem gewinnenden Lächeln. Auch er legte sich flach vor ihr auf den Bauch, wobei er das Kästchen, das er in seinen Händen hielt, nach vorn streckte.

»Evron siar Yasin«, flüsterte der Kapitän hinter ihr leise, so, wie er ihr auch die Namen aller anderen genannt hatte. Kira warf einen raschen Blick zu Shadar hinüber. Er hatte ihr erklärt, mit welchen Titeln sie die Schiffsführer anzusprechen hatte, doch dieser Mann gehörte sichtlich nicht dazu. Der Magier bemerkte ihre Unsicherheit jedoch nicht, da sein Blick gebannt auf dem Mann vor Kiras Füßen ruhte.

Kael berührte leicht ihren Arm. »Melen«, raunte er ihr zu.

*Natürlich.* »Erhebt Euch, Melen Evron.«

Der Mann tat dies für sein Alter überraschend geschmeidig. Als er wieder sicher stand, öffnete er mit einer fließenden Bewegung den Deckel der Schatulle und griff hinein.

Perplex starrte Kira auf den kleinen, silbernen Blattanhänger, den er daraus hervorzog. Reflexartig bewegte sich ihre geöffnete Hand darauf zu und Evron ließ das Blatt in diese hinein fallen.

»Es ist der Anhänger, der Eurem Freund in unserem Land so unglücklich abhandenkam, Mlyss d'Eartha. Ich würde mich freuen, wenn Ihr ihn als Zeichen des Vertrauens annehmt. Ihr, sowie Eure Begleiter, seid herzlich auf diesem Schiff willkommen und eingeladen, Eure Reise mit Seran Halid fortzusetzen. Das Schiff des Andoraners würde uns nur aufhalten.«

Kira hörte seine Worte kaum, als er jetzt weitersprach und die Vorzüge einer schnellen Seereise anpries. Ihr Blick hing wie gebannt auf Skjaldans kleinem Blatt, dessen Gegenstück sie einst an einer Kette um ihren Hals getragen, aber auf Anraten Kaels abgenommen hatte. *Shadar hat Skjaldan vergiftet und ihm den Anhänger abgenommen. Wem hat er ihn gegeben? Aller Voraussicht nach befindet sich ein Mitglied der Ethialla auf einem der Schiffe ...,* dröhnte es in ihren Gedanken. Wenn nun Evron den Anhänger hatte, war er es entweder selbst oder er hatte das Schmuckstück bei einem der Mitglieder sichergestellt, die der Hof in Gewahrsam genommen hatte.

Vorsichtig, so wenig Energie wie möglich nutzend, richtete sie ihre Sinne auf das Blatt. *Da ist Magie!* Unwillkürlich atmete Kira scharf ein als sie begriff, was diese bewirken sollte.

Evron warf ihr einen leicht belustigten Blick zu. »Ich denke, Ihr wollt mit mir auf diesem Schiff bleiben, Mlyss. Habe ich recht?«

Heiße Wut flackerte in ihr auf. *Genau für diesen Zweck hat jemand den Anhänger präpariert!* Hätte sie ihren Schild nicht gehabt, wäre es ihr absolut unmöglich gewesen, Evrons Einladung abzulehnen. Die Magie hätte sie derart an diesen Mann gebunden, dass sie seine Seite nur noch hätte verlassen können, sofern er es ihr gestattete. *Ich muss diese Magie vernichten und herausfinden, wer sie gewirkt hat.*

Kira sah Kaels fragenden Blick, als sie die Lippen zusammenpresste und ihre Kraft fokussierte.

Wie man Magie vernichtete, wusste sie nicht, doch sie hatte es schon einmal geschafft, Magie zu jemandem zurückzuverfolgen, allein, weil sie es gewollt hatte. Genau dasselbe wollte sie auch jetzt! Kurz flackerte ihr die Warnung durch den Kopf, dass intuitiv genutzte Magie viel Kraft kosten konnte, doch das war ihr egal. Sie hatte Kraft, das wusste sie mittlerweile.

Hochkonzentriert lenkte ihre Energie auf ihr Ziel: Denjenigen zu finden, der diesen Zauber gewirkt hatte und die Magie, die auf dem Anhänger lag zu zerstören. Bei ausreichend großer Hitze hatte schließlich auch das Arcugam seine Funktion eingebüßt.

## Shadar

*»Am liebsten würde ich gar nicht hinsehen,*
*doch dann wäre das alles umsonst.«*
*Shadar von Catron, Küste vor Martell, Andoran*

Als Kira nach dem Anhänger griff, musste Shadar sich zwingen, ruhig weiter zu atmen. Seit er bei der Übergabe des Kätzchens die Anweisung erhalten hatte, einen frischen Blutstropfen von ihr zu Akifs Magier zu transportieren, hatte er befürchtet, dass sich jetzt die Ereignisse zuspitzen würden. *Hoffentlich hat Kira meine Warnung, den Schild betreffend, verstanden und lässt sich nicht durch die Überraschung, Skjaldans Anhänger in Evrons Hand zu sehen, ablenken.* Während ihm ein feines Rinnsal Schweiß langsam zwischen den Schulterblättern nach unten lief, fragte er sich zum wiederholten Male, ob es nicht doch besser gewesen wäre, sie zu warnen und ihr von dem Blut zu berichten. Doch Kira war eine miserable Schauspielerin und jedem wäre aufgefallen, dass sie etwas wusste. Ihre Überraschung musste echt sein. Ungünstig war nur, dass es ausgerechnet Evron war, der hier auftauchte. In dem Augenblick, als dieser den Raum betrat, hatte Shadar dessen magische Ausstrahlung zuzuordnen vermocht, denn er war dem Mann bereits mehrfach begegnet. Er galt bei Hofe als die graue Eminenz hinter Shaki Sedan Navell Caeran, dem militärischen Berater des Khalid. Evron siar Yasin war klug, berechnend und hatte auch sein Können als Magier mehrfach unter Beweis gestellt. *Ich wüsste nicht, was geschähe, wenn er uns angriffe.*

Dann fühlte er, wie Kira sich sammelte, wobei sich ihre Finger zu Fäusten krümmten. *Was hat sie vor?* Sein Blick traf Kaels, der sich vorbeugte, als wolle er ihren Arm berühren, es sich dann jedoch anders überlegte, um sie in ihrer Konzentration nicht zu stören. Wenig später öffnete sie die Hand, auf der das kleine Blatt gelegen hatte. Jetzt war es bis zur Unkenntlichkeit verformt. Noch immer fokussiert, hob sie plötzlich den Kopf, öffnete die Augen und sah … direkt in Evrons Gesicht. Ein Ausdruck unaussprechlichen Entsetzens manifestierte sich auf ihren Zügen, als ihr Blick dem seinen begegnete. Auch er schien im selben Moment zu begreifen, denn seine Iriden weiteten sich in Panik. Shadar spürte, dass Kira versuchte, den Fluss ihrer Energie zu stoppen, doch sie war zu langsam. Selbst Evrons hastig verstärkter Schild konnte nicht mehr verhindern, dass er in Flammen aufging.

## Kael

*»Der Ausdruck ›ungünstig‹ ist für diese Situation in etwa so untertrieben
wie die Bezeichnung ›nette Wesen‹ für die Dunklen!«
Kael von Quo, vor der Küste von Martell, Andoran.*

Sein Schild umschloss Kira nur einen Bruchteil früher als der des Ratsmagiers, der offensichtlich denselben Gedanken gehabt hatte. Nur einen Lidschlag später stand sein Kontakt zu Skjaldan und Leandar.

»Es kann sein, dass wir schnell fortmüssen. Kira hat gerade den Botschafter aus Aidris umgebracht. Haltet euch für einen raschen Aufbruch bereit und informiert auch Aki und Melyad dei Martell.«

»Kira hat was?« Von Skjaldans Seite schlug ihm unbändige Bestürzung entgegen. »Was hat der ihr getan?«

»Nichts Offensichtliches. Die Hintergründe der Tat müssen noch geklärt werden. Haltet bitte einfach den Kontakt, damit wir im Notfall transportieren können. Im Augenblick muss ich mich auf das Hier und Jetzt konzentrieren.«

Er wartete keine Bestätigung ab, sondern wandte sich Kira zu, die vor dem verkohlten Körper des Botschafters kniete und fassungslos auf die Überreste starrte.

»Das wollte ich nicht! Ich wollte nur die Magie vernichten, nicht ihn!«, wiederholte sie wie ein Mantra.

»Wovon sprichst du, Kira?« Shadar war neben ihr auf die Knie gesunken, während er gleichzeitig versuchte, das Geschehen im Raum einzuschätzen. »Was hast du getan?«

Kira reagierte jedoch nicht auf seine Ansprache. Sie starrte nur weiter auf die Asche und verbarg dann den Kopf in den Händen, während ihr gesamter Körper zu zittern begann.

»Ich wollte das nicht!«, wiederholte sie abermals, diesmal lauter.

Der Ratsmagier sah auf und begegnete Kaels Blick. »Übernehmt unseren Schutz«, bat er knapp, ehe er Kira in seine Arme schloss und ihren Kopf an seine Brust zog. »Ich weiß«, flüsterte er. »Versuche, dich zu beruhigen. Wir und alle hier müssen wissen, was geschehen ist.«

Kael hob den Kopf und blickte in den Raum.

Die Schiffsführer und der Kapitän standen wie erstarrt an den Wänden. Keiner wagte, sich zu bewegen. Erst als eine gefühlte Ewigkeit lang nichts als Kiras Schluchzen zu hören war, wagte es der Kapitän, Kael anzusprechen.

»Wird sich ...« Der Mann kehrte seine Handflächen wie in Zeitlupe nach oben, schluckte vernehmlich und setzte daraufhin noch einmal an. »Könnte sich so etwas wiederholen oder ist es jetzt sicher, Anweisungen zu geben, die Tafel aufzuheben?«

»Das wird sich nicht wiederholen, Seran Halid. Dafür werden wir Sorge tragen. Es war mit Sicherheit ein Unfall, dessen Ursache wir noch nicht genau kennen. Ich ...« Er brach ab, als Shadar ihm ein kleines Metallklümpchen reichte: die Reste von Skjaldans Blattanhänger. Was daran hatte bei Kira diese Reaktion ausgelöst?

Behutsam richtete er seine Sinne auf das Silber. Von der Magie, die Breccan in Quo daraufgelegt hatte, war nichts mehr zu spüren. Zu lange hatte Skjaldan den Anhänger nicht mehr getragen. Doch frischere Spuren hatten sich darauf eingeprägt – durch Kiras Tun nahezu ausgelöscht – nur noch ein Nachhall, keine aktive Magie mehr, aber Reste von etwas Altem.

»Shadar? Fragt Kira, ob sie versucht hat, den Anhänger von Magie zu befreien.«

Dieser sog hörbar die Luft ein und nickte dann. »Geht davon aus, dass da etwas war, Kael.« Dann wandte er sich erneut Kira zu und sprach leise auf sie ein.

»Sie ... sie sollte mich an ihn binden«, schluchzte sie.

»An wen?«, hakte Kael heiser nach.

»An ...« Kira löste ihren Kopf von Shadars Brust, richtete ihren Blick auf die Asche des Botschafters. Ihr Gesicht war kalkweiß und sie begann erneut zu zittern. Dennoch sprach sie stockend weiter. »An ihn ... an Melen Evron. Ich wollte ... ich wollte ihn nicht töten, nur die Magie aufheben, aber ich konnte die Energie nicht mehr stoppen. Ich habe die Kraft intuitiv genutzt. Mit dem Ziel, die Magie zu vernichten und herauszufinden, wer sie gewirkt hat.«

Shadar atmete abermals scharf ein. »Du wolltest herausfinden, wer Kraft auf den Anhänger gelegt hat und sie gleichzeitig vernichten? Du hast beides verbunden?«

»Ja. Es war zu spät, als ich bemerkte, was geschehen würde. Ich hätte das sonst nie gatan.«

»Kira, darf ich deine Erinnerung an diesen Vorfall den hier Anwesenden zeigen?«

Kael musste schlucken, doch er konnte Shadars Motivation verstehen. Auch wenn sich Evron nicht explizit als Botschafter des Khalid ausgewiesen hatte, so war es doch mehr als offensichtlich, dass er eine hohe Funktion bekleidete. Mehrere der Schiffsführer, die Aidris für diese Mission ausgesucht hatte, waren selbst Magier. Sie würden berichten, wenn sie nicht bereits dabei waren, aber Kiras Grund für diesen Angriff konnte die Wogen womöglich ein wenig glätten – sofern der Khalid den Grund nicht bereits kannte.

»Ich werde sie samt deiner Gefühle und Gedanken projizieren. Ist dir das recht?«

Sie nickte. »Es ist bloß vielleicht nicht so gut für dich, Shadar«, hauchte sie beinahe tonlos.

Der Ratsmagier verzog gequält das Gesicht. »Das ist wahrscheinlich inzwischen sowieso egal.«

»Dann tu es, wenn es hilft.«

Die Geste, mit der er Kira die Hand auf die Stirn legte, um ihr Bewusstsein übernehmen und projizieren zu können, war beinahe zärtlich. Einige der Männer im Raum atmeten sichtlich auf, als sie in Shadars Armen zusammensank. Kael ertappte sich selbst dabei, ebenfalls die Luft angehalten zu haben. Immerhin entspannte sich die Situation nun ein wenig.

Dann begann Shadars Projektion und Kael blieb keine Zeit mehr, darüber nachzudenken. Anscheinend war es kein Gerücht, das Shadar an den Aktivitäten der Ethialla teilhatte, doch für den Moment schob er den Gedanken mit Macht beiseite. Das würde er den Ratsmagier später fragen.

Als Shadar geendet hatte, war es mehrere Sekunden lang still.

Dann nickte der Kapitän des Schiffes dem Ratsmagier zu. »Ich bedanke mich für die Offenheit, Mael. Die Sicht auf diese unschöne Angelegenheit ist nun klarer. Ich werde den Khalid dementsprechend unterrichten.«

»Tut das und seid versichert, dass nicht nur die Mlyss d'Eartha, sondern auch mir und ihrem zweiten Lehrer dieser Vorfall sehr leidtut. Ihr habt uns auf Eurem Schiff Gastfreundschaft gewährt, Seran Halid, und Ihr wart es nicht, der sie verletzt hat. Trotzdem halte ich es für besser, wenn wir Euch jetzt zunächst verlassen. Wie auch die Entscheidung des Khalid bezüglich der Beibehaltung oder Ablehnung weiteren Begleitschutzes ausfallen wird, wir werden sie akzeptieren.«

Der Kapitän nickte. »Auch Ihr habt die Gastfreundschaft in meinen Augen nicht gebrochen, Mael Shadar, doch ist es nicht an mir, abschließend darüber zu entscheiden. Ich werde Euch die Nachrichten jedoch übermitteln.«

»Danke.« Kael trat auf den Mann zu und reichte ihm beide Hände. Halid zögerte kaum merklich, ergriff sie dann aber, um sie kurz zu halten.

Mit sichtlich entspannterer Miene trat Shadar neben Kael. »Da ich mich ohnehin gerade in ihrem Bewusstsein befinde, würde ich Kira transportieren – es sei denn, das ist Euch nach meiner Projektion nicht mehr recht.«

»Darüber reden wir in Melyads Kontor. Und genau dort solltet Ihr auch mit Kira am besten auftauchen.«

## Kira

*»Das wollte ich nicht!«*
*Kira Sanders, Küste bei Martell, Andoran*

»Was haben wir zu erwarten? Soll ich meine Haustruppen in Bereitschaft versetzen? Ich kann sie anweisen, auf Eure Befehle zu hören, Njaldan Aki.« Obwohl Melyads Stimme sie nur wie durch Watte gedämpft erreichte, wurde ihr dadurch bewusst, dass sie sich nicht mehr auf dem Schiff befand. Als Shadar ihr Bewusstsein übernahm, hatte sie zum ersten Mal keine Angst dabei gespürt, sondern pure Erleichterung. Jetzt wollte sie am liebsten auf diesem weichen Polster liegen bleiben und die Augen geschlossen halten, damit sie niemanden sehen musste. In ihrem Kopf kreisten in einer schieren Endlosschleife die Eindrücke der letzten Stunde.

Da war Kael, bleich und mühsam beherrscht. *Er hat sich bei seinem Eid in Quo für meine Taten verantwortlich erklärt. Ob er das inzwischen bereut?* Shadar hingegen hatte beinahe schuldbewusst ausgesehen, obwohl er nichts dergleichen geschworen hatte. Das Schlimmste jedoch waren Evrons Augen, als er begriff, was geschehen würde, das Entsetzen, als er realisierte, dass er sich nicht schützen konnte, da ihre Magie sich bereits innerhalb seines Schildes befand und seine Verbindung zu dem Anhänger nutzte. Diesen Ausdruck des Grauens würde sie nie wieder vergessen.

»Kira, geht es dir gut?« Auch Skjaldans Sorge war nicht zu überhören.

»Eine denkbar unsensible Frage«, wies Kael ihn zurecht.

»Bei den Göttern! Dieser Mann hat versucht, Magie zu nutzen, die ihm vor jedem Gericht den Tod eingebracht hätte. Er hat es mehr als verdient!«

*Verdient? Nein.* »Das hat keiner verdient«, murmelte Kira müde.

»Kira!« Skjaldan zog sich einen Stuhl heran und ließ sich neben Kiras Lagerstadt nieder. »Ich kann mir vorstellen, dass du dich schlecht fühlst, aber es war ein Unfall! Außerdem hat er dich angegriffen, nicht umgekehrt. Was er mit dir tun wollte ist geächtet. Er hat Magie angewandt, die sein hochgeschätzter Laon dei Savren selbst verboten hat, weil sie sogar für ihn zu extrem war. Eine solche Bindung zu schaffen ist ähnlich verabscheuungswürdig, wie einen Anker zu erzwingen. Es ist in gewisser Hinsicht dasselbe, nur auf körperlicher Ebene.«

»Dennoch habe ich ihn getötet, Skjaldan. Weil ich meine Magie nicht im Griff hatte. Ich hätte deinen Anhänger Kael oder Shadar geben können, um die Magie zu zerstören, und nichts wäre geschehen. Er würde noch leben.«

»Nicht mehr lange, wenn wir ihn in Quo vor ein Gericht gestellt hätten. Selbst in Aidris würde man ihn dafür verurteilen – oder nicht?«

»Allerdings.« Shadar setzte sich behutsam auf Kiras Bett. »Das würde man, doch dein Problem ist ein anderes, habe ich recht? Du fühlst dich schuldig, gerade weil es ein Unfall war!«

Unfall – das Wort erschien Kira völlig unpassend für das, was geschehen war. Am liebsten wäre sie aufgestanden und gegangen. Nach draußen, irgendwo hin, wo sie allein sein konnte. »Ich wünschte, ich wäre in Eldins Tempel!«, schluchzte sie.

»Vielleicht kann dir das fürs Erste helfen«, griff Shadar ihr Anliegen auf und löste die Spange seines Umhangs.

»Ich verdiene diesen Schutz nicht!«, wehrte sich Kira kraftlos gegen sein Ansinnen, doch der Ratsmagier wiegelte ihr Widerstreben entschieden ab.

»Man wirft der Dunkelheit mitunter vor, ihre Hand über jeden zu halten, die Guten wie auch die Bösen. Ob du dich selbst zu Ersteren oder Letzteren zählst, ist mir egal. Ich zähle dich zu meinen Freunden und damit verdienst du jeden Schutz, den ich gewähren kann.«

Sie rollte sich auf die Seite und verbarg ihr Gesicht in den Händen. Wie konnte Shadar nach dem, was sie getan hatte, auf diese Weise zu ihr halten,?

»Du gehörst zu den Guten, Kira.« Skjaldan legte ihr eine Hand auf den Arm. »Denjenigen, die sich für unfehlbar gut halten, fehlt meist einfach die Moral.«

## Shadar

*»Das Einzige, was wir jetzt hoffen können, ist, dass der Khalid Kiras Gründe anerkennt. Und dass mir Kira und Quos Magier weiterhin vertrauen.«*
*Shadar von Catron, Küste von Martell, Andoran*

Kira war eingeschlafen, kaum dass sie sich in seinem Umhang gewickelt hatte. Shadar erhob sich vorsichtig von ihrem Bett, um sie nicht zu stören.

»Wir müssen reden.« Sämtliche Freundlichkeit war aus Kaels Stimme verschwunden. »Über die Ethialla, Eure Beteiligung daran, wer das Blut, das für diese Art Magie notwendig ist, bereitgestellt hat und nicht zuletzt über Evron siar Yasin. Wer ist dieser Mann und was wisst Ihr über ihn?«

Shadar nickte. »Darum kommen wir jetzt wohl nicht mehr herum«, bestätigte er. »Ich werde auf alle Eure Fragen antworten, Mael Kael.«

»Schön. Habt Ihr Evron Kiras Blut zugespielt?«

»Ja.«

»Was?« Skjaldan sprang auf. »Bist du völlig verrückt geworden?« Nur Kaels rasches Eingreifen verhinderte den Beginn eines Handgemenges

»Wir sollten das nebenan besprechen oder leiser sein. Mein Schutz hilft Kira zwar dabei, sich zu geborgen zu fühlen, aber er blockiert nicht ihr Gehör«, blieb Shadar trotz alledem ruhig.

»Ich lasse sie jetzt nicht allein!«, stellte Skjaldan daraufhin klar.

»Dann sei leise und komm mit uns nach vorne an den Tisch«, beschwichtigte ihn sein Freund. »Er hat sich zwar ihr Blut verschafft, sie gleichzeitig aber auch sehr eindringlich darauf hingewiesen, ihren Selbstschutz nicht zu vernachlässigen«, griff Kael das eigentliche Thema wieder auf, nachdem sie an dem erwähnten Tisch Platz genommen hatten. »Ich habe die Sache mit dem Messer für eine magische Lektion gehalten, bis dann dieser Evron mit dem Anhänger dort stand. Was wusstet Ihr darüber, Mael Shadar, und weshalb habt Ihr Kira nicht gewarnt?«

»Sie spielt zu schlecht.«

Kael musste Skjaldan abermals die Hand auf den Arm legen, um ihn an einem Übergriff zu hindern.

»Ich hatte ihr gesagt, dass jemand von der Ethialla auf einem der Schiffe sein könnte«, fuhr Shadar hastig fort. »Wer und zu welchem Zweck, war mir selbst unbekannt. Als ich jedoch mit diesem Kätzchen die Nachricht erhielt, Akifs Magier einen Tropfen frischen Blutes zu schicken, war ich mir sicher, dass auf dem Treffen irgendetwas passieren würde. Selbst wenn mir genaue Details bekannt gewesen wären, hätte ich Kira nicht darüber aufgeklärt, denn sie wäre niemals in der Lage gewesen, absolute Unwissenheit vorzutäuschen. Trotzdem wollte ich erfahren, was die Ethialla vorhatte zu tun.«

»Und warum habt Ihr es mir nicht mitgeteilt? Oder haltet Ihr mich auch für unfähig, meine Gefühle zu verbergen?« Aufgebracht verschränkte Kael die Arme vor seiner Brust.

»Nein, Mael, ganz sicher nicht.« Shadar lächelte, als er in die zornig funkelnden Augen seines Gegenübers blickte. »Es gibt einen anderen Grund, weshalb ich mein Wissen über manche Dinge nur mit Kira geteilt und sie auch gebeten habe, darüber zu schweigen. Skjaldan«, wandte er sich nun diesem zu, »ich frage dich, weil ich mir bei dir am wenigsten vorstellen kann, dass du ein Doppelspiel spielst: Vertraust du allen, die hier im Raum sind vollkommen und bist dir sicher, dass sie in dieser Angelegenheit auf der richtigen Seite stehen?«

»Was?«

»Du hast mich gehört.«

»Ja, Shadar, ich vertraue jedem hier, aber, wie Kael bei jeder sich bietenden Gelegenheit betont: Ich erkenne eine Verschwörung nicht einmal dann, wenn man mir offen davon berichtet.«

»Ich verstehe. Kael, Ihr?«

Bedächtig senkte der Angesprochene den Kopf. »Ihr habt etwas erfahren, Mael Shadar, das Euch dazu bringt, einen Verräter in unseren Reihen zu vermuten«, konstatierte er vorsichtig. »Ihr habt Kira das mitgeteilt und sie hat dazu geschwiegen. Ich denke, in dem Fall sollten wir es dabei belassen und ihre Entscheidung akzeptieren, ob sie weiterhin schweigen möchte oder ob sie es nun für angebracht hält, mit uns zu sprechen. Trotzdem würde ich nun gerne erfahren, welche Rolle Ihr in diesem Kontext spielt!«

Shadar nickte und begann zu berichten: von seinem ersten Treffen mit Akif, von den Kontakten über Levren und auch darüber, was geschehen war, als Abedin Kira entführt hatte.

»Wenn das alles vorbei ist, findet meine Faust irgendwann dein Gesicht«, grunzte Skjaldan. »Und Kael war dir auch noch dankbar dafür!«

»Das bin ich noch. Du hast überlebt und das ist, so seltsam sich das anhören mag, sein Verdienst. Trotzdem bleibt Melen Evrons Rolle in dieser Sache undurchsichtig. Welche Funktion bekleidet er?«

»Welcher Posten ihm innerhalb der Ethialla zukommt, kann ich Euch nicht sagen, um seine Aufgaben an Aidris' Hof hingegen weiß ich sehr wohl. Evron hat es immer vermieden, selbst einen verantwortungsvollen Posten zu erhalten. Er ist niemals Shaki geworden, obwohl man es ihm – zumindest den Gerüchten nach – mehrfach angeboten hat. Trotzdem war er einer der einflussreichsten Männer dort und es heißt, nicht nur Sedan Navell Caeran spräche sich mit ihm ab, bevor er dem Khalid seine militärischen Empfehlungen präsentierte. Auch andere Berater schätzten seinen Rat. Er galt als kluger Stratege und war ein exzellenter Magier. Alleine in einem offenen Kampf hätte ich nicht gegen ihn antreten wollen.«

»Weshalb hat der Khalid ihn geschickt?«

Shadar hob die Schultern. »Ich nehme an, auf Empfehlung von Shaki Akif. Evron war geschickt in Verhandlungen und hat schon manches Mal gute Bedingungen für Aidris ausgehandelt. Wahrscheinlich wird auch Caeran dafür gewesen sein. Als die Schiffe losgesegelt sind, wusste der Khalid mit Sicherheit noch nichts von Akifs Beteiligung an der Ethialla. Möglicherweise bekommt der Shaki nun ernsthafte Probleme. Auch Caeran wird man überprüfen, wenn er für Evron gesprochen hat.«

»Der Khalid selbst steht also nicht auf der Seite der Ethialla?«, hakte Kael interessiert nach.

»Sunnaras vermutet, dass dem nicht so ist. Er hat in zwei Fällen mit dem Hof zusammengearbeitet, als es darum ging, Mitglieder der Ethialla zu befragen. Ein starker Mler d'Eartha, wie Laon dei Savren, gefährdet seine Macht. Wenn es nach ihm ginge, könnte diese Position unbesetzt bleiben. Hätte er hingegen über deren Besetzung zu entscheiden, gäbe er wohl Kira den Vorzug.«

# Sunnaras

*»Das hier schönzureden wird schwierig. Aller Wahrscheinlichkeit nach*
*kommen wir mit der schlichten Wahrheit diesmal am weitesten.«*
Sunnaras von Catron, Am Hof des Khalids, Kherra-Des, Aidris

Der Diener verneigte sich höflich. »Ihr werdet umgehend in den Empfangsräumen des Khalid erwartet, Mael. Bitte folgt mir.«

Der Hof handelte schnell, hoffentlich nicht voreilig. Vor wenigen Augenblicken erst hatte Shadar ihn kontaktiert. »Wer erwartet mich?«, fragte Sunnaras gespielt beiläufig, während er sich erhob.

»Das ist mir nicht bekannt, Mael.« Nach einer erneuten Verbeugung öffnete der Diener die Tür.

*Nun, es wird sich herausstellen. Mit etwas Pech ist es Caedan, sofern dieser sich von dem Verdacht, der Ethialla anzugehören, hat freimachen können. Akif wohl kaum. Ihm gegenüber hat sich der Khalid bereits in den letzten Tagen recht kühl verhalten. Womöglich treffe ich auch einen der anderen Ratgeber. Eventuell den Priester Eylas Faris?* Mit dem Mann, der ihn letztendlich in dem weitläufigen Zimmer erwartete, hätte Sunnaras mit Abstand am wenigsten gerechnet. Rasch erwies er ihm die nötige Ehrerbietung.

Rayhan Samir, der zweite Sohn des Khalid, lächelte freundlich, als er Sunnaras erlaubte, sich wieder zu erheben. »Es freut mich, dass Ihr meinem Ruf so unverzüglich gefolgt seid, Mael Sunnaras. Ahnt Ihr, weshalb ich Euch herbitten ließ?«

»Ich nehme an, aufgrund der Vorkommnisse in Andoran gerufen worden zu sein, Nahen Amyr.«

»Also hat man Euch bereits darüber informiert? Ich vermute, dass Mael Shadar Euch kontaktiert hat?«

»So ist es, Nahen Amyr.«

»Ihr pflegt also noch Kontakt mit ihm! Wie steht man in Catron zur Ethialla d'Eartha?«

»Der Rat hat mehrheitlich beschlossen, diese Organisation nicht zu unterstützen – und daran halten wir fest!«

»Trotz der Entgleisungen zweier Ratsmagier? Wurde Mael Shadar ebenfalls bereits aus dem Rat ausgeschlossen?«

»Nahen Amyr, ich halte Mael Shadar nicht für ein Mitglied der Ethialla, obwohl man das dort zu glauben scheint. Er war und ist Catron sowie Aidris extrem loyal – wenn auch auf seine, mitunter recht eigene, Weise.«

»Das ist Eure Sicht der Dinge?«

»Ja, Nahen Amyr«

»In Quo scheint man ähnlich zu denken. Immerhin hat er die Mlyss d'Eartha zurück an Land transportiert, obwohl ihr zweiter Lehrer gleichermaßen anwesend war und nach der Offenlegung ihrer Gedanken gewusst haben muss, dass Shadar mehr mit der Ethialla zu tun hatte, als er sollte.« Sein Lächeln wurde breiter, als er sich ein wenig in seinen Kissen zurücklehnte. »Zudem lebt er noch, obwohl er in der Zwischenzeit wohl unter anderem Leandar von Quo hat erklären müssen, wo seine Ziele liegen.« Rayhan Samir griff nach einem Kelch, der auf einem niedrigen Tischchen stand und deutete mit einer ungezwungenen Geste auf den zweiten daneben. »Setzt Euch zu mir, Mael. Wir haben ein längeres Gespräch vor uns, da mein Vater beschlossen hat, mich an Evrons Stelle nach Andoran zu schicken. Ich habe vor, das zu überleben. Wie groß ist die Wahrscheinlichkeit, dass die Mlyss d'Eartha noch einmal auf diese Art reagiert, wenn sie etwas erschreckt? Mir liegen Berichte vor, dass sie labil und sprunghaft sein soll und als sie in Aidris reiste, schien sie Beruhigung durch die Lieder eines Barden zu benötigen, der sie auch jetzt begleitet.«

»Labil?« Sunnaras versuchte nicht, seine Überraschung zu verbergen. »Ich halte Kira Sanders weder für labil noch für sprunghaft. Sie mag mitunter unsicher sein, doch dafür, dass sie sich erst seit etwas über einem halben Jahr in unserer Welt befindet, ist das nicht weiter verwunderlich. Was den Barden Elmaryn dei Savraney angeht, so ist er ein guter Freund von ihr. Er war einer der Ersten, die ihr nach der Ankunft in dieser Welt geholfen haben.«

»Und die Verbindung über sein Haus zu Laon dei Savren fällt Eurer Meinung nach nicht ins Gewicht?«

»Das ist vierhundert Jahre her. Shadar hat bisher nichts dergleichen angedeutet, doch ich kann ihn kontaktieren.«

»Es reicht, wenn ich ihn darauf anspreche, sobald ich vor Ort bin. Trotzdem würde ich gerne Evrons Schicksal vermeiden. Was könnte die Mlyss d'Eartha dazu bringen, mich auf die gleiche Weise angreifen zu wollen?«

»Nahen Amyr, sie war zutiefst entsetzt darüber, dass Evron starb und er hatte vor, sie mit Magie an sich zu binden. Ich bezweifle, dass ihr durch sie in Gefahr geratet. Im Gegenteil. Wie ich sie kenne, wird sie eher extrem vorsichtig sein, damit sich das nicht wiederholt.«

»Ihr haltet ihren Schrecken über Evrons Tod also für echt?«

»Auf jeden Fall!« Sunnaras sah den Prinzen überrascht an.

»Hat Euch Mael Shadar seine Erinnerung an diesen Vorfall übermittelt? Es ist eher selten, dass jemand, in einer ähnlich hohen Position wie Kira Sanders sie bekleidet, auf diese Art seine Emotionen zur Schau stellt, wenn er sich gerade gegen einen Angriff verteidigt hat. Wenn sie, wie ihr sagt, nicht labil ist, wundert es mich, dass sie weinend zusammenbricht, nachdem sie jemanden zu ihrer Verteidigung getötet hat.«

Das war also das Problem. Sunnaras bemerkte erst, dass er lächelte, als Rayhan Samir fragend die Brauen hob.

»Es war, meines Wissens nach, das erste Mal, dass jemand durch ihre Hand den Tod gefunden hat und es war von ihr nicht beabsichtigt. Zudem schätzt sie das Leben aller Menschen sehr hoch und verabscheut Gewalt im Allgemeinen. Auch gegen ihre Feinde.«

Einen Moment war es still, während der Prinz gedankenverloren einen Schluck aus seinem Glas nahm. Ungewöhnliche Eigenschaften für die Führerin aller Magier. Ich kann es kaum erwarten, sie kennenzulernen.«

## Kira

*»Es ist unverzeihlich, was ich getan habe!«*
*Kira Sanders, Küste vor Martell, Andoran.*

Sie war nicht allein, als sie aufwachte. Elmaryn saß auf einem der Sessel und rieb mit einem Lappen über seine Schuhe. Im Zimmer roch es leicht nach Bienenwachs und Kräutern. Kira blieb ruhig, jedoch mit geöffneten Augen, liegen und beobachtete Elmaryn, wie er mit dem Lappen durch eine Tonschale fuhr und danach das Gemisch aus Fett und Wachs auf dem Leder verrieb. Diese simple Tätigkeit hatte etwas ungemein Beruhigendes und stand so sehr im Gegensatz zu dem, was geschehen war, dass es fast schon surreal erschien – als befände sich dieses Zimmer in einer Blase, in der die Welt noch in Ordnung war.

Die Blase platzte, als die Tür geöffnet wurde und Skjaldan den Raum betrat. Er nickte Elmaryn kurz zu und warf dann einen beinahe schuldbewussten Blick auf seine eigenen Stiefel. »Das müsste ich auch einmal machen!«

»Allerdings!«, feixte der Barde. »Du könntest sie aber auch an ein Seil binden und hinter dem Schiff herziehen. Bis wir Aidris erreichen, hat sich der gröbste Dreck vielleicht gelöst.«

Kira setzte sich auf, wobei Shadars Umhang von ihren Schultern rutschte. Kurz überlegte sie, danach zu greifen und sich wieder in die Geborgenheit zu flüchten, doch sie tat es nicht. Es würde nichts helfen.

»Wird man uns in Aidris noch willkommen heißen?«

»Ja!«, bestätigte Skjaldan lächelnd. »Zum einen kam die Bestätigung gerade über einen Boten der Schiffe vor der Küste, zum anderen ist der Khalid darauf angewiesen, sich mit dir zu verständigen.«

»Mir wäre es lieber, wir könnten das unter anderen Voraussetzungen tun.«

»Mir auch!«, seufzte Skjaldan. »Dieses ganze Theater ist mir zutiefst zuwider.«

»Wir werden nicht darum herum kommen, sehr vorsichtig zu sein«, warf Kael ein, die Augen besorgt auf seinen Schützling gerichtet.

»Ja, das müssen wir wohl. Was denkst du jetzt – nach Evron?« Seinen Namen auszusprechen war noch immer nicht leicht.

Kaels Mund verzog sich zu einem verkniffenen Lächeln. »Dass wir uns dringend mit der Kontrolle deiner Magie beschäftigen sollten, wenn du sie intuitiv einsetzt. Es ist wichtig, dass du lernst, den Kraftfluss zu lenken, zu stoppen oder umzukehren. Was seinen Tod betrifft: Das tut mir leid. Ich hätte dir eine solche Erfahrung gerne erspart.«

»Mir?«, erwiderte sie perplex. Mit dieser Aussage ihres Lehrers hatte sich nicht gerechnet. »Er sich bestimmt auch!«, fügte sie leise hinzu.

»In dem Fall hätte er anders handeln müssen«, konterte Kael. »Evron siar Yasin ist jemandem gefolgt, dem es egal war, mit welchen Mitteln er sein Ziel erreichte. Wenn es dich interessiert, ich bereue seinen Tod nur, weil wir ihn nicht vorher zur Ethialla befragen konnten. Das hätte uns und den Khalid weitergebracht. Aidris' Herrscher schätzt die Ethialla nicht, wie er uns über Seran Halid, den Kapitän des Schiffes, auf dem wir zu Gast waren, hat mitteilen lassen. In zwei Tagen kommt ein zweiter Gesandter in seinem Namen, um dich nach Kherra-Des zu begleiten. Diesmal ist es einer seiner Söhne.«

»Nach allem, was ich getan habe, schickt er seinen Sohn?«, hauchte Kira benommen.

»Ich nehme an, er geht davon aus, dass sich das nicht wiederholt – zumal der Amyr ganz sicher nicht der Ethialla angehört«, beteiligte sich nun auch Shadar an der Unterhaltung. »In meinen Augen hat der Khalid mit diesem Mann übrigens eine hervorragende Wahl getroffen. Ihr werdet euch mögen. Rayhan Samir gilt als freundlich und friedliebend, ein kluger Mann, der stets das Wohl des Volkes im Auge behält, bei Verhandlungen aber trotzdem auf Verständnis setzt.«

Kira erhob sich, kleidete sich rasch an und trat zu den anderen. *Ich kann nicht ewig im Bett liegen bleiben, so sehr ich mir das wünschte.* Dann zog sie sich einen Stuhl neben Elmaryns und setzte sich ebenfalls.

Kael wandte sich ihr zu. »Wir werden ein paar Dinge üben müssen, bevor der neue Botschafter eintrifft. Wir beginnen heute – und zwar mit der Kontrolle deiner Kraft. Du musst es also zulassen, sie intuitiv zu verwenden. Traust du dir das bereits wieder zu?«

»Ja«, gab Kira mit fester Stimme zurück, »denn mir bleibt gar keine andere Wahl, als das zuverlässig in den Griff zu bekommen.«

## *Shadar*

*»Wenn Kira um andere Angst hat, lernt sie am effektivsten. Schöner und
besser wäre es, sie könnte ihre Motivation aus Freude schöpfen,
doch dafür sind die Umstände wohl nicht passend.«*
Shadar von Catron, Küste vor Martell, Andoran

Kaels Schild blieb bestehen, was jedoch nicht am Können des
Magiers lag. Wenn Kira intuitiv Magie einsetzte, fielen die Barrieren,
die ihre Skrupel oder Ängste der Kraft unbewusst entgegensetzten.
Kaels Schild zu brechen, hätte sie nicht einmal allzu viel Kraft
gekostet. Den Energiefluss zu stoppen, bevor er das Ziel erreichte,
war jedoch etwas gänzlich anderes. Gerade hatte sie es zum ersten
Mal geschafft. Endlich, denn für heute wurde der neue Botschafter
des Khalid erwartet.

»Ich glaube, ich habe es. Versuchen wir es noch einmal?«

»Ja«, antwortete Kael knapp, nicht zuletzt, um Atem zu sparen,
wie Shadar annahm. Für Kiras zweiten Lehrer war diese Übung
anstrengender, als er ihr gegenüber zugab.

Skjaldan trat zu seinem Freund und legte ihm eine Hand auf die
Schulter. »Lass mich den nächsten Schild übernehmen. Du musst
heute Abend mit zum Empfang, und falls der nächste Botschafter
ähnliche Probleme bereitet wie der erste, solltest du noch ein wenig
Kraft übrig haben.

»Danke, Skjaldan«, nahm Kael das Anbebot an und trat einige
Schritte zur Seite, um die Übung zu beobachten.

»Ich bin soweit«, gab Kira ihnen kurz darauf zu verstehen. Sie
wirkte entschlossen und vollkommen darauf konzentriert, diese
Lektion zu meistern. Was das betraf, war der Unfall mit Evron
extrem förderlich gewesen. So zielstrebig und fokussiert hatte er
sie bisher noch nie arbeiten sehen.

»Jetzt will sie etwas lernen. Der Unterschied ist enorm, findet Ihr
nicht auch?«, raunte Shadar, der sich zu ihm gesellt hatte.

Kael seufzte. »Ich habe sie das letzte Mal so konzentriert arbeiten
sehen, als sie in Quo versucht hat, herauszufinden, wie sie das

Gleichgewicht einrichten kann. Damals hat Laon dei Savren sie unterrichtet.«

»So ungern ich das zugebe, aber dieser Mann war bisher ihr effektivster Lehrer«, stimmte Shadar ihm zu.

Es wurde still, während Skjaldan seine Konzentration in seinen Schild fließen ließ. Als dieser dennoch wenig später wie aufgeweichtes Pergament zerriss, zog nicht nur Shadar scharf die Luft ein.

Kira presste sich beide Hände an die Schläfen und schüttelte den Kopf. »Oh verflixt«, fluchte sie unterdrückt. »Das ging zu schnell. Ich kann die Kraft nicht intuitiv auf ein Ziel loslassen, während ich schon Vorbereitungen treffe, sie zu stoppen. Und dann bin ich zu langsam.«

»Es ist nicht das erste Mal, dass es auf deine Reaktionsschnelligkeit ankommt«, pflichtete Kael ihr bei. »Daran werden wir weiterhin üben. Versuch es noch einmal! Du weißt jetzt, wie lange Skjaldan seinen Schild halten kann.«

Kira nickte und wandte sich diesem zu, der sich bereits wieder sammelte.

Shadar bedachte sie mit einem nachdenklichen Blick. Als sie sich wieder auf ihre Übungen konzentrierte, wandte er sich erneut an Kael. »Bei Laon dei Savren hatte sie Angst um ihr Leben. Vor allem aber um Skjaldan in Drawahr. Jetzt fürchtet sie, erneut jemanden mit ihrer Magie zu verletzen. Es ist die Sorge um andere, die sie dazu treibt, ans Äußerste zu gehen.«

»Eigentlich, so sollte man meinen, macht sie genau diese Eigenschaft zur idealen Besetzung für ihr Amt. Gleichzeitig ist sie jedoch eines ihrer größten Probleme, weil sie sich selbst vergisst und noch zu oft handelt, ohne vorher zu denken.«

*Kael kennt sie sehr gut,* musste Shadar sich eingestehen. *Sollte er der zweite Anker sein, haben wir ein Problem. Beinahe schade, dass sich die Ethialla nach Evrons Tod kaum weiterhin an mich wenden wird. Wir brauchen Information genauso nötig, wie Kira die Kontrolle über ihre Kraft.*

# Kira

*»Die Tatsache, dass ein Schiff nicht an Land darf, da jetzt der Prinz eines
feindlichen Landes an Bord ist, kann ich ansatzweise nachvollziehen. Dass
man mit diesem Land indessen munter Handel treibt und das wiederum kein
Problem darstellt, entzieht sich meinem Verständnis!«
Kira Sanders, vor der Küste von Martell, Andoran*

Es gab einfach keine elegante Möglichkeit, in Roben eine Strickleiter
hinauf zu klettern. Dieses Mal hatte sie keines der Schiffe im Hafen
abgeholt, denn jetzt, wo sich der Sohn des Khalid an Bord befand,
war das nicht mehr möglich, ohne diplomatische Verwicklungen
mit Andoran zu provozieren. Kira verfluchte mit jeder Sprosse, die
sie vom Beiboot zum Segler hinaufkletterte, die Politik sowie die
Unfähigkeit beider Länder, sich einfach an einen Tisch zu setzen,
um die besten Bedingungen für beide Seiten zu vereinbaren.

Obwohl der Matrose unter ihr die Leiter festhielt und sie auf
diese Weise daran hinderte, unkontrolliert hin und her zu schwingen,
hatte sie doch mehr als einmal das Gefühl, gleich abzustürzen. Wie
hatte Shadar, der Roben vom selben Schnitt trug wie sie, das vor
ihr so zügig gemeistert?

Als sich von oben helfende Hände über die Reling streckten, atmete
sie erleichtert auf. Ein schlanker Mann in einem cremefarbenen Hemd,
einer bis zu den Knien reichenden ärmellosen Weste und den für
Aidris typischen, weiten Hosen, half ihr an Bord und wartete
geduldig, bis sie sicher auf eigenen Füßen stand.

»Danke, das war wirklich sehr hilfreich!«, verlieh Kira mit einem
Lächeln ihrer Freude Ausdruck.

Die Augen ihres Gegenübers weiteten sich leicht. »Es tut mir
leid, Euch diese Unannehmlichkeiten zu bereiten, Mlyss, doch eine
Genehmigung des andoranischen Königs, einen Aufenthalt an
Land oder im flachen Wasser an seiner Küste zu erlauben, hätte in
der Vorbereitung wahrscheinlich ein halbes Jahr gedauert.«

Kira lachte auf. »Das kann ich mir lebhaft vorstellen!«, stimmte
sie zu, ehe sie abrupt verstummte. *Sei vorsichtig mit dem, was du
sagst*, hatte Shadar ihr eingeschärft. Wo war der überhaupt? *Höre
genau zu und vergiss nicht, dass auch Diener Ohren haben. Manche*

183

*stehen möglicherweise genau aus diesem Grund dort, wo du auf sie triffst.*

Der Mann vor ihr sah jedoch nicht wie ein Diener aus. Weste und Hemd waren reich bestickt, die Hose steckte in weichen Lederstiefeln. Außerdem hatte er sich gerade dafür entschuldigt, ihr Unannehmlichkeiten bereitet zu haben.

*Oh je!* Da war Shadar und er hielt die Hand auf eine Weise vor seine Augen, die ihr signalisierte, dass hier etwas gewaltig schief lief. Ihre Befürchtung wurde durch Elmaryn und Kael bestätigt, die hinter ihr über die Bordwand geklettert waren und sich sogleich in der üblichen Reverenz auf den Boden warfen.«

Kira fühlte, wie ihr das Blut aus dem Gesicht wich und kurz darauf mit Macht dorthin zurückströmte, als sie sich erneut ihrem Gesprächspartner zuwandte. »Nahen Amyr, verzeiht, ich habe Euch nicht erkannt!«

Ihr Gegenüber schüttelte vehement den Kopf, als sie Anstalten machte, ihm ebenfalls die Ehre zu erweisen.

»Bitte nicht. Erhebt Euch ebenfalls, Mael Kael, Melen Elmaryn. Der Fehler liegt allein bei mir, Mlyss. Ich bin es so sehr gewöhnt, von den Menschen erkannt zu werden, dass ich mitunter vergesse, dass es auch anders sein kann. Ich hätte mich vorstellen müssen oder Seran Halid diese Ehre überlassen sollen. Doch ich war einfach zu neugierig – und sicherlich auch ein wenig nervös. Ich hoffe, Ihr könnt mir den Fehler verzeihen.«

Er wirkte so aufrichtig zerknirscht, dass Kira nicht umhin konnte, ihm zu glauben. Erleichterung durchflutete sie, als sie ihm antwortete: »Ganz sicher, Nahen Amyr. Ich bin froh, dass Ihr mich empfangt.«

»Dann lasst uns zu Tisch gehen«, schlug Rayhan Samir in leichtem Ton und mit einem freundlichen Lächeln vor. »Ich habe auf dem Vorderdeck ein Zelt aufschlagen lassen. Ich hoffe, dies entspricht Euren Wünschen?«

»Oh ja, das ist wunderbar!«

Wenn der Amyr bemerkte, wie erfreut sie tatsächlich war, nicht in dem Raum speisen zu müssen, der sie ständig an Evron erinnert hätte, ließ er es in keiner Weise erkennen. Möglicherweise hatte er jedoch aus genau diesem Grund so gehandelt. *Was der Sohn des Khalid wohl von mir denkt? Ein Magier ist er nicht, doch es gibt auf dem Schiff sicherlich jemanden, der ihn schützt. Seran Halid?*

Kiras Überlegungen wurden unterbrochen, als sie das Zelt betrat. Was von außen relativ unscheinbar weiß gewirkt hatte, verwandelte sich vor ihren Augen in einen Traum aus reich bestickten Stoffbahnen, bunten Laternen und ebenso farbenfrohen Kissen, die um niedrige Tischchen gruppiert worden waren.

Seran Halid trat mit einer Schüssel voll warmem Wasser vor, in dem duftende Blüten schwammen. Fasziniert beobachtete Kira, wie Rayhan Samir seine Hände in das Wasser tauchte und danach sein Gesicht benetzte. Ein weiterer Diener, der offenbar hinter einer der Stoffbahnen auf genau diesen Moment gewartet hatte, trat nun ebenfalls hervor und reichte ihm ein weiches Tuch, um sich abzutrocknen. Diese Sitte hatte Kira in Aidris bisher noch nicht erlebt. Sie entschloss sich jedoch spontan dazu, sie zu mögen. Da der zweite Diener mehrere Tücher parat hielt, konnte sie wohl davon ausgehen, dass sie die Schale ebenfalls benutzen durfte.

In der Tat verzog Seran Halid keine Miene, als sie es dem Amyr nachtat. Auch Shadar schloss sich dem Brauch an. Kael hingegen zögerte sichtlich, benetzte sich dann aber ebenfalls Hände und Stirn.

»Ich fühle mich geehrt, dass Ihr das Wasser angenommen habt, Mael.« Die Stimme Rayhan Samirs klang gerührt. »Ich hätte es Euch allerdings auch nicht übelgenommen, diesen Brauch abzulehnen. Dies gilt auch für alles Weitere, was folgen mag. Ich bitte darum, dass Ihr frei sprecht, solltet Ihr Bedenken haben. Ihr müsst nichts tun, was Euch missfällt. Unser Treffen hier soll uns näher zusammenführen, in Freundschaft, sofern das möglich ist, und ich möchte nicht damit beginnen, Euch in Bedrängnis zu bringen.«

Anscheinend ging es, was die Schüssel betraf, also nicht um Reinigung. Kira unterdrückte mit Mühe ein Seufzen. Später würde sie Shadar fragen, was sie, außer sich Hände und Gesicht zu waschen, zusätzlich gerade getan hatte.

»Aus diesem Grund habe ich das Wasser angenommen, Nahen Amyr«, erwiderte Kael ruhig. »Ich wünsche mir ebenfalls ein freundschaftliches Treffen, denn es hängt viel von dessen Verlauf und Ausgang ab.«

»In der Tat, doch lasst uns zunächst essen.« Rayhan Samir deutete auf die Kissen. »Den Abend erquicklich zu beginnen könnte dazu beitragen, ihn auch erfreulich enden zu lassen.«

Das Essen schmeckte köstlich und hatte nichts mit dem gemeinsam, was man ihr bisher auf Seereisen angeboten hatte. Entweder besaß dieses Schiff eine großzügig ausgestattete Küche oder Rayhan Samir hatte die Speisen auf seinem Transport mitgeführt. Kira war rundum satt, als die letzte Platte, mit dem in Aidris so beliebten salzigen Gebäck, abgetragen wurde, doch der Diener erschien erneut mit kandierten Früchten, süßen Törtchen und – zu Kiras Überraschung – auch einem mit Käse geradezu überladenen Tablett.

»Oh je! Noch mehr?«, entfuhr es ihr unwillkürlich beim Anblick dieser Köstlichkeiten.

»Soll ich den Diener fortschicken?« Rayhan Samir wirkte sichtlich bestürzt.

»Nein, so hatte ich das nicht gemeint. Es war bloß bisher so lecker, dass ich mittlerweile vollkommen satt bin«, beschwichtigte sie eilends, woraufhin der Amyr sich sichtlich entspannte. *Fast scheint mir, er hätte Angst, etwas Falsches zu tun …* Kira warf einen raschen Blick zu Shadar, dessen Aufmerksamkeit jedoch ganz bei ihrem Gastgeber lag. Keiner würde etwas von der Platte nehmen, sofern sie es nicht tat.

»Diesem Käse kann ich trotzdem nicht widerstehen.« Sie griff nach einem kleinen Stückchen, das aromatisch duftete. *Käse in Aidris? Entweder Rayhan Samir ist ein Liebhaber oder er tut das wirklich alles nur, um mir eine Freude zu bereiten.*

Während Shadar sich den Törtchen zuwandte, bedienten sich Elmaryn und Kael am Obst. Der Amyr griff eher zurückhaltend nach den kandierten Früchten. Kira nahm ein weiteres Stück Käse. *Wenn ich derart höflich und zuvorkommend behandelt werde, kann das eigentlich nur bedeuten, dass der Khalid tatsächlich ein gutes Verhältnis wünscht – oder das genaue Gegenteil. Ob es wohl jemand bemerken würde, wenn ich den Käse auf Gift untersuche? Wahrscheinlich – und es wäre ganz sicher extrem unhöflich.*

Kael war Kiras Beklemmung nicht entgangen. »Ist etwas?«, erkundigte er sich leise, wobei er ihr eine Hand auf den Arm legte.

»Nein, alles ist gut«, versicherte sie hastig. Sie konnte ihren Lehrer nicht kontaktieren, aber aussprechen durfte sie ihre Zweifel hier auch nicht.

»Vielleicht wäre es Zeit für ein wenig Musik?« Rayhan Samir hatte laut gesprochen und auf sein Zeichen brachte ein Diener eine Laute, die er dem Amyr reichte. »Ich bin kein so exzellenter Musiker wie Ihr, Melen Elmaryn, doch vielleicht trägt auch mein Spiel ein wenig zur Entspannung bei.«

Anscheinend hatte der Diener das Instrument bereits gestimmt, denn die Töne, die Rayhan Samir ihm entlockte, klangen harmonisch.

Elmaryn beugte sich auf seinen Kissen ein wenig nach vorn, womöglich, um die Laute einer näheren Betrachtung zu unterziehen. Kira tat es ihm nach. Der Klang war überraschend voll. Derweil Shadar völlig entspannt wirkte und den Eindruck vermittelte, einzig der Musik zu lauschen, beobachtete Kael den Amyr aufmerksam.

Aufgewühlt lehnte Kira sich in ihre Kissen zurück. Sie war davon ausgegangen, sie würden über ihre Reise nach Aidris sprechen, vielleicht auch Bedingungen aushandeln, doch Rayhan Samir schien beinahe ausschließlich damit beschäftigt, ihr zu gefallen. *Welches Ziel verfolgt er damit? Der Khalid kann doch nicht derart verzweifelt um meine Gunst buhlen?*

Der Amyr spielte gut, doch Kira fehlte die Muße, sich von den Klängen davontragen zu lassen. Sie wollte wissen, was hier los war und weshalb sich der Sohn des Khalid derart seltsam verhielt.

»Kira, dich beunruhigt etwas und ich wüsste gerne was.« Kael hatte sich zu ihr geneigt und sprach leise in ihr Ohr – vorgeblich, um die Musik nicht zu stören – doch sie konnte seiner Stimme die Besorgnis anhören.

»Ich wüsste gerne, was der Amyr vorhat. Man könnte beinahe meinen, er hat Angst vor mir.«

Kael nickte leicht. »Ja, das ist mir auch aufgefallen.«

»Du meinst … ?«

Unvermittelt brach Rayhan Samirs Lautenspiel ab.

*Verdammt. ich war wohl doch zu laut*, schoss es Kira durch den Kopf, während sie sich mit hochroten Wangen wieder dem Sohn des Khalids zuwandte. »Entschuldigt, Nahen Amyr, ich wollte Euch nicht unterbrechen.«

»Eine Entschuldigung ist nicht vonnöten, Mlyss. Ich sehe, dass Ihr beunruhigt seid. Ich bitte Euch, mir den Grund zu nennen.

Wenn es etwas gibt, was ich tun könnte, werde ich versuchen, dem zu entsprechen.«

Einen Moment lang suchte Kira verzweifelt nach den richtigen Worten, das, was sie tatsächlich bedrückte, höflich zu formulieren. Dann aber entschied sie sich für die schlichte Wahrheit. »Wisst Ihr, Nahen Amyr, es kommt mir so vor, als wäre Eure einzige Sorge die, dass es mir gut geht. Das ist natürlich außerordentlich freundlich, aber Ihr könnt mich völlig normal behandeln. Bitte haltet mich nicht für unhöflich, doch ich habe das Gefühl, mein Wohlergehen beschäftigt Euch so sehr, dass wir nicht zu den wirklich wichtigen Themen kommen, derentwegen wir uns hier treffen: die Reise nach Aidris, die Ethialla d'Eartha, die Rückgabe der Kraft an das Kheralis-Massiv.«

»Diplomatisch wie immer, Kira«, konnte sich Shadar eines Kommentars nicht enthalten.

Rayhan Samir verzog ungläubig das Gesicht. »Ich habe Euch vornehmlich damit beunruhigt, dass ich befürchtete, ich könnte Euch über die Gebühr aufregen? Nimmt man ansonsten derart wenig Rücksicht auf Euch, Mlyss?«

Kira musste unwillkürlich grinsen. »So ist es, in der Tat. Für übertriebene Vorsicht blieb bisher keine Zeit. Seit meiner Ankunft in dieser Welt bin ich zuerst vor den Dunklen geflüchtet, danach vor Catrons Rat und später quer durch Andoran nach Quo. Mein Empfang dort war auch nicht gerade freundschaftlich. Im Moment weiche ich der Ethialla aus und versuche, neben diversen diplomatischen Verwicklungen, noch diesen Anker zu vernichten. Als wäre das noch nicht genug, versuchen meine Lehrer, mich bestmöglich zu unterweisen. Ich bin es daher tatsächlich nicht gewohnt, dass man mich mit Samthandschuhen anfasst.«

Einen Wimpernschlag lang war es vollkommen still im Zelt und Kira befürchtete schon, mit ihrer Offenheit zu weit gegangen zu sein, als ein aufrichtiges Lächeln Rayhan Samirs Gesicht erhellte.

»Nun, Mlyss, wir werden in der nächsten Zeit hoffentlich Gelegenheit haben, uns besser kennenzulernen, denn ich würde mich freuen, Euch im Verlauf Eurer Überfahrt nach Aidris öfter zu sehen und spreche Euch hiermit noch einmal offiziell die Einladung des Khalids in sein Land aus.«

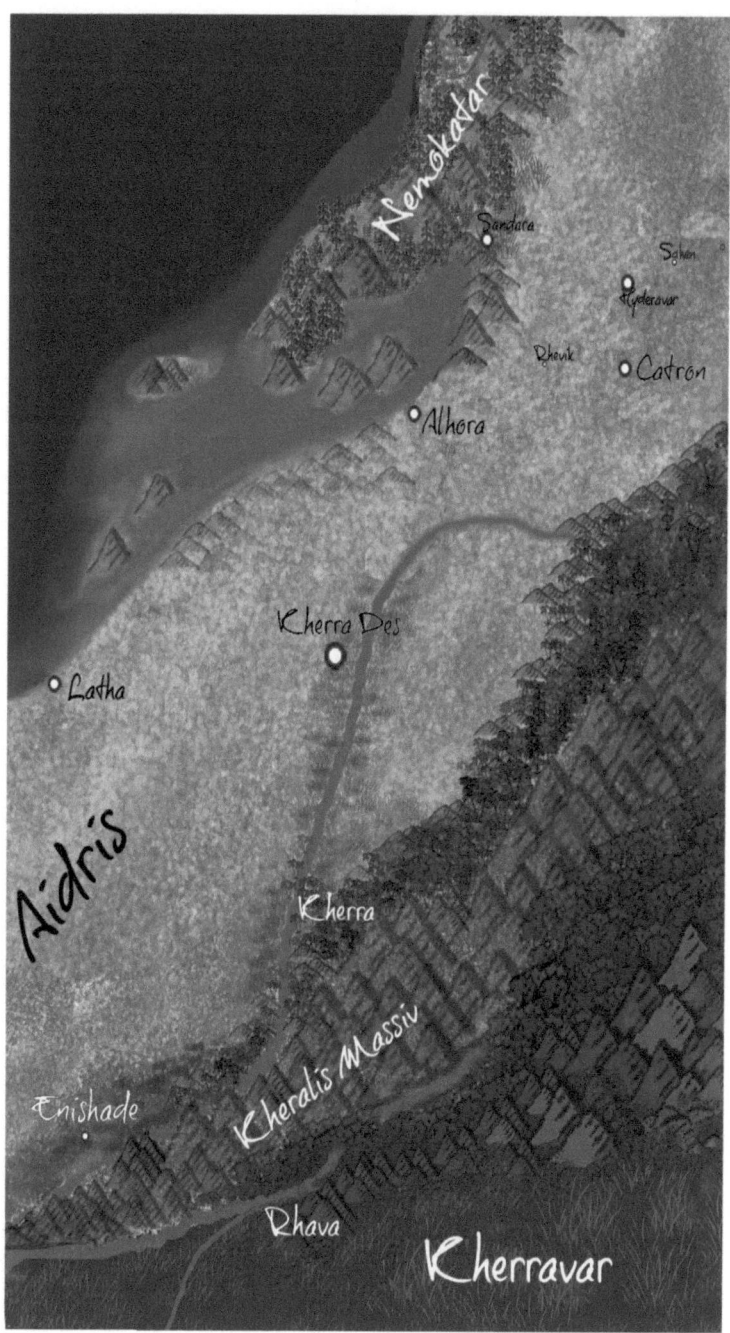

# Überfahrt

## Shadar

*»Es sind seltene Momente, wo es auch einmal einfach geht.«*
*Shadar von Catron, vor der Küste von Martell, Andoran*

Manchmal waren klare Worte genau das, was Verhandlungspartner brauchten. In diesem Sinn hatte Kira die Situation hervorragend gelöst, allerdings würde sie daran arbeiten müssen, auch feinere Nuancen der Diplomatie zu verstehen. Und sie musste dringend lernen zu fragen, wenn ihr eine Sitte unbekannt war! Wobei in gewisser Hinsicht der Fehler bei ihm lag. Er hätte sie auf dieses Ritual sowie dessen Bedeutung hinweisen müssen, doch hatte er nicht angenommen, dass der Amyr ihnen die Schale reichen würde – zum einen aus Rücksicht auf Kael, der diesen Brauch unweigerlich mit der Dunkelheit in Verbindung bringen musste, zum anderen deshalb, weil er bestimmte Regeln für das folgende Gespräch vorschrieb: unbedingte Offenheit. Die Oberfläche des Wassers diente als Sinnbild des Unbekannten und Verborgenen. Man durchbrach sie mit den Händen und erklärte sich damit bereit, ein ehrliches Gespräch zu führen und seine Absichten offen darzulegen. Zum Glück war dies ohnehin Kiras Vorgehensweise, wenn auch die Einzige, über die sie verfügte. Heute jedoch war diese Methode gut.

Rayhan Samir hatte sich sichtlich entspannt, als beide feststellten, dass sie in vielen Dingen dieselbe Meinung vertraten.

Dennoch würde er Kira darauf aufmerksam machen müssen, dass der Amyr nicht mit allem, was er sagte, Aidris' offizieller Politik folgte. Einiges entsprang unleugbar seiner eigenen Auffassung.

Shadar sank in die reichlich aufgehäuften Kissen zurück. *Welche Informationen hat Rayhan Samir uns zukommen lassen? Er hat betont, Kira sei in Aidris weiterhin willkommen und der Hof suche ein gutes Verhältnis zu ihr. Zu ihrem Empfang würde bereits ein Fest vorbereitet. Die Möglichkeit, dass das Kheralis-Massiv wieder zugänglich werden könnte, begeistere den Hof und beschäftige viele Gemüter.* Wer genau sich Chancen ausrechnete, hatte der Amyr indes nicht verlauten lassen – auch nicht, wie der Khalid zu Laon dei Savrens Rückkehr oder der Ethialla stand. Shadar bezweifelte, dass Rayhan Samir das einfach vergessen hatte.

*Nun, es war unser erstes Treffen und verlief vornehmlich harmonisch.* Trotzdem würde er Kira auf diese Punkte hinweisen, damit sie nicht vergaß, bei der nächsten Zusammenkunft Antworten zu verlangen.

Gedankenverloren zupfte er ein paar schwarze Härchen von seinem Ärmel. Als er aufsah, begegnete er Kaels amüsiertem Blick. »Wer sich einmal mit der Ethialla einlässt, trägt unausweichlich Spuren davon«, bemerkte der Magier belustigt und deutete auf Shadars Umhang. »In der Kapuze scheint sie sich ebenfalls gerne aufzuhalten.«

Shadar grinste halbherzig zurück. Es hatte einiges gekostet, das Kätzchen davon zu überzeugen, ihm den Umhang zu überlassen. Letztendlich hatte er jede Kralle einzeln aus dem Stoff lösen müssen. Wahrscheinlich verlor sie ihre Haare nun in seinem Bett.

»Werdet Ihr sie behalten?«

Shadar entging der Unterton dieser Frage nicht.

»Ja, das werde ich.« Er lächelte, als er bemerkte, wie sein Gegenüber bei dieser Antwort ein wenig seine Augen verengte und die Lippen aufeinander presste. »Sie gibt mir die Möglichkeit, ein Zeichen zu setzen.« Als Kiras zweiter Lehrer kopfschüttelnd seufzte, wurde sein Grinsen ein wenig breiter. »Davon abgesehen ist sie niedlich.«

Kael atmete betont langsam aus, dann lächelte er unvermittelt. »Ja, niedlich ist sie, in der Tat. Ich wünsche Euch sehr, Mael Shadar, dass sie die eine oder andere Maus oder Ratte fangen kann.«

## Kira

*»Wie Shadar mit seiner Katze umgeht zeigt viel davon, wie er wirklich ist.«*
*Kira Sanders, Überfahrt nach Aidris, Meer*

Der Wind fuhr schneidend unter ihren Umhang und Kira zog ihn fester über der Brust zusammen. Vor ihnen kreuzte einer der Schnellsegler und erlaubte ihr einen guten Blick auf die Bemalung des Rumpfes in Aidris' Farben. Ein wenig erinnerte es sie an das

Schiff der Nemokatarer, das sie nach Andoran gebracht hatte. Melyads Savletta wirkte dagegen beinahe plump. Trotzdem war sie froh, dass Rayhan Samir keine Bedenken gehabt hatte, sie mit dem andoranischen Handelsherren fahren zu lassen. Er hatte ihr sogar ihre persönliche Schutztruppe, bestehend aus Aki und vier seiner Männer, widerspruchslos zugestanden. Sie mochte den Amyr, doch auf seinem Schiff zu fahren hätte bedeutet, bezüglich dessen, was sie sagte und tat, ständig auf der Hut zu sein. Sie wandte den Kopf, als eine Hand den Schild berührte, den sie um sich gelegt hatte.

Shadar bedachte sie mit einem befriedigten Nicken. »Schön, dass das inzwischen sitzt! Du erinnerst dich daran, dass Rayhan Samir nachher unser Schiff besuchen und mit uns essen wird?«

Kira nickte. »Wenn nicht alles immer so formal sein müsste, würde ich mich sogar darüber freuen. Ich mag den Mann. Was glaubst du, spielt er mir etwas vor, um genau das zu bezwecken, oder ist er tatsächlich derart nett?«

Shadar lachte auf. »Eine Mischung aus beidem, würde ich sagen.« Offensichtich fröstelnd schlang er die Arme um seinen Körper. »Auf jeden Fall freue ich mich, bald wieder vernünftige Temperaturen genießen zu können. Erinnere mich in Zukunft daran, Andoran ausschließlich im Sommer aufzusuchen.«

»Wir können unter Deck weitersprechen«, schlug Kira vor. »Es wird ohnehin gleich wieder regnen. Verrätst du mir trotzdem, weshalb du deinen Umhang nicht trägst?«

»Die Katze schläft darin.«

Ein versonnenes Lächeln schlich sich auf Kiras Züge. Dieses Tierchen brachte eindeutig die rücksichtsvolle Seite Shadars zu Tage. »Sei vorsichtig, dass die Kleine deinen Ruf nicht ruiniert.«

Der Ratsmagier kniff belustigt die Augen zusammen. »Keine Sorge – ich muss wahrscheinlich nur zu Beginn ein paar Exempel statuieren, dann wird sich das schnell geben.«

Kira schluckte. Shadar konnte solche Dinge in einem Ton vorbringen, der es ihr unmöglich machte abzuschätzen, ob er etwas ernst meinte oder nicht.

»Daran werde ich auch arbeiten müssen!«, murmelte sie, mehr zu sich selbst, als an Shadar gerichtet.

»Wie bitte?«, hakte dieser fassungslos nach, denn er hatte ihre Äußerung durchaus vernommen. »Du willst was genau tun? Erklär mir das, Kira.«

»Ich denke, es ist an der Zeit, dass ich in diesem Punkt Klarheit schaffe, findest du nicht?«, entgegnete Kira, als sie begriff, wie falsch er sie verstanden hatte. Dabei versuchte sie, ihren Gesichtsausdruck so neutral wie möglich zu halten.

»Du sprichst von etwas anderem als ich.«

*Nicht neutral genug. Es wäre ja auch zu schön gewesen, zur Abwechslung einmal Shadar im Unklaren zu lassen.* »Ich muss besser darin werden herauszufinden, was du ernst meinst und was nicht.«

Shadar nickte. »In diesem Fall wohl eher, was du mir zutraust zu tun. Du musst Menschen besser einzuschätzen lernen.«

»Was uns zurück zu Rayhan Samir bringt. Was denkst du über ihn?«

»Du solltest dir nicht nur Gedanken über den Amyr machen. Wir dürfen auch den zweiten Anker nicht außer Acht lassen. Im Gegensatz zu Laon dei Savren ist derjenige lebendig und kann auf dieser Ebene einiges anrichten. Wem traust du zu, Laon dei Savren etwas von seiner Persönlichkeit gegeben zu haben, um diese Verbindung zu schaffen? Er muss mit einem Gefühl oder einer Erinnerung, einem persönlichen Aspekt oder einer tiefen Emotion gefestigt worden sein, ansonsten wäre er so sichtbar wie deine Verbindung, wenn dein innerer Schild wankt.«

»Muss derjenige Magier sein?«

»Nicht notwendigerweise. Aber die Wahrscheinlichkeit ist hoch. Falls nicht, hatte er magische Hilfe, um den ersten Kontakt zu Laon dei Savren herzustellen. Eine andere Möglichkeit wäre, dass sein Geist sehr nah an der astralen Ebene liegt und der Kontakt über Träume stattfand. Das setzt zwar ein magisches Talent voraus, aber das muss nicht stark und auch nicht ausgebildet sein. Warum fragst du?«

»Neben Amyu dei Lorana war auch Melyad dei Martell die gesamte Zeit bei mir, als wir in Andoran waren. Während Amyu versucht hat, mich umzubringen, hat Melyad mir stets geholfen. Deshalb vertraue ich ihm eigentlich, aber ich vertraue bekanntlich recht schnell.«

»Ich werde das überprüfen.« Erste Regentropfen fielen auf auf sie nieder und Shadar schlang erneut seine Arme um den Körper. »Jetzt lass uns aber unbedingt unter Deck gehen. Ich brauche meinen Umhang! Katze, oder nicht.«

Rayhan Samir brachte ein reich verziertes Holzkästchen mit, als er das Schiff betrat, und reichte es Kira mit einer eleganten Verbeugung. »Ich dachte, vielleicht gefällt es Euch. Mein Vater sagte immer, jeder seiner Söhne müsse dieses Spiel beherrschen und zog uns damit auf, denjenigen als Nachfolger zu wählen, der es am besten verstand.«

»Ein Spiel?«, hakte Kira überrascht nach und öffnete vorsichtig den filigran gearbeiteten Verschluss. Flache fünfeckige Spielsteine mit unterschiedlichen Punkt- und Linienmustern kamen zum Vorschein. »Das ist eine erfreuliche Abwechslung. Werdet Ihr es mir beibringen?«

»Gerne, Mlyss. Ihr könnt das Kästchen vollständig auseinander klappen, dann ergibt es das Spielfeld.

*Neun mal Neun Felder*, stellte Kira fest. *Das Ganze sieht ein bisschen aus wie Schach, nur dass alle Spielsteine dieselbe Farbe haben.*

»Das Ziel ist es, den König zu schützen. Das ist diese Figur«, erklärte Rayhan Samir und deutete auf ein Plättchen, von dessen mittig liegend eingelassenem Stein acht Linien ausgingen. »Die Linien zeigen die Zugmöglichkeiten.«

Der Aymir fuhr mit seinen Erläuterungen fort und Kira fand es bereits nach kurzer Zeit ungemein praktisch, dass die Zugweise jeder Figur auf dem Spielplättchen vermerkt war, denn es gab eine ganze Menge davon.

»Gelingt es Euch, eine der gegnerischen Figuren zu erobern, könnt Ihr sie für Eure Seite einsetzen, Mlyss.«

»Das ist praktisch.«

»In der Tat.« Der Amyr lächelte. »Ihr verliert einen Zug, wenn Ihr Euch entscheidet, die Figur einzusetzen. Dennoch kann es sehr nützlich sein.«

Kira nahm eines der Plättchen in die Hand und drehte es zwischen den Fingern. Dabei fiel ihr auf, dass die Rückseite ebenfalls mit Steinen und Linien versehen war.

Rayhan Samir bemerkte ihre Verwirrung. »Die Figuren können während des Spiels befördert werden«, fuhr er fort. »Dann erhalten sie andere Zugmöglichkeiten. In einem solchen Fall dreht man das Plättchen um.«

Kira atmete geräuschvoll aus. »Liege ich richtig mit der Annahme, dass Ihr dieses Spiel meisterhaft beherrscht, Nahen Amyr?«

»Von Meisterhaftigkeit würde ich nicht sprechen, Mlyss, doch ich kenne mich gut damit aus.«

Wenn sie die typische Bescheidenheit des Amyrs in Betracht zog, musste er sehr gut spielen. »Ich hoffe, Ihr habt Geduld mit mir, denn mir ist dieses Spiel gänzlich unbekannt.«

»Ich mache mir keine Sorgen, dass Ihr es rasch lernen werdet.«

Kira gab sich große Mühe, gelassen zu bleiben, obwohl das Gespräch gerade eine Wendung nahm, die ihr nicht behagte. Man konnte die Worte des Amyrs auf mehr als nur das Spiel beziehen und wenn sie seinen Blick richtig deutete, sah er das ganz genauso. Trotzdem lächelte sie und wandte sich dann halb zu Shadar und Kael um, die sich bisher im Hintergrund gehalten hatten. »Erlaubt Ihr mir, im Zweifelsfall meine Berater hinzuzuziehen?«

Ihr Gegenüber nickte wohlwollend. »Das ist sicherlich eine gute Entscheidung.«

»Die Bauern sind die Seele des Spiels, Kira. Du brauchst sie in der Hinterhand, auch wenn sie zunächst nicht mächtig erscheinen. Richtig eingesetzt können sie deinen Gegner zwingen, auf unvorteilhafte Positionen zu ziehen. Mehr Hinweise möchte ich dir jetzt nicht geben. Du sollst schließlich etwas lernen.« Mit diesen zweideutigen Hinweisen hatte Kael sich zu Shadar, Elmaryn sowie Leandar zurückgezogen und sie ihrem Schicksal überlassen.

Einzig Skjaldan hielt sich auf dem Deck auf. *Bei diesem Spiel werde ich nur aggressiv*, hatte er mit einem entschuldigenden Schulterzucken angemerkt, die Augen verdreht und abgewunken.

Mit dem Gefühl, dass jeder ihrer Züge genauestens beobachtet und analysiert wurden, hatte sich Kira schweren Herzens auf die Konfrontation eingelassen. Je weiter das Spiel fortschritt, desto sicherer war sie, dass der Amyr sie nicht aus reiner Höflichkeit gewinnen lassen würde. Hin und wieder bemerkte sie sogar, dass Kael und er sich bezüglich ihres nächsten Zuges durchaus einig zu sein schienen.

Ihr blieb daher nichts anderes übrig, als so gut zu spielen, wie sie konnte, und die Konsequenzen mit so viel Würde wie möglich zu ertragen. In ihren Gedanken vermischten sich Spiel und Wirklichkeit, verknüpften sich Beobachtungen mit Überlegungen und Entscheidungen – eine gute Vorbereitung auf die kommenden Verhandlungen.

Die Zeit an Bord der Savletta verging schnell und je näher sie Aidris' Küste kamen, desto deutlicher wurde Kira bewusst, dass es ihr gelingen musste, die Unterstützung des Hofes für ihre Sache zu erhalten. Der Amyr hatte sich immer noch nicht klar darüber geäußert, wie der Khalid zur Ethialla stand. Auch in dieser Angelegenheit schien man abzuwarten, als wie stark der Gegner sich erwies. Ganz sicher käme man am Hof auch in dieser Situation niemand auf die Idee, ihr aus reiner Freundlichkeit einen Sieg zu schenken.

Der helle Strich am Horizont war breiter geworden. Kira strich sich ein paar Haarsträhnen, die sich aus ihrem Zopf gelöst hatten, aus dem Gesicht und blickte auf den kontinuierlich näher rückenden Küstenstreifen. Dumpfes, rhythmisches Dröhnen drang an ihre Ohren, welches Elmaryn nach kurzem Überlegen als Trommelschlag identifiziert hatte. Je näher sie kamen, desto deutlicher waren auch andere Töne zu erkennen. Anscheinend war am Hafen das Fest, das ihr zu Ehren gefeiert wurde, bereits in vollem Gange.

Aufseufzend stützte Kira die Ellenbogen auf die Reling und legte den Kopf in ihre Hände.

»Was ist los?«, wollte der Barde von ihr wissen.

»Am liebsten würde ich mich einfach an dem ganzen Trubel vorbei schleichen und mich dann in einem Zimmer verbarrikadieren, bis alles vorbei ist.«

Grinsend schüttelte Elmaryn den Kopf. »So ganz verstehe ich ja immer noch nicht, weshalb du öffentliche Auftritte nicht magst. Freu dich doch einfach darüber. Es dürfte der beste Empfang sein, du je in Aidris hattest. Bei mir zumindest ist das so.«

»Womit du zweifelsfrei recht hast, denn offiziell eingereist bin ich in dieses Land noch nie. Dann heißt es wohl wieder: lächeln und winken!«

»Ich denke nicht, dass jemand von dir erwartet, dass du dem Volk zuwinkst. Wenn du es allerdings schaffen würdest, über den Empfang zumindest erfreut auszusehen, wäre das von Vorteil«, mischte sich Shadar, der zu ihnen getreten war, in die Unterhaltung ein. »Zudem ist da noch etwas, worauf du dich vorbereiten solltest. Sunnaras hat mich kontaktiert und über ein weiteres Detail dieser Willkommensfeier unterrichtet.«

»So, wie du dich gerade anhörst, ist es nichts Gutes.«

»Es ist durchaus gut, doch ich bezweifle, dass du es genauso siehst.«

Jetzt hatte Shadar Kiras volle Aufmerksamkeit. »Worum geht es?«

»Um die Ethialla. Dir ist sicherlich ebenso wenig wie uns anderen entgangen, dass der Khalid bisher – was diesen Bund angeht – keinerlei Stellung bezogen hat?«

»Das konnte sogar ich kaum übersehen«, stimmte sie ironisch zu. Unzählige Male hatten sie Rayhan Samirs ausweichende Antworten, was diese Angelegenheit betraf, diskutiert. Leandar war bei ihren Besprechungen stets derjenige gewesen, der darauf gedrängt hatte, den Amyr zu einer klaren Aussage zu zwingen. »Und jetzt hat der Khalid eine Entscheidung getroffen?«, fragte sie interessiert nach.

»Ja. Er hat heute Morgen in einer offiziellen Erklärung die Ethialla d'Eartha in Aidris verboten.«

»Wo ist dann der Haken, mit dem ich deiner Meinung nach ein Problem haben könnte?«

»Er plant die öffentliche Hinrichtung eines prominenten Mitgliedes als Willkommensgeschenk für dich.«

»Was?« Kira fühlte, wie ihr das Blut aus dem Gesicht wich. »Wen?«

»Akif.«

»Shaki Akif? Aber er ist doch einer seiner wichtigen Berater!«

»Jetzt nicht mehr. Gewöhne dich daran, den Titel Shaki in Verbindung mit seinem Namen nicht mehr zu verwenden.«

»Sie haben so lange zusammengearbeitet …«, hauchte Kira fassungslos. Zwar gehörte Akif ganz sicher nicht zu ihren Lieblingen – er hatte sie und ihre Freunde benutzt wie Spielsteine – doch ihn hinrichten zu lassen war schlichtweg grausam. Schwindel überkam sie, als ihr bewusst wurde, dass man wohl erwartete, dass sie diese Geste schätzte.

Shadar legte ihr eine Hand auf die Schulter. »Du musst nicht hinsehen. Doch wenn du dich überwinden könntest, dabei zu sein, würde das ein Zeichen setzen.«

»Ich soll dabei zusehen? Wir müssen das verhindern!«

Der Magier seufzte. »In meinen Augen ist das Gegenteil der Fall. Akif steht nicht auf deiner Seite. Er ist ein Mann der Macht, und in diesem Spiel ist es leicht zu fallen. Er wusste das, als er sich der Ethialla angeschlossen hat.«

»Nicht, dass du mich falsch verstehst, Shadar. Ich mag Akif nicht und habe, seit du mir erzählt hast, was er in Aidris getan hat, als ihr nach mir gesucht habt, sogar Angst vor ihm. Dieser Mann geht für seine Ziele eiskalt über Leichen, das ist mir vollkommen klar.«

»Weshalb willst du dann seine Hinrichtung verhindern?«, insistierte Shadar, wobei er die Arme vor seiner Brust verschränkte.

»Weil ich es grundsätzlich für falsch halte, Menschen zu töten, nur weil unterschiedliche Ziele verfolgt werden. Gibt es keine andere Möglichkeit, als ihn gleich zu hängen?«

»Er wird mit dem Schwert gerichtet, wie es seinem Stand gebührt. Für das, was er getan hat, nämlich an einer Verschwörung gegen den Khalid beteiligt gewesen zu sein, ist dies die übliche Strafe. Außerdem dürfte die Statuierung dieses Exempels allen eine Warnung sein, die darüber nachdenken, gegen dich zu agieren.«

»Warum nur sind überall alle der Ansicht, dass wahre Führung nur auf einer Basis der Angst aufgebaut werden kann? Mir wäre es lieber, sie würden mich aufgrund meiner Taten respektieren.«

»Ich verstehe durchaus, was du meinst. Leider ist es in der Realität aber so, dass du Respekt nur als Folge drastischer Maßnahmen erhältst. Bestrafst du Personen wie Akif nicht, kann es sein, dass dich niemand für deine Errungenschaften lobt, da du vorher stirbst.«

»Laon dei Savren würde dir zustimmen, Shadar. Aber wenn ich handeln würde wie er, wo wäre der Unterschied? In dem Fall könnte er auch zurückkommen.«

Shadar griff nach Kiras Schultern und schüttelte den Kopf. »Du sollst nicht alle seiner Eigenschaften übernehmen. Was jedoch den Umgang mit deinen Feinden betrifft, könntest du in manchen Punkten von ihm lernen.«

»Ach ja? Soll ich dir sagen, wie Laon dei Savren mit seinen Feinden umgegangen ist? Ich habe die Seiten aus der Chronik, die Abedin mir gegeben hat, noch gut im Gedächtnis. Mein Vorgänger genießt nicht von ungefähr einen dermaßen nachhaltigen Ruf in Andoran. Wenn man von den entführten Kindern absieht … frag doch mal einen Andoraner nach dem Haus Enora!« Unverhohlene Wut schwang in ihrer Stimme mit.

»Kira!« Elmaryns Aufschrei ließ sie zu diesem herumfahren. Der Barde war leichenblass. »Sprich diesen Namen nie wieder aus!«, beschwor er sie. »Das bedeutet Unglück!«

Kira warf dem Barden ob seines Ausbruchs einen überraschten Blick zu. Dann verhärtete sich ihr Ausdruck wieder, als sie sich erneut Shadar zuwandte: »Ich glaube das war deutlich genug.«

Der Ratsmagier schnaubte. »Ich rede nicht davon, dass du Akifs Anwesen samt Familie und allen Bediensteten in Schutt und Asche legen sollst. Bei seiner Hinrichtung handelt es sich um die in Aidris übliche, gerechte Strafe für seine bewiesenen Vergehen.«

»Trotzdem empfinde ich seinen Tod als sinnlos.«

»Er würde als abschreckendes Beispiel dienen. Und das ist nicht sinnlos.«

»Ich glaube, das ist ein Problem dieser Welt«, murmelte Kira resigniert. »Ein Menschenleben ist hier einfach nichts wert – vollkommen unabhängig davon, dass zumindest die Priester behaupten, es sei ein Geschenk der Götter.«

»Das ist auch so.« Elmaryn wirkte beinahe verzweifelt. »Du solltest nicht vorschnell urteilen. Eine Entscheidung, wie die über Akif, ist extrem. Normalerweise …«

»Normalerweise wird das Leben eines Menschen geachtet. In manchen Fällen ist es jedoch vollkommen legitim, sich darüber hinwegsetzen!«, unterbrach sie ihn sarkastisch.

»Deine Argumentation ist nicht ganz fair, Kira«, lenkte Shadar deren Aufmerksamkeit wieder auf sich. »Ein Geschenk kann man missbrauchen und die Götter sind nicht bekannt dafür, in das Leben der Menschen einzugreifen, solange sie sich auf dieser Ebene bewegen. Wer also schützt diejenigen, die sich an die Regeln halten, vor solchen wie Akif? Glaubst du, der Mann wäre von der Gnade, die du ihm zukommen lassen willst, derart geblendet, dass er fortan nur noch Gutes tut und sein Leben in den Dienst der Menschen stellt?«

»Akif?« Kira verzog angewidert das Gesicht. »Kaum! Ich möchte lediglich nicht so werden wie er«, fügte sie bekräftigend hinzu.

»Dahingehend sehe ich keinerlei Gefahr!«, beteuerte Elmaryn. »Nicht, wenn du dir solche Gedanken machst, wie gerade.«

»Gedanken allein nützen nur leider wenig«, versuchte Kira abermals, den beiden ihren Standpunkt zu verdeutlichen. »Wenn ich nicht danach handle, kann ich so viel denken wie ich will, es wird keinen Unterschied machen. Akif sollte bestraft werden, ja, aber wir müssen seine Hinrichtung verhindern.«

»Wenn wir das überhaupt können. Bei unserer kleinen Diskussion vergisst du nämlich gerade, dass der Khalid diese Entscheidung getroffen hat, nicht du. Verantwortlich für Akifs Tod ist also ebenfalls er, nicht du.«

»Er tut es für mich. Um ein Zeichen zu setzen, wie du so schön gesagt hast.«

»Politisch wäre es besser, du könntest dieses Detail in den Hintergrund schieben. Vordergründig tut er es, um seinen Herrschaftsanspruch über Aidris klarzustellen, denn Laon dei Savren wäre ein ernst zu nehmender Konkurrent.«

»Könnte ich dieses ›Detail‹ einfach vergessen, wäre ich nicht die, die ihr alle für das Amt wollt. Ich werde mit Rayhan Samir darüber sprechen.«

»Sprich bitte zuerst mit Kael!«, appellierte Shadar an Kiras Vernunft.

»Das werde ich«, beruhigte ihn Kira. Dann legte sich ein Grinsen auf ihr Gesicht. »Wenn dir übrigens bei einem Gespräch daran gelegen ist, seriös zu wirken, solltest du das Kätzchen aus deiner Kapuze verbannen. Es nimmt dir einiges an Überzeugungskraft, wenn es so unglaublich niedlich, wie gerade, über deine Schulter schaut.«

Hektisch griff Shadar nach hinten, um dessen Kopf nach unten zu drücken. Das Tierchen quittierte dies, indem es alle vier Pfoten um seine Hand schlang und sich daran festklammerte. Mit einem peinlich berührten Lächeln nahm er seine Hand samt Kätzchen aus der Kapuze und schob das Tier in den weiten Ärmel seiner Robe. »Du solltest dich trotz solcher Ablenkungen auf das Gespräch konzentrieren.«

»Das habe ich«, gab Kira ihm noch breiter grinsend zu verstehen. »Die Kleine tat das bereits seit einiger Zeit.«

Shadar verzog gequält das Gesicht. »Es ist wohl in der Tat besser, ich verzichte bei diplomatischen Anlässen auf dieses Tier.«

»Oder du nutzt es geschickt«, schlug Elmaryn vor, der inzwischen seinen eigenen Heiterkeitsanfall in den Griff bekommen hatte.

Auch Kira wurde wieder ernst. So sehr sie Shadars Irritation genossen hatte, Akifs Hinrichtung war eine zu wichtige Angelegenheit, um darüber zu scherzen. Sie würde mit Kael sprechen, obwohl der wahrscheinlich die Ansicht des Ratsmagiers teilte. *Wie jeder hier. Selbst Elmaryn?* Sie wandte sich dem Barden noch einmal zu. »Würdest du wollen, dass jemand hingerichtet wird, weil er dich bedroht?«

»Mich?« Elmaryn schüttelte den Kopf. »Das ist etwas anderes, Kira. Du kannst das nicht vergleichen.«

»Wieso?«

»Du bist die Mlyss d'Eartha.«

»Und das rechtfertigt alles?«

Elmaryn seufzte und deutete dann mit einem Finger auf sie. »Du bist diejenige, die das Gleichgewicht richten kann, sollte es noch einmal nötig werden. Du kannst dem Kheralis-Massiv seine Energie wiedergeben und nicht zuletzt bist du es, auf die wir die Hoffnung für einen dauerhaften Frieden gründen. Du musst überleben und die Ethialla d'Eartha ist diesbezüglich ein Hindernis!«

Kira schloss die Augen. *Elmaryn hat recht mit dem, was er sagt. Trotzdem hört es sich falsch an.*

»Aber die Ethialla gefährdet mein Leben bisher nicht«, widersprach sie dennoch.

»Oh doch, das tut sie.« Shadar hielt seinen Ärmel mit einer Hand zu, als sich eine kleine Pfote nach außen wagte. »Wenn du es auf längere Sicht betrachtest, arbeitet sie darauf hin, dass dein Leben endet! In nicht mehr ganz einem Jahr!«

## Shadar

*»Feinde wie Kira kann sich jeder nur wünschen.*
*Manche Freunde haben weniger Verständnis!«*
Shadar von Catron, Meer kurz vor Aidris

Kira hatte es geschafft, Kael, Skjaldan, Leandar und Aki die Entscheidung des Khalids weitgehend wertfrei mitzuteilen. Interessanterweise schien jedoch außer Leandar von Quo niemand direkt erfreut.

»Ich hasse öffentliche Hinrichtungen, aber dieser Kerl hat es offensichtlich verdient.« Skjaldan verzog angewidert das Gesicht und stellte seinen Becher geräuschvoll auf dem Tisch ab. »Wenn ich dir einen Rat geben darf, Kira, sieh auf keinen Fall in die Gesichter der Leute, die bei so etwas freiwillig zuschauen. Es nimmt dir den Glauben an die Menschen!«

»Ich hoffe, ehrlich gesagt, dass ich die Hinrichtung noch verhindern kann. Ich habe vor, Rayhan Samir zu fragen, ob das möglich ist.«

»Weshalb willst das tun, Kira? Diese Geste zeigt Stärke und untermauert deinen Anspruch auf dein Amt.« Leandar verschränkte die Arme vor der Brust und lehnte sich auf seinem Stuhl zurück. »Mitleid mit diesem Mann ist in meinen Augen nicht angebracht.«

Shadar füllte sich einen Becher mit Tee und lauschte den Argumenten, die Kira ihm an Deck bereits genannt hatte. Während Skjaldan der Diskussion eher widerstrebend folgte, hielt sich Kael auffallend zurück. Er war blass und schien kurzzeitig sogar eigenen Gedanken nachzuhängen. Kannte er Akif? Verband ihn etwas mit dem ehemaligen Berater des Khalids? Kira hatte die Möglichkeit, ihr Lehrer aus Quo könnte der zweite Anker Laon dei Savrens sein, resolut von sich gewiesen, doch dessen Reaktion gab Shadar zu denken.

Anscheinend hatte der Magier Shadars Blick bemerkt, denn als er ihn jetzt direkt ansah, war jede Spur der kurzfristigen Unsicherheit, die er eben noch gezeigt hatte, aus seinem Gesicht verschwunden. Kael von Quo hatte sich erneut perfekt im Griff. »Wundert es Euch, Mael, dass ich dieser Hinrichtung nicht mit großer Begeisterung entgegensehe?«

Shadar entschied sich spontan für Ehrlichkeit. »Ja, das wundert mich in der Tat. Zumal es, wie Mael Leandar gerade nicht müde wird zu betonen, ein wichtiges Zeichen hinsichtlich Kiras Autorität setzen würde.«

»Womit er auch unzweifelhaft recht hat. Es ist allerdings nicht das Zeichen, das die Mlyss zu setzen wünscht. Ich denke, sie wird dies Rayhan Samir auch deutlich machen können. Der Amyr ist sehr aufmerksam, was diese Dinge betrifft, und wird möglicherweise bereits ahnen, dass die Entscheidung seines Vaters hier nicht auf große Gegenliebe stößt.«

»Ihr würdet also Kiras Bemühungen, Akifs Hinrichtung abzuwenden, unterstützen?«

Jetzt blickten alle auf Kael – Kira offen erstaunt, Aki ohne eine Rührung erkennen zu lassen, Leandar merkwürdigerweise mit einem seltsam sanften Gesichtsausdruck. Es war das erste Mal, dass Shadar so etwas wie Mitgefühl auf dessen Zügen wahrzunehmen vermeinte.

»Ja, das würde ich.« Kaels Miene blieb unlesbar. »Eine Hinrichtung ist nicht rückgängig zu machen. Es ist eine Tat der Endgültigkeit, die Konsequenzen mit sich bringt, die nicht mehr aufzuheben sind. Ich bin vor einiger Zeit zu dem Schluss gekommen, dass ich nicht derjenige bin, der das Recht hat, eine solche Entscheidung zu treffen oder zu einer solchen meine Zustimmung zu geben. Wenn Kira dies für sich ebenso sieht, werde ich sie darin bestärken.«

Skjaldan legte in einer Geste spontaner Sympathiebezeugung seine Hand auf Kaels und drückte diese. Dieser schenkte seinem Freund dafür ein warmes Lächeln, schob dessen Hand jedoch mit einer freundlichen, aber bestimmten Geste beiseite.

»Damals lagen andere Umstände vor«, ergriff nun Leandar mit überraschend weich klingender Stimme das Wort. »Zudem gab es keine Alternative. Du brauchst dir keinen Vorwurf zu machen. «

»Du missverstehst mich, Leandar«, gab Kael beinahe schneidend zurück. »Ich mache mir keine Vorwürfe, obwohl es durchaus eine Alternative gab – und das weißt du. Ich verurteile niemanden, auch nicht mich selbst. Ich habe lediglich aus dem, was geschehen ist, Schlüsse gezogen und eine Entscheidung getroffen. Ich werde meine Meinung niemandem aufzwingen, doch sofern Kira zu demselben Schluss gelangt wie ich, werde ich sie auch nicht davon abzubringen versuchen.«

»Mich würden die Umstände interessieren, die Euch zu dieser Haltung gebracht haben«, wandte sich Shadar aufrichtig interessiert an diesen, doch mit einem sehr bestimmten: »Das geht dich nichts an, wirklich nicht!«, fuhr Skjaldan dazwischen. Shadar ignorierte ihn und hielt seinen Blick weiterhin auf Kael gerichtet, bis dieser den Blick senkte.

»Meine Entscheidung gründet sich auf eine sehr persönliche Erfahrung, und ich möchte in der Tat nicht darüber sprechen, Mael Shadar«, bezog der Magier dennoch selbst Stellung, ehe er sich erhob und die Tür anvisierte. »Bitte entschuldige mich, Kira.«

Immer noch ein wenig fassungslos von dem vorangegangenen Austausch, nickte Kira ihm zu und Kael verließ den Raum.

»Mist!« Skjaldan rieb sich mit einer Hand über den Bart. »Ich hätte wissen müssen, worauf das hinausläuft! Ehrlich gesagt denke auch ich, dass er recht hat. Ich kann Akif zwar nicht leiden, aber ihn gleich umzubringen ist hart. Wobei es für dich wahrscheinlich besser wäre, Kira. Wir haben so, wie es gerade ist, schon genug Ärger. Ein klares Signal an die Ethialla brächte uns in eine vorteilhaftere Lage.«

»Du würdest ihn also auch hauptsächlich um meinetwillen aus dem Weg haben wollen?«, insistierte Kira mit schräg gelegtem Kopf.

»Natürlich! Ansonsten ist mir dieser Mann herzlich egal!«

»Elmaryn sieht es genauso. Wie ist es mit Euch, Mael Leandar?«

»Mir liegt vorrangig Eure Sicherheit am Herzen, Mlyss, und die steigert sich, wenn die Ethialla deutlich in ihre Schranken verwiesen wird.« Die Stimme des Magiers klang fest, der Ausdruck in seinen

Augen irritierte Shadar jedoch für einen winzigen Moment. Ihm war, als stünde mehr hinter seinen Worten und als hätte er gerne mehr gesagt. Gerade wollte er Leandar darauf ansprechen, als Kira das Wort an ihn richtete.

»Wie ist es mit dir, Shadar?«

»Ich weiß, worauf du hinauswillst, Kira. Nein, mir geht es nicht ausschließlich um dich, obwohl du und dein Wohlergehen mir sehr am Herz liegen. Mir geht es auch um die Menschen, die zu Schaden kommen, sollte Akif weiterhin in der Lage sein, Intrigen zu spinnen. Erst recht macht mir Sorgen, was geschehen könnte, sollte Laon dei Savren tatsächlich zurückkommen.« Er lächelte, als er sah, dass Kira unbehaglich zur Seite blickte. »Trotz der Beteuerungen einer gewissen Person, die du gerade vor einer Hinrichtung schützen möchtest, ist es nicht immer Verschwendung, Zuneigung an Menschen zu verschenken. Akif hat seine Pferde geliebt, sonst niemanden. Das solltest du im Hinterkopf behalten, wenn du deine Entscheidung triffst.«

Während sie bedächtig nickte, wanderte Kiras Blick zum Hauptmann ihrer Garde, der der bisherigen Diskussion schweigend gefolgt war. »Wie beurteilt Ihr mein Ansinnen, Njaldan Aki?«

»Rein strategisch betrachtet, solltet Ihr den Dingen einfach ihren Lauf lassen, Mlyss. Von der menschlichen Seite aus kann ich Eure Intention, Shaki Akifs Hinrichtung zu verhindern, nachvollziehen. Wie auch immer das Ganze letztendlich ausgeht, meine Männer und ich werden für Euren Schutz sorgen.«

»Danke, Njaldan. Euch zuverlässig an meiner Seite zu wissen, erleichtert mir vieles.«

Nachdem sie nun alle ihre Ratgeber angehört hatte, richtete Kira das Wort erneut an Shadar: »Ich werde mit Rayhan Samir sprechen. Sicherlich ist er über die Pläne seines Vaters informiert. Kann ich Akifs Hinrichtung einfach so ansprechen oder ist es nicht gut, wenn er dadurch von deinem Kontakt zu Sunnaras erfährt?«

»Auch wenn der Amyr deine Direktheit mittlerweile gewöhnt ist und deine unkomplizierte Art womöglich genießt, musst du dir darüber im Klaren sein, dass alles, was du ihm gegenüber erwähnst, an den Hof übermittelt wird.«

» ... und ich damit ein Zeichen setze«, stöhnte Kira. »Das ist das Schlimmste an meinem Amt!«

»Immerhin erreichen deine Worte den Khalid – so oder so. Und ›dank deines Amtes‹ sowie der Weitergabe über Rayhan Samir wird er zumindest über das Gehörte nachdenken«, feixte Skjaldan.

Shadar musste lächeln. Es war mehr als offensichtlich, was Skjaldan mit diesen Worten andeuten wollte. Kira kam anscheinend zum selben Schluss.

»Es wird also Zeit, dass ich diesen Vorteil nutze, um die Zeichen zu setzen, die ich für wichtig halte. Am besten, ich lasse den Kapitän signalisieren, dass ich den Amyr auf seinem Schiff besuchen möchte.«

»Ich kümmere mich darum«, bot der Ratsmagier an, wenngleich Milde mit dem Feind nicht das Zeichen war, das er selbst gewählt hätte. Der Gang an Deck gab ihm die Möglichkeit, noch einmal einen Blick auf Kael zu werfen. *Welchem Ereignis in seiner Vergangenheit ist es geschuldet, nun ein Mitglied der Ethialla vor dem Tod bewahren zu wollen?*

## Kira

*»Was ist das für ein sinnloses Unterfangen? Akif muss doch klar sein, dass
ich so nicht mehr für ihn sprechen kann!«*
*Kira Sanders, Küste vor Aidris*

»Ich habe gestern davon erfahren.« Rayhan Samirs Gesichtsausdruck war ernst. »Ich zögerte, Euch die Entscheidung meines Vaters mitzuteilen, da ich ahnte, was Ihr davon halten würdet, Mlyss. Es war, das gebe ich offen zu, meine Hoffnung, dass Ihr bedeutend später davon erfahrt.«

»Warum?« Kira unternahm keinen Versuch, ihre Überraschung über die Worte des Amyrs zu verbergen.

»Ihr wisst um die Umstände?«

»Umstände?«, echote Kira verständnislos. »Könntet Ihr mich nicht einfach vollständig einweihen?«

Der Amyr lachte leise. »Solltet Ihr jemals mit meinem Vater sprechen, formuliert eine solche Bitte vorsichtiger, Mlyss. Vollständig bedeutet allumfänglich, und eine solche Aufforderung wird er als Affront betrachten.«

»So hatte ich es nicht gemeint«, gab Kira zerknirscht zurück. »Soweit ich weiß, seid Ihr hier, um herauszufinden, ob es für Aidris sinnvoller ist, mich zu unterstützen oder die Ethialla d'Eartha. Deshalb verstehe ich nicht, wieso ein Zeichen, dass diese Entscheidung zu meinen Gunsten ausgefallen zu sein scheint, mir verborgen bleiben soll.«

Aus dem Augenwinkel sah Kira, wie Shadar sein Gesicht in den Händen verbarg und den Kopf schüttelte. Wahrscheinlich hätte sie auch diese Worte vorsichtiger formulieren sollen.

»Eure Art, die Dinge auf den Punkt zu bringen, könnte Shaki Caedan gefallen. Er schätzt klare Worte sehr. Ihr steht der Hinrichtung Akif Sedell Ahnrets also nicht ablehnend gegenüber?«

»Doch, aber ...«

»Verzeiht mir, wenn ich ähnlich klare Worte finde. Mir ist bewusst, dass Ihr hierhergekommen seid, um diese Hinrichtung zu verhindern. Ich glaube, Euch inzwischen gut genug zu kennen, um das beurteilen zu können. Allein die Bitte an meinen Vater zu richten, wäre für ihn jedoch ein Zeichen Eurer Schwäche – ein Grund, seine Unterstützung der Ethialla zukommen zu lassen und nicht Euch. Das will ich verhindern und deshalb habe ich diese Information nicht weitergeleitet.«

Offenbar kannte der Amyr sie besser, als Kira angenommen hatte. Sie hielt seinem Blick stand, obwohl die Antwort, die sie bekommen hatte, nicht diejenige war, mit der sie gerechnet hatte. *Ganz und gar nicht! Ich brauche dringend mehr Erfahrung in höfischer Intrige, aber immerhin hat der Mann vor mir gerade sehr deutlich gesagt, dass er mir helfen will. Wenn ich jetzt allerdings etwas falsch mache, verliere ich seine Unterstützung. Und die des Khalid.* Das durfte auf keinen Fall geschehen. Jetzt musste sie vorsichtig sein. *Verdammt ...*

»Es freut mich, Nahen Amyr, dass Ihr meine Schwäche, obwohl Ihr sie kennt, nicht zu meinen Ungunsten auslegt.«

»Ich halte einiges davon, wenn jemand seinen Freunden Loyalität erweist. In diesem Fall jedoch solltet Ihr davon absehen, sofern Ihr Euch der Unterstützung meines Vaters versichern wollt. Er schätzt diese Tugend nur, falls besagte Freunde ihm noch nützlich werden können.«

*Hält Rayhan Samir Akif für jemanden, den ich schätze?*

»Ich zähle Shaki Akif ganz sicher nicht zu meinen Freunden. Dass ich seine Hinrichtung verhindern möchte, hat andere Gründe.«

»Ich spreche nicht von Akif, sondern von den Nuri, die er auf seinem Anwesen festhält.«

»Wie bitte?« Kira starrte Rayhan Samir fassungslos an. »Nuri? Auf seinem Anwesen? Ich … ich verstehe nicht.«

»Ihr wisst nicht davon?« Ihr Gegenüber atmete scharf aus. »Anscheinend kenne ich Euch doch nicht so gut, wie ich dachte. Dass Ihr Akif allein um seiner selbst willen retten wolltet, wagte ich nicht anzunehmen.«

Kira lauschte mit wachsendem Entsetzen den Erklärungen des Amyrs. Offenbar hatte Akif bereits vor einiger Zeit die Gauklertruppe, die ihr bei ihrem ersten Aufenthalt in Aidris dabei geholfen hatte, vor Catrons Rat zu fliehen, auf sein Anwesen in Hyderavar eingeladen. *Befohlen trifft es sicherlich besser!* Sie hatte Quents Sorge bei der ersten Einladung des Shaki noch gut in Erinnerung. Es hatte ihm nicht gefallen, doch abzulehnen hatte er nicht gewagt. *Also wird er auch dieser ›Einladung‹ gefolgt sein, weil er durchaus um die Konsequenzen einer Ablehnung weiß …*

»Als man ihm die Verbindung zur Ethialla nachweisen konnte, wurde er strenger beobachtet. Trotzdem hatte er natürlich weiterhin Kontakt zu seinem Haus, obwohl er Kherra-Des nicht verlassen durfte. Er hat einen Boten mit der Anweisung dorthin gesandt, die Mitglieder der Truppe töten zu lassen, sollte ihm bei Hof etwas geschehen«, beendete Rayhan Samir seine Erklärung.

Kira schnappte nach Luft. »Was hat er davon? Wenn ich so handle, wie es offensichtlich von mir erwartet wird, wird jeder denken, dass ich leicht erpressbar bin, sofern man meine Freunde bedroht. Allein aus diesem Grund darf ich auf so etwas nicht eingehen. Mit dieser Aktion verbaut er sich selbst jede Möglichkeit!« Verzweifelt kämpfte Kira gegen die Tränen an. Nicht nur Akifs Chancen auf ihre Fürsprache schwanden durch dessen Handeln. Womöglich würden auch die Nuri durch diese Dummheit sterben. »Ist es irgendwie möglich, die Truppe von Akifs Anwesen zu retten, ohne dass ihnen etwas geschieht?«

»Ganz ohne Verluste aller Voraussicht nach nicht, Mlyss«, antowrtete Rayhan Samir bedauernd. »Zudem müssten wir sie erst einmal finden – was mit Sicherheit nicht einfach wäre und Zeit bräuchte. Sollte Akif Anweisungen hinterlassen haben, bei einem Angriff auf sein Anwesen unverzüglich zu handeln …« Er ließ den Satz offen, aber Kira verstand auch ohne weitere Worte, was er damit andeuten wollte.

»Und sobald wir an Land gehen, habe ich gar keine Möglichkeit mehr, irgendetwas zu unternehmen, da ich die Willkommensfeier nicht verlassen kann.« Heiße Wut stieg in ihr auf, ihre Hände ballten sich zu Fäusten und nur mit Mühe unterdrückte die den Impuls, mit einer davon auf den Tisch zu schlagen. »Dieser Idiot!«, zischte sie. »Ist er wirklich so fanatisch, was Laon dei Savrens Rückkehr betrifft? Für mich sieht es so aus, als spekulierte er geradezu darauf, dass ich auf seine Erpressung eingehe, für ihn bitte dadurch die Unterstützung des Khalid verliere. Entweder hat er noch einen Trumpf in der Hand, von dem ich nichts weiß, oder das bedeutet, dass er tatsächlich bereit ist, sich für diese Sache zu opfern, wenn ich anders handle.«

»Anscheinend«, stimmte der Amyr Kiras Schlussfolgerung zu. »Es ist also nicht mehr Euer Begehr, Euch für seine Begnadigung einzusetzen?«

»Ich kann nicht intervenieren«, stieß sie gepresst hervor. »Das würde meine Freunde für jeden, der mit meinen Entscheidungen nicht einverstanden ist, zu Zielscheiben machen.«

Die Haltung des Amyrs entspannte sich sichtlich.

Noch immer mit ihrem Zorn ringend senkte Kira die Lider, denn sie ertrug es nicht, jetzt die Erleichterung auf seinen Zügen zu sehen. Ryas Gesicht erschien vor ihren Augen. Sie erinnerte sich an ihr Lachen, als sie die Perlen für ihr Kostüm auswählte und an Les, der mit Orangen jonglierte. Er hatte sie durch die Wüste begleitet, um zu verhindern, dass Akif sie kaufen konnte. Bis zuletzt hatte er zu ihr gehalten, trotz seines offensichtlichen Respekts vor Catrons Ratsmagiern.

»Verdammt!« Jetzt hieb sie doch mit der Faust auf den Tisch – und bereute es bereits eine Sekunde später, als Rayhan Samirs entsetztes Zurückweichen registrierte. Was ihre Erbitterung beim letzten Mal ausgelöst hatte, stand dem Amyr offenbar noch mehr als deutlich vor Augen. *Er sieht beinahe so aus wie Les, als ich ihm damals in der Wüste vorschlug, mit mir zu transportieren. … Ich kenne die Nuri gut genug, um einen Transport zu ermöglichen!*, traf die Erkenntnis sie wie ein Blitzschlag.

»Was ist nötig, um das Bewusstsein einer Person zu übernehmen, auch wenn diese das nicht will?«, wollte sie von Shadar, der sich bisher erstaunlich still verhalten hatte, wissen.

»Du brauchst körperlichen Kontakt, während du deine Magie anwendest. Wenn es sich um einen Magier handelt, wirst du außerdem seinen Widerstand überwinden müssen. Ohne Berührung ist es nur möglich, das Bewusstsein einer Person zu manipulieren. Du kannst durch ihre Ohren hören, durch ihre Augen sehen, schmecken, riechen und so weiter. Das kann so weit gehen, dass du selbst durch diese Person handeln kannst, wenn du in Kauf nimmst, dass derjenige dadurch möglicherweise geschädigt wird.«

Dass eine solche Übernahme definitiv gegen ein oder mehrere magische Gesetze verstieß, ließ der Magier dabei unerwähnt, wie Kira bemerkte.

»Wie hast du mich damals nach Catron geholt?« Nicht, dass sie das jemandem wünschen würde, aber es bot vielleicht eine Option.

Shadar seufzte. »Der Schatten hat deinen Widerstand gebrochen. Durch ihn hatte ich direkte Verbindung zu dir und du warst freiwillig bereit, mir dein Bewusstsein zu überlassen, um dem Schmerz zu entgehen. Dann habe ich dich dazu gebracht, selbst zu transportieren.«

»Was? Ich selbst habe damals die Energie aufgebracht?«, hauchte Kira entgeistert. Damit stand ihr, was die Nuri betraf, diese Transport-Variante nicht zur Verfügung. »Dann bleibt mir nur der geistige Kontakt. Ist eine solche Verbindung ausreichend, um ein zuverlässiges Bild für einen Transport zu erhalten?«

Als Shadar bestätigend nickte, trat Rayhan Samir, inzwischen wieder gefasst, einen Schritt auf Kira zu. »Ich kann, sollte dies Euer Wunsch sein, Mlyss, für Euch sicherlich eine Besuchserlaubnis bei

Akif erwirken. Dafür müsst ihr Euch nicht den Risiken aussetzen, die eine solche Aktion mit sich brächte.«

»Ich habe nicht vor zu Akif zu transportieren«, lehnte Kira das Angebot irritiert ab, ehe sie sich wieder dem Ratsmagier zuwandte. »Shadar, du bist mit einem Schild erschienen, als du dich nach Quo transportiert hast. Wie schwierig ist das? Und – kann ich diesen Schild bereits im Transport so ausweiten, dass er mehrere Personen im Raum erfasst?«

»Die Nuri-Truppe zum Beispiel?«, hakte Shadar mit gequältem Gesichtsausdruck nach, während der Amyr trotz der erhaltenen Abfuhr dem Dialog der beiden interessiert lauschte. »Kira, ich glaube, ich weiß worüber du nachdenkst. Doch zum einen ist in keiner Weise gewiss, dass sich alle Nuri in einem Raum aufhalten und zum anderen ist es sehr gut möglich, dass Akif genau das bezweckt: Dass du dich mit einem Transport in die Reichweite seiner Leute und damit in die Hände der Ethialla begibst. Was, wenn sich ein Magier dort befindet? Oder mehrere? Vielleicht ist es gar nicht sein Ziel, dass du für ihn bittest und dich damit als schwach erweist. Unter Umständen greift sein Plan, sobald du versuchst, seine Gefangenen zu retten.«

Konnte das sein? Kira fröstelte. Sie war nicht schwach, das hatte sie inzwischen begriffen. *Wenn es stimmt, was Shadar vermutet, tue ich gerade genau das, was Akif möchte.*

»Ich brauche mehr Information! Gibt es an Akifs Hof jemanden, den ich kenne und über den ich Näheres in Erfahrung bringen könnte?«

»Marees …«, ließ Shadar Kira an seiner spontanen Eingabe teilhaben. »Ob der dir allerdings hilft, bezweifle ich. Bisher hat sich Marees Falir als loyal Akif gegenüber gezeigt – in jeder Situation.«

»Mist! Und die Nuri werden mit Sicherheit bewacht. Wenn ich einen von ihnen kontaktiere, wird derjenige sich garantiert erschrecken, was einem Magier dann den entscheidenden Hinweis gibt. Falls Akif mir mit dieser Aktion tatsächlich eine Falle stellen wollte, hat er für solche Fälle garantiert Instruktionen hinterlassen.« Nachdenklich verstummte sie einen Moment. »Kennt Sunnaras jemanden, über den er etwas herausfinden könnte?«

Sie sah, wie Shadar sich konzentrierte und wenig später die Stirn in Falten legte. Als er sich ihr wieder zuwandte, sprach er mit Bedacht. »Sunnaras vermutet ebenfalls eine Falle. Nachdem ich ihm die Umstände geschildert hatte, riet er davon ab, auf diese Provokation einzugehen. Allerdings erinnerte er sich auch an eure erste Begegnung im Haus des Shaki. Da war eine Tänzerin, deren Namen er vergessen hat, jedoch könnte eure damalige Zusammenarbeit ausreichen, sie zu kontaktieren.«

»Latisha! Natürlich!« Kira schlug die Hände zusammen. »Sie kann ich erreichen. Allerdings ist sie Marees' Geliebte. Daher müsste ich sicherstellen, dass sie ihm nichts verrät, sollte er sich auf dem Anwesen aufhalten.«

»Bevor du etwas tust, Kira, sollten wir uns zusammensetzen und das gründlich planen«, zügelte Shadar ihren Enthusiasmus. »Das braucht ein wenig Zeit.« Daraufhin richtete er das Wort an Rayhan Samir, dessen Anwesenheit er während der Diskussion mit seiner Schülerin vollkommen vergessen hatte. »Wann ist die Hinrichtung angesetzt und wie stark werden wir in dieses Fest eingebunden sein?«

Der Amyr zeigte keinerlei Missstimmung und antwortete freimütig: »Die Hinrichtung ist in drei Tagen geplant. Auf dem Fest allerdings werdet Ihr selten allein sein.« Sinnierend verstummte er und ging ein paar Schritte. »Wie eitel ist der Kapitän Eures Schiffes?«, formulierte er schließlich eine vorsichtige Frage. »Wenn er es nicht wagt, ohne Lotse in den Hafen einzulaufen«, sprach er langsam weiter, wobei sich ein Lächeln auf seine Züge schlich, »kann ich uns ein wenig Zeit verschaffen. Man müsste von Land aus ein Boot schicken, was ihn zu seinem Liegeplatz schleppt. Das Ganze dauert sicherlich eine Kerzenlänge, denn damit wird niemand gerechnet haben. Zwar ist die Einfahrt eng und es gibt ein paar Felsen davor – ein erfahrener Kapitän hat damit allerdings keine Probleme, daher wird der Lotsendienst nur sehr selten angefragt.«

»Im Notfall bin ich diejenige, die es ihm befiehlt!«, griff Kira den Vorschlag begierig auf. »Und am besten leite ich das gleich in die Wege.«

»Den Lotsendienst?« Wahrscheinlich waren es ausschließlich Kiras Stellung sowie die Anwesenheit seines Handelsherren, die den Kapitän davon abhielten, vor ihnen auf den Boden zu spucken. »In einem solchen Hafen einen Lotsen zu verlangen ist eine Zumutung!«

»Es ist die Zeit, die wir brauchen, um fünf Menschen zu retten – oder zumindest den Versuch zu unternehmen«, erklärte Kira den Grund ihres Gesuchs. »Würdet Ihr tatsächlich Euren Stolz über ihr Leben setzen?«

Das Gesicht des Kapitäns zeigte deutlich, dass er überlegte.

Sie hatte indessen nicht vor, das Ergebnis abzuwarten. »Ich bitte Euch darum, Seran. Für Eure Fähigkeiten als Kapitän werde ich mich jederzeit verbürgen, sollte das notwendig werden.«

Der Mann knirschte mit den Zähnen, nickte jedoch und verschwand mit gesenktem Kopf ohne ein weiteres Wort, als ihm Melyad dei Martell mit einer Handbewegung zu gehen erlaubte.

»Ihr müsst ihn verstehen, Mlyss. Sein Ruf ist sein Kapital, und wenn er sich in diesen Hafen schleppen lässt, wird sich das herumsprechen.«

Verstört blickte Kira den Handelsherren an. »Ist er nicht fest bei Euch angestellt, Melen?«

»Oh doch, das ist er. Allerdings spekuliert jeder Kapitän darauf, irgendwann sein eigenes Schiff zu besitzen, um die wirklich lukrativen Fahrten anzunehmen. Dann jedoch ist sein Ruf der alleinige Garant für Aufträge, die bedeutend besser bezahlt sind. Nur, wenn dieser tadellos ist, kann er risikoreiche Fahrten ohne Prestigeverlust ablehnen oder ein entsprechendes Honorar dafür aushandeln. Es gibt weitere Vorteile, doch das würde jetzt zu weit führen. Ich möchte die Gespräche, für die Ihr diese Zeit benötigt, nicht aufhalten, Mlyss.«

Kira nickte ihm zu.

»Danke für Eure Ausführungen, Melen. Jetzt kann ich nachvollziehen, weshalb er dieser Angelegenheit derart ablehnend gegenübersteht.« *Irgendetwas muss ich mir für den Kapitän einfallen lassen!*

Nachdem Melyad den Raum ebenfalls verlassen hatte, wandte sie sich den anderen zu. »Ich erkläre am besten kurz die Situation sowie mein Vorhaben. Dann bringt bitte jeder jegliche Einwände

vor, die gegen diese Operation sprechen, und anschließend
überlegen wir, wie wir die Rettungsaktion trotzdem möglich machen
können.«

»Denk bitte daran, dich sicher abzuschirmen.« Kael legte die
Hand auf ihre rechte Schulter. Auf der Linken lag bereits die von
Shadar. Beide Magier würden ihren Kontakt mit Latisha
überwachen und ihr notfalls Kraft geben – eine Maßnahme, die
Kira bei einer nicht magisch begabten Person für sinnlos gehalten
hatte, bis Kael ihr erklärt hatte, welche Möglichkeiten einem
Magier, der das Bewusstsein der betreffenden Person überwachte,
zur Verfügung standen.

Jetzt überprüfte sie ihren Schutz noch einmal und streckte dann
ihren Geist nach Hyderavar aus – zu der Tänzerin, deren Bild sie
sich so exakt sie es vermochte in Erinnerung rief.

Latisha schien sich gerade mit Dehnübungen zu beschäftigen
und Kira erschrak vor der Vehemenz, mit der sie arbeitete. Die
Tänzerin suchte den Schmerz regelrecht. Die Ablenkung von ihren
Gedanken, die sie sich dadurch erhoffte, brachte er hingegen nicht.
Latisha hatte Angst um ihre Zukunft, aber vor allem um Marees.
Kira unterdrückte den Impuls sie anzusprechen, um sie zu trösten.
Stattdessen vertiefte sie den Kontakt, ohne auf sich aufmerksam zu
machen. Es bescherte ihr ein schlechtes Gefühl, ähnlich wie das
Lauschen bei einem Gespräch, das nicht für ihre Ohren bestimmt
war. Falls sie freilich auf diese Weise etwas herausfinden konnte,
war es besser für alle Beteiligten und würde die Tänzerin gar nicht
vor das Problem stellen, etwas verschweigen zu müssen.

Der Haushalt Akifs befand sich, wie sie rasch erfuhr, mehr oder
weniger in Auflösung. Keiner der Bediensteten wagte es zu gehen,
ohne formal entlassen worden zu sein, doch mit jedem Tag der
verstrich, wurde die Unsicherheit größer, was der Khalid mit dem
Anwesen und den darauf lebenden Menschen zu tun gedachte. Es
gab Gerüchte über einen neuen Shaki, dem es verliehen werden
sollte. Andere Stimmen besagten, er wolle es nach Akifs Hinrichtung
der Mlyss d'Eartha zum Geschenk machen.

Kira schauderte bei der Vorstellung, dieses Gerücht stelle sich als Tatsache heraus. Rasch verbannte sie den Gedanken an den Rand ihres Bewusstseins und konzentrierte sich erneut auf Latisha. Vorsichtig versuchte sie, die Gedanken der Tänzerin auf die Nuri zu lenken. Allzu schwer fiel ihr das nicht, denn die Sorge um Marees und die Gaukler waren eng miteinander verbunden. Einige Männer, die Latisha nicht kannte, waren kurz nach der Nuri-Truppe auf das Anwesen gekommen – eine Entwicklung, die ihrem Freund überhaupt nicht gefallen hatte. Noch weniger behagte ihm, dass er mit ihnen zusammenarbeiten musste, um die Gaukler auf dem Gelände festzuhalten. Eine Bemerkung Marees' zu dieser Angelegenheit ging ihr immer wieder durch den Kopf: Er hasste es, wenn Unschuldige zwischen die Räder der Macht gerieten, erst recht, wenn es sich dabei um Kinder handelte.

»Reicht uns das bereits oder soll ich mich bei Latisha bemerkbar machen und Fragen stellen?«

Kira spürte das Zögern ihrer Beobachter. Dann antwortete Shadar: »Da du sowohl durch deinen Kontakt ohne Erlaubnis als auch das Lenken von Latishas Gedanken in eine bestimmte Richtung sowieso schon ein paar der magischen Gesetze gebrochen hast, wäre es sinnlos, jetzt aufzuhören. Abgesehen davon wüsste ich schon gerne, wer da auf dem Anwesen angekommen ist. Sofern du das herausfindest, ohne dich bemerkbar zu machen, hilft uns das sehr. Diese ominösen Männer untermauern die Theorie, dass das Ganze eine Falle für dich ist.«

Auch Kael sendete kurz darauf seine Zustimmung. »Ich bin nicht glücklich mit dem Bruch der magischen Gesetze, doch diese Vorgehensweise dürfte in der Tat die Variante sein, die für alle Beteiligten am wenigsten Schaden anrichtet.

Derart rückversichert konzentrierte Kira sich erneut auf Latishas Gedanken. Sie konnte ein Bild jener Männer erhalten, doch mehr schien die Tänzerin darüber nicht zu wissen. Daher löste ihre Verbindung.

»Kennt ihr diese Männer?«

»Mir kommt einer der beiden bekannt vor«, erwiderte Shadar. »Ich habe ihn schon einmal irgendwo gesehen, werde aber das Bild nach Catron weiterleiten, wenn du nichts dagegen hast. Das könnte präzisere Resultate bringen.«

»Mir ist keiner der beiden bekannt, doch ich frage gerne in Quo nach«, bot auch Kael an.

»Eine gute Idee. Ich werde in der Zwischenzeit bei Rayhan Samir anfragen lassen, ob er zu uns herüberkommt und ihm anbieten, deren Bild für ihn zu projizieren.«

»Wie ich ihn einschätze, hofft er ohnehin, über unsere Pläne informiert zu werden. Immerhin deckt er sie gerade. Und da unsere Schiffe direkt nebeneinander liegen …« Ein unverkennbares Schmunzeln schwang bei diesen Worten in Shadars Stimme mit. Dann jedoch kehrte der Ernst in sie zurück. »Dir ist klar, dass der Amyr sich von dir Unterstützung für seine politischen Pläne erhofft und dass du ihm mit einem offenen Verstoß gegen geltende Gesetze etwas in die Hand gibst, was er gegen dich nutzen könnte?«

»Viel deutlicher als bei unserer Unterredung eben hätte er es nicht machen können, dass er mich für seine Pläne benutzt«, bestätigte Kira seufzend. »Allerdings sagt er das offen und wenn das, was ich über ihn weiß, korrekt ist, werde ich ihn gerne unterstützen.«

»Gut, dann spricht nichts dagegen, weiterhin seine Hilfe in Anspruch zu nehmen.«

## Shadar

*»Der einzige Zweck dieser Angelegenheit ist wahrscheinlich eine Falle für Kira. Ich fürchte nur, ihr ist das egal.«*
*Shadar von Catron, vor Aidris' Küste*

Interessanterweise war es Abedin, der genaueres zu den Männern beitragen konnte. Obwohl ihm nicht bekannt war, ob sie der Ethialla angehörten, war er ihnen doch gelegentlich am Hof begegnet. Beide waren Magier und verstanden, laut seiner Aussage, ihr Handwerk. Zudem mussten sie eine recht hohe Stellung bekleiden, wenngleich Abedin nicht genau angeben konnte, welche, aber er hatte sie meist in Rafehs Begleitung gesehen.

Rayhan Samir bestätigte diese Aussage mit einem eher unschönen Fluch, als Kira für ihn projizierte. Anschließend weihte er sie in einige Interna des Hofes ein – speziell in die der dort beschäftigten Magier.

Dass Mael Rafeh nicht der einzige Hofmagier des Khalids gewesen war, hatte Shadar gewusst. Davon, dass es weitere gab, die nicht öffentlich in Erscheinung traten, war er ausgegangen. Dass diese beiden jedoch dazu gehörten war unangenehm, zumal sie offiziell dem erstgeborenen Sohn des Khalids unterstanden. Shadar befürchtete, dass er Kira trotzdem kaum von einer Rettungsaktion würde abbringen können.

»Diese zwei hervorragend ausgebildeten Magier gehören also aller Wahrscheinlichkeit nach ebenfalls der Ethialla an, die dich, zumindest seit dem Zwischenfall mit Melen Evron, als Magierin ernst nimmt. Sie erwarten dein Kommen, und ihr Ziel wird es sein, dich in die Gewalt des Ordens zu bringen«, fasste Kael die gesammelten Informationen zusammen.

»Sie werden mich nicht töten«, warf Kira ein.

Kael schnaubte. »Das brauchen sie auch nicht. Sofern es ihnen gelingt, dich körperlich zu binden oder sie dich zwingen, eine Erweiterung deines Ankers zuzulassen, indem sie damit drohen, die zu töten, die du liebst, reicht das vollkommen aus.«

Kira war bei diesen Worten blass geworden. Müdigkeit legte sich auf ihre Züge und sie senkte den Kopf. Als sie nach einem Becher mit Wasser griff, bemerkte Shadar, dass ihre Hand zitterte. »Das Problem ist, dass sie diese Drohung gegen meine Freunde bereits ausgesprochen haben.« Ihre Stimme war leise, in der Stille der Kabine aber trotzdem gut zu verstehen. »Wenn ich nicht dort hingehe, werden die Nuri sterben. Sofern ich den Khalid um Gnade für Akif bitte, verliere ich den Rückhalt des Hofes. Vielleicht wird er Gnade walten lassen – dann allerdings nicht mehr um meinetwillen, sondern um seine Unterstützung für die Ethialla deutlich zu machen. In diesem Fall bleiben die Nuri weiterhin in Akifs Gewalt und niemand hindert ihn, sie erneut gegen mich zu benutzen. Wir hätten nichts gewonnen. Ich stelle mich also entweder dieser Falle oder nehme den Tod von fünf Menschen in Kauf.«

*Keine schönen Optionen. Sie machen Kira eine Entscheidung bestimmt nicht leicht. Ein Grund mehr, besser keine Freunde zu haben. Aber das,* musste sich Shadar eingestehen, *gelingt auch mir in letzter Zeit eher schlecht.*

»Hälfe dir der Gedanke, dass nicht du für den Tod dieser Menschen verantwortlich wärst, sondern die Ethialla?«

Der entsetzte Blick, den Kira ihm zuwarf, zeigte jedem unmissverständlich, dass dem nicht so war.

»Dein Rat wäre es also, keinen Rettungsversuch zu unternehmen?«, keuchte sie.

»Ja.« Shadar bemühte sich um eine besonnene Argumentation. »Das Risiko ist in meinen Augen zu groß. Du bist noch zu unerfahren im Kampf und ich fürchte, du würdest dich ablenken lassen, sollte jemand, der dir etwas bedeutet, dabei zu Schaden kommen.«

Kira presste die Lippen zusammen, erkannte seine Darlegungen jedoch mit einem Nicken an.

Eine ihrer Stärken ist definitiv, auch unangenehme Tatsachen zu akzeptieren.

Hierauf ging ihr Blick zu Kael.

»Ich schließe mich Shadars Meinung an«, bekannte er und legte seine Hand auf ihre, als sie verzweifelt den Blick abwandte. »Eine Rettungsaktion würde einen gut organisierten Angriff voraussetzen, wobei unsere Gegner gezielt außer Gefecht gesetzt, eventuell sogar getötet werden müssten. Würde dir das, ohne zu zögern, gelingen?«

Kiras Hand verkrampfte sich unter der seinen. Dann schüttelte sie den Kopf. »Nein.«

*Immerhin überschätzt Kira sich nicht.* »Bevor du diesen Punkt nicht sicher im Griff hast, ist es wenig ratsam, eine solche Aktion durchzuführen«, bestätigte Shadar leise, aber bestimmt. Seine Hand, die er mitfühlend auf Kiras Schulter hatte legen wollen, blieb in der Luft hängen, als diese sich ruckartig erhob und ihren Stuhl zurückstieß.

»Sehen wir den Tatsachen ins Auge: Ich werde niemals jemand sein, der ruhig und überlegt andere tötet, um ans Ziel zu kommen. So will ich auch gar nicht sein, aber anscheinend macht mich genau diese Eigenschaft zum perfekten Spielball. Ich begreife allmählich, weshalb ich in Quos Labyrinth eine solche Prüfung durchlaufen musste.«

»Ja, die Entscheidung, die du dort zu treffen hattest, war ähnlich«, pflichtete ihr Kael beunruhig bei.

Shadar war Kiras Prüfung lediglich aus Andeutungen bekannt und bisher hatte er es nicht für nötig gehalten, näher nachzufragen. Jetzt allerdings bemerkte sie seinen fragenden Blick.

»Ich würde das Ganze ungern projizieren, doch ich denke, ich kann es zusammenfassen. Mir wurde dabei sehr deutlich vor Augen geführt, dass ich vor eine Wahl gestellt sein könnte, bei der ich zwischen zwei Übeln entscheiden muss. Damals war es mein Überleben – und damit auch die Möglichkeit, meine Aufgabe als Mlyss d'Eartha wahrnehmen zu können – gegen das Leben der Menschen aus Lijandel, die ich vor einem Angriff Laon dei Savrens schützen wollte – was für mich nicht durchführbar war. Ich habe mich für mein Überleben und meine Aufgabe entschieden.«

»Und damit die Prüfung bestanden?« Rayhan Samirs Frage war vorsichtig forschend gestellt. Was er von den Dingen hielt, die er gerade über Kira erfuhr, vermochte Shadar nur zu raten. Nach dem, was er jedoch bisher über den Amyr gehört hatte, würde ihn das eher in seinem Wunsch bestärken, sie zu unterstützen. Vorausgesetzt, sie beging jetzt keinen fatalen Fehler, wie es die Bitte um Gnade für Akif unter diesen Umständen gewesen wäre.

»Es gab keine ›richtige‹ Lösung für diese Aufgabe.« Kira griff erneut nach ihrem Becher und schloss die Hände darum. »Es gab verschiedene Entscheidungsmöglichkeiten. Bei manchen hätte ich überlebt, bei anderen nicht. Ich habe lange überlegt, was ich daraus lernen soll oder kann. Ich tue es noch, doch zwei wichtige Dinge sind mir jetzt klarer: Es wird nicht immer gelingen, alle zu retten, denen ich gerne helfen würde und es gibt meistens bedeutend mehr Wege zu handeln als die, die mir im ersten Moment einfallen. Um in unserem konkreten Fall den passenden zu finden, benötige ich mehr Informationen. Darum würde ich gerne Marees auf dieselbe Weise kontaktieren, wie ich es gerade mit Latisha getan habe. Da er für die Gefangenen zuständig ist und die Ethialla weiß, dass wir uns kennen, wird er womöglich überwacht. Ich habe eine

Idee, wie ich eine Entdeckung umgehen könnte, doch ich möchte es vorher ausprobieren.«

»Ich überwache Elmaryn!«, bekundete Skjaldan grinsend und trat an den Barden heran, der ergeben nickte.

Leandar erhob sich ebenfalls. »Nein, Skjaldan. Wir beide überwachen ihn.«

»Somit bleibt uns wohl der Part, das Ganze von Kiras Seite aus anzusehen, Mael«, schmunzelte Shadar, blickte zu Kael hinüber und legte Kira eine Hand auf die Schulter.

Diesmal suchte Kira nicht direkt nach Elmaryns Geist, sondern vorrangig nach Magie, die mit ihm assoziiert war. In ihren eigenen Gedanken erschien diese wie ein Netz, das um den Barden herum lag. Shadar beobachtete fasziniert, wie sie sich an die Kraft herantastete und – ohne sie zu berühren – nach Lücken suchte. Dann streckte sie ihre Fühler weiter aus – so zart, dass sie durch die Hohlräume passten.

Zweimal bemerkte Leandar ihren Eingriff, beim zweiten Mal jedoch erst, nachdem sie sich bereits in Elmaryns Gedanken befand. Danach gelang es ihr dreimal, den Barden, ungeachtet der Überwachung, zuverlässig zu erreichen. Nur sprechen konnte sie mit ihm leider nicht. Jegliche Magie, die über zarte Suggestionen, wie sie sie auch bei Latisha verwendet hatte, hinausging, wurde sofort bemerkt.

»Wollen wir hoffen, dass Marees die richtigen Gedanken hat«, kommentierte Skjaldan Kaels Zusammenfassung.

Auch der Amyr beobachtete sie fasziniert. »Sollte es sich zeitlich ergeben, würde ich mich gern einmal mit Euch darüber unterhalten, was magisch möglich ist und was mir meine Magier bisher nicht mitgeteilt haben, Mlyss.«

»Gern!«, stimmte Kira lächelnd zu. »Aber erst, wenn das alles hier vorbei ist.«

# Kira

*»Es muss einfach klappen. Wir haben nur den einen Versuch!«*
*Kira Sanders, vor Aidris' Küste*

Marees wurde überwacht, doch der Magier, der damit beauftragt worden war, arbeitete nicht ganz so gründlich wie Leandar. Trotzdem musste sie sehr vorsichtig sein, um unerkannt zu bleiben. Kira seufzte, als sie bemerkte, was Akifs Spion gerade tat. Marees beobachtete die Pferde seines Herrn. Die Stuten standen mit ihren Fohlen auf einer Koppel, ein Bild voller Eleganz und Schönheit. Für ihn waren diese Tiere der Inbegriff für Freiheit.

*Freiheit – das kann ich verwenden.* Sie verstärkte diese Assoziation ein wenig – und hatte damit offensichtlich in ein Wespennest gestochen. Nahezu augenblicklich schlug seine Stimmung um und er wandte sich von den Pferden ab. Sorge versetzte seinen ganzen Körper in Spannung. Seine Gedanken hefteten sich auf ein vollkommen anderes Objekt, und ihr Herz setzte einen Schlag aus, als sie fühlte, dass sie diejenige war, die in seinen Fokus rückte. Beinahe hätte sie sich verraten, als sie den Hass spürte, der sich damit verband. Glücklicherweise wurde Marees in diesem Moment von einem Mann in der Kleidung eines Dieners angesprochen, sodass es ihr gelang, sich wieder zu sammeln.

»Wie gut, dass ich Euch endlich gefunden habe! Melen Selaun hat gerade verkündet, es würde Zeit und er hätte keine Lust mehr, auf Euch zu warten. Wenn Ihr es nicht bis zum Mittag geschafft hättet, würde er es selbst in die Hand nehmen.«

»Schon gut! Ich kümmere mich darum!«, grollte Marees, und für Kira war es seltsam, ihn sprechen zu hören, während sie sich in seinen Gedanken befand. Was immer es war, was er tun sollte, es setzte seine Laune auf einen Tiefpunkt. Die Gesichter der Gaukler blitzten in seinem Geist auf. *Keiner von ihnen wird dieses Anwesen jemals wieder lebend verlassen.* Der kommende Tod der fünf schien für Marees eine solche Gewissheit zu sein, dass es Kira kalt den Rücken herunterlief. Dann begriff sie. Schwindel erfasste sie und das Gefühl, keine Luft mehr zu bekommen, war plötzlich übermächtig. Nahezu fluchtartig zog sie sich aus seinen Gedanken zurück und krallte alle zehn Finger in die Tischkante, um sich zu stabilisieren, doch die Übelkeit blieb.

Skjaldans Stimme erreichte sie wie durch einen Nebel. »Kira! Wurdest du angegriffen?«

»Nein, es ist nur …« Sie würgte und griff rasch nach einem Becher mit Wasser.

»Wenn ich die Gedanken dieses Mannes richtig deute, schickt er sich gerade an, die Gefangenen zu töten, damit sie bei einer möglichen Rettungsaktion Kiras nicht mehr im Weg sind.« Kaels Worte rissen Kira aus ihrer Schockstarre.

»Ich muss wieder in Marees' Gedanken und sehen, ob ich etwas tun kann. Warum brauche ich auch einen körperlichen Kontakt, um das Bewusstsein einer Person zu übernehmen? Ich will sie doch bloß in Sicherheit transportieren. Mit Skjaldan in diesem Eisloch hat das ja auch funktioniert.«

»Was genau hast du damals getan?«, hakte Shadar nach.

»Da ich sein Bewusstsein nicht erreichen konnte, habe ich einfach seine Kleidung und alles, was sich darin befand, transportiert – ähnlich, wie man es bei Gepäck tut. Ginge das in unserem Fall nicht auch?«

»Nein.« Leandar schüttelte bedauernd den Kopf. »Entweder du transportierst Unbelebtes oder du übernimmst das Bewusstsein desjenigen, den du transportieren willst.«

»Vielleicht öffnet uns das trotzdem einen Weg. Ich muss zugeben, keinen sicheren und erst recht keinen schönen, aber mit ein bisschen Glück bekommen wir deine Nuri auf diese Weise dort heraus.«

Sofort wandte Kira Shadar ihre gesamte Aufmerksamkeit zu. »Erzähl!«

»Marees Falir erschien nicht allzu erfreut über seine Aufgabe und ich schließe aus dem, was ich gehört habe, dass er eine andere Methode bevorzugt als dieser Selaun. Dabei habe ich ein paar Dinge aufgefangen, die mich vermuten lassen, dass er den Nuri mit Gift einen schmerzlosen und leichten Tod bescheren will. Je nachdem, wie er das anstellt, tritt vor dem Tod eine tiefe Bewusstlosigkeit ein. Dann kannst du sie transportieren. Ob wir sie danach allerdings retten können und ob eventuell Schäden zurückbleiben, hängt von dem verwendeten Gift ab. Geh zurück in Marees' Gedanken, damit wir sehen können, was er tut, und um den richtigen Zeitpunkt abzupassen.«

Es gab eine Menge wenns in Shadars Plan, doch immerhin war es eine Perspektive – vielleicht ihre Einzige.

»Ich kann durch Marees' Gedanken agieren?«

»Dafür musst du ihn nicht einmal beeinflussen oder sein Bewusstsein übernehmen. Ein Kontakt, wie gerade, reicht, damit du ein Bild hast.«

»Allerdings muss dein innerer Schild stehen, Kira.« Kael sah sie ernst an. »Sobald es nötig wird, dass du einen vollen Kontakt zu diesem Marees eingehst, werden dich seine Beschützer bemerken. Rechne mit einem geistigen Angriff.«

Kira nickte. »Die sollte ich inzwischen abwehren können. Notfalls gebt ihr mir Kraft?«

»Selbstverständlich. Wenn diese Magier allerdings Marees' Geist angreifen und nicht deinen, musst du schnell agieren. Die Situation ist für dich genauso gefährlich wie für ihn. Stirbt er, während du dich in seinem Bewusstsein befindest, kann sein Bewusstsein dich über die Schwelle auf die astrale Ebene ziehen. Also brich alle Aktionen sofort ab, sollten sie darauf abzielen.«

Kira durchlief ein weiterer frostiger Schauer. *Wie schnell muss ich im Zweifelsfall sein? Wie lange dauert es, bis jemand stirbt? Schneller, als ich reagieren kann? Und was ist mit Shadar und Kael, wenn sie sich mit mir dort befinden? Laon dei Savren will meinen Körper. Benötigt er auch meinen Geist? Aber wenn sie es nicht wenigstens versuchte, starben ihr Freunde auf jeden Fall.*

»Dann los!« Entschlossen blickte in die Runde. »Versuchen wir es!«

»Es sieht so aus, als bekämen wir unsere Chance. Kann ich dich kurz verlassen, Kira?« Shadars Stimme erklang leise am Rand ihres Bewusstseins, das darauf konzentriert war, Marees beim Mischen verschiedener Kräuter zu beobachten. Was immer der Magier vorhatte, sie wagte es nicht, geistig mit ihm zu sprechen, also sendete sie nur stumm ihre Zustimmung. Kurz darauf verschwand seine Präsenz aus ihrem Geist.

Die Überwachung Marees' war dichter geworden. Mitunter streckte sein Bewacher sogar einen eigenen Fühler in dessen Geist aus. Offenbar trauten diese Leute Akifs Spion nur bedingt. Wie unsicher der Mann sich selbst fühlte, bekam sie aus erster Hand mit. Kam Kira nicht wie geplant auf das Anwesen, um ihre Freunde zu retten, würde Akif sterben. Dieser Gedanke löste in Marees' Kopf ein Gefühl aus, das Kira an freien Fall erinnerte.

Gerade, als sie sich ein wenig zurückzog, um einer erneuten Überprüfung von Marees' Gesinnung zu entgehen, meldete sich Shadar zurück.

»Ich habe Mahir informiert. Er stellt verschiedene Zutaten zusammen und macht sich bereit, hier her zu transportieren. Ich glaube zu wissen, was Akifs Mann vorhat, muss aber erst die Wirkung sehen. Falls es das ist, was ich vermute, haben deine Nuri eine Chance.«

*Hoffen wir es!* Kira verfluchte die enge Überwachung, unter der Marees gerade stand. Am liebsten hätte sie ihn direkt kontaktiert, um Shadar alle Bestandteile und die zu erwartende Wirkung des Giftes mitzuteilen, doch bei einer solchen Suche wäre sie unter Garantie bemerkt worden. Zum Glück zog sich der fremde Magier gerade wieder zurück und lockerte sogar seine Observierung von Marees' Geist ein wenig. Kira stutzte. Da war ein neuer Gedanke, der wie mit einem feinen Bindfaden mit dem Magier verbunden war.

»Was du siehst, ist die Spur einer Beeinflussung. Da geht wirklich jemand über Leichen!« Kael hatte rascher begriffen als sie, worum es sich handelte.

Tief durchatmen, ruhig bleiben. *Wenn ich mich jetzt mit einer unbedachten Aktion verrate, war alles umsonst. Dass reines Beobachten so schwierig sein kann!*

Als Marees seine Mischung mit Wasser aufgekocht sowie in einen Krug mit Tee gefüllt hatte und sich zu den Nuri aufmachte, war sie beinahe froh. *Sechs Becher.* Marees hatte den sechsten so selbstverständlich gegriffen, als hätte er schon immer geplant, ebenfalls zu trinken. Langsam bekam sie eine gute Vorstellung davon, weshalb Laon dei Savren Beeinflussung auf die Liste der verbotenen Dinge gesetzt hatte. Dann öffnete Marees die Tür und Kira blickte durch seine Augen in Les' Gesicht. Rasch wich der Nurijunge zurück und neigte höflich den Kopf. Trotzdem hatte Kira dessen Angst deutlich gesehen.

»Ich habe Tee gebracht. Essen kommt später.« Akifs Spion drückte jedem der Anwesenden einen Becher in die Hand und befüllte sie. Als er bei Rya anlangte, zögerte er kurz, schenkte ihr jedoch trotzdem ein – halbvoll, wie Kira registrierte. Kurz sah es so aus, als wolle das Mädchen sich beschweren, entschied sich dann aber dagegen. Anscheinend hatte die Truppe Durst, denn jeder lehrte seinen Becher rasch. Kira fühlte unbändige Wut in ihrem Bauch und hielt es kaum noch aus, nichts zu tun. Wie lange würde sie warten müssen?

»Seid ihr fertig? Ich habe nicht ewig Zeit!« Marees' Stimme klang unnötig hart und Kira registrierte überaus intensiv dessen eigene Verzweiflung.

»Ist es heute soweit?« Quent, der wie alle erwachsenen Mitglieder der Truppe seit längerem vermutete, dass sie hier sterben würden, hob in einem spöttischen Salut seinen Becher. »Wollt Ihr nicht mit uns trinken, Melen?«

»Das war in der Tat meine Absicht!«, erwiderte Marees und füllte den sechsten Becher.

Quents Augen weiteten sich und Kira hielt den Atem an. Wenn er jetzt trank … »Du willst das nicht!« Vorsichtig versuchte sie, den Gedanken zu verstärken.

Marees hielt den Becher erhoben und prostete dem Führer der Nuri Truppe zu. »Es tut mir leid, das sollt ihr wissen!« Dann führte er selbst den Becher an die Lippen.

»Nein!« Diesmal war ihr Kommando nachdrücklich genug, um Marees zu erreichen – dummerweise aber auch seine Bewacher. *Zu früh!* Noch sah keiner der Nuri aus, als würde er gleich das Bewusstsein verlieren. Les sprang sogar auf, als beide Magier in den Raum stürzten.

Zum Glück stand ihr Schutz und das war auch nötig. Sie fühlte den Angriff und wehrte ihn ab, doch Marees ging stöhnend in die Knie. Kurz verschwamm ihre Sicht. Sie musste den Mann schützen, nicht nur, weil sie auf sein Bewusstsein angewiesen war, um zu handeln. Jetzt weiterhin Vorsicht walten zu lassen war unnötig. *Schild!* Vorsichtshalber legte sie auch gleich einen um die Gaukler, die zum Glück dicht zueinander getreten waren. Dann kontaktierte sie Marees direkt.

»Ich bin hier und versuche, dich zu schützen. Ich brauche lediglich ein gutes Bild dieses Raumes. Ansonsten wird dir nichts passieren.«

»Genau das wollen sie. Verschwinde, Kira! Es ist bereits zu spät!«

»Nicht unbedingt! Wie schnell wirkt das Zeug, dass du ...«

Sie brach ab, als sie Marees Bewegung spürte. Kurz darauf fühlte sie einen Schmerz, der für einen Moment vollkommen ihr Bewusstsein füllte. Fassungslos starrte sie durch Marees Augen auf die Klinge, die aus seinem Bauch ragte. *Wie ist das möglich? Mein Schild steht doch.* Dann begriff sie: Er selbst musste das Messer benutzt haben – innerhalb ihres Schutzes. Schwindel erfasste sie, als Marees an der Wand entlang zu Boden sackte.

»Willkommen, Mlyss. Ihr seid doch noch da, oder?« Einer der Magier schob sich in ihr Blickfeld, das Gesicht zu einem Grinsen verzogen.

»Raus da! Sofort!« Kaels Worte drangen kaum noch zu Kira durch. Sie versuchte, ihnen eine Bedeutung zuzuordnen, konnte jedoch kaum einen klaren Gedanken fassen. *Ich muss hierbleiben, um den Nuri zu helfen ...* Doch Marees' Bewusstsein schwand und alles um sie herum verlor an Bedeutung. Entsetzt registrierte sie, dass er starb.

»Grüßt den Meister! Er erwartet Euch bereits auf der anderen Seite!«, vernahm sie den Magier wie durch Watte, bevor Kaels Schrei durch ihren Kopf peitschte: »Kira! Komm zu mir!«

*Zu ihm? Aber ich muss, um die Nuri zu retten, unbedingt bleiben!* Dennoch musste sie auch Marees' Geist verlassen. *Zu Kael, oder gibt es eine andere Option?* Alles um sie herum begann, sich aufzulösen, aber da war noch der feine Faden, den die Beeinflussung hinterlassen hatte und so schickte Kira ihren Geist zu dessen Ursprung.

Der Widerstand auf den sie traf war hart, doch trotz ihrer Desorientierung gelang es ihr, ihn zu brechen. Erst als sie den Kontakt hatte, klärten sich ihre Sinne.

»Verdammt gewagt, aber zu deinem Glück erfolgreich.«

Beim Klang von Shadars Stimme hätte sie die Verbindung mit dem fremden Magier beinahe wieder verloren.

»Du bist noch da? Ich habe gefühlt, wie Kael verschwand und dachte, du hättest dich auch zurückgezogen.«

»Konzentriere dich. Kael hat sich gelöst, um dir einen Ankerpunkt zu geben, den du allerdings geflissentlich ignoriert hast. Ich bin geblieben, um zu helfen, solltest du vollends die Orientierung verlieren. Geistige Magie ist eher mein Gebiet als seines.«

»Ich hoffe, dieses Gift braucht nicht mehr allzu lange!« Kira richtete ihre Aufmerksamkeit auf die Sinne des Magiers, in dessen Kopf sie sich jetzt befand. Er war sich ihrer Anwesenheit voll bewusst und wandte sich gerade an seinen Partner.

»Egal wie sie das gemacht hat, hilf mir, sie da rauszuholen!«

Der zweite Magier konzentrierte sich.

»Schild.«

Kira war bereits dabei, ihn zu formen, als Shadars Kommentar sie erreichte. Keine Sekunde zu früh. Ihr Magier keuchte auf, als der Angriff darauf traf.

»Selaun, verdammt, das hätte mich umgebracht.«

»Nimm es nicht persönlich. Der Gruß war für deinen Gast bestimmt.« Selaun deutete eine Verbeugung an. »Mlyss, Ihr seid einfallsreich, doch ich sitze immer noch am längeren Hebel. Diese Menschen hier bedeuten Euch etwas, habe ich recht?

Der Angriff kam schnell und Kira war froh, bereits einen Schild um die Nuri geformt zu haben, als sie sich noch in Marees' Geist befand. Unmittelbar darauf wurde ihr Magier angegriffen. Die Truppe geriet zum Glück nicht in Panik. Langsam schien Marees' Gift zu wirken. Erneut griff Selaun an. Kira stöhnte auf. Wenn er so weitermachte, fehlte ihr womöglich später die Energie für den Transport. Sie spiegelte seinen nächsten Angriff zurück, was den Magier zumindest zum Ausweichen zwang. Einen kurzen Moment fühlte sie Angst, als die Energie mit hellem Knistern auf die Wand traf, darüber hinweg lief und unverkennbare Risse verursachte. Immerhin griff Selaun nicht sofort wieder an. Wahrscheinlich suchte er nach etwas, das sich nicht spiegeln ließ. Sie musste ihm zuvorkommen, daher überlegte sie nicht lange, sondern handelte.

Es brachte sie an die Grenzen ihrer Konzentration, einen dritten Schild aufrecht zu erhalten, doch das Entsetzen auf dem Gesicht des gegnerischen Magiers zeigte, dass sie richtig gehandelt hatte. Was immer er hatte tun wollen, es würde den Schild, den sie um ihn gelegt hatte, nicht verlassen können.

»Gute Idee! Wie lange kannst du diesen Zustand halten?«

»Wenn ich den Schild meines Magiers und den der Nuri fallenlasse, einige Zeit.«

»Deinen Schild hältst du!«, befahl ihr Shadar. »Ich suche, da wir gerade einen Informanten haben, nach ein paar Fakten über die Ethialla, während wir warten.«

Kira löste den Schild um die Nuri auf. Quent sah zu dem Magier hinüber, in dessen Geist sie sich aufhielt. Er schien etwas sagen zu wollen, doch ehe er dazu kam, sackte sein Kopf auf die Brust.

*Erst, wenn ich kein Bewusstsein mehr spüre …* Ihr Magier machte es ihr nicht leicht, zusätzlich den Geist der Nuri zu überprüfen.

Zudem wurde inzwischen heftig gegen die Tür des Raumes geschlagen. »Melen Selaun, Melen Haref? Ist alles in Ordnung dort drinnen?«

Es gelang Kira, ihren Magier daran zu hindern, sich bemerkbar zu machen, doch Selaun rief vernehmlich um Hilfe.

*Verdammt! Ich kann die Nuri noch nicht transportieren.* »Shadar, was kann ich jetzt tun?«

»Deinen Schild halten! Ich schütze die Nuri. Wenn nötig, lass den um Selaun fallen. Allzu lange sollte es nicht mehr dauern.«

*Hoffentlich.* Kira fühlte, wie ihrem eigenen Körper, der in Skjaldans Kajüte auf der Savletta saß, der Schweiß ausbrach.

Fünf Männer stürmten in den Raum. Zwei davon zogen Schwerter, während drei gespannte Armbrüste hielten. Dennoch wirkten sie seltsam unentschlossen.

*Natürlich! Sie wissen nicht, gegen wen sie ihre Waffen richten sollen, da sich neben den Nuri nur die beiden Magier im Raum befinden.* Sie reagierte instinktiv. »Die Nachfolgerin ist mit ihrem Geist in Selaun!«

Sofort wurden die Waffen auf den anderen Magier gerichtet. Kira ließ dessen Schild fallen und tastete nach Quents Bewusstsein. Er war der Letzte gewesen, der noch wach gewirkt hatte.

»Ihr Idioten!«, fluchte Selaun und deutete auf Kiras Magier. »Hört nicht auf das, was Haref sagt! Tötet die Nuri!«

Jetzt war sie gezwungen zu handeln, auch wenn sie keine Zeit mehr hatte, das Bewusstsein aller Nuri zu überprüfen. Fieberhaft visualisierte sie die Kajüte neben der seinen, in die sie die Nuri transportieren sollte. Dann richtete sie ihre gesamte Konzentration darauf, ihre bewusstlosen Freunde in ihre Gedanken zu fassen. Ein kurzes »Jetzt, Shadar!«, war alles, was sie signalisieren konnte, doch es reichte. Den Transport in die Wege zu leiten gelang ihr noch, dann verschwand der Raum in einer Blase aus Dunkelheit.

Sie musste wohl für einen Augenblick weggetreten gewesen sein, denn als sie die Augen öffnete, gewahrte sie als Erstes Kael, dessen Gesicht eine Maske der Sorge war.

»Kira! Wie riskant du gehandelt hast, muss ich dir nicht sagen, oder? Aber zum Glück ist es jetzt vorbei!« Mit einem aus tiefster Seele kommenden Seufzen sank er in einen neben dem ihren stehenden Sessel.

»Was ist mit den Nuri?«

»Das ist noch nicht absehbar. Shadar kontaktiert gerade Catron. Ah!« Die Augen des Magiers schlossen sich kurz, dann entspannte er sich sichtlich. »Dieser Mahir ist soeben eingetroffen. Er wird sich um sie kümmern. Wie geht es dir?«

»Gut, ich bin nur erschöpft.« Durch die offen stehende Verbindungstür vernahm sie geflüsterte Anweisungen und Geräusche, die sie nicht zuordnen konnte, aber ihr ausgebrannter Geist war nicht in der Lage, vernünftige Zusammenhänge herzustellen. Kael, dem das nicht verborgen blieb, gönnte ihr eine kleine Ruhepause.

Eine warme Hand, die sich auf ihre legte, schreckte sie wieder auf. Shadar stand neben ihr, bereit, sie über den momentanen Stand der Dinge zu unterrichten.

»Werden die Nuri es schaffen?«, war ihre erste Frage an ihn.

»Ich weiß es nicht, Kira, doch ich hoffe es sehr. Du hast getan, was du konntest. Mehr war nicht möglich. Mahir hat alles mitgebracht, was zu ihrer Rettung vonnöten ist und versorgt sie zusammen mit Elmaryn. Jetzt heißt es abwarten, ob seine Behandlung von Erfolg gekrönt ist.«

»Ich werde veranlassen, dass sie nach dem ersten Trubel in den Palast verlegt werden«, drang eine weitere Stimme an Kiras Ohr. »Es wird sich ein Zimmer für sie finden. Ihr seid ein großes Risiko für Eure Freunde eingegangen, Mlyss.«

*Rayhan Samir!* Ihn hatte Kira nahezu völlig vergessen. Wann war er auf die Savletta gekommen und wie viel Zeit blieb ihr wohl, bis sie das Schiff verlassen und sich auf dem Fest präsentieren musste?

»Es sind meine Freunde, Nahen Amyr. Sie haben mir geholfen und mir damals in der Wüste womöglich das Leben gerettet. Ich hätte nicht anders handeln können.«

Ein Lächeln huschte über Rayhan Samirs Gesicht, sein Mund jedoch verzog sich kurz darauf leicht gequält. »Es tut mir leid, das ansprechen zu müssen, Mlyss, doch wir werden in Kürze den Hafen erreichen. Werdet Ihr in der Lage sein, mit mir gemeinsam von Bord zu gehen, um an dem geplanten Umzug zum Palast teilzunehmen?«

»Ja, das werde ich«, konstatierte Kira. »Man erwartet mich, unabhängig davon, was gerade geschehen ist.« *Ob der Khalid bereits davon weiß? Immerhin unterstanden beide Magier Rayhan Samirs Bruder und der ist, sofern ich das richtig verstanden habe, der erste Sohn des Khalids.* »Ob die Magier aus Hyderavar bereits an den Hof berichtet haben?«

Der Amyr sah überrascht auf. »Sie leben noch?«

»Natürlich!« Kira sah den Amyr entsetzt an. »Es gab keinen Grund, sie zu töten!«

»Dann ist die Wahrscheinlichkeit groß, Mlyss, denn durch irgendjemanden muss deren Auftreten dort autorisiert worden sein.«

Shadar lachte laut auf, dann strich er sich mit einer Hand durch die Haare und griff nach seinem Umhang, den er auf einem der Stühle abgelegt hatte. »Mir fallen auf Anhieb mehrere Gründe ein, sie nicht am Leben zu lassen, Kira, doch gerade die Tatsache, dass dies bei dir nicht so ist, macht dich zu einem sehr verlässlichen Vertragspartner.«

Kira seufzte und sah sich im Raum um. »Ich denke, ich sollte mich wenigsten ein bisschen waschen und umziehen, bevor das Schiff anlegt.«

»Ich habe dafür gesorgt, dass in Eurer Kabine etwas bereitsteht.« Aki deutete eine leichte Verbeugung an, die Kira mit einem Grinsen erwiderte.

## Shadar

*»Ich gewöhne mich langsam an dieses Tierchen.*
*Nur die Haare sind etwas lästig!«*
*Shadar von Catron, vor Aidris' Küste.*

Das Kätzchen hatte es sich erneut in seiner Kapuze gemütlich gemacht. Es gähnte, als Shadar es heraushob, ließ sich diesmal jedoch ohne Gegenwehr entfernen. *Die Kleine braucht einen Namen. Wenn Zeit ist, muss ich mich unbedingt darum kümmern.*

Er setzte das Tierchen auf dem Boden ab und schüttelte seinen Umhang aus. *Haare!* Bisher hatte er die besten Resultate mit einem modifizierten Schild erzielt. Doch es war anstrengend, den gegen die ständigen Attacken der winzigen Krallen aufrecht zu erhalten, wenn die Katze den Stoff wohlig schnurrend mit den Vordertatzen malträtierte – zumal er seine Konzentration bei Kira benötigte … und bei dem zweiten Anker. Er hatte durch Harefs Geist erneut Hinweise darauf erhalten, dass dieser sich dicht bei ihnen aufhielt, womöglich sogar mit ihnen reiste. Diese Angelegenheit musste geklärt werden, bevor sie gemeinsam mit den Steinen zum Kheralis-Massiv aufbrachen.

»Mael Shadar?« Rayhan Samir war zu ihm getreten. »Die Magier in Hyderavar standen, wie Ihr ja bereits wisst, im Dienst des Hofes. Wird die Mlyss diesen Umstand gegen meinen Vater oder meinen Bruder verwenden?«

Shadar zuckte mit den Schultern. »Ich weiß es nicht genau, Nahen Amyr, doch ich bezweifle, dass sie diese Begebenheit weiterverfolgen wird, sofern der Khalid nicht darauf besteht.«

»Ich kann mir kaum vorstellen, dass er das tun wird. Selbst dann nicht, wenn mein Bruder die Dreistigkeit besitzen sollte, die Mlyss für einen Verstoß gegen die magischen Gesetze zu belangen.«

»Ich verantworte mich lieber vor einem Gericht für mögliche Verstöße gegen magische Gesetze, als dass ich zulasse, dass fünf Menschen sinnlos umgebracht werden«, ertönte es in diesem Augenblick von der Tür her. Kira, die sich inzwischen gewaschen und ihre Roben übergestreift hatte, trat mit noch leicht feuchten Haaren zu den beiden. »Shadar, trägt man die in Aidris eher offen oder sollte ich sie flechten?«

»Ihr habt keine Dienerin, die das erledigt?«, fragte Rayhan Samir verwirrt und winkte, als Kira beschämt den Kopf schüttelte, einer seiner Wachen, die am Aufgang zum Deck standen. »Schick Elana her. Sie soll das Kästchen auf meinem Ankleidetisch mitbringen und sich beeilen.« Dann wandte er sich wieder an Kira. »Elana wird sich darum kümmern. Leider nur mit den Möglichkeiten, die ich als Mann mit mir führe.«

Kira grinste. »Solange sie nicht versucht, mich zu rasieren … «

Für einen Moment beobachtete Shadar widerstreitende Gefühle auf dem Gesicht des Amyrs, dann verlor sein Taktgefühl gegen den Humor. Er lachte laut auf, fand jedoch rasch seine Fassung wieder und schlug einen ernsteren Ton an.

»Ich bezweifle, dass Ihr Euch vor einem Gericht für Eure Verstöße werdet rechtfertigen müssen. Dennoch müssen wir – zumindest kurz – über den bevorstehenden Empfang sprechen. Die Sitte in Aidris verlangt, vor allem in der Öffentlichkeit, ein bedeutend strengeres Protokoll, als es hier auf dem Schiff gepflegt wird. Ist Euch dies bekannt?«

»Weitgehend. Und ich werde mich auch daran halten«, klärte sie die den Amyr schmunzelnd auf. »Ich bin durchaus in der Lage, mich zu benehmen, wenn es darauf ankommt. Lediglich unter Freunden sieht das mitunter anders aus.«

»Es ehrt mich sehr, dass Ihr mich offenbar zu Euren Freunden zählt.«

Die Freude des Amyrs schien echt und Shadar atmete innerlich auf. Mit Rayhan Samir hatten sie einen wichtigen Fürsprecher am Hof.

# Kael

*»Auch wenn dieses Fest zu Kiras Ehren abgehalten wird,
sie hat nicht viel davon!«*
*Kael von Quo, Kherra-Des, Aidris*

Kira hielt sich gut und wahrscheinlich fiel es außer ihm selbst lediglich Shadar auf, dass ihre Gedanken mitunter abschweiften – zu den Nuri, wie er annahm. Bisher hatte sie nicht versucht, den zweiten Ratsmagier, Mael Mahir, zu kontaktieren, dafür standen sie auf diesem Fest zu sehr unter Beobachtung. Doch er kannte sie inzwischen gut genug, um zu wissen, dass sie etwas beschäftigte, insbesondere jetzt, als eine andere Gauklertruppe für sie auftrat. Kael neigte sich leicht zu ihr hinüber.

»Wenn es ihnen nicht gut ginge, hätte sich Skjaldan bestimmt gemeldet.«

Kiras Blick wirkte verlegen. »Ist es so offensichtlich, dass ich an sie denke?«

Kael schenkte ihr ein beruhigendes Lächeln. »Ich bezweifle, dass es vielen auffallen wird.«

»Gut!« Ein leicht bitterer Zug erschien um ihren Mund. »Dann gelingt es mir ja offenbar allmählich, zumindest meine Mimik zu beherrschen. Ich hoffe nur, der Khalid hat in seinem Programm keine Tänzerinnen vorgesehen.«

Es dauerte einen Augenblick, bis er die Verbindung begriff. Die Tänzerin, deren Bewusstsein sie vor Marees' berührt hatte, war dessen Freundin und Kira mochte sie, das hatte er in ihrem Kontakt zu ihr deutlich gespürt.

»Latisha wird trauern. Ich würde so gern mit ihr sprechen, ihr das Ganze irgendwie erklären, obwohl ich nicht einmal weiß, was ich ihr sagen soll. Stattdessen sitze ich hier auf einem Fest, wahre den Schein und mache mir Gedanken darüber, dass man mir meine Sorgen ansehen könnte. Es kommt mir so vermessen vor, einfach zur Tagesordnung zurückzukehren.«

»Die Feier kann nicht mehr allzu lange dauern.«

»Mir wäre das Gegenteil beinahe lieber. Dann bleibt mir wenigstens keine Zeit, über das nachzudenken, was ich getan habe.«

»Ich stehe dir jederzeit zur Verfügung, um darüber zu sprechen.« Kira richtete ihren Blick auf den Boden und seufzte.

Kael verstand sie mehr als gut. Einiges von dem, was sie hatte tun müssen, ließ sich auch durch die Not, fünf Menschenleben retten zu wollen, nicht schönreden. Die geistige Übernahme eines fremden Menschen hinterließ Spuren und Kira war ein durchweg moralischer Mensch.

Kira applaudierte dem Jongleur, der verschiedene schillernde Glaskugeln auf langen Stangen balancierte. »Es wäre nur gerecht, wenn ein Gericht darüber befinden würde, aber wer würde sich trauen, mich, die Mlyss d'Eartha, zu verurteilen? In meiner Welt gibt es mächtige Personen, die sich, wie ich heute, über Gesetze hinwegsetzen, wenn es ihnen in den Kram passt. Ich habe sie mein Leben lang dafür verurteilt. Jetzt handele ich genauso.« Sie verstummte, als ein Diener zu ihnen trat, um Rayhan Samir ein gefaltetes Stück Pergament zu überreichen.

Der Amyr überflog die Nachricht und wandte sich dann an Kira. »Ich erfahre gerade, dass einer der Nuri erwacht ist. Ein Mann namens Quent. Alle fünf befinden sich inzwischen im Palast und Mael Mahir ist sich sicher, dass auch der Junge es schaffen wird.«

»Immerhin zwei.« Ein erleichtertes Lächeln huschte über Kiras Gesicht und Kael atmete auf.

»Vielleicht gelingt es auch den anderen. Mahir weiß, was er tut«, signalisierte auch Shadar Optimismus. »Was meint Ihr, Nahen Amyr, wann können wir dieses Fest verlassen, ohne Aufsehen zu erregen?«

# Kira

*»Ach wäre doch alles schon vorbei!«*
*Kira Sanders, Residenz des Khalids, Kherra-Des, Aidris*

Hätte sie nicht gewusst, dass die Schläfer in den Betten möglicherweise nicht wieder aufwachen würden, wäre der Raum, der den Nuri im Palast zugewiesen worden war, der Inbegriff an Gemütlichkeit gewesen. Große luftige Durchbrüche mit den für Aidris üblichen, fein geschnitzten Gittern versehen, führten auf einen kleinen Innenhof, aus dem das leise Plätschern von Wasser zu hören war. Die kühle Nachtluft flutete herein, brachte die Kerzen in den bunt verglasten Laternen zum Flackern. Elmaryn zupfte leise eine sanfte Melodie auf seiner Laute. Kira blieb in der Tür stehen, die eine Dienerin weit für sie geöffnet hatte. Feuchtigkeit stieg in ihre Augen. Erst als Mahir sie zu sich winkte, betrat sie mit vorsichtigen Schritten den Raum.

»Hier freut sich jemand, dich zu sehen.«

Kira beugte sich hinunter und sah in Les' verschlafen blinzelnde Augen.

»Kira!«, murmelte er undeutlich, »du hättest meine Frau bleiben sollen. Das wäre weniger Ärger gewesen.«

»Ganz bestimmt«, antwortete sie mit zitternder Stimme. Dann aber brach ihre Beherrschung zusammen. Tränen flossen über ihr Gesicht und sie bemerkte nur am Rande, wie Mahir sie in seine Arme nahm.

## Shadar

*»Wer Verantwortung tragen muss,*
*benötigt seine Stärke nicht in den Armen, sondern im Gemüt!«*
*Shadar von Catron, Residenz des Khalids, Kherra-Des, Aidris*

Shadar setzte sich auf eines der Kissen und wartete. Kira jetzt auf den zweiten Anker anzusprechen, war unmöglich. Stattdessen ließ er seine Augen durch den Raum schweifen. Sowohl Kael als auch Rayhan Samir hielten sich taktvoll im Hintergrund. Skjaldan war damit beschäftigt, der Nurifrau Brühe einzuflößen, die Mahir mit einigen Kräutern aus seinem Vorrat angereichert hatte und der Barde spielte am Fenster. Auch sein Kätzchen befand sich im Raum. Zu einer Kugel zusammengerollt lag es auf dem Bett des kleinen Mädchens und schnurrte. Dann fiel sein Blick auf den Gaukler, der bereits erwacht war.

Der Mann lag vor seinem Bett auf einem Teppich, die Arme nach vorn gestreckt. Seine Stirn berührte den Boden. War der Mann gestürzt? Dann begriff er. Der Gaukler erwies Rayhan Samir die Ehre, die ihm gebührte, der Amyr hatte dies jedoch offensichtlich noch gar nicht bemerkt. Vorsichtig machte ihn Shadar drauf aufmerksam.

»Bei den Göttern, du darfst dich erheben!« Rayhan Samir eilte durch das Zimmer auf ihn zu. »Keine sinnlosen Formalitäten in diesem Raum und schon gar nicht, bevor es dir besser geht!« Er wollte sich zu dem Mann hinunter beugen, doch der wich erschrocken zurück und richtete sich rasch auf.

»Vergebt mir, Nahen Amyr. Wir werden Euch nicht länger als nötig behelligen!«

»Ihr seid meine Gäste.« Rayhan Samirs Stimme klang sanft. »Das Personal hat die Anweisung, für euch zu sorgen und alles zur Verfügung zu stellen, was ihr benötigt. Die Wachen vor der Tür dienen allein eurem Schutz. Sie werden weder dich noch ein anderes Mitglied deiner Truppe daran hindern, den Palast zu verlassen, sollte das euer Wunsch sein, doch es ist mir eine Freude, euch hier zu wissen.«

»Wir sind dieser Ehre unwürdig, Nahen Amyr.«

»Das seid ihr nicht!«

Kira löste sich aus Mahirs Armen und ging zu Quent hinüber. Shadar konnte ein leises Lachen nicht unterdrücken und auch auf dem Gesicht des Amyrs sah er ein amüsiertes Grinsen, denn die Antwort des Gauklers folgte schlicht dem Protokoll.

»Mlyss d'Eartha« Erneut machte der Nuri Anstalten, sich auf den Boden zu werfen.

Kira presste die Lippen zusammen, als sie diese Geste bemerkte, doch Rayhan Samir legte ihm eine Hand auf den Arm. »Ich bezweifle, dass die Mlyss dies wünscht. Du siehst nicht aus, als seist du in der Verfassung, das Bett bereits zu verlassen.«

*Sicherlich war Kiras bisheriger Umgang mit der Nuritruppe bedeutend entspannter, was sich aus der verschlafenen Reaktion des Jungen hat ablesen lassen. Sunnaras hatte erwähnt, dass sie sich zur Tarnung als dessen Frau ausgegeben hatte.* Shadar fühlte Mitleid mit dem Mann, dessen Angst und Unsicherheit deutlich zutage traten. Wahrscheinlich hätte er sich in einem weniger komfortablen Zimmer, und ohne die Aufmerksamkeit des Amyrs, bedeutend besser entspannen können. Die scheinbare Ungezwungenheit, mit der Kira agierte, half dem Mann ebenso wenig. Das höfische Protokoll hatte gerade für Untergebene und das einfache Volk einiges für sich: Es gab Sicherheit, da der Ablauf einer Audienz vorhersehbar war. Solange man sich an die vorgeschriebenen Formulierungen hielt, konnte nicht viel passieren. Dies änderte sich schlagartig, sobald eine der beiden Parteien vom Üblichen abwich, wie Kira es gerade getan hatte. Auch das würde sie noch lernen müssen.

Nun ging sie vor dem inzwischen wieder auf seinem Bett sitzenden Mann in die Knie. »Es tut mir so unglaublich leid, Quent. Ich hoffe, du kannst mir all das hier verzeihen. Ihr habt mir damals in der Wüste das Leben gerettet und mir geholfen, obwohl das auch für euch gefährlich war. Ich habe nie gewollt, dass ihr meinetwegen erneut in Gefahr geratet.« Nervös strich sie sich über die Haare. »Ich hoffe, dass ich so etwas in Zukunft verhindern kann.«

Immerhin machte sie keine unhaltbaren Versprechen.

»Für die Dauer eurer Genesung steht deine Truppe in diesem Palast unter meinem persönlichen Schutz. Ich bürge für eure Sicherheit als meine Gäste.« Mit dieser Äußerung kehrte Rayhan

Samir zum offiziellen Protokoll zurück und Shadar bemerkte, dass sich der Gaukler sichtlich entspannte. Der Amyr hatte ihm vor Zeugen seine Gastfreundschaft versichert. Jetzt zog er sich zurück, wandte sich in der Tür jedoch noch einmal um.

»Es würde mich freuen, Mlyss, morgen mit Euch zu frühstücken. Dann können wir den Ablauf des Tages noch einmal besprechen.«

»Gern.« Kira lächelte dem Amyr dankbar zu. Auch ihr war bewusst, dass er gerade die Situation gerettet hatte.

»Dann lasse ich Euch abholen, Mlyss. Eure Räume und auch die Eurer Begleiter liegen gleich neben diesen. Eure Garde hat bereits eine Einweisung erhalten.«

»Das ist wunderbar!« Kira warf Rayhan Samir einen dankbaren Blick zu. Der Amyr versuchte, es ihr so leicht wie möglich zu machen, das war unverkennbar. Voraussichtlich hatte er ihre Wache ebenfalls verstärkt und ihr Diener zugewiesen. Shadar schmunzelte, als sie sich erhob, um sich von Rayhan Samir zu verabschieden. *Zu einer Herrscherin fehlt Kira noch viel, doch das muss sie in ihrem Amt auch nicht unbedingt werden. Sie hat, was das betrifft, einige Freiheiten, und wenn sie wenig Ambitionen zur Macht hegt, wird sich keiner der amtierenden Herrscher darüber beschweren.* Dennoch musste sie lernen, sich an den Höfen dieser Welt zu bewegen und der Amyr war sicherlich ein guter Lehrmeister.

## Kira

*»Müde – das ist ein absolutes Understatement für meinen Zustand.«*
*Kira Sanders, Residenz des Khalids, Kherra-Des, Aidris*

»Du siehst müde aus, Kira.« Skjaldan trat neben sie und legte ihr einen Arm um die Schultern. »Wir kommen hier zurecht und dieser Mahir weiß, was er tut. Geh dich ausruhen! Du hattest selbst nach deiner verrückten Rettungsaktion noch keine wirkliche Pause. War denn das Fest wenigstens gut?«

»Ich muss zugeben, dass ich nicht allzu viel in Erinnerung behalten habe – außer der Tatsache, dass ich so viel essen musste, dass ich nicht weiß, ob ich morgen überhaupt ein Frühstück brauche.

Mahir, kann ich wirklich nicht irgendwo helfen? Ich bin für das hier verantwortlich und würde gerne wenigstens irgendetwas tun.«

»Dann geh mit Shadar noch einmal das Verhalten am Hof durch. Am besten gleich mit der persönlichen Dienerin, die der Amyr dir sicherlich angewiesen hat. Wenn ihr euch gut abstimmt, wird sie dich rechtzeitig und diskret auf alles hinweisen, was beachtet werden muss. Vor allem anderen brauchst du im Moment die Unterstützung des Hofes. Damit hilfst du deinen Freunden hier am besten.«

»Ich wünschte, ich könnte mehr tun.« Frustriert fuhr sich Kira durch die Haare, blieb in der Flechtfrisur hängen, die Rayhan Samirs Dienerin kunstvoll arrangiert hatte, und stöhnte resigniert auf. *Eigentlich will ich nur noch ins Bett und schlafen. Am liebsten gleich in diesem Zimmer. Hierbleiben, darauf warten, dass es den Nuri besser geht und dann wieder mit ihnen umherziehen.* Trotz ihrer Flucht vor Catrons Rat hatte sie die Zeit bei der Truppe in angenehmer Erinnerung. *Allerdings steht mir dieser Weg nicht mehr offen.* Tief durchatmend riss sie ihren Blick von Ryas regloser Gestalt los, für die das Bett beinahe zu groß wirkte. »Mahir, ich würde ruhiger schlafen, wenn du mir sagen könntest, wie die Chancen für die anderen stehen.«

»An sich gut. Bei keinem hat sich der Zustand bisher verschlechtert. Auch die beiden anderen Erwachsenen schlucken mittlerweile wieder selbstständig, was ich als gutes Zeichen werte. Die größten Sorgen mache ich mir um das Mädchen. Wenn sie dieselbe Dosierung erhalten hat ...«

»Marees hat ihren Becher nur halb gefüllt.«

»Dann hatte er wohl, trotz aller Loyalität, nicht ernsthaft vor, sie zu töten, sondern bis zuletzt darauf gehofft, dass sie noch Hilfe erhalten. Ein solches Gift gibt man nicht, wenn man sichergehen will.«

»Ja, ich war bereits in seinen Gedanken, als er darüber nachgedacht hat. Am liebsten hätte er nichts dergleichen getan, aber um sich gegen den Befehl der Magier aufzulehnen, hat es dann doch nicht gereicht.« Die Erinnerung an Marees schnürte ihr immer noch die Kehle zu.

»Wobei es auch fraglich gewesen wäre, ob ihm das etwas genutzt hätte. Dass diese beiden nicht vor einer Beeinflussung zurückgeschreckt sind, wissen wir immerhin aus erster Hand.«

*Nicht nur die. Ich habe auf die Wünsche des Magiers, in dessen Gedanken ich mich aufgehalten habe, ebenfalls keinerlei Rücksicht genommen.*

Shadar erhob sich und trat zu Ryas Bett. Es wirkte beschützend, wie er sich über das Mädchen beugte, eine Zeitlang prüfend in ihr Gesicht blickte und dann kurz seinem Kätzchen über den Rücken strich, das sich auf ihrer Brust zusammengerollt hatte. »Stört die Katze oder kann ich sie schlafen lassen?«

»Im Gegenteil, sie könnte helfen.« Mahir deutete auf das schnurrende Knäuel. »Manchmal ist es ein Tier, das einen Patienten auf dieser Ebene verankert und seinem Geist dabei hilft zurückzufinden.«

*Dafür hat es meine besten Wünsche!* Kira schloss kurz die Augen und formulierte eine Bitte an die Götter, die Gaukler zu schützen und auch die restlichen drei wieder aufwachen zu lassen. Dann wandte sie sich zur Tür.

Als Kira nach der Besprechung mit Shadar und der Dienerin, die sich als sehr freundlich und erstaunlich unkompliziert herausstellte, ihr Zimmer betrat, war sie überrascht, Leandar dort vorzufinden. Sie hatte erwartet, dass der Magier sich bereits in seinen Räumen aufhielt, doch er schien explizit auf sie gewartet zu haben.

»Ich bitte um die Erlaubnis, Euch für eine kurze Zeit verlassen zu dürfen«, kam er gleich zur Sache. »Ich besitze Kontakte in Aidris, die für uns nützlich sein könnten. Ich möchte die Zeit, die Ihr hier am Hof unabkömmlich sein werdet, sinnvoll nutzen.«

»Wenn Ihr das für erforderlich haltet, schlage ich vor, dass wir beim Frühstück darüber sprechen. Dann wäre der Amyr ebenfalls anwesend und könnte Euch, falls nötig, auch ein Pferd zur Verfügung stellen.«

Leandars Gesichtsausdruck war schwer zu deuten. Kira konnte nicht sagen, ob ihn diese Idee eher amüsierte oder ob sie Verzweiflung auf seinen Zügen erkannte. Hatte sie wieder einmal ein paar Hintergründe verpasst? »Sofern Ihr nicht wollt, dass Rayhan Samir von Euren Kontakten erfährt, reicht es, das im kleinen Kreis zu klären.«

»Es wäre mir am liebsten, dass niemand davon erfährt, deshalb spreche ich allein mit Euch, Mlyss. Sofern Ihr mich nicht unbedingt in Eurer Nähe benötigt, würde ich gerne sofort aufbrechen.«

»Das kommt etwas plötzlich.« Kira wusste nicht, was sie dazu sagen sollte. Besondere Sympathie brachte sie Leandar noch immer nicht entgegen, doch sie hatte erneut begonnen, sich auf sein Urteil zu verlassen und seinen Rat ebenso einzuholen wie den aller anderen. Zudem hatte Kael mehr als einmal angemerkt, dass es gut war, ihn dabei zu haben. Er war ein starker und fähiger Magier. Trotzdem hatte sie ein ungutes Gefühl bei dieser Angelegenheit. »Wäret Ihr in Aidris denn überhaupt sicher? Ihr bräuchtet die Unterstützung Catrons – oder zumindest die des Khalids. Elmaryn und Melian hat man damals einfach eingesperrt und Ihr, als ehemaliger Erzmagier Quos, seid bestimmt ebenfalls gefährdet.«

»Einer meiner Kontakte weilt in der Stadt. Er wird mir weiterhelfen. Ich begebe mich nicht unnötig in Gefahr und werde rechtzeitig zurück sein. Das kann ich Euch versprechen, Mlyss.«

Beunruhigt sah Kira zu Boden. Welche Möglichkeiten blieben ihr? Sie konnte Leandar verbieten zu gehen, doch was würde ihr das nützen? Wenn der Magier hingegen tatsächlich wertvolle Hilfe finden konnte, käme das allen zugute. »Ich lasse Euch ungern fort, Mael Leandar, und das ist ernst gemeint, doch ich vertraue Euch auch. Ich wünschte nur, Ihr hättet das bereits auf dem Schiff angesprochen, damit wir es gemeinsam hätten erörtern können.«

»Es war mir wichtig, dass tatsächlich niemand außer Euch davon erfährt, Mlyss.«

Jetzt war es eindeutig: Hinter der aufgesetzt ruhigen Mine konnte sie deutlich Angst in den Augen des ehemaligen Erzmagiers sehen. »Die anderen werden Fragen stellen, wenn Ihr fort seid.«

»Wird es ihnen nicht genügen, dass Ihr wisst, wo ich mich aufhalte?«

*Wird es das?* Leandar wusste genau, dass Kael es niemals dabei belassen würde, lediglich ihre Versicherung von seinen guten Absichten zu hören. Shadar würde das genau so sehen. »Kaum. Zudem weiß ich ja gar nicht, wo Ihr Euch aufhaltet.« Das hatte etwas schnippischer geklungen als beabsichtigt, doch Leandar brachte diese Seite mit großer Zuverlässigkeit zum Vorschein.

»Versucht, niemandem zu berichten. Lässt es sich jedoch nicht vermeiden, sprecht mit Kael. Er wird meine Bitte um Stillschweigen respektieren und kann die anderen vielleicht beruhigen.«

Kira seufzte. Das Ganze gefiel ihr nicht, doch sie sah kaum eine Handhabe, Leandar seine Idee auszureden.

»Ihr seid sicher, dass Ihr nicht bis morgen warten wollt oder dass ich Kael jetzt Bescheid geben soll, um es gleich mit ihm zu diskutieren?«

»Das nimmt nur noch mehr Zeit in Anspruch – und die ist bereits knapp. Wenn ich schaffen will, was ich mir vorgenommen habe, ist Eile geboten.«

»Dann wüsste ich nicht, wie ich Euch aufhalten sollte, Mael.«

»Ihr werdet es nicht bereuen, Mlyss.«

Leandar ging, und Kira sah ihm mit gemischten Gefühlen hinterher. Sie wollte diese Verantwortung nicht alleine tragen, aber hatte sie denn eine Wahl?

*Ich muss das hier mit jemandem besprechen. Kael? Leandar hat mich zwar gebeten, das nicht zu tun … egal.* Sie kontaktierte ihren Lehrer, der ihr auch sofort antwortete und bereits kurze Zeit später in ihrem Zimmer stand.

Schon während Kira berichtete, furchte sich seine Stirn und er rieb sich mit beiden Händen über die Schläfen. »Das ist seltsam, doch Leandar kann mitunter sehr verschlossen sein. Ich weiß, dass er auch in Aidris Kontakte hat. Er war Quos Erzmagier. Dass er seine Informanten vor dem Hof des Khalids geheim hält, ist logisch. Weshalb du jedoch nicht mit mir sprechen solltest, verstehe ich nicht. Und auch der Zeitpunkt ist denkbar schlecht gewählt. Es wird sicher nicht leicht, Leandars Aufbruch Rayhan Samir oder dem Herrscher selbst zu erklären. Verdammt, wir stehen hier unter Beobachtung. Leandars Verhalten wird nicht gerade Vertrauen schaffen.«

»Soweit habe ich gar nicht gedacht«, bekannte Kira zerknirscht. »Soll ich ihn zurückholen? Ich kann ihn kontaktieren.«

Kael schüttelte den Kopf. »Er wird seine Gründe haben. Und abgesehen von der Sache mit dir, waren die bisher immer gut. Wir sollten trotzdem morgen alle darüber sprechen. So wichtig Leandar seine Geheimhaltung sein mag, es wird den Amyr deutlich weniger in Bedrängnis bringen, wenn Catron über diesen Alleingang informiert ist.

## Shadar

*»Wenn wir irgendetwas jetzt nicht gebrauchen können,*
*dann sind das Alleingänge.«*
Shadar von Catron, Residenz des Khalids, Kherra-Des, Aidris

»Ist dem Mann der Verstand gefroren? Was bitte soll das denn?«

Shadar hätte Skjaldans Ausruf gerne zugestimmt, wenn auch nicht genau mit diesen Worten. Ihm fielen durchaus unangenehmere Bezeichnungen für Quos ehemaligen Erzmagier ein. Selbst wenn der Mann das Beste im Sinn haben mochte, waren sowohl der Zeitpunkt als auch seine Bitte an Kira, die Intention seines Alleingangs geheim zu halten, völlig unrealistisch. So kannte er Leandar von Quo überhaupt nicht.

»Ich würde gerne eine Projektion dieses Gesprächs sehen«, wandte er sich deshalb an Kira. »Gerade weil dich Leandar darum gebeten hat, das nicht zu tun. Ich verspreche dir, dass wir weder ihn noch Quos Kontakte behelligen werden, sofern alles seine Richtigkeit hat. Allerdings lässt mich das Gefühl nicht los, dass hier unter Umständen etwas übersehen wurde.«

»Gibt es dafür einen bestimmten Grund?«

Shadar nickte zu Kaels Frage. »Ja, den gibt es in der Tat. Durch den Ausflug in den Geist des Magiers, den Kira gestern übernommen hat, habe ich weitere Hinweise zur Ethialla erhalten. Einer davon betrifft den zweiten Anker.« Jetzt hatte er die volle Aufmerksamkeit aller Anwesenden. »Dieser Haref war sich vollkommen sicher, dass sich Kira in Begleitung des zweiten Ankers befindet. Diesen Hinweis habe ich schon einmal unfreiwillig durch Melen Evron erhalten. Damals bezog sich die Bemerkung auf Kiras Eskorte in Andoran. Da es nicht allzu viele Personen gibt, die sich zu beiden Zeitpunkten in Kiras Begleitung befanden, können wir das Problem eventuell etwas genauer eingrenzen.«

»Wir müssen das überprüfen.«

Kaels Gesicht hatte jegliche Farbe verloren. »Wusstet Ihr bereits vor unserer Überfahrt davon? Ist es das, was Ihr Kira gesagt habt, als wir an der Küste waren?«

»Ja! Diesmal konnte ich zusätzlich in Erfahrung bringen, dass es sich um einen Magier handeln muss, denn Melen Halef hat sich sehr darüber geärgert, dass der Betreffende ihnen nicht half, Kiras Geist dorthin zu befördern, wo Laon dei Savren ihn haben wollte: auf die astrale Ebene. Dort hätte er entweder direkt ihren Körper übernehmen oder den Anker um ein paar Punkte erweitern können – je nachdem, ob er uns in dem Glauben lassen wollte, das hier noch im Griff zu haben oder nicht.«

Kira schlug unwillkürlich die Hände vor den Mund und Skjaldan ballte die Fäuste.

»Es gibt Momente, in denen ich es bedauere, dass sich dieser Kerl nicht mit uns in einer Ebene aufhält. Ich würde ihm zu gerne sagen, was ich von seinen Ideen halte.«

»Du kannst dich auf die astrale Ebene begeben und seinen Namen aussprechen«, schlug Shadar vor, was Skjaldan mit einem Schnauben quittierte, ehe er sich seinem Freund zuwandte.

»Leg los, Kael. Du kannst mich zuerst überprüfen!«

Shadar registrierte, wie der Angesprochene gequält das Gesicht verzog.

»Ich stehe selbst unter Verdacht, Skjaldan. Du bist neben Kira der Einzige, auf den Shadars Vermutung nicht zutrifft, da die Ethialla aktiv versucht hat, dich loszuwerden, als du noch in Aidris warst. Also wäre es sinnvoller, du würdest mich überprüfen. Leider reichen deine Fähigkeiten in geistiger Magie nicht aus, um etwas Komplexeres zu entdecken und wir brauchen, was das betrifft, unbedingt Gewissheit.«

*Ist es ein gutes Zeichen, dass sich die beiden verbliebenen Magier Quos in dieser Angelegenheit so kooperativ zeigen?* So wenig wie er hoffte, den zweiten Anker unter den Anwesenden zu finden, so frustrierend war es auch zu vermuten, den wahren Anker möglicherweise gerade wieder verloren zu haben. *Aber ... Leandar von Quo? Das ist dermaßen absurd ...*

»Brauchen wie die Erlaubnis des Khalids, um Nolan hierher zu holen? Der findet jede Beeinflussung, egal, wie versteckt sie sein mag!«

»Leider ja«, bestätigte Shadar. »Und die Formalitäten dafür dauern zu lange. Wäre er nicht der amtierende Erzmagier Quos, ließe sich das problemloser einrichten. Wir könnten versuchen,

Rayhan Samir dazu zu überreden, es unter der Hand, also illegal, zuzulassen. Sollte das jedoch auffliegen, verlieren wir ganz sicher die Unterstützung des Herrschers, sofern der Amyr überhaupt zustimmt.«

»Wir können nach Quo transportieren, um das zu klären«, brummte Skjaldan. »Falls der zweite Anker sich in diesem Raum befindet, will ich das wissen. Jetzt!«

»Eine in Quo durchgeführte Untersuchung wird hier niemanden überzeugen – aber genau darum geht es«, belehrte ihn Kael leise.

Damit hat er den Nagel auf den Kopf getroffen. Dieser Mann wird mir immer sympathischer. *Hervorragend! Ausgerechnet Quos Kampfmagier.*

»Könntest du nicht alle untersuchen, Shadar? Du warst in Andoran nicht bei mir, als du von dem zweiten Anker gehört hast, kannst es also nicht selbst sein.«

*Typisch Kira. Soll ich es Kael überlassen sie auf ihren Fehlschluss hinzuweisen? Besser nicht, sonst bringe ich ihn damit noch in Verlegenheit.*

»Du unterliegst einem Denkfehler, Kira. Ich bin der Einzige, der diese Information über den zweiten Anker weitergegeben hat. Ihr hattet bisher keine Möglichkeit, das zu überprüfen. Ich könnte immer noch für die Ethialla arbeiten und euch mit dieser Information gezielt irreführen wollen.«

»Verdammt!« Niedergeschlagen ließ Kira den Kopf in ihre Hände sinken. Als sie Shadar wieder ansah, erkannte er Müdigkeit und Verzweiflung in ihrem Blick. »Warum kannst du nicht einfach zugeben, dass du Blödsinn erzählt hast?«, murmelte sie. »Dass keiner von euch, wie ich, an Laon dei Savren gebunden ist! Davon abgesehen, dass ich das garantiert niemandem wünsche, kann ich mir auch nicht vorstellen, dass einer von euch das zugelassen haben könnte.«

Damit hatte sie recht. Keiner in diesem Raum – insbesondere nicht Leandar von Quo – erschien Shadar geeignet oder willens, auf Laon dei Savrens Seite zu stehen. *Und ein unfreiwilliger Anker ist nicht möglich.*

»Wenn ich aber niemandem hier trauen kann, wer soll dann bitte alle auf Beeinflussungen untersuchen? Ich habe keine Ahnung, wie so etwas geht!«

»Nolan wäre ideal!«, wiederholte Skjaldan beinahe trotzig. »Wir könnten Rayhan Samir auch bitten, seinen Vater zu einer inoffiziellen Genehmigung zu bewegen ...«

»Das können wir versuchen, doch es bleibt ein Problem.« Kael schien äußerlich ruhig, doch ganz konnte er die Anspannung nicht aus seiner Haltung verbannen. »Gesetzt den Fall, ich wäre der zweite Anker und Nolan stellt dies fest, auf welcher Seite stünde er?«

»Das ist ja wohl klar!«

»Dir, Skjaldan. Vielleicht verstehst du, was ich meine, wenn wir den umgekehrten Fall annehmen: Shadar ist weiterhin Mitglied der Ethialla, gegebenenfalls der zweite Anker. Er wird von einem Magier aus Catrons Rat überprüft. Was, denkst du, geschieht?«

»Verflucht!« Offensichtlich hatte jetzt auch Skjaldan begriffen.

Kaels Blick ruhte weiterhin auf Shadar. Wahrscheinlich ahnte dieser bereits, worauf er hinauswollte.

Der Ratsmagier erwiderte seinen Blick mit einem, wie er hoffte, zuversichtlichen Lächeln. »Letztendlich bleiben uns nicht allzu viele Lösungsansätze für dieses Problem.«

»Ihr würdet das Risiko eingehen, Euch von mir untersuchen zu lassen?«, keuchte Kael. »Wo ich doch Eurer Meinung nach der zweite Anker sein könnte?«

»Unter zwei Voraussetzungen: Skjaldan und Kira kontrollieren den Vorgang. Und Ihr erklärt Euch bereit, Euch im Anschluss von mir untersuchen zu lassen.«

# Kael

*»Bei allen Göttern, ich könnte es sein!«*
*Kael von Quo, Residenz des Khalids, Kherra-Des, Aidris*

Er hatte Angst, das musste er sich offen eingestehen. Shadar einverständig sein Bewusstsein übernehmen sowie seine Gedanken durchsuchen zu lassen war etwas, wogegen sich jede Faser in ihm sträubte und das er – genaugenommen – gar nicht zulassen durfte. Trotzdem war er gerade dabei, genau dafür alle Vorbereitungen zu treffen, wenngleich er sich nicht sicher war, ob er seine instinktive Abwehr unterdrücken konnte.

Kael schloss die Augen und versuchte, seine Atmung unter Kontrolle zu bringen. Normalerweise half ihm das, zu innerer Ruhe zu finden, doch diesmal ließen sich Gedanken und Bilder nicht wegmeditieren.

Er sah Seldans lachendes Gesicht neben Sions ernsteren Zügen, wie sie sich über ihre Übungen austauschten. Sein Schüler war immer eine Frohnatur gewesen, freundlich und offen. *Sieben Jahre ist es inzwischen her. Drei davon habe ich ihm vertraut.* Vier Jahre lag sein Tod jetzt zurück ... *Wann hat sich der Junge verführen lassen? An Andorans Hof, als wir auf die Delegation aus Catron trafen? Oder erst später, während einer unserer Reisen zum Gut meines Vaters?* Es war Kael nie gelungen, das herauszufinden, aber als Seldan ihn mit dieser Bitte kontaktierte, war es bereits zu spät und die Falle gestellt gewesen ...

»Ich benötige Eure Hilfe, Meister. Könnt Ihr auf unser Gut kommen?«
Ein Verwandter Seldans vermutete, beeinflusst worden zu sein, wollte sich jedoch nur von einem Familienmitglied untersuchen lassen. Also hatte Seldan ihn, seinen Lehrer, gebeten, ihn dabei zu überwachen. Natürlich hatte Kael zugestimmt. Den Angriff hatte er nicht kommen sehen, der angebliche Verwandte war ein exzellenter Magier. Vermutlich hätte Kael nicht mehr erwachen sollen, doch irgendjemand hatte einen Fehler gemacht. Diesem Fehler verdankte

er sein Leben, doch es blieb die Zeitspanne, an die er keine Erinnerung hatte, da jemand sein Bewusstsein übernommen hatte.

*Es ist mehr als unwahrscheinlich, dass in dieser Zeit etwas geschehen ist, außer dass wichtige Informationen an Catron gingen. Nolan hat mich untersucht!*

Aber Nolan war zu dem Zeitpunkt noch nicht so erfahren gewesen wie jetzt und er hatte wenig Zeit gehabt, da die Suche nach Seldan und seinem Verwandten alle in Atem hielt. Zudem war jeder davon ausgegangen, dass Kael nicht hatte überleben sollen und daher keine komplizierten Beeinflussungen vorgenommen worden waren. *Aber selbst wenn das damals doch kein Fehler gewesen ist, vor vier Jahren hat unmöglich jemand von Kira wissen können!* Dennoch musste es den zweiten Anker bereits vor ihrer Ankunft gegeben haben und die Möglichkeit, dass er es war, ließ sich nicht leugnen

*Und was tue ich, wenn es so ist?* Was würde geschehen, wenn sich Kiras Vorgänger im Moment der Übernahme dazu entschloss, seinen Einfluss geltend zu machen? Solange sie Shadars Tun kontrollierte, war sie auch mit seinem Geist verbunden und demnach im selben Maße angreifbar, wie er es damals gewesen war, denn auch Kira vertraute ihm.

Kael fuhr heftig zusammen, als sich eine Hand auf seine Schulter legte.

»Dass ich dich einmal überraschen könnte, hätte ich nicht gedacht!« Trotz des leichten Tonfalls war Kiras Gesicht ernst. »Brauchst du noch etwas Zeit? Es wäre sicher kein Problem, aber du warst derjenige, der vorgeschlagen hat, dass Shadar dich zuerst untersucht – und das noch vor dem Frühstück mit dem Amyr.«

»Und das halte ich weiterhin für sinnvoll«, besiegelte Kael nach einem tiefen Atemzug seine eigene Entscheidung. »Mit einer Änderung: Du wirst den Prozess nicht überwachen und Skjaldan ebenfalls nicht. Ihr habt zu wenig Erfahrung mit möglichen Komplikationen. Ich habe beschlossen, mich in dieser Angelegenheit auf Euch zu verlassen, Mael Shadar. Bitte sucht Euch jemanden, dem Ihr vertraut, und der Euch notfalls unterstützt.

# Leandar

*»Eigentlich sollte es mich nicht wundern, dass es so weit gekommen ist.*
*Letztendlich ist man immer das Opfer seiner eigenen Wahrheit.«*
Leandar von Quo, Kherra-Des Aidris

»Zieht das hier über, Mael. Es schützt nicht nur vor der Sonne, es wird Euch auch vor neugierigen Blicken verbergen.«

Leandar bedachte sein Gegenüber mit einem Blick, der den Mann unwillkürlich einen Schritt zurückweichen ließ. Trotzdem griff er nach dem Gewand, das dieser ihm hinhielt – eine von Catrons Roben. Der Mann hatte ihn sicher aus dem Palast des Khalid geschleust und dabei einiges riskiert. Wenn er es nun für nötig hielt, dass er die Stadt in dieser Kleidung verließ, würde er seine Gründe haben.

»Ihr könnt sie wieder ablegen, sobald Ihr Kherra-Des verlassen habt, doch bis dahin ist es für alle von Vorteil. Jeder hier weiß, dass einige Magier Catrons in der Stadt sind. Man wird uns daher am Tor nicht aufhalten.«

»Du hast vor, mit mir offen durch die Straßen zu reiten?«

»Wir müssen aus Kherra-Des heraus, Mael, und die Kontrollen sind, seit der Ankunft der Mlyss d'Eartha und dem Verbot der Ethialla, verstärkt worden. Bewegen wir uns offen, erregen wir weniger Aufmerksamkeit. Ihr seid Magier, Mael. Es ist möglich, dass Reisende daraufhin kontrolliert werden. Erkennt man euer Talent und Ihr tragt Catrons Roben, ist das unverfänglich.«

Der Mann verneigte sich leicht, als Leandar ergeben nickte. Er musste in der Tat die Stadt verlassen und sein Kontakt hatte ihm bisher gute Dienste erwiesen. Der schwarze Stoff, feiner als Quos Roben, fühlte sich kühl unter seinen Fingern an. Dann strich sein Finger über die Brosche. Unwillkürlich zuckte seine Hand zurück, als er die Magie spürte.

»Was soll das?«

Der Mann wurde blass, als er Leandars Wut spürte. »Du hast mich in dem Glauben gelassen, wir seien allein hier. Diese Brosche ist aktiv. Wo ist der Magier, dem sie gehört?«

»Wir sind allein, Mael! Lasst mich erklären!« Er hob die Hand, als Leandar einen Schritt auf ihn zu trat. »Seht auf die Rückseite der Brosche.«

Der Aufforderung Folge leistend erkannte er einen direkt hinter der Nadel in das Silber eingelassen Speicherstein, der auf den ersten Blick wie der ungeschickte Versuch einer Reparatur an deren Mechanismus wirkte. *Wahrscheinlich kann er die Aktivierung um einige Stunden, vielleicht einen halben Tag, verlängern, bevor die Magie wieder aus dem Silber schwindet. Und damit das Konstrukt einer magischen Überprüfung standhält, muss Dunkelheit verwendet worden sein, um sie zu aktivieren.*

Entnervt verdrehte Leandar die Augen. »Ein unmissverständlicher Hinweis an mich, meine eigene Kraft nicht zu nutzen«, schnaubte er. »Wie weit wirst du mich begleiten?«

»Bis vor die Stadt.«

Beinahe entschuldigend senkte der Mann den Blick, obwohl Leandar vermutete, dass dieser froh sein würde, ihn los zu sein.

»Außerhalb Kherra-Des' wäre ich Euch nur von sehr geringem Nutzen und fehle ich zu lange im Palast, wird das auffallen. Sobald man beginnt, Euch zu suchen, würde sich jemand erinnern, uns zusammen gesehen zu haben.

»Dann lass uns aufbrechen.«

*Ob Kira tut, worum ich sie gebeten hatte? Ob sie sich hinter mich stellt und meine Abwesenheit vor den anderen verteidigt?* Sie hatte erneut begonnen, ihm zu vertrauen, und für einen kurzen Moment erfüllte ihn dieser Gedanke mit Grauen. Doch das Gefühl verschwand rasch wieder. Leandar von Quo streifte sich die schwarzen Roben über und folgte seinem Führer in die Straßen der Stadt.

## Shadar

*»Immerhin arbeitet er noch mit uns zusammen!«*
*Shadar von Catron, Residenz des Khalids, Kherra-Des, Aidris*

*Bei den Göttern! Kael? Wenn das stimmt, sind wir in größeren Schwierigkeiten, als ich befürchtet habe. Kira vor allem. Sie ist durch ihren Eid als seine Schülerin an ihn gebunden!* Als ihm einfiel, dass sie diese Bindung nicht halb so ernst nahm, wie jede andere Person dieser Welt, spürte er für einen Augenblick Erleichterung. Sie würde hoffentlich nicht zögern, sich gegen ihren zweiten Lehrer zu stellen, sollte sich dieser tatsächlich als Laon dei Savrens Anker erweisen. Wobei er sich diesbezüglich alles andere als sicher war. Sie mochte Kael und würde ihm helfen wollen, sofern er unwissentlich zum Anker geworden war. Wahrscheinlich bestünde sie darauf, dass er am Leben blieb.

Shadar presste die Lippen zusammen und kontaktierte Eluana. *Ich brauche Fakten, bevor ich mich weiter in sinnlosen Spekulationen verliere.* Eluana würde ihn schützen können, wenn er sich in Kaels Geist begab. *Wenn Laon dei Savren mich durch Kaels Geist angreift, kann das gefährlich werden. Vor allem, wenn der Anker nicht unwissend gelegt wurde und das hier einem Plan entspricht.* Shadar fror bei dieser Vorstellung. Kiras Vorgänger war unglaublich stark. Obwohl es ihm damals alles andere als gut gegangen war, hatte er den Angriff auf Kira in der Mine unter dem Massiv noch gut in Erinnerung. Sie hatte keinen Schild gegen diesen Mann halten können, obwohl er nicht einmal einen Körper besaß. Trotz des immensen Risikos war Eluana bereit zu kommen. Shadar sah auf und wandte sich an Kira. In ihrem Blick lag die stumme Bitte, ihr zu sagen, dass nicht sein konnte, was sie vermuteten. Bedauernd schüttelte er den Kopf.

»Am besten, du verlässt mit Skjaldan den Raum, Kira. Der Amyr erwartet dich ohnehin zum Frühstück. Ich melde mich bei dir, sobald wir hier fertig sind. Bis dahin lässt du keinen magischen Kontakt zu. Sollte ich mich nach einer Kerzenlänge nicht bei dir gemeldet haben, verschwinde von hier. Skjaldan, ich erwarte, dass du ihr dann hilfst. Wendet euch an Sunnaras, er wird euch helfen, nach Catron zu kommen.«

»Das darf doch alles nicht wahr sein! Kael? Wieso bitte denkst du, dass er der Anker sein könnte?«

»Ich erkläre es dir, wenn sich meine Ahnung als falsch erweist. Im Moment, fürchte ich, haben wir nicht die Zeit.«

Kael war blass, doch er wirkte gefasst. Shadar empfand Bewunderung vor dieser Selbstbeherrschung, obwohl die Fassade an einigen Stellen bröckelte, als Skjaldan nach seinen Händen griff.

»Ich bleibe! Kael, es ist völlig absurd, dass du dieser Anker bist.«

»Wer dann? Leandar? Wohl kaum! Es gab eine Möglichkeit. Das weißt du.« Brüsk entwand sich Kael der Berührung und trat einen Schritt zurück. »Seldan!«, schleuderte er seinem Freund entgegen.

Der Name zeigte Wirkung. Auch Skjaldans Gesicht verlor jegliche Farbe. »Nein!«

»Das hoffe ich auch, aber du weißt, was ich von Hoffnung halte, die nicht mit Fakten unterlegt ist. Wir brauchen Gewissheit und ich weiß dich dabei lieber außerhalb der Gefahr.«

Skjaldan fluchte verhalten, griff jedoch nach seiner Tasche.

»Ich kann unmöglich beim Frühstück mit dem Amyr höflich Konversation betreiben, während ich nicht weiß, was mit dir ist, Kael.« In Kiras Augen stand Panik.

»Doch! Genau das wirst du tun!«, befahl ihr Shadar ungewohnt scharf. »Sollte das hier schief gehen, benötigst du die Unterstützung Rayhan Samirs umso mehr.«

»The show must go on?«, hauchte sie. »Glaubst du im Ernst, ich bringe es fertig, meine Gefühle vor dem Amyr zu verbergen?«

»Das würde ich an deiner Stelle nicht einmal versuchen. Erklär ihm, wenn nötig, die Situation, aber geh jetzt bitte. Eluana ist bereit für den Transport und wenn wir beginnen, möchte ich dich außer Reichweite wissen.«

## Skjaldan

*»Ich würde es keine drei Lidschläge lang schaffen, den Schein zu wahren.*
*Zum Glück muss Kira das jetzt regeln. Ihr gebe ich einen Moment mehr.«*
*Skjaldan Briskfadar, Residenz des Khalids, Kherra-Des, Aidris*

»Verdammt, ich weiß, weshalb ich in Andoran vom Hof wegwollte!«
Skjaldans Bemerkung veranlasste Kira zu einem verkniffenen
Grinsen. »Ich hatte mir eher gute Ratschläge erhofft! Stattdessen
kommst du mit sowas? Soll mich das motivieren?« Sie verstummte,
als Rayhan Samir ihnen über den Rasen entgegenkam. Immerhin
waren sie dank der Dienerin, die der Amyr Kira zur Verfügung
gestellt hatte, in der richtigen Richtung unterwegs.

*Wohnen in Aidris! Die Residenz dieses Akif war bereits vollkommen*
*unübersichtlich, doch der Palastarchitekt des Khalids muss ein Liebhaber*
*von Irrgärten sein.* Skjaldan bezweifelte, dass er, ohne auf eine der
Palmen zu klettern, um sich einen Überblick über diese labyrinthischen
Gärtchen, Laubengänge und Pavillons zu verschaffen, einen Ausgang
finden würde.

»Mlyss d'Eartha, Melen Skjaldan, ist etwas geschehen?« Rayhan
Samir musterte Kira besorgt und Skjaldan nahm sich zurück, um
nicht laut zu stöhnen. Dem Amyr hatten zwei Lidschläge genügt,
um zu bemerken, dass etwas nicht stimmte.

»Ja, Nahen Amyr.« Kira wusste, dass leugnen sinnlos war,
deshalb versuchte sie es auch gar nicht.

Skjaldan indessen dankte den Göttern, dass nicht er es war, der
dem Sohn des Herrschers die Situation erklären musste.

»Bitte verzeiht meine Direktheit, aber gibt es hier einen Ort, an
dem wir ungestört sind? An dem niemand uns zuhören kann,
wenn ich Euch erkläre, was vorgefallen ist?«

Einen Moment wirkte Rayhan Samir irritiert, dann lächelte er.
»In der Regel sorgt bei vertraulichen Gesprächen am Hof ein
Magier dafür, dass sie ungehört bleiben. Soll ich veranlassen, dass
jemand diese Aufgabe übernimmt?«

Kira schüttelte den Kopf und Röte überzog ihr Gesicht. »Nein.
Ich habe nicht einmal daran gedacht, es auf diese Weise zu regeln«,
gestand sie, ehe sie sich Skjaldan zuwandte. »Könntest du ... ?«

Dieser sah sich um. Einer der Pavillons wäre besser geeignet gewesen als der Rasen, auf dem sie standen, doch möglich war es auch hier. Er wollte sich gerade auf den Schutz konzentrieren, als Rayhan Samir auf eine kleine, von blauen Blüten umrankte Laube deutete.

»Dort können wir uns setzen und sind etwas ungestörter.«

Kira nickte dankbar. Skjaldan folgte beiden ins Innere. *Kissen!* Ergeben schloss er kurz die Augen und konzentrierte sich auf den Schutz.

Der Amyr wartete, bis Kira sich niedergelassen hatte, setzte sich ebenfalls und warf dann Skjaldan einen fragenden Blick zu.

»Ich stehe lieber.« Er konnte sich jetzt nicht hinsetzen – nicht nach Kaels Eröffnung – obwohl er wusste, dass es unhöflich war. *Komplikationen! Was erwartet der Idiot? Dass Laon dei Savren übernimmt und er Kira angreift? Wenn Kael der Anker wäre, hätte er es doch bemerkt. Dei Savren hätte doch spätestens zu dem Zeitpunkt eingreifen müssen, als Kael Kira hatte töten wollen! Er benötigt doch ihren Körper – und damals vor Quo war es verdammt knapp.* Für ihn war sein Freund, trotz dieser Sache mit Seldan, als Anker undenkbar.

»Wer könnte es sonst sein?«

Skjaldan fuhr bei Rayhan Samirs Stimme irritiert herum. Er war Kiras Erklärungen nicht gefolgt, doch anscheinend waren sie bei den Kernfragen angekommen. *Wer sonst? Shadar selbst? Leandar? Der Gedanke ist absurd. Ich?* Skjaldan schüttelte den Kopf. *Nein!* Er hatte bereits darüber nachgedacht und ihm fiel kein Punkt in seinem Leben ein, an dem er so etwas wie einen Anker hätte eingehen können. Der erste Magier, den er in seinem Leben jemals getroffen hatte, war Moanir gewesen. Bis er nach Quo gekommen war, hatte er zwar von der Geisterwelt gewusst, jedoch niemals angenommen, dass man sie betreten konnte, solange man noch lebte. Er besaß, im Gegensatz zu Kira, auch keine natürliche Affinität dort hin. *Wenn dem so wäre, hätte ich das spätestens nach meiner Ausbildung bemerkt.*

Nur am Rand registrierte er, dass Rayhan Samir mit Kira mittlerweile über den weiteren Tagesablauf sprach.

»Verzeiht, Nahen Amyr, aber könnt Ihr das noch einmal wiederholen? Wen begrüße ich zuerst und woran unterscheide ich die Herren?«

Skjaldan zwang sich mit Macht zurück ins Hier und Jetzt. »Solche Dinge habe ich am Hof auch immer gehasst! Doch es gibt Hilfsmittel. Rugan Dary hat mir damals einen sehr fähigen Diener zur Seite gestellt, auf den ich mich im Zweifelsfall blind verlassen habe.«

Kira atmete erleichtert auf, als Rayhan Samir Skjaldans Erläuterung einem Nicken bestätigte. »Kennt Andra diese Männer? Kann sie mir diesbezüglich zur Seite stehen?«

»Ja, das tut sie. Besprecht Euch mit ihr, auf welche Signale eurerseits sie achten soll. Sie ist sehr geschickt in solchen Dingen und auf ihre Hinweise ist Verlass.« Auch der Amyr entspannte sich etwas. »Ich hatte bereits befürchtet, dass Ihr unter diesen Umständen den Empfang absagen würdet, Mlyss.«

Kira schüttelte den Kopf. »Das überlege ich mir, wenn Kael tatsächlich der Anker ist. Doch gerade dann benötigen wir die Unterstützung Eures Vaters unbedingt, Nahen Amyr. Sofern ich das richtig verstanden habe, treffe ich auf dem Empfang seine Berater. Ich hoffe, dass wir bis dahin mehr Klarheit haben, denn ich hätte bei diesen Gesprächen gerne sowohl Shadar als auch Kael an meiner Seite.«

»Sie werden beide da sein.« Skjaldan setzte sich jetzt doch. Es musste einfach so sein.

Gerade als er seine Behauptung argumentativ untermauern wollte, spürte er die geistige Berührung. *Shadar!* Auch Kira hatte, wie es schien, dasselbe Zeichen erhalten. Noch während sie sich bei Rayhan Samir entschuldigte, nahm sie den Kontakt des Ratsmagiers an.

»Weder ich noch Eluana konnten bei Mael Kael Spuren eines Ankers oder einer Beeinflussung feststellen. Ihr solltet also, sobald es euch möglich ist, zurückkommen, um ihm dabei zu helfen, mich zu untersuchen. Sofern du jetzt andere Pflichten hast, Kira, ist das kein Problem. Skjaldan kann auch mit Eluana zusammen arbeiten.«

»Wie viel Zeit bleibt uns vor dem ersten offiziellen Empfang?«

»Da ich davon ausgehe, dass Ihr nach dem anstrengenden Tag gestern ein wenig Ruhe benötigt und Ihr mich zudem darum gebeten habt, noch etwas Zeit bei einem Bad verbringen zu dürfen, bleibt uns ein wenig Spielraum.«

Kira grinste und erhob sich. »Ich bade gerne sehr ausgiebig und lange.«

## Shadar

*»Leandar? Er ist derjenige, der übrig bleibt, doch ist er wirklich der Letzte,*
*den ich mir als Laon dei Savrens Anker vorstellen kann.«*
*Shadar von Catron, Residenz des Khalids, Kherra-Des, Aidris.*

»Entweder stimmt die Information, die du erhalten hast, nicht, oder suchen wir jetzt tatsächlich nach Quos ehemaligem Erzmagier als Mitglied der Ethialla d'Eartha?«

Eluanas Ton trug eine spöttische Note, doch ihr Gesicht wirkte nicht, als amüsiere sie diese Angelegenheit.

»Wenn es keiner von uns ist, bleibt nur noch er, doch das kann ich mir bei diesem Mann absolut nicht vorstellen. Andererseits … wir haben ja sogar Skjaldan und Elmaryn untersucht und nichts gefunden.«

Shadar gab ihr im Stillen recht. Er konnte sich ebenfalls keinen Zeitpunkt vorstellen, zu der Quos ehemaliger Erzmagier einen Anker mit Laon dei Savren eingegangen sein könnte. Trotzdem verhielt es sich so, wie Kira sagte. Wenn die Information korrekt war, die er über Evron und Haref erhalten hatte, blieb keine andere Person übrig. War Leandar deshalb gestern Abend aufgebrochen? Er wandte sich an Skjaldan, der rastlos im Raum auf und ab lief.

»Leandar von Quo war dein Lehrer. Du kennst ihn bedeutend besser als ich. Gab es irgendwann einmal eine Gelegenheit?«

»Ich jedenfalls wüsste keine!«, bekannte dieser hob in einer hilflosen Geste die Hände. »Man kann über Leandar denken, was man will, aber er hatte garantiert niemals etwas mit der Dunkelheit zu schaffen. Im Gegenteil!«

»Laon dei Savren hat nichts mit der Dunkelheit zu tun! Er war Licht und Dunkel. Könnte es sein, dass er Leandar nur das Licht gezeigt hat?«

»Sie hätten sich nur in der Geisterwelt treffen können und dort kann man nicht lügen«, widersprach Skjaldan.

»Aber man kann sehr gut nur Teile der Wahrheit zeigen.«

Damit hatte Kira unzweifelhaft recht. Shadar rieb sich über das Kinn. *Falls es so gewesen ist, was könnte Laon dei Savren ihm angeboten haben, um einen Anker zu bekommen? Macht? Einfluss? Aber das ist es nicht, was Leandar von Quo antreibt.* Dieser Mann ist ein Fanatiker, jemand, mit dem man nicht verhandeln kann. Selbst in der Art, mit der er sich Kira angeschlossen hat. Er meinte, einmal gehört zu haben, dass Leandar sogar versucht hatte, alles Dunkle aus sich zu vertreiben. *Was immer er darunter verstanden hat. Möglicherweise Mitgefühl und Empathie.* Shadar lachte freudlos auf, bis ihn plötzlich eiskalter Schrecken erfasste.

»Wenn Leandar von Quo tatsächlich ein Gefühl aus sich verbannt hat, wäre er leichtsinnig genug gewesen, es jemandem zu geben?«, erkundigte er sich gedehnt.

Während Kael tatsächlich einen Moment über Shadars Frage nachdachte, schüttelte Skjaldan sofort heftig den Kopf. »Ganz sicher nicht! Er war in der Geisterwelt stets übervorsichtig. In der Magie genauso. Er hätte niemals jemandem ein Gefühl von sich gegeben!«

»Dem kann ich nur zustimmen«, bestätigte Kael Skjaldans Worte. »Er hat stets darauf bestanden, in solchen Dingen jede erdenkliche Vorsicht walten zu lassen. Er hatte zu große Angst, die Kontrolle zu verlieren. Niemals hätte er – wem auch immer – Gefühle von sich überlassen. Ich habe Leandar übrigens in Quo selbst danach gefragt, damals, als Kira vermutete, er sei für das Auftreten der Dunklen verantwortlich.« Kaels Gesicht nahm einen konzentrierten Ausdruck an, als versuche er, den genauen Wortlaut des Gesprächs zu rekonstruieren. »Er sagte, er habe seine dunklen Gefühle aus dieser Welt verbannt, zwischen die Welten geschickt, gerade, damit niemand und nichts sie nutzen könne.«

»Obwohl Laon dei Savren, im Gegensatz zu fast allen anderen Wesen auf der astralen Ebene, Geist, Willen und die Möglichkeit zur Nutzung von Magie besitzt, hätte er von Leandars Tun wissen müssen. Quos ehemaliger Erzmagier hätte, um diese Gefühle zu übertragen, seine Gedanken auf ihn richten müssen, das hat er jedoch garantiert nicht getan«, ließ Shadar die anderen an seinen Überlegungen teilhaben.

Kiras Gesicht indessen verlor zusehends an Farbe, während ihre Finger sich in den Ärmeln ihrer Robe verkrampften. »Leandar ...«, krächzte sie schließlich heiser, schluckte, musste erneut beginnen, weil ihre Stimme brach. »Hat er sich, als er seine Gefühle verbannte, an den lichten Stein gewandt?«

Für einen Moment herrschte vollkommene Stille im Raum. Dann verbarg Kael mit einem Stöhnen sein Gesicht in den Händen. Seine Stimme klang flach und tonlos, als er antwortete. »Ja! Er hat das Ritual in der Halle des Lichts durchgeführt. Sein Ziel war stets, den Stein zu wecken.«

Shadar schloss für ein paar Sekunden die Augen. Trotz der zunehmenden Hitze des Tages fröstelte er. *Leandar von Quo ist Laon dei Savrens zweiter Anker?* Wenngleich diese Tatsache nicht einer gewissen Komik entbehrte, war ihm keineswegs zum Lachen. »Was hat er gegeben?«

»Zu viel«, flüsterte Quos Kampfmagier nahezu tonlos. »Hass, Eitelkeit, Wut ... Ich weiß es nicht im Detail, doch es war mit Sicherheit ausreichend. Bei den Göttern, damals hat sich das Gleichgewicht weiter verschoben. Kira, wir hätten verstehen müssen, als du sagtest, dass die Dunklen ein Teil von ihm seien. Wir waren so blind!«

Kira war auf ein Kissen gesunken, den Kopf in den Armen vergraben. »Was können wir jetzt tun? Er weiß von allem, was wir vorhaben.«

»Verflucht seien alle guten Absichten!« Skjaldan trat gegen eines der Sitzkissen. »Wir dürfen jetzt nicht aufgeben. Wenn er alles weiß, muss uns eben etwas Neues einfallen! Und bei den Göttern«, erneut traf sein Fuß das Kissen, das gefährlich nahe an ein zierliches Holztischchen heran schlitterte, »wir sollten schnell eine Lösung finden, denn wir müssen der Ethialla d'Eartha zuvorkommen!«

Shadar rieb sich die Stirn. »Bis zu einem gewissen Grad sind unsere Schritte vorhersehbar, da wir zum Brechen des Ankers den zweiten Stein benötigen. Ist der Erste noch hier?«

Alle Augen richteten sich auf Kira, die bei diesen Worten unwillkürlich zu einem niedrigen Regal bei ihrem Bett hinüberblickte – zu einem leeren Regal!

# Leandar

*»Mich an die Regeln halten und gehorchen,*
*das konnte ich immer schon recht gut.«*
Leandar von Quo, Wüste südlich von Kherra-Des, Aidris

Die Hitze war unerträglich, obwohl die Sonne ihren Höchststand noch nicht erreicht hatte. Leandar konnte nicht umhin, die Pferde für ihre Ausdauer zu bewundern. Sie zeigten, außer dem Schweiß auf ihrem Fell, kaum Anzeichen von Ermüdung, obwohl sie scharf geritten waren. Jetzt jedoch wurden seine Begleiter langsamer. So sehr er eine Rast, und vor allem Schatten, begrüßt hätte, konnte er doch nirgendwo Anzeichen für einen geeigneten Platz erkennen. *Hoffentlich lagern wir nicht in der prallen Sonne. Für solche Unternehmungen werde ich langsam zu alt.* Er tastete mit der Hand nach dem Wasserschlauch, der an seinem Sattel hing, löste die Verschnürung und schob das Tuch, das sein Gesicht zur Hälfte bedeckte, ein wenig herunter. Das Wasser besaß annähernd Körpertemperatur, doch es spülte den Geschmack von Staub aus seinem Mund, der sich trotz des schützenden Stoffes darin ausgebreitet hatte.

Unvermittelt war der Hufschlag der Pferde deutlicher zu hören. Offenbar ging der Sand hier in felsigen Untergrund über. Vorsichtig suchte sich sein Pferd den Weg zwischen losem Geröll und festem Boden. Als ein leichter Wind über sein Gesicht strich, seufzte Leandar unterdrückt. *Mehr davon wäre jetzt gut! Doch es würde wohl einen Sturm brauchen, um die Luft auf eine erträgliche Temperatur abzukühlen. Einen Sturm mit Regen.* Leandar senkte die Lider und versenkte sich so intensiv in die Vorstellung, Regentropfen benetzten sein Gesicht, dass er kaum überrascht war, als es wirklich kühler wurde. Erst als die Kühle blieb, blickte er sich erstaunt um.

Sie hatten im Schatten eines flachen Felsens angehalten und seine Begleiter saßen bereits ab. Ein Stück rechts von ihm bildete der Stein einen leichten Überhang, auf den die anderen zustrebten. Leandar saß ebenfalls ab und folgte ihnen. War dort eine Höhle?

»Achtet auf Skorpione, Mael«, ermahnte ihn einer der Männer. »Sie halten sich um die Mittagszeit auch gerne im Schatten auf und der Sand unter dem Überhang bleibt lange feucht. Das lieben sie.«

»Wie lange rasten wir?«

»Nur kurz, Mael. Hayen wird mit den Pferden in einigen Stunden weiterreiten, doch Ihr müsst mich den nächsten Teil des Weges zu Fuß begleiten. Die Gänge sind zu schmal für Pferde. Es ist kühler dort, was den Weg für Euch sicher erträglicher werden lässt.«

»Das ist gleich.« Leandar nahm einen weiteren Schluck aus seinem Wasserschlauch und begann, sein Gepäck vom Sattel zu lösen. Spätestens wenn der Verlust des Kästchens auffiel, würde man ihn suchen lassen. Ob es bereits soweit war? Kurz hoffte er, man könnte die Spuren verfolgen. Doch der Gedanke schwand, noch während er darüber nachdachte, wie wahrscheinlich das war.

»Wenn Ihr nicht zu erschöpft seid, wäre es besser, ein Stück tiefer in die Gänge zu gehen. Dort befindet sich eine natürliche Quelle, an der wir unsere Schläuche füllen und angenehmer rasten können.«

Am liebsten hätte sich Leandar direkt hier in den Sand gelegt, Skorpione oder nicht, und bis zum Anbruch einer kühleren Tageszeit geschlafen. Stattdessen nickte er lediglich und schulterte sein Gepäck. Man würde ihn suchen und es war wichtig, dass er das Kästchen, das er aus Kiras Räumen mitgenommen hatte, so rasch wie möglich zustellte.

## Shadar

*»Diesmal rettet Kiras eigenmächtiges Handeln den Tag!«*
*Shadar von Catron, Residenz des Khalids, Kherra-Des, Aidris*

Im Raum war es totenstill, bis Kira unkontrolliert zu kichern begann. Zunächst leise und unterdrückt, dann lauter, bis sie regelrecht japste. Shadar blieb beherrscht ruhig, obwohl er durchaus verstehen konnte, dass sie in dieser Situation die Nerven verlor. Mit dem Verlust des Steins war alles vorbei. *Sofern Leandar von Quo ihn mitgenommen hat, brauchen wir uns nicht mehr anzustrengen und können nur versuchen, so rasch, und vor allem so weit wie möglich zu fliehen. Alle, außer Kira.*

»Es gibt Momente, da bin ich wirklich froh, dass nicht jeder in der Lage ist, die Kraft des lichten Steins zu ertragen. Was glaubt ihr, wann wird dieses Kästchen zum ersten Mal geöffnet werden?«, feixte Kira, woraufhin Skjaldan sie lediglich fassungslos anstarrte. Kael schien rascher zu begreifen.

»Der Stein war nicht in dem Kästchen in deinem Zimmer?«, mutmaßte er. »Das war er jedoch, als wir ankamen, denn du warst diejenige die ihn gestern getragen hat … «

»Ja, ich hatte ihn hier, habe ihn aber, da ich ständig unterwegs war, bei Elmaryn und den Nuri gelassen. Dort war auch Mahir und ich dachte, dass er bei ihm sicherer ist. In das Kästchen, das Leandar entwendet hat, habe ich den Schmuck gelegt, den mir Rayhan Samir für das Fest zur Verfügung gestellt hat.«

»Den Göttern sei Dank! Trotzdem möchte ich das gerne umgehend überprüfen! Ich kenne Mahir kaum und er ist ein Ratsmagier Catrons.«

Shadar bemerkte amüsiert, wie Kael, kaum dass die Worte seinen Mund verlassen hatten, deren Botschaft realisierte und schuldbewusst den Kopf senkte. Kurz darauf wandte er sich an Eluana, die während des gesamten Gesprächs schweigend im Hintergrund verharrt hatte. »Ich wollte damit nicht andeuten, dass ich Catrons Rat generell misstraue«, versuchte er, seiner Aussage die Spitze zu nehmen.

»Das wolltet Ihr durchaus!«, widersprach die Magierin seufzend. »Doch ich kann es verstehen. Beide Schulen haben sich in dieser Angelegenheit nicht gerade mit Ruhm bekleckert. Mitglieder der Ethialla saßen in Catrons Rat und Quos ehemaliger Erzmagier ist, wie es scheint, der zweite Anker Laon dei Savrens. Nicht zu vergessen, dass die Frau, auf die wir alle hoffen, seine erste Wahl darstellt. Ich stimme Melen Skjaldan zu. Wir sollten handeln – und zwar schnell.«

Shadar nickte Eluana kurz zu. Er hatte die richtige Wahl getroffen, sie einzuweihen.

Dann standen alle nahezu gleichzeitig auf. Jeder im Raum, Shadar eingeschlossen, wollte Gewissheit über den Verbleib des lichten Steins.

»Dennoch bleibt uns ein Problem. Leandar von Quo ist aller

Wahrscheinlichkeit nach Laon dei Savrens zweiter Anker und er kennt unseren Plan. Dessen ungeachtet möchte ich an ihm festhalten, und dafür benötige ich auch den Stein der Dunkelheit. Momentan kann ich hier jedoch nicht unauffällig weg. Rayhan Samir sagte, es seien mindestens noch fünf Tage geplant, um alle Gespräche zu bewältigen, die man von mir erwartet. Ich freue mich zwar über jeden Grund, diese abzusagen, aber ich bezweifle, dass wir uns das leisten können. Allerdings wird unser Aufbruch nach Catron, wann immer er stattfinden mag, kaum unbemerkt bleiben.«

»Das ist nur zu wahr. Und leider bist nur du in der Lage, den Stein in eines der mit Arcugam ausgeschlagenen Kästchen zu legen. Befindet er sich einmal darin, ist ein magischer Transport nicht mehr möglich.«

»Ich könnte transportieren«, sinnierte Kira. »Zumindest auf dem Hinweg. Haben wir, als wir von Enishade aus zu Skjaldan transportiert sind, nicht Rafehs Transport benutzt, um unseren zu verbergen? Dann sollte doch die Verschleierung eines einzelnen Transportes ebenfalls möglich sein … «

»Die Idee ist gar nicht so schlecht«, griff Shadar ihren Gedankengang auf. »Wenn Kira mit Eluana nach Catron transportiert, würde das ihre Präsenz verschleiern. Anschließend bliebe ihr genug Zeit, den Stein in ein Kästchen legen … und irgendjemand könnte ihn herbringen.« Nur wer? Shadar fuhr sich mit der Hand über das Kinn. Wem im Rat war diese Aufgabe zuzumuten, der sich nicht bereits am Hof aufhielt? »Jabin! Kira übergibt den Stein an Jabin, der sich damit hierher auf den Weg macht. Für den Rücktransport müssen wir uns etwas überlegen, aber das findet sich. Sofern du schnell genug bist, Kira, weiß niemand, dass du überhaupt fort warst und erst recht nicht, dass der Stein Catron mit Jabin verlässt.«

»Ich bekomme Bauchweh, wenn ich daran denke, was geschehen ist, nachdem sich Kira das letzte Mal alleine nach Catron transportiert hat«, stieß Skjaldan gepresst hervor. »Ich kenne diesen Jabin nicht und eine so überaus wichtige Mission in seine Hände zu legen, fällt mir nicht leicht.«

»Ich vertraue Jabin!« Kira lächelte Shadar zu. »Doch er sollte nicht alleine gehen. Das ist zu gefährlich. Aber wer könnte ihn begleiten?«

Es war in der Tat ungünstig, dass sich so viele Magier der Schule bereits am Hof befanden: Mahir, Sunnaras, er selbst und nun auch Eluana. Wenn jemand von ihnen nach Catron zurücktransportierte und sich kurz darauf erneut auf den anstrengenden Weg zum Hof machte, wäre das fürwahr verdächtig. »Es gibt durchaus noch mehr Magier in Catron, die man mit einer wichtigen Aufgabe betrauen kann.«

»Dann sag mir: wen? Mir fallen da außer Eylas Eldin nur noch eure Schüler ein.«

Shadar grinste. Mit ihrer provozierenden Bemerkung hatte Kira ihn auf eine Idee gebracht, die kaum Verdacht erregen, sondern, ganz im Gegenteil, sogar erklären würde, weshalb Jabin nicht einfach an den Hof transportierte. »Jabin sollte tatsächlich Schüler mitnehmen. Es ist üblich, dass sie nach einigen Jahren ihre Aufwartung am Hof machen – und welcher Zeitpunkt wäre passender als jener, da auch die Mlyss d'Eartha hier weilt und sich der Hof offen auf ihre Seite gestellt hat?«

Eluana lachte leise auf. »Ja, das würde zugleich zeigen, dass sich die Schule mit dem Hof versöhnt hat. Eine nette Geste.«

»Verstehe ich das richtig? Du willst einem der Ratsmagier in Begleitung einer gewissen Anzahl von Schülern den Stein der Dunkelheit anvertrauen?«, hakte Skjaldan entgeistert nach.

»Jabin unterrichtet Kampfmagie und wird passend auswählen. Zudem werden es sich einige Lehrer nicht nehmen lassen, ihre Schüler zu begleiten. Catron besteht, ebenso wenig wie Quo, nicht nur aus dem Rat. Des Weiteren werde ich Jabin bitten, auch Mael Damar mitzubringen.«

»Den Bibliothekar?«, rief Kira überrascht aus, während nahezu gleichzeitig von Skjaldan ein deftiger Fluch zu hören war. »Damar? Damar Ahren Siol? Er ist euer Bibliothekar?«

»Auf eigenen Wunsch.« Jetzt grinste Shadar noch breiter. »Was natürlich nicht heißt, dass er aufgehört hätte zu trainieren. Wenn du dich ihm also noch einmal im Ringkampf stellen willst – nur zu.«

»Worauf du dich verlassen kannst!«

Kael verdrehte die Augen. »Shadar, sofern Ihr Euren Plan für machbar haltet, sollten wir jetzt handeln, denn Kira wird sich tatsächlich noch baden müssen, wenn wir den Amyr nicht beschämen wollen. Schließlich ist das seine Ausrede.«

## Leandar

*»Die Wirklichkeit verrät das Ideal, nach dem ich gestrebt habe.«*
*Leandar von Quo, Wüste südlich von Kherra-Des, Aidris*

»Hier entlang, Mael.«

Ein weiterer dunkler Gang, der an einem Vorhang endete. Leandar unterdrückte ein Seufzen. Sein Führer würde ihn weder bei einer Unachtsamkeit noch bei einer Schwäche ertappen. Beides konnte tödlich enden.

Vielleicht wäre es besser, hier zu sterben, als alles bis zum Ende zu erleben ...

Auch dieser Gedanke verschwand so schnell, wie er gekommen war. So etwas geschah mit falschen Ideen, denn es gab anderes, worauf Leandar sich konzentrieren musste. Er wurde gebraucht. Beinahe hätte er bei seinem letzten Gedanken laut gelacht. *Wer braucht mich seit diesem fatalen Fehler wirklich? Es ist geschehen und nicht mehr rückgängig zu machen.* Wie hatte er so dumm sein können? *Ich habe mein Gleichgewicht verloren! Ich wollte stark sein und habe doch nur meine Schwäche im vollen Ausmaß erleben müssen. Anstatt Gefühle aus mir zu verbannen, hätte ich lernen sollen, sie zu beherrschen. Moanir hat mir genau das gesagt und ich konnte die Wahrheit nicht erkennen. Anstatt Reinheit für die Quelle der Kraft zu halten, hätte ich nach Ausgleich streben müssen. Gleichgewicht! Jetzt kann ich nur noch tun, was man mir erlaubt. Selbst Kira, die von Magie so gut wie nichts versteht, war klug genug, keine Gefühle in ihren Anker zu geben. Sie kann nur über ihr Versprechen beherrscht werden, mir hingegen bleibt nicht einmal mehr die Kontrolle über mein Handeln und Denken.«*

Der Vorhang wurde beiseitegeschoben und Leandar in den dahinter liegenden Raum geleitet, der immerhin mit seiner Helligkeit die Finsternis des Ganges ablöste.

*Endlich Licht! Licht und Dunkel, Gleichgewicht.*

»Wenn Ihr hier warten würdet, Mael?«

Leandar nickte knapp. Müdigkeit wallte in ihm auf, und als er an eines der Fenster trat, durch die, trotz der Holzeinsätze, glühend heiße Luft drang, verriet ihm der Sonnenstand auch den Grund. *Es ist nicht das erste Mal, dass ich eine Nacht durchwache und ich bin auch nicht das erste Mal in einer heiklen Mission unterwegs.*

Wo immer das Anwesen stand, es besaß keine attraktive Aussicht. Vor ihm erstreckten sich Sand, Steinbrocken und Felsen, durchlöchert wie ein andoraner Naal-Käse. Hier gab es nichts, was zum Bleiben reizte.

Durch das Labyrinth würde ihm niemand folgen können – was gut war. Trotzdem blieb das nagende Gefühl in seinem Hinterkopf, dass er wollte, dass man ihn fand. Unwillkürlich stieß Leandar ein leises Schnauben aus. *Ich bin zu müde und mittlerweile zu alt für solche Dinge. Der Einzige, vor dem man mich retten muss, bin ich selbst!*

Schritte von Ledersohlen auf Stein rissen ihn aus seinen Überlegungen.

»Gran Mael! Es ist eine Freude, Euch zu sehen.«

»Ich habe mein Amt niedergelegt und das weißt du!«

Leandar gelang es nur mit Mühe, nicht überrascht aufzusehen. Ohne sich umwenden zu müssen, wusste er, wer den Raum betreten hatte. Die Stimme des Mannes war unverkennbar, wenngleich er ihn hier ganz sicher nicht erwartet hatte. Eleon war ihm immer ein wertvoller Spion in Aidris gewesen und mehr als einmal hatte er Quo mit wichtigen Informationen versorgt.

»Ja, ich hörte davon.« Dem Geräusch nach hatte sein Besucher sich auf einem der Sitzkissen niedergelassen. »Wollt Ihr Euch nicht zu mir setzen? Ihr müsst müde sein. Womöglich habt Ihr Fragen?«

Erneut hätte Leandar beinahe gelacht. *Fragen! Ja, zum Beispiel die, was du hier tust. Ich habe dich kennengelernt, weit bevor ich anfing, Fehler zu machen. Aber es ist wohl so, dass Spione mitunter für zwei Seiten arbeiten.* Doch anzusprechen, was sein Gegenüber so offensichtlich erwartete, war sinnlos. Sie beide wussten, dass Eleon nicht der Mann war, den Leandar treffen musste.

»Ich bin in der Tat müde, also wenn es etwas gibt, das ich wissen sollte, sprich.«

»Ich zumindest freue mich, dass Ihr hier seid, Mael.«

Überrascht registrierte Leandar, dass der andere dies aufrichtig meinte.

»Da Ihr müde seid, Mael, will ich Euch auch nicht länger aufhalten. Ihr seid nur hier, damit Ihr ausruhen könnt, um zu dem Ort aufzubrechen, an dem Ihr erwartet werdet. Ich fürchte, das wird bereits heute Nacht sein, also ist es sicher besser, ich quäle Euch nicht mit Nichtigkeiten. Etwas zu Essen würde Euch jedoch ohne Zweifel guttun.«

Eleon deutete auf die Platte mit Gebäck, die vor ihm auf einem Tischchen stand.

Der Mann hatte recht, musste Leandar sich eingestehen, so wenig ihm das auch gefallen mochte. Eine Mahlzeit konnte er genauso gut gebrauchen wie Schlaf.

Die Teilchen schmeckten würzig und ein wenig scharf. Eleon lächelte, als er ihm den Krug mit Wasser reichte.

»Ich erinnere mich noch gut an den Tag, als wir uns kennenlernten. Ihr wolltet damals bereits die Welt verändern, Mael, und ich konnte nicht anders, als Eure Zielstrebigkeit zu bewundern ...«

Leandar legte das Gebäckstück aus der Hand. Ihm war der Appetit vergangen. »Du solltest jemand anderen als dein Vorbild wählen. Ich habe, bei den Göttern, in meinem Leben zu viele Fehler gemacht, um mich dafür zu qualifizieren.«

Er erhob sich und Eleon tat es ihm nach. »Erlaubt mir trotzdem noch ein Wort, Mael.«

Der Mann konnte keine Ruhe geben. Ergeben senkte Leandar zustimmend sein Haupt.

»Ihr mögt Fehler gemacht haben, Mael, doch jetzt seid Ihr derjenige, der uns zum Sieg verhelfen wird. Jetzt steht Ihr auf der richtigen Seite und nur das ist es, was zählt.«

# Kira

*»Skjaldan hat einmal gesagt:*
*Wer sich auf dünnem Eis bewegen will, muss schnell genug sein.«*
*Kira Sanders, Catron, Aidris*

Jabin hatte den Ritualturm als Ankunftsort für ihren Transport ausgewählt und war allein, als sie auftauchte.

Kira reichte ihm zur Begrüßung die Hände. »Danke, dass Ihr mir helft, Mael Jabin!«

Shadar hatte den Magier bereits über ihren Plan informiert, also gab es nicht mehr viel zu reden. Unwillkürlich glitt ihr Blick zu der Tür, hinter der der dunkle Stein wartete. Als sie den Angriff fühlte, fuhr sie erschrocken zusammen und sprang ein Stück zurück, während sie ihren Schild verstärkte.

Jabin schenkte ihr ein breites Lächeln. »Gut, das scheint inzwischen zu funktionieren. Dir ist bewusst, dass du dort drinnen«, er deutete auf die Tür, »einen sehr starken inneren Schild benötigen wirst, damit Laon dei Savren dich nicht bemerkt?«

»Ja!« Shadar hatte ihr das sehr deutlich zu verstehen gegeben und zusätzlich darauf bestanden, dass sie auch ihren speziellen äußeren Schild, der ihre Anwesenheit verschleierte, nutzte. *»Wenn dein Vorgänger bemerkt, dass sich jemand bei dem Stein aufhält, wird er wissen, um wen es sich handelt – innerer Schild oder nicht.«*

»Würdet Ihr es noch einmal testen, Mael?«

Jabin nickte knapp und griff sie jetzt deutlich stärker an. Dann fühlte sie, wie sein Geist ihren Schild abtastete. »Wüsste ich nicht, dass du vor mir stehst, würde ich nicht annehmen, dass sich außer mir jemand im Raum befindet. Halte das bitte während deines gesamten Aufenthaltes hier aufrecht. Ich bin der Einzige, der weiß, dass wir neben den Schülern auch den Stein nach Kherra-Des bringen – und dabei soll es bleiben.«

So gerne sie sich weiter mit Jabin unterhalten hätte, die Zeit drängte.

Die Kraft des Steins war deutlich wahrnehmbar, sobald sie die Tür geöffnet hatte. Schon während sie durch den schmalen Spalt in die dahinterliegende Dunkelheit schlüpfte bemerkte Kira, wie die Magie an ihrem Schild abglitt und um sie herum floss. Dem magischen Druck standzuhalten war anstrengend, und bereits nach wenigen Schritten bildeten sich kleine Schweißperlen auf ihrer Stirn. *Dabei berühre ich den Stein noch gar nicht. Aber wenn ich nicht riskieren will, dass mir gleich die Energie für den Rücktransport fehlt, sollte ich mich beeilen. Ansonsten habe ich ein echtes Problem. Ein größeres, als lediglich meine magische Erschöpfung nach einem entspannenden Bad erklären zu müssen.* Durch die Präsenz des Steines geleitet legte sie die letzten Schritte zu jenem Podest zurück, auf dem dieser ruhte und zog den Schild um ihren Körper zusammen. Prompt intensivierte sich der energetische Ansturm. Was jedoch ausblieb, war das Tasten nach ihrem Geist, das sie sonst in der Gegenwart der Steine immer gefühlt hatte. Hieß das, dass ihr äußerer Schild seine Aufgabe erfüllte, oder dass Laon dei Savren sie lediglich in diesem Glauben lassen wollte?

Nach einem tiefen Atemzug, mit dem sie alle Konzentration auf das Bevorstehende lenkte, griff Kira nach dem dunklen Stein, hob ihn vorsichtig von seinem Sockel, legte ihn behutsam in das mitgeführte Kästchen und schloss anschließend sorgfältig den Deckel. Erst als die Kraft, die ihren Schild bedrängte, damit vollkommen erloschen war, entließ sie erleichtert die bis dahin angehaltene Luft. Ein wenig schwankend tastete sie sich mit der Schatulle unter dem Arm durch die Dunkelheit zurück in Richtung Tür.

Jabin griff nach ihrem Arm, um sie zu stützen, als sie aus der Tür trat. »Wirst du transportieren können?«

»Ich habe keine Alternative«, antwortete Kira mit zusammengepressten Zähnen. Hoffentlich hatte Mahir etwas gegen die Kopfschmerzen, die sie bei ihrer Ankunft im Palast sicher quälen würden.

»Danke, Jabin, dass Ihr diese Reise auf Euch nehmt. Ich hoffe, Ihr geratet nicht in Schwierigkeiten.«

»Der Hof ist gefährlicher, als der Weg dorthin, Kira, vergiss das nicht. Gib dich nicht der Illusion hin, mit dem Verbot der Ethialla gäbe es dort keine Sympathisanten mehr. Jemand hat Leandar von

Quo geholfen, den Palast zu verlassen, und die beiden Magier auf Akifs Anwesen handelten beauftragt. Sie sind am Hof angestellt und kehren möglicherweise dorthin zurück.« Um seinen Worten noch eine Nuance mehr an Bedeutung zu verleihen, fügte er mit ernster Miene hinzu: »Seid vorsichtig! Ihr bewegt Euch auf Treibsand, Mlyss d'Eartha!«

»Ich habe Shadar und Skjaldan an meiner Seite, auch Kael. Sie werden auf mich achten.«

Diese Erwiderung zauberte ein Lächeln auf seine Züge. »Ja, Shadar hält überraschend viel von diesen beiden Magiern aus Quo. Genug, um mich neugierig zu machen. Aber jetzt brich bitte auf! Wir können reden, wenn ich in Kherra-Des angekommen bin.«

Kira nickte bestätigend und kontaktierte Skjaldan.

»Das wurde auch langsam Zeit!«, begrüßte er sie ungeduldig. »Die Magier, die Sunnaras ausgewählt hat, um Akifs Anwesen zu untersuchen, warten auf ihr Signal für den Transport.«

»Sag mir, wann.«

Kira wartete schweigend, während sich Skjaldan mit Sunnaras im Austausch befand. Jabin hatte recht. Die Zusammenarbeit zwischen den Magiern Quos und denen aus Catron war auf eine Weise enger geworden, wie es vor einigen Monaten noch undenkbar gewesen wäre.

»Träum nicht, es ist so weit!«

Sofort konzentrierte sie sich auf das Bild, das Skjaldan ihr gab, dann auf den Transport – und atmete befreit auf, als sie in seine Augen blickte.

»Du bist erschöpft!«, stellte er fest und zog sie an sich, um ihr Halt zu geben.

»Es wird gehen. Wie viel Zeit haben wir noch?«

»Aki hat dafür gesorgt, dass in deinen Räumlichkeiten ein Bad gerichtet wurde, als wir damit begonnen haben, Shadar zu untersuchen. Deiner Dienerin haben wir frei gegeben. Sie weiß also nichts. Die Zeit wird reichen, um einmal kurz in den Zuber zu steigen. Du musst dich selbst waschen, aber das dürfte ja kein Problem sein.«

»Ganz sicher nicht! Wo sind die anderen?«

»Aki steht mit seinen Leuten vor deinen Räumen. Der Amyr wartet im Vorraum zu deinem Ankleidezimmer. Dorthin kommt auch deine Dienerin, um dir das Haar zu richten. Shadar und Kael frühstücken in irgendeinem Saal, der für Besucher der Residenz vorgesehen ist. Sie wollten sich mit Sunnaras und einer mehr oder weniger wichtigen Person dieses Hofes treffen. Elmaryn hilft Mahir bei der Betreuung der Nuri. Dorthin werde ich auch gleich verschwinden, sofern du mich nicht brauchst.«

»Mir wäre es lieber, ich könnte Mahir helfen, während du diese Gespräche absolvierst.«

Skjaldan lachte leise auf und schob Kira in Richtung des Durchgangs zu ihrem Zimmer. »Glaub mir, das wäre es nicht. Du willst doch Unterstützung und keinen Krieg, oder? Es gibt dermaßen viele Höflichkeitsregeln in Aidris, dass sich mindestens eine Person tödlich beleidigt fühlen würde, noch bevor wir den ersten Becher zusammen geleert hätten. Dir sieht man so etwas sicher nach, da du aus einer anderen Welt kommst. Von mir hingegen erwartet hier jeder, dass ich mich auskenne.«

»Dann hoffe ich mal, dass dem so ist«, gab Kira resigniert zurück und verschwand in ihrer Stube.

Beim Anblick der Wanne verzog sich ihr Gesicht zu einem Lächeln. Mit einem Zuber hatte das aus Kupfer getriebene Becken, das kunstfertig mit goldfarbenen Einlegearbeiten verziert war, wenig gemeinsam. Das Bukett des ins Wasser gegebenen Öls hatte sich im Raum verbreitet, weitere Fläschchen und Seifen befanden sich auf einem zierlichen Tischchen in Griffweite. *Schade, dass mir keine Zeit bleibt, das Arrangement gebührend auszukosten.* Rasch schlüpfte sie aus ihrer Robe und stieg ins Wasser. Inzwischen war es natürlich kühl, doch bei den Temperaturen in Aidris ließ sich das verschmerzen. Kira tauchte kurz unter und griff dann nach der Seife. Ein zarter Duft, der sie an Orangen erinnerte, entfaltete sich, als sie ihre Haare damit einrieb und dann ihren gesamten Körper mit einer weichen Bürste bearbeitete. Ein letztes Untertauchen, dann war schon alles vorbei.

Bedauernd entstieg sie der Wanne und griff nach einem der bereitliegenden Leintücher. Dabei streifte ihr Blick ein sorgsam arrangiertes Kleiderbündel, das auf einem Kissen platziert neben der Wanne lag.

Ein zusammengerolltes Stück Pergament lag darauf. ›Betrachtet diese Kleider als Geschenk, Mlyss. Es ist nichts Besonderes, wird dem heutigen Anlass jedoch gerecht. RS.‹

Rayhan Samir? Wahrscheinlich hat er sich etwas dabei gedacht, mich passend auszustatten, also ist es wohl besser, ich trage, was immer er mir bereitgelegt hat. Hoffentlich ist es kein unpraktisches Kleid.

Als sie die Kleidungsstücke ausschüttelte, war sie positiv überrascht. Weite, bauschige Hosen aus einem fließenden Material und eine Art Kleid, das vorne und hinten, sowie an den Seiten, bis zur Hüfte geschlitzt war. Der silbrig-graue Stoff, wirkte unglaublich leicht und changierte, je nachdem, wie das Licht darauf fiel, von tiefschwarz bis fast weiß. Daneben stand ein Kästchen mit beinahe durchsichtigen Steinen auf seltsamen Spiralen aus silbernem Draht. Hatte Skjaldan nicht gesagt, ihre Dienerin käme ins Ankleidezimmer? Sie würde wissen, wofür sie das verwenden sollte.

Die patente Frau wusste es in der Tat und nach kurzer Zeit waren alle Spiralen in der komplizierten Frisur verschwunden, zu der sie ihre Haare verwandelte. Kira pfiff anerkennend, als sie sich in dem Spiegel betrachtete, den Andra ihr hinhielt. Die noch nassen Strähnen glänzten und die hellen Steine darauf schimmerten wie Wassertropfen. Zusammen mit den Kleidern wirkte es sehr schlicht und trotzdem ungemein edel. *Jetzt muss ich mich nur noch entsprechend benehmen.*

»Wunderschön, was Ihr mit den Haaren angestellt habt«, lobte Kira Andra strahlend, die höflich den Kopf neigte.

»Darf ich Euch einen Vorschlag unterbreiten, Mlyss?«

»Natürlich!«, erwiderte sie überrascht.

»Dann möchte ich Euch raten, beim nächsten Besuch Eures Bades einen Barbier kommen zu lassen. Er kann alles auf dieselbe Länge bringen, was es erleichtert, auch andere Frisuren zu kreieren als geflochtene Zöpfe.«

Unwillkürlich griff sich Kira an den Kopf. Seit Shadar sie vor der Überfahrt nach Andoran eher unprofessionell mit seinem Messer auf Schulterlänge gekürzt hatte, waren ihre Haare zwar wieder ein wenig nachgewachsen, doch wirkten sie bei genauerer Betrachtung immer noch recht struppig, wenn sie sie nicht irgendwie hochsteckte.

»Das ist eine hervorragende Idee!«, bestätigte sie lächelnd, ehe sie sich zur Tür umwandte. »Ich denke, jetzt bin ich bereit für alles, was da kommen mag.«

## Leandar

*»Es grenzt schon an Ironie, dass die einzige Chance, irgendetwas zu bewirken, darin liegt, nicht ich selbst zu sein.«*
*Leandar von Quo, nahe der Grenze zu Kherravar, Aidris*

Seine Begleiter wurden langsamer und Leandar richtete sich im Sattel ein wenig auf, um den Grund dafür zu herauszufinden. Außer struppigen Büschen und vereinzelten, gelb verdorrten Grasbüscheln war jedoch nichts zu sehen. Immerhin gab es hier wieder Spuren von Vegetation – eine Erleichterung nach dem heißen, ewig staubenden Sand der Wüste.

»Es wird erforderlich sein, dass Ihr dies trinkt, Mael.« Der Führer ihrer kleinen Schar reichte ihm ein mit Wachs verschlossenes Tonfläschchen.

Leandar löste das Siegel und roch an der Flüssigkeit. Angewidert verzog er sein Gesicht, als ihm der Geruch mit Honig vermischter, leicht vergorener Milch in die Nase stieg.

»So etwas trinke ich nicht!«

»Ihr solltet es besser tun, da wir in ein Gebiet reiten, in dem es Kontrollen durch die Wüstenreiter gibt. Magier erregen in besonderem Maß ihre Aufmerksamkeit. Stellen sie Euer Talent fest, Mael, werden sie uns anhalten und befragen.«

*Das wäre eine Chance entdeckt zu werden,* zuckte es durch Leandars Gedanken, ehe ihn ein beinahe irreales Gefühl der Distanz überkam, und er sich kurz darauf selbst beobachtete, wie er das Fläschchen ansetzte und leerte.

Im selben Augenblick, da er sich der durch seine Ablehnung eher zufällig hergestellten, geistigen Entfernung zu seinem Körper bewusst wurde, erkannte er, dass ihm in diesem Zustand eigenes, nicht über den Anker kontrolliertes Denken möglich war – etwas, das ihm seit dem Angriff der Dunklen in der Festung Drawahr versagt geblieben war.

Der Anker war ihm in dem Moment bewusst geworden, als ihm klar wurde, dass die Kraft seiner Gefühle, jener Teil seiner Persönlichkeit, den er abgelegt hatte, weil er ihn nicht mehr ertrug, diese Wesen speiste. Just als ihm klar wurde, auf welche Weise er mit den Dunklen verbunden war, hatte Laon dei Savren seinen Anspruch geltend gemacht: den Anker zu ihm und damit die Kontrolle über seine Gefühle und sein Denken. Hätte Kira es in jenem Augenblick nicht geschafft, ihn unter ihrem Schild zu schützen, hätte er die Berührung der Dunklen begrüßt, damit sie seinen Geist in die Zwischenwelt trugen, um Laon dei Savren seinen Körper zu überlassen. Ob Kira wusste, wie knapp sie damals dem Tod entgangen war? Wenn Laon dei Savren in dieser Nacht die Rückkehr gelungen wäre, hätte er sie keine Kerzenlänge am Leben gelassen – und die anderen ebenfalls nicht. So war es ihm lediglich gelungen, die Verbindung zu festigen, den Anker, dem er, Leandar, nicht entfliehen konnte, da ihm jegliche Form des Aufbegehrens entrissen worden war. Jetzt allerdings, in diesem merkwürdigen Zustand der Losgelöstheit, mit seinen Gedanken außerhalb seines Körpers, konnte er frei denken.

Leandar sammelte sich. Er musste herausfinden, wie er diesen Zustand bewusst herbeiführen konnte, um sich das letzte bisschen Freiheit zu bewahren, das ihm blieb. Nur dann hätte er womöglich den Hauch einer Chance, noch etwas auszurichten. Zu seinem Entsetzen schwand der Effekt jedoch, sobald er gezielt seinen Fokus darauf richtete, beinahe, als hindere ihn sein Bestreben selbst, das Ziel zu erreichen. Zudem bemerkte er zunehmend die Wirkung des Gebräus, das er hatte schlucken müssen.

Während seine schwindende Konzentration seinen Geist unaufhaltsam wieder in den Körper zurückzog, ließ Leandar das Pferd den anderen durch die niedrigen Büsche folgen.

# Elmaryn

*»Die Ethialla mag in Aidris verboten worden sein.*
*Am Hof ist sie noch sehr präsent.«*
*Elmaryn von Savraney, Residenz des Khalids, Kherra-Des, Aidris*

Die Gauklertruppe erwies sich als eine sehr angenehme Gesellschaft. Vor allem ihr Oberhaupt, Quent, entpuppte sich als intelligente und zuverlässige Quelle bezüglich der Verhältnisse in Aidris. Im Grunde war Elmaryns Anwesenheit in deren Zimmer kaum noch erforderlich, da sich alle inzwischen weitgehend erholt hatten – was verständlicherweise allmählich zu Überlegungen führte, wann es ihnen möglich sein würde, den Palast zu verlassen, um ihre übliche Tätigkeit wieder aufzunehmen. Mit ihm wagten sie, etwas freier zu sprechen, als in Kiras Anwesenheit oder der des Amyrs und er konnte gut verstehen, wie das Mädchen sich mit der Truppe hatte anfreunden können.

Im Moment saß er in dem kleinen Garten unter den Fenstern und sah Les zu, der mit einer Hand drei Orangen jonglierte, während er mit der anderen versuchte, der kichernden Magd, die ihn zu dieser privaten Vorstellung überredet hatte, über die Wange zu streichen. Auf Quents Drängen hin hatte Elmaryn ihn zu dem Stelldichein begleitet, sich jedoch ein wenig von dem Nurijungen entfernt. Wie streng die Sitten, was amouröse Abenteuer betraf, in Aidris waren, wusste der Barde nicht, den Versuch eines raschen Kusses schienen sie hingegen nicht zu verbieten.

»Eine Schande ist das! Dieser kleine Parasit vergnügt sich mit dem Personal! Ich hätte nicht übel Lust, den ach so geschätzten Freunden unserer Mlyss d'Eartha ein Gift ins Essen zu mischen, das tatsächlich wirkt!«

Die Stimme war leise und erklang eindeutig aus dem Fenster, unter dem er saß. Der Sprecher hatte ihn offensichtlich noch nicht bemerkt.

»Der Junge genießt das Gastrecht, das Euer Bruder ausgesprochen hat, Nahen Amyr«, vernahm Elmaryn nun eine zweite Stimme, dunkler und tragender als die Erste. Da sie den ersten Redner mit ›Amyr‹ betitelt hatte, musste einer der Söhne des Khalid dort stehen.

»Er hält den Kurs der Mlyss für richtig und hilft dieser Frau, die ihre Haut dabei riskiert, eine Hand voll Nuri zu retten, anstatt meinen Vater einfach machen zu lassen. Wenn Kira Sanders in ihrer Position jeden als Freund bezeichnet, der ihr einmal geholfen hat, und ihr Leben für sie riskiert, wird sie nicht lange an der Macht bleiben.«

*Aber mit Laon dei Savren rechnet sich der Mann bessere Chancen aus?* Elmaryn fröstelte.

»Doch das Mädchen ist unwichtig«, fuhr der Amyr fort. »Sie ist ein Spielstein zwischen Catron und Quo, ohne einen eigenen Willen. Ich wette, Shadar von Catron und dieser Kael geben sich lediglich mit ihr ab, um ihren Einfluss geltend zu machen. Trotzdem hätte ich nicht übel Lust, ihr klar zu machen, wer tatsächlich die Fäden zieht. Sie mag meinen, jemanden retten zu können, doch wenn sich das als Illusion erweist, wird es das bisschen Selbstbewusstsein, dass man bisher in sie hinein trainiert hat, ordentlich erschüttern.«

»Ich war anwesend, als Euer Bruder vor dem Khalid berichtete, Nahen Amyr«, ertönte abermals die dunklere Stimme. »Er erwähnte die Labilität, die Mael Rafeh erkannt haben will, mit keiner Silbe, sondern beschreibt die Mlyss d'Eartha auf gänzlich andere Weise.«

»Natürlich tut er das«, zischte der erste Sprecher erneut. »Mein Bruder begehrt meinen Platz! Deshalb muss er das Mädchen bei meinem Vater schönreden, damit auch der ihre Marschrichtung anerkennt.«

Die letzten Worte drangen schon leiser an Elmaryns Ohren, was darauf schließen ließ, dass sich die Männer entfernten. Schwankend zwischen Erleichterung und Bedauern wagte der Barde endlich einen normalen Atemzug. Jedoch erst, als die beiden gänzlich außer Hörweite waren, kam Bewegung in ihn.

Mahir musste von diesem Gespräch erfahren! Auch Kira musste er informieren, denn falls Rayhan Samirs Bruder seine Androhung wahrmachen würde …

## Kira

*»Kann ich mich nach diesem Tag noch selber im Spiegel ansehen,*
*ohne mich zu hassen?«*
*Kira Sanders, Kherra-Des, Aidris*

Kaels Gesicht war keine Regung anzusehen, als er neben ihr und Shadar die Stufen des Podestes hinaufstieg, das man für die Ehrengäste vorgesehen hatte. Der Khalid, als die höchstgestellte Person, befand sich bereits dort, ebenso seine Söhne und zwei seiner Berater.

*Alle fünf kennen Akif. Ob sie wohl mit ihm befreundet waren? Wenn ja, bereuen sie es – oder werden sie ihm nachtrauern? Wer am Hof war noch mit ihm befreundet und wo sind diese Personen jetzt?*, schoss es Kira durch den Kopf.

Als Rayhan Samir ihr aufmunternd zunickte, bemühte sie sich um ein Lächeln – was ihr indessen schlecht gelang. *Ich bin hier als Ehrengast einer Hinrichtung, die ich nicht gutheiße, aber dennoch nicht verhindern kann, wenngleich ich dem Herrscher dieses Landes formal gleichgestellt bin.*

Der Khalid erhob sich von seinem Kissen und reichte ihr die Hände, während sich Kael und Shadar in der traditionellen Begrüßung auf den Boden warfen.

*Trotzdem hat es etwas von doppelter Moral, zu meiner Entschuldigung nur vorbringen zu können, dass ich die Unterstützung eben dieses Herrschers dringend für meine eigenen Pläne benötige.*

Nachdem die beiden Magier sich mit der Erlaubnis des Khalids wieder erhoben hatten, führten Diener sie zu ihren Kissen. Kira hielt ihren Blick starr auf den Boden gerichtet, denn sie benötigte ihre gesamte Konzentration dafür, sich nicht zu übergeben.

Kaum, dass sie Platz genommen hatte, berührte jemand ihren Arm. *Rayhan Samir?* Sie sah auf – und direkt in die Augen seines Bruders, Amyr Rami Khadin. *Er ist derjenige, den Elmaryn über die Nuri hat sprechen hören.*

»Das hier ist sicherlich ein großes Ereignis für Euch, Mlyss d'Eartha. Genießt Ihr Euren Triumph über die Ethialla?«

*Triumph über die Ethialla?* »Einen Triumpf kann man das nicht nennen. Dafür gibt es zu viele weit bedeutendere Mitglieder, die noch am Leben sind, Nahen Amyr.« *Insbesondere Laon dei Savren!*

»Und sicher wollt Ihr alle tot sehen?«

Etwas im Ton des Amyrs jagte ihr eine Gänsehaut über den Rücken. War Rami Khadin womöglich selbst ein Mitglied? Weshalb hatte der Amyr sie angesprochen? Was wusste er über sie?

»Ich bin kein Freund von Hinrichtungen, Nahen Amyr, und es ist kein Geheimnis, dass ich es vorziehe, Andersdenkende von meiner Meinung zu überzeugen, anstatt sie zu töten.«

Ihr Gegenüber lachte leise. »Dann ist es kein Gerücht, dass Ihr überlegt habt, dies hier zu verhindern? Was hat Euch davon abgehalten?«

*Dieser Mann hat laut Elmaryn mit einem zweiten über die Nuri gesprochen. Also weiß er von ihnen. Standen die Magier auf Akifs Anwesen eventuell sogar in seinem Dienst?*

»Akif hat versucht, mich über meine Freunde zu erpressen.«

Das hier war kein Gespräch, das Kira führen wollte. Zum Glück gab ihr eine kleinere Unruhe am Rand des Platzes die Gelegenheit, sich von Rami Khadin abzuwenden, ohne unhöflich zu wirken.

Rayhan Samir lehnte sich zu ihr herüber und reichte ihr eine Schale mit Datteln. Seine Stimme war so leise, dass Kira sich anstrengen musste, ihn zu verstehen. »Seid auf der Hut vor meinem Bruder,« flüsterte er, als Kira eine Frucht nahm. »Seine Sympathien in diesem Spiel liegen bei Akif.«

*Dann hatten er und ich ein gemeinsames Ziel, was die Verhinderung der Hinrichtung betrifft. Meine Fürsprache hat sich Akif allerdings durch seine Drohung gegen die Nuri selbst zunichte gemacht.*

»Ist Euch bekannt, Mlyss, dass Akif Sedell Ahnret hier eine letzte Chance gegeben wird, um Gnade zu ersuchen?« Rami Khadin erwähnte diese Option beinahe beiläufig, wobei der Anflug eines Lächelns seine Mundwinkel umspielte. »Würdet Ihr ihn begnadigen, wenn er bittet, Mlyss? Sofern Ihr für ihn sprecht, Mlyss, wird mein Vater kaum anders können, als Eurem Ansinnen stattzugeben.«

*Und es mir als Schwäche auslegen. Was das betrifft, war Rayhan Samir sehr deutlich. Es wäre ein Punkt für die Ethialla.*

»Hat Euch mein Bruder das nicht erklärt?«, fuhr Rami Khadin mit unschuldiger Miene fort.

Das etwaige Gnadengesuch hatte Rayhan Samir in der Tat nicht erwähnt, doch das war nicht der Punkt. »Ich bin nicht diejenige, die hier Gnade gewähren könnte«, antwortete Kira bestimmter, als ihr zumute war. »Wäre Akifs Verhalten im Vorfeld ein anderes gewesen, hätte ich es gegebenenfalls getan. So allerdings ist es mir unmöglich.«

Rami Khadin setzte zu einer Erwiderung an, doch in diesem Moment teilte sich die Menge und Akif wurde auf ein zweites Podest geführt.

Kira presste sie die Zähne zusammen und schluckte krampfhaft, um den abermals einsetzenden Würgereiz zu unterdrücken. *Akif wird mit dem Schwert gerichtet, hat Shadar gesagt. Bedeutet das, dass man ihm den Kopf abschlägt? Oh Gott, ich will das nicht sehen!* Rasch wandte sie den Blick ab.

Erneut spürte sie eine Hand auf ihrer Schulter. Diesmal war es Shadars.

Er beugte sich zu ihr hinüber und sprach leise in ihr Ohr. »Schaffst du es oder soll ich übernehmen?«

»Was übernehmen?« Kira sah ihren Lehrer irritiert an. »Mein Bewusstsein, damit ich nicht in Panik ausbreche?«

»Ich dachte eher an dein Gespräch mit dem Amyr. Bisher hast du dich leidlich geschlagen, aber ich denke, wenn es jetzt dort unten losgeht, brauchst du eine Ablenkung.«

»Ja bitte! Ich kämpfe ohnehin bereits die ganze Zeit mit meiner Übelkeit. Erwartet man von mir, dass ich hinsehe?«

»Nein. Lass es, wenn du es vermeiden kannst!«

Kira war dem Mann, der nun Akifs Taten verlas, beinahe dankbar, denn er enthob sie weiterer Erwiderungen.

»… Zugehörigkeit zu einer verbotenen Gruppierung und damit Verschwörung gegen das Land …«

»Die Ethialla war nicht verboten, als Akif dort Mitglied wurde.«

»Man hat ihm die Gelegenheit gegeben, sich von ihr loszusagen und einem Magier Catrons oder des Hofes Einsicht in seine Gedanken zu gewähren, um weiteres Wissen über die Vereinigung zu sammeln. Er hat abgelehnt.«

Erst aufgrund von Shadars Kommentar wurde Kira bewusst, dass sie ihren Gedanken ausgesprochen hatte. »Woher weißt du das?«, fragte sie überrascht.

»Sunnaras war bei den Gesprächen anwesend.«

»Waren die beiden nicht befreundet?«

»Ja, sie kannten sich gut«, bestätigte Shadar knapp.

*Oh Mist!* Mitleid legte sich auf Kiras Züge. Das musste furchtbar für den Führer von Catrons Rat gewesen sein.

Als die Anklage verlesen war und die Stimme des Lesers verstummte, sah Kira unwillkürlich zu Akif hinunter. Obwohl er gleichfalls in ihre Richtung schaute, trafen sich ihre Blicke nicht, denn seiner war nicht auf sie, sondern knapp an ihr vorbei auf Rami Khadin gerichtet. Las sie Hoffnung in seinen Augen? Der Amyr bewegte leicht seine Hand, eine knappe, verneinende Geste, und für einen Moment lag der Ausdruck nackter Verzweiflung auf Akifs Gesicht.

*Was war das? Hat der Amyr ihm mit dieser Geste gerade mitgeteilt, dass sich eine Bitte um Gnade nicht lohnt? Aber ... das würde eine Absprache voraussetzen.*

»Ich sehe an deiner Miene, dass du diesen Austausch verstanden hast. Die Tatsache, dass Rami Khadin es nicht besser vor dir versteckt hat, bedeutet, dass er sich keine Sorgen machen muss. Darum ... erwähne deine Beobachtung nirgendwo, auch nicht, wenn du selbst darauf angesprochen wirst«, gab Shadar ihr leise zu verstehen, wobei ein Hauch Resignation in seiner Stimme mitschwang.

Kira nickte mechanisch. Akifs Blick, der nun mit einer Mischung aus Hass und Panik auf ihr ruhte, bannte den ihren, und sie konnte nicht von ihm wegsehen. Er schien fest damit gerechnet zu haben, dass er heute nicht hier sterben würde.

»Kira?« Erneut berührte Shadar ihre Schulter.

Sie wandte sich zu ihm um.

»Du solltest jetzt nicht mehr dort herunter sehen. Da er nicht bitten wird, geht es nun schnell.«

## Leandar

*»Frei denken, doch nicht Handeln zu können, ist mehr, als ich vorher hatte.«*
*Leandar von Quo, Grenze zu Kherravar, noch Aidris*

*Loslassen.* Obwohl er inzwischen seine Magie wieder erreichen konnte, gelang es ihm nicht, seinen Geist von seinem Körper zu trennen. Seufzend schloss Leandar die Augen und konzentrierte sich darauf, jeden einzelnen Teil seines Körpers zu entspannen: die Füße, die Unterschenkel, die Oberschenkel, den Rumpf. Abgesehen von dem überraschend angenehmen Gefühl, das ihm diese Übung bescherte, geschah jedoch nichts. *Ich fühle jeden Teil meines Körpers, einer Hülle, der ich über ihre Funktion hinaus niemals wirklich Aufmerksamkeit gezollt habe. Trotzdem kann ich ihn nicht verlassen.*

Improvisieren war nicht seine Stärke. Auch das Verfolgen eigener Gedankengänge war nahezu unmöglich, denn jeglicher Wunsch, etwas gegen den Einfluss seines Ankers zu unternehmen, verschwand, noch bevor er ihn richtig aufgreifen konnte. Er war gebunden – an Laon dei Savren und an seinen Leib.

»Wir brechen gleich auf, Mael. Geht es Euch gut?«

Die Stimme seines Begleiters riss ihn aus der Konzentration. »Ja, es ist nichts.«

Es war der kleinere der beiden Männer, der mit den weicheren Gesichtszügen und den braunen Locken, der ihm jetzt eine Schale mit graubraunem Brei reichte.

Leandar roch die unverwechselbare Süße von Datteln und sofort stieg Ekel in ihm auf. Wenngleich man die Früchte der Palmen sehr vielseitig verarbeiten konnte und seine Begleiter jede Form der Zubereitung zu kennen schienen, schüttelte es den ehemaligen Erzmagier, denn seit seiner Flucht aus dem Palast hatte es jeden Tag Datteln gegeben.

»Ich bin nicht hungrig«, lehnte er die Speise daher ab.

»Ihr solltet aber essen, Mael. Der heutige Ritt wird anstrengend.« Der Mann schien ehrlich besorgt. »Fühlt Ihr Euch nicht wohl, Mael?«

*Ja! Ich fühle mich nicht wohl!*, dachte Leandar gereizt. *Ich bin ein Gefangener in meinem eigenen Körper, unfähig, selbst über mein Fühlen und Handeln zu bestimmen.* All das hätte Leandar dem Mann am liebsten an den Kopf geworfen, stattdessen beobachtete er sich erneut dabei, wie er den Löffel in die Schale senkte und zu essen begann.

*... Ich betrachte mich von außen. Ja! Was hat meine Distanz diesmal ausgelöst? Wiederum eine Handlung, die Laon dei Savren über den Anker für mich bestimmte und die mich abstieß. Liegt hier der Schlüssel? Lässt sich mit dieser gedanklichen Freiheit etwas anfangen oder ist sie eher gefährlich für mich? Überlasse ich damit Kiras Vorgänger kampflos das Terrain und damit die Gewalt, über seinen Körper zu bestimmen?* Aber das hatte er bereits getan, als er Laon dei Savren seine Gefühle gab, musste Leandar sich eingestehen. Somit war hier kaum ein größerer Schaden anzurichten. *Also ist diese Distanz eine Chance und ich muss daran arbeiten, den Übertritt zu perfektionieren, damit ich sie nutzen kann, sobald sich eine Gelegenheit bietet.*

## Kira

*»Ohne diese ganzen Protokolle und Benimmregeln wäre es deutlich leichter, tatsächlich etwas zu tun!«*
Kira Sanders, Residenz des Khalids, Kherra-Des, Aidris

»Wie groß wäre der Bruch der Etikette, wenn ich jetzt einfach dort hinunter ginge und sie begrüßte?«, wollte Kira von Shadar wissen. Sie hatte es zwar seit der Hinrichtung Akifs vermieden, Sunnaras zu begegnen, doch jetzt, da auch Jabin und Njall unten in der Empfangshalle standen, siegte ihre Neugier über die Befangenheit, die sie dem Führer des Rates als ehemaligem Freund Akifs entgegenbrachte.

»Warte, bis sie zu dir kommen, und überlass den Empfang Sunnaras. Die Schüler sind offiziell hier, um dem Hof vorgestellt zu werden. Du musst unbedingt vermeiden, durch übermäßiges Interesse Aufmerksamkeit zu erregen, denn davon wird auch Rayhan Samirs Bruder erfahren. Wir stehen unter Beobachtung und alles, was dir offensichtlich wichtig erscheint, kann zu deinem Nachteil verwendet werden.«

»Schon gut, ich über mich in Geduld!«, erwiderte sie resigniert.

»Du könntest in der Zwischenzeit mit Shaki Hydal die Seerosenteiche besuchen, um dir weitere Gedichte anzuhören.«

Kira verdrehte die Augen und stöhnte. Seit sie in einer der Besprechungen mit den Beratern des Khalids ein Gedicht zitiert hatte, das sie von Shadar kannte, waren alle begeistert über ihr Interesse an Aidris' Kultur. Besonders Hydal, der in seiner Freizeit selbst Gedichte schrieb, hatte es sich zur Aufgabe gemacht, sie zu fördern und ihr eine Handschrift seiner eigenen Werke verehrt. Sie hatte keine Ahnung, ob die Poesie des Shakis in Aidris zum wichtigen Kulturgut gehörte, doch sie bezweifelte es.

»Ich glaube, da suche ich lieber den Stallmeister auf!«

Auch davor graute es ihr, doch Rayhan Samir hatte den Wunsch des Herrschers angedeutet, ihr ein Pferd zu schenken. Als er ihr Entsetzen bemerkte, hatte er den Vorschlag unterbreitet, dass es gut wäre, sie spräche beim Stallmeister vor, damit dieser ihre Reitkenntnisse abschätzen könne. *Besser, ich kläre das im Voraus, damit der Khalid mir nicht tatsächlich eines seiner edelsten Reittiere verehrt, mit dem ich in keiner Weise umgehen kann. Hoffentlich ist mit dem Mann vernünftig zu reden.*

Shadar lachte. »Lass uns Skjaldan suchen, er kann dich, was Pferde betrifft, sicher gut beraten.«

Skjaldan war nur allzu bereit, sie zu begleiten, und überschüttete Kira mit Hinweisen, worauf sie zu achten habe. Als sie jedoch im Stall ankamen, wurde er merklich stiller. Obwohl der Stallmeister die Tiere, die in kleinen Gruppen auf Sandausläufen standen, in höchsten Tönen anpries, schüttelte er immer wieder verhalten den Kopf.

»Da ist nichts für dich dabei, Kira«, bedeutete er ihr vorsichtig. »Das sind wunderbare Tiere, aber ich bezweifle, dass sie für dich geeignet sind.«

»Welche Ansprüche stellt Ihr an ein Pferd, Mlyss?«

Offenbar hatte der Stallmeister Skjaldans Worte gehört.

»Unsere Zucht bringt sehr ausdauernde und mutige Tiere hervor. Ihr könnt sie bedenkenlos in eine Schlacht reiten. Sie reagieren auf die leiseste Berührung und sind selbstverständlich so ausgebildet, dass Ihr sie ohne Zügelhilfen kontrollieren könnt, solltet Ihr eure Hände zum Kampf benötigen.«

»Das hört sich wunderbar an, doch mein Problem ist ein anderes, Seran Ahmeyn.« Kira breitete entschuldigend die Arme aus. »Verzeiht meine Offenheit, doch ich weiß nicht, wie ich es anders ausdrücken soll. Ich reite nicht besonders gut und brauche ein wenig Zeit, bis ich Vertrauen zu einem Pferd gefasst habe, das ich nicht kenne. Das ideale Tier für mich wäre ein sehr ruhiges Exemplar, das selbst entscheidet, auf welchem Untergrund es wie am besten läuft und lieber langsamer, aber dafür sicher ans Ziel kommt. Es sollte in jeder Situation gelassen bleiben und, was das Reiten angeht, für mich mitdenken.«

Vorsichtig richtete sie ihren Blick auf den Stallmeister, der nachdenklich den Kopf zur Seite gelegt hatte, jedoch rasch die Augen senkte, als ihm bewusst wurde, dass sie ihn beobachtete.

»Das hätte ich jetzt nicht besser zusammenfassen können«, kommentierte Skjaldan. »Ich denke, es ist am besten, wenn sich Seran Ahmeyn selbst ein Bild von deinen Reitkünsten machen kann, Kira.«

Der Stallmeister verneigte sich. »Sofern Ihr mir die Ehre erweist, werde ich ein passendes Tier für Euch auswählen, Mlyss. Wollt Ihr uns begleiten, Melen?«

»Gern.«


Das Pferd, das nur kurze Zeit später vor ihr stand, besaß einen freundlichen Ausdruck und musterte sie mit klugen dunklen Augen. Es hatte nicht die Feingliedrigkeit der Pferde, die sie bisher in Aidris gesehen hatte. Mähne und Schweif wirkten weniger voll, doch es erschien ihr robust und gelassen. Als sie ihm die Hand hinhielt, schnupperte es zurückhaltend daran. Vorsichtig ließ Kira ihre Finger höher wandern, um das Tier hinter seinen auffallend langen Ohren zu kraulen, eine Stelle, die das letzte Pferd, das sie geritten hatte, besonders gerne mochte. Auch dieses streckte ihr genüsslich den Kopf entgegen und stülpte die Oberlippe nach vorn.

Kira lachte. »Na, an dir ist ja ein halber Esel verlorengegangen!«

Skjaldan grinste breit, doch der Stallmeister versteifte sich. Röte stieg in seine Wangen.

*Mist! Ich muss mit solchen Äußerungen vorsichtiger sein. Was, wenn dieses Tier zu einer besonders edlen Rasse gehört und ich den Mann gerade schwer beleidigt habe?* »Das war nicht böse gemeint«, entschuldigte sie sich zerknirscht. »Meine Ahnung von Pferden ist nur einfach zu gering, um eine besondere Züchtung zu erkennen.«

Als Skjaldan lauthals zu lachen begann, hielt sie verwirrt inne.

»Aber du hast vollkommen Recht, Kira. Wenn mich nicht alles täuscht, ist das ein Maultier. In meinen Augen übrigens eine hervorragende Wahl.«

»Dann ist es eine besondere Ehre, dass ich jetzt eines reiten darf.« Sie schenkte dem Stallmeister ihr freundlichstes Lächeln.

Seran Ahmeyn atmete erleichtert auf und winkte dann seinem Stallburschen, der zwei weitere Tiere brachte: Eines, das ihrem sehr ähnlich sah und ein zweites, eindeutig temperamentvolleres Pferd. Es tänzelte an dessen Hand auf der Stelle, als er es Skjaldan präsentierte und Kira wich vorsichtshalber einen Schritt zurück. Ihr eigenes Tier stand zum Glück wie ein Fels und legte nur einmal die langen Ohren an, als ihm Skjaldans Tier zu nahe kam. Dankbar kraulte sie seinen Hals. Auch, nachdem sie aufgestiegen waren, stand ihr Maultier ruhig und unternahm keinerlei Versuche, dem Pferd Skjaldans zu folgen, der es auf eine offene Fläche lenkte. Erst, als Kira leicht ihre Beine an seinen Bauch drückte, drehte sich eines der Ohren in ihre Richtung und das Tier bewegte sich. Der Stallmeister nickte ihr zu. »Die Grundlagen sind Euch bekannt, Mlyss?«

Jetzt war es Kira, die errötete. »Generell schon, Seran Ahmeyn, aber bisher sind eigentlich alle Pferde, die ich geritten habe, einfach hinter den anderen hergelaufen. Ich musste selten etwas anderes tun, als oben zu bleiben.«

»Das wird dieses Tier auch tun, falls es unsicher ist, was Ihr wünscht. Doch besser wäre es, darauf zu bestehen, dass es auf Euer Kommando wartet. Was, wenn Ihr Euch von Eurer Gruppe trennen wollt?«

Betreten blickte Kira zu Boden, als sie neben dem Stallmeister ihrem Lehrer folgte. Skaldans Pferd zeigte deutlich, dass es Lust hatte zu laufen, während ihres nicht die geringsten Anstalten machte, es ihm gleich zu tun. Dieses Verhalten gab Kira Sicherheit und sie begann, sich zu entspannen.

»Ihr habt wirklich ein sehr freundliches Tier für mich ausgesucht, Seran Ahmeyn. Ich bin froh, dass ich auf diesem hier sitze und nicht auf seinem.« Sie deutete auf den Magier, der feixend auf dem seitwärts tänzelnden Pferd thronte. »Ich weiß nicht, wie er dabei noch lachen kann. Ich wäre inzwischen vor Angst gestorben.«

»Euer Begleiter ist ein guter Reiter. Da kann es durchaus Freude machen, auf einem temperamentvollen Tier zu sitzen. Doch unterschätzt Eure Sedef nicht. Sie kann gleichermaßen laufen und recht schnell werden, sollte das nötig sein. Nur wird sie, sofern Ihr darauf achtet, konsequent zu bleiben, auf Euer Kommando warten.«

Kurze Zeit später ergab sich eine Gelegenheit, genau das zu testen. Sie ritten durch ein kleines Tor auf eine offene Sandfläche und Skjaldan begann, sein Pferd in großen Kreisen traben zu lassen. Auch der Stallmeister trabte an. Kiras Maultier hob den Kopf und sein Schritt wurde gleichfalls schneller. *So soll das aber nicht sein. Ich möchte, dass Sedef auf mein Kommando wartet. Was hat Skjaldan gesagt, wie man ein Pferd abbremst? ›Mach dich schwer und nimm leicht die Zügel an. Dann wieder nachgeben.‹* Als sie es versuchte, wurde das Maultier tatsächlich langsamer. *Das hab ich offenbar richtig gemacht.*

Dennoch vermeinte Kira, ihr Tier ein wenig sehnsüchtig hinter den anderen beiden her blicken zu sehen. Daher vermittelte sie ihm abermals einen sanften Schenkeldruck und es trabte, mit freudig nach vorn gestellten Ohren, ebenfalls los. *Soll ich es riskieren, sie schneller laufen zu lassen? Warum eigentlich nicht? Auf ihrem Rücken fühle ich mich so geborgen, wie niemals zuvor. Ob es womöglich daran liegt, dass Sedef wirklich das tut,was ich will?* Somit gab sie die Zügel vor und verlagerte leicht ihr Gewicht.

Sedef war schnell, doch ließ sie sich gut lenken und wurde prompt langsamer, sobald Kira sich im Sattel schwermachte. Der Stallmeister blieb in ihrer Nähe, beobachtete sie allerdings nur, ohne einzugreifen. Nach einiger Zeit ließ Kira das Maultier in den Schritt zurückfallen und dirigierte es wieder an Ahmeyns Seite.

»Sollte ich etwas tun, das diesem wunderbaren Tier schadet, weist mich bitte darauf hin, Seran. Ich habe gerade das erste Mal in meinem Leben Spaß am Reiten, doch meine Kenntnisse sind gering.«

»Nein, Mlyss. So laienhaft, wie Ihr es angedeutet habt, sind Eure Reitkenntnisse nicht. Ich bin sicher, dass ich auf dieser Grundlage ein passendes Tier für Euch auswählen kann. Wenn ich jedoch einen Vorschlag unterbreiten dürfte?«

Kira sah ihn auffordernd an und nickte.

»Lasst Euer Pferd regelmäßig von jemandem aus Eurem Gefolge reiten, der sich darauf versteht. So wird es die Grundlagen seiner Erziehung behalten und es Euch leichter machen, darauf zurückzugreifen.

## Kael

*»Der Stein der Dunkelheit ist hier und seine Anwesenheit jagt mir einen*
*Schauer den Rücken hinunter, obwohl ich jetzt weiß, was er eigentlich ist.*
*Wissen verdrängt gewohnten Glauben langsamer als ich dachte.«*
*Kael von Quo, Residenz des Khalid, Kherra-Des, Aidris*

Kira wirkte erhitzt aber fröhlich, als sie neben Skjaldan durch das Hoftor trat. Ganz offensichtlich hatte sie den Ausflug genossen – und er gönnte es ihr von Herzen. Hier, in der Residenz des Khalids, wurde sie in eine Rolle gezwungen, die ihr nicht lag, wenngleich sie versuchte, ihr so gut wie möglich gerecht zu werden. Als sie ihn bemerkte, fiel die Ungezwungenheit von ihr ab und als sie ihn ansprach, war die Anspannung, die sich ihrer bemächtigt hatte, seit sie den Herrschersitz betreten hatte, wieder da.

»Gibt es etwas Wichtiges, Kael?«

»Ein zwangloses Abendessen, aber neben dem Amyr werden auch Mael Jabin sowie die Schüler, die er aus Catron mit an den Hof gebracht hat, anwesend sein.«

»Das sollte ich nicht verpassen«, konstatierte sie freudig.

Kaels Gedanken hingegen bewegten sich in eine gänzlich andere Richtung: War Jabin so vertrauenswürdig, wie Shadar behauptete? Von diesem Mann hing einiges ab und ebenso von dem Stein, den er – hoffentlich – bei sich trug. *Der Stein der Dunkelheit.* Trotz allem, was er erfahren hatte, seit Kira nach Quo gekommen war, überlief es ihn kalt, wenn er daran dachte, dass sich dieser Stein mit ihm unter einem Dach befand – und dass er ihn bald sehen würde. Kira musste überprüfen, ob es sich um das richtige Kästchen handelte und er hatte sich vorgenommen, dabei zu sein. Das Gefühl, das sich seiner bemächtigt hatte, als sie ihn in Quo mit zum Stein des Lichts genommen hatte, war immer noch präsent: eine Mischung aus Enttäuschung und Erkennen. *Es ist lediglich ein Speicherstein! Zugegeben, ein sehr großer und mächtiger Speicherstein, doch mehr auch nicht. Es wäre beruhigend, dasselbe über den dunklen Stein sagen zu können.*

## Skjaldan

*»Ein wenig seltsam ist es schon – kennt man einmal einen Magier aus Catron näher, wirken die anderen gleich gar nicht mehr so schrecklich.«*
*Skjaldan Briskfadar, Residenz des Khalids, Kherra-Des, Aidris*

Er widerstand der starken Versuchung, den Schülern, die mit sichtbarem Unbehagen auf Kaels weiße Robe starrten, eine Grimasse zu schneiden und laut »Buh« zu rufen, nur mit Mühe. *Ob sich die aus Quo wohl ähnlich anstellen würden, sofern sie einem Ratsmagier aus Catron gegenüber säßen? Wahrscheinlich ja,* musste sich Skjaldan zu deren Schande eingestehen. Er selbst hatte bei seiner ersten Begegnung mit Shadar wenig anders reagiert.

Kira schien das nicht zu stören. Sie versuchte, ein Gespräch mit den Schülern, die sie kannte, in Gang zu halten, wobei es nur einer – Njall, sofern er dessen Namen richtig verstanden hatte – schaffte, ihr über wenige Sätze hinaus zu antworten. Augenscheinlich gehörte er zu Mael Damar und Kira schien beide von ihrem Aufenthalt in Catron näher zu kennen.

Skjaldan erinnerte sich noch gut an die Magier der Delegation aus Aidris, die damals am Hof von Andoran geweilt hatte: Shadar, Damar und ein dritter, dessen Name er vergessen hatte. Shadar hatte er damals einfach für unausstehlich gehalten und der Dritte war ein selbstgefälliger, von der Überlegenheit Aidris' zutiefst überzeugter, Laffe. Damar dagegen zeigte Humor und besaß eine gewisse Bodenständigkeit.

Als Skjaldan nach einem langen Tag voller endloser diplomatischer Gespräche frustriert geäußert hatte, er wäre glücklich, wenn man manches einfach durch eine ordentliche Prügelei regeln könnte, hatte Damar ihm spontan zugestimmt. Danach waren sie zu den Stallungen gegangen. Damals hatte der andere ihm deutlich vor Augen geführt, was den Unterschied einer ›ordentlichen Prügelei‹ zu einem Ringkampf ausmachte. Sie hatten beide viel Spaß gehabt, doch war Damar unangefochten Sieger geblieben. Anschließend hatte dieser ihn dazu aufgefordert, die Konsequenzen zu ziehen und sich Catron anzuschließen. Skjaldan war sich noch immer unsicher, ob der Magier das damals ernst gemeint hatte.

Rugan Dary hatte ihn später gefragt, ob er an jenem Abend vollkommen den Verstand verloren hatte und unbedingt einen Eklat hatte provozieren wollen, doch Skjaldan war sich in einem absolut sicher: Er würde sich jederzeit lieber an einem Tisch mit Damar wiederfinden, als an einem mit Rugan Dary.

Täuschte er sich oder zwinkerte Mael Damar ihm zu? War es möglich, dass sich dieser Mann nach derart langer Zeit noch an ihn erinnerte? Nun, warum nicht, er selbst tat es ja schließlich auch. Shadar schien sich ebenfalls an ihre damalige Begegnung zu erinnern, denn unvermittelt vernahm er dessen amüsierte Stimme in seinem Kopf: »Ach ja, manches wäre in der Tat einfacher, wenn es sich mit einer ordentlichen Prügelei regeln ließe.«

# Kira

*»Ich glaube, daran, dass plötzlich alle über mich sprechen, und die wildesten*
*Gerüchte kursieren, werde ich mich nie gewöhnen!«*
*Kira Sanders, Residenz des Khalids, Kherra-Des, Aidris*

»Mlyss d'Eartha?«

Kira musste zweimal hinsehen, um die grau gekleidete Gestalt zu erkennen, die vor ihr, mit dem Gesicht nach unten, auf dem Boden lag. » Njall, lass den Blödsinn und steh auf!«

»Blödsinn? Ihr seid die Mlyss d'Eartha, oder nicht? Was sonst soll ich tun, wenn wir uns begegnen?« Njall hob leicht den Kopf, verharrte jedoch in seiner Position.

Kira verdrehte entnervt die Augen. »Mich genauso behandeln, wie alle anderen auch?«

»Dann habe ich doch gar nichts falsch gemacht.«

»Himmel!« Am liebsten hätte Kira den Schüler am Kragen gepackt und so in die Höhe gezogen, dass sie ihm direkt ins Gesicht blicken konnte. Sie war sich sicher, dass er die Situation genoss. »Shadar, welche Optionen habe ich, wenn mich ein Schüler Catrons ganz offensichtlich veralbert?«

Täuschte sie sich, oder zuckte Njall leicht zusammen?

»Nun«, Shadar strich sich mit einer Hand übers Kinn, das Gesicht vollkommen ernst, »da du die Führung der Schule bisher nicht offiziell übernommen hast, obliegt dessen Bestrafung in erster Instanz seinem Lehrer. Das wäre in diesem Fall Mael Damar, wenn ich richtig unterrichtet bin. Sollte dieser sich weigern, könntest du ihn zu einem Kampf fordern. Ich zumindest fände das amüsant.«

Jetzt zuckten Njalls Schultern eindeutig. Der Kerl lachte. »Mach das besser nicht, Kira! Da hat ohne Waffen oder Magie nicht einmal Mael Jabin eine Chance.«

»Da du mich gerade Kira genannt hast, kannst du auch endlich aufstehen!«

Der Junge erhob sich, um kurz darauf herzhaft zu gähnen. »Entschuldige, aber der Tag war anstrengend. Mael Damar hält es für wichtig, mitunter auch neben seinem Pferd herzulaufen, anstatt es zu reiten, bevorzugt im Trab. Ich persönlich vertrete die Ansicht, dass man auch einfach den ganzen Tag Bücher lesen kann! Aber was soll ich tun? Er ist mein Lehrer.« Die bemitleidenswert weit aufgerissenen Augen und theatralisch nach vorn sinkenden Schultern unterstrichen seine Worte derart perfekt, dass Kira vor Erheiterung losprustete.

»Gib zu, du hast dich nicht aus Respekt vor meinem Amt auf den Boden geworfen, sondern aus reiner Müdigkeit.«

»Was wäre dir lieber?«, feixte Njall. Doch dann wurde seine Miene bedeutend ernster. »Es war eine Menge los in Catron. Abedins Auslieferung an den Hof hat enorme Wellen geschlagen. Vor allem unter den Lehrern. Wer, wie ich, zu ungewöhnlichen Zeiten in einer stillen Ecke der Bibliothek gesessen hat, konnte einiges hören. Von der Aussage, zu Laon dei Savrens Zeiten wäre so etwas niemals geschehen, bis hin zu freudigen Kommentaren, dass eben auch dem Rat nicht alles erlaubt sei.« Njall zuckte leicht zusammen, als seine Worte ein belustigtes Schnauben Shadars zur Folge hatten. »Verzeiht, Mael, aber Ihr hattet mich gebeten, Augen und Ohren offen zu halten.«

»Und ich bin dankbar für deine Aufmerksamkeit«, bestätigte Shadar und nickte dem Schüler zu. »Welche Gerüchte sind über Kira im Umlauf.«

»Viele!«, grinste Njall. »Allen voran jenes, dass Laon dei Savren ihren Körper übernommen hat, da es ihr ansonsten niemals möglich gewesen wäre, Arcugam herzustellen. Überhaupt gibt es diverse Gerüchte über dich und die elementare Magie, Kira. Angeblich kannst du dem Wasser befehlen, bist in der Lage, Aidris wieder Regen zu bringen und das Land erneut grün zu machen, wie es wohl vor undenklichen Zeiten der Fall war. Andere behaupten, dein Element sei eher das Feuer, du hättest dich auf Kampfmagie spezialisiert und auf diese Weise auch Quos Magier dazu gezwungen, dir zu dienen. In weiteren Versionen hast du die Schule des Lichts dem Erdboden gleich gemacht, wie es Laon dei Savren vor vierhundert Jahren mit einem andoranischen Haus getan hat. Ach, den Stein des Lichts hast du angeblich bei dir, um ihn nach Catron zu bringen, wohin er rechtmäßig gehört. Dazu passt die Aussage, du hättest den Botschafter aus Aidris, der dich in Andoran treffen sollte, ebenfalls in Flammen aufgehen lassen.«

Kira presste die Lippen zusammen und sah zur Seite.

Njalls Grinsen verschwand schlagartig. »So wie du gerade schaust, ist das nicht nur Gerede?«

»Leider nein«, bekannte Shadar. »Wobei man nicht unerwähnt lassen sollte, dass Evron Kira zuerst angriff. Mich interessiert vorrangig, wer über diese Angelegenheit gesprochen hat. Vor allem aber, woher die Gerüchte über das Arcugam stammen.«

Njall war um einen Gutteil blasser geworden und starrte Kira ungläubig an. »Du beherrschst tatsächlich elementare Magie? Stimmt irgendetwas von den anderen Sachen auch?«

»Nur teilweise.«

»Was erstaunlich gut auf beide Fragen als Antwort zutrifft …«

»Wer sprach über Arcugam, Njall, und von wem hatte er das?«, kam Shadar wieder auf seine Fragen zurück.

»Rellan hat darauf bestanden, sein Lehrer hätte genau darüber mit jemandem gesprochen, als beide unterwegs waren. Hajin will es bei einem Gespräch zwischen Mala Alva und Mael Nouh gehört haben, als sie sich in der Schmiede über Metalle unterhielten. Alle anderen haben das mehr oder weniger von diesen beiden.

»Was sagt Nouhs Schüler dazu?«

»Feiren? Der beharrt darauf, das alles sei furchtbarer Schwachsinn, Arcugam gäbe es überhaupt nicht und Nouh hätte sich über diesen Blödsinn wahnsinnig aufgeregt.«

»Mael Tamin und vielleicht auch Mala Alva. Tamin war unterwegs, weißt du zufällig wohin?«

Njall hob die Schultern. »Wenn man Rellan glaubt, war es eine unglaublich wichtige Geheimmission, über die er niemandem berichten darf, aber wenn man seine ganzen Übertreibungen abzieht, waren beide in Hyderavar für Mahir einkaufen. Zumindest hat Rellan einige Pakete zu den Heilern getragen.«

»Erwähne doch einfach einmal diese Übertreibungen. Mich interessieren sie durchaus.« Shadar lächelte Njall auf eine Art und Weise an, dass Kira der Junge beinahe leidtat.

Njall schluckte. »Sagt nicht, dass das alles keine Gerüchte sind, Mael!«

»Gut«, das Lächeln wich nicht von Shadars Lippen, »dann sage ich das nicht. Also, was will Rellan in Hyderavar getan haben?«

»Er musste zwei Botengänge übernehmen und Briefe zustellen. Beide zum selben Marktstand. Und er behauptet, Tamin sei vom Shaki empfangen worden.«

»Er war bei Akif? Dann könnte er tatsächlich ...« Kira brach ab, als ihr klar wurde, dass Shadar genau deshalb näher nachgefragt hatte.

»Mist!« Njall legte die Hände vors Gesicht. »Ich bin mir sicher, dass ich besser dran wäre, wenn ich weiterhin glauben würde, Rellan wäre ein Angeber. Was entspricht der Wahrheit?«

»Das mit dem Arcugam.«

Njalls Gesichtsausdruck schwankte zwischen Unglauben und Resignation. »Kira, verdammt, das Zeug ist eine mythische Substanz.«

»Wie hat Tamin reagiert, als das Gerücht in der Schule aufkam? Hat Rellan Ärger bekommen?«

»Eigentlich nicht. Keiner, außer Mael Nouh, hat sich Mühe gegeben, gegen dieses Gerücht vorzugehen. Ehrlich, ich hielt es auch für heillos übertrieben.«

»Und genau das macht es glaubwürdig.« Shadars Lächeln wurde breiter. »Was soll man gegen ein solches Gerücht auch unternehmen? Wenn man es dementiert, misst man ihm Bedeutung bei. Erwähnt man es gar nicht erst, nimmt es niemand ernst. Merke dir das, Kira, für den Fall, dass weitere Gerüchte auftauchen. Übrigens, sofern man wirklich wütend auf seinen Schüler ist, fallen einem eine Menge anderer Methoden ein, als ihn direkt zur Rede zu stellen. Woher stammen die restlichen Nachrichten?«

»Also, das mit dem Botschafter stammte von Mael Berat. Er soll sich auf dem Gang lautstark darüber ausgelassen haben, dass es, entschuldige Kira, aus diplomatischer Sicht besser gewesen wäre, hätte Laon dei Savren deinen Körper zumindest bei diesem Treffen übernommen.«

Shadar lachte laut auf. »Das klingt in der Tat nach Berat. Möglicherweise hat er die Information von einem seiner Kontakte am Hof, der noch nicht wusste, dass der Mann vom Rat suspendiert ist. Ich halte das sogar für wahrscheinlicher, als dass es ihm die Ethialla mitgeteilt hat. Was gibt es noch?«

»Reicht das nicht?«, stöhnte Njall. »Gut, da wäre dann noch die These, dass du dem Kheralis-Massiv seine Kraft zurückgeben willst und ein Bündnis mit Nemokatar geschlossen hast, das dir helfen wird, die Ethialla d'Eartha zu vernichten. Außerdem, dass du den Erzmagier Quos entweder als Gefangenen mit dir führst oder, das behaupten aber nur sehr wenige, ihn als Oberhaupt über beide Schulen einsetzen willst.«

»Herrjeh, was weiß man in Catron eigentlich noch nicht?« Kira schüttelte den Kopf und warf Shadar einen frustrierten Blick zu.

»Das Wichtigste, Kira.« Der Ratsmagier verschränkte die Arme vor der Brust. »Niemand weiß genau, was davon der Wahrheit entspricht, bis auf diejenigen, die Quellen dieser Gerüchte sind, wie beispielsweise Tamin oder Mala Alva.«

»Mael Nouh?«

»Das glaube ich nicht, dennoch dürfen wir, was ihn betrifft, nicht unvorsichtig werden. Wie auch immer, Nouh ist nicht hier. Tamin sehr wohl – und Alva auch. Wir sollten beide nicht aus den Augen lassen und herausfinden, mit wem sie sich treffen. Seit der zweite Anker nicht mehr mit uns unterwegs ist, benötigt die Ethialla andere Informationsquellen.«

Kira fröstelte trotz der Hitze im Raum.

»Übermorgen brechen wir auf und die Schüler aus Catron werden uns mit ihren Lehrern begleiten. Wir können nicht verhindern, dass dieser Tamin uns beobachtet.«

»Nein, das nicht.« In Shadars Augen lag ein Funkeln, das Kira einen Schauer über den Rücken jagte. »Allerdings können wir ihnen – wenn wir vorsichtig sind – genau das zeigen, was sie glauben sollen. Es ist an der Zeit, dass du etwas Neues lernst, Kira. Nachdem du die Nuri so mühevoll gerettet hast, möchtest du dich doch sicher hin und wieder zu ihnen gesellen, oder? Tritt dieser Quent nicht auch als Spaßmacher und Pantomime auf? Lass dir von ihm beibringen, wie man seine Mimik kontrolliert und gib dir Mühe dabei.«

# Zu den Ursprüngen

## Skjaldan

*»Jetzt ist es so weit. Wir brechen auf. Ich hoffe, dass wir den richtigen Weg gewählt haben, das hier anzugehen, aber immerhin haben wir einen gewählt. Das Allerschlechteste wäre es gewesen, nichts zu tun.«*
*Skjaldan Briskfadar, Kherra-Des, Aidris*

Skjaldan war froh, ein wenig abseits neben Elmaryn zu stehen und sich den Trubel um die Verabschiedung vom Hof aus der zweiten Reihe ansehen zu können. Offiziell brachen sie jetzt nur zu einer Besichtigung des Kheralis-Massivs zwecks kartographischer Aktualisierung auf. Wenngleich Kira nicht gerade entspannt wirkte, hielt sie sich gut und schien ihre Nervosität inzwischen besser im Griff zu haben. *Oder die Übungsstunden mit dem Führer der Gauklertruppe zeigen womöglich erste Wirkung.* Sie lächelte, unterhielt sich höflich mit Rayhan Samir sowie einer weiteren hochgestellten Person und beobachtete die Parade der Wüstenreiter, die zu ihren Ehren abgehalten wurde. Ein Kontingent dieser Reiter würde sie später begleiten, sobald sie aufbrachen, was in Skjaldan widersprüchliche Empfindungen auslöste.

Ein leichter Stoß in die Seite riss den Magier aus seinen Gedanken. »Wer ist der Mann, der dort vorne schräg hinter dem Amyr steht?«, wollte der Barde von ihm wissen. »Den mit dem hellen Überwurf meine ich.«

Skjaldan zuckte mit den Schultern. »Ehrlich, Elmaryn, ich habe mir nicht mal die Hälfte der Namen hier am Hof eingeprägt.« Was noch stark übertrieben war. Der Mann, den Elmaryn meinte, hatte jedoch hin und wieder seine Aufmerksamkeit erregt. »Er hat irgendetwas mit den Wachen hier im Palast zu tun. Zumindest habe ich zweimal mitbekommen, dass er sie kontrolliert hat. Auch die Wüstenreiter, die hier stationiert sind, scheinen ihm zu unterstehen. Wieso interessiert er dich?«

»Weil ich gerade seine Stimme vernommen habe. Er ist der Mann, mit dem Rayhan Samirs Bruder über die Nuri geredet hat«, antwortete der Barde nervös.

*Und über Kira.* Skjaldan presste die Lippen zusammen. »Ich kontaktiere Shadar. Der sollte den Kerl kennen.«

»Fällt das nicht auf?«, wandte Elmaryn skeptisch ein.

Obwohl Skjaldan es ungerne zugab, musste er dem Barden zustimmen: Ein Kontakt zu Shadar, der neben Kira in der ersten Reihe stand, würde bemerkt werden, zumal zwei Magier des Khalids die Gruppe schützten. Die Schüler und Lehrer aus Catron verharrten jedoch, wie sie selbst, ein wenig abseits. »Ob Damar weiß, wer das ist? Oder dieser Jabin? Er hat den Stein hergebracht und Kira hält ihn für vertrauenswürdig.«

»Möglich«, erwiderte Elmaryn unbestimmt. »Wie gut kennst du die beiden? Meinst du, einer von ihnen nimmt deinen Kontakt an? Jetzt?«

Skjaldan stöhnte leise auf. »Ich bin mir alles andere als sicher, aber mir fällt sonst niemand ein.«

»Dann warte bis nach der Parade. Der Mann läuft uns nicht weg und notfalls kannst du für Shadar ein Bild projizieren.Wir sollten auch Njaldan Aki bescheid geben.«

Skjaldan nickte. Im Moment konnte er ohnehin nichts tun, als zu beobachten. Gerade wurden Pferde vorgeführt: edle, jedoch durch den Trubel ein wenig nervöse Tiere. Ob der Khalid Kira tatsächlich eines davon übereignen würde? Skjaldan hoffte für sie, dass er seinen Entschluss noch einmal überdacht hatte.

Kurze Zeit später wusste er es. Zwei Maultiere wurden nach vorne geführt, passenderweise ein weißes und ein schwarzes. »Sedef«, murmelte er überrascht.

Elmaryn sah ihn fragend an.

»Das helle Maultier.«

Elmaryn schnaubte. »Dessen Namen hast du behalten? Großartig!«

»Man muss Prioritäten setzen«, gab Skjaldan grinsend zurück, ehe er seine Aufmerksamkeit wieder auf das Geschehen richtete.

Auf den Rücken der Tiere befand sich gerolltes Tuch, das nun von einigen Dienern in ein komfortables Reisezelt verwandelt wurde.

»Praktisch!«

Elmaryn warf Skjaldan einen irritierten Blick zu. »Du findest das Zelt praktisch? Man benötigt zwei Tragtiere, um es zu transportieren!«

»Nicht das Zelt«, kicherte Skjaldan. »Das Maultier. Kira ist es geritten, aber als Reittier hätte der Khalid es ihr niemals schenken können, ohne sie in den Augen aller Anwesenden zu beleidigen, dabei mochte sie es wirklich gerne.«

Nun lachte der Barde ebenfalls. »Ich verstehe bis heute nicht, weshalb Maultiere so geringgeschätzt werden. Sie sind zuverlässig und klug. Einer der Männer meines Vaters schickte stets ein Maultier vor, wenn er nicht genau wusste, ob ein Wasserlauf passierbar war. Weigerte sich das Tier weiterzugehen, hat er es gelassen.«

»Ein kluger Mann!«, bekundete Skjaldan.

Die Parade hatte mit dem Geschenk an Kira ihr Ende gefunden. Jetzt nahmen die Wüstenreiter, die sie begleiten würden, Aufstellung. Der Mann, den Elmaryn als Gesprächspartner des ersten Amyr identifiziert hatte, stand direkt neben deren Anführer. Er würde also ihren Zug begleiten. *Gut zu wissen, auf wen man zu achten hat.*

## Kira

*»Ich habe Angst, einen schweren Fehler zu begehen, aber noch mehr Angst habe ich, dass durch Nichtstun alles bedeutend schlimmer wird.«*
*Kira Sanders, Kherra-Des, Aidris*

Gedankenverloren strich Kira über die Packtaschen an ihrem Sattel. *Womöglich sind die nun kommenden Tage die letzten meines Lebens. Eigentlich sollte ich Angst haben, dennoch freue ich freue mich darauf aufzubrechen … wobei ›Freude‹ genaugenommen nicht der richtige Begriff ist für das, was ich fühle. Erleichterung trifft es besser, oder auch Endgültigkeit.*

»Alles in Ordnung?«, raunte Skjaldan und legte ihr eine Hand auf die Schulter.

Kira versuchte sich an einem Lächeln. Ihr Mund war so trocken, dass sie nicht hätte antworten können, ohne in einen Hustenanfall auszubrechen.

»Sobald alles vorbei ist, nehme ich dich mit in den Echad, falls du möchtest. Da findet uns so schnell niemand, der Ansprüche an dich stellt.«

Kira seufzte. Wie gerne würde sie sich schon jetzt verstecken und die erdrückende Verantwortung abstreifen wie einen Mantel, doch das war mit ihrem Anker unmöglich geworden.

»Hältst du mich für eine Idiotin, wenn ich dir gestehe, dass ich mich auf eine seltsame Art über diesen Aufbruch freue?«

»Nein. Mir geht es ganz ähnlich, wobei es nicht nur die Tatsache ist, hier wegzukommen. Ich will, dass dieser politische Eiertanz ein Ende nimmt, du diesen Anker loswirst und dein Amt endlich so ausüben kannst, wie es sich gehört.«

*Mein Amt?* Sedef wich ein wenig zur Seite und Kira hob den Kopf. Die Wüstenreiter, die der Khalid zu ihrem Schutz beordert hatte, waren aufgesessen und es kam Bewegung in die Menge.

»Dann los.« Skjaldan griff nach den Zügeln des Maultieres und nickte Kira zu. »Ich halte sie, bis du oben bist. Bleib zwischen mir und Elmaryn. Shadar und Kael werden direkt vor uns reiten, Aki und seine Männer flankieren uns in lockerer Formation.«

Kira nickte. Trotzdem gelang es ihr erst, sich zu entspannen, als sie die Stadt hinter sich gelassen hatten und die Wüste sich vor ihnen öffnete, denn nun begann der Tross, sich auseinanderzuziehen und auch die Pferde wurden ruhiger.

Neben zwanzig Wüstenreitern begleiteten sie nur noch Jabin, Catrons Ausbilder in Kampfmagie, sowie Damar mit seinem Schüler – der eine vorgeblich, um Kiras Sicherheit auch seitens Catrons zu gewährleisten, der andere, um die Karten des Massivs zu aktualisieren. Dazu kamen einige Packtiere mit Zelten und anderem Gerät. Hier im offenen Gelände ritten ihre Bewacher an den Rändern des Trosses, wahrscheinlich, um ihn nach außen abzusichern. Ob das nötig war? Die Ethialla ging hoffentlich davon aus, dass sie den Stein der Dunkelheit erst noch holen mussten und Banditen würden es sich aller Wahrscheinlichkeit nach gut überlegen, sie mit dieser Entourage anzugreifen. Unwillkürlich huschte ein Grinsen über ihr Gesicht.

»Was amüsiert dich?«, fragte Skjaldan.

»Ich hatte gerade überlegt, welche Räuber so dumm sein könnten, diese Karawane anzugreifen.«

Der Magier lachte leise auf. »Ein Angriff droht uns nicht von Gesetzlosen, Kira. Diejenigen, auf die wir achten müssen, befinden sich in der Oberschicht dieses Landes.«

Shadar, der das Gespräch vernommen hatte, zügelte sein Pferd und ließ sich an Kiras Seite zurückfallen, während diese sich im Sattel so weit nach hinten wandte, wie sie es wagte.

Shaki Hishaim, der Berater des Khalids für finanzielle Angelegenheiten begleitete sie offiziell, um ihr die Bereiche des Kheralis-Massivs zu zeigen, in denen die wichtigsten Minen lagen. Es war unwahrscheinlich, dass dieser Mann gegen sie vorging, doch da war immer noch der Kommandant der Wüstenreiter, vor dem Elmaryn gewarnt hatte. Kira seufzte. »Dieses Misstrauen ist grauenvoll. Daran kann ich mich am schlechtesten gewöhnen.«

Shadar lachte leise auf: »Und ich dachte, es wären diplomatische Verhandlungen.«

*Ob ich einfach nach Hause gehen kann, wenn ich es schaffe, die nächsten Tage zu überleben?* Die Idee wurde mit jedem Atemzug attraktiver.

Falls alles so lief wie geplant, würde der Ethialla erst auffallen, dass sie bereits mit beiden Steinen unterwegs war, sobald sie das Massiv betraten. Mit etwas Glück war es dann zu spät, um zu handeln. *Wenn sie uns angreifen, während ich versuche, die Energie aus den Steinen in das Massiv zurückzuleiten, muss ich mich auf die anderen verlassen.*

Kira wurde übel bei dem Gedanken. Catron suchte nach Leandar von Quo, aber bisher hatte man ihn nirgendwo gesehen. Auch eine magische Suche zeigte keinen Erfolg. Ob das gut oder schlecht war, konnte sie nicht ermessen.

»Worüber denkst du nach?« Elmaryns Worte holten sie aus ihren Gedanken.

»Über Leandar und die Ethialla. Ich frage mich, wo er ist und wie sehr er unter der Beeinflussung des Ankers noch er selbst sein kann.«

Der Barde verzog das Gesicht. »Ist es möglich, dass er sich selbst in gewisser Hinsicht zusehen muss, ohne etwas tun zu können? Allein die Vorstellung ist grauenvoll!«

»Ein Anker überlässt alle Macht demjenigen, der ihn aufrechterhält. Nicht umsonst wurde diese Art der Magie verboten – übrigens von

Laon dei Savren höchstselbst«, erklärte Shadar. »Für uns wäre es jedoch von Vorteil, wenn Mael Leandar eine Möglichkeit hätte, trotz der Beeinflussung er selbst zu sein. Es ist schwer, jemanden zu kontrollieren, dessen Bewusstsein nicht vollständig übernommen werden kann.«

Kira fröstelte. »Ich hoffe, wir sehen ihn erst wieder, nachdem diese Sache mit dem Anker erledigt ist. Falls uns gelingt, was wir vorhaben, müsste doch auch sein Anker aufgehoben werden, oder?«

»Ja, das ist es, was wir uns alle wünschen!«, bestätigte Skjaldan. »Und genau das werden wir auch schaffen!«

Kira war sich da nicht so sicher. »Ich werde rechtzeitig zurück sein«, hatte Leandar ihr, als er ging, versprochen, und die Verzweiflung in seinen Augen bekam nun, da sie wusste, dass er der zweite Anker war, eine ganz andere Bedeutung.

# Leandar

*»Jetzt wird es sich bald entscheiden. Ob ich das noch erleben werde, weiß ich nicht, doch ich werde bis zum letzten Atemzug kämpfen, um den bestmöglichen Ausgang zu erreichen. Das bin ich dieser Welt schuldig!«*
*Leandar von Quo, Grenze zum Kheralis-Massiv, Kherravar*

In den letzten Tagen war das Gras dichter geworden. Die Hügel glichen bewachsenen Wellen. Die Luft fühlte sich hier frischer an und zum ersten Mal sah er mitunter etwas, das sich über die allgegenwärtigen kleinen Büsche heraushob und beinahe als Baum bezeichnet werden konnte. Leandar war nie in Aidris gewesen, doch er wusste über seine Verbindung mit Laon dei Savren, dass sie noch heute ihr Ziel, das Kheralis-Massiv, erreichen würden. Den Einfluss dieser Region spürte er bereits deutlich: ein konstantes Unbehagen am Rand seines Bewusstseins, eine Warnung, nicht weiter zu gehen. Auch seine Begleiter waren seit einiger Zeit merklich stiller geworden.

*Wir nähern uns nicht nur dem Massiv, sondern auch meiner Bestimmung.* Dort, an dem alten Platz, würde sich alles klären. Der Stein in dem Kästchen, das sich in seiner Satteltasche befand, kehrte zu seinem Ursprung zurück – und zu seinem Schöpfer. Für einen winzigen Augenblick erfüllte dieser Gedanke Leandars Geist mit Entsetzen. Dann schwand der Moment und die Ruhe kehrte zurück. *Bald ist das hier vorbei.*

Als das erste Tageslicht den Himmel zu erhellen begann, wurde die Landschaft felsiger. Das nagende Unbehagen war inzwischen einem deutlichen Bewusstsein von Gefahr gewichen. Auch die Pferde schienen das zu spüren: Ihre Hälse waren hart vor Anspannung und sie scheuten bei jeder Gelegenheit.

Einer seiner beiden Begleiter fluchte verhalten. »Wir werden niemals mit den Tieren bis zur Mine reiten können.«

»Wie sollen wir sonst hinkommen? Laufen?« Der andere lachte laut auf. »Soweit ich weiß, ist es vom Beginn der Zone bis zur Mine durchaus ein Stückchen Weg und der ist den Berichten nach keineswegs so breit, dass uns die Schatten nicht erreichen könnten. Zu Fuß müssten wir rennen.« Er wandte sich um und warf Leandar einen besorgten Blick zu.

»Ich werde zurechtkommen«, gab dieser ihm müde zu verstehen, wenngleich er seiner Stimme gerne einen schneidend zynischen Klang verliehen hätte.

»Uns ist bewusst, dass wir Euch viel zumuten, Mael, doch das Massiv hat seine eigenen Gesetze. Ihr spürt es sicher selbst. Sollten wir es nicht schaffen, die Pferde dazu zu bringen, auf den Pfad zu gehen ...«

»... werde ich laufen«, vervollständigte der Magier den Satz. *Und sollte ich zu langsam sein, ist das möglicherweise sogar besser.* Auch dieser Gedanke verschwand. In den letzten Tagen hatte Laon dei Savren ihm wenig Spielraum gelassen, was eigene Überlegungen anging. Es war unabdingbar, dass Leandar die Mine unter dem Massiv betrat, denn das war die Voraussetzung dafür, dass Kiras Vorgänger handeln konnte.

Als sie den Pfad erreichten, der ins Massiv hineinführte, stand die Sonne beinahe im Zenit. Die Pferde hatten sie bereits vor einiger Zeit laufen lassen müssen und die klugen Tiere waren, wie von den

Dunklen gejagt, geflohen. Leandar konnte es ihnen nicht verdenken. Er selbst empfand eine tiefe Angst, wenn er auf diese Fläche sah, die jeglicher Lebensenergie beraubt worden war. Der Sog, der an seiner eigenen Kraft zerrte, bestätigte ihm, dass diese Angst durchaus berechtigt war. Auch er wollte den Pfad keineswegs betreten, doch er musste und würde es tun.

»Rasch jetzt, wir wollen die Schatten nicht auf uns aufmerksam machen!« Der größere der beiden Männer deutete auf einige Steinhäufchen, die den Weg markierten. »Ich laufe voran und Ihr, Mael, folgt mir, so schnell es Euch eben möglich ist. In der Mine selbst sind wir geschützt, doch zuvor müssen wir dieses Stück hinter uns bringen.«

Leandar nickte. Alles in ihm sträubte sich, doch er spürte bereits, wie sich sein Körper in Bereitschaft setzte loszulaufen. *Loslassen!* Hier war wieder eine Chance – die erste seit mehreren Tagen – und Leandar ergriff sie sofort. Kurz spürte er Laon dei Savrens Unwillen, doch dann war sein Geist frei. Also hatte der Magier bemerkt, was er tat. Leider vermochte Quos ehemaliger Erzmagier nicht zu ergründen, ob dei Savren nichts dagegen unternehmen konnte oder es nur im Moment nicht für erforderlich hielt. Er beobachtete sich selbst dabei, wie er seinem Begleiter folgte, während der zweite Mann dicht hinter ihm blieb. *Wir sind zu langsam.* Die Schatten, schemenhafte, nebelartige Gebilde, Erinnerungen an die Form der einstigen Lebewesen, die bei der Erschaffung der Stian-Kar gestorben waren, drifteten bereits heran.

»Schneller!«, keuchte der Mann vor ihm und legte an Tempo zu.

Er selbst jedoch schien keine Reserven zu haben.

Sein zweiter Begleiter wurde zunehmend hektischer und schickte sich an, Leandar zu überholen, während die Schatten näher drifteten.

*Vielleicht endet alles jetzt und hier.* In seinem momentanen Zustand war er sogar in der Lage, sich darüber zu freuen. *Dann hätte Kira eine Chance.*

Bei dem Versuch, den Magier mit sich zu ziehen, stolperte der Mann, versuchte vergeblich, sich zu fangen und stürzte – neben den Pfad.

Leandar wollte die Augen schließen, sich abwenden, doch außerhalb seines Körpers gelang ihm das nicht. Er war gezwungen zuzusehen, wie die Schatten den Mann, lautlos wie Nebel, einhüllten, ihn nahezu verschlangen.

Erst die rasselnde Stimme des Ersten, der offensichtlich zu ihm zurückgekommen war und nun mit einem hastigen »Weiter, Mael, während sie beschäftigt sind«, nach seinem Arm griff, setzte sich sein Körper wieder in Bewegung.

Für einen Moment kämpfte Leandar mit sich selbst. Er wollte zurück in seinen Leib, ihn zwingen, ebenfalls vom Pfad zu treten, doch die Gewissheit, dass Laon dei Savren dies niemals zulassen würde, hielt ihn davon ab. Wenn ich zurückgehe, sagte er sich, kommt zu der verlorenen Kontrolle über meine Handlungen noch die über mein Denken hinzu. Vielleicht sind das hier die letzten freien Momente, die mir bleiben. Somit konnte er nur zuschauen, wie sein Körper mit dem verbliebenen Begleiter weiterlief, während die Schatten die Lebensenergie des anderen absorbierten und dieser vor seinen Augen zerfiel, sich auflöste und selbst zu einem Schemen verwehte.

## Shadar

*»Der Plan steht, aber ob unser Vorhaben gelingen wird, ist noch sehr fraglich. Manchmal denke ich, es wäre besser, rasch und weit weg zu fliehen – immerhin gibt es noch mehr Länder, als die mir bekannten.«*
*Shadar von Catron, Enishade, Aidris*

»Bald erreichen wir Enishade.« Shadar lenkte sein Pferd neben Kira und deutete auf einige Wüstenreiter, die sich rasch von der Gruppe entfernten. »Sie reiten voraus, um unser Eintreffen anzukündigen.«

»Wir nächtigen auf einem Gut? Alle?« Kira starrte Shadar entsetzt an. »Ich bezweifle, dass – wer auch immer – in der Lage ist, den gesamten Tross zu verpflegen.«

»Das muss er nicht, denn nur ausgewählte Gäste werden seine Zimmer in Anspruch nehmen. Das sind wir, Shaki Hishaim und Jabin, das einzige mitreisende Mitglied von Catrons Rat.«

Kael lenkte das zweite Maultier – Khol, wie der Stallmeister ihm mitgeteilt hatte, als er die beiden nach der Parade gesattelt an ihn übergeben hatte – neben Kira. Erst hatte er die schwarze Stute nur zur Probe reiten wollen, um abschätzen zu können, wie sie ausgebildet war, dann hatte er seine Schülerin gefragt, ob es ihr recht sei, dass er sie weiterhin ritt. Kira freute sich darüber, da sie das Gefühl hatte, dass beide Maultiere lieber Reiter als Lasten trugen. Zwar hatte Kaels Auswahl zu einigen Scherzen geführt, doch die waren nach und nach verstummt. Ihr Zelt war nun in einem der Wagen verstaut.

»Morgen reiten wir mit Shaki Hishaim und einem Teil der Wüstenreiter zur Kherra, um das Massiv bestmöglich in Augenschein nehmen zu können.« fuhr Shadar fort Ich habe darum gebeten, dort zwei Boote für uns zu bereit zu halten.«

»Wie hat der Shaki auf deine Bitte reagiert?«

»Da sein offizieller Auftrag lautet, dir ›die Bereiche des Kheralis-Massivs zu zeigen, in denen die wichtigsten Minen liegen‹, dürfte ihn mein Anliegen kaum überrascht haben. Er wird annehmen, dass wir übersetzen möchten, doch das Gesuch lässt sich auch mit einer genaueren Betrachtung der Umgebung erklären.«

Kael nickte, während Skjaldans Gesicht sich zu einem breiten Grinsen verzog. Er lenkte sein Pferd neben Elmaryns und legte dem Barden eine Hand auf die Schulter.

»Fast schon schade, dass wir nicht wieder ein Floß benutzen, nicht wahr?«

Elmaryn schnaubte. »Wir haben andere Probleme, das wissen die Götter! Obwohl sich meine Freude bei der Aussicht auf eine Flussfahrt durchaus in Grenzen hält, bereitet sie mir insgesamt noch das geringste Bauchgrimmen. Viel größere Sorgen macht mir die Ethialla. Was meint Ihr, Mael Shadar, wie viele von deren Mitgliedern befinden sich in unserer Gruppe? «

»Von einem wissen wir, weshalb wir die Fortsetzung unseres Gespräches aufschieben sollten, bis wir uns in einem Raum aufhalten, den wir besser magisch absichern können als dieses Terrain.«

»Ich hasse diese Heimlichtuerei, diese permanent erforderliche Aufmerksamkeit, die ununterbrochene Beobachtung, unter der ich stehe!«, stöhnte Kira. »Wann werde ich einfach nur wieder ich sein können?«

Ihr Gesicht wirkte müde und Shadar konnte für einen Moment die Verzweiflung hinter ihren Zügen sehen. Sie benötigte eine Pause, doch die Umstände würden ihr keine gewähren – schon gar nicht, bis sie ihren Anker vernichtet hatte.

»Wenn die Leute glauben, dich zu kennen, wird es ein wenig besser, doch beobachten wird man dich aufgrund deiner Stellung immer.« Es nützte nichts, die Wahrheit zu verschleiern, doch vielleicht konnte er ihr etwas Zuversicht geben. »Ich hoffe, du lernst mit der Zeit, ein wenig besser damit umzugehen, denn du wirst dein Amt nicht so schnell abgeben können. Nach vierhundert Jahren Vakanz wieder Stabilität herzustellen dürfte einige Zeit dauern.«

»Prima!«, bekundete Kira und verzog ihren Mund zu einem schiefen Lächeln, ehe sie abrupt das Thema wechselte. »Werde ich heute Abend mit dem Hausherren und allen weiteren wichtigen Personen essen müssen?«

»Nicht unbedingt. Es gibt durchaus Möglichkeiten abzusagen.«

»Dem Himmel sei Dank! Denn wenn wir morgen zum Massiv aufbrechen, möchte ich diesen Abend am liebsten ohne weitere Verpflichtungen verbringen.«

»Du wirst heute Abend deine Auszeit bekommen«, versicherte ihr Skjaldan. »Wenn du willst, bleibe ich bei dir. Ich hatte ohnehin genügend formale Abendessen in der letzten Zeit.«

## Leandar

*»Im Moment ist reine Sturheit das Einzige, was mich weiter bringt.*
*Die Konsequenzen allerdings machen mir Angst.«*
*Leandar von Quo, Mine unter dem Kheralis-Massiv, Kherravar*

Die Halle, die sich vor ihm öffnete – ein weites Rund mit einer natürlichen Erhöhung an der Stirnseite, die man gut als Bühne nutzen konnte – kannte er bereits aus Kiras Erinnerung. Hier war sie, bei ihrem ersten Aufenthalt unter dem Massiv, von Laon dei Savren angegriffen worden. Zwei weitere Männer befanden sich bereits dort. Einer davon kniete vor einer kleinen Nische. Leandar nahm die Kraft wahr, die er nutzte. *Ein Magier also.* Es war nicht leicht, in dieser Umgebung die Distanz zu seinem Körper aufrechtzuerhalten, doch Leandar stemmte sich vehement gegen den Sog, der seinen Geist zurückziehen wollte.

»Das wird Euch nur Qualen bereiten, Mael.«

*Laon dei Savren!* Bislang konnte Leander an einer Hand abzählen, wie häufig dieser sich in seinem Kopf zu Wort gemeldet hatte, seit ihm der Anker bewusst geworden war. Meist hatte der Magier direkt in seine Gefühle und Gedanken eingegriffen, um sie nach seinen Wünschen zu lenken. Diese Art der Beeinflussung fiel weniger auf. *An diesem Ort jedoch ist es nicht mehr notwendig, vorsichtig zu sein. Hier befindet sich Laon dei Savren an jener Stelle, an der er sich durch die Erschaffung der Stian-Kar in dieser Welt verankert hat. Hier kann er bedingt handeln und Magie wirken. Mit einem Körper indessen wäre er ungleich mächtiger und nicht mehr ausschließlich an diesen Ort gebunden – und mit dem Stein des Lichts stand ihm nun eine zusätzliche Kraftquelle zur Verfügung.*

Dass Kira es unter diesen Umständen noch gelingen konnte, ihn zu besiegen, erschien Leandar nahezu unmöglich. Den Stein, den er mit seinem Leben zu schützen geschworen hatte, hier her zu bringen, gab Kiras Vorgänger einen großen Teil der Kraft, die er benötigte, um den letzten Schritt seines Plans in die Wege zu leiten: Seine Rückkehr nach vierhundert Jahren. *Was geschieht, wenn Kira scheitert?*

Leandar beobachtete sich selbst dabei, wie er das Kästchen durch den Raum zu der Nische trug. Dort war ein filigran aus Silber gefertigter Kreis in den Boden eingelassen und er fühlte die Energie darin, als er die Linie überschritt.

»Öffnet das Kästchen, Mael. Ihr müsst die Kraft nicht abschirmen. Das wird der Kreis übernehmen. Und Ihr solltet nun wirklich zurück in Euren Körper gehen. Auch Euer Geist ist, wie Ihr wisst, durch den Anker an mich gebunden, und Ihr könnt nichts gegen mich unternehmen.«

»Ich kann frei denken.«

»Was nützt Euch das, solange Ihr nicht auch handeln könnt?«

»Es ist mehr, als ich bisher vermochte.«

»Dann bleibt, wo Ihr Euch befindet, es ist gleich.«

Wahrscheinlich war es das tatsächlich, seine Auflehnung nur noch ein Prinzip, doch Leandar hatte sich sein ganzes Leben lang an Prinzipien gehalten. Weshalb also sollte er ausgerechnet jetzt damit brechen? *Weil ich durch meine eigenen Grundsätze blind geworden bin und dadurch schon genügend Fehler gemacht habe? Weil aufgeben leichter wäre?*

Er verdiente keine einfache Lösung. Kira hingegen war es wert, jede noch so geringe Chance zu erhalten, auch wenn er die Option, die ihr sein Widerstand eventuell eröffnete, momentan nicht erkennen konnte.

Leandar hatte keine Möglichkeit zu verhindern, dass er sich in den Kreis kniete und den Deckel des Kästchens anhob. Für ein paar Lidschläge war es im Raum vollkommen still, ehe Laon dei Savrens Lachen in seinen Geist barst und diesen für einen Augenblick vollständig einnahm. Dem Magier, der bei Leandars Eintreten noch daran gearbeitet hatte, den Kreis zu aktivieren, erging es offensichtlich genauso. Zusammenzuckend starrte er auf die Schatulle. Dann weiteten sich seine Augen. Haarnadeln und Kämme mit geschliffenen Steinen, zwei Halsketten und Armbänder, einige Ringe – überwiegend in Grautönen gehalten, abwechselnd schwarz und weiß oder klar wie Wasser – in dem Kästchen lag Kiras Schmuck. Kein Stein!

So abrupt, wie das Gelächter erklungen war, brach es ab, und die Stimme, die Leandar kurz darauf vernahm, war alles andere als amüsiert. »Bei der Vorbereitung meiner Rückkehr wurde ich wiederholt dazu gezwungen, Dinge zu tun, die ich eigentlich vermeiden wollte – zuerst durch Vea, meine eigene Schülerin, und nun durch Euch, Mael Leandar. Eure Gedanken in diesem Punkt waren klar. Der Stein befand sich in diesem Kästchen. Nur habt Ihr geflissentlich vergessen, mir mitzuteilen, wann. Ihr hättet nachsehen können, Mael. Ihr besitzt die Kraft, den Stein abzuschirmen, und das wisst Ihr. Ich sehe, Ihr nutzt die Freiheitsgrade, die Euch bleiben.«

Es folgte ein Moment der Stille, dann fuhr Laon dei Savren fort: »Fatal für Euch, denn bei dem, was nun folgen muss, benötige ich Sicherheit – ohne jeden Freiheitsgrad. Ihr erhaltet nun eine letzte Chance, mit Eurem Geist in Euren Körper zurückzukehren.«

Leandar spürte den Sog, bedeutend stärker jetzt. Sich diesem entgegen zu stemmen kostete ihn seine gesamte Disziplin.

»Nun, Ihr hattet die Gelegenheit.« Die Stimme in seinem Bewusstsein schnitt wie gefrorener Stahl durch seine Gedanken. »Bringen wir es zu Ende. Tretet vor und legt Eure Hände auf das silberne Symbol in die Nische. Direkt auf den Speicherstein.«

Unglaubliches Entsetzen erfasste den ehemaligen Erzmagier, als ihm klar wurde, was Laon dei Savren vorhatte und was das für ihn selbst bedeutete: Er würde sterben. In wenigen Sekunden. Und wenn er sich dabei nicht mit dem Geist innerhalb seines Körpers befand, würde der Anker zu Laon dei Savren bestehen bleiben. Über den Tod hinaus wäre er gezwungen mitzuerleben, was dieser Mann tat, ohne die Möglichkeit zu handeln oder eingreifen zu können, verbunden mit ihm, bis dieser starb.

Leandar gewahrte, wie er der Aufforderung Folge leistete. Für einen Moment empfand er grenzenlosen Schmerz, dann umfing gnädige Dunkelheit sein Bewusstsein.

## Kira

*»Mut bedeutet nicht, ohne Angst zu handeln,*
*sondern trotz der Angst etwas zu tun.«*
*Kira Sanders, Grenze zum Kheralis-Massiv, Aidris*

»Seid Ihr sicher, Mlyss, dass Ihr Euch diesem Risiko aussetzen wollt?«, erkundigte sich Shaki Hishaim mit unverkennbarem Unbehagen. »Die wichtigen Areale sind auf der Karte verzeichnet.«

»Dennoch würde ich Eure Karte gerne mit dem Original vergleichen, um mich besser orientieren zu können, und wir haben nur von der anderen Seite des Flusses einen freieren Blick, sobald wir die Bäume hinter uns gelassen haben«, erklärte Kira, wobei sie den Shaki so beruhigend wie möglich anlächelte.

»Ihr befindet Euch auf der anderen Seite der Kherra bereits nahe an der Grenze zu jener Zone, in der kein Leben mehr möglich ist. Sollten Euch die Schatten begegnen, seid Ihr als Magierin besonders gefährdet.«

»Die Schatten wandern mit dem Wasser, Nahen Shaki«, mischte sich nun auch Shadar in die Diskussion ein. »Wenn – wie beim Morgentau oder in der Abenddämmerung – Nebel in der Luft läge, wären wir gefährdet. Doch jetzt, um die Mittagszeit, ist die Wahrscheinlichkeit gering, einem dieser Wesen zu begegnen.«

Bis wir das Massiv betreten.

Elmaryn, Skjaldan, Shadar, Kael, Jabin und Aki mit den vier Männern, die er nach Aidris mitgenommen hatte, würden sie in die Mine begleiten. Im Moment standen allerdings auch noch Damar und Njall sowie einige Wüstenreiter neben den Booten. Letztere galt es, auf dieser Seite des Flusses zurückzulassen.

*In den nächsten Stunden entscheidet sich, ob Laon dei Savren in diese Welt zurückkehrt oder nicht. Ob ich überlebe oder sterbe.* Kira senkte für einen Moment die Lider, atmete tief durch, verdrängte den Gedanken so gut es ging und folgte dann Skjaldan, der zu einem der Boote strebte. Die Kherra wirkte an dieser Stelle breiter als bei ihrer letzten Überquerung, doch diesmal gab es keine Felsen und die Boote besaßen solide Ruder, nicht die improvisierten Paddel, die sie damals benutzt hatten. *Ob wir es alle bis zur Mine schaffen? Beim letzten Mal war es verdammt knapp!*

»Wartet, Mlyss! In Anbetracht Eurer Sicherheit wäre es sinnvoller, dass meine Männer den Fluss zuerst überqueren.«

Kira nickte ruhig. Auf diesen Einwand des Kommandanten der Wüstenreiter hatte Aki sie vorbereitet. Er hatte jedes ihrer Argumente aus strategischen Gesichtspunkten zerpflückt, daher wusste sie, dass sie nicht logisch zu argumentieren brauchte. Jetzt war es angebracht, Autorität zu zeigen.

»Ich fühle mich durch meine eigene Garde ausreichend geschützt und wünsche keine weitere Begleitung. Dieser Ausflug wird nicht allzu viel Zeit in Anspruch nehmen. Gegen Abend sind wir wieder zurück.«

»Der Khalid hat mich mit der Gewährleistung Eurer Sicherheit betraut, Mlyss.«

»Und die wird nicht gefährdet sein. Meine Garde sowie meine Lehrer begleiten mich. Zudem noch ein Ratsmagier Catrons. Es ist mein ausdrücklicher Wunsch, nur mit dieser kleinen Gruppe überzusetzen.«

Dem Mann war deutlich anzusehen, dass er überlegte, ihren Wunsch zu missachten und seine Leute trotzdem im ersten Boot zu platzieren. *Beachte den Hauptmann so wenig wie möglich. Es interessiert dich nicht, was er denkt. Du hast gesagt, was du möchtest und erwartest nun, dass er gehorcht.* Shadars Worte im Gedächtnis, wandte sich Kira von ihm ab und drückte Njall die Zügel ihres Maultiers in die Hand. »Pass gut auf sie auf!«

»Auf sie bitte ebenfalls«, schloss sich Shadar an, und drückte dem Schüler eine kleine Ledertasche in die Hand, aus der es vernehmlich miaute.

Njall bedachte sie mit einem Ausdruck schlecht versteckter Panik. Sie hatten ihn und Mael Damar am vorigen Abend in ihr Vorhaben eingeweiht, da sie jemanden benötigten, der die Wüstenreiter in Schach hielt, sollten diese sich weigern, Kira und ihre ausgewählten Begleiter alleine übersetzen zu lassen und sie notfalls auch daran hinderte, ihnen zu folgen. Zudem hatte Jabin argumentiert, dass es die Position Catrons unterstützen würde, wenn es einen Magier der Schule gab, der bezüglich des tatsächlichen Ansinnens Auskunft geben konnte, falls sie bei Einbruch der Dunkelheit nicht zurück waren – und auch, weshalb sie es dem Gros des Trosses verschwiegen hatten.

»Lächeln, Kira! Wir fahren lediglich über die Kherra«, ermahnte sie Shadar, ehe er sich neben ihr auf der Ruderbank niederließ.

»Bist du überhaupt nicht nervös?«

»Was glaubst du?«

Kira lachte leise auf. »Du wirkst auf mich genauso entspannt, wie wir es den Wüstenreitern gerne vermitteln würden.«

»Sehr schön. Lach doch auch du nochmal so wie gerade, nur mit ein bisschen weniger Verzweiflung, dann glaubt man dir ebenfalls, dass alles in Ordnung ist.«

Das erste Boot löste sich vom Ufer. Elmaryn saß am Bug, den Blick starr auf Akis breiten Rücken geheftet, der vor ihm ruderte. Der Barde wirkte alles andere als entspannt.

Kira wollte gleichfalls nach einem der Ruder greifen, doch Shadar stoppte ihre Initiative. »Bis gerade eben hast du deine Rolle sehr gut gespielt. Mach es jetzt nicht kaputt. Akis Männer und Skjaldan werden rudern. Das reicht.«

»Du nicht?«

»Ich bin ein Ratsmagier Catrons. Schau nach vorn. Siehst du Kael ein Ruder bewegen? Oder Jabin? Wie soll dich die adelige Welt bloß ernst nehmen, Mlyss d'Eartha?«

»Wenn du mit dieser Bemerkung genau das bezweckt hast, hast du dein Ziel erreicht«, prustete Kira erheitert. »Erwecken wir nun den Eindruck, den du erzielen willst?«

»Unbedingt«, bestätigte Shadar nickend. »Du hältst dich hervorragend und wenn wir Glück haben, sind wir wirklich so früh, dass die Ethialla uns unter dem Massiv noch nicht erwarten wird.«

Kira sah auf das Wasser. Laon dei Savren alleine reichte ihr vollkommen. Wenigstens besaß er keinen Körper und war deshalb in dem, was er tun konnte, eingeschränkt. Noch.

»Was ist mit Leandar? Hat er die Kassette direkt unter das Massiv gebracht? Weiß die Ethialla womöglich bereits, dass sie etwas völlig anderes enthält?«

Shadar zuckte mit den Schultern. »Leandar ist seit zehn Tagen fort. Ohne ein Gefolge wie dem unseren kann man das Gebirge auf dem Weg, den wir benutzten, in etwa drei Tagen erreichen. Allerdings hat er den nicht genommen. Seit wir wissen, dass wir dort noch einmal hin müssen, wird der Pfad überwacht und ich stehe in Kontakt jenen, die das tun. Bislang hat sich niemand der Mine genähert.«

»Der einzige andere Zugang führt über Kherravar?«

»Der einzige andere Zugang, der in Catron bekannt ist«, korrigierte Shadar. »Ob die Ethialla von einem weiteren weiß, entzieht sich meiner Kenntnis. Sollte Leandar diesen Zugang genutzt haben, könnte er inzwischen dort sein. Allerdings noch nicht sehr lange, einen oder zwei Tage vielleicht. Catron überwacht den anderen Zugang ebenfalls, wenn auch nicht so lückenlos wie diesen hier. Wer es darauf anlegt, kann unsere dortigen Posten umgehen. Größere Gruppen fallen jedoch auf. Dennoch sollten wir uns darauf einstellen, Leandar und seine Begleiter unter dem Massiv anzutreffen – eventuell sogar weitere Personen. Ich hoffe allerdings sehr, dass es nicht zu viele sind. Sicher ist nur, dass wir vorsichtig vorgehen müssen. Ein Rückzug über den Pfad durch den Gebirgszug wird kaum zu bewerkstelligen sein.«

Kira schloss die Augen und versuchte, den Ablauf noch einmal in ihrem Geist durchzuspielen. Ihre Aufgabe war es, die Steine in den Saal zu bringen, in dem sie bei ihrem ersten Besuch von Laon dei Savren attackiert worden war, und ihre Energie in das Gestein zurückzuleiten. Gegebenenfalls musste sie zeitgleich geistige Angriffe abwehren. Um körperliche Attacken möglicherweise anwesender Gegner würden sich die anderen kümmern. *Ich kann keine Energie aus den Steinen für die Abwehr verwenden, doch Laon dei Savren besitzt ohne Körper nicht seine volle Stärke und ihm bleiben nur die Steine, um an Energie zu kommen.*

Zwar konnte er, da er direkt mit den Steinen verbunden war, selbst dann auf deren Kraft zugreifen, wenn sie sich in den mit Arcugam ausgeschlagenen Kästchen befanden, doch je mehr Energie Kira in das Massiv zurückleitete, umso schwächer würde er werden.

»Ohne einen Körper in dieser Welt, ist er von seinem Anker zu den Steinen anhängig«, hatte Kael ihr erklärt. »Solange es dir gelingt, den geistigen Angriffen zu entgehen und die Stian-Kar zu entladen, vermag er kaum etwas gegen dich zu unternehmen.

Diesmal hatten sie ein ganzes Stück durch den Wald auf der anderen Seite der Kherra gehen müssen, um den Pfad zur Mine zu erreichen.

Kira strich sich mit einer Hand den Schweiß von der Stirn. Es war weniger die Hitze, als die konstante Präsenz der Stimmen in ihrem Kopf, die sie verfluchten, um Hilfe anflehten oder lediglich ihr Leid herausschrien. Ein Blick zu Elmaryn bestätigte, dass er genauso unter dem Einfluss des Ortes litt. *Bald ist das vorbei. Wenn es uns gelingt, die Steine zu vernichten, wird dieser Ort wieder Leben beherbergen.*

Dazu mussten sie allerdings zuerst die Mine erreichen, ohne vom Weg abzuweichen oder den Schatten zu nahe zu kommen. Kira dachte mit Grauen an das letzte Mal, da sie diesen Pfad genommen hatten. Shadar hatte die Schatten, die ihr und Skjaldan zu nahe gekommen waren, mit seiner Magie vertrieben, was ihn beinahe das Leben gekostet hätte. Nur die Tatsache, dass die Mine unter dem Berg geschützt und gegen den Einfluss der Schatten abgeschirmt war, hatte ihn damals gerettet.

»Wir müssen hintereinander bleiben und den Weg so schnell wie möglich zurücklegen, das heißt rennen«, wandte sich Shadar an die Mitglieder ihrer Expedition, die beim letzten Mal nicht dabei gewesen waren. »Elmaryn ist flink, er geht als Erster. Ihm folgen Jabin sowie zwei von Akis Leuten. Am besten, Ihr wählt für diese Positionen die schnellsten Läufer aus, Njaldan. Danach du, Kira, Skjaldan direkt hinter dir, dann Aki und seine anderen beiden Männer. Ich gehe als Letzter. Jabin, solltest du Magie nutzen müssen, um uns zu helfen, tu das erst dicht bei der Mine. Der Magieverlust an diesem Ort ist enorm, und es geht schnell! Heb die linke Hand, bevor du vollkommen erschöpft bist! Es ist dann an deinen Leuten, Aki, ihn in Sicherheit zu bringen. Die Treppe nach unten zu erreichen genügt, um dem Einfluss des Massivs zu entgehen. Sollte ich hinten etwas tun müssen, werde ich rufen. Es wäre nett, wenn Ihr mich dann mitnehmen würdet, sofern es möglich ist. Falls nicht, bleibt bei Kira. Ich vertraue dabei auf Eure Entscheidung.«

Skjaldans Hand senkte sich auf Kiras Schulter. »Bereit?«

Diese konnte nur nicken. Ihre Kehle war wie zugeschnürt.

Kurz darauf sprintete Elmaryn los. Kira zählte lautlos bis zehn, dann sprintete sie los, den Blick fest auf den Rücken ihres Vordermannes gerichtet. *Lauf, Mädchen. Der Untergrund ist egal, wenn du rutschst, gleich aus*, erklangen Clevins Anweisungen in ihrem Kopf. *Das hier ist weniger uneben als die Strecke um Quo!* Trotzdem war sie schweißgebadet, als sie an Jabin vorbeilief. Skjaldan schob sie vorwärts, als sie sich umdrehen wollte.

»Die anderen?«

»Kommen!« Skjaldans Stimme klang ruhig. »Shadar hätte gerufen, wenn etwas geschehen wäre.«

Kurz darauf stolperten die beiden Ratsmagier auf die Treppe. Zwischen ihnen hing einer von Akis Männern, grau im Gesicht und scheinbar ohne Bewusstsein.

Elmaryn beugte sich über den Gardisten, als sie ihn auf der Treppe ablegten. »Was ist passiert?«

»Er ist zurückgeblieben und hat einen der Schatten angegriffen, um mich zu schützen«, berichtete Shadar schwer atmend. »Auch wenn ich ihm dafür sehr dankbar bin, fürchte ich, dass er es nicht überleben wird.«

Kira schaute zu Aki hinüber, senkte aber rasch den Blick, als sie diesen die Zähne zusammenpressen sah.

Als habe er ihre Reaktion bemerkt, wandte sich der Hauptmann ihr zu. »Alle, die Euch nach Aidris begleitet haben, Mlyss, wussten, dass sie sich in Gefahr begeben. Ihr müsst Euch keinen Vorwurf machen. Dieser Mann hat richtig gehandelt und ich bin stolz auf ihn. Wir benötigen Mael Shadar bei dem, was wir vorhaben. Wenn ich einen Vorschlag machen darf, Mlyss? Wir sollten nicht auf dieser Treppe verweilen, sondern uns einen Ort suchen, der sich besser verteidigen lässt.«

»Eine sinnvolle Anregung.« Kael musterte die steile Treppe und die in die Wände eingelassenen Steine, deren Licht, wie bei ihrem letzten Besuch, langsam zum Leben erwachte. »Irgendjemand oder -etwas registriert unsere Anwesenheit. Uns wird nicht allzu viel Zeit bleiben.«

Kira nickte.

»Wir schaffen das«, ermutigte Skjaldan sie. »Wenn Laon dei Savren dir Ärger macht, gehe ich notfalls selbst in die Geisterwelt und spreche dort seinen Namen aus! Wir werden ja sehen, ob er es schafft, seine Aufmerksamkeit zu teilen.«

Kira behielt ihre Befürchtungen für sich, griff nach ihrer Tasche und trat den Weg nach unten an. Die beiden Kästchen mit den Steinen schienen mit jeder bewältigten Stufe schwerer zu werden.

Als sie die kleine Kammer am Fuß der Treppe erreicht hatten, richtete Elmaryn dem bewusstlosen Gardisten, der inzwischen flach und unregelmäßig atmete, ein improvisiertes Lager aus dessen Umhang. Kira widerstrebte es zutiefst, den Mann hier zurückzulassen, doch ihn weiter zu tragen, würde ihm nicht helfen – erst recht nicht, wenn es zu einem Kampf kam. Allein bei dem Gedanken daran zog sich ihr Magen zusammen und sie rang mit der in ihr aufsteigenden Übelkeit.

»Wie groß ist die Entfernung zu jenem Raum, der unser Ziel ist?«, wollte Jabin wissen, dessen Blick auf den Gang gerichtet war, der aus der Kammer herausführte.

»Es ist nicht mehr viel weiter als die Strecke, die wir bisher im Massiv zurückgelegt haben.« Skjaldan wiegte abschätzend den Kopf. »Wir waren langsam unterwegs – damals – da es Shadar nicht gut ging. Auch haben wir die Umgebung mit Kiras Traum verglichen, doch es war nicht allzu weit bis zur Halle.

»Dann sollten wir gehen und die Reihenfolge beibehalten. An Wegkreuzungen warten wir.«

Kira versuchte, sich den Weg, so gut es ging, ins Gedächtnis zu rufen. »Ich erinnere mich an keine Abzweigungen. Wenn sich der Gang verbreitert und nach unten führt, sind wir kurz vor dem Saal.«

Kiras Unbehagen wuchs mit jedem Schritt. »Kein Plan überlebt den ersten Kontakt mit dem Feind.« Diesen Spruch hatte sie in ihrer Welt oft genug in Büchern gelesen, und Kael hatte etwas Ähnliches gesagt, als sie ihren eigenen gemacht hatten. Was würde ihnen begegnen und wer? An welcher Stelle würden sie zu improvisieren beginnen müssen?

Hochaufmerksam, die Sinne weit ausgestreckt, um Angreifer frühestmöglich zu erkennen, fühlte Kira mit einem Mal eine Veränderung der Kraft. Gerade noch rechtzeitig gelang es ihr, ihren Schild zu verstärken, ehe Feuer über sie hinweg strömte. *Feuer?* Erschrocken schnappte sie nach Luft, die heiß in ihrer Lunge brannte.

Jabin wandte sich zu ihr um. »Das war gut, Kira. Du schützt uns, wir konzentrieren uns auf den Angriff. Gib uns Raum.«

Eine schlanke Gestalt, nicht weit vor ihnen, bereitete gerade den nächsten Anschlag vor. Kiras Gedanken rasten. Das Feuer hatte ihr Schild zwar abgehalten, die Hitze jedoch nicht. *Wir sind in einem Gang ... Ich muss die Schildfläche gar nicht über der gesamten Gruppe halten ...* Flugs verlegte ihren Schild knapp vor die Gestalt in den Gang. Erneut brandete Feuer dagegen, erreichte die Gruppe diesmal jedoch nicht, sondern zwang den fremden Magier zurückzuweichen.

»Vorwärts!«, zischte Jabin und sprintete los. Kael folgte ihm, ohne zu zögern, ebenso Aki und seine Männer. »Kira, lass den Schild dem Mann folgen. Modifiziere ihn für unsere Angriffe, halte dich aber hinten. Wir rücken vor, so zügig es geht.«

Kira hielt sich, flankiert von Shadar und Skjaldan, hinter den beiden Magiern sowie den Gardisten. Elmaryn sicherte ihren Rücken. In Enishade hatte es eine kurze Diskussion gegeben, ob sie der Barde begleiten sollte, da es fraglich war, ob er ihnen bei einem Kampf helfen konnte, doch der hatte darauf bestanden. Kira hätte ihn lieber in Sicherheit gewusst, doch seltsamerweise blieb ihr jetzt, wo es soweit war, kaum Zeit, Angst um ihn zu haben. *Den Schild modifizieren, ihn dem Angreifer hinterher schicken, die Stärke an die Angriffe anpassen, um Energie zu sparen,* vergegenwärtigte sie sich ihre Vorgehensweise.

Shadar neben ihr fluchte verhalten auf die Ethialla und die Ausbildung ihrer Mitglieder in elementarer Magie. Der Mann im Gang verwendete mit Vorliebe Feuer, beging aber nicht noch einmal den Fehler, die Nähe von Kiras Schild zu unterschätzen. Bisher hatte nichts, was ihre Gruppe tat, ihn erreichen können, und ihr Vormarsch geriet ins Stocken.

*Wenn ich dem Schild eine leichte Krümmung gebe, sodass sein Feuer nicht mehr gerade darauf trifft, sondern zu seinem Ursprung zurückgeleitet wird ...*

Die Abwandlung zeigte Erfolg, und abermals musste der feindliche Magier nach hinten ausweichen. Zeitgleich griff Jabin ihn an, und erstmals war eine Wirkung zu erkennen: Der Mann taumelte, fiel beinahe. Nur durch ein seitliches Abrollen zur Wand hin gelang es ihm, Kaels sich anschließenden Schlag auszuweichen.

*Den Schild nach vorne verschieben.* Sie spürte Jabins erneute Attacke mehr, als sie sie sah. Dann traf ein fremder Schlag ihr Schild. Der Mann im Gang hatte Verstärkung bekommen.

»Wenigstens nicht noch ein elementarer Magier!«, knurrte Skjaldan. »Pass auf! Der benutzt eine ekelhafte Taktik: Kleine Angriffe, die dich in Atem halten, um dich für den richtigen Gegenschlag zu schwächen!«

Leider nutzte das Wissen Kira nicht viel, denn die vielen kleinen Nadelstiche banden ihre Aufmerksamkeit und der erste Magier geriet aus ihrem Sichtfeld.

»Auf den Boden! Kira, lass alles abgleiten!« Shadars Warnung kam keine Sekunde zu früh. Obwohl die Energie nun nur an ihrem Schild vorbeistrich, ließ die Stärke des Überfalls sie doch scharf einatmen. Zeit zum Erholen blieb ihr indessen nicht. Ein weiterer harter Schlag, diesmal kombiniert mit dem Feuer ihres ersten Gegners, rauschte über sie hinweg und für einen kurzen Moment war die Hitze unerträglich.

»Konzentriere dich! Du verlierst die Kontrolle über deinen Schild!«

*Atmen* ... Ihr Brustkorb kochte, ihre Haut fühlte sich heiß und geschwollen an. Wie mussten sich Aki und seine Männer fühlen, die sich ganz vorne, wo ihr Schild durch den Winkel nur flach gewesen war, auf den Boden geworfen hatten? *Ich kann ihnen nur helfen, wenn ich den Schild nach vorne verschiebe.*

Jetzt griff Shadar an. Auch Skjaldan tat etwas, das ihre Angreifer ein Stück zurückweichen ließ. Der Hauptmann erhob sich hustend und lud seine Armbrust nach. Einer seiner Männer regte sich nicht mehr.

»Aki – jetzt!« Skjaldan hob den Arm, der Gardist schoss und traf. Kira wandte rasch das Gesicht ab, als der Feuermagier fiel.

»Schau auf den zweiten Angreifer. Du musst sehen, was er tut.«

*Shadar hat recht.* Sie hob den Blick und bereute es sofort. Der Feuermagier wand sich am Boden, die Hände in den Bauch gekrallt. Blut strömte zwischen seinen Fingern hindurch. Kira musste würgen.

»Der zweite Angreifer!«, fauchte Shadar, wobei er zwischen sie und den sterbenden Mann trat. »Verschieb den Schild nach vorne, wir müssen aus diesem Gang raus, in die Halle.«

Eher mechanisch tat sie, was der Ratsmagier verlangte und registrierte nur flüchtig, wie sich einer von Akis Männern über den Feuermagier beugte.

»Sieh nicht hin, Kira.« Shadars Stimme klang beinahe weich.

Kira rang den Impuls, sich zu übergeben, nieder und zwang sich dann, ihren Fokus auf den zweiten Magier zu richten, der, sich nun eher verteidigend als angreifend, kontinuierlich zurückwich. Der Gang wurde breiter, der Untergrund fiel ab, was sie zu einer Ausweitung des Schildes zwang.

»Gut so.« Skjaldan schritt neben ihr weit aus. »Es wird Zeit, dass ...«

»Runter! Alle! Schild flach!«

Shadar riss Kira zu Boden, doch es gelang ihr nicht rechtzeitig, die Form ihres Schildes zu modifizieren. Etwas, das sich anfühlte wie ein heranbrausender Güterzug, traf auf die Fläche und ließ sie wie Glas zersplittern. Kira keuchte auf und ihr Mund füllte sich mit Staub. Hustend versuchte sie, sich auf Hände und Knie aufzurichten, doch der Wind, der jetzt durch den Gang fegte, hielt sie fest auf den Felsen gepresst.

»Keine Kraft, kein Schild und keine Ausbildung. Ich habe nichts anderes erwartet, Mlyss d'Eartha.« Die Stimme klang schneidend und troff vor Ironie.

»Schild, Kira! Sofort!« Shadars Flüstern direkt an ihrem Ohr riss sie aus ihrer Schockstarre. »Starte flach am Grund und dehne ihn langsam aus.«

Gegen den Druck des Windes gelang es ihr kaum, den Schild zu konzipieren, doch nachdem sie eine kleine Kuppel geschaffen hatte, ging es leichter. Vorsichtig dehnte sie den Schutz weiter aus, um ihre gesamte Gruppe abzudecken, doch ein neuer Widerstand ließ sie entsetzt aufkeuchen.

»Was bei den Göttern … ?« Skjaldan drückte den Oberkörper mithilfe der Unterarme nach oben, um sich einen Überblick zu verschaffen. »Kira, was ist das?«

Sie konnte ihm nicht antworten. Was sich da von unten an den Rändern ihres Schildes herauf schob, war das Gestein des Berges selbst. Es verschob sich nur langsam, wenige Zentimeter bisher, doch der Druck gegen ihren Schild war bereits deutlich zu spüren. Ungläubig starrte sie den Mann an, der nun in ihr Sichtfeld trat.

»Mael Leandar?«

»Ich sagte, ich würde rechtzeitig zurück sein.«

Eisige Kälte kroch in Kiras Knochen. »Ihr seid nicht Mael Leandar.«

# Kael

*»Mist!«*

*Kael von Quo, Mine unter dem Kheralis-Massiv, Kherravar*

Er begriff in dem Moment, in dem Kira es aussprach. Die Person, die vor ihnen stand und mittels einer lässigen Geste seiner Hand den Fels über Kiras Schild fließen ließ, sah zwar aus wie der ehemalige Erzmagier, doch das war die einzige Ähnlichkeit mit Leandar von Quo. *Laon dei Savren ist bereits zurückgekommen – im Körper seines zweiten Ankers.* Kael zwang sich, ruhig zu atmen. Als sie in Enishade die Gegebenheiten durchgesprochen hatten, mit denen sie in der Mine konfrontiert werden konnten, war dieses Szenario, dem sie jetzt gegenüberstanden, dasjenige gewesen, bei dem ihnen die geringsten Chancen blieben. Zwar hatten sie gehofft, das Massiv vor Leandar zu erreichen und darauf spekuliert, dass Laon dei Savren in der Astralwelt auf Kira wartete, doch die Möglichkeit der Übernahme von Leandars Körper hatte im Raum gestanden, zumal dieser sein zweiter Anker war.

Shadar hatte ihre Chancen in diesem Fall treffend zusammengefasst: »Entweder wir sterben dort oder uns fällt etwas ein, womit der Kerl nicht rechnet.«

Jetzt war es soweit. Kael konzentrierte sich auf einen Kontakt zu Kira. »Du wirst der Gewalt des Gesteins nicht lange standhalten können. Mach deinen Schild für uns sichtbar und weiche, wo es nötig ist, dem Druck aus. Obwohl uns Laon dei Savren gegenübersteht, besitzt er nicht seine eigene, sondern lediglich Leandars Stärke und Ausdauer.« Das war – bei den Göttern – mehr als genug, zumal der ehemalige Mler d'Eartha, die Magie betreffend, über sein eigenes Wissen verfügte, doch diesen Gedanken verbannte Kael aus seinem Kopf. »Kontaktiere die anderen, auch Elmaryn und Aki. Wenn du eine Idee hast, teil sie uns auf diesem Weg mit.« Auch das hatten sie im Vorfeld besprochen, sogar geübt, doch er wusste nur zu gut, wie sehr sich Übung und Ernstfall unterschieden.

Kurz darauf stand der Kontakt. »Ich muss den Schild zurückziehen.«

Dieses Eingeständnis Kiras stellte nicht gerade eine Ermutigung dar, doch war es besser, sie sparte ihre Kräfte für den Fall, dass sich ihr Gegenüber auf offensivere Angriffe verlegte.

»Sammeln bei Elmaryn«

»Du kannst das hier beenden, Mädchen, oder du siehst zu, wie deine Freunde sterben.« Laon dei Savren sah Kira aus Leandars Gesicht heraus spöttisch an.

»Ach ja? Und ›das hier beenden‹ bedeutet konkret?«, erwiderte Kira wütend.

»Selbstverständlich erwarte ich, dass du dein Versprechen einlöst. Das hier«, er strich mit einer Hand über seine Brust, »ist bloß eine Übergangslösung, die ich gerne vermieden hätte, doch sie war nötig. Ich gehe nicht gerne Risiken ein.«

»Kira, modifiziere deinen Schild, damit wir angreifen können.«

Es war nur ein winziges Zusammenzucken, doch es genügte ihrem Gegner, um passend zu kontern. Der kombinierte Vorstoß von Shadar und Jabin erreichte sein Ziel nicht, sondern wurde zu Kiras Schild zurückreflektiert, was ihn gefährlich ins Wanken brachte. Skjaldan griff stabilisierend ein, während Kael einen eigenen Schlag vorbereitete.

»Vorsicht, hinter uns!« Akis Stimme in ihrem Kontakt war ungeübt und erklang in seinem Kopf sowie in seinen Ohren. Offenbar hatte der Hauptmann gleichzeitig gesprochen, um seine Männer aufmerksam zu machen.

Dem zweiten Magier war es gelungen, an ihnen vorbeizukommen und er attackierte sie ebenfalls. Gleichzeitig schob sich der Fels weiterhin um ihren Schild in die Höhe, nun allerdings auf jeder Seite.

»Leandar ist noch hier«, war mit einem Mal ein erstaunter Einwurf Elmaryns in ihrem Kontakt zu vernehmen.

»Wie meinst du das?«, reagierte Kira sofort.

»Irgendwie hält sein eine Verbindung zu seinem Körper. Kann uns das nützen?«

*Leandar ist gezwungen, das alles mit anzusehen?* Kael schauderte.

»Aus der astralen Ebene heraus kann er nicht handeln«, antwortete Shadar, während er bereits Kraft für den nächsten Angriff sammelte.

»Und wenn ich dort seinen Namen ausspreche?«, hakte Kira atemlos nach.

»Einen Versuch ist es wert. Viel schlechter kann unsere Lage nicht werden.« Die Chance war minimal, doch es war eine Möglichkeit.

Skjaldan verstärkte die Kraft, mit der er Kiras Schild unterstützte. »Kael, wir halten den Schutz?«

»Ja! Allerdings solltest du dich beeilen, Kira.«

## Kira

*»Hoffentlich findet sich eine Lösung!«*
*Kira Sanders, Mine unter dem Kheralis-Massiv, Kherravar*

Obwohl sie befürchtete, inmitten des Kampfes kaum die innere Ruhe zu erlangen, die sie brauchte, um den Kontakt zur Geisterwelt herzustellen, half ihr seltsamerweise gerade die Vorstellung, was mit den anderen geschehen würde, falls sie damit scheiterte.

»Leandar von Quo«, sprach sie in die Stille.

»Was tust du hier, Kira!«, fuhr dieser sie an. »Bist du vollkommen wahnsinnig? Ruf sofort deinen Führer! Wie kannst du, mit Laon dei Savren in einem Raum, der womöglich sieht, was du versuchst, diesen Schutz nur vernachlässigen?«

»Mala Vea!«, flüsterte sie wie im Reflex und die Magierin war sofort bei ihr.

»Ich schließe mich der Frage an, Kira Sanders. Was tust du hier?«

»Wir suchen einen Weg, gegen Laon dei Savren vorzugehen, und ich hatte gehofft, die Verbindung, die Ihr, Mael Leandar, noch zu ihm habt, böte einen Angriffspunkt. Wenn Ich Euch Macht zum Handeln gäbe, indem ich Euren Namen ausspreche ...«

»Ist dir bewusst, welche Konsequenzen es nach sich zöge, wenn Mael Leandar täte, was du wünschst?«, fragte Vea sanft.

»Nicht wirklich«, gestand Kira.

»Um die zwischen ihm und Laon die Savren bestehende Verbindung zu nutzen, müsste er Magie einsetzen. Das wird Wesen auf den Plan rufen, die du sehr gut kennst. Sie werden der Verbindung folgen können und es auch tun. Dabei werden sie

Mael Leandars gesamtes Wesen in sich aufnehmen. Er wird nicht auf der astralen Ebene bleiben können, sondern zwischen die Welten gezogen werden.«

Kira musste schlucken. Sie hatte diese Kreaturen gesehen: die Dunklen, den Wächter in Catrons Verlies und nicht zuletzt diejenigen, die sich hinter Laon dei Savrens Fenstern drängten.

»Rufe ich damit diese Bestien zurück auf die Welt?«

»Nein. Sie können einen Körper nicht besetzen oder durch ihn die Welt betreten. Sie werden jedoch die Seele des Erzmagiers mit sich zwischen die Welten ziehen, wenn dieser stirbt.

»Ich bin dazu bereit.« Leandars Gestalt wirkte blass doch entschlossen. »Ich habe einen Eid geleistet und gedenke, ihn zu halten.«

»Kira«, erreichte sie ein schwacher Ruf aus der anderen Ebene, »was immer du tust, beeil dich damit.«

»Ich kann nicht länger bleiben«, wandte sich Kira an Leandar. »Wir werden von Laon dei Savren angegriffen. Werdet Ihr tun, um was ich Euch gebeten habe, Mael?«

»Das werde ich«, bestätigte Leandar ernst. »Doch ich kann nur handeln, wenn du hier bleibst.«

»Du kannst ohnehin nichts gegen Laon dei Savren unternehmen, denn dein Anker beruht auf einem bindenden Versprechen«, untermauerte Vea noch einmal die Tatsache, der Kira sich nur allzu bewusst war.

»Ich ... sie schaffen das nicht ohne Hilfe. Es ist ohnehin schon ziemlich aussichtslos. Mala Vea, ich weiß, dass es schlecht ist, ohne einen Beschützer hier auf dieser Ebene zu sein, doch ... könntet Ihr meinen Körper übernehmen, während ich hierbleibe und Leandar helfe?«

»Das ist möglich, Kira. Lässt du einen Anker zu mir zu?«

»Muss ich das?« Sie wollte keine weitere verpflichtende Verflechtung ... *Doch wenn es nötig ist, um meine Freunde zu retten ... Jetzt habe ich die Antwort auf die Frage, ob ich es wieder tun würde!*

»Sofern du ihn verwehrst, wäre ich gewissen Limitationen unterworfen, die wir nicht gebrauchen können«, fuhr Vea eindringlich fort.

»Gut. Was muss ich geben?«

»Nur dein Wort.«

Kira streckte die Hände vor. »Ich lasse einen Anker zu Euch zu, Mala Vea. Ihr dürft meinen Körper nutzen.«

»Ich muss ihn ganz übernehmen, damit ich voll handlungsfähig bin. Ich möchte nicht, wie mein Lehrer, über die Verbindung zu dir angreifbar sein. Weißt du, was das bedeutet?« Während Kiras Geist die bittere Wahrheit noch zu leugnen versuchte, sprach Vea unerbittlich weiter: »Du wirst sterben, Kira.«

*Was hatte Kael gesagt? Entweder uns fällt etwas ein mit dem er nicht rechnet, oder wir sterben dort? Jetzt war es wohl so weit.* »Das werde ich ohnehin, wenn ich jetzt einen Rückzieher mache. Euch hingegen könnte es gelingen, den anderen wirklich zu helfen.«

Vea nickte, dann legte sie eine Hand auf Kiras Stirn. Kurz fühlte es sich so an, als brenne sich etwas tief in ihr Bewusstsein. Unwillkürlich schrie sie auf. Dann schwand der Schmerz und mit ihm alles andere. »Ich werde jemanden schicken. Dann ist es wichtig, dass du dich erinnerst!«, waren die letzten Worte, die sie vernahm, ehe sich auch diese verflüchtigten, als sie selbst aufhörte zu sein.

## Skjaldan

»Kira?«

*Skjaldan Briskfadar, Mine unter dem Kheralis-Massiv, Kherravar*

Ein Blick zu Kael sagte ihm, dass auch er nicht mehr lange durchhalten würde. *Entweder der Stein schließt uns völlig ein oder unsere Schilde brechen vorher.* Einmal mehr verfluchte Skjaldan den zweiten Magier, der ihn mit seiner Nadelstich-Taktik permanent dazu zwang, seine Abwehr zu modifizieren. Kael ging es, was Laon dei Savren betraf, nicht besser. Die Verbindung zu Kira, die er eben noch am Rand seines Bewusstseins gefühlt hatte, war fort – und doch bemerkte er aus dem Augenwinkel, wie das Mädchen sich aufsetzte.

»Den Göttern sei Dank!«, murmelte er erleichtert. »Komm zurück in den Kontakt! Kannst du hier wieder übernehmen?«

»Gleich.«

Er spürte, wie sie Kraft sammelte, dann zerbarst der Stein um ihren Schild und die Splitter stoben nach allen Seiten. Der Magier vor Skjaldan legte alle Energie, die ihm zur Verfügung stand, in seinen Schild, hatte der Kraft des Angriffs jedoch nichts entgegenzusetzen.

»Einer weniger! Wie viele sind neben Laon dei Savren noch hier?«

Perplex starrte Skjaldan Kira an. *Sie weiß doch ...* Mit einem Schlag wurde ihm eiskalt. *Kira wäre niemals in der Lage gewesen, etwas zu tun, das Laon dei Savren Schaden zufügen konnte! Aber genau das hat sie gerade getan.*

»Wer seid Ihr?«, stieß er zwischen den zusammengepressten Zähnen hervor.

»Ich bin Vea. Bei den Göttern, verteidigt Euch weiter, sonst war Kiras Opfer umsonst. Mein Lehrer in einem Körper, der über ein hohes Magietalent verfügt, ist niemand, dem man in einem Kampf den Rücken zuwenden sollte!«

»Ihr seid ... die Gründerin Quos?« Shadar wirkte, als wisse er nicht, wen er mehr fürchten sollte: Laon dei Savren oder die neue Präsenz in Kiras Körper.

»Richtig, Mael. Ich stehe auf Eurer Seite, wenn Ihr die Rückkehr meines Lehrers in sein Amt verhindern wollt. Ich bin auf Kiras Wunsch hier, da sie dies als den letzten Ausweg gesehen hat. Überprüft es, wenn Ihr wollt, aber tut es nach diesem Kampf.« Erneut sammelte Kira, nein, Vea, Kraft. Das Feuer, das auf sie zuflog, wurde von einem Wind erfasst und zu Laon dei Savren zurückgetrieben.

»Eines ist noch wichtig. Kira benötigt Hilfe auf der astralen Ebene. Wer ist hier am entbehrlichsten?«

Shadar atmete scharf ein. »Wie genau meint Ihr das?«

»Zwei von euch müssen dort hin, um ihren sowie Leandars Namen auszusprechen und bleiben, bis die beiden getan haben, was nötig ist.«

»Ich gehe.« Elmaryns Stimme zitterte, dennoch ging er einen Schritt auf Vea zu.

»Ich komme mit dir!« Skjaldan trat neben ihn. »Dann kann ich gleich überprüfen, ob es stimmt, dass Kira das hier wollte!«

Vea warf ihm einen Blick zu, der besser in Shadars als Kiras Gesicht gepasst hätte. Ihre nächsten Worte troffen vor beißender

Ironie. »Ihr solltet mir vertrauen, bevor Ihr Euch in meiner Anwesenheit auf die astrale Ebene begebt, Mael.« Erneut wehrte sie einen Angriff ab. »Wenn Ihr damit Probleme habt, vertraut Kira. Ich bin, was ihren Körper betrifft, keinerlei Limitation unterworfen. Das sollte Euch genug über die Freiwilligkeit der Übergabe sagen, denn gewiss habt Ihr sie inzwischen umfassend über Anker aufgeklärt.«

Kalte Wut stieg in Skjaldan auf. »Ihr habt Kira gezwungen, so etwas erneut zuzulassen?«

Vea schnaubte belustigt. »Nicht ich habe sie gezwungen. Die Umstände haben das getan.« Dann wurde ihr Ton merklich weicher. »Genauer gesagt hat sie es für Euch getan, Mael Skjaldan, wie auch für alle anderen hier. Sie wollte, dass ihr überlebt. Ich kann und werde euch helfen, doch Laon dei Savren zu besiegen wird auch für mich keineswegs einfach werden. Daher ist es besser, wir nutzen jede Möglichkeit, die sich uns bietet. Kira wie Leandar waren bereit zu tun, was nötig ist. Seid Ihr es auch?«

## Kira

*»Oh!«*
*Kira Sanders, astrale Ebene*

»Kira Sanders.«

Etwas oder jemand rief sie. Es war ein seltsames Gefühl, sich aus dem Gleichgewicht zu lösen, beinahe ein Verlust. Sie war alles gewesen und jetzt wieder nur ein Teil – sie selbst. Da waren Menschen, die sie kannte – und da war Erinnerung …

»Elmaryn? Skjaldan? Was ist geschehen? Weshalb seid ihr hier?«

»Du hättest das nicht tun sollen! Kira, wir brauchen dich!« Skjaldans Gesicht war eine Maske der Trauer.

»Aber Vea weiß, was zu tun ist! Und sie kann etwas gegen La …«

Es war nicht gut, Namen auszusprechen. Je länger sie wieder eine Form hatte, umso mehr Erinnerungen strömten zu ihr zurück. »Sie kann etwas gegen ihren Lehrer unternehmen, wohingegen mir die Hände gebunden sind.«

Die Gestalt an seiner Seite – das musste Moanir, sein Führer auf dieser Ebene sein – nickte zustimmend. Erst jetzt wurde sie der vierten Person gewahr, die hinter dem Barden erschienen war. *Natürlich, auch Elmaryn benötigt hier einen Beschützer.*

»Kira, es tut mir so leid ...« Tränen rannen über Elmaryns Astralkörper-Gesicht. »Aber wir haben jetzt keine Zeit. Ich werde bei dir bleiben, Skjaldan muss Mael Leandar rufen.«

»Jaaa ... erwiderte Kira gedehnt. »Er hat eine Verbindung zu Veas Lehrer und kann sie nutzen, um ihn zu töten.«

Der Magier sah aus, als wolle er alles andere lieber tun, doch dann sprach er den Namen aus. Kurz darauf war Leandar bei ihnen.

»Wer von euch wird mir die Kraft dafür geben, Magie zu wirken?«, kam Leandar direkt auf den Punkt zu sprechen.

»Ich werde es tun, Mael Leandar«, antwortete Skjaldan grimmig, aber entschlossen.

Quos ehemaliger Erzmagier lächelte – ein wenig wehmütig, wie es Kira schien.

»Ich kann meine Fehler nicht rückgängig machen. Auch ihre Folgen nicht, doch ich hoffe, jetzt wenigstens das Richtige zu tun. Skjaldan, du musst bleiben, bis du sicher bist, dass es nicht mehr aufgehalten werden kann. Auch wenn diese Wesen dich angreifen. Ich werde versuchen, sie auf mich zu ziehen, doch wenn ich hier Magie einsetze, ist die Auswirkung auf Lebende oder auf die, deren Name ausgesprochen wurde, ungewiss.«

»Ich weiß. Fang an, Leandar! Bringen wir es hinter uns! Ihr anderen solltet gehen.«

»Ich bleibe!«, ereiferte sich Kira. »Du hast meinen Namen ausgesprochen – ich kann es also! Und ich werde es tun.«

»Aktuell hat Elmaryn dich hergerufen«, korrigierte Skjaldan. »Davon abgesehen erinnere ich mich daran, dass du zu jenen gehörtest, die es gut fanden, dass Shadar mich gegen meinen Willen nach Quo transportiert hat, damit ich in Sicherheit bin. Deshalb wirst auch du gehen, wenn Elmaryn geht.«

Die aufbegehrende Entgegnung blieb Kira im Halse stecken, da Leandar damit begann, seine Bindung zu Laon dei Savren magisch zu stärken. Sofort wurde es an den Rändern ihres Gesichtsfeldes dunkel. Sie kamen.

»Elmaryn! Geh!«, befahl Skjaldan dem Barden.

Das erste der Wesen driftete an Kira vorbei, dunkel, formlos wie Nebel, doch es gewann an Kontur, je näher es dem ehemaligen Erzmagier Quos kam.

»Pass auf dich auf!«, beschwor Elmaryn seinen Freund, streckte eine Hand nach ihm aus und berührte ihn sacht an der Schulter. Dann wandte er sich Kira zu.

»Es ist mir unmöglich, dich zu begleiten, denn ich bin bereits tot!«, flüsterte diese. »Mir kann nichts passieren, aber vielleicht kann ich Skjaldan schützen, die Wesen ablenken – ihm ist das auf dem Treck nach Drawahr auch gelungen!«

»Oh doch, Kira«, widersprach Elmaryn erstickt. »Es gibt schlimmeres als den Tod! Wenn sie dich erwischen, ziehen sie dich zwischen die Welten und du wirst einer von ihnen.«

»Aber Skjaldan ...«

»... weiß, was er tut.« Das Gesicht des Barden wirkte nicht im Mindesten so, als glaube er das, was er sagte.

»Verschwindet endlich«, setzte Skjaldan ihrem Disput ein Ende. »Ich muss mich konzentrieren!«

Kira sah, wie Elmaryn schluckte. »Wir werden alles daran setzen, dass dein Opfer nicht umsonst war!«, versicherte er ihr. Dann verblasste seine Form und alles löste sich auf.

## Kael

*»Wir brauchen ein Wunder.«*
*Kael von Quo, Mine unter dem Kheralis-Massiv, Kherravar*

Der Raum verschwamm vor seinen Augen und Kael musste sich für einen Moment an der Wand abstützen. Fokussieren ... den Schild halten ... Neben ihm ging Shadar in die Knie und stützte sich mit beiden Händen am Boden ab, knapp neben Elmarys und Skjaldans reglosen Gesichtern. *Wer ist hier am entbehrlichsten?*, dröhnten Veas Worte in seinem Kopf. *... entbehrlich ...*

»Kael!«

Jabins Ruf riss ihn ins Geschehen zurück. »Kannst du mich hier unterstützen?«

Kael kämpfte den Schwindel nieder und trat neben ihn an Shadars Stelle. Leandar selbst hätte längst gegen ihre kombinierten Angriffe aufgeben müssen, doch Laon dei Savren war in der Lage, Energie aus allem zu ziehen – und er nutzte, was immer ihm zur Verfügung stand, auch Wärme. Die Temperatur in der Höhle war inzwischen so weit gesunken, dass Kael seinen Atem sehen konnte.

»Im Moment versucht er es mit geistigen Angriffen. Nicht mein Spezialgebiet, kannst du das übernehmen?«, keuchte der Ratsmagier. Sein Gesicht war grau und die Erschöpfung hatte tiefe Linien hinein gegraben. Das höfliche ›Ihr‹ war irgendwann während des Kampfes irrelevant geworden.

»Ich versuche es. Was ist mit Shadar?«

Jabin blieb keine Zeit für eine Antwort. Der Angriff Laon dei Savrens brachte ihn und Kael an die Grenzen ihrer Belastbarkeit. Für einen Augenblick fühlte Kael tiefste Verzweiflung und Hoffnungslosigkeit. *Das ... sind nicht meine Empfindungen,* stemmte er sich mit aller verbliebenen Kraft gegen die ihn demoralisierenden Gefühle. *... muss abwehren!* Es war, als schwämme er durch Sirup. Dann klärten sich seine Sinne wieder und er blickte in Kiras – nein, Veas – Gesicht.

»Ich übernehme jetzt unseren Schutz«, drang ihre heisere Stimme verzerrt an sein Ohr. Auch ihr war die Erschöpfung anzumerken. »Unterstützt Aki und seine Männer dabei, mit ihren Armbrüsten zu treffen. Konventionelle Waffen hat mein Lehrer noch nie geliebt. Seine Schilde könnten in diesem Punkt schwach sein.«

Kael blickte zu Aki hinüber. Er und die beiden verbliebenen Gardisten wirkten noch relativ ausgeruht, da sie bisher nicht körperlich in den Kampf hatten eingreifen können. »Wer von euch ist der beste Schütze?«

»Alrik.« Aki deutete auf den Mann rechts neben sich, der sogleich vortrat. Kael nickte ihm zu.

»Du schießt exakt dann, wenn wir es sagen. Jabin? Wir sollten versuchen, unsere Kraft zu vereinen. Es funktioniert, Skjaldan und Shadar ...«

»Ich weiß. Shadar hat mir davon berichtet. Die Idee ist ... gut.«
Der Ratsmagier griff nach Kaels Hand. »Los!«

Kael fixierte Laon dei Savren und spürte, wie Jabins Kraft sich mit seiner vermischte.

»Alrik ... Jetzt!«

Der Bolzen glitt trotz ihrer Unterstützung vom Schild ihres Gegners ab, ließ ihn jedoch einen Schritt zurücktaumeln.

»Irgendetwas lenkt ihn ab. Noch einmal!«, spornte Jabin seine Mitstreiter an und fokussierte seine Energie bereits wieder.

Kael registrierte nun ebenfalls, dass Laon dei Savrens Konzentration nicht mehr vollkommen auf das Geschehen im Raum gerichtet war. Etwas anderes machte ihm zu schaffen. *Eine Finte oder unsere Chance?* Sie würden es gleich herausfinden.

»Alrik ... Jetzt!«

Wieder wurde der Bolzen durch den Schild des Magiers abgelenkt, doch diesmal nicht weit genug. Er streifte Laon dei Savrens Oberarm und Blut sickerte in den Stoff seiner Robe.

Alriks nächster Bolzen lag bereits abschussbereit an der Sehne, als kurz darauf der Schild ihres Widersachers in sich zusammenfiel.

»Jetzt!« Kaels Schrei hatte noch kaum dessen Lippen verlassen, da spürte er, wie Jabin neben ihm seine Kraft ebenso fokussierte wie er selbst. Zeitgleich prallten Alriks Geschoss und ihre gebündelte Magie auf den ungeschützten Magier.

Ihr Gegner brach zusammen. Schlagartig waren sie in dröhnende Stille gehüllt.

*Ist es das gewesen? Haben wir gesiegt?* Kael wagte kaum, diese Möglichkeit ernsthaft in Erwägung zu ziehen. Ein ungutes Gefühl ließ ihn noch immer seine Aufmerksamkeit sowie Kampfbereitschaft beibehalten.

»Seine Augen ...«, krächzte Jabin und trat einen Schritt zurück – fort von dem Körper, dessen Haut nun eine graue Tönung angenommen hatte. Der Kopf lag verdreht – den Blick starr geradeaus gerichtet. Die Augäpfel wirkten komplett schwarz.

*Nein, nicht vollkommen dunkel, etwas bewegt sich darin, oder besser, dahinter.* Kael keuchte auf und wich ebenfalls zurück, als ihm gewahr wurde, wo er so etwas bereits einmal gesehen hatte: in

Kiras Erinnerung, bei dem Blick aus Laon dei Savrens Fenstern. »Was ist das?«

»Ein Blick zwischen die Welten – dorthin, wo Laon dei Savrens Essenz jetzt weilt. Man wird nichts mehr sehen, wenn sich sämtliche Wesenheiten zurückgezogen haben.«

»Zwischen die Welten?« Ein Hoffnungsschimmer glomm in Jabins Iriden auf. »Bedeutet das ...«

»Ja!«, bestätigte Vea seine noch unvollständige Frage. »Es gibt keine Möglichkeit mehr, ihn von dort zurückzuholen. Er war zu lange von der physischen Ebene getrennt und zwischen den Welten kann niemand ihn rufen oder einen Anker zu ihm eingehen.« Tief durchatmend schloss die Gründerin Quos kurz die Augen. »Nun ist er wirklich verloren.«

Trauer schwang in ihren Worten mit, doch Kael vernahm ebenfalls ihre Erleichterung. Laon dei Savren war ihr Lehrer gewesen. Eventuell erinnerte sie sich auch an gute Zeiten mit diesem Mann.

## Vea

*»Seit vierhundert Jahren.«*
*Vea von Quo, Mine unter dem Kheralis-Massiv, Kherravar*

Erschöpft sank Vea neben dem kaum noch zu erkennenden Leichnam Leandars von Quo in die Knie. Sie hatte getan, was sie konnte, aber letztendlich hatte der ehemalige Erzmagier Laon dei Savren besiegt, indem er mit dem Band des Ankers, der die beiden aneinander kettete, einen Weg für die Kreaturen zwischen den Welten bereitet hatte. Dem Sog dieser Wesen, die seine Essenz unerbittlich mit sich zogen, hatte auch ihr ehemaliger Lehrer nichts entgegen zu setzten vermocht. Es entbehrte nicht einer gewissen Ironie, dass gerade jene Wesen, denen er selbst einst das Tor zu ihrer Welt geöffnet hatte, nun sein eigenes Schicksal besiegelten.

Laon dei Savrens Vermächtnis – die Stian-Kar – existierten jedoch nach wie vor, hielten das Ungleichgewicht der Kräfte aufrecht und benötigten, um sie getrennt zu halten, exakt jene Energie, die er dem

Kheralis-Massiv geraubt hatte. Sie war dabei gewesen, als er die Trennung von Licht und Dunkelheit vollzog, hatte das Sterben von Menschen und Natur erlebt. Damals hatte sie nicht einzugreifen gewagt, hatte nicht einmal gänzlich begriffen, welche Auswirkungen Laon dei Savrens Tat haben würde. Erst, als sie die Steine vor sich sah, war ihr bewusst geworden, dass sie hätte handeln müssen – zu spät, viel zu spät. Nun, vierhundert Jahre später, konnte sie ihrer Welt das zurückgeben, was Laon dei Savren ihr geraubt hatte. Obwohl die Energien noch auf widernatürliche Weise gebunden waren, der Anker zu den Stian-Kar existierte nicht mehr.

»Wo befinden sich die Steine?«, wandte sie sich an Kael, der ihr am nächsten stand.

Suchend blickte der Magier sich um. Zuletzt hatte Kira sie getragen …

Mit einem entschuldigenden Grinsen kam Aki auf sie zu. »Verzeiht, Mael. Als Kira ›diese Ebene verließ‹ habe ich die Kästchen an mich genommen. Niemand sonst hatte Zeit, sich darum zu kümmern.« Umsichtig streifte er sich die Tragegurte der beiden Taschen von den Schultern und übergab beide samt Inhalt an Kiras Lehrer.

»Was gedenkt Ihr, damit zu tun?«, blieb Kael vorsichtig, was ein unbestimmtes Lächeln auf Mala Veas Züge treten ließ.

»Das, weswegen Kira hier her gekommen ist: Ich werde die Trennung aufheben und dem Massiv die ihm geraubte Energie zurückgeben. Oder möchtet Ihr diesen Part übernehmen, Mael?«

»Ich müsste lügen, wollte ich behaupten, dieser Aufgabe gewachsen zu sein. Ihr habt uns in unserem Kampf gegen Laon dei Savren beigestanden. Kira vertraut Euch – also werde auch ich das tun!« Mit diesen Worten zog er die Schatullen aus den Taschen und überreichte sie ihr.

»Könnte ich bitte ein Messer bekommen?«

Die fragenden Blicke aller richteten sich auf sie.

»Grau spiegelt die Neutralität zwischen schwarz und weiß wider. Ein Stück grauen Stoffes als Unterlage wird den Vorgang vereinfachen, und dieses Gewand bietet reichlich davon.«

Überraschenderweise war es Shadar, der ihr – mit dem Griff voran – einen kurzen Dolch reichte. Offenbar hatte auch er sich entschieden, der Gründerin Quos sein Vertrauen entgegen zu bringen – kein leichter Schritt für einen Ratsmagier Catrons.

Darauf bedacht, möglichst sauber zu schneiden, trennte Vea einen nahezu quadratischen Lappen aus ihrem Untergewand heraus.

»Ich werde für die Umkehrung des Prozesses die Nische benutzen, in der auch die Trennung von Licht und Dunkelheit vollzogen wurde. Sie ist sehr gut abgeschirmt und der Kreis wird meine Magie erleichtern. Tretet trotzdem zurück und schützt Euch. Es wird viel Energie fließen.«

Ohne weitere Erklärungen gab sie Shadar sein Messer zurück, ergriff die beiden Kästchen, die sie neben sich auf den Boden gestellt hatte, erhob sich und schritt auf die Rückwand der Halle zu. Während sie den filigran aus Silber gefertigter Kreis auf dem Boden betrat nahm sie wahr, wie die anderen sich um Skjaldan, der mit geschlossenen Augen reglos an die Steinwand gelehnt auf dem blanken Fels saß, versammelten. Als die Magier gemeinsam einen Schutzschild formten, erhellte für einen Moment ein Lächeln Veas Gesicht. *Zumindest diese Männer haben verstanden, dass Licht und Dunkelheit zusammengehören.* Dann fokussierte sie ihre Gedanken und die Konzentration auf das Kommende legte eine starre Maske auf ihre Züge.

Nachdem auch sie einen Schild um sich und die Nische gelegt hatte, platzierte sie den Stofffetzen auf dem kleinen Podest. Anschließend nahm sie vorsichtig zuerst den einen, dann den anderen Stein aus seinem Behältnis und stellte sie nebeneinander auf die graue Unterlage. Der Sog der Kraft, der beide Hälften zueinander zog, war enorm, doch noch musste sie beide Steine voneinander abschirmen. Nur langsam durfte die Kraft zwischen ihnen fließen und sich ausgleichen. *Ich hätte mir nach diesem Kampf einen Augenblick der Ruhe gönnen sollen. Meine Kraft – Kiras Kraft – ist nahezu aufgebraucht, aber wenn zu viel Zeit vergeht …*

Ein grellweißer Funke leuchtete zwischen den Steinen auf und fuhr knisternd in den Boden. Für einen Moment erstrahlte der Kreis um sie herum in blendendem Licht. Rasch zwang sie sich, ihre Konzentration wieder vollständig auf ihre Aktion zu richten. Vorsichtig verringerte sie den Abstand zwischen den Stian-Kar, bis die Steine sich berührten und tatsächlich zu verschmelzen begannen.

Die Kraft veränderte sich, floss ruhiger. Ausgehend von dem Absatz in der Wandvertiefung strömte sie über Wände und Boden des Stollens, flutete ihre gesamte Umgebung. *Jetzt bekommt dieser Ort endlich zurück, was ihm genommen wurde.*

Veas Hände zitterten vor Anstrengung, doch nun übernahm die Natur die Führung der Energie, leitete sie selbst an die Orte, wo sie benötigt wurde und schaffte den Ausgleich – Gleichgewicht! Nun erst erlaubte sei sich aufzuatmen. Als sie ihren Schild fallenließ, lösten die Magier den ihrigen ebenfalls.

Vea nickte ihnen zu: »Nun bleibt mir nur noch eines zu tun«, informierte sie die Männer, nachdem sie zu ihnen zurückgekehrt war. »Kira hat die Chance, ihr Amt zu begleiten, mehr als verdient. Ich werde ihren Körper freigeben.«

## Kira

*»Sie haben es geschafft!«*
*Kira Sanders, astrale Ebene*

»Kira Sanders!«
Abermals löste sie sich aus der Einheit, weil sie gerufen wurde. Diesmal war der Impuls ungleich stärker, mächtiger.

»Mala Vea?«

»Ja, Kira. Wie fühlst es sich für dich an, gerufen zu werden?«

*Was bezweckt sie mit dieser Frage?* »Ich … kann es nicht gut beschreiben«, gab Kira zögerlich zu. »Sich aus dem Gleichgewicht mit allem zu lösen ist, wie etwas ungemein Wertvolles zurücklassen zu müssen. Trotzdem ist es nicht direkt unangenehm. Ihr wart lange genug hier, Ihr müsstet verstehen, was ich meine.«

»Wie stark ist dein Gefühl von Verlust?«

»Kennt Ihr es nicht?«

»Oh doch, Kira, das tue ich. Seit vierhundert Jahren verhindert mein Anker zu Quos Labyrinth, dass ich in diese Einheit eingehen kann. Andererseits hat er mir auf der astralen Ebene mein Selbst bewahrt – einer der Gründe, weshalb ich so leicht in deinen Körper wechseln konnte, nachdem du mir einen Anker erlaubt hast. Laon dei Savren ...« Kira zuckte bei der Nennung des Namens unwillkürlich zusammen und sah sich hektisch um. Vea lächelte. »Er befindet sich nun zwischen den Welten. Ohne einen Anker! Er kann nicht mehr hier her gerufen werden. Zudem ist er vor viel zu langer Zeit gestorben. Selbst wenn er sich noch auf dieser Ebene befände, wäre es nahezu unmöglich, ihn ohne seinen Anker zu erreichen.«

»Gut!« Mit einem Seufzen entwich Kiras Anspannung. Aber meinen Namen auszusprechen geht noch? Wie lange ist das möglich?«

»Dich zu rufen ist kein Problem, da du noch nicht lange tot bist und dein Name in dieser kurzen Zeit bereits zweimal auf der astralen Ebene ausgesprochen wurde. Je länger du allerdings hier bist, umso mehr verblasst deine Erinnerung an dich selbst. Ist sie vollständig fort, wird dein Name dich nicht mehr interessieren, wenn ihn jemand nennt. Dann bist du wirklich eins mit allem.«

»Wie lange dauert das? Die Vorstellung ist wunderschön, doch dann würde ich auch nicht mehr erfahren, wie es meinen Freunden geht.«

Vea lachte leise auf. »Es ist gut, dass du dieses Interesse noch besitzt, denn ich habe dich hergerufen, um zu erfahren, ob du in deinen Körper zurückwillst.«

»Ihr würdet mir meinen Körper wieder übergeben?« *Dann kann ich zurück zu den anderen ... aber der Eingang in das Gleichgewicht bleibt mir verwehrt ... jedoch nur jetzt ... wenn ich – irgendwann – ganz normal sterbe, wird es sich mir wieder öffnen ...*

Vea nickte. »Du hast während deiner Zeit in unserer Welt viel aufgebaut. Ich müsste mir die Achtung aller Parteien in diesem Konflikt um Licht und Dunkel neu erarbeiten. Catron steht mir, als Gründerin Quos, sowie aufgrund der Jahrhunderte alten Konflikte, noch immer skeptisch gegenüber. Du hast das Vertrauen beider Schulen. Stehst du noch zu dem Eid, den du geleistet hast, als wir uns zum ersten Mal trafen?«

»Ja, das tue ich«, bekundete Kira nach kurzer Überlegung. »Ich werde mein Amt wieder aufnehmen, was sicherlich nicht leicht sein wird, doch diesmal gibt es keinen Anker, der mich bindet und ich habe meine Freunde, die mich unterstützen. Shadar, Kael,

Elmaryn und ... Was ist mit Skjaldan? Lebt er? Hat er es geschafft zurückzukommen?«

»Das wirst du erfahren, wenn du zurück bist. Bewahre dir jetzt deine Unsicherheit und Angst um deine Freunde, es erleichtert dir den Willen aufzubringen um diesen Ort zu verlassen und deinen Körper wieder in Besitz zu nehmen.« Als sie geendet hatte, streckte Vea ihr beide Hände entgegen. »Kira Sanders, ich erlaube dir einen Anker zu mir.«

Entsetzt wich Kira zurück. »Einen Anker? Ist das nötig? Es ist doch mein Körper.«

»Das stimmt. Dennoch kannst du, wenn du einmal gestorben bist, nicht einfach so von hier in einen Körper wechseln – nicht einmal in deinen eigenen«, erklärte Vea geduldig. »Wäre so etwas möglich, hätte mein Lehrer kaum vierhundert Jahre gewartet und es wäre nicht nötig gewesen, etwas wie die Stian-Kar herzustellen.«

»Aber Ihr konntet es doch!«, konterte Kira.

»Du musst wirklich noch einiges über Magie lernen«, seufzte Vea. »Ich fasse mich kurz, denn du möchtest deinen Körper sicherlich unbeschadet übernehmen. Erstens – die Übergabe muss freiwillig erfolgen und derjenige, der es anbietet, muss leben. Zweitens – derjenige, der den Körper übernimmt, darf nicht zu lange tot sein. Er muss den Willen, in der Welt zu leben, noch besitzen. Dieses Gefühl schwindet sehr schnell, wenn du nicht gerade in der physischen Ebene verankert bist, wie ich über Quos Labyrinth und den Stein des Lichts, weshalb ich dir am Anfang entsprechende Fragen gestellt habe. Drittens – man sollte sich an dem Ort befinden, an dem derjenige, der den Körper übernehmen will, gestorben ist. Ein Anker zu der entsprechenden Person erleichtert einiges, zum einen die vollständige Übernahme ohne Einschränkungen, aber auch das Finden des Körpers. Du wirst es verstehen, wenn es soweit ist.«

»Ihr konntet also meinen Körper übernehmen, obwohl Ihr in Quo gestorben und seit vierhundert Jahren tot seid, weil ich Euch einen Anker erlaubt habe und Ihr im Stein des Lichts einen weiteren vor Ort hattet«, begann Kira zu begreifen.

»So ist es. Wäre allerdings der Stein nicht dort gewesen, hätte ich nichts tun können. Willst du nun deinen Körper zurück?«

»Ja, das will ich!«

»Dann sollten wir mit der Prozedur beginnen!«

»Und wie mache ich das?«

»Ich werde dich gedanklich durch den Prozess leiten. Mir wurde berichtet, du besäßest das Talent, rasch zu begreifen. Das wirst du jetzt brauchen.«

Vea lächelte und reichte Kira abermals ihre Hände. »Kira Sanders, ich lasse einen Anker zu dir zu, der auch nach meinem Tod bestehen bleibt, bis du selbst ihn löst.«

»Nach Eurem Tod?«

Vea senkte bestätigend den Kopf. »Der Anker würde mit meinem Tod gelöst werden, sobald du deinen Körper übernimmst. Das wäre fatal, sollte dabei etwas nicht so geschehen wie geplant. Zudem, beinhaltet dies weitere Vorteile – für dich!«

Erneut sah Kira sie fragend an.

»Du hast ein Amt angetreten, über das du wenig weißt. Du hattest niemanden, der dich einweisen konnte. Ich biete dir meine Erfahrung und mich selbst als deine Ratgeberin an. Durch den Anker kannst du mich erreichen, ohne die astrale Ebene betreten zu müssen. Des Weiteren gibt er mir – auch wenn er von dir gehalten wird – hier einige Freiheiten: beispielsweise die Möglichkeit, ein geschütztes Domizil für uns zu errichten, wenn wir sprechen. Löse den Anker, sobald du dich sicher fühlst.«

»Das könnte ziemlich lange dauern!«, gab Kira offen zu.

»Ich werde diese Zeit warten können. Immerhin habe ich bereits vierhundert Jahre gewartet. Da fallen ein paar mehr kaum noch ins Gewicht«, erwiderte Vea mit einem offenen Lachen.

»Gut, ich nehme Euer Angebot gerne an. In der Tat kann ich jede Hilfe gebrauchen! Und sollte es Euer Wunsch sein, den Anker auch früher zu lösen, werde ich das tun!«, versprach Kira und ergriff Veas Hände. Ein seltsames Gefühl bemächtigte sich ihrer. Nur leise vernahm sie die Anweisungen der Magierin und es beanspruchte ihre gesamte Konzentration, diese zu befolgen. Irgendetwas begann, an ihr zu zerren, sie von ihrer Mentorin wegzureißen. »Geh jetzt. Dein Körper wartet!«, waren die letzten Worte, die Kira verstand, ehe Vea ihre Hände losließ und sie in Dunkelheit versank.

Kira konnte nicht atmen und ihr fehlte jegliche Orientierung. *Wie, bei den Göttern, soll ich meinen Körper finden?* »Hallo? Ich brauche Hilfe! Skjaldan? Shadar? Elmaryn? Kael? Irgendwer?«

»Kira!«, erreichte sie von weit her eine Stimme und sie richtete all ihre Sinne darauf aus.

»Shadar?«

»Ja, Kira, ich bin es!«

»Wo bist du? Wo bin ich überhaupt?«

»Folge meiner Stimme! Schau durch meine Augen! Ich sehe auf deinen Körper!«

Kira fühlte, wie ein leichter Sog sie erfasste, dann schlug sie die Augen auf.

»Atme!«, befahl Shadar, der neben ihr kniete.

*Atmen ist eine gute Idee. Aufsetzen eventuell auch …* Doch als sie es versuchte, schien sich der Raum um sie zu drehen und sie ließ sich auf den Umhang zurücksinken, der unter ihrem Kopf platziert war.

»Bleib liegen«, wies Shadar sie kopfschüttelnd an.

»Ist es Kira?«, erklang eine weitere Stimme und Elmaryn drängte sich in ihr Gesichtsfeld.

»Nun«, der Ratsmagier verschränkte die Arme vor der Brust, »sie hat im astralen Raum ›irgendwen‹ gerufen, der ihr hilft, musste sich von mir zu ihrem Körper leiten lassen und sie vergisst das Atmen bei ihrer Rückkehr. Ich bin mir dessen ziemlich sicher.«

Kira stöhnte auf. »Elmaryn, wo ist Skjaldan?«

»Schau nach rechts. Es geht ihm noch nicht besonders gut, doch er hat es geschafft.«

Kira drehte ihren Kopf, noch während Elmaryn sprach. Skjaldan sah in der Tat nicht gut aus, doch er war wach und verzog den Mund zu einem Lächeln, als er sie sah.

»Zum Glück ist der ›ehrenwerte Mler d'Eartha‹ schnell gestorben, sodass diese Wesen wieder verschwunden sind! Ich kann mir jetzt in etwa vorstellen, wie es denen gegangen ist, die von den Dunklen berührt wurden. Kein schönes Gefühl. Ich glaube, in die Geisterwelt will ich so schnell nicht wieder!«

»Wo sind wir im Moment? Noch unter dem Massiv?«

Shadar nickte bestätigend.

»Ich glaube, bis ich die Steine entladen kann, wird es noch ein bisschen dauern«, gab Kira nach einem tiefen Atemzug zerknirscht zu, woraufhin der Magier schallend zu lachen begann.

»Das hat Vea bereits getan. Kael, Jabin und Aki sind draußen, um zu überprüfen, ob dort alles in Ordnung ist. Wir können diesen Ort verlassen, sobald ihr beide euch besser fühlt.«

Eine Mücke landete auf ihrem Arm. Kira hatte ihre Hand bereits zum Schlag erhoben, hielt jedoch in der Bewegung inne. Hinter sich hörte sie ein leises Kichern.

»Erstreckt sich dein Unwille, andere zu töten, jetzt auch auf Mücken?«, witzelte Shadar und trat ebenfalls aus dem Eingang hinaus in die Sonne.

»Sie ist seit vierhundert Jahren das erste Tier, das sich in das Kheralis-Massiv wagt. Da kann ich doch nicht einfach draufhauen.«

»Das erste, das du bemerkst. Und das wahrscheinlich auch nur, weil es auf dir gelandet ist«, ergänzte Skjaldan, der sich hinter Shadar nun ebenfalls durch den Eingang der Mine schob.

Der Magier lehnte sich neben Kira an die sonnenwarmen Steine und sog genüsslich die Luft ein. »Tageslicht! Endlich!«

»Geht es dir wieder besser?« Kira musterte Skjaldan mit schräg gelegtem Kopf.

Seine Haut wirkte blass. Obwohl noch immer tiefe Schatten unter seinen Augen lagen, war sein Blick wieder wach und sein Mund verzog sich amüsiert, als er Kira ansah. »Ich kann aufstehen und laufen. Das sollte reichen. Wenn du aber erst einmal hierbleiben willst, ist es jedoch kein Problem, noch ein paar Tage so zu tun, als ginge es mir schlecht. Diese Berge sind ein erstaunlich schöner Ort, dafür, dass sie in Aidris liegen. Zwar noch ein wenig kahl, aber Gras wächst schnell und bald folgen die Bäume.«

»Wenn du so lange bleiben willst, muss ich passen!« Ein leichter Windhauch brachte die Ärmel von Shadars Robe zum Flattern, als er die Hände hinter dem Kopf verschränkte. »Ich vermisse meine Katze!«

Der vollkommen ernste Ton Shadars und das Gesicht, das Skjaldan bei dessen Worten zog, reichten, um Kira losprusten zu lassen.

»Catrons gefürchteter Ratsmagier, der, zumindest den Gerüchten nach, eine Spur von Leichen hinter sich lässt, wo immer er sich aufhält, schläft mit einem Kätzchen in seinem Bett«, stichelte Skjaldan ungeniert.

»Besser als mit den Tieren, die in deinem Bart hausen, wenn du zu lange im Wald warst«, bot Shadar ihm Paroli. »Wobei man in Nemokatar angeblich so etwas isst.«

Skjaldan verzog angewidert das Gesicht.

Kira fühlte wenig Lust, die beiden darüber aufzuklären, dass man in Nemokatar, soweit sie wusste, gar keine Tiere aß. Stattdessen lehnte sie sich ebenfalls an den Felsen und schloss die Augen. Sie bereute es nicht, dass sie Veas Angebot angenommen hatte, ihren Körper zurückzuerhalten. *Nemokatar ... Auch dort hin werde ich wieder gehen müssen.* »Verschwende niemals eine Möglichkeit, um an Wissen zu gelangen«, hatte Vea ihr gesagt, als sie die Magierin dazu befragt hatte. »Ich weiß viel über dein Amt, aber nicht alles!«

»Wann glaubst du, wird es unvermeidlich, dass wir aufbrechen?«, wandte sie sich an Shadar.

»Noch ein, zwei Tage sind problemlos vertretbar. Bei längerer Abwesenheit müssen wir damit rechnen, dass man uns jemanden schickt. Bisher konnte ich das von Catrons Seite her abwehren, doch wie Damar mir mitteilte, harrt die Delegation des Hofes an der Kherra aus. Wenn du von denen die Nase voll hast, können wir aber auch gleich nach Catron transportieren.«

»Oder nach Quo!«, warf Skjaldan herzhaft gähnend ein. »Dort hin können wir uns auch gerne sofort begeben.«

»Du warst noch nie in Catron, oder Skjaldan?«, erkundigte Kira sich grinsend. »Die Schule ist wirklich sehenswert. Nachdem sich Shadar nach Quo getraut hat, wäre ein Gegenbesuch deinerseits eigentlich nur fair. Außerdem haben sie dort ein Badehaus!«

»Baden!«, schnaubte Skjaldan. »Ein Stück da runter ist die Kherra! Das reicht ja wohl.«

Shadars Miene spiegelte seine mühsam unterdrückte Heiterkeit wider. »Wir können aufbrechen, sobald du es möchtest, Kira.«

»Eine Sache muss ich vorher noch erledigen«, wurde Kira abrupt wieder ernst. Wenngleich sie es als ihre Pflicht ansah, hatte sie Angst vor der Durchführung ihres Ansinnens.

»Kannst du mit Jabin oder Kael meinen Schutz halten, wenn ich ein Wesen von zwischen den Welten hier her beschwöre?«

Shadar starrte sie entgeistert an. »Hast du bei der Rückkehr in deinen Körper dein Gehirn in der Zwischenwelt vergessen? Was soll das werden? Die Wiedergeburt der Dunklen?«

»Ich möchte jemand Bestimmtes rufen. Leandar, um genau zu sein.«

»Und welchen Sinn soll das haben?«

»Wenn ich ihn so vernichte, wie den Wächter in Catrons Verlies, wird er dadurch zwar nicht wieder lebendig, doch er muss auch nicht zwischen den Welten bleiben.«

Shadar atmete scharf aus. »Da gibt es nur ein kleines Problem: Wie willst du sicherstellen, dass du diesen Gefallen nicht irgendeiner Kreatur tust? Wenn nicht Leandar auf dieser Ebene erscheint, sondern etwas, was womöglich bedeutend mächtiger und unangenehmer ist. Wie gedenkst du, das zu kontrollieren?«

»Wir haben eine reelle Chance. Leandar ist noch nicht lange tot und er ist hier gestorben, aber eine hundertprozentige Sicherheit gibt es natürlich nicht. Ich breche ab, wenn ein Zweifel besteht, doch ich möchte es wenigstens versuchen.«

## Skjaldan

*»So schnell wollte ich eigentlich nicht mehr in die Geisterwelt!«*
*Skjaldan Briskfadar, Mine unter dem Kheralis-Massiv, Kherravar*

Auch Skjaldan hatte Kiras Plan zugestimmt. Somit waren sie noch einmal in den ›Saal‹ unter dem Massiv zurückgekehrt. Nun saß Kira neben ihm in dem Kreis, den auch Vea genutzt hatte. Das in den Boden eingelassene Silber erleichterte das Wirken von Magie, und aller Wahrscheinlichkeit nach war Leandar in genau diesem Raum gestorben. Man mochte von Quos ehemaligem Erzmagier halten was man wollte, doch besaß er auch seine guten Seiten und hatte eine Existenz zwischen den Welten nicht verdient.

Genau deshalb hatte Skjaldan sich bereiterklärt, Kira zu helfen, unter anderem, um sicherzugehen, dass es wirklich Leandar war, den sie riefen. *Immerhin war der Mann fünf Jahre mein Lehrer.* Er warf einen Blick auf Kira, deren Lider sich geschlossen hatten und die bereits ihren Geist ausschickte.

Vea erwartete sie bereits in der Geisterwelt, an jenem geschützten Ort, den einzurichten sie angekündigt hatte.

»Dann wollen wir doch einmal schauen, wen wir erreichen können«, sprach Kira sich selbst Mut zu und trat ans Fenster, das ihre Führerin dem Raum gegeben hatte.

Skjaldan folgte ihr. Er musste sich überwinden, nach draußen zu sehen, nicht vor den Kreaturen zurückzuschrecken, die ihm nur zu gut bekannt waren. *Einer Angst begegnet man am besten, indem man sich ihr stellt! Nur ist das in der Theorie definitiv leichter als in der Praxis.* Er spürte die letzten Auswirkungen seiner Begegnung mit diesen Geschöpfen noch zu gut. *Aber Leandar hat letztendlich das Richtige getan! Er verdient diese Chance.*

Kira hob die rechte Hand und hielt sie an die Scheibe. Helligkeit flutete in den Raum. Sie hatten lange überlegt, wie sie Leandar erreichen konnten und hatten sich auf das Licht geeinigt – Licht und Quos Eid, den Kira soeben zu rezitieren begann. Vea fiel ein und auch Skjaldan sprach die Worte mit. Befand Leandar sich noch nicht zu lange zwischen den Welten, würde er diese Signale erkennen.

*Jetzt wäre es an der Zeit, deine Sturheit zu nutzen, Leandar. Du wirst dich doch selbst so schnell nicht aufgeben, oder? Deine Prinzipien waren dir immer heilig! Da wirst du es ja wohl schaffen, die auch zwischen den Welten aufrechtzuerhalten.*

Schemen drifteten näher, glitten an dem erleuchteten Fenster vorbei, verschwanden wieder. Einer blieb. Skjaldan konnte in Kiras Geist mitverfolgen, wie sie diesen Schemen untersuchte, Fragen stellte, die sie vorher besprochen hatten ... und Antworten erhielt.

»Mael Leandar!«, nannte sie daraufhin seinen Namen, legte auch die andere Hand an die Scheibe und berührte den Schatten mit ihrer Magie. Dann öffnete sie die Fensterflügel. »Kommt!«

Skjaldan eilte an ihre Seite – ein offenes Fenster zu dieser Ebene war eine Einladung an alle und sie reagierten bereits, während Leandar noch zu zögern schien. Er musste es tatsächlich geschafft haben, einiges von seiner Persönlichkeit zu behalten: Alles fünfmal zu durchdenken, bevor er handelte, war absolut typisch für den Mann. »Komm rein, verdammt, oder willst du Schuld daran sein, dass die Dunklen zurückkommen?«, herrschte Skjaldan ihn an.

Ob es an seinen Worten lag oder Leandar einen Entschluss gefasst hatte, jedenfalls folgte der Schemen vor dem Fenster nun endlich ihrem Ruf – und mit ihm unzählige andere. Es gelang ihnen gerade noch rechtzeitig, das Fenster zu schließen.

Jetzt begann der trickreiche Part. Leandar musste sie auf die physische Ebene begleiten, wofür es nötig war, dass Kira ihm Energie zur Verfügung stellte. Wie ein solches Wesen darauf reagierte, war stets ungewiss, egal, wer es vorher gewesen war. »Du darfst dich auf keinen Fall von ihm berühren lassen!«, warnte er sie nochmals eindringlich, bevor er sich mit einem Nicken von ihr und Vea verabschiedete und sein Bewusstsein in seinen Körper zurückzog, denn hierbei konnte er ihr nicht helfen.

Zum Glück öffneten sich nur wenig später auch Kiras Augen und ihr Rücken straffte sich. Kurz darauf erschien etwas, das sich als Flamme manifestierte, nur dass diese jegliches Licht schluckte, anstatt zu leuchten.

Als die Formgebung abgeschlossen war, hob Kira ihre Flöte an die Lippen und begann, die Melodie des Lichts zu intonieren. Elmaryn begleitete sie, indem er als zweite Stimme die der Dunkelheit einfließen ließ. Die Töne flossen ineinander, vereinten sich zu der einzigen Kraft, die in der Lage war, jene Wesen, wie auch Leandar eins geworden war, zu vernichten – oder wie Kira es auszudrücken pflegte – zu erlösen: Licht und Dunkelheit. Gleichgewicht.

Skjaldan beobachtete, wie die Lohe, die Leandar als seine Form gewählt hatte, durchscheinend wurde und, während die letzten Töne ausklangen, verschwand.

Für einen Moment schloss Skjaldan die Augen, spürte dem Gefühl nach, das das Spiel der beiden in ihm geweckt hatte: Gleichgewicht. Als Kira es ihm auf seine Frage, wie es denn sei, tot zu sein, zu erklären versuchte, hatte er es nicht nachvollziehen können. Jetzt machte sich zumindest eine Ahnung davon in ihm breit und er hoffte für seinen ehemaligen Lehrer, dass ihm der Eintritt in dieses Gleichgewicht endlich geglückt war.

# Frieden

## Kira

*»Es tut gut, einmal Catron zu besuchen, ohne auf der Flucht, zuvor entführt*
*oder mit dem Tod bedroht worden zu sein!«*
Kira Sanders, Catron, Aidris

Nun, da ihre vordringlichste Aufgabe erfüllt war, hatte Kira beschlossen, das Amt der Mlyss d'Eartha nach ihren Vorstellungen zu gestalten. Ihre erste Amtshandlung bestand daher darin, die führenden Magier Quos und den Rat Catrons an einen Tisch zu holen und die zaghaft begonnene Zusammenarbeit voranzutreiben.

Shadar – und auch Kael – hatten es sich nicht nehmen lassen, die erste Zusammenkunft, für die man Catron als Ort ausgewählt hatte, mit einer ganz besonderen Geste zu eröffnen: der offiziellen feierlichen Übergabe des Amuletts, das in seiner Ausgestaltung den Zusammenschluss beider Schulen sowie die Einheit von Licht und Dunkel symbolisierte. Gleichzeitig wurde Kira damit nicht nur nominell, sondern in aller Form als Magierin der Weltenkraft von beiden Institutionen anerkannt.

»Ich habe trotzdem nicht vor, mich in sämtliche politischen Machtspielchen einzumischen«, stellte Kira gleich zu Anfang klar. »Auch werde ich weder die Führung Catrons noch die Quos übernehmen. Ich werde jedoch weiterhin alles daransetzen, dieser Welt den Frieden, den wir so hart erkämpft haben, zu erhalten. Ich werde lernen, meine Fähigkeiten sowie mein Wissen erweitern, die Kontakte, die ich in der Vergangenheit geknüpft habe, pflegen und ausbauen. Das schließt auch jene in Nemokatar mit ein. Und ich werde mir das Recht herausnehmen, mich zurückzuziehen, wenn ich der Meinung bin, dass Verhandlungen meine Anwesenheit nicht explizit erforderlich machen oder Beschlüsse ohne meine Einmischung ausgearbeitet werden können.«

Ob der unterschiedlichen Gemütsregungen, die sie nach dieser Ankündigung auf den Gesichtern der Anwesenden beider Schulen ablesen konnte, gelang es Kira nur mit Mühe nicht zu lachen. Dann begannen die Verhandlungen.

Erschrocken sah Njall von seinem Buch auf, als Kira sich geräuschvoll in den zweiten Stuhl seiner Lesenische fallen ließ. »Was tust du hier? Ist die Ratssitzung bereits zu Ende?«

»Nein, das kann noch Stunden dauern!«, erwiderte sie und verdrehte die Augen zur Decke. »Ich bin allerdings der Meinung, dass sie ab dem Punkt, den wir erreicht hatten, als ich geruhte, mich von dort zu entfernen, sehr gut ohne mich klarkämen«, fuhr sie ironisch fort.

»Du hast sie mit Quos Magiern allein gelassen? Mit diesem Erzmagier?« Njall wirkte schockiert.

»Machst du dir Sorgen um Catrons Rat?«, feixte sie. Die Tatsache, dass Nolan vor diesem Aufenthalt in Catron mindestens genauso viel Angst gehabt hatte, wie sie vor Laon dei Savren, ließ sie wohl besser unerwähnt. Auch, dass sie immer noch lose mit Skjaldan in Kontakt stand, um das Treffen zu überwachen – nur für den Fall, dass tatsächlich etwas schieflief. *Eigentlich sollte ich es mit den Verhandlungen, die demnächst an Aidris Hof über die Rechte an den Minen im Kheralis-Massiv anstehen, ebenso machen und Shadar vorschicken. Nur dass der dieses Spielchen wohl eher nicht mitmacht und mich wahrscheinlich umbringt, sofern ich versuche, ihn alleine in die Höhle des Löwen zu schicken.*

»Ja, ich mache mir Sorgen. Wieso lässt du sie einfach allein? Auf dich hören sie!«

»Schön wärs!«, seufzte Kira resigniert. »Hältst du mich wirklich für jemanden, der gut darin ist, Verhandlungen zu führen? Aber ganz davon abgesehen müssen sie lernen, miteinander klarzukommen und einander zuzuhören.«

Njall schien nicht sicher, ob er höflich oder ehrlich antworten sollte. Die Ehrlichkeit siegte. »Nein, der geborene Diplomat bist du wahrlich nicht. Aber du könntest es lernen. Shadar kann es dir beibringen. Noch besser versteht sich Berat darauf. Der ist zwar ein …« Njall zögerte und warf einen vorsichtigen Blick zu den anderen

Lesetischen. Zwei weitere waren besetzt. »Du weißt schon, was ich meine, wie er ist, aber so etwas kann er.«

»Keine Sorge, ich werde es üben. Doch selbst, wenn ich perfekt wäre, ich kann nicht überall sein. Es werden andauernd irgendwo Verhandlungen ohne mich stattfinden müssen und da ist es mir lieber, sie gewöhnen sich von vornherein daran und trainieren es ebenfalls.« Vorsichtig intensivierte Kira ihren Kontakt zu Skjaldan.

»Noch leben alle«, war dessen lakonische Antwort.

»Und darüber hinaus?«

»Der Schüleraustausch, den du im Vorfeld vorgeschlagen hast, ist noch nicht zur Sprache gekommen. Ich bezweifle auch, dass das heute noch geschieht, aber sie reden immerhin miteinander und sind um Konstruktivität bemüht.«

»Gut!« Kira wandte ihre Aufmerksamkeit wieder Njall zu, der sie angrinste.

»So ganz vertraust du ihnen aber offensichtlich immer noch nicht, oder? Du warst doch gerade in einem Kontakt, oder?«

»Ja, mit Skjaldan.« Kira griente zurück. »Ganz alleine sind sie also nicht.«

»Oh!« Njalls Grinsen wurde noch breiter. »Skjaldan! Den mag ich!«

»Tatsächlich?«, fragte Kira irritiert. »Obwohl er ein verbohrter fehlgeleiteter Lichtmagier ist?«

»Er trainiert mit Damar. Dadurch habe ich mehr Freizeit.«

»Du hast ja feine Kriterien, um deine Sympathien zu verteilen«, meinte Kira, nachdem sie sich von ihrem Lachanfall erholt hatte.

»Sagt die Frau, die wichtige Friedensgespräche verlässt, um sich in der Bibliothek herumzutreiben.«

»Hey! Ich habe mir das die letzten drei Tage angetan und werde es wieder tun müssen, wenn der Rat nach Quo eingeladen wird.

»Der Rat wird doch nicht … Die können da doch gar nicht da rein!«, stotterte Njall, dessen Gesicht bei Kiras Worten kreidebleich geworden war.

»Oh, in die Schule zu kommen ist kein Problem mehr.«

Mit der Zerstörung der Stian-Kar war auch Quos Labyrinth verschwunden, was dort zunächst alle entsetzt hatte. Erst Kaels Versicherung, dass Laon dei Savren zwischen die Welten verbannt worden war und niemandem mehr gefährlich werden konnte, hatte die Gemüter ein wenig beruhigt.

»Aber Quo ...«

»Ja?« Kira neigte den Kopf. »Soll ich vorschlagen, dass Damar als Botschafter mitkommt, um das Treffen vorzubereiten, wenn die anderen wieder aufbrechen? Er hat ja bereits Freundschaft geschlossen.«

Njall schüttelte sich. »Was kann ich tun, damit du das lässt?«

»Nichts!« Kira bemühte sich um etwas mehr Ernst, denn Njall wirkte ehrlich erschüttert. »Nicht ich suche den Botschafter Catrons aus, sondern der Rat. Da ich mich entschlossen habe, die Schule nicht zu führen, werde ich mich in die Wahl auch nicht einmischen. Eigentlich wollte ich dich etwas ganz anderes fragen. Hast du irgendwo etwas darüber gehört, wo Quent sich mit seiner Truppe im Moment aufhält und wie es ihnen geht?«

»Es ist schon etwas her, aber sie sind vom Hof aus nach Süden aufgebrochen. Ich habe Mahir mit Sunnaras darüber sprechen hören. Mahir hielt die Idee der Gaukler für gut, in der Nähe der Grenze aufzutreten, um sich notfalls rasch nach Kherravar zurückziehen zu können. Nur für den Fall, dass du ...« Er brach ab und sein Gesicht rötete sich leicht.

»Falls ich es nicht geschafft hätte.« Kira atmete langsam aus. »Es ist immer gut, einen Plan im Hinterkopf zu haben. Du willst nicht wissen, wie knapp es gewesen ist.«

»Nein.« Um Njalls Mundwinkel zuckte es bereits wieder verräterisch. »Ich bewahre mir lieber die Legende von Eurem glorreichen Kampf mit dem bösen Magier, Mlyss d'Eartha.«

Kira prustete los.

»Tatsächlich besiegt hat ihn übrigens Leandar von Quo.«

»Über den habe ich diverse Gerüchte gehört. Du würdest mir nicht zufällig verraten, welche davon stimmen? Dann könnte ich hier unter den Schülern damit angeben.«

»Nein. Ich kann lediglich diejenigen dementieren, die besagen, dass er nicht auf unserer Seite stand.«

»Und weshalb wurde er dann gesucht?«

Kira seufzte. »Njall, du hast ein bisschen zu offene Ohren! Allmählich erinnern mich Gespräche mit dir an Rugan Dary.«

»Wer immer das sein mag, du liebst ihn nicht besonders. Shadar hat mir gesagt, ich soll die Ohren offenhalten. Beschwer dich bei ihm.« Njall hob die Schultern und zeigte ein betont unschuldiges Gesicht – ähnlich wie ein Hund, der gerade ein Sofakissen zerfetzt hatte.

»Shadar hat dich auf mich angesetzt? Das glaube ich nicht!«

»Bist du sicher?«

»Ja! Hätte er das ernsthaft getan, hätte er dir garantiert verboten das zuzugeben.«

Njall verschränkte die Hände vor der Brust und lehnte sich zurück. »Erinnerst du dich noch daran, was er über Gerüchte gesagt hat, als wir am Hof waren? Wenn man sie nicht dementiert, sondern schlicht ignoriert, glaubt niemand daran.«

Kira vergrub ihr Gesicht in beiden Händen, um ihre Lachtränen zu verbergen. »Ehrlich, Njall. Du könntest genauso gut Shadars Schüler sein wie Damars.«

»Niemals!« Njall hob in gespieltem Entsetzen die Hände. »Damar ist derjenige mit der Bibliothek! Wo sich Shadar herumtreibt, geschieht mir eindeutig zu viel Gefährliches.«

Kira legte den Kopf in den Nacken und schloss für einen Moment die Augen.

*Hier bin ich in Catron, in einer Welt, von der ich vor etwa acht Monaten noch nicht einmal wusste, dass sie existiert, und doch fühle mich hier zu Hause, angekommen, im Gleichgewicht …*


### Ende

*Hier endet die Licht und Dunkel Trilogie! Danke an alle, die an mich geglaubt haben und lange auf den dritten Teil warten mussten. Ich hoffe, ihr hattet Spaß beim Lesen!*

# Länder und Personen

## Aidris

Aidris liegt zwischen den Bergen des Kheralis Massivs, den angrenzenden Nebelwäldern im Südosten und dem Meer im Nordwesten. Südlich schließen sich die ausgedehnten Sümpfe und Steppen von Kherravar an, im Nordwesten umschließt Aidris das an der Küste gelegene, im Vergleich winzige, Land Nemokatar. Nahezu drei Viertel der Fläche des Landes sind eine Sandwüste. Lediglich an der Küste, in der Nähe der Berge sowie an der Kherra ist es möglich, Landwirtschaft zu betreiben.

Das Gesellschaftssystem in Aidris ist komplex. Der Khalid ist der formale Herrscher über das Land. Er ernennt seine engsten Berater und Unterstützer, die den Titel Shaki tragen. Ein Shaki erhält vom Khalid nicht nur Land und ein Einkommen, sondern besitzt noch weitere Privilegien. Die Pflichten eines Shaki liegen, neben der Beraterfunktion, in der Verteidigung des Landes. Die von ihnen ernannten Suki sorgen dafür, dass auf dem Land des Shaki ständig genügend trainierte Kämpfer bereitstehen, die im Bedarfsfall ein Heer bilden können. Auch stellt der Suki eine bestimmte Anzahl an Kriegern dauerhaft bereit, die als sogenannte Wüstenreiter ständig im Land präsent sind.

**Eylas Faris:** Priester am Hof des Khalid.

**Evron siar Yasin:** Diplomat am Hof des Khalid und hohes Mitglied der Ethialla d'Eartha

**Hilai:** Handelskoordinator im Dienst Shaki Akifs für den Bereich Nemokatar.

**Khalid Sunda aum Marin Amakira-Aid:** Herrscher über Aidris.

**Latisha:** Tänzerin Shaki Akifs.

**Levren:** Magier Shaki Akifs

**Marees Falir:** Kundschafter für Shaki Akif.

**Melen Selaun, Melen Haref:** Magier am Hof des Khalid

**Shaki Akif:** Hochrangiger Berater des Khalid, hauptsächlich in Handelsfragen.

**Shaki Caedan:** Militärischer Berater des Khalid

**Shaki Hishaim:** Finanzieller Berater des Khalid.

# Andoran

Andoran liegt an der Küste gegenüber von Aidris. Der Echad begrenzt das Land im Norden, Nordwestlich besteht auch eine Grenze zu Indorain. Andoran wird durch einen König regiert, dessen Macht durch die großen Handelshäuser gestützt wird. Diese sind auch im Kronrat vertreten.

**Amyu dei Lorana:** Berater des Königs in militärischen Angelegenheiten.

**Aniken dei Nyandor:** Finanzieller Berater des Königs.

**Delsjen:** Hofmagier des Königs.

**Elmaryn dei Savraney:** Reisender Barde

**Mayedan Alron dei Nyandor:** Andorans Herrscher

**Rugan Dary:** »Augen und Ohren« des Königs von Andoran.

**Pagon dei Lorana:** Botschafter Andorans am dhravannorischen Hof.

# Catron

Schule für Magie der Dunkelheit. Diese Schule liegt im Reich Aidris und bildet wie Quo Magier aus. Jedoch wird hier bevorzugt die Kraft der Dunkelheit genutzt. Catrons Magier tragen den Titel Mael, weiblich Mala (Lenker / Leiter der Kraft in der alten Hochsprache) und tauschen ihren Hausnamen gegen den der Schule. In Catron gibt es keiner Erzmagier, sondern einen Rat. Dieser Rat besteht aus acht Magiern, die die Belange der Schule lenken.

**Mael Abedin von Catron:** Ratsmagier und Historiker. Er beschäftigt sich mit der Geschichte der Magie sowie der Geschichte Catrons seit der Gründung. Zudem ist er ausgebildeter Schmied und versteht sich auf die Bindung von Magie an Metalle.

**Mael Berat von Catron:** Ehemaliger Schüler Mael Nouhs, inzwischen Ratsmagier mit der Aufgabe, die Beziehungen zum Herrscher von Aidris aufrechtzuerhalten und zu pflegen. Es ist auch seine Aufgabe Botschafter anderer Länder zu empfangen und Briefkontakt zu halten.

**Mael Damar von Catron:** Bibliothekar der Schule.

**Njall:** Schüler Damars in Catron.

**Mala Eluana von Catron:** Die einzige Frau in Catrons Rat unterrichtet geistige Magie. Durch ihre Lehrtätigkeit ist sie an Catron gebunden, nutzt aber freie Zeit gerne, um zu reisen.

**Mael Jabin von Catron:** Einer der acht Ratsmagier. Zusätzlich Ausbilder für Kampfmagie.

**Naken:** Jabins aktueller Schüler

**Mael Mahir von Catron:** Ratsmagier mit dem Fachgebiet der Heil- und Kräuterkunde.

**Mael Laon dei Savren:** Catrons Gründer und Erschaffer der Stian - Kar. Er rief vor vierhundert Jahren die magischen Gesetze ins Leben und reformierte Aidris und Andorans Landesgesetze. Er war der letzte »Mler d´Eartha« also der letzte Magier der Weltenkraft.

**Mael Nouh von Catron:** Ratsmagier und ehemaliger Lehrer Berats. Er versteht es ebenfalls, Magie an Metall zu binden, hat diese Tätigkeit aufgrund seines fortgeschrittenen Alters an Abedin übertragen und verbringt die meiste Zeit lesend.

**Mael Shadar von Catron:** Einer der acht Ratsmagier. Nach seiner Lehrzeit als Schüler von Mael Sunnaras, spezialisierte er sich auf geistige Magie. Shadar reist viel und sammelt Informationen, speziell Quo und dessen Aktivitäten betreffend.

**Luan:** Shadars aktueller Schüler.

**Mael Sunnaras von Catron:** Neben der Führung von Catrons Rat mit verschiedenen diplomatischen Aufgaben betraut.

**Eylas Eldin:** Eldin ist Priester in dem an Catron angeschlossenen Tempel. Alle Priester werden respektvoll mit Eylas (Bewahrer/ Kundiger in der alten Hochsprache) angeredet.

## *Dhravannor*

Das Land Dhravannor befindet sich auf einer Hochebene, nahezu vollständig eingeschlossen von einer Gebirgskette, dem Echadgebirge. Östlich liegt das Meer, westlich schließt sich Indorain an das Land an und Im Süden liegt Andoran. Das Klima in Dhravannor ist rau und die Winter werden sehr kalt. Dhravannor ist ein Königreich, in dem der König aber eher den Platz eines Clanoberhauptes innehat. Das Land gehört demjenigen, der es nutzt und generell sind alle Dhravannori freie Menschen. Der König bietet Schutz und Sicherheit, die Bevölkerung leistet im Gegenzug Abgaben an den Hof. Der Hauptsitz des Königs ist die Festung Drawahr, seine Sommerresidenz Gae liegt etwas nördlich davon.

**Aki Haleggur (Njaldan):** Hauptmann von Kiras Garde
**Aris Loris:** Heilkundiger.
**Danyel Erík:** Sohn des Königs
**Ednjald Dregan:** Kommandant der Königsgarde von Dhravannor
**Edvik Challis:** Weltenwächter am Tor bei Drawahr
**Mayedan Arel siar Darem:** Herrscher über Dhravannor
**Ragnar:** Falkner am Hof in Drawahr

# Indorain

Indorain liegt nördlich von Andoran und grenzt im Osten an den Echad und Dhravannor. Das Gebiet des Landes ist waldreich. Die meisten Ansiedlungen in Indorain haben Dorfcharakter, es gibt nur wenige befestigte Städte. Die Bevölkerung lebt hauptsächlich von Viehzucht und Landwirtschaft. Regiert wird das Land von einem König, der im Verlauf des Jahres die verschiedenen Sippen seines Landes besucht.

# Kherravar

Eine Grassteppe mit sumpfigen Rändern südöstlich des Kheralis-Massivs. Die hier weitgehend nomadisch lebenden Stämme sind bekannt für ihre Pferdezucht. Jeder Stamm wird von einem Schamanen geführt, der das geistige Oberhaupt der Sippe darstellt. Kinder werden gemeinsam großgezogen, die Bindung an den Clan ist wichtiger als die Beziehung zu den leiblichen Eltern.

# Nemokatar

Über dieses Land ist nur wenig bekannt, da die Bevölkerung außer dem Handel mit verschiedenen Waren keinen Kontakt zur Außenwelt pflegt. Eine wichtige Funktion nimmt der Ältestenrat (Lain) ein.

**Narien:** Ein Händler

# Quo

Schule für Magie des Lichts. Quo befindet sich im Land Indorain, sendet jedoch Magier in die verschiedenen verbündeten Königreiche, die dort in der Regel als Berater dienen. Magier Quos tragen nach Beendigung ihrer Ausbildung wie in Catron den Titel Mael, weiblich Mala, vor ihrem Namen. Zudem legen sie ihren Hausnamen ab und nehmen den der Schule an.

**Clevin:** Schüler – lernt magischen Kampf bei Mael Kael.

**Gran Mael Nolan von Quo:** Der neue Erzmagier und Vorstand der Schule. Zudem Ausbilder für geistige Magie.

**Mael Aliard von Quo:** Cousin des Königs von Dhravannor und Magier Quos. Er dient neben Quos Belangen als Berater seines Königs und nimmt verschiedene diplomatische Aufgaben wahr.

**Mael Kael von Quo:** Kael hat gleichzeitig mit Skjaldan seine Lehrzeit in Quo absolviert. Er unterrichtet fortgeschrittene Schüler in der Anwendung von Magie im Kampf.

**Mael Leandar von Quo:** Ehemaliger Erzmagier der Schule, betraut mit verschiedenen diplomatischen Aufgaben.

**Mael Liasser von Quo:** Heilkundiger.

**Mael Moanir von Quo:** Moanir reist im Auftrag der Schule durch die Länder, hilft bei Problemen und sammelt Informationen, die für die Schule wichtig sein könnten. Er beschäftigt sich vor allem mit dem Gleichgewicht der Kräfte.

**Mael Sion von Quo:** Ehemaliger Schüler Nolans, der seit kurzer Zeit den vollen Status eines Magiers von Quo bekleidet. Auch sein Hauptgebiet ist die geistige Magie.

**Mala Silvén von Quo:** Magierin Quos und Ausbilderin für Heilkunde sowie heilende Magie. Ihr unterstehen die Kräutergärten und das Gewächshaus Quos.

**Skjaldan Briskfadar:** Ehemaliger Magier Quos. Skjaldan war Leandars wie Moanirs Schüler und Moanirs Freund. Er wurde aus der Schule ausgeschlossen, als er sich dafür entschied Kira zu helfen anstatt einem direkten Befehl des Erzmagiers Folge zu leisten.

# Danksagung

Ich möchte mich bei allen bedanken, die durchgehalten haben, bis Band 3 in beiden Teilen endlich erscheinen konnte. Danke, dass ihr an mich geglaubt habt.

Auch bedanken möchte ich mich bei Yvonne die trotz feuriger Zeiten in Australien meine Cover fertig gestellt hat! Bei Melike, die vollkommen selbstlos bereit war, für den Buchsatz einzuspringen, als einiges schief lief und bei Jeannine – die viel Geduld beim Testlesen gezeigt hat!

Auch geht einiger Dank an Susanne, die mit dem Lektorat einiges geleistet hat und natürlich an meine Familie, die mich in allem unterstützt hat.

Und dann war da noch … Silvia, die mir eine Weihnachtskarte mit drei Kätzchen schickte. Daraus erwuchs eine Plotidee, die Band drei einen ganz besonderen Touch gegeben hat. Dass Akif Shadar ein Kätzchen schickt, geht auf diese Initiative zurück und – selbst wenn die Handlung ohne Kätzchen weitgehend gleich gewesen wäre – sie wäre doch anders und die Katze sorgt für das gewisse Etwas.

Alle diese Menschen haben nicht unerheblich dazu beigetragen, dass die Reihe jetzt einen – wie ich finde – guten Abschluss gefunden hat.

*Danke!*

# Weitere gute Fantasy

## Der fünfte Magier

*»Als Licht kam ich in diese Welt,
als Schatten bemächtige ich mich ihrer ...«*

Seit der Krieg zwischen den vier Magiern und ihren Drachen die Welt entzweit hat, führt der junge Nomade Sorak fernab jeglicher Machtkämpfe ein friedliches Leben. Als eines Nachts das Unglück über sein Dorf hereinbricht, findet er sich an einem Ort wieder, der nur Schwarz und Weiß zu kennen scheint. Inmitten von Schuldgefühlen und aufgezwungener Verantwortung versucht Sorak, das Lügennetz zu entwirren, das zwischen Freund und Feind bald nicht mehr unterscheiden lässt.
Doch die Wurzel allen Übels reicht noch viel tiefer, als selbst die Magier hätten erahnen können ...

## *Der Savant von Innis*
### *Susanne Esch*

*Keiner kommt als Feind eines anderen zur Welt,und niemand kann sich
aussuchen,wie, wo oder als was er geboren wird.*

Yuro und Solus wachsen in einem Kloster, hoch oben in den
Grafilla-Bergen des Planeten Innis, heran. Mit Beginn der Pubertät
finden in Yuro gewaltige Umbrüche statt. Seine Sinne werden
sensibler, er nimmt Dinge wahr, die kaum ein anderer bemerkt,
und immer wieder geistert das Wort »Schicksal« durch seine
Gedanken. Er fühlt, dass irgendetwas ihn ruft, und er den Konvent
verlassen muss, um Antworten auf all die Fragen zu finden, die
sich inzwischen in ihm aufgestaut haben.

Sein treuer Freund Solus begleitet ihn, aber je näher sie der
Lösung um Yuros »Besonderheit« kommen, desto tiefer geraten sie
in einen Strudel aus Rätseln. Warum schweigen die Hüter? Was
hat es mit dem seltsamen Medaillon auf sich, dessen Farbe genau
der von Yuros Augen entspricht? Was meinen die Inari, wenn sie
von einem »Savanten« sprechen, und welche Rolle spielt ihre
Freundschaft im Rahmen des großen Ereignisses, auf das sie
unabwendbar zusteuern?

## *Raukland Trilogie*
### Jordis Lank

Ronan ist Sohn es mächtigsten Herrschers im Nordmeer. Er fürchtet weder Schmerz noch den Tod, doch auf der nordischen Insel Lannoch muss er sich einer Prüfung stellen, bei der sein Schwert nutzlos ist: Ronan braucht einen Freund an seiner Seite. Wie man das anstellt, kam in seinem Schwerttraining jedoch nicht vor …

Rauklands Sohn ist Band 1 der Raukland Trilogie.
Mehr Info: http://www.jordis-lank.de

# Das Amulett der Elben
## Silvia Krautz

Als Kind muss die magisch begabte Nalika mit ansehen, wie ihre Eltern von den Elben getötet werden. Vom Wunsch nach Rache getrieben, findet sie Zuflucht bei dem Magier Rimar, der sie ausbildet und zu ihrem engsten Vertrauten wird. Um die Elben zu vernichten, soll ihnen Nalika das mächtige Amulett des Hüters stehlen. Doch der Plan misslingt und das junge Mädchen wird mit einem schrecklichen Fluch belegt. Bald erkennt Nalika, dass sie selbst nur eine Figur in einem Kampf zwischen Rimar und den Elben ist und ihr ganzes Leben auf einer Lüge beruht.